Oser
Blauer Fluß
Steppe
Urdskas Insel
Armenland
Yahekia
W
Schluchtenland
Großer Fluß
Großer Nebenarm
Land des Magunzius
Lorenta
ENDE DER WELT

Ana María Matute

DAS ERBE DES KÖNIGS GUDÚ

Ana María Matute

DAS ERBE DES KÖNIGS GUDÚ

Roman

Aus dem Spanischen
von Willi Zurbrüggen

Piper
München Zürich

Die spanische Originalausgabe erschien 1996
unter dem Titel »Olvidado Rey Gudú«
bei Editorial Espasa Calpe S. A. in Madrid.

Der vorliegende Roman ist der 2. Teil
von »Olvidado Rey Gudú«.
Der 1. Teil erschien im Frühjahr 2003
unter dem Titel »Der vergessene König Gudú«.

Ich widme dieses Buch dem Andenken
an H. C. Andersen, Jakob und Wilhelm
Grimm und Charles Perrault.

Allem, was ich vergaß.
Allem, was ich verlor.

ISBN 3-492-70022-5

Gesetzt aus der Bembo
Satz: KCS GmbH, Buchholz/Hamburg
Druck und Bindung: Pustet, Regensburg
Printed in Germany

www.piper.de

INHALT

ERSTER TEIL

ZWEITER TEIL

WAS BISHER GESCHAH

Gelähmt von hilflosem Entsetzen, wird die kleine Ardid Zeugin, wie Vater und Brüder von Volodius dem Eroberer hingemetzelt werden. Obwohl sie noch ein Kind ist, legt sie ein Gelübde ab: Sie wird Volodius heiraten und ihm einen Sohn gebären, der die Greueltat rächen soll. Auf einem weißen Roß reitet Ardid in der Hauptstadt des Königreichs Olar ein und erweckt mit ihren genialen mathematischen Kenntnissen Volodius' Neugier. Hingerissen von der Klugheit und Anmut der Kleinen, heiratet er sie. Jahre später bringt sie ein Kind zur Welt: Gudú, den man den vergessenen König nennen wird. Um ihn zum mächtigsten König aller Zeiten zu machen, beauftragt sie ihren alten Freund und Magier, dem Sohn das für einen Herrscher verderbliche Gefühl der Liebe zu nehmen. Dennoch mißlingt ihr Versuch, ihn gänzlich nach ihrem Willen zu formen. Gudú wächst zu einem Krieger heran, tollkühn, klug und rücksichtslos auf den eigenen Vorteil bedacht. Im Alter von gerade vierzehn Jahren reißt er die Macht an sich und verfolgt seinen Plan, sich die Welt untertan zu machen und die unendlichen Weiten der großen Steppe zu erobern ...

ERSTER TEIL

I

DER SCHWARZE TURM

I Prinz Nobel blieb verschwunden, und Gudú, seit Kindertagen daran gewöhnt, nie auf ihn verzichten zu müssen, wurde sich zum ersten Mal in seinem Leben eines merkwürdigen Gefühls bewußt; als hätte er etwas vergessen, eine Waffe, einen Befehl oder eine Warnung. Etwas fehlte ihm, und wäre er imstande gewesen zu lieben, hätte er in diesen Augenblicken geweint. Aber wenn er ihn auch nicht liebte, so war der beschützende Bruder – seit er ihn als Kind vor dem Spott und den Tritten der Größeren gerettet hatte – für ihn doch etwas so Selbstverständliches wie Tag und Nacht, wie Durst und Wasser, wie sein rechter Arm oder die Luft, die er atmete. Er empfand zwar keinen Kummer, wohl aber ein Unbehagen, das ihn tagelang rastlos auf den Beinen hielt. Er schickte Männer aus, die ganze Gegend abzusuchen, doch vergebens. Als ihm schließlich der Gedanke kam, einen Sendboten in den Süden zu schicken, wo Nobel seinen Besitz hatte – obwohl dieser, was er gar nicht wußte, auf seinen eigenen Befehl hin verwüstet worden war –, war vom Bruder längst jede Spur verwischt. Der Bote kehrte zurück und berichtete, außer Tod und Verderben und trostloser Einsamkeit gebe es dort nichts mehr, nur noch Brennesseln und dorniges Gestrüpp. Im Umkreis von vielen Meilen habe er jedes Gehöft aufgesucht, und bei den wenigen Menschen, die dort lebten, nur Unwissenheit und Elend vorgefunden. Ein Hirte habe zu ihm gesagt: »Der Prinz ist tot.« Und da er mehr nicht hatte in Erfahrung bringen können, war er in der Überzeugung heimgeritten, daß der Prinz nie einen Fuß in jene traurige Gegend gesetzt hatte.

Sosehr den König diese Frage jedoch beschäftigte, sosehr war er mindestens ebenso von der Ausbildung seiner Wölflinge, wie er sie stolz nannte, am Hof des Schwarzen Turms in Anspruch genommen. Die Wahl einer neuen Gemahlin hatte er seiner Mutter anheimgegeben und ihr aufgetragen, nicht nur eine, sondern mehrere Anwärterinnen auszusuchen, deren Herkunft nicht allzu fein gesponnen sein sollte.

Die Königin hegte keine große Hoffnung auf Erfolg und schob den Tag der Auswahl möglicher Gemahlinnen immer weiter vor sich her. Eines Tages überraschte sie der Besuch ihres Sohnes, der ohne großes – eigentlich ohne jedes – Zeremoniell und mit den Worten hereinplatzte: »Mutter, ich möchte, daß mein Onkel Almandin die Geschichte weiterschreibt, die nicht zu Ende geführt worden ist.«

»Welche Geschichte, mein Sohn?«

»Die Geschichte unseres Volkes und unserer Familie.«

Ardid dachte eine Weile nach und sagte:

»Ja, der gute Markgraf Olar hat viele große Taten vollbracht, die es wert sind, aufgeschrieben zu werden. Ebenso natürlich Euer Vater ...« Vor Ardids geistigem Auge galoppierten grausame, schmerzvolle Taten und Taten der Liebe vorbei, die sie mit einer Handbewegung verscheuchte, wie sie Insekten verscheuchte, die abends um ihre Lampe in der königlichen Kammer herumschwirrten. »Zweifellos aber werdet Ihr später ein weit bedeutenderes Kapitel beanspruchen können. Wollt Ihr nicht lieber noch etwas warten?«

»Warum?« rief Gudú ungeduldig. »Mein Leben soll vom Anfang bis zum Ende aufgeschrieben werden, genau wie das von Sykrosius, den Ihr aber offenbar für nicht so wichtig erachtet ...«

»Oh, Sykrosius! Er war kein Ehrenmann.«

»Ehrenmann oder nicht; er hat aber gelebt. Und ohne ihn hätte mein Vater vielleicht niemals auch nur daran denken können, König zu werden. Also, Mutter, sagt dem Prinzen« – seltsamerweise nannte er nur Almandin und Nobel mit diesem Titel; obwohl er bei letzterem, weil er ordnungsliebend war und Verwechslungen vorbeugen wollte, das Wort »Bruder« hinzuzusetzen pflegte –, »er soll die Geschichte fortschreiben.«

»Und warum habt Ihr solche Eile damit?«

»Geschichte ist die einzige Möglichkeit, in der Erinnerung der Menschen fortzuleben; die einzige Art, sich dem Vergessen zu entziehen.«

Ardid verspürte plötzlich eine merkwürdige Kälte, die, feinem Schneefall gleich, ihr Herz umfing. Sie schaute ihren Sohn beunruhigt an, doch der schien ganz von einem ihn anmaßend umflatternden Schmetterling abgelenkt zu sein.

»Und warum, mein Sohn, wollt Ihr in der Erinnerung der Menschen überdauern?«

Und wieder schien ein unmerkliches Vibrieren über jenem wunderschönen Garten zu liegen, in dem die Sonne schien und die Schmetterlinge sich nicht scheuten, um die Stirn des zukünftigen Königs von Olar herumzutanzen.

»Weil das Beispiel eines Königs für einen anderen König wie das Licht eines Leuchtturms ist. Es zeigt ihm die Gefahren und Untiefen vor der Küste«, entgegnete Gudú, der das Meer allerdings noch nie gesehen hatte.

Während er sprach, hatte er die Hände geöffnet und die Augen wachsam auf den grünen Schmetterling gerichtet, der ihm offensichtlich lästig wurde.

»Ein guter Grund«, sagte Ardid ein wenig erleichtert und glaubte im selben Moment vor Gudús Stirn eine lautlose und endlose Karawane von Reitern vorüberziehen zu sehen: entthronte Könige, siegreiche Könige, traurige Könige, unbekannte und vergessene Könige; und alle zogen sie zum selben Land des Unwissens und des Zweifels.

Gudú schlug die Hände zusammen und hatte den Schmetterling in der Falle. Er betrachtete die aneinandergelegten Hände, und Ardid glaubte tief in ihren Ohren den hilflosen Flügelschlag des betäubten vorwitzigen Falters zu vernehmen.

Doch dann klappte Gudú die Handflächen auf und ließ den Falter frei. Verblüfft über diese ungewöhnliche Tat, fühlte Ardid wieder Furcht, Besorgnis und ein nebelhaftes Unbehagen in sich aufsteigen. Sie schaute ihren Sohn forschend an und war sogleich wieder beruhigt. Gudús graue Augen zeigten nicht die geringste Spur von Mitleid oder nur annähernd ähnlich geartetem Empfinden.

Gudú hatte den Hofstaat und den Rat der Edlen wissen lassen, daß er keine Veranlassung sehe, sein Königreich Olar zu nennen, da bereits die Hauptstadt diesen Namen trage, ebenso wie der Turm und der Königshof. Um jegliche Verwirrung zu vermeiden, verkündete er daher zusammen mit den neuen Thronfolgegesetzen, sein Land und alles, was er diesem noch hinzufügen werde, solle den Namen Königreich Gudú tragen – auch wenn es im Volk weiterhin Königreich Olar heißen sollte. Der Rat der Edlen, der seit der Selbsternennung des Königs langsam wieder in dasselbe kümmerliche Schattendasein gesunken war, in das König Volodius ihn verbannt hatte, wußte nichts dagegen einzuwenden und bestätigte mit seiner Unterschrift – oder einem Zeichen, das dieser gleichkam – das Dokument der Zustimmung. Im Unterschied zu seinem Vater aber legte Gudú nicht den geringsten Ehrgeiz an den Tag, den Adel in Glanz und Herrlichkeit zu übertreffen, und ernannte dessen Söhne bereitwillig zu Hauptleuten, wenn diese es verdienten. Und da das Land genügend junge Männer hervorbrachte, die zwar nicht übermäßig klug, dafür aber mutig und kühn bis zur Grausamkeit waren, hatte Gudú schon bald erkannt, daß sie nur eines Anführers bedurften, dem sie zutrauten, ihnen zu solcherart Ruhm zu verhelfen. Darüber hinaus zeigte er sich großzügig in der Vergabe von Besitztümern, Befehlsgewalt und Begünstigungen, so daß der Rat der Edlen allen Grund hatte, gutzuheißen und zu besiegeln, was immer Gudú verfügte.

Die einzigen, die nicht nach ihrer Meinung gefragt wurden, waren wie immer jene, die nichts besaßen. Seit Hunderten von Jahren lebten sie in Vergessenheit, und selbst wenn sie hin und wieder rebellierten, waren sie doch so arm und unwissend, daß nichts anderes dabei herauskam, als daß ihre Anführer in Stücke gehauen und an den Galgen gehängt wurden, damit sie als abschreckendes Beispiel noch lange in den Schädeln der Leute verhaftet blieben.

Winters waren die Anbauten am ehemaligen Schwarzen Turm fertiggestellt. Wenn sie auch nicht die Bewunderung feinsinniger Gemüter zu erregen vermochten und der empfindsame Almandin sich von den klobigen Formen und Umrissen abgestoßen fühlte, so war Gudú dennoch hoch zufrieden mit dem Ergebnis. Die inneren Räume, als Gemächer für seine Leute wie auch für ihn selbst gedacht, waren karg und ließen jede Annehmlichkeit vermissen. Ein Lager aus Stroh und Laub, zum Zudecken schwarze Felle – von denen sie mehr als genug in der Steppe erbeutet hatten – und die nötigsten Gegenstände des alltäglichen Gebrauchs. Die Herden aber waren bestens untergebracht, und Gudú ließ ein paar Hirten aus der Gegend kommen, die für die Tiere zu sorgen hatten. Und diese Männer, wilde Gesellen und kaum der menschlichen Sprache mächtig, von denen die Bauern glaubten, daß sie mit Teufeln tanzten und es mit Ziegen trieben, waren glücklich wie noch nie im Leben, weil sie nun regelmäßig und gut zu essen bekamen. Für ihr ungezügeltes Temperament war das Hantieren mit Waffen, das sie bei den Leuten im Turm oft genug sahen, gleichsam eine Offenbarung. Mit der Zeit wurden aus ihnen Soldaten-Hirten, und wenn sie nachmachten, was sie die Krieger im Burghof tun sahen, mußte Gudú laut lachen, und das tat er in ihrer Gegenwart gern und ausgiebig.

Der ältere der beiden hieß Atre, war schon älter und hatte nur noch ein Auge; aber er war so stark, wie man nur König Volodius in Erinnerung hatte und jetzt wohl noch Gudú. Yahek hatte ihn ein paarmal zum Kampf ohne Waffen herausgefordert und immer verloren, weshalb er Atre insgeheim bewunderte. Dieser wiederum empfand für Yahek eine liebevolle Zuneigung, weshalb er auch eines Tages zu ihm sagte: »Laß uns Brüderschaft schließen, du alter Wolf.«

»Wie soll das gehen?« fragte Yahek, der schlicht und neugierig wie ein Stallbursche war.

Und Atre entgegnete: »Ritz deinen Arm mit dem Messer, bis

Blut herausquillt; ich tue dasselbe mit meinem Arm, wir lassen unser Blut zusammenfließen, und schon sind wir Brüder.«

»In Ordnung«, sagte Yahek, »dagegen habe ich nichts, auch wenn du wie ein Misthaufen stinkst; immerhin hast du mich besiegen können. Aber eins laß dir sagen: Mein Schwert kennt keine Brüder, und mit dem Schwert besiege ich dich in zwei blitzenden Hieben.«

So schritten sie dann zur Tat, und als sie diese mit reichlich Wein begossen hatten, sagte Atre zu Yahek: »Und jetzt, Bruder Wolf, bringst du mir bei, mit dem Schwert zu kämpfen wie du.«

»Nicht im Traum«, antwortete Yahek. »Ich könnte für den Rest meines Lebens nicht mehr ruhig schlafen.«

Der andere Hirte – der einmal von sich behauptete, der Sohn von Atre und einer wunderlichen Kreatur halb Ziege halb Frau zu sein, und ein andermal, der Teufel persönlich habe ihn gezeugt – mochte um die zwanzig Jahre alt sein. Er war ebenfalls groß und kräftig – wenngleich nicht so stark wie Atre – und so blöde, daß sein Mund stets offenstand, was den Spott der Krieger und jungen Kämpfer herausforderte. Sie machten sich einen Spaß daraus, seinen offenen Mund als Zielscheibe zu nehmen, wenn sie ihre Treffkünste im Steinewerfen maßen. Der Junge jedoch – sein Name war Oci – hatte gar nichts dagegen, denn Zähne, Zunge, Zahnfleisch und Gaumen waren bei ihm von einer Robustheit, daß er die Steine mit dem Mund auffangen und sie sogar darin sammeln konnte, bis keiner mehr hineinpaßte. Und dann spie er sie mit solcher Kraft aus, daß er damit schon mehr als einem dummen Huhn von denen, die zuhauf im Burghof, in den Ställen und eigentlich überall herumstolzierten, den Kopf abgerissen hatte. Unter den Treppen und in manchem dunklen Winkel hatten die Hühner ihre Nester, und die Soldaten pflegten die Eier zu stehlen und roh zu schlürfen; denn weil sie zumeist vom Land kamen, glaubten sie, das sei die Substanz, die ihren Körpern und Muskeln wahre Kraft verleihe.

Die Frauen waren, von einem Palisadenzaun getrennt, in anderen Gebäuden untergebracht, konnten aber kommen und gehen, wann sie wollten. Sie lebten zufrieden mit ihren Männern zusammen, kochten für sie und kümmerten sich um die kleinen Jungen, bis sie sechs Jahre alt waren, denn dann kamen sie zu den Wölflingen des Königs, wo sie unter Anleitung von Yahek und Randal im Kriegshandwerk unterrichtet wurden. Den Frauen oblag außerdem die Reinigung – was sie darunter verstanden, war allerdings dürftig – der Kammern und Gemächer, auch der des Königs.

Manchmal strich auch die Steppenhexe um die Behausungen der Frauen herum. Meistens lebte sie aber in den Wäldern, wo sie einen ausgehöhlten Baumstamm bewohnte, in dem sie nebst ihren Tonschalen und ihrem Lager aus Stroh und Laub unterkam. So konnte sie immer in Yaheks Nähe sein, auf daß ihr Haß niemals versiege. Die Frauen ließen sie oft kommen, um ihre Kinder in den Schlaf singen zu lassen, denn die Alte kannte Lieder und Geschichten, die jedem noch so aufsässigen Kind die Augen schlossen, als lege sich feiner Sand auf seine Lider. Nur zu einer Frau ging sie nicht; deren Sohn in den Schlaf zu singen, weigerte sie sich, sie wandte sogar den Blick ab, wenn sie ihn sah. Diese Frau war Indra, und der Sohn, den sie mit Yahek hatte, hieß Krhin.

Gudú ließ auch eine große Schmiede für die Bearbeitung von Eisen und Waffen errichten und schickte seine Boten aus, um die zehn besten Männer in diesem Handwerk herbeizuholen. Einige kamen aus freien Stücken, andere unter Zwang, zwei sogar in Ketten, denn der König pflegte eindeutige Befehle zu erteilen und liebte es nicht, darüber zu verhandeln; schon gar nicht mit denen, welchen sie galten. Doch ob freiwillig oder mit Zwang, die Männer blieben, und aus der Glut zwischen ihren Essen und Ambossen zogen sie bald die besten Waffen und die härtesten Klingen des ganzen Reiches hervor.

Dann taute der Schnee. Der Fluß stieg, unter dem letzten Rauhreif ergrünten die Ufer, und an den Hängen sprossen blaue Glockenblumen und kleine runde gelbe, die aussahen wie winzige Sonnen. Die jungen Mädchen aus der Gegend gingen zum

Fluß hinunter, und die Männer auf den Zinnen der Schwarzen Burg schauten ihnen nach. Der König selbst ritt eines Tages nicht weit vom Fluß am Waldrand entlang und entdeckte zwei junge Bauernmädchen, die am Wasser saßen, sich wuschen und herausputzten. Schon lange her, dachte er, daß immer die schönsten Mädchen um mich waren; jetzt kommen sie nur noch selten oder gar nicht mehr. Er ritt so geräuschlos wie möglich auf sie zu. Doch die Mädchen hörten den Hufschlag des Pferdes, flüchteten erschrocken ins Wasser und retteten sich auf ein Inselchen, von dem aus sie eng umschlungen dem Reiter entgegenblickten.

»Ihr braucht keine Angst zu haben«, sagte der König und stieg vom Pferd. »Ich werde euch weder töten noch sonst etwas antun, das euch keine Freude bereitet.«

Er stieg ins Wasser, und als es ihm bis an die Knie reichte, streckte er die Hand nach jener aus, die ihm die jüngere und schönere der beiden zu sein schien. Sie war ein Mädchen von etwa vierzehn Jahren mit dunkelrotem Haar. Sie war ärmlich gekleidet, und als Gudú sie eingehender betrachtete, stellte er fest, daß sie mager und vermutlich auch hungrig war. Doch die Erfahrung, die er sich in diesen wie in vielen anderen Dingen erworben hatte, sagte ihm, daß sie – besser genährt und besser gekleidet – in nichts hinter all den Schönheiten zurückstehen würde, die kennenzulernen er bisher die Freude gehabt hatte.

»Komm mit mir«, sagte der König. »Ich verspreche dir, daß dir niemand einen Schaden zufügen wird. Ich gebe dir zu essen, soviel du willst, und Kleider, die tausendmal schöner sind als das, welches du trägst.«

»Ich flehe Euch an, edler Ritter!« rief das ältere Mädchen daraufhin. »Nehmt meine kleine Schwester nicht mit, meine Mutter würde vor Kummer sterben.«

»Es wird ihr gar keinen Kummer bereiten, wenn deine Schwester mit mir kommt«, sagte Gudú gereizt, denn außer Naivia hatte ihm noch nie ein Mädchen widersprochen. »Ich werde deine Mutter reichlich mit Nahrung versorgen und sie für ein paar Jahre vom Zehnten befreien ... Wem gehört ihr eigentlich?«

»Dem Baron Rucindo«, antwortete die Ältere. »Und der läßt nicht mit sich spaßen, das könnt Ihr mir glauben.«

Gudú lachte, als er das hörte, und während er das Mädchen hinter sich her ans Ufer zerrte, sagte er:

»Dann sag deinem Baron, daß König Gudú eine seiner Vasallinnen genommen hat, dann wird er schon keine Einwände erheben.«

Als sie diese Worte hörten, erbleichten die beiden Mädchen. Und die ältere sprang so geschwind an Land und verschwand querfeldein, daß sie schneller außer Sicht war, als sie für den Hinweg zum Fluß gebraucht hatte.

Unterdessen zitterte die Kleinere so haltlos und starrte Gudú so voller Schrecken an, daß er ärgerlich wurde. Er stieß sie mit dem Fuß an und sprach:

»Starr mich nicht an, wie ein Kaninchen ein Wildschwein anstarrt, dummes Ding. Komm mit mir, und glaub mir, du wirst es nicht bereuen.«

Er setzte sie hinter sich auf die Kruppe seines Pferdes und ritt mit ihr zum Schwarzen Turm zurück. Dort rief er einen alten Soldaten namens Relisius zu sich, dem die halbe Wange fehlte, welche ihm – zu Volodius' Zeiten noch – ein Krieger der Steppe mit dem Schwert zerhauen hatte. Er wurde von den Männern der Burg hoch geachtet, genau wie vom König selbst, der ihn aufgrund seines Alters und seiner Erfahrung zum Oberaufsichtsführenden ernannt hatte.

»Relisius, bring dieses erschrockene Vögelchen zu den Frauen. Bitte Indra, sie zu baden, zu kämmen, in ein neues Gewand zu kleiden und zu füttern, bis sie rundherum satt ist. Und wenn sie in Wochenfrist einen etwas gefälligeren Eindruck macht, soll sie sie zu mir schicken.«

»Verlaßt Euch auf mich, Hoheit«, antwortete Relisius. Die etwas feinere und einfühlsamere Indra hatte in diesen Dingen einen besseren Geschmack als die meisten anderen Frauen. Und schon nach wenigen Tagen wurde das Mädchen zum König geschickt.

»Einige Sonderrationen und mehrere Meter Stoff wirken bei Soldaten ebensolche Wunder wie bei jungen Mädchen«, bemerkte Gudú zufrieden. Denn gewaschen und gekämmt, das Haar zu feinen goldenen Zöpfen geflochten, die Haut jetzt heller und samtener und die Augen glänzender, machte das Mädchen einen ganz vortrefflichen Eindruck. Sie lächelte sogar, als sie, nach ihrem Namen gefragt, einen unbeholfenen Hofknicks machte, den Indra ihr beigebracht hatte, und zur Antwort gab:

»Arandisca, o Herr.«

»Welch gräßlicher Name!« sagte Gudú. »Nun, ich werde dich Augenschmaus nennen; so wie ein anderes Mädchen, das genauso schön war wie du und an das ich mich gern erinnere. Ich hoffe, du wirst deinen Obliegenheiten auf die gleiche Weise nachkommen wie sie.«

Dann wies er ihr eine Kammer zu, und vom selben Tag an wohnte sie bei ihm.

Das Mädchen blühte zusehends auf, und der König sprach zu ihr: »In höchstens einen Monat werden die Schwielen an deinen Händen und Füßen verschwunden sein. Dann bist du eine vollkommene Schönheit.«

»Danke, o Herr«, sagte die neue Augenschmaus. »Aber ich wünschte mir, etwas über meine Mutter und meine Schwester zu erfahren, denen zu helfen Ihr versprochen hattet, wenn ich Euch willfährig bin.«

»Das habe ich gesagt? Nun, es scheint mir nicht mehr als gerecht zu sein. Sag mir, wo sie wohnen, dann werde ich meine Leute ausschicken, um mein Versprechen einzulösen.«

»O Herr«, wandte Augenschmaus mit unsicherer Stimme ein, »in Wahrheit sind wir die Familie eines der Schmiede, die Ihr an Euren Hof geholt habt. Meine Mutter und meine Schwester halten sich ganz in der Nähe der Burg auf, und ich habe ihnen auch schon eine Nachricht und etwas zu essen von den Frauen überbringen lassen.«

»Also gut«, sagte der König. »Laß sie wissen, daß sie sich nicht mehr zu verstecken brauchen. Wenn deine Mutter hier leben kann, soll sie wieder zu ihrem Mann gehen; und deine Schwester kann bei den anderen Frauen unterkommen. Ich bin sicher, daß sie bald einen Baum finden wird, an dem sie sich mit Freude aufhängen kann.«

»Was sagtet Ihr da, o Herr?«

»Du darfst nicht alles wörtlich nehmen«, erwiderte Gudú. »Ich meine, daß sie unter den Männern gern gesehen sein wird und gewiß unter den besten von ihnen wählen kann. Von so jungen und liebenswerten Geschöpfen wie euch beiden gibt es hier nicht viele. Wie du sicherlich festgestellt hast, sind die meisten schon Mütter und auch nicht mehr ganz jung. Da kommt es nicht ungelegen, die alten Bestände etwas aufzufrischen.«

»So werde ich es ausrichten, o Herr«, versprach Augenschmaus und küßte hingebungsvoll die Hand dessen, den sie in noch gar nicht so ferner Vergangenheit verwünscht und als wildes Tier beschimpft hatte.

Die Geschichte verbreitete sich rasch in der ganzen Umgegend. Zwar gab es noch Mütter, die ihre Töchter furchtsam im Haus einschlossen, doch andere suchten an den Ufern des Flusses angelegentlich nach Kräutern und brachten ihre Töchter möglichst in die Nähe der Schwarzen Burg. Wieder andere Frauen kamen allein und aus freien Stücken, so daß mit voranschreitendem Frühling und sprießenden Gräsern und Pflanzen und allen Blumen der Felder immer mehr Mädchen unterschiedlichen Alters und Aussehens die Burg bevölkerten und sich freudig entschlossen, dort zu bleiben, solange man sie ließ.

Auf diese Weise freundete sich Augenschmaus mit einem Mädchen namens Iliona und später noch mit einem anderen namens Cinzia an. Und alle drei wohnten in den Gemächern des Königs. Sie zankten und stritten sich zwar gern um jede Geringfügigkeit, waren jedoch stets darauf bedacht, daß der König nichts davon bemerkte, denn im Grunde fühlten sich die drei ausgesprochen wohl miteinander, da das Alleinsein mit dem König nicht immer eitel Sonnenschein war – ausgenommen in den Augenblicken der Liebe. Sie stellten sich vor, Prinzessinnen zu sein – woran sie früher nicht im Traum hatten denken können –, erzählten sich Geschichten und bestickten zusammen herrliche Stoffe; und obwohl sie nicht immer einer Meinung waren, sich hin und wieder an den Zöpfen rissen und mit der Stopfnadel die Finger blutig stachen, hätten sie ihr jetziges Leben nie mehr gegen ihr früheres eintauschen oder auf die gegenseitige Gesellschaft verzichten wollen. Und da es für die Soldaten durchaus Möglichkeiten gab, mit den Mädchen Freundschaft zu schließen, herrschten nicht nur Wohlergehen und Freude im Schwarzen Turm, sondern seine Bewohner vermehrten sich auch auf ganz überraschende Weise.

»Eines Tages, dachte Gudú, werden diese Krieger alte Männer sein, und die Wölflinge werden eines Tages Krieger sein. Darum muß es immer neue Wölflinge geben, und ihre Ertüchtigung an den Waffen muß fortgesetzt werden. Wenn die Dinge sich so entwickeln, wie ich hoffe, wird mein Heer auf der ganzen Welt nicht seinesgleichen finden.

Solche Pläne und dazu die Sehnsucht, eines Tages den Großen Fluß zu überqueren, erhitzten seine Träume und spornten seinen Ehrgeiz an. Gudú, Gudú, dachte er in manchen Nächten, wenn er mit seinen Soldaten trank, dein Name und dein Reich werden sich eines Tages über den ganzen Erdball erstrecken, werden die Jahrhunderte und die Menschheit überdauern.

Mit der schönen Jahreszeit fanden häufiger Turniere und Schaukämpfe zwischen Soldaten und jungen Kriegern statt, und weder Gudú noch sonst jemand im Schwarzen Turm konnte über Langeweile klagen. Allmählich vergaß der König auch seinen Bruder Nobel und fühlte sich mit der Zeit immer selbstsicherer und ungebundener, insgesamt kraftvoller und unbesiegbarer als seine Männer. So gelangte er schließlich zu der Überzeugung – und zwar nicht, weil er darüber nachgedacht hatte, sondern weil die Zeit es einfach mit sich brachte –, daß es keinen besseren Beschützer für einen Mann oder einen König gab als ebendiesen Mann oder König.

2 Doch nicht jeder hatte das Gefühl von Wohlergehen an diesem außergewöhnlichen und vielleicht sogar einzigartigen Königshof.

In den Anfängen, als der düstere ummauerte Turm allein aufragte und die Befestigungsanlagen und Anbauten noch nicht fertiggestellt waren, kamen nach Gudús Einschätzung nur wenige junge Männer für das Kriegshandwerk in Frage. Die meisten von ihnen waren noch zu jung, und die größte Gruppe bildeten jene halbverhungert umherstreunenden Kinder, die sich ihnen auf dem Rückzug des Schreckens und der Zerstörung angeschlossen hatten. So schickte Gudú eines Tages seine Männer aus, Jungen im Alter von acht bis zwölf Jahren zu suchen und auf die Schwarze Burg zu bringen. »Freiwillig oder mit Gewalt«, hatte er gesagt, »besser aber freiwillig, weil sie dann freiwillig bleiben und freiwillig lernen.«

Und seine Männer brachten Banden von halbwegs furchtsamen und halbwegs begeisterten Kindern. Letztere erwiesen sich als die besseren Schüler, und er sagte sich, daß Bewunderung ein guter Weg war, kindliche Gemüter zu entzünden. In der Folge wies er seine Männer an, allen Kindern, die ihnen in die Hände fielen, die immer gleiche Geschichte seiner Heldentaten und seines Edelmuts zu erzählen. Dies verfing besser als wahlloser Raub, und ging sogar so weit, daß Jünglinge und junge Männer – genau wie später Mädchen und junge Frauen – in immer größerer Zahl um die Burgmauern strichen und darauf hofften, eingelassen zu werden. Und auch in diesem Fall machte Gudú sich nichts vor: Ein Lockmittel wie die Aussicht auf das Dasein eines geübten, gut ausgerüsteten Kriegers, nicht zu vergessen das tägliche Brot, das Fleisch und anständige Kleidung, welche die bisherigen Lumpen ersetzte, war für die jungen Menschen nicht der schlechteste Köder.

Eines Tages hatte Randal zu ihm gesagt, von den Kriegszügen mit Volodius wisse er, daß es im Süden von hungrig umherstreunenden Kindern nur so wimmele. Volodius hatte das Land bis aufs Blut ausgesaugt, und in den Kindergesichtern hatte er, Randal, Wildheit, wachen Geist und kühnen Ausdruck erkannt.

»Dann reite nach Süden«, sagte Gudú. »Bring mir von diesen Kindern, wen du für fähig erachtest.«

Randal ritt mit einer Abteilung Soldaten in die Gegend, wo die Besitzungen von Prinz Nobel lagen, und fing ein, was ihm an jungen Männern nützlich erschien. Auch das Schloß des Prinzen wurde – wie jedes andere Gebäude – von Raub und Plünderung nicht verschont. So kam es, daß die Kinder, die sich mit Amer dorthin geflüchtet hatten, wieder zurückgebracht wurden in den Norden.

Ein Jahr war seit diesen Ereignissen vergangen, und die Jungen, die damals zehn gewesen waren, waren jetzt elf, und die acht gewesen, zählten jetzt neun Jahre. Ihr Anführer Lisius – in den alle die Hoffnung setzten, Nobel möge sein Versprechen halten – war inzwischen ein Jüngling mit dunklem, wildem Blick und stolzer Haltung.

»Ich werde euch nie verlassen«, sagte er zu seinen Freunden.

Da er schon zu alt war, um in die Ausbildung aufgenommen zu werden, meldete er sich freiwillig. Sein Auftreten und seine Worte gefielen den Soldaten, und so nahmen sie ihn bei sich auf. Als er dem König vorgestellt wurde, schaute dieser ihn forschend an. Er sah, daß der Junge zwar nicht ganz so kräftig wie er selbst war, der Tag seiner Geburt jedoch nicht allzuweit von seinem eigenen entfernt liegen konnte.

»Du hast zwar das gewünschte Alter überschritten«, sagte er zu ihm, »dennoch soll Yahek dich prüfen. Wenn du in kürzerer Zeit besser kämpfen lernst als als die übrigen, kannst du bei uns bleiben, und ich werde dich sogar zum Anführer der Wölflinge machen. Nach wie vor unter Yaheks Befehl, wohlgemerkt. Wenn du unsere Erwartungen nicht erfüllst, wirst du hinausgeworfen und läßt dich in der Burg besser nicht mehr sehen.«

»Einverstanden«, antwortete Lisius und schaute dem König furchtlos ins Gesicht, was diesem ebenso große Bewunderung wie Mißfallen abnötigte. »Wieviel Zeit gebt Ihr mir?«

»Dreißig Tage«, sagte Gudú, insgeheim die Frist verkürzend, an die er ursprünglich gedacht hatte. »Und vergiß nicht, daß ich Befehle niemals widerrufe.«

Obwohl Gudú – ohne sich den Grund dafür erklären zu können – insgeheim wünschte, der Junge möge scheitern, berichtete ihm Yahek schon vor Ablauf der Frist mit sichtlichem Stolz – über den Gudú sich ärgerte, weil er ihn nicht verstand –, sein neuer Schützling schlage nicht nur bereits den besten Kämpfer der Wölflinge, sondern sogar die rauhesten Männer unter den erwachsenen Soldaten.

»Dann veranstalten wir gleich morgen früh ein Turnier, auf dem er gegen vier Wölflinge antreten soll«, sagte Gudú. »Wenn Lisius also ihr Anführer werden will, soll er vier von ihnen nacheinander besiegen. Wähle die vier besten Kämpfer aus, und bereite alles vor, damit beim ersten Licht des Tages das Turnier beginnen kann.«

Da unter den Wölflingen ein Kampf auf Leben und Tod verboten war, wählte Yahek die vier Meistversprechenden unter ihnen aus. Den Rest der Nacht verbrachte er damit, Lisius zu unterweisen, zu dem er eine Zuneigung entwickelt hatte, als wäre dieser von seinem eigenen Fleisch und Blut.

»Sohn«, sagte er, als sich das erste Licht am Horizont zeigte, »laß mich dich so nennen, denn ich wünschte, daß mein eigener Sohn, der noch zu klein ist, um in die Waffenschule aufgenommen zu werden, einmal so stark und mutig wird wie du. Wenn du besiegt werden solltest und man dich der Burg verweist, werde ich mit dir gehen.«

»Nein«, entgegnete Lisius und richtete einen Blick auf Yahek, den dieser nicht zu deuten verstand. »Sie werden mich nicht besiegen, denn meine Kraft entspringt einer Quelle, die weitaus finsterer und rücksichtsloser ist als mein Körper. Sollte ich dennoch besiegt werden, bleib du bei deinen Leuten, denn bei mir fändest du niemals Ruhe. Ich bin nicht dein Sohn, ich kann es nie sein.«

»Deine Worten machen mir angst«, sagte Yahek. »Wenn du

nicht mein Sohn sein willst, so will ich trotzdem über dich wachen wie ein Vater, solange es mir möglich ist.«

Kaum hatte die Sonne den ersten Strahl auf den Turnierplatz geworfen, begann der Kampf zwischen Lisius und den von Yahek ausgewählten Wölflingen. Die Kämpfe verlangten dem Jungen alles ab, doch er gewann sie sämtlich im ersten Durchgang.

Der König war so angetan von Lisius, daß er seinen Widerwillen gegen ihn augenblicklich vergaß. Und da er mehr dazu neigte, sich von der Logik der Dinge leiten zu lassen als von unbestimmten Ahnungen ohne jede Grundlage, ernannte er den Jüngling auf der Stelle zum Anführer der Wölflinge und überreichte ihm eigenhändig ein ganz neu geschmiedetes Schwert, auf dem sein Name und der folgende Wahlspruch zu lesen war: ›Diene deinem König, dann dienst du dir selbst durch alle Zeit und an jedem Ort.‹ Ein langer Satz, aber lang war auch das Schwert; das längste und gewichtigste, daß je die Hand eines Wölflings der Schwarzen Burg umfaßt hatte.

Noch in derselben Nacht versammelte Lisius seine Freunde aus dem Süden um sich und sagte: »Ich schwöre bei diesem Schwert, meinen Vater und alle Männer unseres Volkes zu rächen. Und ich schwöre, daß der unter euch, der sich von uns lossagt, meiner Strafe nicht entgehen soll.«

Die jungen Männer schworen ihrerseits. Doch Lisius bemerkte nicht den leisen Zweifel, der sich ihrer bemächtigt hatte. Bald schon sollte er feststellen, wie hinfällig die menschliche Natur ist, wie vergänglich menschliche Schwüre und wie hilflos das Schwert eines Kindes – selbst mit einer so langen Losung auf einer so langen Klinge – allein gegen die Selbstsucht und die Blindheit überall auf Erden.

Einige Monate waren erst vergangen, als der letzte Schnee in der Sonne schmolz und Lisius – bestens vertraut mit der Erde, über die er seine Schritte lenkte – erkannte, daß die ersehnte warme Jahreszeit gekommen war. Er wußte, daß der Winter der ärgste Feind aller Flüchtigen war, der Fels, an dem die tapfersten und die erbärmlichsten Kämpfer zerschellten. Mehr als einmal hatte sein Großvater ihm versichert, die Sommersonne sei der wertvollste Schatz der armen Leute. »Die warme Jahreszeit stärkt Körper und Geist«, hatte er immer behauptet. »Nur im Sommer wagen es die Armen, sich gegen die Mächtigen zu erheben. Denn im Winter ist der Hunger schmerzhafter, das Fleisch ist kalt, und die Muskeln zittern, die Augen füllen sich mit Eis und mit Durst. Und während die Reichen den Winter unter schützenden Dächern verbringen, mit ausreichend Brennholz versorgt, wird für den Armen die Nahrung knapp, das Stroh verfault auf den Dächern, und das Brennholz reicht nie aus, die kältestarren Körper zu wärmen. Unternimm nie etwas im Winter, mein Lisius. Ich habe nur meine Worte, um dich unter der Sonne zu schützen, vor der Ungerechtigkeit und Grausamkeit der Menschen. Bewahre meine Worte und gib sie an deine Söhne weiter und an deren Söhne, bis eines Tages die Ohren hören, die Augen sehen und die Geister erwachen.« Lisius hatte es ihm versprochen und nie mehr vergessen.

Doch wie bitter waren seine Enttäuschung und sein Zorn, als der von ihm vorausberechnete Tag gekommen war, er seine Weggefährten um sich sammelte und ihnen sagte, bei Anbruch des Tages brächen sie auf, bis an die Zähne bewaffnet, die Schultersäcke prall gefüllt mit allem, was die Küche hergäbe.

»Wohin sollen wir denn gehen?« fragte der älteste seiner Freunde argwöhnisch.

»Auf die Suche nach unseren Brüdern. Zu den Bergwerken des alten Schluchtenlandes. Wir suchen die Verdammten dieser Erde und scharen sie um uns. Ich schwöre euch, mein Heer wird größer und stärker sein als das des Königs; denn die Verzweiflung ist eine Waffe, die weder Gudú noch seine Gefolgsleute kennen.«

Doch seine alten Freunde senkten nur stumm die Köpfe, gaben keine Antwort. Schließlich gingen sie einer nach dem anderen davon, bis Lisius durch den gläsernen Schleier seiner wütenden Tränen nur noch Iro erblickte, der ihn mit seinen treuen Hundeaugen anschaute, in denen sich – so wollte ihm scheinen – das streifende Sonnenlicht der ganzen Erde bündelte.

Verbittert zog er am frühen Morgen allein von dannen, allein wanderte er über die Felder, allein drang er in den Wald ein, den er so gut kannte; begleitet nur vom hechelnden Iro, der hinter ihm durch Gräser und Farne trottete und durch das Licht des frühen Sommers, welches durchs dunkle Geäst herabfiel und die Erde küßte.

Als Yahek von seinem Verschwinden erfuhr, war er zuerst fassungslos und suchte ihn überall. Er überwand sich sogar und folgte den Spuren der Hexe. Diese sagte ihm, sie habe den Jungen in einem hohlen Eichenstamm versteckt; denn Eichen sind Lebewesen, die Menschen um Jahre und Jahre überdauern. Und die Hexe, voller Haß auf Yahek, erzählte weiter, daß wilde Tiere den Jungen gewittert und ihn zerrissen hätten. Sie hatte seine Knochen unter einem Stein vergraben.

Von Kummer überwältigt, als wäre sein Herz unter dem Stein begraben, der, wie er glaubte, Lisius' Grab bedeckte, begann Yahek zu schluchzen und weinte vielleicht zum ersten Mal in seinem Leben.

Verzweifelt und gepeinigt kehrte er zum Schwarzen Turm zurück, wo Gudú schon wartete und verärgert zu ihm sagte:

»Ein erbärmlicher Wurm wie dieser ist es nicht wert, daß du seinetwegen deine Pflichten vernachlässigst.«

Zur Strafe ließ Gudú ihm zehn Peitschenhiebe verabreichen, die Yahek nicht halb so sehr schmerzten wie jener Verlust. Alle außer ihm hatten Lisius schon bald vergessen, und das Leben im Schwarzen Turm ging ohne ihn weiter.

Erst als der Hufschlag von Pferden und die Stimmen von Soldaten endgültig verstummten, als der Sommer seine feuchte Wärme über die Felder ausbreitete, dann aber Blumen und Gräser verdorren ließ und die Straßen mit Staub bedeckte, kam Lisius aus seinem dunklen Versteck in den alten Bergwerken hervor, dessen Gänge nur er oder ein Kobold erforschen konnten, ohne sich tödlich zu verirren. Sein Brot und sein Wasser mit Iro teilend, machte er sich auf den Weg in das bergige Land der tödlichen Schluchten, auf Schritt und Tritt darauf gefaßt, fliehen oder sich verbergen zu müssen. Vom schwarzen Land der Armen bis zu den Leuten ohne Heimat, die nichts besaßen, nicht einmal Namen, und denen er – so sein Plan – beibringen wollte, sich Nahrung und Waffen zu beschaffen.

II

DIE INSEL LEONIA

I

Der Sommer war bereits fortgeschritten, als die junge Augenschmaus nicht mehr verbergen konnte, daß sie ein Kind erwartete. Sie machte sich Sorgen, weil sie nicht wußte, wie der König diese Nachricht auffassen würde, denn Gudús Stimmungen waren so unvorhersehbar wie seine Gedanken. Nach fünf Monaten des Verschleierns, in denen sie mit Hilfe der beiden anderen Mädchen ihren Bauch eingeschnürt und die Taille schlank zu halten versucht hatte, war sie zu dem gewiß richtigen Schluß gekommen – und die Mädchen sowie Indra hatten sie darin bestärkt –, dem König ihren Zustand nicht länger verheimlichen zu können. Gudú schien freundlich gestimmt, und als sie in friedlichem Kreis zu Abend speisten und tranken, sagte sie es ihm: »O Herr, ich habe Euch etwas mitzuteilen, das mich wohl mit großer Freude erfüllt; doch weiß ich nicht, wie Ihr es aufnehmen werdet.«

»Nur heraus damit«, sagte Gudú geistesabwesend. »Du weißt, daß ich keine verschlungenen Wege mag, wenn man einfach geradeaus gehen kann.«

»Nun, ich erwarte ein Kind von Euch, mein verehrter König und Gebieter.«

»Was sagst du da?« Gudú schrie es beinahe, denn soweit er wußte, war ihm das zum ersten Mal passiert.

»Es ist wahr«, fügte das Mädchen zitternd hinzu. »Doch wenn es Euch mißfällt, o Herr, bitte ich Euch, mich bei den Frauen wohnen zu lassen. Aber ich flehe Euch an, laßt mich das Kind behalten!«

Gudú war immer noch verblüfft über die Nachricht. Schließlich ließ er das Mädchen an seine Seite treten, legte sein Ohr an ihren Bauch und betastete ihn so grob, daß Augenschmaus einen erstickten Schrei ausstieß.

»Hör auf, zu zittern, dummes Ding«, sagte Gudú. »Ich sehe darin kein Verbrechen, für das ich dich bestrafen müßte, da ich mich in einem solchen Fall selbst bestrafen müßte.«

Er stieß sein kurzes kehliges Lachen aus und schob sie damit wieder von sich.

»Dein Vorschlag war gar nicht so übel«, sagte er. »Geh zu zu den Frauen und bring dort dein Kind zur Welt. Wenn es stark und gesund ist, wie ich hoffe, laß es mich wissen; dann kann er bei meinen Wölflingen eintreten, wenn er das richtige Alter hat. Wenn das Kind aber kränklich oder zurückgeblieben oder ein Mädchen ist, behalt es oder wirf es den Hunden vor, ganz, wie du willst, und komm mir für den Rest deines Lebens nicht mehr unter die Augen.«

Den Blick von Tränen verhangen – die sie jedoch zu verbergen wußte, da sie die Abneigung des Königs gegen derlei Ausbrüche kannte –, zog sie sich unter den traurigen Blicken ihrer beiden Freundinnen zurück.

»Was ist denn mit euch?« rief Gudú erbost. »Auf welcher Beerdigung sind wir hier? Macht gefälligst fröhliche Gesichter, sonst schicke ich euch gleich hinterher.«

Also setzten die beiden Mädchen ein vergnügtes Lächeln auf, unter dem sie ihr Mitleid sowohl für Augenschmaus als auch für sich selbst verbargen. Damit wurde das Mahl ohne weitere Zwischenfälle beendet.

Der Vorfall brachte Gudú jedoch darüber ins Grübeln, daß er dem Thron tatsächlich noch keinen legitimen Nachfolger beschert hatte. Da er aber selbst das Gesetz erlassen hatte, nachdem nur ein legitimer Nachkomme die Krone des Reiches tragen durfte, sandte er gleich im Morgengrauen einen Boten nach Olar, um seine Mutter an die rasche Erledigung seines Befehls zu erinnern. Das Klima war zur Zeit ausgesprochen günstig, und da sollte er solche Aufgaben gelöst haben, bevor er das kühnste Unternehmen begann, das er seit langem geplant hatte und welches ihn noch einmal weit in die Steppe führen sollte.

In Olar schlichen die Königin und ihre Freunde gleichsam durch das ereignislose, eintönige Leben, welches nach dem Verschwinden von Naivia und Nobel am Königshof Einzug gehalten hatte. Ardid war so niedergeschlagen, daß sie fast teilnahmslos wirkte, was in einem krassen Gegensatz zu ihrem eigentlichen Wesen stand. Sie hatte angefangen, sich zwar nicht grob zu vernachlässigen, denn sie war immer noch eine wunderschöne Frau im besten Alter, aber sie versuchte nicht mehr, den Lauf der Zeit unter Pasten und Salben zu verbergen, ebensowenig wie die grauen Strähnen, die sich zunehmend im Blond ihrer geflochtenen Haare zeigten. Sie gab zwar noch Empfänge und Bälle im Schloß, auf denen sie die Töchter der Adligen beobachten und aus dem Schatten ihres Gefolges heraus über mögliche Verbindungen spekulieren konnte, doch rechtes Vergnügen bereiteten ihr solche gesellschaftlichen Anlässe nicht mehr.

Dafür schenkte sie in letzter Zeit dem kleinen Prinzen Ungestalt mehr Aufmerksamkeit und bat Dolinda – ihre Erste Kammerzofe – immer öfter, ihn mit zu ihr zu bringen. Dann saßen sie beide da und schauten ihm beim Spielen zu, beobachteten seine Fortschritte – die allerdings kaum als solche zu bezeichnen waren, denn der Kleine entwickelte sich nur langsam und war von kränklicher Natur, wenn auch reizend und liebenswert wie wenige – und tauschten ihre Meinungen darüber aus, welche Kleidung er am besten tragen könnte und welche Lehrer er einmal haben sollte. Eine geheime Regung riet ihnen, diese Treffen jedoch möglichst unbemerkt zu veranstalten; und es herrschte eine stille Übereinkunft zwischen den beiden Frauen, die Gegenwart des kleinen Prinzen am Hof möglichst in Vergessenheit geraten zu lassen.

»So ein hübsches Kerlchen!« pflegte Dolinda zu sagen, während sie sein Wämschen glatt zog, das sie mit unendlicher Liebe bestickt hatte. »Habt Ihr jemals ein so kluges Gesichtchen, sanftere Augen und goldenere Haare gesehen?«

»Du hast recht«, antwortete Ardid, einen Anflug von Wehmut unterdrückend,« er ist einfach bezaubernd.«

Und nachdenklich betrachtete sie das bleiche Antlitz, die dünnen Beinchen, die ihn immer noch nicht so tragen wollten, wie es seinem Alter angemessen gewesen wäre, den Buckel und das wirre rote Haar, das wie die Borsten eines Besens aus seinem viel zu großen Schädel sproß. Ab und zu streckte der Kobold seinen Kopf aus dem Kamin und sagte: »Für einen Menschen ist er wirklich hübsch; nicht so häßlich wie die anderen.«

Weil er dir ähnlicher sieht als jedem Menschenkind, dachte Ardid dann mitleidig und stimmte auch der Meinung ihres alten Freundes zu, der in jener Zeit vor allem damit beschäftigt war, eine Weinader zu entdecken, wie er es nannte, die ganz in der Nähe verlaufen mußte, wenn er seinem Geruchssinn nicht ganz und gar mißtrauen wollte.

»Ach, mein lieber Kobold«, sagte Ardid des Abends oft zu ihm, wobei sie in den Kaminschacht sprach, »komm lieber zu mir in die Kammer. Bald erlischt die Glut, und dann hast du kein gemütliches Lager für die Nacht. Wann begreifst du endlich, daß in diesem Land kein Wein angebaut wird und du in den Süden zurückkehren mußt, wenn der Sinn dir danach steht. Reicht dir das nicht, was du in unseren Weinkellern findest? Du hast wirklich seltsame Einfälle.«

Doch der Kobold tat, als höre er sie nicht, oder ließ sich nur kurz blicken und sagte: »Ihr wißt nicht, wovon Ihr sprecht, Herrin. Der verstorbene Volodius, der das herrliche Getränk genauso liebte wie ich, hat hier irgendwo Wein angebaut. Und wenn mich nicht alles täuscht, müßte allmählich etwas daraus geworden sein.«

Nichts konnte ihn von seinem hartnäckigen Tun abbringen. Unterdessen saß der Magier zwischen einem Schläfchen hier, einem Schläfchen dort über seinen Pergamenten, auf denen er die Schlachten und die Siege seines Königs Gudú aufzeichnete, um sie dann sorgfältig im *Buch der Könige* aufzubewahren. Der träumerische Almandin hingegen spielte endlose Partien Schach gegen sich selbst, schob einmal die weißen, ein andermal die schwarzen Figuren über das Brett. Da er es aber nicht lassen konnte, für eine Farbe Partei zu ergreifen, verzettelte er sich oft genug in so hinterhältigen Zügen, mit denen er sich selber Fallen stellte, daß Ardid ihn ob dieser eines ansonsten tadellosen Ehrenmannes unwürdigen Machenschaften immer häufiger schalt.

»Da ich gegen mich selbst spiele, meine Liebe, ist meine Würde kaum in Gefahr, glaubt mir.«

»Dann spiel gegen einen Pagen oder sonst jemanden. Ich fürchte, du gewöhnst dir andernfalls allzu verwerfliche Handlungsweisen an.«

»Es gibt an diesem Hof keinen Gegner, der mir ebenbürtig wäre«, entgegnete Almandin mit sanftem Lächeln. »Die einzige Ausnahme ist der Kobold, doch der scheint seine Aufmerksamkeit anderen Dingen zugewandt zu haben.«

Eines Tages schaute Ardid aus dem Fenster und blickte auf den See hinaus. Lichter Nebel schwebte über dem Wasser, duftend und brauschend, durchtränkt jedoch von einer Wärme, die aus weiter Ferne kam und die sie längst verloren geglaubt hatte.

»Mein Gott, wie traurig ist es, alt zu werden!« rief sie aus.

»Alt zu werden, meine wunderschöne Geliebte?« Almandin nahm sie in die Arme und küßte sie voller Leidenschaft. »Sagt das nicht für Euch und nicht für mich; wir stehen in der Blüte unseres Lebens.«

Die Königin schwieg gerührt. Ihren scharfen Augen war jedoch nicht verborgen geblieben, daß die jüngeren Mitglieder des Hofstaats sich wissende Blicke zuwarfen und ihr Lachen unterdrückten, wenn Almandin einem Bankett oder einem Ball aufrecht und würdevoll als Zeremonienmeister vorstand. Diese Entdeckung versetzte ihr schmerzende Stiche ins Herz, und Wehmut und Hoffnungslosigkeit bemächtigten sich ihrer immer häufiger.

Die Kraft des Sommers ließ bereits nach, als Ardids eintöniger Alltag durch die Ankunft eines reitenden Boten unterbrochen wurde, der ihr einen Brief des Königs übergab und ihr ungezügeltes Temperament wieder aufflammen ließ.

»Gütiger Gott, welch träge Gesellschaft sind wir nur!« rief sie, während sie mit ausgreifenden Schritten ihr Gemach durchmaß. »Der König will eine Liste heiratsfähiger Kandidatinnen haben, und wir vertrödeln unsere Zeit. Schnell, schnell, meine Freunde; setzen wir uns zusammen und holen wir das Versäumte so rasch wie möglich nach!«

Und in altem, überschäumendem Tatendrang fegte sie Schachbretter vom Tisch und klappte Spielkisten zu, beugte sich in den Kamin und forderte den Kobold energisch auf, unverzüglich zu erscheinen.

So wurde jeder aus seinen Träumen oder Kauzigkeiten gerissen, und in der Nacht lasen sie alle zusammen aufmerksam im *Buch der Ahnen*, wobei sie auf die vom Magier erarbeitete Ausgabe verzichteten, da diese nur allzu bittere Früchte getragen hatte. Nachdem alle Möglichkeiten überprüft worden waren, kam Ardid zum dem Schluß, daß sie tatsächlich keine große Auswahl hatten. Denn, so fürchtete sie zu Recht, für Frauen, die älter als zwanzig, häßlich, fett, einäugig oder vollkommen verblödet waren, hätte Gudú nichts übrig.

»Wenn ich mich also nicht irre«, sagte sie nachdenklich und klappte das Buch zu, »bleiben uns drei mögliche Kandidatinnen: Prinzessin Dursia, die Tochter des Königs der Südöstlichen Berge, die ich nicht eben wärmstens empfehlen kann, weil ihr Vater sich gegen seinen Nachbarn im Osten völlig zugrunde gerichtet hat und sie jetzt alle, soviel ich gehört habe, in Lumpen gehen und sogar eigenhändig ihr Land bestellen müssen. Die Tochter des Herrn der Oríndicotäler kommt auch nicht in Frage, da dies so friedfertige und unbedarfte Leute sind, daß – obwohl unmittelbare Nachbarn – nicht einmal Volodius es der Mühe für wert befand, sie zu erobern. Die besten Aussichten – obwohl sich in mir ein unerklärlicher Widerstand dagegen regt, der sich aber gewiß auflösen läßt – hat demnach die Tochter der Königin Leonia.«

»Das Kind ist ein Säugling und hat noch Speckröllchen!« rief Almandin gedankenlos. »Nein, meine Liebe, die Kleine ist in keinem Alter, um Kinder zu gebären.«

»Mein Bester, das war vielleicht vor Jahren so, als du sie zum letzten Mal besucht hast. Bedenke, daß sie mittlerweile fünfzehn ist und, wie man hört, keineswegs häßlich; und nicht so dumm wie die Tochter des Herrn der Täler, die nicht weiß, ob sie sich das Essen ins Ohr oder in den Mund schieben soll.«

»Das kann doch nicht sein ...«, murmelte Almandin. »Da muß ein Irrtum vorliegen ...«

»Dann werden wir ihn aufklären«, antwortete Ardid mehr aus Höflichkeit als aufgrund echter Zweifel.

Und da sie in Wirklichkeit keinerlei Zweifel hegte, sandte sie den Boten mit der kurzen, aber sorgfältig ausgearbeiteten Liste zurück zu Gudú. Eine weitere denkbare Möglichkeit wäre gewesen, ein Mädchen aus dem Adel des eigenen Landes zu heiraten, was der Königin jedoch nicht ratsam erschien.

Kurz darauf erreichte sie die Antwort des Königs. Seine Botschaft war kurz und bündig: ›Sucht Leonias Tochter auf und schaut sie Euch gut an. Berichtet mir alles, was Ihr sie habt sagen hören und tun sehen. Da ich allein Euch in diesen Dingen vertraue, bitte ich Euch, schaut sie Euch persönlich an. Wenn wir uns für sie entscheiden, werde ich später auf die Insel fahren und sie dort zur Gemahlin nehmen. Da ich sie vorher nicht sehe, werde ich auch keine andere Entscheidung treffen können, so daß ich voll und ganz Eurer Klugheit vertraue.‹

Als Königin Ardid die Nachricht gelesen hatte, lag ein sonderbares Licht in ihren Augen und sie rief: »Ah, die Insel Leonia ...! Gibt es ein einziges Mädchen auf der Welt, das noch nicht davon geträumt hätte?«

Mit einer grenzenlose Liebe und in einem grenzenlosen Schmerz sah sie die Insel plötzlich wieder, wie sie sie als siebenjähriges Kind einmal gesehen hatte. Durch die runde Öffnung eines in der Mitte geteilten blauen Steins erblickten ihre Kinderaugen zum ersten Mal eine Insel, die sich um sich selbst drehte wie ein unmöglich einzufangender Traum: die Insel Leonia ....

Und mit einem Tonfall, der Alamandins Neugier weckte, obwohl er nach einer wundervollen, erfüllten Liebesnacht – das reife Alter gab ihrer Liebe Würze, anstatt sie auszutrocknen – an ihrer Seite sanft eingenickt war, murmelte sie:

»Die Insel Leonia ... Almandin, du mußt mich auf dieser Reise begleiten.«

»Eine Reise?« brummte Almandin mürrisch. »Meine Liebe, Ihr wißt doch, daß ich Reisen in letzter Zeit nicht mehr so aufregend finde wie früher einmal ...«

»Dies ist keine gewöhnliche Reise, Geliebter«, antwortete sie und gab ihm Gudús Botschaft zu lesen.

Kaum hatte Almandin einen Blick darauf geworfen, begann er über Schmerzen in den Nieren, im Rücken und in den Gliedern zu klagen, und genau dafür war eine Seereise natürlich Gift.

»Nun gut«, sagte Ardid und sprang mit neu erwachten Lebensgeistern aus dem Bett, »wenn du mich nicht begleiten kannst, muß ich das Unternehmen wohl ohne dich durchführen. Denn wie du gelesen hast, läßt der König keinen Zweifel daran, daß meine Anwesenheit unerläßlich ist.«

»Ihr allein zur Insel Leonia?« Erst jetzt schien Almandin gänzlich zu erwachen und wurde unruhig. »Oh, Ardid, Liebste, Ihr wißt nicht, was Ihr da redet. Leonia ist zwar eine wunderschöne Insel, aber für eine alleinreisende Frau nicht zu empfehlen ...«

»Wenn du dich auf die Gerüchte beziehst, die im Volk über Königin Leonias Verhältnisse zu Piraten und anderen Seefahrern umgehen, dann darf ich dich daran erinnern, daß wir gewiß ähnliche Gerüchte und böswillige Verleumdungen über uns selbst hören könnten, würden wir nicht die Schmeichler am Hof, sondern die einfachen Leute in der Stadt oder draußen auf dem Land befragen. Es ist hinreichend bekannt, daß Klugheit zwar ihre Grenzen hat, doch Dummheit, Neid und Bosheit der Menschen bodenlos sind.«

»Jedenfalls beschwöre ich Euch, bewahrt mich in Eurem Herzen und Gedenken wie ich Euch in meinem«, entgegnete Almandin bekümmert.

»Darum mach dir keine Sorgen, Geliebter«, sagte Ardid, die mit dem allmorgendlichen Flechten ihres Haars begonnen hatte,

»das tue ich doch jeden Tag. Es ist selbstverständlich, so wie essen, trinken und atmen. Ich liebe dich, mehr braucht es nicht.«

Aus ihrem Innern jedoch meldete sich ein helles, nur leise nach oben dringendes Stimmchen und behauptete, den einzigen Menschen, den Königin Ardid je wirklich geliebt habe – ausgenommen Gudú, ihren alten Lehrer und den Kobold, die jedoch auf eine andere Art –, sei der hundertmal verfluchte Volodius gewesen. Bei Almandin und all den anderen – mit Ausnahme des alten Lehrers vielleicht – war er in Vergessenheit geraten oder wurde totgeschwiegen, Ardid aber ließ keinen Tag vergehen, ohne an ihn zu denken. Das konnte allein durch das Zwitschern der Vögel passieren, die den Frühling ankündigten, oder wenn diese zurück in den Süden flogen.

So kehrten mit dem Sommer die Lebhaftigkeit und Bewegung, Geschäftigkeit und rauschende Allgegenwart, mit denen Ardid ihre Vorbereitungen umgab, an den Hof von Olar zurück.

»Die Königin ist wie verjüngt«, sagten die jungen Leute. »Der letzte Sommer«, seufzten wehmütig die Alten. Ardid unterdessen schminkte sich, probierte Frisuren aus, entstaubte Leinen und Litzen, ließ Seidenballen entrollen und Kleider nähen und besticken und alles wieder rückgängig machen und entfesselte einen wahren Wirbel von Einfällen, die Almandin – der als einziger bei diesen Dingen den Überblick behielt – ebenso wie ihre (aufgrund von Alter und Gewohnheit sowie Belohnungen und Strafen) treu ergebenen Schneider und Stickerinnen in eine stumme Verzweiflung trieben.

In üppiger Pracht, wie die Jahreszeit selbst, erschien die Königin schließlich, um sich mit Küssen auf Stirn und beide Wangen von ihren Freunden zu verabschieden und in Begleitung ihrer treuen Dolinda sowie einiger Hofdamen, Pagen, Diener und Soldaten auf dem Fluß in Richtung Süden zu fahren, wie es Brauch war, um sich in der nächstgelegenen Hafenstadt zur erträumten Insel einzuschiffen.

»Zur erträumten Insel«, sagte sie sich immer wieder, als auch ihr Herz die letzten Nebel hinter sich gelassen hatte. Im Geist wurden wieder die alten Zeiten lebendig, das Licht ihrer Kindheit, und sie dachte an Nobel und weinte um ihn, und an Naivia, und weinte auch ein bißchen um sie. Doch welch eine Lust lag in diesen Tränen! Tränen, die einer geheimen, noch unbeschädigten Hoffnung, einer verlorenen oder nie ausgelebten Kindheit entsprangen.

Und so ritten sie gen Süden, als die Menschen unter der Hitze stöhnten und eine sanfte Brise die schwüle Luft erfrischte, ein altbekannter Duft Ardid umwehte, so daß es sie nicht länger in den Kissen ihrer Sänfte hielt und sie das Antlitz der Sonne entgegenstreckte, der Küste, dem Meer, der ganzen Welt.

»Der Süden!« rief sie wie ein junges Mädchen, das barfuß über den Strand läuft und Schnecken und Muscheln sammelt, um sie als Schmuck an Hals und Armen zu tragen, und das Ohr an den Perlmutt ozeanischer Wohnstätten hält, um dem ewigen Atmen des Meeres zu lauschen. Wie jedes Mädchen vor ihr oder nach ihr sprang sie der Sonne entgegen, rannte ihr nach, die ihre Heimat war, ihr Königreich, ihr Leben. »Dies ist mein Land«, sagte sie zu sich selbst, als sie barfuß lief wie früher und die Wärme der Welt unter ihren Fußsohlen spürte. »Dies ist meine Heimat.« Sie ließ ihr Gefolge hinter sich und ging am Saum des Meeres entlang, badete nackt darin wie in früherer Zeit. Sie entflocht ihr Haar und ließ es in silbernen und goldenen Strähnen wehen, ließ das Meer durch ihre Augen schauen und schmeckte sein Salz auf Lippen und Zunge. »Dies ist meine Heimat, dies ist mein Reich, dies ist mein Leben«, sagte sie, immer noch schlafend, als die Reisegesellschaft zum Hafen aufbrach.

Als sie den Hafen erreichten, war es Abend geworden. Fest am Kai vertäut erwartete sie das Schiff, das Leonia ihnen freundlicherweise geschickt hatte. Denn das Königreich Gudús war dem Meer so abgewandt, wie es schon das des Volodius gewesen war, und verfügte über kaum mehr als ein paar Fischerboote. Dann drang lautes Stimmengewirr an ihr Ohr, und sie sahen das Gewoge der Menschen im Hafen.

»Was haben nur die Leute aus dem Süden, Dolinda«, fragte Ardid. ihre Zofe und einzige Freundin, »daß sie so ganz anders sind als unsere?«

Dolinda jedoch schaute ungläubig hierhin und dorthin und konnte die Augen vor Staunen gar nicht mehr abwenden. Als spätes Mädchen, von Mutterfreuden ausgeschlossene und mit einem alten Mann verheiratete Frau spürte sie in ihrem Herzen ein süßes böses Unbehagen sich ausbreiten, als sie diese Menschen sah und hörte; Menschen mit gebräunten Gesichtern, wirren schwarzen Haaren und stechenden Blicken, die Früchte feilboten und farbige Bänder, Amphoren und Perlenketten, gewiß ohne Wert, aber so wunderhübsch, wie kein Smaragd oder Rubin ihr je erschienen war.

»Oh, Herrin«, brachte sie endlich über die Lippen, »mein Gemahl sagt zu Recht, daß wir den Leuten aus dem Süden nicht trauen dürfen, denn sie vergiften das Herz und täuschen die Sinne.«

»Und wenn schon, meine Liebe«, erwiderte Ardid, die salzige Luft einatmend, den milden Duft der Meeresküste, »und wenn schon; gesegnetes Gift, gesegnete Sinne.«

Ohne Dolindas Verwunderung zu bemerken, sprang Ardid so behende aus der Sänfte, als wäre sie wieder die jüngste aller Königinnen wie vor vielen, vielen Jahren.

Selbstverständlich hatte die formelle und an alles denkende Ardid ihre Boten zur Königin Leonia entsandt, um diese von ihren Absichten zu unterrichten. Selbstverständlich ließ sie sich auch die Antwort dieser Frau noch einmal im einzelnen durch den Kopf gehen, während sie sich zum Schiff begaben. Leonia war immer eine Legende gewesen; unwirklich und ungezügelt wie ein Wirbelsturm, und jetzt plötzlich war sie so greifbar nahe, daß Ardid ihre Anwesenheit schon zu fühlen glaubte. Und ihre schriftliche Antwort war mindestens ebenso überschwenglich und verschlungen wie jene, die Ardid ihr gesandt hatte: ›Liebe Königin Ardid, seit langer, langer Zeit schon ist es mein sehnlichster Wunsch, Euch einmal kennenzulernen ... Wie grenzenlos ist nun meine Freude, von Eurem Besuch und Euren Absichten in bezug auf meine Tochter zu erfahren. Ich darf Euch zudem sagen, daß ich mich seit langem auf das Vergnügen eines kurzweiligen und vertraulichen Gesprächs‹ – hier wurde der feingestimmte protokollarische Ton etwas offener, was jedoch Ardids Freude nur belebte, so wie eine Prise Pfeffer das fadestes Gericht beleben kann – ›mit einer Frau und Königin von so edlem Geblüt und weiser Regentschaft wie Euch außerordentlich freue ...‹

»Was will dieser Paradiesvogel damit sagen?« fragte sich Ardid auf dem Weg zum Kai. »Und wer hat ihr etwas von meinem Geblüt ins Ohr geflüstert? Ah, das ist der Süden, wie er leibt und lebt ...« Und während sie ein verschworenes Lächeln unterdrückte, schritt sie zu dem Schiff, das ihrer königliche Ankunft unter vollem Segelzeug seinen Gruß entrichtete.

»Ein herrliches Licht, Majestät, wahrhaftig«, murmelte überwältigt ihr Erster Page, als er seinen Arm darbot, um ihr an Deck zu helfen.

»Ja, es ist herrlich«, entgegnete Ardid, »eine herrliche Welt.«

Das Schiff trug den exotischen und etwas wunderlichen Namen *Stern der Adria*, und sein Kapitän, ein Mann mit einem Gesicht so schwarz wie Nußbaumrinde und schwarzgelocktem Haar, empfing sie mit einem Schwall von Verbeugungen und Bücklingen. Seine Zähne waren blitzweiß, und seine Augen funkelten, daß Ardid das Gefühl hatte, eine sanfte Brise streichle ihren Nacken und Rücken und bringe ihr ferne Zeiten der Vergangenheit zurück. Mit einer letzten Verbeugung sprach der Kapitän: »Meine Königin und Herrscherin, ein Wort von Euch, und ich setzte dieses stolze Schiff in Brand, samt Besatzung und meiner Wenigkeit, dem Kapitän. Wenn Ihr es hingegen vorzieht, Kurs auf die edle Insel Leonia zu nehmen, werde ich Euch gegen alle Stürme und Versuchungen von Sirenen, ja, gegen Poseidons Dreizack höchstselbst mich werfend eigenhändig und wohlbehalten dort abliefern.«

»Was sagt dieser Mann?« fragte Dolinda furchtsam.

»Mein liebes Kind, das ist die Sprache des Südens«, beruhigte sie die Königin.

Dann wandte sie sich mit ihrem reizendsten Lächeln wieder dem Kapitän zu und sprach mit der lieblichsten ihrer lieblichen Stimmen: »Kapitän, ich halte es für alle am besten, Kurs auf die Insel Leonia zu nehmen, wo man uns bereits erwartet. Das entzückende Angebot, wenn es gar nicht anders geht, verschiebt vielleicht auf später.«

»Euer Wort ist mir Befehl, o Herrscherin und Königin ...«, erwiderte der Kapitän und murmelte leise genug, um nicht lebendig gehäutet zu werden, aber laut genug, daß seine Worte noch wie ein duftender Hauch Ardids Ohren umschmeichelten, »... und, bei Jupiter, höchst appetitliches Weib.«

»Wen beschwört er da?« fragte die neugierige Dolinda immer noch ängstlich gebannt.

»Ach, alte Götter, alte Welten, alte Zeiten«, erwiderte Ardid. »Ein Sklave hat mir einmal davon erzählt. Das sind Geschichten des Südens, mein Kind, darauf mußt du nichts geben. Sonst hält man dich noch für dumm und eingebildet.«

Doch die Sonne und die Wörter, die alten Götter und die alten Zeiten, die Haut und die Augen und die Stimme und der Geruch der Leute – wenngleich nicht immer ein Duft – wärmten sie von innen wie alter Wein, der nicht nur dem Gaumen schmeichelt, sondern auch den Augen und der Nase, und selbst die Haare noch, die der Wind zerzauste, bis – auf hoher See bereits – auch die letzte geflochtene oder festgesteckte Strähne sich löste. Und so ließen ihr Sonne und Wind das Blut in die Wangen steigen und das Licht in die Augen. Je weiter sie aufs Meer hinausfuhren, desto mehr glichen sie sich den Menschen ihrer Umgebung an, begaben sich unter den Schleier der Nächtlichkeit mit Sternen von ungeahnter Größe, deren Blick sie durchbohrte wie die süße Spitze scharf geschliffener Dolche.

»Es ist Zeit, sich schlafen zu legen«, sagte Dolinda voller Beunruhigung, als sie sah, wie die Sonne im Meer versank.

»Schlafen? So ein Unsinn!« rief die Königin aus. »Früh stellt sich im Süden zwar Müdigkeit ein, doch die Lust zu schlafen kommt erst mit der aufgehenden Sonne.«

Und dann befahl sie, Essen und Trinken aufzutischen. Junge Seeleute, schwarz wie Ebenholz oder goldbraun wie eine reife Frucht, servierten Trauben, kandierte Taubenbrüstchen, Mandeln, Honig und Käse so frisch und weiß, wie ihn die Frauen noch nie gekostet hatten.

»Wie lieblich«, schwärmte Ardid und leerte eine feingeschliffene Amphore mit so köstlichem Rebensaft, daß sie schier ein schlechtes Gewissen bekam, weil sie den Kobold nicht mitgenommen hatte. »Fürwahr, hier weiß man zu leben ...«

Vom aufgetischten Überfluß offenbar befriedigt, beschloß sie, der Schlemmerei fürs erste zu entsagen, und ließ ihr Nachtlager bereiten, das mit roter Seide bezogen war und auf dem auch echte Federkissen nicht fehlten. Dort legte sie sich zur Ruhe, berauscht von der Sonne, der Wiederentdeckung feuriger Blicke aus schwarzen Augen und vom perlenden Wein, der beim Essen ebenfalls reichlich geflossen war.

Die Sonne stand schon hoch am Himmel, als sich die Insel Leonia strahlend am diesigen Horizont erhob. Und als sie sich ihr auf wenige Ruderschläge genähert hatten, ließ der Kapitän die Königin und ihre sämtlichen Begleiter wecken, die immer noch wie unschuldige Kindlein schlummerten.

»So sind diese Nordländer«, sagte der Kapitän zu seinem Zweiten Offizier, einem Mauren mit furchterregendem Blick und friedlichem Lächeln. »Wenn du sie reden hörst, denkst du, sie stecken was weg; doch kaum haben sie zwei Schluck getrunken, fallen sie um und wachen nie mehr auf. Nachhut der Welt, mein lieber Solmantuanimán, Nachhut, was ich dir sage. Wir sind die Letzten, welch trauriges Ende ...«

Bei diesen Worten spähte er schon wieder prüfend übers Meer, um sicherzugehen, daß sie ohne Verspätung eintrafen, denn wegen geringerer Fehler konnte ihn die strahlende, die grausame Leonia mit Honig gesalbt unter der Sonne anpflocken, bis die Ameisen jede Erinnerung an ihn aus dieser Welt getilgt hätten.

Kurz darauf weckten zwei junge Schwarze die Königin, indem sie ihr Essenzen von Jasmin und Minze unter die Nase fächelten und ihr dann Tee, Honig, Käse und Obst auf silbernem Tablett servierten.

»Hoheit und Herrscherin«, sagte einer der beiden, dessen schwarzen Locken bis an seine goldenen Ohrringe reichten, »mein Herr, der Kapitän, läßt Euch ausrichten, daß die Insel Leonia sich nähert, wie die Biene sich der Blüte nähert, die Sonne den Lilien und der Mond den Liebenden.«

»Welch reizender Unsinn über deine Lippen kommt, Sklave«, murmelte Ardid schläfrig und blinzelte in den neuen Tag. »Inseln nähern sich nicht den Schiffen, sondern umgekehrt«, sagte sie dann laut. »Geh und sag deinem Herrn, daß ich in Kürze bereit bin, an Land zu gehen.«

Dann weckte sie Dolinda, die noch immer an ihrer Seite schlief, mit den Worten: »Wach auf, meine Liebe! Was du heute zu sehen bekommst, wirst du dein Leben lang nicht vergessen.«

Ach, die Erinnerung, die verfluchte, geliebte Erinnerung! Ardid erlebte noch einmal kurzzeitig all die Gerüche, Farben, Klänge ihrer frühen Lebensjahre ... Welch rätselhafte Dinge sind doch das Leben und die Erinnerung, dachte sie.

Sie wuschen sich in silbernen Becken und salbten sich mit duftenden Essenzen, die sie neben sich angerichtet fanden.

»Bürste mein Haar sorgfältig, Dolinda«, sagte Ardid aufgeregt wie in jungen Tagen. »Flechte mir Broschen, Perlen und Smaragde hinein und streu mir Goldstaub aufs Haar, um die grauen Strähnen zu verbergen. Ich möchte wirklich den besten Eindruck machen.«

»Ihr seid wunderschön, Königin«, entgegnete Dolinda. »Schöner noch, als die jüngste Prinzessin sein könnte, denn Klugheit und Erfahrung reifen in Euren Augen wie schimmernde Weintrauben in der Sonne.«

»Wie ich sehe, hast du die Sprache des Südens rasch gelernt«, sagte Ardid geschmeichelt. »Doch vergiß nicht, ich werde bald zweiunddreißig Jahre, und in dem Alter sind manche Frauen, vielleicht weil sie sich nicht pflegen oder auch nicht die Mittel dazu haben, schon faltig und gebrechlich, zahnlos sogar ...«

»Aber nicht Ihr!« Dolinda bot ihr einen Spiegel. »Schaut selbst, Majestät.«

Als sie in den Spiegel schaute, konnte Ardid nicht umhin, ihr eigenes Aussehen zu bewundern. Nicht mit fünfzehn und nicht mit zwanzig hatte sie diese einmalige, vollkommene Reife gesehen. Nur ganz kurz und schwach wie ein Hauch wehte der unpassende Gedanke in die selbstverliebte Betrachtung, daß Volodius, hätte er sie in diesem Alter gekannt, sie nicht so leicht verstoßen hätte. Es ist auch nicht nur das Äußere, dachte sie, während sie den Spiegel fortlegte. »Es gibt noch eine andere Art von Schönheit, die man zwischen der ersten Jugend und dem Altern erlangt ... Vielleicht ist es einfach die Schönheit des Lebens, der Erfahrung, der Liebe ... des Liebesverlusts. Alles in allem jedoch«, seufzte sie bei sich, »kommt es mir vor, als sei diese Schönheit flüchtig und vergänglich wie der falsche Sommer, der manchmal über die winterlichen Felder hereinbricht, arglose Blumen und unschuldige Gräser sprießen läßt, die am nächsten Tag schon wieder vom Antlitz der Erde getilgt sind.«

Sie liefen jetzt die Insel an, was am lauten Hin und Her der Stimmen zu hören war, obwohl das Geschrei der Möwen, die Hast der Matrosen und der Geruch von Land und Menschen sie schon viel früher angekündigt hatten.

Die Insel war klein, schien jedoch uneinnehmbar zu sein, da sie von Riffen und hohen Klippen umgeben war, an denen die Wellen wohl durch eine unerklärliche Macht zerschellten, denn das Meer war so sanft wie die Augen eines Kindes. Ardid erblickte eine Mauer, die auf dem Grat der Felsen verlief und stellenweise rosafarben aussah, stellenweise golden und an anderen Stellen so dunkelgrün wie Moos oder Efeu.

Als sie vor Anker gingen, bemerkten sie in den Felsen gehauene zierliche Treppchen. Und während junge Matrosen oder

Sklaven einen Teppich mit kunstreich gewebtem Muster vor ihnen ausrollten, kamen über das steile Felsentreppchen zwei Reihen Soldaten herabgestiegen, alle beneidenswert gekleidet und bewaffnet. Mit der gleißenden Üppigkeit der welken, geheimnisvollen Leibgarde Prinzessin Naivias konnten sie es zwar nicht aufnehmen, dafür aber waren diese Männer von unterschiedlichster Kleidung und Gestalt: einige groß und kraftvoll, andere schlank und sehnig, manche waren blond wie die Sonne, andere schwarz wie die Nacht; es gab welche mit roten Bärten und wilden Blicken, mit dunklen Locken und hellen Augen. Einige, sah Ardid, trugen Krummsäbel, andere lange Schwerter und Rundschilde, wieder andere mannshohe und spitz zulaufende Schilde. Etliche trugen Ringe und Perlen oder Brillanten in Ohren und Nase, andere Halsketten aus Reißzähnen unbekannter Raubtiere oder Amulette aus allen möglichen Knochen oder anderen Materialien, die sie nicht erkannte.

»Welch stolze Männer, Majestät«, flüsterte Dolinda.

»Die Königin schickt Euch ihre Leibgarde«, erklärte der Kapitän und fügte hinzu: »Noch nie hat sie einem Menschen diese Ehre erwiesen; nicht einmal dem König der Hesperiden.«

»Schmucke Krieger«, bestätigte Ardid, während sie feststellte, daß Leonia ihre Männer gut ausgewählt hatte. Von welcher Hautfarbe oder Körpergröße sie auch sein mochten, es gab keinen unter ihnen, der häßlich war oder nachlässig gekleidet. Ardid gewann den Eindruck, daß Leonia, verwitwet zwar, ihr Liebesleben gleichwohl angenehm zu gestalten verstand.

Von der schmucken Garde eskortiert, wurden sie in Rosenholzsänften gesetzt und von kräftigen, in rote Seide gekleideten Negersklaven die Treppe hinaufgetragen. Auf halber Strecke wurden sie von ebenso kräftigen, in schwarze Seide gekleideten weißen Sklaven übernommen, die sie bis zum Stadttor brachten. Aus der Nähe gesehen, schillerten die Mauern im Sonnenlicht wie die Panzer mancher Käfer, die Ardid als Kind zwischen Brennesseln gefunden hatte, oder wie die Rücken von Goldstreifsalamandern.

Die Stadttore schwangen auf, und in einer offenen Karosse fuhren sie durch überraschend grüne und wunderschön gestaltete Parkanlagen, in denen Orangen- und Zitronenbäume, Kirschbäume und andere hohe dunkle Bäume, die sie nicht kannten, zu der sanft vor ihnen ansteigenden Stadt hinaufführten. Voller Staunen stellten sie fest, daß alle Häuserfronten und Mauern im Sonnenlicht badeten und die Dächer mit roten Steinplatten gedeckt waren.

Schließlich sahen sie vor sich Leonias Palast. Er wies tatsächlich keinerlei Ähnlichkeit auf mit den finsteren Schlössern, die sie kannten. Er war vielmehr zu gleichen Teilen aus weißen und schillernden Steinen gebaut, die im Sonnenlicht gleißten, und zierliche, teils goldene, teils grüne Kuppeln bekrönten seine vornehmen Türme.

»Wie Ihr seht, findet sich hier von allem etwas«, sagte der Hofmarschall, der sie führte. »Unsere Königin und Herrscherin, die unvergleichliche Leonia, hält sich nicht gern an vorgegebene Muster. Sie nimmt lieber von diesem oder von jenem, was ihr am besten gefällt.«

»Eine gute Philosophie«, bemerkte Ardid, von Leonia zutiefst beeindruckt.

Im Palast wurden sie aufs prunkvollste untergebracht. Ardid betrachtete entzückt den kleinen Garten unter ihrem Fenster, in dem zwei Springbrunnen auf grünem Rasen sie an ihren eigenen Garten erinnerten, den sie so beklagenswert vernachlässigt hatte. »Naivia hatte etwas in ihm gepflanzt, glaube ich; es gab doch sogar einen so merkwürdigen Baum ... Aber ich bin mir nicht sicher. Ich bin mir über nichts mehr sicher, was zur Zeit von Prinzessin Naivia geschehen ist. Doch jetzt fort mit diesen unerfreulichen Gedanken! Wenn ich wieder in Olar bin, werde ich versuchen, meinen Garten neu zu bepflanzen ... Jetzt aber muß ich meine Sorgen ruhen lassen. Hier will ich mich lieber um jene netten Nebensächlichkeiten kümmern, von denen man sagt, daß sie der süße Kern des Lebens seien. Ja, ich glaube, diese Zeit ist jetzt für mich gekommen ...«

Ardid lächelte wehmütig bei dem Gedanken, wie sie als Kind wilde Beeren und Wurzeln gesammelt hatte, weil sie und ihr geliebter Magier nichts zu essen hatten. Mein Gott, dachte sie, weder Almandin noch mein guter Lehrer konnten dieser Reise irgendeinen Reiz abgewinnen. Dabei hätte ich sie so gern in meiner Begleitung gehabt ... Doch da war wieder jenes Stimmchen zu vernehmen, welches ihr sagte, nein, am liebsten sei sie allein hier, nur in Gesellschaft der treuen und immer etwas einfältigen Dolinda.

So träumte Ardid vor sich hin, als ihr nach ausgiebiger, von tausend Aufmerksamkeiten bereicherter Ruhezeit, in der es von exotischen Früchten und Getränken auf Eis bis zu Nachspeisen aller Art, die sie nicht kannte und daher nicht zu probieren wagte, an nichts gefehlt hatte; als ihr danach also mitgeteilt wurde, Königin Leonia könne es nun nicht mehr erwarten, sie zu empfangen. Und wenn sie dies nicht schon früher getan hatte, so wurde ihr erklärt, dann deswegen, weil sie der Meinung gewesen war, nach so einer beschwerlichen Reise wünsche Königin Ardid erst einmal zu ruhen.

2

Königin Leonia war eine Frau jenseits des mittleren Alters. So jedenfalls schätzte Ardid sie ein, die für diese Dinge ein Auge hatte und rechnen konnte; denn schon als sie noch klein war und im Schloß ihres Vaters spielte, hatte sie sich – wie alle kleinen Mädchen zu jener Zeit – im Geist ein Bild von der sagenumwobenen Insel und ihrer Herrscherin gemacht, wie Licht und Jahreszeit es nahelegten. Und damals schon war Königin Leonia ein Name von Gold und Reichtum im Munde derer gewesen, die ihn erwähnten. Seitdem waren mindestens dreißig Jahre vergangen, und immer noch faszinierte sie diese einzigartige Frau, von der soviel Gutes, weniger Gutes und auch einfach nur Übles berichtet wurde.

Als sie ihr jetzt gegenüberstand, verschlug es ihr daher den Atem. Niemand hätte sie für eine schüchterne Jungfrau oder blühende Witwe gehalten, aber dennoch schien sie Jahre um Jahre entfernt von dem Alter, das Ardid im Geiste errechnet hatte. Sie war hoch gewachsen und von kraftvoller Statur, aber keineswegs grobknochig; das Haar eher rötlich als blond, die Wangen in rosiger Gesundheit erblüht und die Augen so lebhaft und fröhlich funkelnd, daß sie von der leichten Unvollkommenheit der Nase ablenkten, die etwas stupsig und vorwitzig war. Dasselbe hätte man von ihren etwas zu vollen und verdächtig roten Lippen sagen können. Bei ihnen hatte Ardid den Eindruck, als sei der Natur ein wenig nachgeholfen worden.

Trotz allen Reichtums und Prunks um sie herum, allen Talents und aller Feinsinnigkeit, die ihr nachgesagt wurden – im Verein mit anderen, weniger tugendhaften Eigenschaften –, verzichtete Leonia auf jede Art von Protokoll, welches für Ardid stets von großer Bedeutung war und weshalb sie in diesem Augenblick auch eine besonders ernste und hoheitsvolle Haltung angenommen hatte. Leonia indes kam ihr mit ausgebreiteten Armen entgegen und sagte mit wohltönender Stimme, die noch mehr als ihr Aussehen eine erstaunliche Jugendlichkeit in sich barg: »Meine liebe Ardid, kommt, kommt, laßt Euch umarmen. Wie lange schon sehne ich mich danach, Euch kennenzulernen; Euer Ruf eilt Euch weit voraus.«

Voller Entzücken stellte Ardid fest, daß die Arme, die sich ihr entgegenstreckten, schmucklos und nackt wie die eines Bauernmädchens waren. Und obgleich nicht die schlankesten, fühlten sie sich dennoch fest und sehnig an wie die einer Zwanzigjährigen. Ein wenig abweisend und wohl auch verblüfft sah sie ebenfalls, wie Leonias Lippen sich zu einer Rosette rundeten, bereit, sie umstandslos abzuküssen. Andere Menschen, andere Sitten, dachte Ardid ergeben und bot dem südländischen Überschwang beide Wangen dar. Gleich darauf hatte sie ihre Gesichtszüge wieder in der Gewalt und entgegnete mit bezauberndem Lächeln: »Oh, Leonia, meine Liebe. Könntet Ihr meine Freude erst ermessen! Schallt Euer Ruf doch gewaltiger und weiter hinaus, als meiner es jemals vermöchte.« Hier hielt sie erschrocken inne, weil sie sich dabei ertappte, selbst der Sprache des Südens zu verfallen. Meine Güte, dachte sie. Von diesen Leuten unterscheidet mich weniger, als ich dachte. Leonia hatte inzwischen zutraulich ihren Arm ergriffen und führte sie in den Garten, wo die schlimmste Sonnenglut, wie sie erklärte, um diese Zeit bereits den Schatten und süßen Kräuterdüften gewichen war, welche Königin Ardids empfindliche Haut – schließlich kam sie aus dem Norden – lindernd zu umschmeicheln wüßten. Und noch viele weitere solcher Dinge gab sie von sich, die Ardid gar nicht alle behalten konnte.

»Aber, meine geschätzte Freundin«, schloß Leonia, die auf das Protokoll zunehmend verzichtete, »ich glaube, Eure Zeit ist zu wertvoll, als daß ich Euch mit Nichtigkeiten aufhalten sollte. Schließlich haben wir viele und wichtige Dinge zu besprechen. Später werden wir uns, unglücklicherweise« – und sie seufzte mit zum Himmel gerichtetem Blick, doch selten war ein Seufzer mit weniger boshaftem Vergnügen erfüllt – »nur einige Tage lang lustvoll den Freuden des Lebens zuwenden.«

Ohne eine Antwort abzuwarten, klatschte sie in die Hände, und all die Sklaven und Pagen, die überall im Königlichen Garten geschäftig umhereilten – einige fütterten farbenprächtige exotische Vögel, andere sammelten Blumensträuße, mit denen sie die in überreicher Anzahl herumstehende Vasen schmückten, wieder andere brachten frische Getränke, Obst und Süßigkeiten herbei oder starrten einfach nur in den Himmel und dachten an Gott weiß was –, sie alle verschwanden wie durch Zauberhand.

Ein dunkelhäutiger Wächter mit silbernem Turban, der ein langes Krummschwert am Gürtel trug und dessen Blick Ardid trotz der Hitze einen Frostschauer über den Rücken jagte, schloß das Tor zum Garten, und dann waren der Flügelschlag der Vögel und das Flüstern der Gräser in der duftenden Brise des Nachmittags die einzigen Geräusche, welche die beiden freundschaftlich plaudernden Königinnen noch begleiteten.

»Setzt Euch, meine Liebe«, sagte Leonia und schüttelte ihr karmesinrotes Kleid. »Und vergeßt das Protokoll für einen Augenblick, denn wer weiß, wann wir wieder einmal Zeit finden, so ungestört von Frau zu Frau miteinander zu sprechen.«

Ardid ließ sich neben Leonia auf dem reichgemusterten Teppich nieder, der im Gras für sie ausgerollt worden war, während die Gastgeberin mit einer geschmeidigen Bewegung ihre Krone abnahm, die sie neben sich auf dem Teppich ablegte, und sich mit einem bestickten Seidentüchlein zufächelte, das sie unter einer Wolke wohlriechender Düfte aus dem ebenso üppigen wie offenherzigen Ausschnitt ihres Gewandes gezogen hatte.

»Wie Ihr wißt, meine liebe Freundin«, sagte sie etwas kurzatmig, was der wachsamen Ardid nicht entging, und zog eigenhändig ein goldenes Wägelchen heran, auf dem Gläser aus feinstem Kristall und eine Karaffe Wein in eigens angebrachten Haltern standen, »darf bei einem wichtigen Gespräch wie dem unseren ein guter Tropfen aus den königlichen Beständen nicht fehlen. Hier, nehmt dieses Glas und laßt ihn Euch schmecken, denn ein guter Wein ist bekanntlich besser als alles geeignet, das Verständnis der Menschen füreinander zu fördern.«

Nicht nur der Menschen ... Heiliger Himmel, wie würde der Kobold hier aufleben! dachte Ardid. Ein Schlückchen, das die schwerste Zunge in einen beschwingten Schmetterlingsflügel verwandelt hätte, weckte ihre Lebensgeister.

»Ihr habt recht«, sagte sie und betupfte sich mit einem bestickten Leinentüchlein, das Leonia ihr burschikos zugesteckt hatte, die Mundwinkel, »er ist köstlich.«

»Köstlich und alt«, bestätigte Leonia, wobei sie mit der Zunge schnalzte, was allerdings so verhalten geschah, daß nur Ardids Eichhörnchengehör es wahrzunehmen vermochte. »Das eine wirkt zum Ruhm des andern.«

Schlückchen hier und Schlückchen da, Ruhm gepriesen und Ruhm genossen; die Karaffe war jedenfalls kaum zur Hälfte geleert, als Leonia nicht nur jedes Protokoll, sondern auch jede Art von sprachlichem Feingefühl fahren ließ und herausplatzte:

»Also, dann erklärt mir doch einfach einmal, wie Ihr Euch die Sache so vorgestellt habt.«

»Sache?« fragte Ardid verwirrt.

»Genau«, sagte Leonia. »Bringen wir sie ein für allemal hinter uns, dann können wir uns hinterher weitaus angenehmeren Dingen zuwenden.«

»Nun, wenn Ihr meint ... Ich möchte die Heirat Eurer reizenden Tochter mit meinem – dies ist ja nicht der Moment für falsche Bescheidenheit – vielversprechenden Sohn Gudú vorschlagen, der eine glänzende Zukunft vor sich hat, was einer klugen Herrscherin wie Euch nicht unbekannt sein dürfte ...«

»Glänzende Zukunft, in der Tat, wenn alles so weitergeht wie bisher«, bestätigte Leonia und füllte die Gläser nach. »Was der große Volodius begonnen, scheint Euer Sohn nicht nur fortzusetzen, sondern weit zu übertreffen ...«

»Ich freue mich, daß Ihr es so seht«, antwortete Ardid und führte das gefüllte Glas mit sichtlichem Genuß an die Lippen. »Welch ein Vergnügen, mit einer so klugen Frau wie Euch zu plaudern!«

»Das glaube ich gern; vor allem da Ihr es wohl meistens, stelle ich mir vor, mit alten Knackern zu tun habt, deren Hirne genauso verschrumpelt sind wie ihre Arterien. Ich habe gehört, Ihr umgebt Euch am Hof von Olar mehr mit dumpfen Tattergreisen als mit stolzen, wachen Geistern.«

»Man muß nicht übertreiben«, lächelte Ardid leicht gekränkt. »Ihr wißt, wozu böse Zungen fähig sind.«

Und ohne recht zu wissen warum, fügte sie hinzu: »Aber Zungen sind nur Zungen ...«

»Da habt Ihr recht. Zungen sind nur Zungen«, stimmte Leonia mäßig begeistert zu. »Doch kommen wir auf unsere Angelegenheit zurück. Ich glaube, wenn wir zu einer Übereinkunft kommen wollen, sollten wir jetzt über ihren Fortgang sprechen ...«

Und als Frauen, denen das Rechnen, Feilschen und Verhandeln im Blut lag, verbrachten sie nun ein Weilchen mit dem, was

Königin Leonia als geschäftliches ›Tauziehen‹ bezeichnete. Und die Sonne war noch nicht hinter dem Horizont versunken, als die Gläser wieder gefüllt wurden und die Königinnen mit abendroten Wangen anstießen, die Augen erfüllt vom Widerschein des untergehenden Gestirns. Einigung war erzielt, die Heirat der Kinder beschlossene Sache.

»Doch jetzt«, sagte Ardid ein wenig zögernd, »möchte ich gern Eure Tochter kennenlernen. Ich bin zwar sicher, daß sie alle meine Erwartungen noch übertreffen wird, doch das Versprechen, welches ich meinem Sohn gegeben habe, weil seine erste Gemahlin leider nicht dem entsprach, was wir erwarteten, betrachte ich als bindend.«

»Das versteht sich doch von selbst«, sagte Leonia und gab ihr einen unerwarteten Klaps aufs Knie, der Ardid vollkommen aus der Fassung brachte, obwohl sie eigentlich genügend Wein getrunken hatte, um sich an die familiären Umgangsformen der Inselkönigin gewöhnt zu haben.

Diese nahm nun ein goldenes Glöckchen in die Hand – Ardid war über dieses Glöckchen so entzückt, wie das teuerste Spielzeug ein Bettlerkind nicht zu entzücken vermöchte – und ließ es über ihrem Kopf so fröhlich bimmeln, daß die Vögel des Gartens mit ohrenbetäubendem Flügelflattern aufflogen. Der ehrfurchtgebietende Wächter des Königlichen Gartens streckte sogleich Kopf und Ohren durch die Tür und nahm mit ehrfürchtiger Verneigung den Befehl entgegen, die junge Prinzessin unverzüglich zu ihnen zu bringen.

Dies geschah dann so unverzüglich, daß Ardid, die ein waches Auge für solche Dinge hatte, der Verdacht befiel, die junge Dame habe bereits hinter dem Gartentor gewartet. Ein hübsches, anmutiges Mädchen kam auf sie zu. Ihr langes Haar wirkte willkürlich zusammengesteckt oder wie nachlässig offen getragen. Mit einer leichten Verbeugung sagte sie lächelnd: »Es ist mir eine Ehre, Majestät, daß Ihr mich zu empfangen geruht.«

»Sei ein liebes Kind und gib Königin Ardid, deiner zukünftigen Schwiegermutter, einen Kuß.«

Und als sie sich zu ihr herunterbeugte, konnte Ardid aus nächster Nähe die frischen roten Wangen bewundern, das samtene pechschwarze Haar und den sanftmütigen Gazellenblick der dunkelbraunen, von langen Wimpern beschatteten Augen. Sie wird fett werden, wenn sie nicht aufpaßt, dachte sie aber angesichts der kleinen, aber wohlgerundeten Brüste und des Umfangs der Hüften. Obgleich sie im Moment genau das hat, was man wohl den Vollbesitz der Reife nennt. Dann erwiderte sie den Kuß so gefühlvoll wie möglich – und bei ihr war einiges möglich.

Mit beneidenswerter Geschmeidigkeit, behender noch als ihre Mutter, nahm sie an Ardids Seite auf einem flauschigen Kissen Platz und knabberte mit kräftigen weißen Zähnen an einer Nuß. Sie wird einmal eine gute Mutter, dachte Ardid zufrieden, als sie die wohlgerundeten Arme und die schwellenden Brüste betrachtete. Sie hat zwar nicht den märchenhaften Glanz von Naivia, aber sie ist tausendmal überzeugender, und außerdem ist sie schön.

Damit war ihre ausgiebige, wenngleich unmerklich durchgeführte Musterung beendet, und sie sagte zu Leonia: »Keine bessere Königin könnte ich mir für Olar erträumen als Eure gefällige Tochter.«

»Das will ich hoffen«, antwortete Leonia. »Und nun, mein Kind, iß deine Nuß auf und geh; Königin Ardid und ich haben noch einiges unter vier Augen zu besprechen.« Und vollkommen unerwartet fügte sie hinzu: »Ach, die Jugend!« Wobei sie die Augen zum allumfassenden Himmel hob, »Jugend …, wie weit liegst du zurück, und wie vergänglich ist dein Glanz!«

Sichtlich ungehalten – was durch einen Fußtritt zum Ausdruck kam, den sie Leonias Perserkatze versetzte, die plötzlich zwischen den Falten des roten Gewandes aufgetaucht war – erhob sich die Prinzessin und sagte: »Ich bezweifle nicht, daß die Angelegenheiten, welche die Damen zu besprechen haben, so ernster Natur sind, daß ein dummes Mädchens wie ich davon ausgeschlossen werden muß.«

Bei diesen Worten funkelten Mutter und Tochter sich so heftig an, daß Ardid das alte Sprichwort *Der Apfel fällt nicht weit vom Stamm* mehr als bestätigt fand. Um die angespannte Stille zu unterbrechen, sagte sie: »Ich glaube nicht, daß ich Euren Namen schon kenne. Wollt Ihr ihn mir nicht nennen?«

Woraufhin Leonia flötete: »Gewiß doch, meine Liebe, daran habe ich ja gar nicht gedacht. Meine Tochter trägt den Namen Gudulina.«

»Ach, welch ein bezaubernder Zufall«, rief Ardid und dachte bei sich: So, so, meine Täubchen, wie ich sehe, ist euch zu Ohren gekommen, daß meinem Sohn Gudú der Name der bedauernswerten Naivia nicht sehr zugesagt hat ... Aber nun, wie immer dein Name sein mag, wirst du seine Frau werden und ihm so viele Nachkommen bescheren wie nur möglich ...

Prinzessin Gudulina – oder wie sie einmal heißen würde – verschwand ebenso anmutig und samtpfotig, wie sie gekommen war.

»Hübsch, frisch und lebenslustig«, bemerkte Ardid, kaum daß das Mädchen verschwunden war. »Ich glaube, ich darf Euch ebenso beglückwünschen wie meinen Sohn und mich selbst für die baldige Heirat eines so bezaubernden Wesens mit dem König von Olar.«

Leonia errötete geschmeichelt und schenkte sogleich die Gläser noch einmal voll. Und beide Frauen nippten und tranken mit kleinen Schlucken und verzückten Gesichtern.

»Von Frau zu Frau«, sagte Leonia irgendwann mit träumerischem Blick. »Ich muß Euch etwas gestehen.«

»So, was denn?« fragte Ardid wißbegierig.

»Ich muß gestehen: Der einzige Grund, weshalb Euer verblichener Gemahl, mein geliebter alter Volodius« – Ardid fühlte sich durch die Vertraulichkeit dieser Worte nicht beleidigt, sondern nahm sie eher mit Heiterkeit auf –, »sich mein Königreich nicht auf einen Schlag einverleibt hat, ist seine außerordentlich zutreffende Überzeugung gewesen, daß ich in einem solchen Fall die gesamte Piratenschaft der Meere auf ihn gehetzt hätte.«

Die beiden Frauen hatten nicht nur ihre Kronen, sondern auch alles höfische Protokoll im Gras abgelegt, und ihr Lachen scholl noch eine ganze Weile durch den Garten.

»Dann stimmt ...«, fragte Ardid von Neugier getrieben, »dann stimmt es also, was überall gesagt wird, daß Ihr Euch diese furchtbaren Räuber der Meere gefügig gemacht habt – durch Eure Klugheit, Macht und Würde, versteht sich?«

»Was sagt Ihr, liebe Freundin? Klugheit, Würde ...? Oh, Ardid, Ardid!« Und dabei zwinkerte sie ihr zu und gab ihr wieder einen Klaps aufs Knie. »Oh, Ardid ...!«

Und der Ton ihres Lachens stieg an, wie auch der Wein immer wieder in ihren Gläsern.

Unversehens nahmen die Träume eines kleinen Mädchens oder vielleicht aller kleinen Mädchen zwischen den beiden Frauen lichte Gestalt an: eine Insel, auf der all das Wirklichkeit wurde, was kleine Mädchen sich wünschten oder nicht wünschten. Träume wurden gefunden und wieder verloren: die Insel Leonia, das Meer, das alles nimmt und alles wieder auf den Sand zurückspeit. Etwas verging, und etwas entstand im Herzen der Königin von Olar, die einmal die kleine Ardid mit den Eichhörnchenaugen gewesen war, die dank des Mondtaus in den Tiefen ihres Blicks den Kobold des Südens sehen konnte, und die vom Leben enttäuschte Ardid, die einmal liebte und nicht wiedergeliebt wurde. Manchmal verbünden sich Schmerz und Freude wie heimliche alte Komplizen.

»Ach, wie schön ist das Leben, Ardid«, sagte Leonia ohne jede Verstellung. »Wie schön ist das Leben ... Hätte ich tausend davon, tausendmal würde ich wieder mein Leben wählen.«

»Das glaube ich«, erwiderte Ardid, von einem plötzlichen, doch wohltuenden Neid erfaßt. »Das glaube ich gern; Ihr strotzt ja auch vor Glück und purer Lebensfreude.«

»Nicht nur das«, sagte Leonia mit plötzlichem Ernst, den der Duft von Weinstöcken umwehte. »Auch von Gold, Reichtum und der besten Flotte der Meere.«

»Ich wußte, daß Ihr begütert seid«, erwiderte Ardid. »Ich habe auch von Eurer Flotte gehört, die größer sein soll als die der drei Könige der Meere zusammen ...«

»Könige der Meere? Daß ich nicht lache; dumme Möchtegernkönige, immerzu betrunken. Vor Neid erblassen würden sie, wenn sie meine Schiffe zählen könnten oder nur den Teil von meinen Schiffen, den ich ihnen unter die häßlichen Nasen halte. Und glaubt mir, Handel treiben bringt nicht nur Reichtum, sondern macht auch Spaß. Seht mich an: Ich bin eine Königin, bin mächtig und reich ..., aber außerdem bin ich eine Abenteurerin, meine liebe Ardid. Abenteurerin durch und durch. Diese Insel ist in Wirklichkeit ein altes Herz, ein altes Licht, eine alte Liebe, ein altes Leben ... und wird leider nicht mehr lange Bestand haben. Wenn ich sterbe, liebe Ardid, vergeßt das nie, wird die Insel mit mir gehen und niemals wiederkehren.« Leonia stieß einen tiefen Seufzer aus. »Vielleicht wird man sich an uns erinnern, wird uns nachahmen, uns vermissen, uns verleumden oder verfluchen; aber nie, niemals werden wir zurückkehren. Und unser Verschwinden wird, da könnt Ihr sicher sein, eine große Leere auf der Welt hinterlassen. Eine große Leere ...« Ihre Stimme wurde so schwach wie das Echo eines Seufzers.

Die Sonne hatte ihr Antlitz unwiderruflich verhüllt, und das Gras verströmte sein Aroma mit solch drängender Kraft, daß überall Gemurmel entstand, vieltausendfach, schwebender Gesang von nächtlichen Geschöpfen, schillernd grünliche Funken unter dem weiten Himmel, noch immer hell in Erinnerung an den soeben entschwundenen Tag.

Leonias Stimme klang plötzlich so dunkel, daß man hätte meinen können, sie käme aus dem finsteren Bauch der Erde. »Alles treibt dem Ende zu, meine Liebe. Ich will Euch nicht verheimlichen, daß ich vielleicht die Letzte Königin bin und dies ist die Letzte Insel.«

»Was meint Ihr ...«

»Sehr einfach und kompliziert zugleich, doch Ihr werdet es verstehen; nicht nur weil Ihr scharfsinnig seid, sondern weil Euch Mondtau in die Augen gegeben wurde. Dies ist nicht der Süden;

dies ist nur der Süden des Nordens. Der wahre Süden ist, war, wird jenseits sein …«

»Jenseits?«

»Ja, jenseits; weiter im Norden, Osten, Westen, Süden. Hier wird es nur noch Leonias Welt geben, und Leonia war die Letzte Königin und die Letzte Insel, weil wir dazu verdammt sind, vom Erdboden zu verschwinden. Wir sind die letzte Bastion eines sehr alten, weisen, schönen und verschwundenen Lebens …«

»Und … der wahre Süden?«

»Vom wahren Süden ist nicht viel übrig, meine Freundin. Ein düsteres Labyrinth, in dem Menschen ziellos umherirren, Seefahrer, Dichter, am Leben Gescheiterte.«

Sie stieß einen so tiefen Seufzer aus, daß die Grillen verstummten, die Lichtfalter ihre Flügel schlossen und die Leuchtkäfer des Gartens ihr grünes Leuchten verbargen.

»Ja, meine Liebe, wir sind die letzte Bastion der Träume.«

Bei diesen Worten erhob sie sich etwas umständlich und rief: »Bringt Licht und füllt Wein nach, und bereitet das große Abendmahl vor. Wir sind es müde, Königinnen und Mütter zu sein. Seien wir wieder Frauen!«

Sie fand ihr Lachen wieder und legte den Arm um Ardid, und dann spazierten sie langsam, leicht schwankend von einem Ende des Gartens zum anderen, wobei Leonia das Wort wieder aufnahm. »Meine liebe Ardid, gewährt mir die Ehre, und seid unser Gast bei dem Abendmahl, das ich zu Eurem Willkommen habe ausrichten lassen. Ich hoffe, Ihr enttäuscht mich nicht und beehrt uns mit Eurer Anwesenheit beim Mitternachtsmahl; Ihr und die vornehmen Damen in Eurer Begleitung.«

»Abendmahl … um Mitternacht?« murmelte Ardid verwirrt. Sie hatte plötzlich das seltsame Gefühl, der Erdboden unter ihren Füßen hebe und senke sich unmerklich.

»Ich freue mich schon darauf und habe zu diesem Anlaß die bezauberndsten Gäste eingeladen, mit denen mein Hof aufwarten kann.«

»Es wird mir ein Vergnügen sein«, erwiderte Ardid.

Dolinda empfing sie ein wenig beunruhigt in ihrem Gemach. Während die Zofe ihr beim Ausziehen half, ließ Ardid sich auf das mit Federkissen überhäufte Bett sinken, von dessen Himmel durchsichtige Schleier wehten, die sich beim geringsten Lufthauch anmutig bewegten. Durch die offenen Fenster drang das frische, wohlriechende Aroma der Nacht, und Ardid, von einer besorgniserregenden Sinnenträgheit wohlig übermannt, schloß die Augen.

»Majestät«, murmelte Dolinda, »bitte, schlaft nicht ein ... Ich möchte einige Dinge mit Euch besprechen, die mich doch sehr beunruhigen ...«

»Sprecht, sprecht, tut Euch keinen Zwang an«, sagte Ardid unerwartet lebhaft. »Ich höre zu.«

»Nun ... mir sind Dinge zu Ohren gekommen ...«

»Ihr habt Eure Zeit genutzt, das freut mich. Aber macht es kurz, meine Liebe, denn Ihr solltet, ebenso wie ich, jetzt ein wenig ruhen, damit wir frisch und strahlend zum mitternächtlichen Mahl erscheinen können.«

»Oh, Majestät, wollt Ihr wirklich allen Ernstes an diesem Bankett teilnehmen?«

»Ja, warum nicht?«

»Nun ... wenn ich in wenigen Worten zusammenfassen darf, was ich gesehen und gehört habe, kann ich Euch nur sagen, daß Königin Leonia sich mit keiner ehrenwerten Gesellschaft umgibt. Ja, ihre besten Freunde sind jene Seewölfe und Korsaren, die die Meere unsicher machen und alles rauben, was ihnen an Schiffen, Schätzen, Jungfrauen und dergleichen in die Hände fällt ... Und sie sind nicht nur ihre Freunde, nein, sie beschützt sie sogar. Die andere Seite der Insel, die man vom Festland aus nicht sehen kann, besteht nicht aus fürchterlichen Riffen und Klippen, sondern aus weiten Stränden und lieblichen Gestaden; und davor liegen traumhafte Inseln, die sie aber für ganz unehrenhafte Dinge mißbraucht. Dorthin flüchten sich alle Piraten der Meere und verteilen ihre Beute untereinander; dort wird gehandelt und geschachert, und das nicht nur mit Waren, sondern mit der ganzen Unmoral der Welt, wie wir sie uns gar nicht vorstellen können. Das ist die Quelle ihres Reichtums. Und Ihr müßt wissen, Hoheit, daß diese wohlmeinende, lebensfreudige, prachtvolle, verschwenderische Königin grausamer ist als der grausamste Steppenreiter. Den geringsten Fehler bestraft sie mit der Peitsche, mittelschwere Fehler mit Folter ohne Ende, und schwere Vergehen … was soll ich Euch sagen? Sie ist im Quälen raffiniert und versteht es, den Todeskampf ihrer Opfer hinauszuzögern; auf dieselbe Art, wie sie tausend Formen der Liebe kennt und ihre intimsten und geheimsten Gelüste zu verlängern versteht. Glaubt mir, Hoheit, Leonia ist eine gefährliche Frau. Und wenn Ihr meinen bescheidenen, jedoch von Beflissenheit und Zuneigung getragenen Rat nicht ablehnen wollt, so möchte ich empfehlen, in die Heimat zurückzukehren, sobald die geschäftlichen Dinge abgeschlossen sind, deretwegen Ihr hierhergekommen seid.«

Obwohl die prickelnde Wirkung des Weins ihren Geist umnebelte, war Ardid doch keines der empörten und besorgten Worte entgangen, die ihre treue und so furchtsame Zofe gesprochen hatte.

»Meine liebe Dolinda«, antwortete sie, »das versteht Ihr nicht. Geschäfte lassen sich nicht auf die erstbeste leichtfertige Art und Weise abwickeln. Vertraut mir, ich weiß, was ich tue, das habe ich wirklich oft genug bewiesen. Richtet Euch lieber schön her und macht Euch zurecht, wie es für ein so wichtiges Bankett angemessen ist.«

»Aber, Majestät … Werden wir tatsächlich mit diesen … Schurken an einem Tisch sitzen?«

»Schurken oder keine Schurken«, erwiderte Ardid und gähnte, »es gehört zum Geschäft.«

Damit war das Gespräch für sie beendet, und sie sank in einen leichten traumverlorenen Schlaf.

3

Schurken oder keine Schurken – der Empfang, den sie Ardid und ihren Hofdamen im Garten des Großen Banketts bereiteten, war für diese ein Ereignis, das keine von ihnen jemals vergessen und das in den langen Wintern von Olar Gesprächsstoff und sogar Ursprung von Legenden würde.

Unter den rötlich schimmernden großen Sternen flackerten Fackeln und Lampen tausenderlei Art, wohin man schaute; feine Räucherpfannen verströmten tausend Düfte und Aromen, lange niedrige Tische, an denen man auf weichen, mit farbenprächtigen Seidenstoffen bezogenen Kissen sitzen konnte, standen überall auf dem kurzgeschnittenen Gras und boten mit ihrer unüberschaubaren Zahl von Speisen und Getränken im Verein mit Licht, Dekor und Musik das prunkvollste Schauspiel, in dessen Glanz ihre Augen jemals gebadet hatten.

Im verschnörkelten Wortreichtum der Insel stellte Königin Leonia den teuren, innig geliebten Freunden ihren Gast vor, Königin Ardid. Am höchsten in ihrer Gunst stand offenbar ein gewisser Fürst Skorpio, der so groß war wie drei gewöhnliche Männer übereinander und dessen lang herabfallendes schwarzes Haar sich auf Höhe der Wangen zu Perlenschnüren verflocht. Er trug ein prunkvolles Wams, auf dem sich Seedrachen mit blauen Vögeln und rätselhaften Sternzeichen freundschaftlich vereinten. Die fehlende Hälfte seines linken Ohrs wurde durch den größten Amethysten ersetzt, den ein Mensch je erblickt, ja, sich überhaupt vorgestellt haben konnte. Dem imposanten Fürsten Skorpio, der den krummsten Krummsäbel am Gürtel trug, den es an krummen und schaurigen Säbeln geben konnte, folgten andere, deren Titel und Ruhmestaten in Pracht und in Herrlichkeit ihren Trägern in nichts nachstanden. Allen gemeinsam war der kräftige Körperbau sowie das – wenn nicht vollkommene, so doch teilweise – Fehlen eines Körperteils, sei es ein Ohr, Ohrläppchen oder Auge, eine Hand, ein Bein oder sogar eine Nase; wie bei jenem, der seinen Mangel unter einem kuriosen Kapüzchen aus saphirbestickter Seide verbarg. Es gab Männer für jeden Geschmack und jede Geschmacklosigkeit, für jede Vorliebe und jede Neigung, denn an schlanken, sehnigen Prinzen, Fürsten und Königen herrschte kein Mangel. Es gab dunkelhäutige Paschas und Herrscher mit blonden Bärten, sorgfältig gekräuselt mit einer duftenden, glänzenden Substanz, die den Duft von Maraubinen und Jasmin in sich vereinte, ein fernes Aroma von Sandelholz nicht zu vergessen und manchmal auch von Absinth. Ihre Stimmung jedenfalls hätte nicht besser sein können.

Im Auf und Nieder ihrer Sinne und Gefühle konnte Ardid nicht bestimmen, ob der Schauder, der ihr über den Rücken kroch, von eisigem Entsetzen rührte oder von einem heißen und vielleicht sogar verbotenen Ergötzen. Und als Leonia mit ebenso zweifelhafter wie bezaubernder Geste ein vages Umfeld beschrieb und zu ihr sagte, »Hoheit, wählt ohne Hemmungen und Vorbehalte, was Euch davon am meisten zusagt und am besten gefällt«, da wußte Ardid wirklich nicht, ob ihre Gastgeberin sich auf die gehäuften Schalen mit Flamingozungen bezog oder auf die verschiedenartige, faszinierende Gesellschaft. Es gab unter ihren Tischnachbarn auch zarte Jünglinge mit samtenem Blick und krausen oder gelockten Haaren von so absonderlichen Formen, wie Ardid sie sich bei hohen Anlässen und glanzvollen Feiern daheim in Olar auch für sich selbst vorstellen konnte. Leonias Geist schwebte über allem und noch vielem mehr: über den Kakadus und anderen exotischen Vögeln, über Tänzerinnen und Tänzern, über Säuglingen sogar, mit goldenen Ringen in den Ohren, über Blumen und Getränken und den Speisen, die überall aufs anmutigste dargereicht wurden. Den Damen von Olar verschlug es Atem und Sprache; und Ardid mußte sich arg auf ihre königliche Würde und majestätische Haltung besinnen, um nicht in Rufe ungläubiger Bewunderung auszubrechen wie ein unbedarftes Bauernmädchen, das zum ersten Mal den Markt in der Stadt besucht.

Obwohl Königin Ardid und ihre Hofdamen sich mit allem behängt hatten, was ihre Schmuckschatullen hergaben, war dies nur ein fahler Abglanz dessen, was die übrigen Gäste an Saphiren, Amethysten, Smaragden, Rubinen und Diamanten auszustellen hatten. Und so selbstverständlich und gelangweilt trugen sie sie zur Schau, daß sie nicht einmal darauf achteten, ob Broschen und Schließen sicher befestigt waren, und sie diese auch mit der größten Nachlässigkeit im Gras verloren. Wurden sie von einem Diener dem Besitzer zurückgegeben, so steckte der das Geschmeide mit geistesabwesender Miene wieder an seinen Platz. Das nenne ich Eleganz, dachte Ardid, deren Begeisterung keine Grenzen kannte. Schurken hin oder her; das ist Eleganz, Vornehmheit, Selbstbewußtsein, Verachtung alles Minderwertigen, Macht.

Zufrieden mit sich selbst über diese Schlußfolgerung, die ihrer Meinung nach den Kern vieler Irrtümer der menschlichen Natur offenlegte, nahm sie mit strahlendem Lächeln Platz. Und da sie eine wirkliche Schönheit war und ihre samtene Reife die üppige, wenngleich wohlproportionierte Leonia ebenso wie die etwas blassen, würdig und ernst dreinblickenden Hofdamen aus Olar übertraf, ruhten die Augen der Männer, mochten es Schurken oder keine Schurken sein, voller Wohlgefallen auf ihr. Ardid blieb dies nicht verborgen, und sie spürte, wenngleich ein wenig erschrocken, die Blicke und das gedämpfte Begehren im Gesumm der Stimmen, die berauschend ihr feines Gehör umschmeichelten und unmißverständlich an ihre Ohren drangen, welche in zwei dicken Perlen aus dem unglücklichen Schluchtenland ihre bezaubernde Vollendung fanden.

»Aufregend, Majestät, wundervoll«, sagte sie und befächelte sich schicklich mit dem Pfauenfederfächer, den Leonia ihr überlassen hatte. »Ihr seid eine unübertroffene Gastgeberin.«

»Ihr beschämt mich, Majestät«, erwiderte Leonia und senkte den Blick (wodurch Ardid feststellen konnte, daß eine blaue und doch durchsichtige Substanz dick auf die Augenlider aufgetragen war). »Es ist doch nur ein bescheidenes Picknick für eine hohe Herrscherin, wie Ihr es seid.«

So verkomplimentiert, beschlossen sie für sich, fortan auf jedes Protokoll zu verzichten und sich ganz den Wonnen des Festmahls hinzugeben. Ardid konnte sich gar nicht satt sehen an den erlesenen Köstlichkeiten, die um sie her aufgetragen wurden und in krassem Gegensatz zu den wilden Gesichtern und grauenvollen – oft jedoch mit Juwelen verzierten – Narben mancher Gäste standen.

Königin Leonia beendete das nur mühsam unterdrückte Staunen ihres Gastes, indem sie, das Herz eines Fasans auf eine lange goldene Nadel spießend, sagte: »Vergeßt nicht, meine Liebe, daß dies eine Insel, und zwar eine Fraueninsel ist; und wie niemand daran zweifelt, daß Männer große Eroberer sind und bekanntermaßen auch andere lobenswerte Eigenschaften haben, sind wir Frauen doch fraglos die Zivilisation.«

»So, glaubt Ihr?« murmelte Ardid, die diesen Ausdruck zwar noch nie gehört hatte, jedoch entzückt war, solche gewagten Worte aus dem Mund einer Frau zu vernehmen, die gewiß rasch zählen und rechnen, mit Sicherheit aber weder lesen noch schreiben konnte, wofür sie über Sklaven verfügte, denen sie diktierte. »Dieser Gedanke ist mir noch nicht gekommen. Ich habe zwar meine Zweifel an seiner Richtigkeit, will ihn aber dennoch nicht verwerfen. Ja, ich werde ihn mir in Erinnerung halten, um in den langen Wintermonaten von Olar darüber nachzudenken.«

Trotz Wein und Gesang, trotz der Vielfalt der Genüsse und Darbietungen, des Flügelschlags zahlloser Vögel und des Gelächters ringsum blieb die Unterhaltung anregend und beschwingt. Weit fort waren für Ardid die entsetzlichen Freßgelage betrunkener Soldaten, in die unweigerlich jedes Festmahl in Olar ausartete, mochte der Anlaß noch so feierlich sein. Leonia verstand es zwar, den Gang der Verdauung ihrer Gäste nicht durch strapaziöse Erörterungen aufzuhalten, doch wußte sie ebensogut die stets überraschende Speisenfolge mit prickelnden Prisen von Pfeffer, Salz, Moschus und allen Arten von aromatischen Kräutern zu würzen, die aus kurzen Fragen und Antworten, spitzen Bemerkungen und allen erdenklichen Arabesken der Sprache bestanden.

Und zwischen den Bissen, zwischen Komplimenten und Höflichkeitsbezeugungen sowohl von Leonia als auch von seiten ihrer Gäste erhaschte Ardid in kurzen Anspielungen, unschuldigen Andeutungen oder boshaften Lufthieben der Straußenfedern, mit denen Leonia sich Kühlung zufächelte (die Nacht war warm und wurde durch guten Wein und opulente Speisen noch mehr angeheizt), wertvolle Einblicke in den wahren Reichtum, die Gerissenheit in geschäftlichen Dingen, das Verhandlungsgeschick und die außerordentlichen diplomatischen Fähigkeiten, die Leonia auszeichneten.

Den Worten ebenso lauschend wie der beredten Stille, fand Ardid in der duftenden Nacht und den leicht wie Schmetterlinge von da nach dort flatternden Gesprächen – unvorstellbar bei den rohen Bräuchen von Olar – bestätigt, was Leonia ihr anvertraut hatte: Die legendäre Insel und der Glanz ihres Königreichs würden mit Leonia untergehen, wie ihr glanzvolles Erstehen mit ihrer Geburt begonnen hatte.

Was aber hatte das zu bedeuten? Neugier und Verwirrung erfüllten Ardids Herz. Als wäre es dem reinem Zufall zu verdanken – alles war so verwirrend und gesprächig in dieser Nacht, voller Geheimnis und jeder Heimlichkeit entblößt – und ohne es recht zu bemerken – wie es einem manchmal in Träumen passiert –, erfuhr sie die Geschichte der Insel und des Reiches, von der Witwenschaft und noch den intimsten Dingen dieser einzigartigen Königin.

Mit neun Jahren – frühreif und gut entwickelt, wie man den Ereignissen entnehmen kann – war Leonia bereits Gegenstand der leidenschaftlichen Liebe eines gefürchteten Inselherrschers aus dem hohen Norden. Dieser raubte sie von ihrer Heimatinsel, einem entlegenen steinigen Eiland tief im Süden, und machte sie zur gütigen Herrscherin über eine riesige Flotte blutrünstiger Piraten. Noch keine elf Jahre alt, hatte sie ihren Entführer ums Leben gebracht, ihren Verbündeten, den berühmten Piratenkönig des Ostens, zum Gemahl genommen und ihre Flottenstärke fast verdoppelt. Es war wohl auch nicht ganz unwahr – wie Ardid einem aufgeschnappten Wort hier, einer Bemerkung dort entnehmen konnte –, daß Leonia sich mit zwölf Jahren ihres östlichen Verbündetens und seiner Leute entledigt sowie das Kommando über die vereinigte Flotte übernommen hatte. Danach beschloß sie, keinen Mann mehr zum Gemahl zu nehmen, sondern frei zu wählen, sich hier und dort zu bedienen, ohne sich lästigen Bindungen unterwerfen zu müssen.

Wie Ardid erfahren konnte, war Leonia ebenso Opfer von harten Rückschlägen gewesen wie Genießerin traumhafter Vermögen. Ihre Flotte und ihren ganzen Reichtum verlor sie in einer Schlacht gegen den am wenigsten gefürchteten, gar nicht reichen und noch weniger gescheiten Piraten, der sich auf den Meeren herumtrieb; allerdings wurde dieser von einem Orkan unterstützt, der ihrer Seemacht nach den Breitseiten und dem Entern das Ende bereitete. Im zarten Alter von dreizehn Jahren – schätzte Ardid – landete Leonia auf dem vom Festland her nicht einsehbaren Teil ihrer jetzigen Insel. Sie war sogleich hingerissen von der Schönheit der Strände und dem kleinen Inselarchipel, der sich davor lieblich aus den Wellen erhob. Dort lebte sie eine Zeitlang und ernährte sich von nichts anderem als den köstlichen Früchten jener Gegend, bis sie eines Tages am Strand mit wehenden blonden Haaren und mit nichts anderem bekleidet als ihrer gebräunten Haut, vom Fürsten des Tieflands gesehen wurde. Der war zwar nicht besonders mächtig, trug jedoch anstelle seiner Zähne ein komplettes Gebiß aus Edelsteinen, das – wenn er lachte, was er immer gern tat – so manche Krone von Hochlandkönigen in den Schatten gestellt hätte. Und aus diesem Grund sowie weiteren unerfindlichen Gründen tat Leonia sich mit ihm zusammen. Doch diesmal war sie auf keine neue Seemacht aus. Mit ihrem großen Erfahrungsreichtum und der Leidenschaft, die sie in dem Fürsten des Tieflands zu entzünden wußte, dauerte es nicht lange, bis sie auch seinen grinsenden Totenschädel besaß. In der Mitte der Insel fand er seine letzte Ruhestätte (ohne das edelsteinerne Gebiß allerdings). Mit der Frucht des Lachens jenes Tieflandfürsten finanzierte sie die Raubzüge, die sie lieber gezielte Geschäfte und vorausschauenden Handel nannte. Alle Piraten, große oder kleine, die an ihrer Küste landeten, bezog sie in diese Geschäfte mit ein. Und auf dem Fundament des zahnlosen Totenschädels errichtete sie den Palast und um den Palast herum ihr Königreich.

Der Glanz der Sonne auf ihrer nackten Haut und den goldenen Haaren zog anfangs viele harmlose, wenig begüterte Männer in ihren Bann. Mit der Zeit jedoch kamen andere, die weniger harmlos, wohl aber begütert waren. Sie landeten an ihrer Küste und rissen sich darum, mit einer ebenso verwegenen wie faszinierenden Frau Geschäfte zu machen. Auf diese Weise kam Leonia zu vorteilhaften Verträgen, Abkommen und Vereinbarungen. Sie besaß Sklaven aller Hautfarben und aller Herren Ländern, um damit ihr Werk in Angriff zu nehmen, und ihr Palast war bevölkert von schönen Jungfrauen und tapferen Rittern; viele von ihnen Herrscher über ebenso prachtvolle wie steuerlos treibende Reiche. Die Verträge, die Abkommen, alle diese gewagten Unternehmen – wie Schaum im Glas wuchsen sie in die Höhe und verfestigten sich auf dem zerbrechlichen Fundament, das einst auf einem kahlen Totenschädel mit finsterem und schamlos ausgebeutetem Grinsen errichtet worden war. Kein Siegel und kein Daumendruck, keine Signatur und kein Kreuzchen gaben einen Hinweis auf besagte Vereinbarungen, denn bekannt ist der Weitblick jener, die auf den Meeren herrschen. Und auf jenen soliden, unverbrüchlichen Prinzipien gründete Leonias Reich. Da habe ich mich, grübelte Ardid in den Nebeln leichter, belebender Getränke, für schlau, unerschrocken, stark, glücklich und ausdauernd gehalten, habe geglaubt, das einzigartige Leben einer außergewöhnlichen Frau zu führen; doch neben Leonia kommt mir all das, was ich gelebt, gelitten, genossen und gefürchtet habe, wie ein mürber alter Sack vor, dessen Gewebe jeden Moment reißen kann.

Und im süßen Taumel der immer noch reichlich kredenzten köstlichen Getränke – leicht wie das Licht, doch berauschend wie das Aroma der Insel – wurden die Düfte der Nacht immer schwerer und betörender. Mit derselben Leichtigkeit und

Anmut, die allen Dingen zu eigen waren, erloschen nacheinander Fackeln, Stimmen und Flügelschlag, und es kam ein Moment, da huschten nur noch schweigsame Sklaven geräuschlos umher, um plötzlichen Bedürfnissen verschiedenster Art einmal hier, einmal dort gerecht zu werden.

Ein allgegenwärtiges, tiefes, uraltes Aroma drang Ardid und ihren Hofdamen und allen, die sich auf dem Fest befanden, in die Nase. Dunkelheit und süße Hingabe an die Nacht krochen durch die Haut, durch Augen, Ohren, Lippen und Verlangen. Vielleicht ist dies die andere Seite der Liebe, so wie dieser Ort, an dem wir uns befinden, die andere Seite der Insel ist; jene, von der alle träumen und die keiner kennt, dachte Ardid. Liebe: ein bitteres, von Ardid gefürchtetes Wort. Eine große, offenkundige Liebe von unbekannter Eindringlichkeit wehte wie ein heißer und zugleich erfrischender Wind, der Herzen und Gemüter entzündete. Ohne jeden Vorbehalt gab sie sich den Einflüsterungen jenes Wortes hin; jenes von Wehmut nicht ganz freien Gefühls, jetzt vielleicht zum letzten Mal etwas zu empfinden, wovon sie unsinnigerweise nie zuvor gekostet hatte. Und da sie sich schon seit einer Weile – oder seit Jahrhunderten, wer konnte das sagen – der machtvollen Versuchung ausgesetzt sah, die tausend Aufmerksamkeiten und feinsinnigen Komplimente eines blondgelockten, blauäugigen Herrn der Nordmeere zu erwidern, dessen kraftvolle Gestalt selbst Volodius den Atem verschlagen hätte, wachte sie auf, als das Grübeln über ein altes und in just jenem Moment enthülltes Geheimnis sie schläfrig machte. So willigte sie ein, ihn auf belaubten Pfaden zur einladenden, verzauberten und paradiesischen Seite der Insel zu begleiten.

In seinen Armen betrachtete sie hingebungsvoll den berühmten Archipel winziger Inseln, auf denen der unschuldigen Dolinda zufolge die ehrlosen Geschäfte der gefährlichen Königin abgewickelt wurden. Sie hatte auch nichts dagegen, den schwimmenden Palast des ebenso schmucken wie furchterregenden Herrn zu besuchen und dort sein großes weiches Bett kennenzulernen, das sanft gewiegt wurde von den Wellen des Meers, vom Wein und der Liebe.

Kurz vor dem Morgengrauen fühlte sie sich in einem prächtigen, ganz mit Kissen ausgepolsterten Boot wie auf Wolken getragen – sie wußte nicht, von wem und auf welchem Kurs, ob um die Insel herum oder über sie hinweg – und ebenso unauffällig wie zartfühlend in ihr Gemach zurückgebracht, wo sie erwachte, als die Sonne schon hoch am Himmel stand. Sie empfand keine Scham und kein Erröten, keine Gewissensbisse, Furcht oder ähnliches, sondern begrüßte den neuen Tag mit wonniger Freude. Sie betrachtete die Spuren, welche die Nacht und die Lust des Lebens an ihren Kleidern und Haaren und in ihrem Gesicht hinterlassen hatten. Und sie beklagte sie nicht nur nicht, sondern hoffte insgeheim sogar, die gute Leonia möge noch vor ihrer Abreise ein weiteres Festmahl zu ihren Ehren ausrichten – oder wen immer sie dieser Ehre für würdig hielt.

Als hätte die Gastgeberin ihre Wünsche erraten, vergingen noch einige weitere Tage mit den dazugehörigen Nächten und Festgelagen, bevor Ardid dazu kam, die Absichten ihres Sohnes ausführlich darzulegen. Es handelte sich darum, daß Gudú – mit dem Brauch brechend, in Olar zu heiraten – nach erfolgreichem Abschluß des Ehevertrags auf die Insel kommen wollte, um dort das Hochzeitsfest zu feiern. Danach würden sie alle, zusammen mit der neuen Königin, ins ferne kalte Olar zurückreisen.

Leonia konnte ihre Aufregung und Neugier kaum verbergen, die die Nachricht vom Besuch des berühmten jungen Königs in ihr hervorrief, und schickte sogleich Boten aus sowie das prächtigste ihrer Schiffe zum Hafen, um den hohen Gast mit dem ihm gebührenden Pomp auf die Insel zu bringen, wo dann die Hochzeit mit einem Prunk und Gepränge gefeiert werden sollte, welches jedes menschliche Vorstellungsvermögen zu übertreffen versprach. Ardid schwamm in einem Meer aus Glückseligkeit bei der Aussicht, noch einige Tage länger an diesem märchenhaften Ort verweilen zu können, vergaß darüber jedoch nicht, ihrem geliebten Sohn in verschlossenem und versiegeltem Brief den guten Rat zukommen zu lassen, er möge seine Soldatenkleidung gegen ein angemesseneres Gewand vertauschen, ein Bad nehmen und seiner herrlichen wilden Lockenpracht ein wenig Pflege angedeihen lassen.

Der König ließ nicht lange auf sich warten. In seinen Entscheidungen so schnell wie mit dem Schwert, erschien er schon in kurzer Zeit auf der Insel: überfallartig, überwältigend, sonnenverbrannt, beherrschend. Selbst Königin Leonia war von seinem Auftreten beeindruckt. Zu Ardid sagte sie: »Meine liebe Freundin, Ihr habt einen offensichtlich vielversprechenden Sohn. Ich würde ihn gern ein wenig näher kennenlernen, bevor ich ihm meine Tochter anvertraue. Als Mutter«, sagte sie und stieß einen ebenso falschen wie unhörbaren Seufzer aus, »habt Ihr gewiss Verständnis dafür, daß ich mich von seinen Eigenschaften persönlich überzeugen möchte. Und meine Erfahrungen als altgediente Königin und Mutter« – hier lenkte ein bezauberndes Lächeln von der Tatsache ab, daß ihre Stimme ein wenig heiser geworden war – »sagen mir, daß er eine Menge guter Eigenschaften hat.«

»Ich werde es meinen Sohn wissen lassen«, antwortete Ardid und hoffte im stillen, daß Gudú die an ihn gestellten Erwartungen nicht enttäuschen möge. Sie hatte zwar feststellen können, daß er gebadet, gekämmt und anständig gekleidet war; dennoch lagen Welten zwischen seinem rohen Auftreten und der vornehmen Eleganz an Leonias Hof.

Doch die Königin verbrachte zwei ganze Tage und Nächte mit Gudú in ernster Unterredung und zweifellos alle Einzelheiten erschöpfenden Unterweisungen. Danach gab sie den jungen König mit den Worten an seine Mutter zurück: »Ich darf Euch versichern, Ardid, daß ich mit Eurem Sohn Gudú mehr als zufrieden bin. Und wie ich von Anfang an vermutet habe, vereinigt er den hochmütigen Stolz des Soldaten mit den besten Eigenschaften eines erfahrenen, klugen Mannes.« Und etwas leiser fügte sie in vertraulichem Ton, ohne Gestelztheit und ohne Falsch hinzu: »Oh, Ardid, könnte man nur Gudulina sein!«

Ardid fühlte sich zwar geschmeichelt, war aber dennoch überrascht ob der Klugheit und des diplomatischen Geschicks ihres immer wieder verblüffenden Sprosses. Noch überraschter aber war sie, als sie Gudú fragte, welchen Eindruck der Hof, die Menschen und die Königin selbst auf ihn gemacht hätten. Auf Prinzessin Gudulina war er gut zu sprechen, da diese sich bei ihrer ersten Begegnung zwar unbefangen, aber keineswegs einfältig, unschuldig, aber nicht unwissend, empfindsam, aber nicht zimperlich gezeigt hatte. Auf die andere Frage aber antwortete er nur: »Reiche, prunksüchtige, unbeständige Leute; sie werden nicht überdauern.«

Daher war es auch nicht verwunderlich, daß er gleich nach der glanzvollen Hochzeitszeremonie darauf drängte, nach Olar zurückzukehren.

In ihrer letzten Nacht auf der Insel erwachte Ardid bei Morgengrauen inmitten vollkommener Stille. Von einer unbezähmbaren Neugier getrieben, sprang sie kurz entschlossen aus dem Bett und verließ ihre Kammer. Sie lief durch endlose Zimmer, treppauf und treppab, als lenke sie eine unhörbare Stimme. Der ganze Palast, ja, die ganze Insel lagen wie ausgestorben, und das nicht erst seit kurzem, sondern schon seit ewiger Zeit.

Ardid erschauerte, doch ihre Wißbegier war immer schon stärker gewesen als ihre Furcht; und so begab sie sich – pochenden Herzens zwar, doch fest entschlossen – zu jenem Teil der Insel, auf dem die Sinnlichkeit und Lebenslust und alle Wonnen beheimatet waren, die sie kennengelernt hatte. Erst nach Mitternacht öffnet sich der Weg zur geheimen Inselwelt; zwischen Mitternacht und Morgengrauen ... und ich weiß, daß dies die Zeit der Wunder, der Zauber und der Träume ist, sprach sie im stillen. Denn so war es ihr vom geliebten Magier beigebracht worden, so war es ihr vom geliebten Almandin bestätigt worden, und dasselbe hatte ihr auch der geliebte Kobold versichert.

Endlich erreichte sie den Strand und sah hinter dunklen Umrissen, die sowohl steilen Klippen als auch den vor Anker liegenden Schiffen der Herren der Meere gehören konnten, langsam die Sonne über dem Wasser aufsteigen. Und als sie schließlich barfuß auf Kieseln ging und durch den feinen Sand lief, war die Sonne vollends aufgegangen. Doch wie groß war ihr Erstaunen, als sie sich einer vollkommen fremden Landschaft gegenübersah. Dort ankerten gar keine goldenen Schiffe, nichts erinnerte an fröhliche Feste und unbekümmerte Ausgelassenheit. Nein – ein trostloses Schauspiel bot sich ihren Augen. Im Licht der aufgehenden Sonne glitzerte nur felsiges Gestein auf ausgedörrter Erde, bedeckt mit Ziegelbruch und Scherben von einstmals vielleicht prächtigen Mosaiken, von Spiegelglassplittern, die aufblitzten wie flüchtige Kometen.

Gütiger Gott, dachte Ardid, alles war nur ein Traum, eine Erinnerung. Dies sind die nutzlosen Reste der Träume, der Piraten, die das Meer zurückgegeben hat ... Und sie lief, so schnell ihre Füße sie zu tragen vermochten, ungeachtet der Wunden, den scharfe Steine und Scherben in ihre nackten Fußsohlen rissen, um sich unter der warmen Decke ihres Bettes vor der Welt zu verstecken, die Augen zu schließen und sich immer wieder zu sagen, daß alles nur ein Traum gewesen war, der Traum eines Traums oder Tausender von Träumen ...

Ardid wollte es scheinen, als sei ihre Zeit wie im Flug vergangen, als sie sich – zusammen mit ihren seufzenden Hofdamen – im Gefolge des prächtig geschmückten Hochzeitsschiffs von der Insel entfernte. Im letzten Licht der untergehenden Sonne versank auch die Insel Leonia im goldenen Dunst des Meeres. Eine Kälte, die sie zwar kannte, die ihnen jedoch unendlich viel trostloser erschien als früher, zwang sie, Zuflucht zu dicken Schals und wollenen Umhängen zu nehmen. Und den langen Klagelaut in ihrer Kehle erstickend, dachte Ardid, daß sie erst jetzt die lange zurückliegenden Worte ihres Gemahls Volodius verstand, als er gesagt hatte, die Unbezähmbare Prinzessin sei keine Frau, sei keine Liebe. Wie die Umrisse der Insel Leonia in der diesigen Abendluft immer mehr verblassten, so entschwand für immer der letzte Zipfel ihrer – vielleicht – vergeudeten Jugend.

Mythen, Magie
und phantastische
Abenteuer
ANTASY
PIPER
PIPER

Sara Douglass: voller Spannung, Magie und Romantik

Bereits der Auftakt dieses großartigen Zyklus macht süchtig: Es ist die Sage um Axis, der sich in die Braut seines Halbbruders, des Thronerben von Achar, verliebt. Axis und Faraday fühlen, daß sie zusammengehören. Doch die Prophezeiung will es anders. Das Epos um die magische Welt von Tencendor verhalf der australischen Autorin zum Welterfolg.

Sara Douglass
Die Sternenbraut
Unter dem Weltenbaum 1
Gebunden € 19.90 und
Serie Piper 6523. € 9.90 (Okt. 03)

Axis und Faraday stellen sich den mächtigen Widersachern, die das Land Achar bedrohen. Als Axis tödlich verwundet wird, zeigt sich, daß Faraday magische Kräfte besitzt: Sie heilt seine Wunden. Um die uralte Prophezeiung zu erfüllen, tritt Axis, gestärkt von den Kräften der weißen Magie und der Liebe einer starken Frau, dem Bösen entgegen.

Sara Douglass
Sternenströmers Lied
Unter dem Weltenbaum 2
Gebunden € 19.90

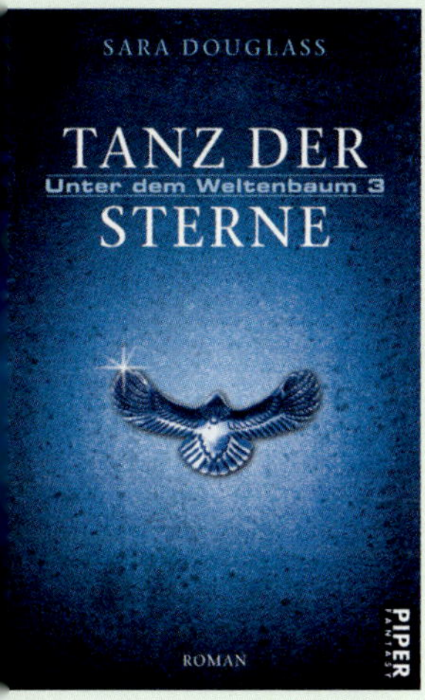

Unterrichtet von den Führern der Unterwelt, erlernt Axis die Zauberkräfte, die er benötigt, das Böse zu bezwingen. Faraday indes fristet an der Seite des grausamen Thronräubers Bornheld ein freudloses Leben am Königshof. Nur die Hoffnung, bald für immer mit Axis vereint zu sein, hält sie aufrecht. Doch sie ahnt nicht, daß sie eine Rivalin hat!

Sara Douglass
Tanz der Sterne
Unter dem Weltenbaum 3
Gebunden € 19.90

Axis bricht den Schwur, den er Faraday einst leistete: Aschure, die Meisterschützin, wird seine Geliebte. Großmütig gibt Faraday Axis frei. Während ihr Gemahl Bornheld das Land verwüsten läßt, treibt Axis den Wiederaufbau Tencendors voran. Am Ende stehen sich die Brüder, getrieben von Leidenschaft und Haß, in einem tödlichen Zweikampf gegenüber …

Sara Douglass
Der Sternenhüter
Unter dem Weltenbaum 4
Gebunden € 19.90 (Okt. 03)

Finsternis herrscht in Thale, seit Elfen und Druiden ermordet und die gütige Göttin vertrieben wurde. Doch der oberste Druide prophezeite einen Retter, der die dunklen Mächte besiegen wird. Und wirklich: Eines Nachts kommt heimlich ein Kind zur Welt …

Monika Felten
Elfenfeuer
Serie Piper 6501. € 9.90

Generationen nachdem die Auserwählte Sunnivah ihr Land aus der Knechtschaft des finsteren Herrschers befreite, bahnt sich erneut Unheil an. Nur die Nebelelfe Naemy spürt die drohende Gefahr – aus der Vermutung wird schreckliche Gewißheit.

Monika Felten
Die Macht des Elfenfeuers
Gebunden € 19.90 und
Serie Piper 6530. € 9.90 (Dez. 03)

Einer der bezauberndsten phantastischen Romane – die poetisch-ironische Geschichte von den Verführungen des Feenlands. Selbst die biederen Bürger des Nachbarreichs Dorimare vermögen den geheimnisumwitterten Lockungen nicht zu widerstehen.

Hope Mirrlees
Flucht ins Feenland
Roman
Gebunden € 19.90

Ein phantastisches Epos aus den Anfängen der Menschheit

Afrika vor 200 000 Jahren: Noli muß sich von ihrer Sippe trennen, wenn sie überleben will. Zusammen mit ihrem Gefährten Suth, vier weiteren Kindern vom Stamm der Mondfalken und ihrem scharfen Verstand als einziger Waffe, macht sie sich auf die mühsame Suche nach einem neuen Jagdgrund. »Dieses Buch ist das beste, das Dickinson je geschrieben hat.« *Independent*

Peter Dickinson
Die Kinder des Mondfalken
Suth und Noli
Serie Piper 6504. € 8.90

Ko und Mana vom Stamm der Mondfalken haben gemeinsam mit Suth und Noli eine neue Heimat gefunden. Doch bald wird die Nahrung knapp, der Stamm muß weiterziehen. Mutig begibt sich Ko auf die Suche nach neuen Jagdgründen und hat Erfolg. Das Überleben des Stammes scheint gesichert – bis plötzlich grausame Kopfjäger vom Stamm der Dämonen einfallen.

Peter Dickinson
Die Kinder des Mondfalken
Ko und Mana
Serie Piper 6505. € 8.90 (Febr. 04)

»Brillant! Das literarische Vermächtnis einer großen Autorin« El País

Das weltberühmte Epos der großen katalanischen Autorin Ana María Matute. Der furchterregende Krieger Gudú ist besessen von dem Wunsch, sich zum mächtigsten Herrscher aller Zeiten zu erheben. Als er die Insel der wilden Königin Urdska erobert hat, glaubt er sich am Ziel aller Träume. Doch sie plant unaufhaltsam seinen Untergang ...

Ana María Matute
Der vergessene König Gudú
Gebunden. € 23.90

Der königliche Eroberer und Weltenlenker Gudú macht sich die Erde weiter untertan. Doch seine Söhne zerfleischen sich in Machtkämpfen, bis der Traum vom mächtigsten Königreich unter den Trümmern des Schwarzen Turms verschüttet liegt. Der schicksalhafte Drache der Furcht erscheint am Horizont und besiegt den scheinbar Unbesiegbaren ...

Ana María Matute
Das Erbe des Königs Gudú
Gebunden. € 22.90 (Okt. 03)

Hans Bemmann: Geschichtenerzähler von Format

Ein Roman um Täuschung und wahre Liebe. Ein Forscher entdeckt die erst kürzlich ausgegrabene Statue einer antiken Liebesgöttin. Sie schlägt ihn auf rätselhafte Weise in ihren Bann ... »Ein märchenhaftes, doppelbödiges, ein wahres Vergnügen!« *General-Anzeiger*

Hans Bemmann
Die beschädigte Göttin
Gebunden € 12.-

Das Kultbuch der phantastischen Literatur: Ein Stein, eine Flöte und ein Stück Holz. Lauscher setzt alles daran, um mit diesen magischen Gaben die Welt nach seinen Wünschen zu verändern – und scheitert, um letztlich seinen eigenen Weg zu finden.

Hans Bemmann
Stein und Flöte
Serie Piper 6507. € 9.90

Eine junge Studentin nimmt Zuflucht zu den Geschichten um die schöne Königstochter Herod. Mit ihrer lebhaften Phantasie taucht sie immer tiefer in die abenteuerliche Welt der Prinzessin ein und begegnet schließlich ihrem ganz persönlichen Mythos.

Hans Bemmann
Die Gärten der Löwin
Serie Piper 6529. € 8.90 (Dez. 03)

Schwarze Magie, verwegene Abenteuer und mystische Welten

Vor fünfzig Jahren sorgte Voland, der Satan in Gestalt eines skurrilen Professors für Schwarze Magie, für Aufregung in der russischen Metropole. Nun kehrt er zurück, und die Stadt steht wieder Kopf. Eine phantastische Groteske und eine Verneigung vor Bulgakows unsterblichem Werk »Der Meister und Margarita«.

Witali Rutschinski
Teufels Werke
Ein Roman um Bulgakows
»Der Meister und Margarita«
Gebunden € 22.90

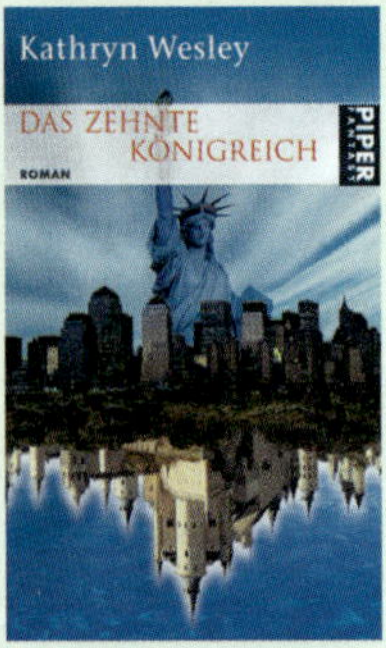

Die phantastische Geschichte von der New Yorker Kellnerin Virginia, die von einem verzauberten Prinzen in ein magisches Paralleluniversum katapultiert wird. Ein furioses Fantasy-Abenteuer – herrlich komisch, aufregend und märchenhaft erzählt.

Kathryn Wesley
Das Zehnte Königreich
Serie Piper 6506. € 9.90

Der junge Smokey verliebt sich in die bezaubernde Alice. Um seinen Heiratsantrag zu überbringen, besucht er Alices Familie. Diese entpuppt sich als höchst eigenwilliger Clan. Kein Wunder – heißt es doch, eine der Vorfahren sei eine Fee gewesen.

John Crowley
Das Parlament der Feen
Serie Piper 6517. € 11.90 (Febr. 04)

Überall in Europa vernehmen die Wölfe einen geheimnisvollen Ruf. Die Zeit der Rückkehr in ihr altes Herzland ist gekommen. Auf fast vergessenen »Wolfswegen«, von denen nur noch die Sagen berichten, brechen sie zu einer abenteuerlichen Reise auf. Die tausendjährige Verbannung des mächtigen Wolfsgottes Wulf ist vorbei, ein neues Zeitalter bricht an.

William Horwood
Die Wölfe der Zeit
Die Reise ins Herzland
Serie Piper 6512. € 9.90

Eine Reise durch die magische Welt der Drachen. Seit Jahrtausenden ist das Abendland eine Drachentöter-Kultur. Die Urgeister der Schöpfung wurden dämonisiert und niedergemetzelt. Doch was wissen wir wirklich über die mythischen Wesen? Andreas Gößling lädt ein zu einer Tour durch die Kulturgeschichte der Götter und Dämonen, die sich wie ein Krimi liest.

Andreas Gößling
Drachenwelten
Geister der Schöpfung und Zerstörung
Serie Piper 6502. € 8.90

Wolfgang Hohlbein: Spannung pur!

»Das Avalon-Projekt« bestätigt Wolfgang Hohlbeins Ruf als Meister des phantastischen Thrillers. Es ist die Geschichte der geheimnisumwitterten Ölbohrinsel Avalon II, deren Besatzung eines Nachts spurlos verschwindet – der Anfang unerklärlicher Phänomene.

Wolfgang Hohlbein
Das Avalon-Projekt
Gebunden € 12.90 (Okt. 03)

Die Helden in diesem Buch sind sympathische Durchschnittstypen, die in den Bann unheimlicher Mächte geraten. Nie ohne eine Prise Horror mixt Wolfgang Hohlbein dem Leser einzigartige Cocktails, wie sie meisterhafter niemand zu zaubern versteht.

Wolfgang Hohlbein
Das Vermächtnis der Feuervögel
Fantasy-Stories
Serie Piper 6508. € 8.90

Geleitet vom Geist des großen Skar, bricht Satai Daart zu einer Erweckungsreise auf. Die Prophetin Irana offenbart ihm, daß er auserwählt ist, gemeinsam mit ihr das magische Reich zu suchen. Denn von dort droht eine Kraft auf Enwor überzugreifen.

Dieter Winkler
Wolfgang Hohlbeins Enwor
Das magische Reich
Serie Piper 6531. € 8.90 (Febr. 03)

Phantastische Geschichten um die Artus-Legende

Die Elfe Niviene, Schülerin des Zauberer Merlin, entbrennt in Leidenschaft zu einem fremden Mann. Statt ihn nach dem Gesetz des Zauberwalds zu töten, schenkt sie ihm die Freiheit, nicht ahnend, daß sie König Artus gegenübersteht. Als sie die wahre Identität ihres Geliebten entdeckt, wird sie in einen Strudel schicksalhafter Ereignisse gerissen.

Anne Eliot Crompton
Merlins Tochter
Serie Piper 6510. € 8.90

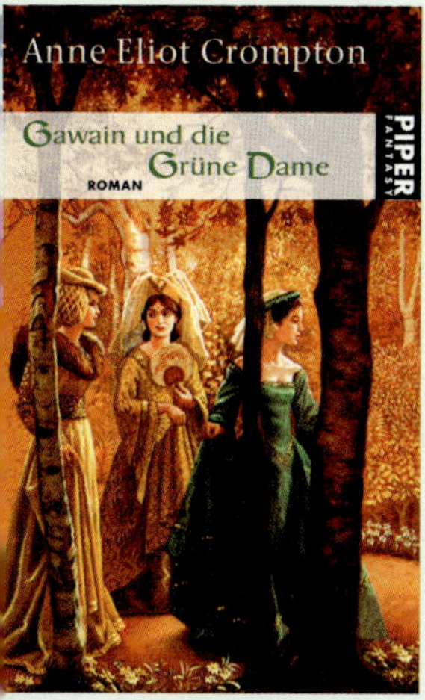

Ritter Gawain begibt sich im Auftrag von König Artus in den Norden Englands. Dort gerät er in die Fänge der Barbaren. Doch sie töten ihn nicht – sondern rufen ihn zum Maikönig aus. Er genießt die Freuden seines Standes. Bis er erfährt, was ihm in Wahrheit bevorsteht: Um die Erde mit Blut zu segnen, opfert man den Maikönig zur Sommersonnwende ...

Anne Eliot Crompton
Gawain und die Grüne Dame
Serie Piper 6514. € 8.90 (Okt. 03)

Unheimlich phantastisch – phantastisch unheimlich

Eine verschlafene Kleinstadt, Tote, deren Leichen nie gefunden werden, und ein gespenstisches kleines Mädchen, das aus dem Nebel auftaucht und plötzlich wieder verschwindet. Ein geschickt inszeniertes Verbrechen oder das Werk übernatürlicher Mächte?

Morten H. Olsen
Das Kind aus dem Moor
Gebunden € 19.90 (Okt. 03)

Chantal begibt sich auf eine Zeitreise, um den fernen Planeten Oranda zu erforschen. Bald kommt sie geheimnisvollen Kräften in Gestalt der Neun Lebenden Schwerter auf die Spur. Doch wo verbirgt sich das Zehnte Schwert, das über alle anderen gebietet …

Christiane Zina
Die Schwerter von Oranda
Serie Piper 6522. € 8.90 (Dez. 03)

Unsägliche Verbrechen ereignen sich in Edinburgh, seit Walter Scott das Amt des Sheriffs übernommen hat. Eine Spur führt zu dem Mediziner Primose, der seit dem Tod seiner Frau vom Wahn gezeichnet ist ... Ein Buch voll dunkler Geheimnisse und alter Legenden.

Elizabeth A. Scarborough
Die Frau im Nebel
Serie Piper 6518. € 8.90 (Dez. 03)

Bernhard Hennen: ein Meister historischer Fantasy

Hagen von Tronje schickt den Schürzenjäger und Barden, Volker von Alzey, nach Aquitanien, um die junge Gunbrid aus der Gewalt des sagenumwobenen Nachtvolks zu befreien. Doch die schöne Feenkönigin Morrigan zieht ihn unentrinnbar in ihren Bann.

Bernhard Hennen
Das Nachtvolk
Ein Nibelungen-Roman
Serie Piper 6511. € 8.90

Auf der Suche nach seiner Geliebten, begegnet der Barde Volker von Alzey Fürst Ricchar mit seinem unheimlichen Heer. Volker kann sich dem Charisma des Anführers nicht erwehren. Als er jedoch eine Bardin vor dem Scheiterhaufen rettet, bleibt ihm nur die Flucht.

Bernhard Hennen
Der Ketzerfürst
Ein Nibelungen-Roman
Serie Piper 6516. € 8.90 (Okt. 03)

Wissenschaftler und Studenten behaupten, Heinzelmännchen und Trollen begegnet zu sein. In der Tat hat eine Studentengruppe mit ihren mittelalterlichen Rollenspielen versehentlich die streng bewachten Übergänge von unserer Welt nach »Nebenan« aufgestoßen ...

Bernhard Hennen
Nebenan
Serie Piper 3678. € 9.90 (D)

III

DER ZORN UND EIN HERZ MIT WIDMUNG

Ganz anders als Naivia bekam Prinzessin Gudulina – jetzt Königin von Olar – einen sehr zufriedenstellenden und liebenswerten Eindruck von König Gudú. Seit der ersten Nacht auf dem Hochzeitsschiff zeigte sie sich ihrem Gemahl so willig und lustvoll wie ihre Vorgängerin abweisend und voller Hochmut. Als er sich in dieser Hinsicht beruhigt fühlte, verbrachte Gudú beglückende Tage und Nächte mit ihr; und jeden Tag, den die Reise dauerte, beglückwünschte er im Geiste sich und seine Mutter zu der trefflichen Wahl. Denn so jungfräulich sie auch war, hatte Gudulina doch von ihrer Mutter – die von diesem Zustand so weit entfernt war, daß sie sich nicht einmal daran erinnern konnte – das feurige Temperament geerbt, das für einen jungen König vom Zuschnitt Gudús gerade richtig war. Sie wiederum fühlte sich nicht nur zu ihm hingezogen, sondern genoß auch seine rauhe Liebenswürdigkeit, der sie sich ebensowenig entziehen konnte wie ein großer Teil des weiblichen Geschlechts insgesamt. Beweis genug mochte sein, daß auch Leonia ihr erlegen war, wie sie dem Betroffenen deutlich zu verstehen gegeben hatte.

Wie auch immer, Gudulina jedenfalls fühlte sich von Tag zu Tag stärker von ihm angezogen. Kaum unterdrückt stieg gleichsam ein Schrei in ihr auf, der dem dunklen Fluß ihres väterlichen Blutes entsprang, dessen Ursprung ebenso zweifelhaft wie unbestimmt war. Dieser rätselhafte Strom in ihren Adern machte sich durch den machtvollen Hang zu einem eher rüden Typus des männlichen Geschlechts bemerkbar, wie er im Idealzustand von Gudú verkörpert wurde. Gudulina erinnert sich noch gut an die Tage ihrer Kindheit, als sie von den Fenstern ihrer Gemächer aus – die für sie eher ein Gefängnis waren – die rauhen Matrosen und Korsaren im Hafen beobachtete. Gauner und Händler mit finsteren Blicken und noch finstereren Absichten bevölkerten, gleich einem Ameisenheer, jene dunkle Seite der Insel. Perser, Ägypter, geheimnisvolle Nordmänner mit einer unverständlichen Sprache, blond wie Silber und die Gesichter von der Sonne des Südens so stark verbrannt, daß sie hellrot glühten. Sie kamen in ihren Schiffen mit den bedrohlichen Silhouetten, die zugleich von faszinierender Schönheit waren; und in allen diesen Männern spürte Gudulina jene pulsierende, magnetische Kraft, die sie mehr als einmal fast aus dem Fenster gesaugt hätte. Nicht umsonst hielten Weitsicht und reife Erfahrung der Mutter sie mehr oder weniger unter Verschluß, denn Leonia sah im Blick des Kindes einen uralten, gewaltig lichternden Glanz. Da sie die Neugier der Männer kannte und Gudulina zwar die Tugend der Unschuld besaß, ganz offensichtlich aber nicht so klug, gerissen, schlagfertig und schlangenzüngig war, als daß sie sich – je nach Bedarf – Gift oder Axt zunutze zu machen gewußt hätte, und ebensowenig dazu bestimmt schien, ein Königreich zu gründen, sondern allein dazu, dem erstbesten König Kinder zu gebären, hielt Leonia es für das beste, das von der merkwürdigen Mehrheit des männlichen Teils der menschlichen Rasse auf so unerklärliche Weise hochgeschätzte Gut der Unschuld bei ihrer Tochter in möglichst unversehrtem Zustand zu erhalten. Immerhin konnte man sie als einen wertvollen Schatz betrachten, denn zusammen mit Gudulinas Erbe und ihrem keineswegs unvorteilhaften Äußeren bildete sie ein Dreigestirn von Tugenden, das eine beachtliche Zukunft verhieß.

Und Leonia hatte sich nicht geirrt. Denn als sie mit Königin Ardid den Ehevertrag aushandelte, schlug Gudulinas Unschuld mit nicht unbeträchtlichem Wert zu Buche – um es einmal in der etwas gewöhnlichen Art auszudrücken, der zu bedienen sich die unvergleichliche Leonia mitunter gefiel. Den Schritt von der wohlverwahrten Jungfernschaft hin zu den Wonnen der Hochzeitsnacht tat Gudulina ebenso freudig wie ungeziert. Die Lust daran nahm auch nicht ab, sondern steigerte und bereicherte sich in einer Weise, die für ein so junges, behütetes, unwissendes und wahrhaft unbefangenes Mädchen ungewöhnlich war.

Gudú hat den wilden Blick der persischen Piraten, die kalte Grausamkeit der geheimnisumwitterten Nordmänner und die rohen, von gefühlvoller Zärtlichkeit bewohnten Umgangsformen der Berber. Ihm fehlt jede Spur von Parfüm, und er atmet den natürlichen, etwas strengen und hochgradig erregenden Geruch der Wildheit, dachte Gudulina nach den Ekstasen der Liebe, denen sie sich ohne Aussicht auf längere Unterbrechung hingab. Gudú seinerseits kam in dieser Hinsicht zwar auf seine Kosten, doch nach der Hälfte der Reise begann er sich von ihr zurückzuziehen, dies jedoch so unmerklich, daß sie – und vielleicht sogar er selbst – sich dessen nicht bewußt wurde. Aus diesem Grund verlief die Reise auf ihrem letzten Stück ebenso glücklich, wie sie begonnen hatte.

Der Herbst war schon fortgeschritten, als sie die Gegend von Olar erreichten. Im milden Duft des Oktobers und in seinem leichtgehenden Wind zitterte Gudulina wie Espenlaub.

»So plötzlich bricht hier der Winter herein, mein Geliebter!« sagte sie und klapperte dabei wie ein nackter Windhund mit den Zähnen. »Ihr wohnt wirklich in einer rauhen Gegend ...«

»Winter?« entgegnete Gudú bissig. »Den Winter werdet Ihr an meinem Geburtstag kennenlernen.«

Sie jedoch glaubte, die Worte verhießen ein Geschenk aus Fuchspelzen oder noch kostbarere Gewänder, und lächelte geschmeichelt. Die Hochzeit war noch nicht so lange her, und Gudulina hatte bei weitem keine Gelegenheit gehabt, ihr wahrhaft fesselndes Talent in allen Einzelheiten vorzuführen. Sie war zwar nicht so schön wie Leonia in ihrem Alter, und die Mutter irrte sich auch nicht, wenn sie der Tochter geringe Intelligenz mit einem Spritzer schlechten Charakters zusprach, obwohl Gudulina ihre nicht immer glücklich gesetzten Worte mit angeborenem Lächeln und gelegentlichem fröhlichen Lachen durchaus aufzulockern verstand. Wie sie das Talent ihrer Tochter zu anspruchsvoller Unterhaltung nicht für sonderlich ausgeprägt hielt, hatte sie andererseits auch nicht Gudulinas Neigung zur Geschwätzigkeit erkannt. Was allerdings ihre Beharrlichkeit, die Bereitschaft zu kämpfen und Anspruchslosigkeit in harten Zeiten anging, war die Tochter der Mutter durchaus ebenbürtig. Vielleicht hatte Leonia auch nicht das ganze Maß des Faulenzens, der Völlerei, des schlichten Unwissens und der mangelnden Neugier erkannt, welches ihr Töchterchen auszeichnete. Doch das Leben war lang, und lang dauerte die Ehe – manchmal länger als das Leben, falls dies möglich war –, und soviel Zeit lag noch in der Zukunft, daß ausreichend Gelegenheit bestand, die tausend Feinheiten und charakterlichen Ausformungen zu entdecken, die das Geheimnis einer so jungen Braut begründeten und ausmachten.

Die Zeit, dachte sie, bringt die Lösung für alle Dinge dieser Welt, für gute wie für schlechte. Während sie betont fröstelnd den Schal über der Brust zusammenraffte, fragte Gudulina: »Was, mein Geliebter, haltet Ihr im übrigen von dem Zufall unserer Namensähnlichkeit?«

Und sie erstarrte fast, als sie seine knappe Antwort vernahm: »Mangelndes Vorstellungsvermögen Eurer Mutter.«

Zum ersten Mal erkannte sie, daß es wohl weislicher war, sich die an den König gerichteten Worte zu überlegen, bevor sie sie so gedankenlos hinaussprudelte, wie sie es bisher zu tun gewohnt war. Für den Augenblick jedenfalls tat diese erste Lektion ihre Wirkung.

Schließlich erreichten sie Olar. Der Herbst hatte die Hügel tiefrot gefärbt, und die Baumkronen der fernen Wälder schienen in Flammen zu stehen. Der See spiegelte eine reife Sonne, prall wie eine saftige Frucht, und ein Duft umfing Gudulina, der ihr das Gefühl gab, sich an genau dem Platz zu befinden, der ihr im Leben zugeteilt war. Als sich die königliche Reisegesellschaft am Ufer des Sees entlang auf die Stadt zubewegte, hörte man bereits den Jubel der Menschen hinter der Stadtmauer, welche die Ankunft des jungen Königspaars und der geliebten Königin feierten. Ardid fühlte wie ein sanftes Entschlummern den goldenen Glanz einer Insel in sich, die endgültig Erinnerung geworden war; ein geträumtes Paradies, kaum genossen und schon verloren. Es gibt viel für mich zu tun, sagte sie sich mit zunehmender Ungeduld, während der stählerne Glanz in ihre Augen zurückkehrte. »Sehen wir doch, was die Tattergreise während unserer Abwesenheit angestellt haben. Und ohne dem Kosewort – das den Betreffenden allerdings kaum geschmeichelt hätte – einen weiteren Gedanken zuzuwenden, hielten sie Einzug in Olar.

Sie wurden mit aller Würde und Pracht empfangen, die der Rat der Edlen aufzubringen vermochte – was, wie Ardid einmal mehr feststellen mußte, nicht viel war. Und als sie ihren alten Freund, den gliebten Almandin erblickte, versetzte es ihr einen Stich ins Herz. Heiliger Himmel! sagte sie bei sich mit unbewußter Grausamkeit. Wie er gekleidet ist! Schlimmer als eine Vogelscheuche; geschmacklos, würdelos, aberwitzig ...! Was denkt der Arme sich bei diesen falschen Locken, denen man aus der Ferne ansieht, daß sie gefärbt sind? Und bei dieser Hutfeder, die an das Schwanzgefieder eines verhungerten Geiers erinnert! Welch ein Mangel an wirklicher Eleganz; und diese Weltfremdheit – er ist doch viel zu alt für solche Dinge! Zugleich glaubte sie zu erkennen, daß seine Äuglein kleiner geworden waren und seine Wangen sich in schlaffe Hängebacken verwandelt hatten. Sie sah vor sich einen Mann, der einst schön gewesen und dessen Verfall daher um so erbärmlicher und unerträglicher war, der ihr jetzt plump, aufgedunsen und albern vorkam.

Ganz anders jedoch erging es Almandin. Seit Ardids Abreise war sein Leben ein einziges Siechtum gewesen. Der Kobold und der alte Magier hatten ihn oft trösten und manchmal sogar ein paar Tränen abwischen müssen, so betrübt war er über das lange Schweigen der Geliebten, die ihm nicht einmal eine klägliche Brieftaube schickte. Als er sie jetzt aus der königlichen Karosse steigen sah, ging die Sonne – obwohl sie schon fast am Horizont versank – in seinem Herzen wieder auf. Er fand sie schöner denn je, und er irrte sich nicht, denn das war sie. Nicht nur wegen der exotischen neuen Gewänder, die sie vorteilhaft kleideten, sondern wegen des Glanzes, der aus ihrem Innern erstrahlte: wie ein Flämmchen, das manchmal im erlöschenden Feuer eines Kamins auflodert, schöner als seine Geschwister, doch wie sie zu ersterbendem Flackern und erloschener Asche bestimmt. Die Feierlichkeit des Augenblicks und jedes Protokoll außer acht lassend, ging er ihr mit ausgestreckten Armen, wankend fast und mit tränenvollen Augen entgegen. Ihr eiskalter Blick, ihre abfällige Miene und ein hartes: »Nimm dich zusammen ... was soll der Unsinn? Spar dir deine sentimentalen Ergüsse für später auf, Trottel«, ließen ihn jedoch erstarren. Jenes ›Trottel‹, das nie zuvor über diese herrlichen, geliebten Lippen gekommen war, fuhr ihm wie ein Dolch so tief ins Herz, daß nichts und niemand ihn je wieder herausreißen könnte.

Damit war Almandins Unglück aber noch nicht am Ende. Im Gegenteil; es war erst der Anfang eines betrüblichen Leidensweges, den er noch vor sich hatte.

Ardid versuchte zwar ihre Gefühle nicht zu zeigen, doch wenn Almandin in anderen Dingen auch nicht der Wachste war, so sagte ihm doch ein feines Gespür, dessen Wurzel die große, unverbrüchliche Liebe war, die er für Ardid empfand, daß diese ihn mied. Sie wich ihm mit schlechtverhohlenen Ausreden über Müdigkeit und die Kopfschmerz bereitenden Sorgen um Thron und Königshof aus, die sie – mochte der Anschein auch ein anderer sein – keineswegs aus der Hand zu geben gedachte. Die Krone der Königin ruhte nun zwar auf Gudulinas Haupt, doch das war reine Formsache: In Olar gab es keine andere Königin – und würde es auch nie geben – als Königin Ardid.

Kleine Alltäglichkeiten bewiesen Almandin im Verlauf des Winters, daß die Königin ihm aus dem Weg ging. Obgleich sie ihn mit zarter Zuneigung – doch nicht mehr mit Liebe – behandelte, weckte seine Gegenwart bei ihr nur Ärger und Verdrossenheit. Wenn er auch kein Wort darüber verlor, senkte sich ein spitzer, grausamer Dolch immer tiefer in sein Herz und vergrößerte die Wunde mit jedem Tag. Er erholte sich nicht davon und verfiel zusehends. Almandin versuchte zwar, den Verfall, den Alter und stilles Leiden seinem Körper und seiner Seele zufügten, aufzuhalten und sich zu verjüngen. Doch je nachdrücklicher er dies betrieb, um so lächerlicher und grotesker erschien er Ardid. Durch all das geschäftige Tun, das Verwalten und Vorbereiten, zu dem ihr unruhiges Temperament sie trieb, tröpfelte wie giftiger Sud eine Erkenntnis in ihr Innerstes, die sie nicht mehr vergessen konnte; der undeutliche Wunsch, ganz schnell jenes letzte Nachwirken eines verspäteten, doch so unendlich lustvollen Feuers zu ersticken, von dem sie sich für immer abgeschnitten wußte. Während ihre Tage also in fiebriger Unrast vergingen, hatte dies für den Hof neue Sitten und Bräuche zur Folge; geschmackliche Verfeinerung und junge Düfte zogen in die feuchten Stuben und Gemächer ein. Die jungen Leute am Hof waren begeistert, die Alten fühlten sich zunehmend unwohl in ihrer Haut und fehl am Platz – und kein Mensch achtete mehr auf ein einsames, verwundetes Herz, welches langsam dahinsiechte unter der grenzenlosen Gleichgültigkeit der Welt.

2 Die Rückkehr nach Olar tröstete Gudú. Dem zivilen und familiären Leben konnte er nichts abgewinnen. Die Krönungsfeier, die Ardid zu einem glanzvollen Ereignis machen wollte, wurde auf seinen ausdrücklichen Wunsch hin überraschend kurz gehalten. Wenige Tage später sprach er von der unablässigen Aufmerksamkeit, die sein berühmter – wenngleich insgeheim kritisierter – Schwarzer Turm von ihm verlangte. Ohne Rücksicht auf die erst schüchternen, später ärgerlichen Bitten Gudulinas, die ihn unbedingt begleiten wollte, ließ er sie in den Händen seiner Mutter zurück und brach mit Randal auf zu jenen Männern, die zumindest im Augenblick der Sinn seines Lebens waren und unter denen allein er sich wohl und in seinem Element fühlte.

Der Schwarze Turm hatte sich nicht nur zum Wohlgefallen des Königs verändert, sondern hatte unter Yaheks treuen und kundigen Händen Formen angenommen, die jedem anderen wahrscheinlich roh und finster, ja, abweisend erschienen wären, Gudú jedoch zutiefst befriedigten. Er sprach sogar ein paar kurze, doch bedeutsame Worte des Lobes für Yahek. Dieser vernahm sie mit unendlicher Freude und sprang zur Feier des ungewöhnlichen Ereignisses – zusammen mit einigen Kameraden – in ein großes volles Weinfaß.

Kurz nach Einbruch des Winters kam Augenschmaus' Kind zur Welt; da es jedoch ein Mädchen war, wurde dem König nichts gesagt. Yaheks Sohn und das neugeborene Mädchen wuchsen zusammen auf, da die beiden Mütter einander in Zuneigung und Freundschaft verbunden waren. Der König erinnerte sich nicht einmal mehr an die Anfänge; neue Mädchen hatten Augenschmaus und ihre Vorgängerinnen ersetzt. In solch angenehmer Umgebung hatte Gudú das Gefühl, wieder die Luft der Freiheit zu atmen, und sah voller Zuversicht seinen ehrgeizigen Plänen entgegen.

In Yaheks Kriegsschule wuchsen die Wölflinge zu disziplinierten Kriegern heran, die in Kraft, Ausdauer und Klugheit ihresgleichen suchten. In den Augen des Königs gab es keine besseren. Und dann wurde ihm die angenehme Überraschung zuteil, auch einige Söhne aus dem Adel unter den Bewerbern zu finden. Es waren junge Männer von vierzehn, sechzehn und sogar zwanzig Jahren, von denen manche gegen den Rat der Eltern, andere aber auf ausdrücklichen Wunsch ihrer Erzeuger sich in den Dienst des Königs stellen wollten und recht unverhohlen auf Ruhm und Beute aus waren.

Gudú wählte die Besten von ihnen und auch ein paar weniger Gute. Sein wacher Verstand riet ihm, sie nicht zurückzuweisen, um nicht den Unmut der Eltern auf sich zu ziehen. Er wußte aus Büchern und zum Teil aus eigener Erfahrung, daß Adlige im allgemeinen aufsässige Leute waren, stets bereit, sich beim geringsten Anlaß – und sogar ohne Anlaß – gegen ihren König zu erheben. Also betraute er ihre Söhne mit Aufgaben, bei denen sie ihre Talente – so sie welche besaßen – am besten einbringen konnten. Und so fand jeder seinen Platz, denn selbst für rebellische junge Männer mit wenig Hirn gab es in der Schwarzen Burg irgendeine Verwendung. Als Hauptmann stellte Gudú den edlen Jovelio an ihre Spitze, der – an der Seite seines ruhmreich gefallenen Bruders Ingrimm – in der letzten Schlacht treu für ihn gekämpft hatte. Auf diese Weise wurde adliges Blut nicht entwürdigt, indem man es dem Befehl eines Plebejers wie Randal oder Yahek unterstellte. Das war der Beginn eines erblühenden Hofes im Schwarzen Turm, an dessen Tore anfangs nur junge Männer aus dem gemeinen Volk und Kinder von Vagabunden geklopft hatten und deren Reihen nun durch Abkömmlinge adligen Bluts aufgefüllt wurden.

Bald, dachte Gudú, sind wir soweit, daß sich mein Traum erfüllt. Dann werden wir den Großen Fluß überqueren und in die Steppen vordringen.

»Solange noch eine Handbreit Land vor uns liegt«, vertraute er seinen Freunden bei abendlichen Siegesträumen und einem guten Wein an, »und meine Pläne sich weiter so entwickeln, wie sie es bisher getan haben, ziehen wir im Frühling gen Osten. Wir werden den Winter mit eiserner Disziplin und harter Ausbildung verbringen, und wenn uns die Begeisterung nicht verläßt – und ich schwöre euch, daß sie uns nicht verläßt –, dann wird die Zukunft von Olar und jedes einzelnen von euch nicht zu verachten sein.«

Von den Worten des Königs ebenso wie von Habgier und Ruhmsucht, vom Ehrgeiz und der Hitze ihres Blutes angespornt, tranken alle begeistert auf das Wohl von Olar, auf den König und auf jeden einzelnen von ihnen. So sollte niederer Antrieb zum ruhmreichen Ziel führen.

Hin und wieder schickte Ardid einen Boten zu Gudú, der dem König jeweils mehr oder weniger unauffällig zu verstehen gab, daß es nicht ratsam sei, seine ehelichen Pflichten zu vernachlässigen. Dieser gehorchte seiner Mutter, wenngleich verdrießlich, weil er sie für eine gute Ratgeberin hielt.

So war der König häufig zu Besuch in Olar, doch spätestens nach zwei Tagen kehrte er wieder zu seinem Schwarzen Turm im Schwarzen Land zurück, wo seine Leute waren und sein Leben stattfand; wo ihn, mit einem Wort, ein stärkeres Band hielt als eine Frau, eine Mutter und ein Königsschloß, die in seinen Gedanken so gut wie keine Rolle spielten.

3 Zur selben Zeit brannte noch ein anderes Herz mit nicht minderem Wunsch nach Kampf. Und wenn diesem es an Ehrgeiz und Ruhmsucht auch mangelte, so doch nicht an Rachedrang und Gerechtigkeitsempfinden. Seit dem Tag, an dem er den Wölfen des Königs entflohen war, hatte der junge Lisius einen langen, gefahrvollen Weg zurückgelegt. Jener denkwürdige Winter – für ihn, für andere, für König Gudú – lag in seinem Gedächtnis jetzt schon weit zurück.

Und noch mehr erhitztes Blut gab es; noch wildere Rachgelüste als die von Gudú und Lisius. Banzius und Canzius, die von den Plänen ihrer Brüder Anzius und Furzius ausgeschlossen und dem fast sicheren Tod überlassen worden waren, lebten seit der verlorenen Schlacht, in der das Geschlecht der Vulgaros beinahe ausgerottet worden wäre, in Hoffnungslosigkeit und Elend. Als sie von der Niederlage im Schluchtenland erfuhren, befanden sich die beiden in ihrem stinkenden Bau, spielten Würfel, tranken und stritten sich in Gesellschaft zweier Frauen, die sie an jenem berüchtigten Ort aufgelesen hatten, wo Gudú zum erstenmal eine Seite des Lebens kennengelernt hatte, die er anscheinend nicht zu verachten fand. Die beiden waren jedoch viel zu gerissen und wußten genau, daß Gudú sich nicht von einem Trieb würde beherrschen lassen. Mehr noch, sie wußten, daß

Gudú von nichts anderem beherrscht wurde als von seiner geheimen Gier nach Macht und Ruhm sowie diesem sonderbaren Gespür, sich stets mit den richtigen Menschen zu umgeben, welche ihm nützlich waren auf dem Weg zu einem Reichtum, der ihnen beiden völlig unverständlich blieb, zur Macht und zu dieser gnadenlosen Neugier auf alles, was ihm fremd war und unmöglich schien.

Als sie von Gudús Sieg und dem Tod ihrer Brüder erfuhren, bemächtigte sich ihrer die nackte Angst. Sie schnitten den beiden Frauen die Hälse durch, zogen deren Kleider an und entkamen – von Angst, aber auch von Haß und Verzweiflung getrieben – durch den geheimen Gang, der von ihrem Versteck nach draußen führte. Sie verfluchten nicht nur Gudú, sondern auch Tuso und ihre Brüder, weil diese sie von ihren Plänen ausgeschlossen hatten. Insgeheim waren sie ihnen natürlich dankbar, da sie auf diese Weise bessere Aussichten hatten, ihre Haut zu retten, als wenn sie mit ihnen gegen Gudú gekämpft hätten.

Sie hielten sich in den Wäldern verborgen und dachten darüber nach, was in ihrer Lage zu tun sei. So vergingen die ersten Tage, in denen sie – als Bettlerinnen verkleidet – vorsichtig durch die Dörfer der näheren und weiteren Umgebung streiften und sich so allmählich jener Gegend näherten, wo das Drama ihrer Familie stattgefunden hatte. Schließlich lernten sie einen der Soldaten kennen, welche die Sklaven in den Bergwerken bewachten. Da sie für häßliche alte Frauen gehalten wurden, ernteten sie anfangs Spott und später Mitleid. Mehr als einmal wurden sie auch mit Fußtritten davongejagt, doch nach und nach gewöhnten sich Wachen, Soldaten und Vorarbeiter an ihre Gegenwart und hörten nicht nur auf, sie zu belästigen, sondern gaben ihnen ab und zu ein paar Krumen oder Abfälle, genau wie den Hunden.

Obschon schwer von Begriff, tückisch von Natur aus und so mißtrauisch, daß sie sich gegenseitig beargwöhnten wie den ärgsten Feind – wozu sie vielleicht sogar allen Grund hatten –, gelang es Banzius und Canzius langsam, aber sicher einen Plan zu schmieden, der zu Beginn ebenso gewagt wie unmöglich erschien, durch eine unverhoffte Wendung der Dinge jedoch denkbar, durchführbar und sogar erfolgversprechend wurde. Diese unverhoffte Wendung bestand im Auftauchen eines zerlumpten Jungen, mutig und zäh und von einem Feuer durchdrungen, das weder sein Alter noch sein zerlumptes Gewand hätten vermuten lassen. So kam nach einer Zeit des Streitens, des Planens und Verwerfens, des Vagabundierens und Versteckens mit der Wachsamkeit und Scheu von geprügelten Hunden der Tag, an dem sie dem jungen Lisius begegneten.

Lang und gefährlich war sein Weg zum Schluchtenland gewesen, seit er in den Ruinen des Schwarzen Landes an Waffen und Nahrungsmitteln zusammengerafft hatte, soviel er tragen konnte, und sich auf die Suche nach seinen Brüdern im Elend begab.

Zwar war er im Frühling vom Schwarzen Turm geflohen und hatte in seiner Arglosigkeit geglaubt, das Schluchtenland im Sommer erreichen zu können, doch als ihn die Kälte des Winters überraschte, war er noch weit davon entfernt und mußte oft – starr vor Kälte – in Höhlen oder den Ruinen verlassener Gehöfte unterkriechen, von denen es seit den Heerzügen von Volodius und jüngstens auch Gudú in der Gegend reichlich gab. Am Ende war er so erschöpft, daß er manchmal nicht mehr wußte, wohin er lief, und dann wieder umkehren und die zurückgelegte Strecke noch einmal gehen mußte.

Unterwegs hatte er viel Zeit, an seiner Verbitterung und seiner Enttäuschung über jene zu kauen, die er für Brüder gehalten hatte; nicht des gleichen Blutes, sondern Brüder in der Verzweiflung. Mit der Zeit jedoch legten sich sein Zorn und seine Enttäuschung, und er verstand ihre Schwäche, denn sie hatten nie etwas anderes gekannt, als gehaßt und mißhandelt zu werden. Er vergab ihnen sogar. Seine Rachegedanken aber legten sich nicht. Sie wucherten und nährten sich am Haß auf jene, die seine Brüder so ungerecht und grausam behandelt hatten. So kam er voran, geleitet allein von seiner Natur und vom Stand der

Gestirne, wie sein Großvater es ihm als Kind gezeigt hatte. Seine Nahrungsvorräte gingen viel schneller zu Ende, als er in seiner Unerfahrenheit geglaubt hatte, und er mußte jagen. Von der Jagd und von Wurzeln, die er, um nicht zu verhungern, als Kind mit seinen Brüdern schon ausfindig zu machen gelernt hatte, lebte er unterwegs, kam aber immer schlechter und immer langsamer voran.

Eines Morgens schließlich, er konnte sich vor Erschöpfung und Entbehrungen kaum noch auf den Füßen halten, bemerkte er, wie Bäume und Landschaft vor seinen Augen – die im Dunkeln sehen und in die Ferne spähen konnten wie ein Adler – zu verschwimmen begannen. Vor ihm ragten – und er ahnte sie mehr, als daß er sie sah – die riesigen Felsenklippen auf, die sein Großvater ihm so oft beschrieben hatte und die den Eingang zur Todesschlucht bewachten. Nun erhoben sich vor ihm die schwarzen Umrisse der Giganten, die ihnen den Namen gaben. Mit diesem Anblick – oder Trugbild – vor Augen sank er entkräftet zu Boden. Er fühlte sein Herz gegen die Erde hämmern wie eine dumpfe Trommel aus grauer Vorzeit – vor seinem Leben, doch im Rhythmus seines Blutes –, ohne Unterlaß den Takt schlagend, bis der Tag kam, da sein Echo die ganze Erde überzog und nachhallte, wie nicht einmal der Traum von König Gudú es vermochte.

In der Kälte des Morgens kündigte sich ein Winter an, der rauh zu werden versprach. Die meisten Vögel waren schon nach Süden gezogen, und nur langsame, wechselnde Wolken flohen noch zu wer weiß welchen Ländern und Meeren. Lisius blieb auf der kalten Erde liegen, als klammere er sich fest an das nur noch schwache, doch unbezähmbare Pochen seines Herzens. Die Sonne bemächtigte sich des eisigen Firmaments, und unter ihren blassen Strahlen wurde sein Körper langsam wieder lebendig, er roch die feuchte Erde, das Wurzelwerk der Bäume; und der Wind, der jetzt aufkam, wollte ihm im Gegensatz zu der beißenden Kälte, die seine Glieder umklammert hielt, schier die Stirn versengen. Endlich schlug er die Augen auf und sah zwei kleine Tiere in ihrem Bau verschwinden. Dies lenkte seine Gedanken auf andere Höhlen, andere Löcher, in denen immer noch seine Brüder hausten und – ohne davon zu wissen – die ganze Kraft der Welt für ihn hüteten. Er fühlte sich von neuer Energie durchdrungen und Pore für Pore das Leben durch die kältestarre Haut zurückkehren wie die Wärme eines mystischen Weins.

Die Wolken verjüngten sich, rissen auf und zogen langsam davon. Die Sonne schickte mehr Wärme, und allmählich gelang es Lisius, auf die Beine zu kommen. Er vernahm das Murmeln einer nahen Quelle. Vielleicht war es auch ein Bach. Oder sogar ein Fluß … Er wußte es nicht, aber er befand sich ganz in der Nähe jener Stelle, an der Nobel in seinem Schwertstreich über dem entsetzten Blick des Bruders innegehalten hatte. Dort, wo ein anderer Bruder selbigem den gewaltsamen Tod gebracht hatte; mitleidlos, gewissenlos, ohne auch nur für einen Augenblick zu zögern. Und zwischen dem Röhricht am Ufer trieb etwas dahin, ähnlich einer Stimme, welche von jenen Dingen berichtete. Gehört wurde sie jedoch nur von den Binsen und den Kieseln im Fluß, vielleicht noch von einem erschrockenen Fischotter, der sie mit demselben Entsetzen vernahm wie das Flügelrauschen der Geier oder das sanfte Streichen eines Fuchses im Gras. Nur die Kobolde, Elfen und der eine oder andere Wassergeist verstanden die Sprache, blieben von den Dingen selbst jedoch vollkommen unberührt. »Menschenzank, schwärende Pest, albernes Geschwätz«, wäre das Äußerste, was ein Karpfen zur Nixe oder zur durchsichtigen Elfe gesagt hätte, die mit ihren Tauaugen zwischen den Gräsern hervorlugte.

Lisius hörte nichts anderes als das Hämmern des Hasses in seiner Brust und sah nur das Antlitz seines sterbenden Großvaters oder die Augen der verzweifelten Lure. Auch die Worte des Großvaters waren in seiner Erinnerung verblaßt, und nur ein einziges schwarzes Wort erfüllte sein ganzes Denken: ›Rache‹. Und dieses Wort wiederholte sich im Pochen seines Herzens und im Pochen anderer, ferner Herzen – weit zurück in der Vergangenheit; in der Zeit, die noch kommen würde – auf all den rätselhaften Wegen der menschlichen Gattung.

Dem Geräusch des Wassers folgend, fand Lisius den Fluß. Er kühlte seine heiße Stirn und trank. Beim Trinken hatte er das Gefühl, sich mit Leben zu füllen, einem erneuerten Leben voller Wissen. Er setzte sich ins Uferdickicht und weinte zum ersten Mal, seit er denken konnte; die Tränen fielen auf seine lehmverschmierten Hände, vermischten sich mit der Erde, auf der er geboren war. Es waren keine Tränen der Trauer, sondern Tränen des Hasses. Denn nicht einmal der Gedanke an Lure hatte ein fernes Gefühl von Zärtlichkeit in ihm wecken können, und auf seinem langen Weg hatte er es vielleicht für immer verloren. Warum nur habe ich damals Prinz Nobel nicht getötet? fragte er sich. Zornig rieb er die Tränen weg; zornig sammelte er neue Kraft, um wieder auf die Beine zu kommen. Und merkte nicht, daß er seinen Haß auf den einzigen Menschen lenkte, der ihn nicht verdient hatte. Doch wer mit eitler Hoffnung fremde Herzen nährt, fügt größeren Schmerz zu als jener, von dem man nur Böses erwartet. Der Gedanke an seinen zerbrochenen Glauben, seine zertretene Hoffnung und seinen verratenen Traum erfüllte ihn mit Zorn. Der Zorn, sagte er, der Zorn … Eine Entdeckung, eine neue Form zu leben. Aber er wollte töten, auf tausenderlei Art jenen töten, der nicht den Mut oder die Kraft aufbrachte, das Leben eines Bruders zu rächen. Ohne es zu wissen, wiederholte er Gudús Worte: Ich werde nicht zögern; der geringste Zweifel bedeutet Tod für die Meinen und mich selbst.

Vorsichtig, halb im Uferschilf verborgen, schlich er voran, bis er schließlich die Todesschlucht vor sich sah. Zugleich stieg ihm der Rauch eines Lagerfeuers in die Nase, er hörte die Stimmen von Soldaten, die den Durchgang bewachten, das Wiehern eines Pferdes. Gleich darauf sah er es samt seinem Reiter, kurz danach vernahm er Hufschlag, der sich entfernte. Das Echo hielt sich eine ganze Weile zwischen den Felsen. Er überlegte, wie er über die Felsen ins Innere jener natürlichen Befestigungsanlage gelangen könnte, die größer war, als ein Mensch sie auf Erden hätte erbauen können, da hörte er ganz in der Nähe Stimmen und warf sich flach ins Gras, um zu lauschen.

»Schlange«, zischte eine der Stimmen, »dreckige Schlange! Ich schlage dich mit dem Schwert in Stücke und werfe deine Eingeweide den Geiern zum Fraß vor. Aber selbst für die wirst du noch ungenießbar sein. Am besten mache ich dich zu Asche, aber lebendig. Ich will dich brennen sehen, ganz langsam ...«

Diese Kette übelster Verwünschungen wurde von einem bekannten Geräusch unterbrochen: dem Aufeinanderprallen von Schwertern. Lisius hob den Kopf und erblickte voller Staunen zwei zerlumpte alte Bettlerinnen, die wütend mit Schwertern aufeinander einhieben, als wären sie zwei Junge Wölfe aus dem Lager von Gudú.

Der blutige Zweikampf hörte erst auf, als es einer der beiden Bettlerinnen gelang, ihre Gegnerin zu entwaffnen: Ihr Schwert flog durch die Luft und landete so nahe bei Lisius, daß es ihm beinahe die Schulter durchbohrt hätte. Er bemächtigte sich sogleich der Waffe, als er einen unterdrückten Schrei vernahm, ähnlich dem Zischen einer wütenden Schlange. Die Bettlerin mit dem Schwert stürzte sich auf die am Boden liegende Gegnerin, die mit einer Geste des Grauens die Hände um den Kopf schlang, als wolle sie sich für immer von dieser Welt verabschieden. Bevor das jedoch geschehen konnte, glitt die Angreiferin im Lehm aus und ging neben ihrer Gegnerin zu Boden. Obwohl diese sich bereits von allem menschlichen Elend verabschiedet hatte, kam plötzlich wieder Leben in die Alte, und mit einem tückischen Kichern – das Lisius an ein anderes Kichern erinnerte, das er kannte und haßte – stürzte sie sich auf ihre Gefährtin; dann wälzten sich beide im Schlamm und prügelten blindlings aufeinander ein. Irgendwann ließ die Kraft, die Lust oder einfach nur der Zorn aufeinander nach, und wie ihre Hiebe schlaffer wurden, schienen auch sie selbst sich zu beruhigen. Schließlich blieben sie auf allen vieren voreinander knien, keuchend wie erschöpfte Tiere. Ohne erkennbaren Anlaß gaben sie ihren Streit plötzlich für beendet, standen auf und klopften sich so gut wie möglich den Lehm von den Kleidern, setzten sich ins Gras und untersuchten die am ärgsten mitgenommenen Stellen ihrer Körper. Sie zogen ihre Lumpen aus, und Lisius stellte mit Verblüffung fest, daß er keine Frauen vor sich hatte, sondern zwei lang aufgeschossene, häßliche Männerkörper von gelblicher Farbe. Das zweite Schwert war ein Stück von ihm entfernt ins Gras gefallen; er kroch vorsichtig zu der Stelle, nahm es an sich und steckte es zu seinem eigenen in den Gürtel. Dann wartete er der Dinge, die da kommen sollten.

Nachdem sie ihre Wunden untersucht hatten, machten sich die beiden skurrilen Gestalten daran, diese liebevoll mit Schlamm und Kräutern zu versorgen, wie es verwundete Krieger und Soldaten taten. Wenig später konnte Lisius der folgenden Unterhaltung lauschen: »So vertraut wir mittlerweile mit diesem Ort sind, Bruder, könnte es langsam an der Zeit sein, ein Wörtchen mit den Bergwerkssklaven zu wechseln und den ersten Aufstand anzuzetteln.«

»Ich weiß nicht, ich weiß nicht«, entgegnete der andere und rieb sich das anschwellende Knie. »Wäre ich immer deinen Ratschlägen gefolgt, würden wir beiden längst am Galgen hängen. Dein letzter Plan ist nur aus Zufall nicht zustande gekommen, und wie wir mit eigenen Augen sehen konnten ...«

Ein Satz hier und eine Bemerkung dort – allmählich begriff Lisius, worum es den beiden ging. Er konnte zwar nicht genau erkennen, wie sie ihren Plan durchführen wollten, doch wurden sie offensichtlich von der einzigen Absicht geleitet, die unglücklichen Bergarbeiter gegen ihre Bewacher zu hetzen – die ihrer Meinung nach völlig ahnungslos waren – und einen Aufstand gegen König Gudú vom Zaun zu brechen. Allem Anschein nach entsprachen ihre Absichten genau seinen Wünschen.

Seine erste Regung war, zu ihnen zu stürzen und sich den beiden mit haltloser Begeisterung anzuschließen. Die bitteren Erfahrungen und Enttäuschungen seines kurzen Lebens rieten ihm jedoch zu Vorsicht und Zurückhaltung. Immerhin waren die beiden Gestalten nicht eben vertrauenerweckend. Ich muß behutsam vorgehen, dachte er, bevor ich mich zu erkennen gebe und wir unsere Rachepläne mit vereinten Kräften vorantreiben.

Die beiden Brüder hockten nahe beisammen, und Lisius schlich sich lautlos von hinten an sie heran. Er hielt in jeder Hand ein Schwert und war bereit, beidhändig zu kämpfen, denn dazu war er ausgebildet worden und der Stolz der Wölflinge sowie auch von Yahek und selbst von König Gudú gewesen. Geräuschlos näherte er sich den beiden geprügelten Gestalten. Zart, doch so, daß kein Zweifel über seine Absicht aufkommen konnte, legte er ihnen jeweils eine Schwertspitze in den Nacken und sagte mit ebenso leiser Stimme wie sie: »Rührt euch nicht, oder ich steche euch ab wie zwei Schweine.«

Allein das Zucken der Haut unter dem rötlichen Haargestrüpp in ihrem Nacken verriet, daß die beiden Männer noch am Leben waren. Sie sind entweder sehr ausgehungert oder sehr erschrocken, dachte Lisius. Er hielt es daher für angebracht, hinzuzufügen: »Dreht euch um und unternehmt nichts, was ich mißverstehen könnte. Mit dem Schwert bin ich genauso schnell wie mit den Augen.«

Langsam drehten die beiden sich um.

»Was wollt Ihr von uns, edler Herr?« murmelte einer von ihnen schließlich so leise, daß Lisius seine Worte kaum vernahm.

»Nichts Schlimmes, wenn ihr euch anständig aufführt.«

Lisius spürte, wie seine flüchtige Hoffnung sich festigte. »Und falls es stimmt, was ich euch habe sagen hören, behaltet ihr vielleicht nicht nur euer Leben, sondern sogar die Hoffnung, daß eure Wünsche, wie ich sie verstanden habe, in Erfüllung gehen.«

»Was habt Ihr, o edler Herr, denn vernommen?« murmelte der andere, durch dessen bebende Lippen die Stimme wie das Zischen überkochenden Wassers durch einen undichten Kessel klang. »Ich ... ich weiß gar nicht, was Ihr meint.«

Doch so, wie die Hoffnung auf Rache in Lisius Gestalt annahm, so fanden Banzius und Canzius zu wachsamer Bösartigkeit zurück. Sie sprachen die aus dem Nichts aufgetauchte, schreckenverbreitende Gestalt zwar mit ›edler Herr‹ an, aber natürlich deutete weder sein Aussehen noch seine zerlumpte Kleidung auf eine adlige Wiege. Ein schwacher Lichtblick brach sich Bahn durch ihre Todesangst.

»Ihr habt von einem Aufstand gesprochen, von einer Verschwörung, welche die Armen und Verdammten bis vor die Tore von Olar bringen soll, wo der schlechte Mensch und schlechte König, Gudú *der Verhaßte*, sein Leben verlieren wird.«

Ein schmales Grinsen zog die Mundwinkel der Zwillinge nach unten.

»So ist es ...«, antwortete Banzius schließlich.

»Genau ...«, grunzte Canzius heiser.

»Also gut«, setzte Lisius nach. »Sagt mir, wer ihr seid und was euch hergeführt hat. Ihr seht mir nicht nach vornehmstem Adel aus, und wenn eure Worte Ausdruck wahrer Absicht sind, dann habt ihr in mir nicht euren Henker, sondern einen echten Verbündeten gefunden. Denn was immer euch von Gudú widerfahren sein mag und was immer ihr euch von seinem Tod erwartet und von der süßen Rache an ihm, glaubt mir, daß kein Mensch auf Erden lebt, der bessere Gründe hat als ich, dasselbe zu wünschen wie ihr. Und vergeßt nicht: Ich bin jünger, stärker und zweifellos auch ein besserer Kämpfer als ihr beide zusammen. Hütet euch also, mich hintergehen zu wollen, denn in einem solchen Fall würdet ihr die Nacht nicht mit dem Kopf auf euren Schultern erleben.«

Nach diesen Worte spürte er sein Herz so heftig klopfen, daß er einen Moment lang glaubte, die Luft, die sie alle drei atmeten, müsse davon erzittern. Am Ende hatte Banzius die Arme hochgeworfen und gerufen: »Bruderherz!«

Gleichzeitig war Canzius in haltloses Schluchzen und Greinen ausgebrochen.

»Bruderherz!« heulten sie im Duett. Und hörten gar nicht mehr auf, dieses kaum zutreffende Wort zu wiederholen. Zur Familie dieser Gestalten zu gehören schien Lisius unvorstellbar.

Kaum hatte er die Schwerter gesenkt, sagte Banzius: »Wir sind ebenso erbärmlich, wie die dort drinnen schuften ... und wollen dir bei allem helfen; gib uns nur Gelegenheit, es zu beweisen. Keiner kann Gudú mehr hassen, als wir es tun, nachdem er nicht nur unsere Großväter, unseren Vater und drei wehrlose Brüder hat aufhängen lassen, sondern vorher noch unsere Mutter in Ketten gelegt und ihr Gewalt angetan hat ... um sie hinterher zu töten.«

Banzius war schon immer der phantasievollste unter allen Vulgaros gewesen.

»Und wie konntet ihr entkommen?« fragte Lisius verwundert. »Ich kenne den König nur als mitleidlosen Menschen.«

Die Tirade seines Zwillingsbruders hatte Canzius angestachelt, und er lieferte nun die Fortsetzung, so wie sie es schon immer gehalten hatten: Wenn die Vorstellungskraft des ersten erlahmte, übernahm der zweite und setzte die Geschichte fort, bis auch er sich erschöpfte und der erste wieder dort weitermachte, wo der andere aufgehört hatte.

»Weil wir zu unserem eigenen Unglück bekannt dafür sind, im Bergwerk die besten Arbeiter zu sein. Und nicht nur Arbeiter; denn außerdem sind wir noch Goldschmiede und bekannt dafür, daß der gröbste Felsbrocken wie ein Saphir aussieht, wenn er durch unsere Hände gegangen ist.«

Und auf diese Weise ging es weiter, bis eine Stelle erreicht war, an dem Lisius sich verwirrt und benommen fühlte und nichts mehr begriff. Er war immer noch geschwächt, aber auch wenn er einiges von der betrüblichen Familiengeschichte, die ihm da zu Ohren kam, für übertrieben hielt, zweifelte er nicht, daß Gudú solcher und schlimmerer Taten fähig war, wenn er sich nur einen Vorteil davon versprach. Die Brüder erzählten ihm, sie hätten sich das Vertrauen ihrer Bewacher erschlichen und als Bettlerinnen verkleidet fliehen können. In der Hoffnung, zusammen mit ihren Leidensgefährten auch den jüngsten Bruder zu retten, der, ein Kind noch, in die Bergwerke entführt worden war und dort wie ein schwaches Flämmchen in der Finsternis an Hunger und Schrecken zugrunde ging.

»Meine Schwester ist auch da drinnen, so sie der Tod noch

nicht ereilt hat«, verriet Lisius ihnen voller Schmerz und voller Zorn. »Derselbe Wunsch und ähnliche Gründe haben uns zusammengeführt. Verbergen wir uns im Unterholz und schmieden wir unseren Plan! Ich bin im Kampf ausgebildet, und ich schwöre euch, wenn es stimmt, was ihr mir berichtet habt, dann werden wir für unsere Leute dort drinnen der erste Schimmer der Hoffnung und die ersten Boten des Aufstands sein.«

Er steckte die Schwerter ein – die den Brüdern auszuhändigen, er noch nicht für ratsam hielt – und schaute zu, wie sie sich wieder in die entsetzlichen Bettlerinnen verwandelten. Zusammen gingen sie nun – zum Verderben des tapfern, aber unerfahrenen Lisius – jenes Unternehmen an, welches sie aus unterschiedlichen Gründen an ein gemeinsames Ziel führen sollte.

In einem zumindest hatten die Zwillinge die Wahrheit gesagt. Das Kernstück von Gudús Heer befand sich nicht in der Todesschlucht. Allerdings wußten die Zwillingsbrüder ebenso wie Lisius – und das sollte sich als verhängnisvoll erweisen – nichts von den wohlgerüsteten Truppen, die hinter dem Schluchtenland die Grenzen des neu hinzugewonnenen Steppenreichs bewachten; und das waren die besten Krieger, die es gab. Die andere Hälfte, die gewiß nicht schlechter war, befand sich bei Gudú im Schwarzen Turm.

Die Soldaten, welche das halbverhungerte Heer der stets rebellischen Bergwerkssklaven bewachten, waren nicht nur die ältesten und unfähigsten aus Gudús Heer, sondern ließen auch, da ihnen die geschwächten Gefangenen kaum etwas abverlangten, Disziplin und Wachsamkeit ziemlich schleifen. Lisius und seinen neuen Freunden entging auch, daß diese Männer zum größten Teil gar keine ausgebildeten Soldaten waren, sondern einfache Bauern, die der König zum Kriegshandwerk gezwungen hatte und deren wahres Verlangen ein ganz anderes war. Das entbehrungsreiche Leben und die lange Zeit, die es nun schon andauerte, hatten diese Männer sogar für ihre Erinnerungen gefühllos gemacht. Jeden Gedanken an Familie, Heim und Herd hatten sie aufgegeben. Sie vegetierten dahin; und obwohl ihre körperlichen Bedürfnisse besser befriedigt wurden als jemals zuvor in ihrem früheren Leben, hielt sich in manchen Herzen noch eine verschwommene Sehnsucht nach der Zeit, als jemand in ihnen den Sohn, den Vater, den Bruder oder auch nur den Freund erkannte. Und das war – obwohl sie es noch nicht wußten – die mächtigste Waffe, über welche die drei Verschwörer verfügen sollten.

Und obwohl sein Großvater ihm gesagt hatte, der Winter sei nicht die geeignete Jahreszeit, um den Traum von Freiheit und Gerechtigkeit zu verwirklichen, mußte er im Winter in die Tat umgesetzt werden. Dieser Umstand erwies sich als so mächtig und all seinen Hoffnungen zuwiderlaufend, wie er machtvoll und bekömmlich für andere war.

Wie in Olar die Tage immer kälter und immer dunkler wurden, so wurde auch die Leere, in der Almandins Herz richtungslos dahintrieb, immer kälter und dunkler. Tag für Tag und Nacht für Nacht trugen grausame Gleichgültigkeit und hier und da eine vage Anspielung von Ardids angebeteten Lippen ihn gleichsam hinaus aus der Welt der Lebenden, in der er einstmals so glücklich gewesen war.

Es kam der Tag, da fühlte er sich so unglücklich und verlassen, daß er sich in die Einsamkeit seiner Kammer zurückzog und nur noch selten hinausging. Denn nur wenn er allein war, erblühte vor seinem geistigen Auge das Bild einer lachenden Ardid, eines lieblichen und verständigen Mädchens von sieben Jahren, das ihm das Herz gestohlen hatte. Und er mußte damals eine prachtvolle Erscheinung für sie gewesen sein, kein unseliger Hampelmann und kein peinlicher Trottel. Zurückgezogen hatte er sich an jenem Tag, als Ardid – ungehaltener denn je – zu ihm gesagt hatte: »Warum belästigst du mich mit Zärtlichkeiten, die unserem Alter nicht mehr angemessen sind? Und merkst du nicht, wie unpassend diese lächerlichen Gewänder und Farben sind, in die du dich kleidest? Und verzichte doch endlich auf die läppischen Ringellocken, denen man von weitem ansieht, daß sie falsch sind und außerdem mehr als unpassend für einen Mann, der sich an der Grenze zur Vergreisung befindet ... wenn er nicht schon den ersten Schritt dorthin getan hat.«

»Oh, meine Liebste«, hatte er geantwortet, »wie könnt Ihr so etwas sagen? Ihr wißt doch, wieviel Kraft und Leidenschaft ich für Euch bewahre und mit welcher Hingabe ich sie pflege und für immer zu halten mir geschworen habe.«

»Ich bin kein Kind, und du bist kein Kind mehr, außer in dem, was aus deinen Worten spricht«, entgegnete Ardid verärgert. »Bewahre diese Dinge also für die süße Erinnerung auf. In der Gegenwart sind wir erwachsene Menschen, die wahrlich andere Dinge zu tun haben. Ich finde dein Denken und Verhalten, gelinde geagt, grotesk.«

Die Empörung, die diese Worte bei dem alten Magier und sogar beim Kobold auslösten, veranlaßten beide zu dem einmütigen Ausruf:

»Wie könnt Ihr unserem edlen Freund nur solche Dinge sagen? Wie könnt Ihr so etwas tun ...?«

Bisher hatte ihr abweisendes Verhalten Almandin gegenüber vorwurfsvolles Schweigen ihres alten Lehrers zur Folge gehabt sowie lange Zeiten der Abwesenheit des Kobolds, der solchen Szenen gar nicht gern beiwohnte. Ihre letzten Worte jedoch schienen das Faß zum Überlaufen gebracht zu haben: Der Kobold streckte sein entsetztes Gesicht durch den Kaminschacht, der alte Mann schreckte aus seinem Halbschlaf auf, und im Duett gaben sie ihrer Empörung und ihrem Vorwurf lauthals Ausdruck.

Da erkannte Ardid, wie verletzend ihre Worte gewesen waren, und streichelte ihrem treuen alten Geliebten reuevoll über das Haupt. Sie verlieh ihrer Stimme einen lieblichen Klang, doch der falsche Ton ihrer Worte und die nicht weniger falsche Berührung ihrer Hand vermochten die feine Empfindsamkeit – das eigentliche Wesen Almandins, des Sohnes der Fee – nicht zu täuschen. Ardid sagte: »Oh, mein Geliebter, nimm meine Worte nicht in all ihrer Strenge, denn obwohl sie einiges an Wahrheit enthalten, ist es doch nicht richtig, was ich sagte. Ich gehe dir nicht aus dem Weg, der du meine einzige Liebe bist. Aber du mußt auch verstehen, daß ich mich um viele Dinge zu kümmern habe. Allein die unvernünftige Lebhaftigkeit Gudulinas zu bändigen, bringt mich an den Rand der Erschöpfung. Wenn ich sie nicht aufzuhalten wüßte, spränge sie auf das nächste Pferd und ritte zum Schwarzen Turm. Sie hat keine Ahnung davon, welche Folgen eine solche Tat für sie und für uns alle hätte. Ach, mein schöner alter Freund, finde doch zu deinem bezaubernden Lächeln zurück, das ich so an dir bewundere, und vergiß meine Worte ... zum Teil zumindest.«

Almandin jedoch fand in seinem Leben weder zu diesem noch zu einem anderen Lächeln zurück. Still und leidend zog er sich in die Einsamkeit zurück. Darin verbrachte er seine Tage, und darin sah er den Winter ins Land ziehen mit all seiner verhangenen Trübsal.

Bis er seine Kammer überhaupt nicht mehr verließ. Dort wurden ihm die kargen Mahlzeiten serviert, die ihm in seiner früheren Unbekümmertheit nicht groß genug sein konnten, und auch das wenige, das er trank, obwohl er früher ein genußvoller Trinker gewesen war. So wurde er dünner und dünner, bis seine Kleider schlaff an ihm herabhingen. Da suchte er sein altes Gewand aus grünem Samt hervor, das er gelegentlich an Nobel ausgeliehen hatte. Er probierte es an und sah, daß es ihm wunderbar paßte. Er konnte sich jedoch nicht dazu aufraffen, sich darüber zu freuen, denn Ardid kam ihn nicht ein einziges Mal besuchen, nicht ein einziges Mal, um mit ihm zu essen, wie sie es in glücklicheren Zeiten getan hatten. Was bedeutete es also, daß er schlanker geworden war, wenn sie es nicht sah? Was bedeutete überhaupt noch etwas: außer am Feuer zu sitzen, im Gedächtnis zu kramen und in der Erinnerung jene zärtliche, liebenswürdige, tollkühne Ardid sehen zu können, wie er sie in der Tiefe seines Herzens aufbewahrte als den einzigen Schatz, der ihm noch geblieben war. Er ließ sein Haar ungeringelt und ohne Färbung lose auf die Schultern fallen, befreite seinen Hals von

Spitzen und goldenen Borten. Und niemand hätte in dieser traurigen, verhärmten Gestalt den einstmals so schmucken, kraftvollen, stets lächelnden Almandin erkannt.

Die Trübsal aber kam nicht nur zu ihm. Die Trübsal hauste im See, näherte sich den Ufern, ließ sich vom Licht aufsaugen und vom Wind über das Land tragen. Und die Trübsal – die einmal eine lachende, verliebte Undine war – schwebte als ein von Schmerz überflutetes Herz ohne Erinnerung über das Land, drang durch Ritzen und Spalten, durch Fenster und Türen, Augen und Lippen, bis sie, ganz unmerklich, von anderen Herzen und Gemütern Besitz ergriffen hatte. Trübsal-Undine kam auch zu Ardid; Trübsal-Undine kam auch zum alten Magier, und Trübsal-Undine kam zum Kobold, der mit dem Hammer in der Hand ohne Unterlaß seine Gänge bohrte, weniger auf der Suche nach den Wurzeln alter Weinstöcke als nach einem Versteck, in dem er einmal den kleinen Gudú zurückgelassen zu haben glaubte. Der kleine Prinz ging ihm nicht mehr aus dem Kopf, und den erwachsenen König Gudú erkannte er nicht. Das war die doppelte Wirkung des Weins: Er verwirrt und errät, erinnert und vergißt in ein und demselben Schlaf. Und so war es nicht einmal einem erfahrenen Kobold wie ihm möglich, das Versteck zu entdecken. Jener Rebzweig aber, der zart und grün in seiner Brust herangewachsen war, wurde rot, golden, reif und prall. Mit dem Winter gediehen all diese Dinge und wuchsen heran; immer augenfälliger wurden sie, doch den Blicken der Menschen blieben sie verborgen.

Die Trübsal drang auch in jene Gemächer ein, die einst Naivia gehört hatten und in denen jetzt Gudulina wohnte. Dort ließ sie sich nieder und wurde heimisch. Eingesperrt in dem finsteren und trotz aller Bemühungen Ardids stets ungepflegten Schloß, sah Gudulina den Winter über das Land hereinbrechen. Zum ersten Mal weinte sie, und dieses Weinen war ein anderes als das launische Weinen eines ungehorsamen Kindes. Die schmalen Fenster boten ihr keinen anderen Ausblick als den auf ein düsteres, ödes Stück Land, welches einmal – so war ihr berichtet worden – ein blühender Garten gewesen war, der Königin Ardid gehört hatte. Vergebens suchte sie dort unten nach einem Baum, über den ihr wunderliche und widersprüchliche Geschichten zu Ohren gekommen waren: Denn dort, wo er nach den Worten von Kammerzofen und Dienstmägden hätte aufragen sollen, war nur ein Häuflein dunkler Erde oder verkarsteter Asche zu sehen. Und mit der Trübsal wuchs in ihr auch eine immer ungezügeltere Liebe zu Gudú heran. Aber diese Liebe und diese Leidenschaft brachten ihr keine Freude mehr wie anfangs nach der Hochzeit, sondern gaben ihr das noch nie erlebte Gefühl, langsam ersticken zu müssen. Königin Ardid war die einzige, der es durch ihren geschickten Umgang mit Menschen und Schicksalen gelang, Gudulina immer wieder Mut zu machen. Unter Versprechungen auf bessere Zeiten – im Frühjahr sollte anscheinend alles besser werden – und jähen Rückfällen in tiefste Niedergeschlagenheit kam schließlich der Tag, da Gudulina entdeckte, daß ihre Liebe wenigstens eine Frucht getragen hatte: Verwirrt und von einer unerklärlichen Freude durchdrungen, in der auch ein bißchen Furcht mitschwang, stellte sie fest, daß König Gudú einen Thronfolger bekommen würde.

Sogleich eilte sie, sich der Königin anzuvertrauen. Die beiden Frauen saßen hernach beglückt und – jede aus einem anderen Grund – zugleich in wehmütiger Traurigkeit beisammen, als eine weitere, viel furchtbarere Neuigkeit das Schloß und die Stadt erschütterte.

Mit der Ankunft eines verschwitzten Reiters erreichte sie die Nachricht von einem gewaltigen Aufstand, der im Schluchtenland ausgebrochen war und sich zu einem regelrechten Bürgerkrieg auszuweiten drohte. Banzius und Canzius, die lange verschollen gewesen waren, führten den zerlumpten Haufen an, der in der Gefangenschaft der Bergwerke geschuftet und dem sich ein Teil der Soldaten angeschlossen hatte. Ein Aufschrei scholl über das Land, ging einher mit brennenden Dörfern auf dem Weg nach Olar.

Wen wunderte es, daß bei dem Aufruhr, den diese Nachricht auslöste, etwas vollkommen unbemerkt blieb, das sich zur selben Zeit ganz in der Nähe jener Kammer zutrug, in der Königin Ardid und Königin Gudulina die trauliche Neuigkeit miteinander besprachen …

Es geschah unbemerkt von allen, vor allem von Ardid. Almandin saß in sein Leid versunken und bemerkte, daß sich auf seinen Knien zwei feuchte Flecke bildeten. Er erkannte, daß er still und langsam vor sich hin weinte, und zwar so sehr, daß seine Tränen nicht einmal mehr mit einem Taschentuch zu trocknen waren. Er hob die Augen und entdeckte durch die Tränen hindurch eine bezaubernde, anmutige Gestalt, die auf dem Fensterbrett saß und die Beine baumeln ließ. Ein undeutliches Glücksgefühl drang in seine Erinnerung ein, und obwohl es sein Leid nicht zu lindern vermochte, schien es ihn doch mit behaglicher Wärme zu erfüllen.

»Was führt dich zu mir, Prinz Elf?« fragte er überrascht. »Du bist lange nicht hier gewesen.«

»Ich weiß nicht«, antwortete Elf, »mir fehlt die Fähigkeit, die Zeit zu messen. Aber ich bin gekommen, um dir ein wenig Gesellschaft zu leisten.«

»Danke, mein lieber Elf«, sagte Almandin. Und als er sah, daß der Junge zu ihm trat und sich zu seinen Füßen niedersetzte, fügte er hinzu: »Du siehst, ich sitze hier und weine wie ein Kind. Aber ich bin kein Kind mehr; ich bin ein alter Mann, von dem kein Mensch mehr etwas wissen will …«

Sein Tränenstrom schwoll weiter an, und ein Tropfen fiel auf die heile Hand von Elf, der die glänzende Perle mit ernster Miene betrachtete.

»Du bist nicht alt«, sagte er schließlich. »Du kannst gar nicht alt sein, denn wenn du auch äußerlich kein Kind bist, so erkenne ich doch das Kind in dir.«

»Tatsächlich?« In Almandins Stimme lag ein zweifelnder Ton. »Ich kann es gar nicht glauben, mein lieber Elf.«

»Es stimmt aber«, erwiderte dieser. »Ich sehe dein Inneres so deutlich wie von manch anderem das Äußere nicht. Und ich sehe ein überaus reizendes Kind: Es kann spielen, alle möglichen Gegenstände hin und her schieben, und es kann lesen. Es liest in einem verborgenen Buch, welches es zufällig gefunden hat ... Und es ist tapfer, es hat ein großes Herz; ich sehe einiges darin.«

»Es stimmt, daß ich spielen konnte«, sagte Almandin. »Und ich habe wunderschöne Geschichten gelesen; vor allem in einem Buch, das ich in einem Versteck im Kloster von Abundios gefunden habe. Aber spielen kann ich schon lange nicht mehr, und lesen tue ich kaum noch. In meinem Herzen kannst du nichts anderes finden als Trübsal und Schmerz.«

»Nein, ich sehe etwas anderes«, fuhr Elf fort und betrachtete aufmerksam Almandins Brust. »Da steht: ›Ein treues Herz verdient zu leben.‹«

»Das steht da?« rief Almandin erfreut. »Das hat mein Bruder, der König, in die Klinge meines Dolches eingravieren lassen.«

»Nun, das wird er von irgendwo abgeschrieben haben«, sagte Elf. »Die Erwachsenen schreiben immer alles ab.«

Danach saßen sie schweigend beisammen, und Almandin fühlte einen tiefen Frieden in sich. Die Trübsal schien langsam von ihm zu weichen, wie im Morgengrauen der Nebel sich von der Wasserfläche des Sees erhebt.

»Was siehst du noch in meinem Innern?« fragte Almandin.

»Du wirst spielen«, sagte Elf bedächtig. »Ja, es scheint, als ob du jetzt zum Spielen gingst.«

»Zum Spielen? Junge, ich glaube, da irrst du dich. Spielen macht mir schon seit langem kein Vergnügen mehr; nicht einmal das Schachspiel, welches mir stets das liebste war.«

»Dieses Spiel ist viel besser«, antwortete Elf ganz ruhig. »Es heißt Nimmerwiederkehr.«

»So?«

Almandin war nachdenklich geworden. Teile von alten Geschichten fielen ihm wieder ein, Seiten aus dem Buch, das er – halb vergraben – im Garten der Abundios gefunden hatte.

Er schloß die Augen und sagte:

»Ah, ich fürchte, ich weiß nicht, wohin ich gehen soll. Denn dort, von wo du stets zurückkehrst, werde ich keinen Einlaß finden. Nein, dort werde ich gewiß keinen Einlaß finden«, wiederholte er seufzend. Und seine Stimme klang genau wie die von Naivia, als sie dieselben Worte gesprochen hatte.

»Nein«, sagte Elf, »man wird dich nicht hineinlassen.«

»Aber«, fragte Almandin, »wohin soll ich sonst gehen?«

»Ich weiß es nicht.« Elf zuckte mit den Schultern. »Ich habe wirklich keine Ahnung ...«

»Gib mir wenigstens deine Hand«, murmelte Almandin.

Elf gab ihm die Hand, und Almandin ging von dannen.

Im selben Augenblick, als Ardid und Gudulina wegen der unterschiedlichen Neuigkeiten noch völlig verstört, erschrocken und gerührt dreinblickten, steckte der Kobold den Kopf durch den Kamin. Und mit einem ungewöhnlichen Zorn, in dem auch ein großer Schmerz anklang, krähte er: »Oh, Ardid, Königin! Was habt Ihr getan?«

Im gleichen Moment stürzte der Magier ohne anzuklopfen und ohne die mindeste Ehrerbietung in die Königliche Kammer und rief in demselben Ton und mit demselben Schmerz in der Stimme: »Oh, Majestät! Was habt Ihr getan?«

Bei diesen Worten erwachte die Königin vor den Augen der überraschten und erschrockenen Gudulina – die den Kobold nicht sah und den alten Mann nicht verstand – aus der Zurückgezogenheit, in die sie sich geflüchtet hatte. Ein jäher Schmerz, eine ätzende Bitterkeit erfüllten ihren Gaumen, ihr Herz, ihre Augen; wie von finsteren Vorahnungen getrieben, eilte sie zu Almandins Kammer. Und erst als sie ihn dort sitzen sah, mit zur Seite gesunkenem Kopf, die eine Hand ausgestreckt, als erwarte er, in ihrer Höhlung eine andere Hand zu spüren, eine letzte Berührung, eine unmögliche Wärme, erst da erkannte Ardid, wie sehr sie an diesem Ort vermißt worden war, wie sehr sie jene Hand im Stich gelassen hatte, die – treu, tapfer, vor allem aber kindlich unschuldig – nach wie vor unversehrt war. Sie schaute in so vergeblicher Verzweiflung auf ihn hinab, daß sie schließlich vor ihm auf die Knie sank und den Kopf in seinem Schoß verbarg. Dann weinte sie. Sie weinte mit einem solchen Unmaß von Gefühl, mit einer so unerwartet zärtlichen Liebe von nie gekanntem Ausmaß, wie sie ihr nicht einmal zu Volodius' Zeiten oder auf der Insel Leonia begegnet war. Es war ein so einzigartiges und umfassendes Gefühl, daß es die gesamte Oberfläche der Erde bedeckt hätte, wenn solche Dinge denn möglich wären.

Almandin aber war gegangen, und zwar, wie Elf verkündet hatte, auf Nimmerwiederkehr.

Nicht nur der Königshof und der Rat der Edlen, sondern die ganze Stadt waren überrascht, daß eine entscheidungsfreudige und kluge Frau wie Königin Ardid in einem Moment von solcher Tragweite ihre Aufgaben und Pflichten hintanstellte, um sich einem vergleichsweise unbedeutenden Ereignis wie dem Tod des bedeutungslosen, fast schon vergessenen Prinzen Almandin zuzuwenden. Denn alle weltlichen Dinge mußten warten, damit sie jenem das letzte Geleit geben konnte, der sich an diesen Dingen so erfreut hatte.

Erst nachdem dies geschehen war, wurde die Königin wieder jene Ardid, die alle kannten. Am frühen Morgen, der dem Tag der Trauer folgte, begab sie sich mit ihrer getreuen Dolinda, ihrem treuen Magier – der hemmungslos schluchzte –, unter der Erde von einem bekannten Hämmern begleitet, das ihr wie ein klagender Wehlaut an die Ohren drang, und wenigen Trauergästen zum Königlichen Friedhof. Neben der letzten Ruhestätte seines Bruders, des Königs, wurde er mit Liebe und Verehrung von einer zerknirschten Königin Ardid begraben; von jener, an die er sein bescheidenes, bezauberndes Herz verloren hatte.

Über Volodius' Grab erhob sich der steinerne Koloß seines Denkmals, das von Tag zu Tag tiefer in das feuchte, lehmige Erdreich einzusinken schien. Die treuen Vögel Ohne Namen saßen auf seinen Schultern, seinem Haupt, seinem erhobenen Arm. Und als die letzte Schaufel Erde auf Almandin gefallen war, hüpften und flogen sie zu ihm. Mit diesem Bild als einzigem Trost verließ Ardid den Friedhof. »Almandin ist nicht allein, sie werden ihn besuchen. Volodius' Vögel werden auch für ihn kommen und gehen, zurückkehren und wieder fortfliegen …, solange die Erde sich als nicht zu karg für sie erweist.«

An einem geheimen Ort verwahrte sie die Hand aus Elfenbein und den Dolch mit der Widmung: ›Ein treues Herz verdient zu leben.‹ Dort oder an einem anderen Ort – niemand, nicht einmal Elf, konnte diese Dinge wissen – würde sich das Versprechen erfüllen. Die Vögel waren die einzigen, die es hätten sagen können.

IV

MÄNNER UND SCHWERTER

I

Zurück in Olar, fand Ardid eine Nachricht ihres Sohnes vor, die soeben eingetroffen war. Sie las die Botschaft immer wieder, bis sie den Sinn begriffen hatte, welcher sie mit blankem Entsetzen erfüllte. Als erste Maßnahme gegen die Ausschreitungen seiner Brüder Banzius und Canzius – für den Fall, daß der Thronfolger des Schluchtenlandes als Vorwand für den von ihnen angeführten Aufstand dienen sollte – befahl Gudú, unverzüglich den kleinen Ungestalt zu töten.

Dolinda stand an ihrer Seite und trocknete sich noch immer die Tränen über den alten Freund, der ihnen in traurigen, jetzt offenbar vergessenen Stunden Licht und Hoffnung gewesen war. Ardid schaute sie an und brachte kein Wort über die Lippen. Der Ausdruck in den Augen der Königin und die Blässe ihres Antlitzes blieben Dolinda nicht verborgen, so daß sie fragte: »Was ist passiert, Majestät? Hat sich ein weiteres Unglück dem der letzten Stunden zugesellt?«

»So ist es«, antwortete Ardid. Die Kräfte versagten ihr, und sie sank in einen Sessel. Ihr Blick fiel auf den Schemel, auf dem der kleine Gudú immer gesessen hatte, wenn er mit ihr sprechen wollte. Als sie ihn nun betrachtete – manchmal können geringfügige Dinge, dachte sie, gewaltige Kräfte freisetzen –, brach eine haltlose Tränenflut aus ihr heraus und überwältigte jeden Willen. Sie ergriff das Pergament mit der Botschaft ihres Sohnes, zerriß es in tausend Stücke und warf die Stücke ins Feuer.

Dann trocknete sie ihre Tränen und sagte zu der verstörten Dolinda: »Es ist dies das erste Mal, Dolinda, daß ich dem König nicht gehorche. Aber ich schwöre dir bei meinem Leben und bei seinem, daß ich es niemals bereuen werde. Und nun hör mir zu: Nimm den Prinzen Ungestalt, den du wie einen Sohn aufziehst, und bring ihn durch den geheimen Gang, den du so gut kennst wie ich, ungesehen in meine Kammer … Danach zeigst du dich weinend und in Trauer, als hättest du ihn verloren.«

Als sie den entsetzten Blick bemerkte, den ihre Worte zur Folge hatten, ergänzte sie in einem Ton, der das Vertrauen belegen sollte, das sie in Dolinda setzte: »Fürchte dich nicht. Gudú hat zwar seinen Tod befohlen, aber ich werde mit meinem Leben dafür einstehen, daß dem Kind kein Leid widerfährt. Wenn du es retten willst, verhalte dich so, wie ich es dir befohlen habe, und zeig dich – selbst vor deinem Gemahl – in Trauer und Verzweiflung.«

Dolinda war zu Tode erschrocken, begriff aber, daß die Königin allen Grund hatte, auf Eile zu drängen, und verlor keine Zeit, obschon ihr Herz vor Trauer und Entsetzen gleichsam zerreißen wollte. Und auch hier hielt der Haß – wenngleich noch verhalten – zum ersten Mal Einzug in ein Herz, das den kleinen Gudú einmal so innig geliebt hatte, wie es jetzt den unglücklichen kleinen Ungestalt liebte.

Der Winter war lang in jenem Jahr. So lang und so kalt, wie die Leute sich an keinen anderen erinnerten. Und die Kälte, die Unruhe und Furcht gesellten sich zu jener seltsamen Epidemie, die aus dem See aufzusteigen und in die Herzen der Menschen einzudringen schien: die Trübsal. In unterschiedlichen Erscheinungsformen, aber rücksichtslos und unabweislich verbreitete sie ihre zerstörerische Wirkung über das Königreich, zumindest über einen großen Teil – und besonders über die friedliche und bislang blühende Stadt Olar.

Gudú hatte mehrere Vorteile auf seiner Seite: Der keineswegs unbedeutendste war die schlichte Tatsache, daß weder seine Brüder Banzius und Canzius noch der unbedarfte, eifernde Lisius – dessen Beteiligung wiederum Gudú unbekannt war – von der Eroberung jenes Teils der Steppe wußten, der sich unmittelbar hinter dem Schluchtenland bis zum Großen Fluß erstreckte. Als erste Maßnahme hatte Gudú befohlen, daß Yahek mit einem Teil seiner besten Männer von dort aus vorrückte, während er selbst die Aufständischen frontal angreifen wollte. Diese Taktik hatte er von vornherein ins Auge gefaßt, da er annahm, daß die Anführer, von Osten und Westen in die Zange genommen, leicht zu besiegen wären. Mochten sie sich auch in der unzugänglichen Todesschlucht verschanzen, einer Belagerung würden sie nicht lange widerstehen: Hunger, Kälte und schlechte Ausrüstung schienen nicht dazu angetan, sie zu einem Sieg zu führen.

Lisius war gerade sechzehn Jahre alt; und wenn sich mit Gudús siebzehn Jahren kein Gleichaltriger messen konnte, so galt für Lisius dasselbe. Auf verschiedene Weise zwar, waren die beiden dennoch aus sehr ähnlichem Holz geschnitzt. Wenn man auch nicht sagen konnte, daß Lisius unter gleichen Bedingungen ganz wie Gudú geworden wäre, so hätte Gudú sehr wohl wie Lisius werden können. Hätte der Zufall es anders bestimmt, hätte der eine im anderen vielleicht den einzigen wahren Freund, Gefährten und Bruder gefunden – denn anders, als gemeinhin angenommen wird, hat das Blut mit diesen Dingen wenig zu tun.

Während Gudú mit seinem Heer zum Schluchtenland marschierte, spähte Lisius von der Spitze der Felsgiganten über das Land und die Wege, auf denen sein Erzfeind sich näherte. So groß waren sein Haß, seine Ungeduld und seine Kraft, daß er sogar vergessen hatte, warum er eigentlich an diesen Ort gekommen war. Waren es anfänglich eine spontane, schmerzliche Liebe zu seinen Brüdern, ein angeborenes Bewußtsein von ihrer mit Füßen getretenen Würde, Hunger nach Gerechtigkeit und andere, noch unbestimmbarere Gründe gewesen, die sich in seinem Gehirn regten, so hatte sich jetzt etwas anderes darübergelegt. Sein Bestreben nährte sich nicht mehr nur von der Angst, die er auf Lures Gesicht gesehen hatte, von den Worten seines Großvaters oder der alleinigen Hoffnung, seine Leute aus dem Armenland zu befreien. Unversehens hatte er nur noch ein einziges Ziel vor Augen: Gudú zu töten. Selbst wenn der König Gnade walten lassen und Barmherzigkeit geübt hätte gegen jene, die für Lisius der ursprüngliche Anlaß zum Kampf gewesen waren, wäre sein Zorn nicht verraucht, und er hätte Gudú getötet, wenn dieser ihm in die Hände gefallen wäre. Ohne es zu wissen, sprach er nun dieselben Worte, die sein Großvater einmal zu Prinz Nobel gesagt hatte: »Selbst wenn du ein großherziger König wärst, würden wir dich hassen; mit allen Mitteln würden wir versuchen, dich vom Antlitz der Erde zu löschen.« Und wenn er der letzte König – was für Lisius und seinesgleichen ein König eben darstellte und bedeutete – auf Erden gewesen wäre, es gab nur eine Möglichkeit: und das war sein endgültiges Verschwinden. Damit würde er selbst König eines Königreichs werden, das viel umfassender, verwickelter und komplizierter war. Ein König mit tausend Köpfen, Kronen, Grausamkeiten, edlen Herzen und Herrschaftsansprüchen. Während er den Horizont abspähte und dem dumpfen Pochen seines Herzens lauschte, war auch Lisius ein König, ein unendlich wahrhaftigerer König, als Banzius, Canzius und ihresgleichen es je hätten werden können, so sie wirklich einmal einen Thron besteigen sollten, auf den sie als Söhne eines Königs Anspruch zu haben glaubten. So verging der Tag, und die große schwarze Nacht zog wieder über dem Land von Lisius und Gudú herauf.

Lisius hatte Gründe, die seiner Hoffnung Nahrung gaben. Den Aufstand in der Todesschlucht anzuzetteln war leichter gewesen, als er sich vorgestellt hatte. Nach dem ersten Aufruf brannte die Flamme schon; eine Flamme ähnlich jener, die Gudú zu seiner Zeit im eigenen Schloß entzündet hatte. Hunger und Verzweiflung im Verein mit der Nachlässigkeit der Bewacher waren die idealen Voraussetzungen. Auch die Arbeit von König Volodius' Bastardsöhnen war nicht zu unterschätzen, da sie es wie niemand sonst verstanden, Haß und Zwietracht, vor allem aber Habgier zu säen. Die ersten, die ihren ebenso goldglänzenden wie doppelzüngigen Einflüsterungen auf den Leim gingen, waren die Hauptleute jener Soldaten, die zum Teil zwangsweise, zum Teil aus eigener Trägheit in der bislang ruhigen Todesschlucht verblieben waren. An diese Männer und nicht an Lisius' im Bergwerk schuftenden Brüder wandten sich Banzius und

Canzius mit ihren Versprechungen von Ruhm und Reichtum und weckten ihre Habsucht.

Während die elenden Sklaven vom Ende ihres erbärmlichen Daseins träumten und sich mit sehr wenig zufriedengegeben hätten, erwarteten die von den Zwilligen korrumpierten Soldaten andere Dinge: Sie hätten wahrscheinlich nicht einmal gezögert, die Unglücklichen wieder in ihren jetzigen, wenn nicht gar noch einen schlimmeren Zustand zurückzuversetzen. Der Reichtum, der durch ihre Hände ging, hatte schon mehr als einmal ihre Habgier entfacht. Und wäre nicht auf der einen Seite die fürchterliche Steppe gewesen, die ihnen seit Jahrhunderten schlimmer als die Hölle vorkam, und auf der anderen die alte Angst – zusammen mit ihrer Dummheit und Trägheit – vor dem Namen Gudú, längst hätte sich mehr als einer von ihnen mit reicher Beute beladen auf und davon gemacht. Mit den Träumen von mutmaßlichen und unmöglichen Schätzen lebten diese Bauernsoldaten in den Tag hinein.

Nur die einfachen Soldaten und angeworbenen Söldner ahnten nichts von den Plänen, die hinter ihrem Rücken ausgeheckt wurden. Was Banzius und Canzius in bezug auf Verschlagenheit und Hinterhalt waren, das und mehr war Lisius in bezug auf Tapferkeit und Mut, denn immerhin hatte er in Gudús Kriegsschule gedient und daraus seine Lehren gezogen. Ohne ihn hätten die Zwillinge nichts erreicht, und im Augenblick – sagten sie sich – war er für sie unverzichtbar.

Nur vier Männer kannten die ganze Wahrheit des Aufstands in der Todesschlucht, der unter dem gerechten Wunsch nach Leben und Freiheit ausgerufen wurde. Diese vier Männer waren die Prinzen Vulgaro und zwei Hauptleute mit Namen Larko und Godonius. Ein dritter Hauptmann, der alte Yoro, dem die Soldaten in der Todesschlucht unterstanden und der schon unter Volodius gedient hatte, war von Gudú auf diesen Posten der Verbannung geschickt worden, nachdem er die ersten Anzeichen körperlichen Verfalls an dem einst wohl tapfersten Soldaten seines Vaters bemerkt hatte. Für Gudú war alter, vergangener Ruhm alt und vergangen und spielte bei seinen Plänen nur eine geringe oder gar keine Rolle. Dieser Hauptmann jedenfalls blieb, was er war: loyal, alt und früher einmal heldenhaft. Er und seine wenigen Gefolgsleute waren leichte Beute für Canzius und Banzius, das heißt, nach kurzem Widerstand wurden sie überwältigt und starben. Und niemand, nicht einmal Gudú, würdigte oder ahnte überhaupt ihr Ende; es war ein trauriges, nutzloses Opfer. Kein Mensch erinnerte sich an sie in Olar, keiner suchte nach ihren Gräbern, außer den finsteren Gnomen der Todesschlucht, die manchmal auf unterirdischen Wegen nach oben kamen, um zu sehen, was die menschliche Rasse sich selbst antat und welchen Wert sie andererseits dem toten Gestein, den winzigen Bröckchen und Körnchen aus den Bergwerken beimaßen, deren Reste – kleine Splitter, die liegengelassen worden waren – die Gnome bearbeiteten und polierten, tief unter der Erde, wohin nie ein Mensch je vordringen würde.

Nach dem Massaker brachten die Gnome die menschlichen Knochen hierhin und dorthin, je nachdem, wo sie ihnen im Weg lagen; und wenn ein solcher Knochen in der Dunkelheit schimmerte, dachten sie schon einmal daran, daß sie vielleicht etwas daraus hätten schnitzen können, wäre er nicht der Rest einer erbärmlichen Gattung gewesen. Nur ein junger, nicht einmal vierhundert Jahre alter Kobold steckte sich ein fingerglied des ehemals ruhmreichen Soldaten Yoro ein. Er war noch so unerfahren, daß er glaubte, dieses Knöchelchen verströme eine Art Wärme, ähnlich dem Glanz, der manchen Augen eigen ist, wenn sie noch nicht das sogenannte Vernunftalter erreicht haben. Vermutlich aber würde er im Lauf der nächsten Jahrhunderte die Freude daran verlieren und sie als dumme Jugendlaune abtun; er würde das Fingerglied fortwerfen, wie die Menschen alte Spielsachen ihrer Kindheit fortwerfen, die ihnen nichts mehr bedeuten.

Am Tag seines Aufbruchs von Olar hatte Gudú Boten zu Yahek geschickt mit dem Befehl, von der Steppe her zur Todesschlucht zu reiten, um so die Rebellen in die Zange nehmen zu können.

Schon am selben Tag hatte Gudú die ersten Anzeichen des Aufstands vor Augen: verbrannte und zerstörte Dörfer, Rauch, Asche und von Raubtieren angefressene Leichen. Wölfe waren aus den Bergen gekommen, von der Kälte und von einem alten Geruch herbeigelockt, der ihnen ein Festmahl versprach. Und wie die Augen der Wölfe aus dem Waldrand glommen, kamen auch die Raben, Geier und Füchse und alles Raubgetier, das sich von der Verwüstung einen Nutzen versprach. Aber auch die bescheidenen Vögelchen, die nicht gen Süden gezogen waren, die Tierchen, die sich im Gebüsch verkriechen, und auch die neugierigen, unschuldigen, winzigen Bewohner der Felder eilten herbei, um sich – zusammen mit Kobolden und Gnomen – aus Langeweile, staunender Ungläubigkeit oder reiner Neugier anzuschauen, was diese sonderbaren, unmöglichen Menschengeschöpfe angerichtet hatten. Und wie der Winter fortschritt und mit ihm die Kälte und sie sich über die Erde ausbreiteten und von den Gipfeln die Täler erreichten, so schritten Gudú auf einer und Yahek auf der anderen Seite voran.

Lisius hatte sich die Taktik gemerkt, mit der Gudú die letzte Schlacht um die Todesschlucht gewonnen hatte. Nur mit Mut und Vernunft würde er einem so mächtigen Gegner standhalten können. Er verteilte seine Leute und postierte sie auf den Felsgiganten, so daß sie den Feind beherrschen konnten, was ihnen bei einem anderen als Gudú auch durchaus hätte gelingen können. Er träumte davon, den Ort wieder zu der uneinnehmbaren Festung zu machen, der er immer gewesen war. Aber Lisius war nicht König Gudú, welcher sowohl Begeisterung wecken als auch Schrecken verbreiten, strenge Befehle geben und reiche Beute versprechen konnte. Und Gudú war nicht König Volodius, der zwar ein kühner Krieger gewesen war, dem es aber stets an Visionen gefehlt hatte. Lisius wiederum rechnete in seinem brennenden Drang nach Freiheit und Rache nicht mit dem mächtigen Feind Winter und bezog – für den Notfall – auch nicht die Möglichkeit eines Rückzugs in Steppe oder Wald in seine Berechnungen ein. Denn die Aussicht auf einen ebenso langen wie hoffnungslosen Stellungskrieg in der von Hunger und Kälte belagerten Festung hatte in seinem unerfahrenen und allzu vertrauensseligen Hirn keinen Platz.

Was nun Banzius und Canzius betraf, so waren sie zwar Meister der Tücke und des Verrats, doch für Strategien oder Kriegslisten reichte ihr tumbes Verständnis ebensowenig, wie sie Anhänger des offenen, ehrlichen Kampfes waren. Außerdem waren zwischen ihnen und den beiden aufständischen Hauptleuten ganz andere Pläne am Kochen; und jeder von ihnen brütete – ob gegen Bruder oder gegen Verbündeten – darüber hinaus noch seinen eigenen Verrat aus. Die Habgier erhitzte ihre Gemüter und schürte ein Feuer, das Lisius in seiner Unschuld für den Zorn der Gerechten hielt.

Da Unglück und Hoffnungen derer, die nichts besitzen, keiner reitenden Boten bedürfen, hatte sich die Nachricht von ihrem Aufstand bald in der Gegend herumgesprochen, und ein großer Teil der Bewohner und Bauern, die in den umliegenden Dörfern ein ebenso oder ähnlich elendes Leben führten, hatten sich denen in der Todesschlucht angeschlossen. Daher waren, als Gudús Heer in der Ferne sichtbar wurde, jene innerhalb der befestigten Schlucht zahlenmäßig fast denen überlegen, die da kamen. Lisius hatte seine Leute bewaffnet und in Stellung gebracht, so gut er konnte. Sie hatten sogar Steine aufgesammelt, von denen es in der Gegend mehr als genug gab und die ihnen als Wurfgeschosse dienen und von den Felsen aus auf den Feind geschleudert werden sollten. Das bescheidene Arsenal an Waffen, welches jene in Verwahrung hielten, die vormals die Bewacher gewesen waren, sollte maßvoll eingesetzt und nicht verschwendet werden.

Kinder, Frauen und alte Männer wurden als Wachen aufgestellt, denn die Jungen, die schon die kräftigsten Arbeiter gewesen waren, zeigten auch für den Kampf die meiste Zuversicht und Begeisterung. Für die Wachen erfand Lisius ein System von Feuersignalen, das ihnen sowohl am Tag wie in der Nacht eine

Sprache für Befehle und Nachrichten gab. Bald schlugen sich auch noch einige Hirten auf ihre Seite, die ihre Tiere an den Berghängen weideten und von Steuern und Tributen geknechtet waren. Und obwohl nicht viele Menschen das Unglück hatten, in einer so trostlosen Gegend leben zu müssen – der karge Boden und die Nähe der Wilden Horden luden nicht eben zur Besiedlung ein –, kamen weit mehr zu den Aufständischen, um sich mit ihnen zu verbünden und zu kämpfen, als Lisius erwartet hatte. Bald schon waren auf den Hängen der vorgelagerten Hügel, hinter denen einst Gudú seine Männer vor den Blicken von Usurpinos und Tusos Horden versteckt hatte, diese Verbündeten in Stellung gegangen, kauerten im Gebüsch und warteten auf Lisius' Befehle. Bewaffnet waren sie nur mit Steinen und ungefügen Lanzen, die sie eigenhändig hergestellt hatten. Im Umgang mit ihren Schleudern waren sie jedoch äußerst geschickt und imstande, ein Ziel auf große Entfernung zu treffen, was für Leute, die von Kindesbeinen an gelernt hatten, auf dieser Weise in der Wildnis zu überleben, nicht verwunderlich war.

Mochte man König Gudú auch die eine oder andere Unzulänglichkeit vorwerfen können, Einfalt, Sorglosigkeit oder Dummheit zählten bestimmt nicht dazu. Kannten jene Hirten und Holzfäller die Gegend, weil sie dort aufgewachsen waren, so kannte Gudú sie mindestens ebensogut aufgrund der eingehenden Betrachtung jener sonderbaren Zeichnungen, die der alte Magier verfertigt hatte; jener Karten, die Yahek und seine Männer nur in Staunen versetzten, da ihnen nicht in den Schädel gehen wollte, welchen Nutzen ihr junger König daraus zu ziehen vermochte. Hinzu kam, daß ihr junger König mindestens so gerissen war wie alle Vulgaro-Brüder zusammen, einschließlich Tuso und Usurpino. An Mut und Draufgängertum fehlte es ihm ebensowenig, und aus Erfahrung wußten sie, daß er sehr wohl in der Lage wäre, jeden Hinterhalt von Lisius und seinen Leuten zu erkennen und auffliegen zu lassen. Da Gudú alle Möglichkeiten und Schwierigkeiten kannte, die das Gelände bot, schickte er eine Handvoll verkleideter Kundschafter aus, die ihm berichten sollten, was im Refugium des Feindes vor sich ging. Als sie zurückkehrten, machten sie ihm Mitteilung über alles, was sie gesehen, gehört und ausspioniert hatten.

Die Todesschlucht mit ihren zerstörten und nie wieder aufgebauten Behausungen bot ein Bild vollkommener Verwahrlosung. Nur das unheilvolle Krächzen der Geier und dessen Echo im finsteren Felsenschlund waren zu hören. Gudú schlug sein Heerlager in Sichtweite auf und wartete erst einmal ab, als könne er sich noch nicht zu einem Angriff entschließen oder als rechne er mit einem Überfall des in den Büschen verborgenen Feindes. Sein eigentliches Ziel war jedoch die langsame Zermürbung der Aufständischen, was sich schon in der ersten Schlacht als nutzbringende Waffe bewährt hatte. Zum anderen wollte er Zeit gewinnen, damit Yahek und seine Leute von der Steppe her angreifen konnten.

Zwei Tage waren vergangen und ein Teil des dritten, als ein unerwartet heftiger und verfrühter Schneefall einsetzte. Gleichzeitig kam starker Sturm auf, und damit gerieten Gudús Pläne ernsthaft in Gefahr.

In der Todesschlucht wurde der Schneesturm auch nicht gerade begrüßt, aber dort war man doch besser davor geschützt. Von ihren Posten aus beobachteten die Wachen den fernen Schein der Feuer im Feldlager von Gudú. Es war, als warte man in der Zeltstadt des Königs auf irgendein geheimes Zeichen, bevor der Angriff erfolgte.

Der ungewöhnlich frühe Eintritt des Winters gereichte nicht nur Gudú zum Nachteil. Schlimmer noch – denn von der Steppe her kamen die kalten Stürme und der Schnee – traf es Yahek und seine Männer, die sich nur unter großen Mühen zur Todesschlucht vorkämpfen konnten und beinahe aufgeben mußten. Ihre Verspätung trug unter anderem dazu bei, dem kleinen Scharmützel, mit dem der König gerechnet und dem er kaum Bedeutung beigemessen hatte, eine ganz unerwartete Wendung zu geben.

Nicht einen oder zwei Tage dauerte der Schneesturm an, sondern vier. Und ohne zu übertreiben, konnte man sagen, er entfesselte eine solch wütende Gewalt, daß kein Feuer, kein Mensch und nicht einmal die Felsgiganten am Eingang der Schlucht ihm widerstehen zu können schienen. So dicht fiel der Schnee und so unaufhaltsam, daß Lisius und seine Männer schon befürchteten, der unverhoffte Einbruch der Elemente könne weniger vorteilhaft für sie sein, als sie zu Beginn geglaubt hatten. Zu allem Unglück ging auch noch eine Lawine auf die Männer nieder, welche am Fuß eines Felsgiganten den Eingang bewachten. Sie brachte Tod und Verderben; viele Männer starben. Der Schneefall hörte auch danach noch nicht auf, und der Sturm riß alles mit sich, was ihm in den Weg kam. Der Wind trug das Geheul der Wölfe zu ihnen heran und erfüllte sie mit Schrecken. In den kurzen Zeiten der Stille, die ab und zu eintraten, drang den hungrigen, frierenden Männern das Wolfsgeheul so schneidend ins Herz, daß dieses fast zu schlagen aufhörte. Denn es war nicht nur ein Heulen des Hungers: In den langgezogenen wütenden Klagelauten erkannten sie auch den hilflosen Zorn, die Trostlosigkeit und Verzweiflung ihres eigenen Lebens. Es war der Wolf. Der Wolf, der durch die fernen Tage ihrer Kindheit schlich, der in der Nacht der Kinder um die Hütten der Dörfer strich. Der lange düstere Schrei der Angst, der sie in der Erinnerung, in ihren Träumen immer noch verfolgte.

Beide Seiten – jene in der Schlucht, bereit, sich zu verteidigen und anzugreifen, sowie jene im Heerlager, die angreifen und siegen wollten – verloren sich aus den Augen. Und auch die Geräusche erstarben. Eine weiße, schwere, ständig wachsende Stille senkte sich gleichsam vom Himmel herab und quoll aus der Erde hervor und löste eine Bestürzung aus, die den Wunsch nach Rache und Rebellion zwar nicht zu unterdrücken vermochte, ihn jedoch erstarren ließ und zu schmerzlichem Warten zwang. Als ruhe alles – Zorn, List, Rachegefühl – vereist, still und zeitlos in der großen Kälte, in der großen Teilnahmslosigkeit einer vermummten Welt.

2 Während all das im Schluchtenland geschah, war die winterliche Kälte, sogar mit ein wenig Schnee, auch über die Stadt Olar hereingebrochen. Die Zinnen der Stadtmauern und des Schlosses färbten sich weiß. Während Königin Ardid den Schneeflocken zusah, dachte sie nach und schärfte ihre Sinne in Erwartung einer Nachricht. Was früher einmal ihr Garten gewesen war, wurde zu einer einzigen weißen Fläche, und ihr fiel auf, daß sie ihn in der Erinnerung immer nur blühend sah. Und eine langsam aufsteigende Trübsal oder Sehnsucht bemächtigte sich ihrer, und da sie sich über die Natur dieser Empfindung nicht klarzuwerden vermochte, glaubte sie, einem Gefühl anheimgefallen zu sein, das ganz neu für sie war.

Am dritten Tag des Schneefalls schaute sie in den Spiegel, den Almandin ihr einmal geschenkt hatte – wie lange war das her, oder wie lange schien es ihr her zu sein! Und sie sah, was einmal eine leuchtende blonde Haarpracht gewesen war, eine Krone fahl schimmernden Glanzes, auch sie war jetzt von Schnee bedeckt. Ardid begriff, daß kein Frühling diesen Schnee zum Schmelzen bringen, keine Sonne ihn mehr vergolden würde. Sie stand regungslos da und betrachtete sich lange Zeit. Danach hieß sie Dolinda, keinen Goldstaub mehr anzurichten, um damit den ersten Schnee ihrer Schläfen zu kaschieren, und gab auch keinen samtenen Kopfputz mehr in Auftrag, um ihn zu verdecken, sondern setzte sich nieder, kämmte ihr Haar wehmütig und voller Hingabe, flocht es und streichelte es zärtlich. Vielleicht konnte sie auf eine ungewohnte und ungewöhnliche Art Trost darin finden. Als könnte sie ihren ungewissen Schmerz, ihr ungewisses Leid darin begraben; und als handle es sich am Ende um das letzte Aufflackern eines langen, zögernden Abschieds.

Nach diesem Erlebnis richtete sie den Blick mehr auf Dinge, die sie zuvor als nebensächlich betrachtet hatte, als Beschäftigungen zweiten Ranges: über den Schlaf ihres alten Meisters wachen, zum Beispiel; sich um den kleinen Prinzen Ungestalt kümmern, der jetzt in dem halb aufgegebenen Verlies des Magiers versteckt gehalten wurde, wo er ganz wie ein glückliches Kind zwischen den Phiolen, Kolben und Röhren umhertollte. Und unablässig seufzte sie vor Kummer über das plötzliche Ausbleiben des Kobolds. Denn seit dem Tag, da er ihr mit bitteren Worten Vorwürfe wegen des Todes von Almandin gemacht hatte, war sein roter Schopf weder im Kamin noch an sonst einer Stelle jemals wieder aufgetaucht. Während langer Winternächte hatte Ardid ihn gerufen, einmal flehentlich, einmal erbost, einmal lockend, mit bissigem Spott oder auch drohend. Nicht einmal der kleine Krug mit altem Wein, den sie jeden Tag an den Kamin stellte, hatte Wirkung gezeigt. Darüber war sie so beunruhigt und niedergeschlagen, daß niemandem im Schloß der unerklärliche Schleier verborgen blieb, der neuerdings die bis vor kurzem noch blitzenden und forschenden Augen der Königin Ardid verhängte.

»Warum nur kommt er nicht, Meister?« fragte sie den alten Magier, den Blick nicht von der Glut des Kaminfeuers wendend.

»Ich weiß es nicht«, antwortete der Alte sanft, »wirklich, meine Herrin, ich weiß es nicht ...«

Und zum ersten Mal spürte Ardid, daß ihr alter Meister nicht die volle Wahrheit sagte.

Zur selben Zeit weinte Gudulina über die Abwesenheit Gudús. Vergebens waren alle Bemühungen ihrer Schwiegermutter, sie mit Worten zu trösten. Sie sagte, Gudú sei kein Mensch, über den man bestimmen könne, sogar ihn von etwas zu überzeugen sei nicht leicht. Die junge Königin Gudulina war auf eine so krankhafte Art verliebt in Gudú, daß nicht einmal die Erwartung ihrer beider Kind sie aus ihrer Trübsal und Schwermut zu reißen vermochte.

Doch nicht allein Gudulina war Opfer jener bösartigen Krankheit. Die Trübsal stieg von der Eisfläche auf, welche den See bedeckte, überwand die Stadtmauern und sickerte durch Ritzen, Löcher, Fenster und Türen in die Stadt und in das Schloß ein. Jeder spürte sie, und viele ließen sich davon überwältigen, vor allem die Frauen; denn die Männer hatte Gudú fast alle aus

Olar abgezogen, und wer nicht mit ihm ritt, stand im Schwarzen Turm unter dem Befehl des Barons.

Und mehr als jede andere Frau stand die unglückliche Dolinda unter dem Einfluß dieses bösartigen Leidens. Während sie sich von der Trübsal aufzehren ließ, während die Farbe ihrer Wangen und das dunkle Blau ihrer Augen allmählich erloschen, nagte etwas noch Stärkeres, noch Krankhafteres an ihrem Herzen. Ihr neu erwachter Haß auf den König wuchs in einem Maße, daß ihr Schlaf und Lebenswille zusehends abhanden kamen. Manchmal kam sie so verzweifelt und erzürnt zu Ardid, daß die Königin in dem von einem unbegreiflichen, ungeahnten Feuer beherrschten Wesen die früher so unbekümmerte, gehorsame und leicht verträumte Dolinda kaum wiedererkannte, die nicht, wie am Anfang, unter mitleiderregendem Flehen, sondern in dumpfer, gewalttätiger Verzweiflung forderte, den kleinen Ungestalt sehen zu dürfen, und sei es nur durch die Öffnung eines verrosteten Schlüssellochs. Ardid hielt es für gefährlich und sogar schädlich, ihr den Wunsch zu erfüllen, und weigerte sich. Da warf ihr die einst so fügsame Dolinda einen Blick zu, welcher der Königin einen kalten Schauder über den Rücken schickte. Und schließlich willigte sie ein. Seit dem Tag verbrachte die Dame ihre Zeit damit, das Kind, das sie immer mehr für den eigenen Sohn hielt, durch den Türspalt zu beobachten, und darüber verlor sie zunehmend den Verstand. Ardid erfuhr von der geistigen Verwirrung ihrer ehemaligen Kammerzofe, da Hoffräulein und Pagen ganz unverhohlen darüber sprachen. Sie erfuhr, daß Dolinda außergewöhnlich großzügig zu ihnen war. Sie hatte Geld, Kleider und sogar Schmuck unter ihnen verteilt, damit sie ihr halfen, den Kleinen zu sehen. Als ihr Gemahl – schon alt und kränkelnd – von den Ausgaben erfuhr, bekam er einen derartigen Wutanfall, daß er am Morgen des darauffolgenden Tages verschied.

Dieser Todesfall erregte großes Aufsehen bei Hofe; nicht weil der Tod des alten Mannes verwunderlich gewesen wäre, sondern wegen der Umstände, unter denen er eintrat. Schleichender

Groll, ein heimliches Unbehagen breiteten sich am Hofe aus, und ein Schatten strich durch Kammern und Korridore. Beim Adel war Dolinda zähneknirschend geduldet und manchmal umschmeichelt worden, da sie in besonderem Maße Ardids Zuneigung genoß. Jetzt jedoch ging man ihr aus dem Weg, ließ sie Ablehnung spüren und manchmal sogar offene Feindschaft. Vergebens suchte Ardid die befremdlichen Einfälle zu rechtfertigen, welche die Witwe zunehmend an den Tag legte. Sie begann, sich wie eine Bettlerin zu kleiden, und befahl ihren Zofen, Pagen und selbst dem niedrigsten Gesinde, die Mahlzeiten mit ihr zusammen einzunehmen. Dies ging gar so weit, daß sie selbst die Dienstbotenunterkünfte aufsuchte, mit der Dienerschaft aß und deren Leben teilte. Wenn derlei Gerüchte auch nie bestätigt wurden ... so redete man jedenfalls. Und Ardid gelang es nicht, diesem Hofklatsch ein Ende zu setzen.

Als Dolinda eines Tages verkündete, den Landbesitz und alle Güter – die eigentlich nicht ihr, sondern ihrem verstorbenen Gemahl gehörten – unter ihren Dienern verteilen zu wollen, da schlug der Zorn des Adels in offene Empörung um. Der alte Baron, der dem Rat der Edlen vorstand, regte sich dermaßen darüber auf, daß auch er, gleichsam vom Blitz gefällt, zu Boden sank und starb.

Diese beiden Todesfälle brachten den ohnehin erzürnten – wenngleich jeden halbwegs in Saft stehenden Mannes beraubten – Hof von Olar vollends in Rage. Der Rat wurde einberufen, und Königin Ardid sowie Königin Gudulina wurden ersucht, an der Sitzung teilzunehmen, auf der es einen neuen Präsidenten zu wählen galt. Ardid konnte nicht ablehnen, und die teilnahmslose, ständig verheulte Gudulina – die nichts anderes mehr tat, als ihrem Gemahl leidenschaftliche Liebesbriefe zu schreiben – bequemte sich schließlich auch, dem Protokoll zu genügen und ihre Schwiegermutter zu begleiten. An diesem denkwürdigen Tag hätte es Ardid fast das Herz gebrochen, als sie sich gezwungen sah, den einstimmigen Beschluß gutzuheißen – zusammen mit der Zustimmung zur Wahl des neuen Ratsvorsitzenden, Baron Linko, eines Neffen des verstorbenen Gemahls von Dolinda –, daß dieser das Erbe aberkannt und die ehemalige Zofe selbst zu Hausarrest verurteilt werden sollte; so wie Ardid einst von Volodius bestraft worden war.

Die Haltung der Ratsversammlung war eindeutig, und Ardid erkannte, daß sich der Schnee an diesem Tag nicht nur auf Olar und auf ihrem Haar niedergelegt hatte, sondern der Winter auch in ihre Kraft, ihren Willen und ihre Lust am listenreichen Spiel eingedrungen war. So mußte sie zu ihrem Leidwesen das Unvermeidliche geschehen lassen, fand keine Kraft und keine Worte, um die schmerzliche Bestrafung zu verhindern. Dabei war es ihrer Überredungskunst zuzuschreiben, daß Dolinda nicht gar als Hexe oder Teufelin auf dem Scheiterhaufen landete, wie einige der Edlen es forderten. Zu ihrem großen Leidwesen blieb ihr nichts anderes übrig, als das betrübliche Urteil zu bestätigen und zu unterzeichnen.

Am Morgen des vierten Tages – als der Schneesturm im Schluchtenland seinen Höhepunkt erreichte – wurde Dolinda in ihren Gemächern unter Bewachung gestellt. Ardid fand nicht den Mut, sie ein letztes Mal zu sehen oder ihr wenigstens ein paar tröstende Worte zukommen zu lassen.

Doch der Tag war noch nicht in den Abend übergegangen, als ihre unbezähmbare Natur sich von den Schicksalsschlägen erholte. Sie suchte den Magier auf, und sobald sie mit ihm allein war, bat sie ihn, den Kobold herbeizurufen, so wie in alten Zeiten. Der Meister hatte das Experimentieren seit langem aufgegeben und verbrachte seine Zeit nur noch mit Lesen, Lesen, Lesen ... In seiner früheren Experimentierstube spielte jetzt nach Herzenslust der kleine Ungestalt, und der alte Magier ließ ihn gewähren.

»Ich kann nicht«, sagte er. »Ich kann es nicht, meine Herrin.«

»Was heißt, du kannst nicht? Ich weigere mich fürwahr, das zu glauben.«

»Ich habe es vergessen«, sagte der alte Mann seufzend. »Ich habe so gut wie alles vergessen.«

Und da nichts weiter aus ihm herauszubringen war, mußte sie einsehen, daß er die Wahrheit sprach. Der Meister – so erkannte sie voller Mitgefühl und Kummer – war alt; viel älter, als sie oder sonst jemand ahnen konnte. Aus dem Schloßhof drang wütendes Gebell zu ihnen herauf, und Ardid erschauerte, schlang den wärmenden Pelz enger um die Schultern und fühlte, daß nicht einmal das lodernde Kaminfeuer ausreichte, ihre kältestarren Knochen zu erwärmen. Sie trat näher an die Flammen und dachte an die Einsamkeit; eine Einsamkeit, die in nichts jener anderen glich, die sie vor Jahren im Ruinenversteck der väterlichen Burg oder später in der Verbannung des Ostturms erlebt hatte. Dies war eine andere, neue, gänzlich unbekannte Einsamkeit, und sie war scheußlich. Am Hof von Olar war sie – in Abwesenheit Gudús – immer noch die einzige Herrscherin. Doch plötzlich sah sie vor sich die ungeheure Leere, wenn der alte Magier einmal nicht mehr wäre, wie Almandin schon nicht mehr war. Tränen trübten ihren Blick, und ihre Hand zitterte, als sie mit dem Schürhaken im Feuer stocherte. Noch einmal rief sie mit leiser Stimme und ohne große Hoffnung nach dem Kobold.

Aber der Kobold erschien auch diesmal nicht.

Am nächsten Tag erfuhr sie, daß Dolinda sich an ihrem Gürtel erhängt hatte. Es war ein Gürtel aus golddurchwirktem Samt, den Ardid ihr zur Hochzeit geschenkt hatte. Sie bat, ihn behalten zu dürfen, und bewahrte ihn mit Almandins Elfenbeinhand in jener kleinen Truhe auf, die vor langer Zeit einmal die Hälfte eines blauen Steins mit einem runden Loch in der Mitte enthalten hatte. Dort lagen diese Gegenstände nun und warteten vielleicht auf eine Zeit, in der die Menschen nichts mehr mit ihnen anzufangen wüßten.

In jenen Tagen wurde Prinz Ungestalt sechs Jahre alt und Gudú siebzehn. Einem seltsamen Schicksal zufolge hatten die beiden das Licht der Welt am gleichen Tag erblickt, allerdings unter recht ungleichen Vorzeichen und Bestimmungen. Diese vermochte allein die Zeit, in der Elf seine Zuflucht fand, zu erkennen, während sie absichtlich oder willkürlich voranschritt oder zurücklief oder verharrte.

Ardid ließ Dolinda an einem geheimen Ort bestatten, denn wer ohne Beichte oder durch die Hand des Henkers starb, hatte das Recht verwirkt, in geweihter Erde zu ruhen. Aus diesem Grund wurde sie in Ardids Garten unter der Asche des Baums der Spiele begraben. Nur sie allein kannte das Grab, und an dem weißen Stein, den sie eigenhändig darauf errichtet hatte, konnte sie weinen und träumen und immer an sie denken.

3

Der Schneefall hörte im Schluchtenland früher auf als in der Steppe. Und als der Schnee nicht mehr fiel, legte sich der Wind. Da befahl Gudú einen Scheinangriff auf den Eingang der Todesschlucht. Auf diese Weise zeigte ihnen die herabregnete Flut von Steinen und brennenden Fackeln, an welchen Stellen sich Lisius' Männer verschanzt hatten. Gudú zog seine Leute bald zurück und gab Befehl, weiterhin zu warten.

Lisius war darüber ernstlich beunruhigt. Er wußte, daß die wenigen Verluste, die Gudú erlitten hatte, für den König keine große Rolle spielten, während sie selbst unnötig Menschen und Waffen – oder was sie als solche benutzten – verschwendet und obendrein dem Feind ihre Positionen verraten hatten. Er befahl, die Stellungen zu wechseln, obwohl er sich davon nicht viel erwarten konnte. Dennoch blieb die Moral in der Todesschlucht gut. Die unbedarften, verelendeten Sklaven nahmen als ersten Sieg, was für Gudú nur ein taktisches Scharmützel gewesen war. Sie feierten ihn so überschwenglich, daß Lisius, der ihnen zuschaute, seinen Haß, der sich mit ängstlicher Beklemmung mischte, noch wachsen fühlte: Lure war jetzt nicht mehr die junge hübsche Schwester, wie er sie zum letzten Mal gesehen hatte, sondern ein verhärmtes, vorzeitig gealtertes Geschöpf. Viele seiner Freunde waren tot, andere verstümmelt und so verelendet, daß schon bei ihrem Anblick ein unbezähmbarer Schmerz und Zorn in ihm aufloderten.

Lisius befahl, die Nahrungsmittel zu rationieren und die wenigen Ziegen, die ihnen noch geblieben waren, an einen sicheren Platz bei den Bergwerken zu bringen. In den Schächten hatte er die gesamte Ausbeute zusammentragen und die Stollen dann verschließen lassen, damit sie den Reichtum im Falle eines Sieges zum gemeinsamen Wohl untereinander verteilen konnten. In den Tiefen seiner Gedankenwelt formte sich zögernd ein Traum; der Traum von einem Land mit gerechteren Gesetzen, die sie zu einem neuen Leben führten. In der ersten Nacht, in der der furchtbare Schneesturm aufhörte, sah er von seinem Spähposten aus zum ersten Mal einen seidenschwarzen Nachthimmel, an dem bleiche Gestirne funkelten, fern und geheimnisvoll und so undurchschaubar wie das Herz der Menschen. Ein leichter Wind fuhr ihm durchs Haar, und obwohl er eisig kalt war, kam er ihm so wohltuend vor, als brächte er eine lindernde Parole. Iro, sein treuer Hund, lag zu seinen Füßen und blickte gleichfalls in den nächtlichen Himmel. Und plötzlich überwältigte Lisius die Frage, was die rätselhaften Lichter dort oben wohl zu bedeuten hatten: Was verbarg sich in ihnen? Welche Augen, oder vielleicht Stimmen, brachten sie zum Funkeln? Vielleicht, sagte er sich – und es war, als streife ihn eine schaurige Vorahnung –, glüht dort oben eine Kraft, eine Welt, eine Art von Leben, das auf uns herniederschaut und unseren Kampf beobachtet, ihn gutheißt ... Lisius konnte weder lesen noch schreiben, er hatte nichts gelernt. Alles, was man ihm mit auf den Weg gegeben hatte, waren Legenden, Schauermärchen, Aberglauben und Hexengeschwätz, das er verabscheute. Aufgewachsen war er allein in Schmerz, Erniedrigung und Armut, gelernt hatte er aus den Berichten von Reisenden und Magiern.

In jener Nacht erwachten nach langer Zeit, während sie geschlafen zu haben schienen, die Worte seines Großvaters. Etwas wie ein langgezogener dunkler Schrei, ein unhörbarer Schrei, der sich seinem Innersten entrang, sagte ihm, daß das Fortbestehen dieser Worte von Vater zu Sohn und von Mann zu Mann ihm einen dauerhafteren Sieg zu bescheren vermöchte als jeden Sieg, den er hier in der Todesschlucht erringen konnte. Wie von einem lodernden Zorn angepeitscht, ließ er seine eingeübte Geduld und alle Lehren fahren. Während Gudús Leute scheinbar untätig im Heerlager herumlungerten und Yahek sich mit seinen Männern durch die verschneite Steppe kämpfte, gab Lisius den Befehl zum Angriff: zuerst auf die Männer, die sich an den Hängen eingegraben hatten, dann auf jene, die den Eingang zur Todesschlucht blockierten.

Gudú wehrte den Angriff gewandt ab und verfolgte den Feind nicht in die Todesschlucht hinein, sondern nur bis zum Eingang der Steinernen Giganten. Da er ihm sowohl in Kampfkraft wie an Bewaffnung überlegen war, kostete ihn dies keine große Mühe. Lisius wußte das alles schon, aber etwas ging ihm durch den Kopf: eine Warnung, die er nicht verstand, eine seltsame Vorahnung. Ein unbekannter Feind lauerte ihm auf; Verzweiflung breitete sich in ihm aus. Dreimal griff er an. Und als er über einen Ausfall durch den hinteren Teil der Todesschlucht nachdachte, um Gudús Truppen einzuschließen, da hörte er von seinen Spähern, daß Gefahr auch aus der Steppe nahte. Ein schwacher Hoffnungsschimmer glühte in ihm auf: Vielleicht waren das die Wilden Horden. Aus ängstlicher Hoffnung wurde jedoch Enttäuschung, als sie erkennen mußten, daß es nicht um Steppenkrieger, sondern um Gudús Leute handelte. Mochten die Horden noch so furchteinflößend sein, sie waren nichts im Vergleich zu der Verzweiflung, die Lisius überfiel, als er feststellte, daß es Yahek und seine Männer waren, die sich von der Steppe her näherten.

Als die vereinigten Heere nun seine unbezwingbare, aber nutzlose Festung belagerten, erkannte Lisius schnell, daß der verhaßte junge König keine andere Waffen gegen ihn zu richten gedachte als die des Hungers, der Zeit, Verzweiflung und Niederlage. Nichts anderes brauchte es, um die befestigte Stellung der Hoffnungslosen zu brechen. So uneinnehmbar sie war, so unmöglich war es für die Kämpfer drinnen, sie zu verlassen.

Ein selbstmörderischer Ausfall oder ein glücklicher Zufall waren für Lisius und die Seinen der einzige Weg, dieser Falle zu entrinnen.

Noch mehr Schnee fiel, noch mehr und mehr; die Kälte, die Wölfe und der Hunger zehrten an den geschwächten Kräften jener, die der Belagerung vergeblich widerstanden. Nach und nach verließen sie, in Gruppen oder einzeln, ihre Stellungen. Einige wurden auf der Flucht gefangen, andere ergaben sich freiwillig, und so füllte sich das Heerlager des Königs mit zerlumpten, halbverhungerten Gestalten.

Gudú saß in seinem befestigten Lager und wartete ab. Er hatte alle Möglichkeiten bedacht, und in diesem Vertrauen überstand er den Winter, ohne daß die Disziplin und Moral seiner Truppen Schaden erlitten. Bald kam der Tag, der ihm für seine Pläne wie geschaffen zu sein schien. Auf den umliegenden Hügelkuppen hatte er Reiter und Fußvolk in Reihe postiert, und alles wartete auf seine Befehle. Sie sollten die am besten ausgebildete Gruppe seiner Wölflinge in die Schlacht führen. Im Schwarzen Turm warteten diese jungen Männer voller Ungeduld, daß sich das Versprechen ihres Königs erfülle und sie ein Kampfgetümmel aus nächster Nähe beobachten könnten; wenn es der König für angebracht hielt, vielleicht sogar daran teilnehmen und einen so gut wie sicheren Sieg erringen. Gudú hielt die bevorstehende Schlacht selbst nicht für sonderlich wichtig, aber als anschauliches Geschehen für seine jungen Kämpfer war sie genau richtig.

Während einiger schneefreier Tage, welche die ihm als Späher dienenden Hirten vorausgesagt hatten, stellte er eine Liste möglicher Kandidaten zusammen. Unter den zehn Wölflingen, die er schließlich auswählte, waren zwei der ehemals besten Freunde des unseligen Lisius, was Gudú jedoch nicht wußte.

»Noch vor dem Frühling«, sagte der König zu Randal, »wird der Widerstand der Belagerten zusammenbrechen. Dann werden ihre Nahrungsmittel aufgebraucht sein, und sie werden auch kein Brennholz mehr haben, denn die Wälder liegen außerhalb der Todesschlucht. Alle Geduld und Widerstand haben ihre Grenzen. Sie werden schon tot sein oder einen letzten verzweifelten Kampf führen, wenn wir sie überraschen; doch das wäre ebenso töricht, wie es unwahrscheinlich ist. Sie zu besiegen dürfte keine große Kunst sein, und ich denke, wir sollten eines solchen Scharmützels wegen nicht unnötig Männer und Waffen aufs Spiel setzen. Ich habe bedeutendere Dinge vor, und die Meuterer in der Todesschlucht haben meine Geduld schon viel zu lange beansprucht. Aber ich glaube, eine Lektion wie diese ist kein schlechter Einstieg ins Soldatenleben, und meine Wölflinge haben ein Recht darauf.«

Mit der väterlichen Geste eines Mannes, der seinem Sohn zum ersten Mal eine Belohnung gewährt, unterzeichnete Gudú die Liste und ließ sie von einem Boten unverzüglich zum Schwarzen Turm befördern.

Als die ausgewählten Recken eintrafen, versammelte sie der König in seinem Zelt. Mit leuchtenden Augen lauschten sie dem Lagebericht, den er ihnen gab. Nachdem er sie noch davor gewarnt hatte, jemals ein Versteck zu wählen, ohne sich vorher einer Rückzugsmöglichkeit zu versichern, bereitete er sie mit anfeuernder Rede auf die Schlacht vor und gab ihnen Wein zu kosten, als wären sie schon richtige Krieger. Denn im Schwarzen Turm galt die strenge Regel, daß Wein nur trinken durfte, wer sich im Kampf bewährt hatte. So gab Gudú einmal mehr einen Beweis seiner Menschenkenntnis. Die beiden Wölflinge, die einst Freunde – Brüder – von Lisius gewesen waren, ahnten nicht, daß dieser es war, der ihre Gegner so schlecht anführte, noch verschwendeten sie in diesem für sie so erhebenden Moment überhaupt einen Gedanken an ihr früheres Leben. Und wenn Gott diesem Leben stets ferngeblieben war, so konnte er ihnen unter den derzeitigen Umständen nur in einer Gestalt vor Augen treten: als ihr über alles bewunderter König Gudú. Und wenn sie je von einem besseren Leben geträumt hatten als jenem, welches ihnen in ihrem bisherigen Dasein vergönnt gewesen war, so konnte dieser Traum in der Gegenwart keine strahlendere Entsprechung finden als in der blinden Hingabe an den Mann und König, der ein Mann und König wie kein anderer vor ihm war.

Von all diesen Dingen wußte natürlich jener, der auf unterirdischen Pfaden manchmal – je nach Nacht, je nach Pfad – ein Knöchelchen funkeln ließ, als wäre es geschliffener Diamant. Jenes, das ein sehr junger Kobold unter anderen, noch funkelnderen Schätzen bewahrte.

Erstaunlicherweise dauerte die Belagerung viel länger, als der König erwartet hatte. Obwohl der Winter lang und außergewöhnlich kalt gewesen war, kam endlich die Zeit, da der Schnee schmolz, doch alles war noch immer wie am Anfang. Die Belagerer machten keine Anstalten, anzugreifen; die drinnen versuchten es erst gar nicht. Entweder verfügten die Belagerten über mehr Nahrungsmittel, Durchhaltevermögen oder Nachschub, als denkbar gewesen war, oder sie hatten einen unerwartet raffinierten – und unwahrscheinlichen – Plan ausgeheckt, der sie zu ihrem ebenso heldenhaften wie unvorstellbaren Widerstand befähigte. In der Luft und auf der Erde kündigte sich der Frühling an, und die entscheidende Schlacht fand nicht statt. Es gab nicht einmal ein Anzeichen dafür, daß in der Todesschlucht überhaupt noch jemand lebte, wäre da nicht manchmal jene dünne Rauchsäule gewesen, welche Gudús Krieger und die Wölflinge mehr mit ihrer feinen Witterung wahrnahmen, als daß sie sie sahen.

»Geduld«, sagte der König, »nur Geduld. Unsere Lage ist erträglicher als die da drinnen.«

Und das war sie in der Tat.

4

Auch am Hof von Olar ging der Winter seinem Ende entgegen. Die Tage vergingen eintönig und voller Schwermut, die Menschen machten sorgenvolle Gesichter. Trubel und sprühende Lebendigkeit in den Straßen der Stadt waren erloschen, die Händler weniger mutig im Abschluß ihrer Geschäfte, denn unter den herrschenden Umständen – so ahnten sie – konnte ein wenig Vorsicht nicht schaden. Angesichts der allgemeinen Verunsicherung – oder dem, was sie dafür hielten – waren geschäftliche Unternehmungen oft heikel und das eingesetzte Geld schnell beim Teufel. Auch gab die Königin keine Bälle und glanzvollen Feste mehr. Die Abwesenheit von jungen Männern machte sich in Olar ebenso wie in den Städten und Dörfern des Reiches eindrucksvoll bemerkbar. Alte Leute, Frauen und Kinder erlebten eine trübsinnige, eintönige Zeit. Noch betrüblicher war sie jedoch für jene, die in Armut lebten, denn für sie war die herrschende Kargheit weit beschwerlicher zu tragen als am Hof von Olar. Ardid führte die Reichsgeschäfte mit bewährter Zuverlässigkeit, und wenn auch die Last der Tribute nicht geringer wurde, so schwanden Überfluß und Verschwendung doch auf merkliche Weise.

Der Winter wich also bereits freundlicheren Tagen, als eine Nachricht die Stadt und vor allem das Schloß in Aufregung versetzte. Es war die Nachricht von der unerwarteten Geburt des ersten Kindes des Königs, welches allen Berechnungen zufolge viel zu früh auf die Welt kam. Zur allgemeinen Freude war es ein Junge, weswegen auf dem Turm mit dem Dach aus blauen Ziegeln – jener Laune des Königs Volodius – ein goldenes Schwert erglänzte, was bedeutete, daß das Neugeborene ein Prinz und keine Prinzessin war. Wäre es eine Prinzessin gewesen, hätte dort ein eisernes Schwert geglänzt – soweit ein solches überhaupt glänzen konnte …

Als Zeichen des Glücks und der Freude befahl Ardid, die Untertanen des Königs zwei Monate lang vom Tribut zu befreien. Und da es für die Bürger von Olar vollkommen überraschend kam, freuten sie sich ganz besonders, als der berühmte Weinbrunnen wieder zu sprudeln begann, wie er es seit wann? … seit welchem König? … nicht mehr getan hatte. Und an die Armen wurde wieder eine großzügige Ration Mehl verteilt. Mit all diesen Gaben, so hoffte Ardid, und das zu Recht, werde sich die gedrückte Stimmung wieder heben und ein Aufglimmen von Stolz – wenn nicht gar von Zuneigung – in dem einen oder anderen Herzen jener Unglücklichen bewirken, die das notleidende Volk von Olar ausmachten.

Wenig später gab sie bekannt, die Taufe des Thronfolgers solle mit der üblichen Pracht gefeiert werden, was bei den Damen des Hofes und sogar bei manchem Edelmann schon vorgerückten Alters eine zwar flüchtige, doch darum vielleicht um so süßere Hoffnung aufkeimen ließ. Und so wurde der Neugeborene unter festlichem Gepränge im Kloster von Abundios getauft, und zwar auf den nicht sehr einfallsreichen Namen Gudulín.

Die größte Begeisterung für den Neugeborenen – mit Ausnahme der Mutter, der Großmutter und des alten Magiers natürlich – legte der arme Prinz Ungestalt an den Tag. In der Annahme, die Zeit habe das unglückliche Geschöpf vergessen gemacht, beriet sich die Königin mit dem Magier über die Möglichkeit, den kleinen Ungestalt als Spielgefährten oder Pagen des neugeborenen Thronfolgers einzuführen, sobald dieser das Alter dafür habe. Sie kleidete den Prinzen wie einen kleinen Hofnarren; und indem sie so tat, als sei er ein Geschenk der Königin Leonia gewesen, brachte sie ihn zusammen mit der Amme in die Umgebung des Säuglings und stellte ihn sogar Königin Gudulina vor, die so selbstvergessen in der Betrachtung ihres Sohnes versunken war – dessen Gegenwart sie ebenso zu überraschen schien, wie die Sehnsucht nach Gudú sie innerlich verzehrte –, daß sie den kleinen Ungestalt kaum eines Blickes würdigte. Ardid atmete erleichtert auf, denn, so sagte sie sich, dies war vielleicht die einzige Möglichkeit, das bedrohte Leben des armen Prinzen zu schützen. Wann immer sie den Jungen anschaute, mußte sie unwillkürlich an Dolinda denken und an all die Tage und langen Jahre, die sie mit ihr in der Verbannung des Turms zugebracht hatte.

Da er ein sanftmütiges Kind war, nahm Ungestalt die neue Kostümierung ohne Murren hin und ließ seine goldenen Schellen unablässig vor der Wiege des kleinen Gudulín erklingen. Eines Tages dann ließ der Säugling erkennen, daß er die Klänge wahrnehmen konnte, und richtete zur Freude aller, die dabei waren, seinen Blick auf den kleinen Buffo. Ob Zufall oder nicht, es wurde als gutes Omen gewertet, und damit war der kleine Ungestalt zum Begleiter und Gefährten des Winzlings in der Wiege erkoren.

Die Zeit war schneller verflogen, als die Königin hatte glauben können. Der Mai hatte die Blumen zum Erblühen gebracht, und das Gras stand im saftigsten Grün. Gudulín war zwei Monate alt, und sein Vater hatte noch immer nicht zu Ende gebracht, was er anfangs als bedeutungslosen Aufruhr eingestuft hatte, der rasch unterdrückt werden könnte. Gütiger Gott, dachte Ardid, der Sommer steht schon vor der Tür.

Nachrichten aus dem Schluchtenland trafen ein, und viele wußten von der verzweifelten Lage der Aufrührer. Man fragte sich im ganzen Reich, wie Banzius und Canzius, von denen man doch ewig nichts gehört hatte, so lange Widerstand leisten konnten. Die Meinungen dazu waren äußerst gegensätzlich, so daß der Rat der Edlen einberufen werden mußte. Man faßte den Beschluß, von Gudú eine Erklärung zu fordern, warum der Widerstand sich so hartnäckig hielt und was es mit dem rätselhaften Verschwinden der Vulgaro-Brüder auf sich hatte. Waren sie tot? Ein Gerücht besagte sogar, sie seien gesehen worden, wie sie in gestrecktem Galopp durch die nahen Wälder jagten; doch an ihrer Stelle wurden nur zwei Vagabunden und ein Holzfäller aufgegriffen, die das Pech hatten, dasselbe feuerrote Haar zu haben wie die aufständischen Prinzen. Weiter kam nichts dabei heraus. Gudú schickte eine Nachricht an den Rat, in der es hieß, wenn er und seine Männer sich in Geduld üben könnten, sollte selbiges wohl um so mehr von jenen zu erwarten sein, die unter deutlich angenehmeren Bedingungen der Dinge harrten. Womit der Hof aufs neue in ein Kümmerdasein verfiel und jede Aufsässigkeit gegen den König ebenfalls verkümmerte.

Doch dann geschah etwas, das Königin Ardid noch mehr berührte als die Geburt ihres Enkels. Sie saß mit Ungestalt an der Wiege des kleinen Gudulín, während Gudulina auf Schritte oder Geräusche lauschte, die ihr Gudús Rückkehr verkündeten, und der alte Magier eingenickt war, als aus dem Abzug des Kamins ein bekanntes Hämmern an ihr Ohr drang. Ardid war die einzige, die es hören konnte, doch sie war so überwältigt davon, daß sie von ihrem Stuhl aufsprang und zu dem erloschenen Kamin eilte. Eine Hand auf dem Herzen und mit geröteten Wangen wartete sie und wartete ... bis schließlich ein roter Schopf in der schwarzen Kaminöffnung sichtbar wurde. Da erst merkte Ardid, daß Tränen ihr den Blick verschleierten. Sie sank vor dem Herd auf die Knie und wartete still und stumm, ließ die Tränen über die Wangen rinnen und brachte kein Wort über die Lippen. Ein barfüßiges Mädchen rannte wieder zwischen den Weinstöcken dahin; ein unschuldiges Geschöpf von Rache erfüllt, das immer noch lebte, aber ... Als der Kobold endlich zum Vorschein kam, war es, als wäre er nie fort gewesen, als hätte er noch in der Nacht oder am Tag zuvor im vertrauten Beraterkreis der Königin gesessen, den es auch längst nicht mehr gab. Er vollführte einen kauzigen Luftsprung und sagte mit einer Stimme, die seine geheime Freude nicht verbergen konnte: »Seht Ihr, wie ich ihn gefunden habe? Tja, meine liebe Herrin, Ihr spielt mir besser nicht noch einmal einen solchen Streich; ich weiß nämlich nicht, ob ich der Versuchung widerstehen könnte, Euch in einen Frosch zu verwandeln ... Wie konntet Ihr nur glauben, ich fände ihn nicht? Ihr wißt doch, daß ich den Wein über alles liebe und daß Ihr ihn nicht vor mir verstecken sollt; ebensowenig wie den Prinzen Gudú. Also spart Euch Eure Scherze für das schlafende Alterchen da, wenn Ihr nicht wollt, daß ich ernsthaft böse werde.«

Nach diesen Worten nahm er den Weinkrug und leerte ihn bis auf den letzten Tropfen. Dann setzte er sich an die Wiege und betrachtete den kleinen Gudulín. Er hält ihn für meinen Sohn, begriff Ardid plötzlich und spürte ihr Herz unter einer schweren, doch zugleich auch süßen Last sich krümmen. Er hält ihn für den kleinen Prinzen Gudú ... Sie gab sich keine Mühe mehr, die Tränen zurückzuhalten, und betrachtete den Kobold stumm, mit einem zärtlichen Lächeln.

Gleich darauf sah sie, wie der kleine Ungestalt sich ganz unbefangen an den Kobold wandte und, als wäre dies die natürlichste Sache der Welt, zu ihm sagte: »Weißt du, Kobold, ich bin das Spielzeug des Prinzen.«

»Das ist ganz großartig«, antwortete der Angesprochene. »Du bist ein wunderschönes Spielzeug und ein ebenso wunderschönes Menschenkind.«

Und so unterhielten sie sich eine ganze Weile auf leutseligste Weise, bis der alte Magier aus seinem Schlummer erwachte.

»Oh, mein lieber Kobold!« rief er. »Wie konntest du uns das antun? Warum hast du uns mit so langer Abwesenheit bestraft?«

»Wenn du dich darauf beziehst, daß ich das Versteck gefunden habe, weiß ich nicht, wie du je daran zweifeln konntest.« Der Kobold stieß ein bitteres Lachen aus. »Du fängst an zu vergreisen, mein Alterchen.«

Ardid legte einen Finger auf die Lippen, und der Alte nickte verstehend. Nur Gudulina begriff nichts von dem, was um sie her vor sich ging: Sie träumte und sehnte sich nur nach ihrem geliebten, fernen und ach so vergeßlichen Gemahl, den großen König Gudú.

Seit jenem Tag erschien der Kobold wieder pünktlich stets zur selben Zeit in der Kammer der Königin. Es wurde von Tag zu Tag wärmer, und der Himmel wurde immer heller. Ardid fühlte, wie in ihrem Herzen eine neue Hoffnung keimte, ganz zart, unterdrückt gleichsam, die ein Leben verhieß, das immer noch schön, zumindest jedoch lebenswert sein konnte. Und vielleicht sogar hielt es für sie noch einen unerfüllten Traum bereit.

Eines Morgens schaute sie aus dem Fenster von Gudulinas Kammer, die früher ihre eigene gewesen war und danach die Naivias. Der einst so herrliche Garten war von Unkraut und Gestrüpp überwuchert. Vielleicht, sagte sie sich, mochte es ihr mit Aufopferung und Hingabe gelingen, ihn wieder zum Blühen zu bringen. Und von Stund an ging sie mit solchem Eifer an dieses Werk, daß sie darüber den täglichen Plausch mit ihren beiden alten Freunden beinahe ebenso vergaß wie die selbstgestellte Aufgabe, Gudulina Mut zuzusprechen und auf den kleinen Ungestalt aufzupassen. Allen kam es vor, als sei die Königin um Jahre verjüngt.

Tatsächlich sprossen nach einiger Zeit die ersten schüchternen Blumen zwischen dem Unkraut hervor, wenngleich weniger üppig, weniger farbenfroh und von weniger betörendem Duft als im einstigen Garten von Ardid. Sogar aus dem dunklen Haufen von versteinerter Asche, der einstmals Baum der Spiele geheißen hatte, sproß ein neuer Schoß und wuchs und wuchs … Und wer weiß, vielleicht wurde mit umsichtiger Pflege, mit viel Liebe auch ein neuer Baum daraus.

5

Während mit dem Beginn der schönen Jahreszeit und der Geburt des kleinen Prinzen Gudulín die Lebensfreude in Olar wieder Einzug hielt, konnte man dies von den Belagerten, die unglaublicherweise immer noch in der Todesschlucht ausharrten, nicht behaupten.

Seit dem Tag, da sie Yaheks Truppen erblickt hatten und sich über ihre Lage klargeworden waren, fiel die bis dahin herrschende und nie besonders stark ausgeprägte Zuversicht genauso schnell in sich zusammen, wie das Feuer der Rebellion aufgelodert war. Die ersten, die ihre hoffnungsvollen Träume über Bord warfen, waren die Zwillingsprinzen Banzius und Canzius, und mit ihnen die Hauptleute. Und nach den Hauptleuten die Soldaten. Aus Überraschung und Mutlosigkeit wurde Panik, die Panik schlug um in Zorn gegen jenen, der bis vor kurzem noch die tragende Säule ihrer dahinwelkenden Hoffnungen und Träume gewesen war.

So kam es zu einem Aufstand innerhalb des Aufstands. Angeführt von ihren Hauptleuten, wandten sich die Soldaten gegen Banzius und Canzius, aber auch gegen Lisius. Die einzigen, die treu zu ihm hielten, waren jene, denen im Leben nichts Besseres zugestoßen war als dieser flüchtige Hoffnungsschimmer: die Verdammten der Bergwerke, die Arbeitssklaven. Beide Seiten standen sich unversöhnlich gegenüber; und fielen sie anfangs noch mit wüsten Beschimpfungen übereinander her, so nahmen die Drohungen bald ein solches Ausmaß an, daß es nur noch eine Frage kürzester Zeit zu sein schien, bis sie zu den Waffen greifen würden. Mit Klugheit und in weiser Voraussicht – Tugenden, die er sich sowohl im Schwarzen Turm als auch in der harten Schule des eigenen Lebens angeeignet hatte – hielt Lisius die besten Positionen besetzt: die Eingänge zu den Stollen, in denen die Waffen und der magere Rest an Lebensmitteln lagerten, sowie jene Stellungen in der Todesschlucht, die sich am besten verteidigen ließen. So waren die Zwillinge und Gudús ehemalige Soldaten – bis vor kurzem noch die Bewacher der Aufständischen – nicht nur zahlenmäßig, sondern in ihrer gesamten Kampfkraft unterlegen.

Lisius' Stimme vermochte sich schließlich durchzusetzen und seine Argumente für den weiteren Widerstand wurden anerkannt, wenngleich die Kräfteverhältnisse dafür ausschlaggebender waren als die Kraft der Überzeugung. Der Plan der Eingeschlossenen war ebenso haarsträubend, wie ihre Lage hoffnungslos war. Er gründete auf dem Gedanken, daß sie im Ausschachten der Erde geübt waren wie kaum jemand sonst – was den beobachtenden Gnomen und Kobolden nur ein müdes Lächeln entlockte – und daher imstande sein müßten, einen Tunnel zu graben, der sie nach draußen führte. Danach konnten sie – so gut es gehen mochte – von den Hügeln her über den Feind herfallen.

War das Unternehmen an sich schon schwierig und verzweifelt genug, gestaltete es sich durch den harten Winter noch schwieriger und verzweifelter. Die Moral der Belagerten lag am Boden, ihre körperlichen Kräfte waren erschöpft, und Mutlosigkeit herrschte allenthalben, als ein Ereignis eintrat, welches den unglaublichen, heldenhaften, nur von Hoffnung genährten Widerstand endgültig zusammenbrechen ließ.

Banzius und Canzius gerieten wieder einmal in Streit darüber, ob überhaupt irgendeine Aussicht bestand, den alle Kraftreserven verschleißenden Ausbruchsversuch siegreich zu beenden. Nach den gewohnten Handgreiflichkeiten, aus denen beide übel zugerichtet hervorgingen, planten sie ihre Flucht, für die sie sich zuvor mit den Schätzen der Bergwerke, mit Nahrungsmittel und allem einzudecken gedachten, was ihnen sonst von Nutzen sein mochte. Sie gaben daraufhin vor, sich an der Grabung des Tunnels beteiligen zu wollen, und da jede Hilfe mehr als willkommen war, glaubte man ihnen und teilte sie ein. Zwar waren auch sie halb verhungert und machten einen heruntergekommenen Eindruck, doch da sie – wenn auch vor langer Zeit – ein bequemeres Leben geführt hatten, wirkten sie stärker und kräftiger als alle übrigen. Ihr Angebot wurde daher dankend angenommen, und man gewährte ihnen Zugang zu den Stollen, in denen sich allein die Zwangsarbeiter und Sklaven gefahrlos bewegen konnten, da sie die einzigen waren, die sich – zu ihrem Unglück – in dem Gewirr der unterirdischen Gänge auskannten. Mit der ihnen eigenen Tücke und Verschlagenheit gelang es den beiden Brüdern zwar nicht, sich aller Dinge zu bemächtigen, auf die sie es abgesehen hatten, der Lebensmittel zum Beispiel, dafür aber einer anderen Sache, die ihre von Habgier vergiftete Intelligenz für sehr viel wertvoller hielt, und das war ein Teil des Schatzes, der den verrückten König des Schluchtenlandes und Gudú reich gemacht hatte.

Dieser hatte inzwischen einen Unterhändler geschickt, der allen desertierten Soldaten Begnadigung anbot, die in die Reihen des Königs zurückkehren wollten.

Die Zeit verging langsam; ein Tag nach dem anderen neigte sich dem Ende entgegen, und mit den Tagen auch die Nahrungsmittel. Die Rationen wurden immer karger, und die im Tunnel

Schuftenden klammerten sich an den letzten Strohhalm der Hoffnung. Zuerst starben die Schwächsten, dann die Alten, und schließlich starben so viele, daß die Grabenden mit dem Bau des Tunnels genausoviel Arbeit hatten wie mit dem Ausheben der Grube, in die sie die Leichen warfen.

So starb auch Lure, und so sah Lisius viele andere sterben, einschließlich der Soldaten. Zum Schluß breitete sich eine Epidemie unter ihnen aus, und sie gaben ihren Versuch in ohnmächtiger Verzweiflung auf. Die letzten Überlebenden versammelten sich am Eingang des Bergwerks und des nutzlosen Stollens. Die Luft war schwer vom Geruch des Todes. Hunger, Schmerz und Kälte quälten die Männer, und obwohl Brennholz eigentlich in ausreichender Menge vorhanden war, schien kein Feuer groß genug sein zu können, um ihre Knochen und ihre Herzen zu erwärmen.

»Wir können nicht länger Widerstand leisten«, sagte ein Hauptmann der Soldaten, Kelio mit Namen. »Meine Männer und ich haben daher beschlossen, das Angebot des Königs anzunehmen, und um Begnadigung zu bitten. Es ist zwar unwahrscheinlich, daß wir unser Leben damit retten, aber doch möglich. Bleiben wir indessen hier, bedeutet das den sicheren Tod.«

Lange wurde das Für und Wider dieses Entschlusses erwogen. Banzius wollte sich auf die Seite der Soldaten schlagen, doch sein Bruder war dagegen. Und als dieser schließlich überzeugt worden war – scheinbar überzeugt, denn in Wirklichkeit war keiner der beiden bereit, den Hals in Gudús Schlinge zu legen, da ihre Namen auf der Begnadigungsliste nicht erwähnt wurden –, sperrte sich der andere. So ging es eine ganze Weile hin und her, bis die Soldaten die Geduld verloren und Lisius, der bis dahin kein Wort gesagt hatte, die Stimme erhob und laut und deutlich verkündete: »Niemand ergibt sich dem König. Wer es versucht, wird durch meine Hand sterben.«

Er richtete den Blick auf seine Brüder aus dem Armenland, die als einzige einen Grund und einen klaren, eindeutigen Willen hatten. Er schaute ihnen in die Augen und in die Gesichter, und er sah darin den geballten Schmerz dieser Welt. Und er fügte hinzu: »Keiner von uns wird so etwas zulassen.«

Und wieder standen sich, inmitten größten Elends, zwei Parteien unversöhnlich gegenüber. Und so geschwächt und zerlumpt waren sie, daß sie nicht einmal mehr ein Schwert führen konnten, wie sie zu ihrem eigenen Entsetzen feststellen mußten. Eine solche Panik überfiel sie daraufhin, daß sie sich in alle Winde zerstreuten. Ein jeder suchte sich, so gut er konnte, ein dunkles Versteck, in dem er zu Boden sank, und dies war der sichere Tod.

Keiner von ihnen sah es, aber der Winter hatte sein Leichentuch abgehoben, und die ersten Sprößlinge kamen aus der Erde, die Quellen waren vom Eis befreit und sprudelten wieder munter vor sich hin. Lisius aber war allein; allein an jenem Ort, an dem die letzte Begegnung stattfinden sollte. Einmal mehr mußte er erkennen, daß er den größten Teil seines Lebens allein gewesen war; einsamer als irgendein anderer Mensch auf dieser Welt. Er hob den Kopf, der Himmel war klar, von einem reinen Blau, als plötzlich ein Schrei die Luft durchschnitt. Ein langsamer, schwarzer, unheilverkündender Schrei; voller Zorn flog er dahin, brach sich in tausend Höhlen, in tausend Echos. Die schöne Zeit war angebrochen, doch stellte sie keinen Reichtum mehr dar, nicht einmal für jene, für die sie der einzige Schatz war, den sie in ihrem Leben besaßen. Voller Schrecken sah Lisius, wie der Ginster sich bog und ein Körper sich gewandt zwischen den Sträuchern hindurchschlängelte. Voller Zorn, doch seltsam ruhig sprang er auf die Beine, und so lautlos, daß er das Gras unter seinen Füßen gar nicht zu berühren schien, warf er sich auf einen der Zwillingsbrüder.

»Wohin willst du?« schrie er, das Schwert in der erhobenen Hand.

Und noch bevor der Deserteur begriff, wie ihm geschah, oder eine Antwort geben konnte, warf sich ein anderer Körper mit ungewöhnlicher Wildheit über ihn; denn jene, die sonst in der Todesschlucht umherirrten, schienen bloße Schatten und keine

Menschen mehr zu sein. Sie saßen einfach nur da, wirkten wie Tote, wie Bäume oder Steine.

»Schwein!« heulte der zweite, und der pfeifende Haß galt nicht Lisius, sondern dem Deserteur. »Du Schwein hast mich bestohlen! Du hast mich bestohlen und wolltest ohne mich fliehen ...«

Canzius hob seinen Dolch und stieß ihn seinem Bruder Banzius in den Rücken. Danach zog er die Waffe langsam heraus, und die Klinge war rot von Blut. Er starrte sie an, und die Augen schienen ihm aus den Höhlen zu quellen. Der Himmel über ihnen war immer noch weit und klar. Hauptmann Kelio saß in der Nähe des Baches an einen Baum gelehnt, den Blick auf sie gerichtet, und er spürte so deutlich wie Lisius den Flügelschlag eines raubgierigen schwarzen Vogels. Langsam und mühevoll erhob sich der alte Soldat und ging auf sie zu, hob sein Schwert und stieß es Canzius in die Brust, ohne Mühe und ohne Gegenwehr von seiten des Prinzen. Über dem leblosen Leib seines Bruders Banzius brach Canzius zusammen, und nun war es der alte Hauptmann, der schweigend sein blutgefärbtes Schwert anstarrte. Lisius stand wie angewurzelt, als brächten keine Kraft und nicht einmal der Tod selbst ihn von dieser Stelle fort, an der er das Murmeln und Plätschern des Wassers in Bächen und Quellen vernahm, die von Tauwetter kündeten und von nahem Frühling. Und den Flügelschlag, der den Tod verkündete.

»Warum hast du das getan?« fragte er den Hauptmann. Und der Soldat gab zur Antwort: »Sie waren nicht wie wir, Lisius.«

Dann kehrte er um und ließ sich wieder auf die Erde sinken, den Rücken an den Baumstamm gelehnt. Beide starrten auf ihre Schwerter, auf das Blut, das sprießende Gras, hörten das Perlen des Wassers, das Schlagen der Flügel, das sanfte Rascheln der Halme im Wind.

Nun hielt Gudú seine Zeit für gekommen. Er schickte Yahek mit einer Gruppe seiner gewandtesten Männer los, sich an die wichtigsten Stellungen der Schlucht heranzupirschen. Sollten sie in die Todesschlucht eindringen können, war dies der Nachhut zu signalisieren, die der König gut sichtbar postiert hatte, um, falls es kein Hineinkommen gab, Yahek und seinen Leuten den Rückzug zu sichern.

Sie trafen auf keinerlei Widerstand: nur auf Leichen, Gestank, Tod und Würmer im zarten, frischen Gras. So schritten sie langsam voran, und hinter ihnen schritten viele weitere. Und als sie an die Stelle kamen, wo nur noch Männer steif wie Steine lagen, stieß Yahek einen Schrei aus und hetzte seine Leute auf alles, was noch Leben zeigte. Sie löschten alles Leben aus, das noch übriggeblieben war, und fanden keinen Widerstand. Viele Schwerter hatten danach die gleiche Farbe wie jenes, welches Lisius und der Hauptmann kurz zuvor gedankenvoll betrachtet hatten.

Zum Schluß ging Yahek auf den einzigen los, der sich noch auf den Beinen hielt, und stieß ihm das Schwert in die Brust. Dies war der letzte, und erleichtert wandte er sich um, das Ende des Gemetzels zu verkünden. Eine innere Stimme, ein geheimnisvoller Befehl, veranlaßte ihn jedoch, noch einmal einen Blick auf jenen zu werfen, dem er den Tod gebracht hatte. Und als er über ihm stand und diesen letzten Mann betrachtete, der ihm mit offenen Augen das Gesicht zugewandt hielt, erkannte er ihn.

In seinem ganzen langen Kriegerleben, in dem er viele Menschen mit dem Schwert durchbohrt, viele verwundet und sogar mißhandelt hatte, war Yahek nicht so zumute gewesen wie in dieser Minute. Sein Blick umwölkte sich, seine Knie gaben nach, und er sank neben Lisius ins Gras. Dies war sein Sohn; mehr als der Sohn von eigenem Fleisch, ein Sohn der Liebe. Das erkannte er in diesem Augenblick zum ersten Mal, und mit dem Erkennen fühlte er es, und es fühlte sich an wie ein spitzer Dolch, der ihm tief in die Eingeweide fuhr: Zum ersten Mal sah er einen wirklich und unwiderruflich toten Menschen; zum ersten Mal begriff er das ganze Ausmaß des Todes. Bestimmt wollte er etwas sagen. Vielleicht wollte er ihn fragen, ihn schelten oder um Vergebung bitten, um Tränen, Trauer, Entsetzen und Verlorenheit. Er wollte mit ihm sprechen, wollte ihn hören. Aber Lisius war der Tod der ganzen Welt, der Tod des Grüns, des Erinnerns und der Sehnsucht, auf den Yahek nun hinabblickte. Mit eigener Hand hatte er diesen Tod gebracht, und daher blieb er stumm und starb selbst, ohne es zu wissen, obwohl er es fühlte.

Später, als seine Männer und auch Gudú ihn wiedersahen, glaubten alle, einen anderen Menschen vor sich zu haben. Denn nach diesem Tag war Yahek nicht mehr der Mann und der Krieger, der er vorher gewesen war.

Zu seinen enttäuschten Wölfen sprach Gudú: »Dies war in der Tat keine vorbildliche Schlacht, war kein ruhmreicher Sieg. Was das betrifft, wartet etwas viel Besseres auf euch. Es schadet aber nichts, daß ihr auch diese Dinge einmal gesehen habt.«

Die Wölflinge, unter ihnen auch die beiden, die einst mit Lisius gezogen waren, gingen an diesem vorbei, stiegen über ihn hinweg. Keiner erkannte ihn, außer Yahek, der ihn mit seinem ersten Alptraum und seinen ersten Tränen im Herzen bewahrte.

Da das Begraben der Toten eine ebenso mühselige wie übelriechende Angelegenheit war, befahl Gudú, die sterblichen Reste jener, die, teils von Rache, teils von Habgier getrieben, als Freiheitskämpfer gescheitert waren, zu großen Haufen zu stapeln und anzuzünden. Dann traten sie den Rückzug an. Noch lange danach trugen Feuer und Wind die Rückstände des Schreckens, der Hoffnung und des Todes über das Land. Nur verbranntes Gebein überdauerte im Gras. Und unter all den Knochen, all dem Tod, dem Rauch und dem Nichtsein lag immer noch ein verborgener Glanz. Etwas wie ein schimmernder Stein, eine Glut gleichsam, die unter der Asche nicht erlöschen konnte: Es waren die verkohlten Reste eines Jungen namens Lisius.

Später wuschen die Regengüsse des Frühlings sie in die Erde hinein, und in der Erde sank das kleine Licht immer tiefer, bis hinunter in die Regionen der Kobolde und Gnome, die mit ihren Hämmern aus ungeschliffenen Diamanten am besten wissen, wie man Tunnel gräbt. Dort unten fand es der neugierige junge Kobold, der gerade einmal vierhundert Jahre zählte. Da es ihm bemerkenswerter und wertvoller als das vorherige erschien, nahm er es an sich, betrachtete es und streichelte es im Verborgenen, in der Finsternis, deren Atem das Innere der Welt erfüllt. Und als das Flämmchen nach langer, langer Zeit noch immer nicht erlosch, hütete es der Kobold wie seinen innigsten Schatz. Schließlich brachte er es dem Ältesten der Kobolde und zeigte es ihm. Dieser betrachtete es aufmerksam und sagte dann: »Bewahr es an einem sicheren Ort. Dieses Licht wird nicht so leicht erlöschen. Eines Tages wird es vielleicht sogar zu einer lodernden Flamme angefacht. Denn dies ist einer, den niemand kannte, der jedoch nie in Vergessenheit geraten wird.«

Der Kobold befolgte den Befehl, und das Licht, das er hütete, ging niemals aus. Vielleicht sah er es sogar eines Tages heller und größer werden oder sieht es jetzt, oder wird morgen sehen, wie es sich mit Macht ausbreitet, bis es über dem ganzen Erdball erstrahlt. Denn es gibt Siege, die sind weder ruhmreich, noch erinnert man sich an sie; aber aus Niederlagen können Legenden werden und Legenden zu einem späten Sieg.

V

LIEBE VIELLEICHT

I Mit der Rückkehr nach Olar ließ Gudú sich Zeit. Obwohl Ardid einen Boten mit der Nachricht von Gudulíns Geburt entsandt hatte, zeigte der König keine allzu große Neigung, seinen Sohn zu sehen. Er nahm die Neuigkeit zufrieden hin; hauptsächlich deswegen, weil es sich um einen männlichen Nachfolger handelte. Diese Nachricht schien ihm zu genügen. Er verstieg sich zwar nicht wie sein Vater dazu, Kinder unter zwölf Jahren wie Kaninchen oder Hühner zu behandeln, doch vermochten Kinder in diesem Alter weder seine Neugier noch Begeisterung zu wecken; nicht einmal wenn es sich um seinen eigenen Sohn handelte. Weit mehr kümmerte er sich um die Fortschritte seiner Wölflinge, in die er mehr Hoffnungen zu setzen schien als in die eigene Nachkommenschaft; zumindest so lange, bis er von dieser erwarten konnte, daß sie ihn betrog, enttäuschte oder mit Stolz erfüllte.

Mit seinen Kriegern aber feierte er den Sieg und die Beendigung der Rebellion im Schluchtenland. Während noch die sterblichen Reste jener qualmten, die ebenso unerschrocken wie vergebens Widerstand geleistet und in dem unseligen Land ihr Leben gelassen hatten, führte Gudú seine Wölflinge an die Grenze zur Steppe. Er hoffte, daß der Anblick in Verbindung mit den Lektionen, mit denen er die jungen Krieger auf ihre Aufgabe vorbereitete, diese dazu brächten, seinen Traum zu teilen.

»Vor euren Augen liegt die angeblich Unbekannte Welt«, sagte er, als er sie bis ans Ufer des Großen Flusses geführt hatte. »Aber glaubt mir, für euch wie für mich wird es Unbekanntes niemals geben. Ich sage euch, alles, was Gudús Blick umfängt, wird einmal zu Gudús Reich gehören, und damit zu eurem Reich. Denn ihr seid der wichtigste Bestandteil meines Heeres, und mein

Heer ist der innigste Bestandteil meiner selbst … und des Königreichs von Olar.«

Als sie diese Ansprache vernahmen, glaubten sowohl Hauptleute als auch einfache Krieger ihren Ohren nicht zu trauen. Solche Worte an seine Soldaten – und erst recht an an unerfahrene Kämpfer – zu richten, wäre Volodius nie in den Sinn gekommen. Sie ahnten, daß Gudú mit alten Traditionen brach und neue Dinge einführte, die ihnen allen unbekannt waren und überraschend kamen. Und Gudú war sich dessen sehr wohl bewußt. Wenn auch Voraussicht und sogar Kalkül sein Vorgehen diktierten – unbeschadet davon, daß er seinen Schwur zur gegebenen Zeit halten würde –, so blieb doch die Tatsache bestehen, daß seine Soldaten anders behandelt wurden als andere Soldaten, sein Heer anders als jedes andere Heer. Er war ein freigebiger, großzügiger Herrscher, wenn auch streng in der soldatischen Disziplin. Es durfte keinen wundern, daß immer mehr Gefolgsleute und namhafte Kämpfer zu ihm kamen, während die Zahl seiner Widersacher schrumpfte. Zumindest war dies im Königreich Olar und den eroberten Gebieten der Fall.

Er hielt sich in den Garnisonen und den befestigten Posten entlang der Grenze länger auf, als man es von einem frischgebackenen Vater und siegreichen Heerführer erwartet hätte. Die Tage vergingen, und der Sommer stand vor der Tür, aber Gudú machte sich immer noch nicht auf den Weg nach Olar.

Weder der kluge König noch seine Waffengefährten hatten bisher das ganze Ausmaß von Yaheks Veränderung erkannt. Er war schon immer ein wortkarger, ruppiger Mann gewesen, und obwohl sich sein Gesichtsausdruck und seine Verhaltensweisen nach Lisius' Tod deutlich verändert hatten, war man daran bald gewöhnt und vermißte nichts. Er selbst aber merkte es sehr wohl; denn das Bild des toten Jungen zu seinen Füßen, den er als Sohn betrachtet und geliebt hatte – mindestens ebenso oder noch mehr als den eigenen, den er kaum sah –, wollte nicht mehr von seinem inneren Auge weichen. Und die Klinge seines Schwertes – die er zum Spott seiner Kameraden unentwegt mit dem Schleifstein bearbeitete – konnte er nicht mehr ansehen, ohne daß ihm ein kalter Schauer über den Rücken rann. Der mit diesen Erinnerungen einhergehende Schmerz wühlte ihn so auf, daß jede Lebensfreude in ihm versandete, was von den Menschen in seiner Umgebung aber unbemerkt blieb. Doch nicht von allen: Es gab jemanden, dem die Veränderungen an Yahek nicht verborgen geblieben waren. Jemand, der ihm einmal von nahe, dann wieder von ferne stets auf den Fersen war, ihn umkreiste, so mühsam dies im hohen Alter auch sein mochte.

Yahek blieb zur Bewachung der Grenze in der Steppe zurück, da Gudú der Meinung war, daß er dort am nützlichsten sei. Sein Nachfolger am Schwarzen Hof und neuer Ausbilder der Wölfe war der junge Baron Silu, der seine Aufgabe mit großem Eifer versah. Und die alte Steppenhexe sah mit eigenen Augen, wie sehr Yaheks Lebensmut gesunken war und wie er, der sich früher nur in Gesellschaft seiner Krieger wohl gefühlt und mit ihnen gescherzt, gegessen und gezecht hatte, nun die Einsamkeit und Stille suchte. An all diesen Dingen hatte er den Geschmack verloren und zog sich immer mehr in sich selbst zurück. »Yahek leidet«, sprach sie zu sich in höchster Beglückung. »Damit nährt er meinen Schmerz und verlängert meine Kraft.«

Yaheks Frau Indra erwartete ihn in der Garnison, wo sie – wie es von Gudú zur Regel gemacht worden war – mit den anderen Frauen zusammenlebte, und als ihr Gemahl aus dem Schluchtenland zurückkehrte, bemerkte auch sie etwas in seinen Augen.

»Bist du verwundet?« fragte sie ängstlich. Er gab keine Antwort und ging ihren Fragen und ihr selbst aus dem Weg. Nur mit dem Kind, das schön und stark herangewachsen war, beschäftigte sich Yahek manchmal für kurze Zeit. Der Anblick des Kindes jedoch, der ihm früher eine große Freude gewesen war, vertiefte jetzt den Schmerz, der ihn nicht mehr losließ, seit er Lisius getötet hatte. Immer wieder geschah es, daß er in die Augen seines Sohnes blickte und zu sehen glaubte, wie sich die Augen jenes Jungen schlossen, den er mit seinem Schwert durchbohrt hatte. Und obwohl zahllose Menschen durch seine Hand gefallen waren, schien ihm Lisius der einzige zu sein. So kam es, daß er selbst dem Blick seines kleinen Sohnes auswich, worunter wiederum Indra unsäglich litt, weil sie für das Verhalten ihres Gemahls keine Erklärung fand.

Schließlich kam der Tag, da Gudús Rückkehr nach Olar nicht länger aufgeschoben werden konnte, wo er seinen Sohn, den künftigen König, kennenlernen sollte. Seine eigenen Leute rieten ihm dazu; und widerwillig, doch in der Überzeugung, das Ereignis nicht ewig vor sich herschieben zu können, machte er sich endlich auf den Heimweg. Diesmal jedoch sorgte er mit äußerster Gründlichkeit dafür, daß Ordnung und Erhalt des Schluchtenlandes auf Dauer gesichert blieben.

Als Anführer derer, die er für diese harte und undankbare Aufgabe vorgesehen hatte – Bewohner des umliegenden Hügellandes, die sich zu ihm geflüchtet und sich ihm ergeben hatten, wie des weiteren alle Bauern der Umgebung, die er auftreiben konnte, womit er das ohnehin dünn besiedelte Land ganz und gar entvölkerte –, wählte er diesmal einen fünfzehnjährigen Jungen, der aus der Steppe stammte und sich zu einem seiner tapfersten und ergebensten Krieger gemausert hatte. Sein Name war Kar. Er war fast noch ein Kind, als er – zusammen mit einem anderen Jungen namens Rakjel – bei der Schlacht am Großen Fluß gefangengenommen wurde. In beiden erkannte Gudú das Zeug zu guten Kriegern, zu Helden, ja, vielleicht sogar zu einem König. Solche Werte wußte er zu schätzen, kannte aber auch ihre Gefahren, denn er hatte nicht nur einmal erlebt, wie altgediente Krieger eine unerwartete Widerspenstigkeit an den Tag legten. Für seine Milde war Gudú nicht berühmt, wohl aber für seine Fähigkeit, die Jugend zu begeistern, ohne dabei die Habgier zu unterschätzen, was ihm – beides fein aufeinander abgestimmt – stets von Vorteil und Nutzen war. Die beiden ehemaligen Hirten Atri und Oci gab er dem jungen Kar als Gehilfen zur Hand. Mit dem Rest seines Heeres trat er den Rückzug nach Olar an, wo er eine ebenso langweilige wie unvermeidliche Zeit verbringen zu müssen glaubte.

Er versuchte sich Gudulina vorzustellen, doch ihr Antlitz blieb verschwommen, und die Erinnerungen an sie schienen ihm – von einigen lustvollen Momenten abgesehen – insgesamt öde und eintönig zu sein. Er hatte eine zunehmende Neigung für die Frauen der Steppe entwickelt und teilte sein Lager häufig mit Mädchen aus den unterworfenen Stämmen. Sie besaßen seiner Ansicht nach einen ganz besonderen Reiz, an dem es den Frauen seiner eigenen Rasse mangelte. Mädchen mit schwarzgeflochtenem Haar und schattigen langen Wimpern, ebenso wortkarg wie leidenschaftlich, bisweilen unberechenbar und sogar – allerdings nur in bestimmten Situationen – gewalttätig, die wildes Temperament und spröde Unnahbarkeit mit federleichter Sanftheit und mit der rätselhaften Unendlichkeit ihrer Heimaterde zu vereinen wußten.

Als sie Olar schon fast erreicht hatten, sagte Randal einige Sätze, die Gudú unerwartet nachdenklich stimmten: »Gebt acht, Hoheit, daß Ihr Euch von den Steppenfrauen nicht zu sehr umgarnen laßt; sonst wird aus dem Eroberer eines Tages ein Eroberter. Und es wäre für Euch und für das Königreich nicht gut, wenn Ihr es zu spät bemerktet.«

Abgesehen von der Achtung, die Randal verdiente, der beste und angesehenste seiner Hauptleute, sprach aus seinen Worten eine solche Aufrichtigkeit und tief empfundene Sorge, daß Gudú die kritischen Worte nicht nur hinnahm, sondern auch darüber nachdachte.

Aber er dachte bei der Gelegenheit auch über Randal nach und kam zu der Erkenntnis, daß der treue Recke alt geworden war. Er behielt die Beobachtung jedoch klug für sich, verlor kein Wort darüber und ließ sich durch nichts anmerken, daß es ihm aufgefallen war.

Gudú hatte Boten vorausgeschickt, um seine Ankunft in Olar bekanntzumachen. Und dies war eine Nachricht, die neben dem Hof (der sich vorgeblich oder aufrichtig erfreut zeigte) oder dem Volk (welches sich nur in Erwartung großzügiger Gesten oder Feste über eine derartige Neuigkeit freuen konnte) vor allem zwei Frauen zutiefst und aufrichtig bewegte. Und mit ihnen den alten Magier, der schon so hinfällig geworden war, daß er gleichsam mit einem Bein im Grab stand. Der Kobold hingegen – der trotz seiner dreihundert Jahre immer noch behende umhersprang – gab sich teilnahmslos, als hätte er den König nie gekannt. Seine ganze Zuneigung war jetzt dem kleinen Prinzen gewidmet, den er für dessen eigenen Vater hielt, nämlich Gudú.

Doch sosehr Ardid als Mutter und der Magier als alter Lehrer und liebevoller Freund bewegt sein mochten, so ausgelaugt war die eine wegen der ständigen Sorge um die beiden Kleinen – allerdings aus sehr unterschiedlichen Gründen –, und so verknöchert der andere wegen seines hohen Alters; während nicht nur bewegt, sondern völlig hingerissen von der nahenden Ankunft Gudús die verliebte Gudulina war.

Seit ihr die glückliche Kunde überbracht worden war, hatte sie tausend neue Frisuren ausprobiert, tausendmal die Kleider gewechselt, vor dem Spiegel Salben und Puder aufgetragen, Lächeln und Blicke einstudiert.

»Du bist schön und du bist jung«, sagte Ardid, vor lauter Ratgeben und all den Anproben ganz erschöpft, »das wird dir mehr als alles schmückende Beiwerk zustatten kommen.«

Schließlich wußte sie, wie wenig ihrem Sohn der äußere Schein bedeutete und wieviel die reine Substanz, die nur das versprach, was sie halten konnte. Ardid wußte allerdings auch, wie nutzlos es war, dies Gudulina zu sagen. Also ließ sie sie gewähren und sagte sich, die rauhe Wirklichkeit werde ihr schon genug Illusionen rauben.

Als Gudú in Olar eintraf, war der Sommer noch so jung, daß man ihn leicht für den Frühling halten konnte. Ardid wurde von großer Freude erfüllt, als die Jubelrufe zu ihr heraufdrangen, hörte aber auch bekümmert die Stimme des greisen Magiers, der zu ihr sagte: »Helft mir auf, liebe Herrin, und führt mich ans Fenster, damit ich den König sehen kann.«

Überrascht stellte sie fest, wie mühsam sich der Alte aus seinem Sessel erhob. Seit langem – schon während des ganzen Winters und des Frühlings – hielt sich der alte Magier mit Vorliebe im Gemach der Königin auf, wo er meist nur vor dem Kaminfeuer saß. Das Feuer aber schien seine schrumpfende Gestalt nicht mehr beleben zu können, und allein der Anwesenheit von Ardid und dem Kobold – obwohl dieser ihm offenbar keinerlei Aufmerksamkeit mehr schenkte – war es wohl zu danken, daß er überhaupt noch Leben zeigte. Zusammen mit der Freude über das Wiedersehen mit ihrem Sohn Gudú empfand Ardid eine plötzliche Trauer, als ihr schmerzlich bewußt wurde, daß sie der Gesellschaft ihres alten Meisters nicht mehr lange würde teilhaftig sein und sie diese vielleicht nicht immer im rechten Maß zu würdigen gewußt hatte.

Zärtlich und liebevoll führte sie ihn daher ans Fenster und stellte dabei fest, wie zerbrechlich seine Ärmchen waren und wie wacklig seine Beine, wie zittrig die ganze Gestalt. Mit Schrecken nahm sie auch zur Kenntnis, wie sehr der alte Mann geschrumpft war: vielleicht aus einer unmöglichen, fernen und geheimnisvollen Sehnsucht, in die Kindheit zurückzukehren. Ach, mein lieber alter Meister, dachte sie und mußte mit den Tränen kämpfen, wie kurz und traurig ist doch das Dasein der Menschen auf Erden. Sie wandte sich um und betrachtete den Kobold, den sie plötzlich ebenfalls mit ganz neuen Augen sah. Schon seit längerem hatte sie es versäumt, ihm wegen seiner immer hemmungsloseren Trunksucht ins Gewissen zu reden und ihn vor dem beängstigenden Ausmaß seiner Unreinheit zu warnen. Der Kobold, der sich auf unsicheren Beinen – was früher ganz unvorstellbar gewesen war – ans Fenster vorzudrängeln suchte, war von Kopf bis Fuß so gerötet, daß er aussah wie das Blattwerk eines Weinstocks im tiefsten Herbst. Als Ardid die beiden Freunde nebeneinander am Fenster stehen sah, stiegen ihre Verwirrung und ihr Mitleid in einem Maße, daß sie ihren Blick gar nicht mehr abwenden konnte und darüber sogar vergaß, ihn auf jenen zu richten, dem sie nicht nur ihr eigenes, sondern auch das Leben der treuen Gefährten geweiht hatte.

»Meine Freunde«, sagte sie endlich, »dort ist er: unser Schatz, unsere Hoffnung, unser aller Wohl. Wir können wirklich stolz auf ihn sein.«

»Wer soll das sein?« fragte der Kobold teilnahmslos und ein wenig enttäuscht. »Den kenne ich gar nicht.«

Er kehrte in seinen Rauchfang zurück; denn das Kind schlief, dem jetzt seine ganze Liebe galt, schlief, und er wollte es in seinen Träumen auf keinen Fall stören.

Von Gudulina wurde erwartet, daß sie den König zusammen mit dem höchsten Adel und den erlauchtesten Mitgliedern des Hofstaats willkommen hieß; daß sie ihm demütige Reverenz erwies und ihn mit den Worten empfing: »Majestät, mein Herz ist voller Freude, Euch wiederzusehen.« Denn so stand es irgendwo geschrieben, im *Buch der Ahnen* etwa oder in einer höfischen Protokollbestimmung, vielleicht aber geisterte es auch nur durch die Köpfe der Alten. Von alters her regierte jedoch ein Gesetz, das – ohne von einem Mann oder einer Frau niedergeschrieben worden zu sein – wie der Wind und die Zeit der ganzen menschlichen Gattung zu eigen war, der die junge Königin Gudulina auf vorbildliche Weise angehörte.

Als sie daher festlich gewandet mit der Mutter des Königs und dem Vorsitzenden Baron des Rates der Edlen wartete, fiel das letzte goldene Sandkorn durch die Uhr ihrer Geduld. Und plötzlich sah sie den Himmel zum Abschied des Tages erröten, und die Nacht – strahlend hell, wie keine andere ihr je erschienen war – brach herein und drohte zu entfliehen: Die Zeit war jetzt der schlimmste Feind. Und sie wußte, daß weder Schlachtengetümmel noch Schwarzer Turm würden mithalten können in diesem ebenso lautlosen wie unvermeidlichen Kampf. Eine Nacht, eine Stunde, eine Minute waren mehr wert als der glänzendste Diamant.

Als erst Hundegebell und der Klang von Fanfaren und dann Musik durch die Fenster des Empfangssaals drangen, stürzte Gudulina zur Verblüffung des Hofstaats und unter dem mißbilligenden Blick der Königin – dem gleichwohl ein Hauch von liebevollem Verständnis nicht abzusprechen war – aus den dichtgedrängten festlichen Reihen hervor und hätte, nachdem sie Diener, Pagen und sogar Musiker angerempelt hatte, die im Begriff standen, ihre Flöten und andere dem Anlaß entsprechende Instrumente an die Lippen zu führen, um ein Haar den jungen Abt von Abundios umgerannt, dessen zornige Miene ihr jedoch entging. Sie lief durch Wehrgänge und Innenhöfe und kam gerade rechtzeitig in der Vorburg an, um ihren König und Geliebten in einer Person unter den halb hoffnungsvollen, halb ängstlichen Hochrufen des Volkes und unter dem schier grenzenlosen Jubel seiner Soldaten über die Zugbrücke kommen und zum Waffenplatz reiten zu sehen.

Dann geschah etwas Geheimnisvolles, nahezu Magisches: Für einen kurzen Moment – vielleicht aber auch für Jahre oder Jahrhunderte, denn diese Zeiträume entziehen sich jedem Maß, welches die Menschen gemeinhin für die Zeit anlegen – standen zwei einfache menschliche Geschöpfe einander unschlüssig gegenüber. Gudulina stand auf dem Platz und schaute den König an. Der König zügelte sein Roß und starrte auf Gudulina. Wer ist das? dachte der König. Wer ist der? dachte die Königin. Und dann gab es weder König noch Königin mehr. Gudulina erblickte einen schmucken, stattlichen jungen Mann, in dessen Gegenwart der schmuckeste und stattlichste aller Männer verblassen mußte. Und in Gudús Augen konnte die schönste und rätselhafteste Frau neben dieser nur ein schwacher Schatten sein. Gudulina hob mit beiden Händen anmutig den Saum ihres langen Festkleids hoch und lief ihm entgegen; und ihre Augen strahlten auf eine Weise, daß der Tag daneben endgültig verschied. Gudú hatte das Gefühl, noch nie von einer Frau mit solchen Augen, mit solch einem Lächeln angeschaut worden zu sein. Das verschwommene Bild eines verträumten, unbedarften, vor Jahresfrist ihm noch willfährig ergebenen Mädchens war gänzlich ausgelöscht; vor ihm stand eine strahlende Frau in der Blüte ihrer Jugend, eingehüllt in den goldenen Glanz der geheimnisvollen Wasserfläche des Sees, und ihr Lächeln war die reine Seligkeit der heimlichen Entdeckung ihrer selbst. Gudulina ihrerseits erblickte einen mächtigen Mann, ruhmvoll und vor Lebensfülle strotzend, der vom Pferd stieg und auf sie zukam. Die Soldaten aber sahen zum ersten und vielleicht zum letzten Mal das Lächeln ihres Königs, welches nicht das kurze, trockene, schaurige Gelächter war. Er schaute Gudulina an, als sähe er sie zum ersten Mal und als flössen seine Augen über vom Goldstaub der Träume. Und die Lippen, die Gudú nun küßte, waren süßer als die frischeste Frucht, die man seinen ausgedörrten Soldatenlippen in der Trockenheit der Steppe hätte darbieten können.

Unter dem jubelnden Beifall der Soldaten – deren anzügliches Lächeln den kalten, düsteren Burghof vor Fröhlichkeit geradezu zum Erstrahlen brachte – und dem ungläubigen Staunen der Pagen – die derlei noch nie gesehen hatten – fielen König und Königin einander in die Arme, küßten sich und schauten sich in die Augen, küßten sich wieder und immer wieder, so daß jeder Soldat und alle Anwesenden den brennenden Schmerz von Abwesenheit, von fernen Lippen und Küssen fern von diesem Ort und fern vielleicht von ihrem Herzen nachempfinden konnten. Gudú flüsterte einige Worte in das kleine Ohr, welches sich wie eine goldene Schnecke an seine Lippen schmiegte; und alle Worte und der Lärm der Welt und das Feuer, das in der Erde brannte, alles versank in einem weiten, fernen Raum, als Gudulina die Worte Gudús vernahm, verständlich nur dem wachen Gehör einer liebenden Frau: »Wahrhaftig, du bist wunderschön.«

Und Gudú hatte recht – wie er eigentlich immer recht zu haben schien –, denn der Winter und die Liebe hatten Gudulina auf eine Weise zur Reife gebracht, daß das launische Mädchen mit dem naschsüchtigen Plappermäulchen von der Insel Leonia, die kleine Gefangene der eigenen Jungfräulichkeit, zu einer Gestalt herangewachsen war, die dem König fast bis ans Kinn reichte. Und der König gehörte zu den hochgewachsenen Männern des Reiches, die nur noch von den finsteren Plünderern des Nordens überragt wurden; den Männern mit den goldenen

Haaren und blauen Augen, die sie am Hof ihrer Mutter kennengelernt hatte. Jetzt war Gudulinas Haut von der Sommersonne leicht gebräunt. Ihr Körper hatte sich gerundet und eine so harmonische und ausgeglichene Form angenommen, daß in manchen Köpfen der Verdacht entstand – genährt von ihrer geheimnisvollen Abkunft väterlicherseits –, sie sei möglicherweise nicht ganz und gar rein menschlicher Natur. Doch um ein menschliches Wesen handelte es sich sehr wohl; das dachte wenigstens der König, als er sie an sich drückte und das Blut in ihrem Hals, ihren Lippen und ihrer Brust pochen fühlte. Und dann sprach er noch einmal für sich selbst und auch für sie den einzigen Satz, der ihm einfiel: »Wahrhaftig, du bist wunderschön.«

Niemand wunderte sich daher, als schon kurz nach Beginn des Banketts, mit dem die Heimkehr des Königs gefeiert wurde und das einem wahrhaften Hochzeitsmahl glich, das junge Paar seine Gäste verließ.

Dies ist die schönste aller Nächte, dachte Gudulina; und Gudú sagte sich: Diese Nacht ist von einer einzigartigen Schönheit. Und das war sie, denn die laue Luft trug den Duft von Kräutern und Blumen bis in alle Winkel von Olar. Aus eigenem Antrieb, ohne daß seine Mutter ihn daran erinnern mußte, nahm Gudú ein ausgiebiges Bad. Nackter Leib auf ihrem nackten Leib und allen überflüssigen Zierats entblößt, wußte Gudulina, daß sie Gudú – selbst in den prächtigsten Gewändern oder mit der Krone auf dem Haupt – niemals ausschließlicher als den König aller Könige empfinden würde als jetzt mit seinen harten, glänzenden Locken auf ihrem Gesicht, die einen sehr alten und sehr begehrten Duft verströmten. Auf dieselbe Weise bewunderte Gudú Gudulina, und als der anbrechende Tag sie mit zwar unpassender, doch unvermeidlicher Erschöpfung empfing, sagte er: »Ihr habt Euch sehr vorteilhaft entwickelt und viel gelernt in der vergangenen Zeit. Habt Ihr vielleicht Unterricht bei einem Lehrer genommen?«

»Die Liebe ist mein Lehrer«, antwortete Gudulina und lehnte den Kopf an seine Brust. Sie streichelte seine Haut, atmete seinen Geruch und trank seinen Atem, der ganz anders war als die schweren Düfte am Hof von Leonia; dennoch erschien ihr nichts berauschender, vollkommener und begehrenswerter.

Im selben Augenblick vibrierte etwas, so zart und so hart, wie nur Kristall vibrieren kann. Ein zartes Beben wie ein Echo oder eine Erinnerung; hart und zerbrechlich zugleich, imstande, eine Mauer zum Einstürzen zu bringen oder ein Herz zu erwecken. Und dieses Vibrieren drohte einen winzigen Moment lang jene Urne in tausend Stücke zu sprengen, die das Herz des Königs gefangen hielt. Doch entweder war der Zauber sehr stark, oder die Natur des Königs war diesen Dingen wenig zugetan; jedenfalls versiegte das Beben sogleich, und das Herz des Königs war wieder außer Gefahr.

»Liebe?« fragte er. Doch dann forderte der Schlaf sein Recht, und er konnte über dieses ungewöhnliche und fremdartige Wort nicht mehr so nachdenken, wie er es für nötig befunden hätte.

Die Liebe war jedoch da; der ganze Raum atmete Liebe, sie lag auf den alten Fellen, welche die Liegestatt bedeckten, und Liebe war es, die endlich Gudulinas Augen verschloß. Und wer weiß, hätte man ihn dazu nicht außerstande gesetzt, wäre vielleicht sogar König Gudú in jener Nacht mit dieser ebenso merkwürdigen wie außergewöhnlichen menschlichen Eigenart in Berührung gekommen.

Nicht Liebe, aber Neugier hielt Gudú an der Seite der jungen Königin. Es verursachte ihm Unbehagen, nicht zu wissen, was es mit ihr auf sich hatte, weshalb sie ihn mit derselben Macht lockte wie das Unbekannte in den Weiten der Steppe. Er wollte das Geheimnis einer Empfindung lüften, der er nicht auf die Spur kam und die so neu, erregend und wundervoll war, daß seine Tage wie im Flug vergingen und seine Nächte voller Wonne, voller Lust waren. Manchmal dachte er mit nie gekannter Verbitterung, es müsse etwas geben, das er vergessen oder verloren hatte. Dieser Gedanke beunruhigte ihn, und er wollte es zurückbekommen oder wiederfinden. So war es nicht Liebe, sondern Neugier – sein unbezähmbarer Wunsch, seine unaufhaltsame Gier zu beherrschen, was er nicht beherrschte, zu verstehen, was er nicht verstand –, die den König am Hof von Olar festhielt. Und nicht nur bis zu jenem herrlichen Frühling, in dem der kleine Gudulín sein erstes Lebensjahr vollendete – ein Ereignis, dem seine Eltern keine allzu große Aufmerksamkeit schenkten –, sondern auch den ganzen Sommer, den Herbst und den Winter hindurch, bis zu einem weiteren vielversprechenden Frühling.

Während dieser Zeit fand er Gefallen an der Jagd, genau wie sein Vater, und zum Jagen nahm er Gudulina mit sowie die vornehmsten Vertreter des Adels und des Hofstaats. Noch nie hatte man in Olar zwei längere, herrlichere und unbekümmertere Jahre erlebt als jene. Die meisten Alten waren gestorben, und junge Leute im Alter des Königs bevölkerten nun das Schloß, die Stadt und die Wälder, und es herrschten ein Leben, eine Freude und ein Wohlergehen, wie man es weder zu Volodius' Zeiten noch in den besten Tagen von Ardid gekannt hatte. Und wieder schien die Sommersonne auf das Land von Olar. Der König zählte neunzehn lange Jahre, und die Königin achtzehn, doch keiner von beiden nahm wahr, wie die Zeit verging oder der Verfall der Dinge unaufhaltsam voranschritt. Nur Ardid – die Gudulín und Ungestalt heranwachsen sah, wie sie den Magier altern und verfallen und den Kobold von Tag zu Tag den erbärmlichen Rest seines Verstands verlieren sah – gelangte immer mehr zu der Erkenntnis, daß das Leben viel zu kurz war für das, was man davon erwartete, und die Welt viel zu wankelmütig und unvorhersehbar, um sie so ernst zu nehmen, wie sie es in der Glut ihrer Jugend getan hatte. Doch Ardid hatte bereits einen ersten Schritt auf den letzten Weg gesetzt, und ihre Ansichten standen daher auf ebenso schwachen Beinen wie die bewußtlose Glückseligkeit von Gudulina, die immer noch glaubte, daß Leben und Liebe niemals endeten.

Gudú vernachlässigte derweil keineswegs den Schwarzen Turm, den er in regelmäßigen Abständen besuchte, um sich ein Bild des Ausbildungsstands seiner nun schon weit fortgeschrittenen Wölflinge zu machen, von denen er fünf in den Stand von Kriegern erhob, sowie die Disziplin seiner Soldaten zu überprüfen, von denen er drei zu Hauptleuten ernannte. Das hinderte ihn aber nicht daran, jedesmal nach Olar zurückzukehren und seiner jungen Gemahlin zu zeigen, daß sie beide nicht nur König und Königin, sondern auch Mann und Frau waren und im Besitz einer strahlenden Jugend. Selbige war auch der Grund, weshalb andere Edelfräulein sich in ihn verliebten ... und nicht abgewiesen wurden.

Als ein neuer Herbst sich ankündigte, kam es eines Tages zu einem Ereignis, das den Lauf der Dinge vollkommen veränderte. Es war ein herrlicher Morgen, und Ardid ergötzte sich an der wachsenden Schönheit ihres neu angelegten Gartens, als sie feststellte, daß aus dem zarten Sproß, der sich durch die versteinerte Asche nach oben gekämpft hatte, erst ein Strauch und jetzt ein junger Baum geworden war, um den die kleinen Prinzen herumtollten. Der eine, schwächlich und ungestalt, war der Possenreißer und Hanswurst des anderen. Überglücklich wollte sie sofort ihrem alten Meister berichten, wie wunderbar und merkwürdig schnell der neue Baum gewachsen war. Sie eilte zu seinem Gemach – das er kaum noch verließ – und gab ihm einen Kuß auf die Wange, um ihn aus seinem Halbschlaf zu wecken.

»Erinnerst du dich an einen Baum, der einmal Baum der Spiele geheißen?« fragte sie. »Stell dir vor, er ist auf wunderbare Weise nachgewachsen, und dies ganz unerklärlich schnell. Weißt du vielleicht, lieber Meister, wie dieses Wunderwerk zustande kommt?«

Doch dann floh das Lächeln ihre Lippen, eine eisige Kälte breitete sich in ihrem Körper aus, und ihre Hände begannen unter der sanften Berührung seiner Schultern zu zittern.

»Meister, lieber Meister«, stammelte sie; und wimmernd und schluchzend glitt sie neben ihm zu Boden. So, die Arme um seine Knie geschlungen und in eine Trauerstille versunken, die kein Schmerz und keine Tränen zu durchbrechen vermochten, fanden sie ihre Zofen.

Der König wurde benachrichtigt, daß seiner Mutter etwas Unheilvolles zugestoßen sei. Zum ersten Mal verspürte er tatsächlich Furcht, die Frau, die stets seine kluge und besonnene Ratgeberin gewesen war, könne ihn verlassen. Er unterbrach seine Jagd und ritt im gestreckten Galopp zum Schloß zurück. Er fühlte sich noch viel zu jung, um auf den sprühenden Geist jener Person zu verzichten, deren dauernde Abwesenheit er sich einfach nicht vorstellen konnte. Während er die Treppen zu ihren Gemächern hinaufeilte, dachte er daran, daß sie den König nicht nur kein einziges Mal enttäuscht, sondern ihn mehr als einmal sogar vor schweren Irrtümern bewahrt hatte. Mit großer Besorgnis betrat er daher das Gemach seiner Mutter. Und wenn es Liebe gewesen wäre, die ihn zu ihr geführt, sein Antlitz hätte bleicher nicht sein können. Als er sie jedoch lebendig sah, wenngleich niedergestreckt von unbegreiflichem Schmerz, atmete er erleichtert auf.

»Was ist geschehen, daß Ihr mich so in Besorgnis versetzt?« fragte er und beugte sich zu ihr hinab. Da sah er, daß die Arme seiner Mutter auf ungewöhnliche und völlig unerklärliche Weise um die Knie eines alten Mannes geschlungen waren, der offenbar nicht mehr lebte.

»Er ist tot«, sagte Ardid. »Mein geliebter Meister ist tot.«

»Und darum laßt Ihr mich die Jagd abbrechen?« rief Gudú unwirsch. Vor einen Wutausbruch bewahrte ihn aber die Erleichterung darüber, daß der Anlaß ein so harmloser war. »Begeht nicht noch einmal solchen Fehler ... Wie kann eine so vernünftige Frau wie Ihr eine derartige Dummheit begehen?«

»Er ist gestorben, Gudú«, sagte die Königin. »Seht Ihr denn nicht? Er ist tot; ich werde nie mehr seine Stimme hören, niemals [a]mehr sein Antlitz sehen.«

»Na und?« entgegnete der König ungeduldig, schon auf dem Weg hinaus. »Er hat doch lange genug gelebt. Da er seine Dienste getan hat, ist es für ihn wie für Euch besser so.«

Da wandte die Königin sich um und warf ihm einen Blick zu, der ihm zum ersten Mal ein Frösteln – zwar nicht des

Schreckens, aber doch von bisher unbekannter Kälte – über den Rücken laufen ließ.

»Oh, Mutter!« rief er erschrocken aus. Doch als er die Wange der Königin berührte, zuckte seine Hand zurück, als hätte er ein Reptil angefaßt; so jedenfalls kam ihm die feuchte Berührung mit diesen unerklärlichen, widerwärtigen Tränen seiner Mutter vor.

Die Königin gewann die Fassung zurück. Sie trocknete die Wangen, suchte und fand ein eigenartiges, freudloses Lächeln und sprach:

»Verzeiht, es handelt sich nur um die dumme Schwäche einer verwirrten Frau. Kehrt zurück zu Eurer Jagd. Ich schwöre, es war das erste und letzte Mal, daß ich Euch ein so unwürdiges Schauspiel zumute.«

»Das will ich hoffen«, brummte Gudú und marschierte davon.

Der alte Magier konnte weder auf dem Friedhof der Könige noch auf dem der Adligen begraben werden. Auch im Kloster von Abundios konnte man ihn nicht beisetzen, weil der Abt es nie zugelassen hätte. Darum erwählte Ardid in ihrem Garten ein Plätzchen neben dem Grab von Dolinda zur letzten Ruhestätte jenes Mannes, den sie so geliebt und dem sie soviel zu verdanken hatte.

Die Beerdigung fand im kleinsten Kreis und so still statt, daß fast niemand am Hof Notiz davon nahm. Der alte Mann – dem doch alle, ohne es zu wissen, soviel verdankten – war kaum noch jemandem in Erinnerung. Einsam und allein – wenn man von dem Kobold absah, der auf seiner Schulter hockte und weinte, obwohl er nichts mehr verstand – ging der gute alte Freund von dannen.

Kurz darauf beschloß Gudú, das höfische Leben im Schloß von Olar zu beenden. Er befahl seinen Soldaten, sich für den Abmarsch bereit zu machen, denn den Winter wollte er in der Schwarzen Burg mit den Vorbereitungen für ein Unternehmen verbringen, das ihm im Augenblick wichtiger war als alles andere. Den Tränen und Vorhaltungen seiner jungen Gemahlin, die nicht begreifen konnte, daß die wunderbare Zeit plötzlich zu Ende sein sollte, daß die Blätter sich schon wieder färbten und der Wind kalte Luft über den See herantrug, begegnete Gudú ungeduldig und gereizt. Nachdem er sie zerstreut zum Abschied geküßt hatte, sagte er: »Ihr könnt Euch gewiß nicht beklagen, denn keiner anderen Frau ist es je gelungen, mich so lange an ihrer Seite zu halten. Und wenn das neue Kind zur Welt kommt, das sich in Eurem Leib ankündigt, wie Ihr sagt, so laßt mich wissen, welchen Geschlechts es ist, aber belästigt mich nicht mit Botschaften oder gar Besuchen. Ich werde nach Olar zurückkommen, wenn meine Verpflichtungen als König, die Vorrang vor derlei Nichtigkeiten haben, es angebracht erscheinen lassen. Da die Thronfolge aber jetzt als gesichert gelten dürfte, habe ich meine Pflichten in dieser Stadt und an diesem Hof gewiß mehr als erfüllt.«

Mit diesen Worten ritt er davon. Gudulina aber eilte zu Ardid, versenkte den Kopf in ihrem Schoß und fragte: »Warum dauert die Liebe nur so kurze Zeit?«

Worauf die Königin keine Antwort wußte. Und in der größten Einsamkeit, die sie jemals kennengelernt hatte, denn weder der kleine Gudulín noch der liebenswerte Ungestalt vermochten die große Leere ihres Herzens auszufüllen, stellte sie sich selbst die Frage: »Warum ist das Leben so kurz?«

König Gudú ritt schweigend neben Randal her und grübelte weiterhin über Dinge nach, die er einfach nicht verstand. Während er noch überlegte, ob er den alten Hauptmann in den friedlichen, ja, friedhofsstillen Norden versetzen sollte, wo nur die Garnison eines gebrechlichen Barons die Grenzen des Reiches schützte, fragte er: »Sag mir, Randal, kennst du etwas Größeres und Herrlicheres als den Ruhm?«

»Ich weiß nicht, Herr«, antwortete der Soldat, der immer vergeblicher versuchte, sein fortgeschrittenes Alter zu verbergen. Zögernd fügte er hinzu: »Vielleicht nur die Liebe.«

»Die Liebe?« fragte Gudú verwundert. Seinem Pferd die Sporen gebend, rief er mit dem ihm eigenen abgehackten Lachen: »So etwas gibt es doch gar nicht. Ich glaube wirklich, Randal, du wirst alt.«

Und der Winter sah den König wieder zusammen mit seinen Soldaten.

Wie immer, wenn Gudú fort war, breitete sich am Hof die Langeweile aus, und Gudulinas Liebe, anfangs tränenreich und voller Wehmut, verwandelte sich in Wahnsinn und Raserei. Oft schwang sie sich auf ihr Pferd und ritt mit ihrem schwangeren Leib durch die Wälder, umkreiste von fern die schwarzen Zinnen der verhaßten Burg, welche ihr den Gemahl so grausam vorenthielt. Bei Einbruch der Nacht kehrte sie mit finsterer Miene nach Olar zurück, mit glänzenden Augen, in denen die Tränen offenbar versiegt waren. Zu ihren Zofen war sie zunehmend unfreundlich und grausam, zur Königin abweisend. Bei Hof munkelte man allmählich, sie sei von einem bösen Zauber befallen. Grund genug für den Rat der Edlen, in den umliegenden Dörfern und Weilern nach Zauberern, Hexen und ähnlichem Gesindel suchen zu lassen, denen man die Schuld daran geben konnte. Ein paar von ihnen wurden auf dem Scheiterhaufen verbrannt, und über den bis vor gar nicht langer Zeit noch lustig lärmenden Marktplatz legte sich ein fettiger schwarzer Rauchschleier, dessen eigenartiger Geruch sogar bis durch die Fenster des Schlosses drang und Ardid erschauern ließ.

Und sogar sie selbst, die Königin, wurde Gegenstand von Getuschel: Alte Geschichten wurden hervorgekramt, und mehr als einer erinnerte sich noch daran, auf welch sonderbare Weise sie nach Olar gekommen war und unter wieviel seltsameren Umständen noch sie den Thron bestiegen hatte. Solche Gerüchte versiegten jedoch, sobald man sich darauf besann, wieviel Wohlstand ihr zu verdanken war und welch ein geruhsames und angenehmes Leben sie jenen beschert hatte, die solch finstere Erinnerungen pflegten. Auf diese Weise blieben die Lippen versiegelt, und der Winter nahm seinen Lauf, ohne daß sich jemand

Gedanken um die charakterlichen Eigenarten machte, die der kleine Prinz Gudulín – zukünftiger König von Olar – bereits im zarten Alter an den Tag legte.

Gudulín, der bald drei Jahre alt wurde, war ein hübsches Kerlchen mit großen schwarzen Augen – die an seine Großmutter erinnerten – und krausen schwarzen Haaren, die er von seinem Vater hatte. Er hatte die sonderbare Neigung entwickelt, alle möglichen spitzen Gegenstände, die ihm in die nimmerruhenden Patschhändchen fielen, allen möglichen Leuten, die es sich gefallen ließen, ins Fleisch zu stechen. Lustvoll beobachtete er den Schmerz, und mit noch größerer Wonne verwahrte er Nägel, Nadeln und Dornen in seinen Taschen, kaum daß er richtig laufen konnte. Wenn er, wie früher sein Vater, auf allen vieren oder sich ungeschickt an den Wänden abstützend, durch die endlosen Gänge und Flure des Schlosses streifte, schienen ihn derselbe Abenteuergeist, dieselbe Neugier zu leiten. Seine Kinderfrau, die Zofen und sogar die Königin – Gudulina schien seine Gegenwart nicht mehr wahrzunehmen oder schalt ihn nur, weil er störte – waren vollauf damit beschäftigt, ihn nicht aus den Augen zu verlieren, denn bei der geringsten Unaufmerksamkeit entwischte er wie ein Eichhörnchen und ward nicht mehr gesehen.

Er quälte seinen Possenreißer und Spielgefährten, den armen Ungestalt, dessen ohnehin schlaffe und gelbliche Haut so manches Mal die Spuren der bösartigen Neigung des Prinzen aufwies. Der Ärmste sagte jedoch nichts, denn da er sich für einen Diener hielt, verhielt er sich auch so: Er wußte, daß es für jemanden seiner Klasse nicht ratsam war, Beschwerden vorzutragen oder widerspenstig zu sein gegen jene, die man für die Herren des eigenen Lebens hielt.

Einen gab es aber, der nie von der Seite des kleinen Prinzen wich, und das war der Kobold des Südens, der ganz mit ihm und für ihn lebte. Da ihn auch die Stiche nicht schmerzten und er sie – im Gegenteil – sogar genoß, stach der Kleine Dornen und Nadeln in den Kobold hinein, wie es ihm gefiel. Aus seiner Wiege heraus konnte Gudulín ihn sehen. Ardid, die dies sofort bemerkte, schrieb es dem fortgeschrittenen Zustand der Unreinheit zu. Es war so weit gekommen, daß eigentlich jeder, der sich die Mühe gemacht hätte, über unerklärliche Lichtreflexe, plötzliche Vibrationen und flüchtige Schatten nachzudenken, den Kobold ohne große Anstrengung hätte sehen können. Ardid war voller Mitleid für ihn. Er war der letzte der alten Freunde, der ihr noch geblieben war, obwohl sie kaum noch ein vernünftiges Gespräch mit ihm führen konnte, da er ständig betrunken und besessen war von dem Gedanken, Gudulín nicht allein lassen zu dürfen. Der Kobold war das letzte Refugium ihres einsamen Herzens, denn sosehr sie den kleinen Prinzen liebte und Mitleid mit dem armen Ungestalt hatte, konnte ihr doch keiner der beiden den Verlust einer jungen Zeit voller Schönheit und Leidenschaft ersetzen, die nur noch – wie das Wasser den Baum am Ufer spiegelt und der Himmel die Helligkeit des Tages – als Bild der Erinnerung bestand.

Der Kobold klopfte jetzt mit seinem Hämmerchen unter den wackligen Schritten des kleinen Prinzen und war die eigentliche Ursache dafür, daß dieser ständig ausriß und sich im Labyrinth der ober- und unterirdischen Gänge des Schlosses verlief, wo er eines Tages auch sah, wie der Kobold genüßlich seinen kleinen Weinkrug leerte, den Gudulín ihm daraufhin entriß und sich selbst an die Lippen setzte, bis der letzte Tropfen auf seine Zunge gefallen war. Das erfreute den Kobold ungemein, und mit einem Finger auf den Lippen sagte er zu Gudulín – der noch keine menschlichen Worte, wohl aber die Niemands-Sprache verstand –, daß dies ein wohlgehütetes Geheimnis sei, welches sie ab jetzt miteinander teilten.

Der neue Sohn, der sich in Gudulinas Leib ankündigte, war im letzten Frühling auf dem Höhepunkt ihrer Liebe gezeugt worden. Ardid schätzte, daß das Kind um das christliche Weihnachtsfest herum geboren werden müßte. An den Kobold gewandt – der ihr aber gar nicht mehr zuhörte – sagte sie: »Es ist merkwürdig, alle Kinder dieser Familie werden im Winter geboren.«

Und als Gudulina kurz vor dem Geburtstag des Königs niederkam, brachte sie zu aller Erstaunen nicht eines, sondern zwei Kinder zur Welt. Da dies in der Familie schon einmal vorgekommen war, wenngleich nicht mit angenehmen Erinnerungen verbunden, wurden hierüber keine großen Vermutungen angestellt – trotz des mutmaßlichen Hexenverdachts oder Zaubers, der über der Königin schwebte. Im Gegensatz zur ersten Geburt, einer Pflichtübung eher, waren diese Früchte der Liebe unter solchen Schmerzen zur Welt gekommen und hatte sich Gudulinas Gesundheitszustand so besorgniserregend verschlechtert, daß man um ihr Leben fürchtete. Weder Ärzte noch Blutegel oder Heilkundige von mehr oder minder zweifelhaftem Ansehen – einer wurde sogar in aller Eile aus dem Kerker herbeigeholt – sahen sich imstande, für das Überleben einer derart geschwächten Patientin einzustehen.

Die Zwillinge waren Junge und Mädchen und sahen einander so ähnlich, daß es schwierig gewesen wäre, sie auseinanderzuhalten, hätte es den kleinen Unterschied nicht gegeben, mit dem sie auf die Welt gekommen waren. Sie wurden in aller Stille im Kloster von Abundios getauft und erhielten die Namen Raigo und Raiga. Danach wurden sie einer jungen Amme übergeben und im Kinderflügel untergebracht, womit das Interesse an ihnen großenteils erloschen war, vorerst sogar das der Königin Ardid.

Schließlich wurde auch der König von dem bedenklichen Zustand seiner jungen Gemahlin unterrichtet. Zur Verblüffung des Hofes schickte der Monarch eine knappe Mitteilung des Inhalts, wenn die Königin genese, werde seine Freude groß sein; sterbe sie jedoch, werde er ihren Tod zutiefst bedauern. Da aber weder in dem einen noch dem anderen Fall seine Anwesenheit in Olar vonnöten sei oder der Lauf der Dinge dadurch verändert werde, sehe er keinen Sinn in seiner Rückkehr, denn, so schrieb er, wichtigere und bedeutendere Dinge hielten ihn dort fest, wo er sich zur Zeit aufhielt. Die Thronfolge war mit den letzten Geburten zufriedenstellend gesichert, und kein Mensch verlor ein weiteres Wort über die Sache oder erwähnte noch einmal die Möglichkeit seiner Rückkehr nach Olar.

Mit Ausnahme natürlich von Gudulina. In ihren Fieberträumen sprach sie immer nur einen Namen aus, und das war nicht der Name ihrer Mutter, ihrer Schwiegermutter oder der ihrer Kinder, es war immer nur der Name dessen, der ihrem Empfinden nach die Welt und das ganze Leben ausfüllte. Mit diesem Namen auf den Lippen, sich gleichsam an diese Worte klammernd, überwand sie allmählich das Fieber. Und eines Tages, der Winter neigte sich bereits dem Ende zu, war sie wieder bei Kräften und konnte das Bett verlassen. Aber sie war nicht mehr die Gudulina, die alle kannten; nicht das launische, neugierige und ein wenig naseweise Mädchen, das von der Insel Leonia gekommen war, und auch nicht die strahlende junge Frau, die erst wenige Monate zuvor die Wonnen der Liebe und des Lebens kennengelernt hatte. Jetzt lauerte ein unheilvolles Glitzern in ihren Augen, und bald hatte sich herumgesprochen – vom Hof bis in die Dörfer hinein –, daß Königin Gudulina den Verstand verloren hatte.

Ardid führte kein fröhliches Leben mehr. Wurden die Gespräche mit dem von Tag zu Tag vergeßlicher werdenden und ständig betrunkenen Kobold immer unzusammenhängender, so war das Zusammensein mit der jungen Königin noch schlimmer, noch sinnloser, aber auch trauriger und schmerzlicher. Mit ihr konnte sie kein vernünftiges Wort mehr wechseln, konnte sie weder über ihre schrecklichen Angstzustände hinwegtrösten, noch ihr die naivsten Hoffnungen ausreden, die sie übergangslos von schwärmerischer Freude in einen finsteren Abgrund aus Hilflosigkeit und Furcht stürzten. Ardids Tage waren ebensowenig von Freude gekennzeichnet, wie der ganze Winter es war. Und sie mochte ihren Blick noch so sehr auf die beiden Kinder richten – immer noch kleine Jungen: der eine mehr als seltsam, mit stechenden Augen, die Ardid an seine Mutter erinnerten und sie erschauern ließen; der andere treuherzig und außergewöhnlich fügsam –, es wollte ihr nicht gelingen, ihren scharfen Verstand und ihre immer noch zupackende Tatkraft in den Dienst irgendeines nützlichen Tuns zu stellen.

Sie fand zunehmend Gefallen daran, sich in die Kammer ihres alten Lehrers zurückzuziehen. Dort blätterte sie in einem Buch, bastelte an einem Destillationsgefäß, las ein Wort, das sie schon einmal gehört hatte; und so erwachte langsam wieder ihre Neigung für die Dinge, deren Studium der geliebte Meister schon lange vor seinem Tod aufgegeben hatte. So mancher Tagesanbruch überraschte sie dort, und viele Nächte verbrachte sie schlaflos. Sie grübelte lange und sagte sich dann, daß sie ganz schön dumm gewesen sein mußte, wenn sie sich einmal für nicht nur die klügste Frau, sondern für den klügsten und gebildetsten Menschen des Reiches – und darüber hinaus – gehalten hatte. Und daß sie in der Kenntnis und der Wissenschaft von Menschen oder Nichtmenschen so arm und blind war, daß tausend Leben nicht ausreichten, um etwas so gewaltig blendendes Unbekanntes auch nur ansatzweise zu durchschauen. Ohne es zu wissen, spornte sie damit ihre Neugier und ihre Sehnsucht an.

Der Winter ging dem Ende zu, und der Frühling stand im Begriff, das Königreich Olar langsam in Besitz zu nehmen, als Gudulina sich wieder zu beruhigen schien. Diese Beruhigung aber wunderte die Leute, denn eigentlich war sie mehr eine Geistesabwesenheit, die Gudulina stundenlang stumm ins Nichts starren ließ, unempfänglich für ihre Umgebung, als betrachte sie ein inneres Feuer. Trotz der Kälte, die sich in jenen Gegenden noch bis weit in den Frühling hielt, ließ sie morgens ihr Pferd satteln und galoppierte, allen Warnungen zum Trotz, ohne Eskorte davon. Und mit solchem Nachdruck gab sie den Befehl, daß niemand – weder Zofe noch Stallknecht – auf den Gedanken kam, sie aufhalten zu wollen. Mehr als einmal zog ihre Peitsche eine Spur durch das Gesicht dessen, der sie zu begleiten sich anschickte, und diese schmerzte weniger als der Blick ihrer glühenden Augen.

Da Ardid sich ganz ihren Forschungsversuchen und der Wiedererlangung vergangenen Wissens verschrieben hatte, blieben ihr die kleinen Fluchten der Schwiegertochter verborgen. Bis eines Tages ihre neue Kammerzofe Cindra sie schüchtern auf die merkwürdigen Ausritte hinwies, welche die junge Königin in die Wälder und an die baumbestandenen Ufer des Sees unternahm. Daraufhin befahl Ardid, sie streng zu bewachen, doch so, daß sie nichts davon merkte, und ein paar Soldaten der Schloßwache sollten sich stets in ihrer Nähe halten, um sie vor möglichen Gefahren zu beschützen.

So geschah es, und entgegen den boshaften Erwartungen jener, die ihr folgten, hatte die junge Königin keinerlei Verabredungen oder Begegnungen mit jungen oder älteren Männern. Sie ritt nur durch die Gegend und sprach ab und zu mit ärmlich gekleideten Jungen und Mädchen, die ebenso gebannt wie sie selbst am Ufer des Sees standen und auf die Wasserfläche starrten. Danach saß Gudulina noch oft im Abendlicht und beobachtete die untergehende Sonne auf dem Wasser, oder sie setzte sich, in ihren Pelzumhang gehüllt, unter einen Baum und ließ die Gedanken schweifen.

Diese Dinge weckten Ardids Neugier auf eine Weise, daß sie sich im Ufergebüsch versteckte und beobachtete, wie Gudulina mit den Kindern sprach, wie sie sich an den Händen faßten, über den See beugten und hinterher in alle Richtungen davonliefen. Obwohl sie sich selbst mehrmals über das Wasser beugte, sah Ardid nichts außer dem Glanz des Himmels und den Dunst, der von der Wasserfläche aufstieg oder in zarten Nebelfetzen darüber hinwegzog.

Eines Tages jedoch sprach sie Gudulina an, und diese schien keineswegs überrascht. Als sie das Seeufer erreichten, stieg Ardid vom Pferd und befahl der jungen Königin, dasselbe zu tun. Gudulina gehorchte ohne Widerrede. Ardid ergriff ihren Arm, schaute ihr in die wahnsinnigen Augen und fragte: »Wohin reitet Ihr, Gudulina? Was sucht Ihr, oder was seht Ihr in diesem See?«

Gudulina schien aus einem tiefen Schlaf zu erwachen, sie schüttelte sich und zog den Pelz fester um die Schultern. Dann begann sie zu weinen und sagte mit leiser Stimme: »Ich weiß nicht, Mutter« – so nannte sie sie zum ersten Mal – »vielleicht suche ich die Liebe.«

Dann ließ sie sich von Ardid – die diese Worte voller Staunen und mit großer Betrübnis vernahm – ohne Widerstand ins Schloß zurückbringen.

Die Königin schickte ihre treuesten Diener aus, die mit den Kindern sprechen sollten. Nachdem diese anfangs noch verängstigt waren und nichts sagen mochten – denn sie wollten nicht in den Krieg, wie sie es ausdrückten, oder fürchteten noch schlimmere Strafen –, brach einer von ihnen, ein kleiner Junge mit dunklen, wie Kirschen glänzenden Augen, schließlich das Schweigen und gestand schluchzend, daß schon seit langem – sein großer Bruder hatte ihm das Geheimnis verraten, und andere Jungen und Mädchen, die schon älter und jetzt fortgezogen waren, hatten es ebenfalls beobachtet – zu einer bestimmten Zeit und an einer bestimmten Stelle im See die sich aneinanderschmiegenden Leiber von Prinz Nobel und Prinzessin Naivia zu sehen waren, wie steuerlos treibende Boote, die sich Bäumen und Wolken gleich im Wasser spiegelten.

Die Königin beugte sich zu dem Kleinen hinunter und fragte: »Und seht ihr sonst noch etwas im Wasser?«

»O ja«, antwortete der Junge, der allmählich Zutrauen faßte, »manchmal sehen wir ein ganzes Heer.«

»Ein Heer?« fragte Ardid beunruhigt.

»Ja, Herrin. Aber es ist ein sehr seltsames Heer. Alle haben die Arme ausgestreckt, als hielten sie Lanzen in den Händen. Die Hände sind aber leer, sie halten weder Lanzen noch sonst etwas ... Sie stehen nur da und warten.«

»Warten? Auf wen oder was warten sie denn?«

»Ich weiß nicht. Sie warten eben ...«

Ardid richtete sich auf. Ein altbekanntes Echo, ein Schatten, eine Stimme entflohen ihrem Gedächtnis.

»Und was noch?« fragte sie.

»Eine Frau ...«

»Welche Frau?«

Der Kleine zögerte, als müsse er vorsichtig in seinen Erinnerungen suchen.

»Eine Frau, die manchmal mit dem Nebel aus dem Wasser steigt und zu den Dörfern, den Schiffen und den Häusern der Menschen geht ...«

»Kennst du ihren Namen?«

»Die Leute nennen sie Trübsal.«

Als sie dies vernahm, befahl die Königin, den Jungen laufen zu lassen und ihn nicht mehr zu belästigen. Und den Männern in ihrer Begleitung befahl sie, über das Gehörte Stillschweigen zu bewahren und niemandem davon zu erzählen.

Als sie wieder allein war, klappte sie ihre Bücher zu und betrachtete voller Kummer all die Gefäße, Kolben, Elixiere und Formeln, mit denen der alte Magier und sie selbst versucht hatten, dem Geheimnis der Welt auf die Spur zu kommen. Nichts würde sie mit Hilfe dieser Instrumente herausfinden und entdecken, solange das Herz des Menschen so groß und unbekannt, so nah, so fern und so einsam war.

Sie schloß die Kammer ab, verwahrte den Schlüssel in derselben Schatulle, in der sie schon Almandins Elfenbeinhand und Dolindas Gürtel aufbewahrte, und setzte sich ans Feuer. Als sie merkte, daß sie nichts mit ihren Händen anzufangen wußte, begann die Königin zu weinen. Jetzt erkannte sie, daß sie weder in den Büchern des Magiers noch an sonst einer Stelle finden würde, was sie seit langem suchte, was sie aber für immer verloren hatte und dessen Namen sie nicht auszusprechen wagte. Sie trocknete ihre Tränen. Wie unvollkommen war das Leben, und wie unvollkommen waren die Menschen, wenn solch ein Nichtvorhandensein oder Fehlen sie zerstören konnte. Und Ardid hatte es nicht nur aus ihrem eigenen Leben, sondern auch aus dem Herzen dessen verbannt, den sie bis jetzt für ihr vollkommenstes Werk gehalten hatte.

VI

ALTES GIFT

Im Schwarzen Turm erwachte Gudú aus der langen Zeit wohligen Nichtstuns und vertiefte sich mit neuer Kraft in alte Träume und Pläne, die jetzt, so dachte er, durchführbar sein müßten.

Während seiner Abwesenheit war das Leben im Schwarzen Turm weitergegangen und hatte sich seinen Vorstellungen gemäß entwickelt. Weitere Unterkünfte waren gebaut und auch das Frauenhaus renoviert worden, denn einerseits arbeiteten einige Frauen zwar ausschließlich in der Küche und kümmerten sich um das Wohlergehen der Soldaten, andererseits jedoch hatte – verglichen mit früher – der Zustrom junger Mädchen im besten Alter noch zugenommen.

Unter dem Befehl des jungen Baron Silu und seiner Adjutanten – die ihre Ausbildung mustergültig verinnerlicht hatten – nahm der langgehegte Traum sichtbare Gestalt an. Mit Wohlwollen betrachtete Gudú die Fortschritte seiner Wölflinge, von denen einige in den Stand von Kriegern erhoben worden waren, während sich unter den Jüngsten eine Schar herausgebildet hatte, die wegen ihrer Tapferkeit ebenfalls befördert wurde. Mit größter Zufriedenheit stellte er fest, wie sehr sie ihren König bewunderten und welche Begeisterung er auslöste, als er ihnen neue Eroberungszüge versprach. Zugleich konnte Gudú feststellen, daß auch die jungen Adligen, die sich für das Soldatenleben im Schwarzen Turm entschieden hatten, mit Inbrunst dabei waren. Manch einer möglicherweise aus Habgier, andere vielleicht auch aus Bewunderung, darunter sogar welche – wer weiß – von ähnlichen oder gleichen Träumen getrieben wie er selbst. Wenngleich sein Traum verborgen blieb, eingeschlossen im tiefsten Innern seines Seins. Nur abends, wenn er mit seinen Hauptleuten am Feuer saß und mit ihnen aß und trank, verlieh er ihm Gestalt mit Worten, die seine Begleiter zwar nie ganz verstanden, von denen sie aber mitgerissen wurden, als berauschten sie sich an einem ebenso einzigartigen wie uralten Gift: dem Reiz des Unbekannten, der Suche nach etwas, das für die meisten noch immer ein Mysterium war, umrankt von finsteren Omen und furchterregenden Legenden, von Mund zu Mund weitergegeben an nächtlichen Feuern.

»Spukgeschichten, wie die Bauern sich erzählen«, pflegte der König zu sagen, und seine Augen schleuderten im Feuerschein rote Blitze. »Es gibt kein Geheimnis, wofür ein mutiger Mann keine Erklärung finden kann. Und glaubt mir, wir können beherrschen, was unsere Vorfahren noch in Angst und Schrecken versetzt und sogar Volodius, *dem Eroberer*, den Schlaf geraubt hat.«

Seine Worte waren vor allem an die Steppenwölfe gerichtet, und besonders an den jungen Rakjel, der sich zu seinem eifrigsten und vielversprechendsten Krieger entwickelt hatte.

Seine Pläne waren schlicht, ihr Gelingen schien sicher. Bis zum Ende des Winters widmete er sich ausschließlich der Vorbereitung und Versorgung seines Heeres. Er schuf eine Nachrichtenkette mit Türmen und Wachtposten an den gefährdeten Grenzen des Landes, so daß es möglich war, innerhalb eines Tages von allen Orten aus einen Lagebericht zu bekommen.

Besonderen Wert wurde auf die Zucht und Pflege der von den Steppenhorden erbeuteten Pferde gelegt. Dazu hatte Gudú die besten Stallmeister abgestellt, die noch besser entlohnt wurden als die ohnehin schon gutbezahlten Reiter. Wichtigster Bestandteil war jedoch die schwere Kavallerie, welche die eigentliche Schlagkraft seines Heeres bildete. Gudú kannte ihre überragende Bedeutung sowohl aus Büchern als auch vom Beispiel seines Vaters, über dessen Schlachten und Siege er alles wußte, was man wissen konnte. Inzwischen war er ebenso stolz auf seine Pferde wie auf seine Männer.

Seine Krieger waren unterschiedslos mit Kettenhemd, Lanze, Schwert und einer Waffe ihrer Wahl ausgerüstet. Die leichte

Kavallerie konnte nach seinem Dafürhalten besser nicht sein: Sie sollte aufstöbern, verfolgen und erkunden, war mit Pfeil und Bogen sowie Wurfspeeren ausgerüstet und ritt auf jenen zähen kleinen Steppenpferden, die nicht nur er, sondern schon sein Vater und Großvater bei jeder sich bietenden Gelegenheit eingefangen hatten. Sie waren der Stolz seines Lebens, in gewisser Weise sogar seine Leidenschaft. Denn die Leidenschaft kann überall im Menschen wohnen, sie muß nicht unbedingt in seinem Herzen zu Hause sein. Vielleicht ist die Leidenschaft des Geistes sogar die mächtigere. Was die sogenannten Zweitwaffen anging, hatte Gudú sie in seinen eigenen Schlachten zu schätzen gelernt: Keule, Axt, Kurzschwert und sogar behelfsmäßig vom Soldaten selbst fabrizierte Hieb- oder Stichwaffen hatten sich im Kampf stets bewährt. Die persönliche Waffe sprach ihrem Träger eine besondere, gleichsam magische Fähigkeit zu. Gudú ließ seinen Männern daher jede Freiheit in der Wahl dieser Waffen und hatte auch nichts dagegen, wenn sie diese nach eigenen Vorstellungen gestalteten.

Er ließ wieder gesunde junge Männer einfangen und verschonte nur jene, die auf den Gütern des Adels unabkömmlich waren, denn dieser hätte ihm derartige Eingriffe nur schwerlich verziehen. Bauernjungen, die weinend oder zähneknirschend – und manchmal auch in Ketten – in den Schwarzen Turm kamen, vergaßen ob der ungewöhnlich großzügigen Behandlung, die ihnen dort widerfuhr, schon bald ihre Familien, Frauen, Kinder, Tiere und Felder und begeisterten sich für kommende Ruhmestaten und Beutezüge mit Gudú. Oder sie träumten von Plünderungen und Schätzen, die in den wirren Vorstellungen ihrer Unwissenheit gewaltige und unsinnige Formen annahmen. Doch dem König genügte es, etwas in der Hand zu haben – mochte es noch so unausgegoren sein –, das seine Männer mitriß und glühender in ihnen brannte als purer Zwang oder Hunger.

Immer wieder schritt er die Reihen seiner Krieger ab, und immer wieder sagte er sich, daß weder sein Vater noch sein Großvater jemals eine solche geballte Kampfkraft zusammengebracht hatte. Seine Fußtruppen konnten sich jetzt, diszipliniert und befehlsgewohnt, in solide, von Lanzenspitzen gekrönte Blöcke verwandeln, die von gutausgebildeten Bogenschützen flankiert wurden. Regellosigkeit und Unordnung gehörten der Vergangenheit an; jede Truppenbewegung war mit eisernem Drill geprobt und vervollkommnet worden.

Als die ersten Boten des Frühlings sich ankündigten, konnte Gudú mit Stolz von sich behaupten, über die wohl am besten ausgebildete und ausgerüstete Streitmacht zu verfügen, die ein König je gehabt hatte: ein Heer im besten Sinne des Wortes.

Dennoch gab es eine Sache, die seine hochfliegenden Pläne und Erwartungen niederzog und verfinsterte: Es waren die Nachrichten aus der Steppengarnison über Yaheks sonderbares Verhalten. Er war wie von einem Zauber besessen und glaubte sich von einer alten Steppenhexe verfolgt, die er des bösen Blicks zieh. Von morgens bis abends tat er nichts anderes als sein Schwert abzuziehen und zu behaupten, die Klinge sei mit frischem Blut befleckt.

»Das widerfährt so manchem, der zu lange Zeit am Rand der Steppe verbringt«, sagte Rakjel. »Macht Euch darum keine Sorgen, Majestät. Diese Dinge geschehen, doch in der Hitze des Gefechts sind sie plötzlich wie weggeblasen. Yahek leidet an der Krankheit, die das Nichtstun in der Garnison mit sich bringt, das ist alles.«

Aber Rakjel war Yaheks bevorzugter Schüler gewesen, und Gudú argwöhnte, daß die große Bewunderung für seinen Lehrer ihn so sprechen ließ. Das wird man alles sehen, wenn es soweit ist, dachte er. Sollte es so sein, wie Rakjel sagt, wird sich nichts ändern. Ist es indessen so, wie ich befürchte, wird Yahek abgesetzt, und Rakjel nimmt seine Stelle ein. Er behielt seine Gedanken aber für sich, um den Ehrgeiz des jungen Barons Silu nicht zu dämpfen, dessen Tapferkeit, Hingabe und Eifer keine Grenzen kannten.

Gudú kletterte die Stufen zur Nacht hinauf, die ihre Herrschaft über das Land angetreten hatte, so weit sein Auge reichte. Getrieben von einem brennenden, gleichwohl unerklärlichen Wunsch, stieg er zu den Zinnen des Schwarzen Turms hinauf, wo die Wachen auf der Lauer nach dem Herannahen möglicher Freunde oder Feinde den Horizont abspähten. Jede Begleitung zurückweisend – auch die des Wachsoldaten selbst –, stellte er sich ganz allein der großen Finsternis der Welt, der gewaltigen dunklen Frage des Fremden. Er fühlte sich allein unter dem grenzenlosen Firmament, dem Worte oder Erinnerungen gleichgültig oder unbekannt zu sein schienen, das die Unendlichkeit eines früher einmal geahnten, gelernten oder gänzlich unbekannten Wissens zunichte machte und auf das reine Nichts beschränkte. Ein Frösteln durchfuhr ihn wie ein brennender Pfeil. Hätte er nicht ein solch ausgeprägtes Bewußtsein davon gehabt, zum König geboren zu sein, wäre er auf die Knie gesunken.

Die Finsternis vor Augen, kam ihm ein einziges, ebenso beunruhigendes wie weltverlorenes Wort in den Sinn: ›Gott‹. Dieses Wort kam oft über die Lippen seiner Mutter, schon als Kind hatte er sie es aussprechen hören. Der Abt von Abundios schien mit dem Geheimnis dieses Namens vertraut zu sein, war aber nur widerwillig zu greifbaren Auskünften bereit; ja, er gab seinen Zuhörern sogar das Gefühl, im Besitz der Schlüssel zu einem nicht leicht zu erlangenden Schatz zu sein. Meine Mutter und ich, dachte er, huldigten dem Geheimnis, dem Schlüssel, der das Bestehen des Klosters und der Abteien von Abundios gewährleistet und was an Kirchen und Kapellen sonst übers Land verstreut und oft genug von der Königin bezahlt worden ist. Doch weder die Königin noch ich selbst glauben blind an die Worte des Abts. Also ... wer ist Gott? Warum überdauert sein Name? Warum verflicht er sich in Erinnerungen und verändert sein Antlitz, hier oder dort, je nachdem, wer seinen Namen erwähnt?

Plötzlich und unerwartet entstieg den Höhen der endlosen Nacht eine Stimme; wiedergeboren war sie, denn es war eine alte Stimme, die zurückging auf den Tag, da Sykrosius das Grauen erfuhr. Und Gudú glaubte in der Schwärze der Nacht das gewaltige Haupt eines geheimnisvollen, unheilverkündenden Drachen zu erkennen. Doch bevor er sicher sein konnte, gesehen zu haben, was er gesehen zu haben glaubte, war das Bild verschwunden, wie ein Federwölkchen vom Himmel verschwindet. Nur die samtschwarze Nacht dehnte sich endlos und überwältigend vor ihm aus.

Fast im selben Moment kam ihm ein Verdacht. Vielleicht, dachte er, habe ich selbst gar keinen Wunsch; vielleicht bin ich nur das Werkzeug zahlloser Wünsche aus früherer Zeit ... Daraufhin wünschte er, wunschlos zu sein; sich allein zu fühlen, allein zu sein, ohne Vergangenheit, ohne Zukunft, unendlich allein, ein einsames Gestirn in der endlosen Finsternis des Alls.

Langsam, wie aus tiefem Schlaf erwachend, hob er das Haupt. Er wußte, daß man auf ihn wartete; Olar wartete auf ihn. Und er fürchtete sich. Das alte Grauen kam aus fernen Gegenden zu ihm zurück. Und zum ersten Mal fragte er sich, wer er wirklich war. War er nur der, den seine Mutter aus ihm hatte machen wollen? Und was hatte seine Mutter aus ihm machen wollen? Sollte er nur die gezückte Waffe eines anderen Wunsches, eines anderen Geheimnisses sein? Eines jener zahllosen anderen, die ihn als Kind durch verbotene Gänge getrieben hatten, stets auf der Suche nach etwas, das er nicht verstand, von dem er nicht einmal wußte, ob er es sich wünschte oder verabscheute? Vielleicht sogar etwas, das er zerstören, für immer vernichten wollte. Oder – im Gegenteil – etwas, nach dem er sich insgeheim stärker sehnte als nach allen anderen Dingen, die er kannte.

Er dachte daran, was der Magier ihn gelehrt hatte; an die Kenntnisse, die er ihm verdankte. Offenbar hatte es vor langer, langer Zeit große Waldkönige gegeben – gab sie vielleicht immer noch. Gewaltige Bäume mit eigenen Namen; Irmansul war einer von ihnen, und andere, viele andere gab es noch, die in den geheimnisumwitterten Nordländern standen, wie die Heilige Eiche; sie waren Könige, wirkliche Könige, deren stummem Ruf ganze Völker huldigten.

Die schwarze Nacht hatte keine Antwort, weder auf diese

noch auf eine andere Frage. Und Gudú dachte, daß er ein Auserwählter war, weil er Zugang zu Handschriften und uraltem Wissen gehabt hatte, das über andere Menschen und früheres Streben berichtete, über Niederlagen und Siege von Männern gegen Männer, lange bevor er, sein Vater und sein Großvater auf der Welt gewesen waren. Richtig verstehen aber konnte er nur die Schlachten, die Niederlagen und Siege, Ruhmestaten und Katastrophen; nicht die großen Lücken, die sich dazwischen auftaten. Diese große Leere zwischen den Ereignissen, was bedeutete sie? Niemand hatte es ihm sagen können; weder die Pergamente noch der Magier selbst, der sie besessen und wie einen wertvollen Schatz weitergegeben hatte.

Nichts und niemand enthüllte ihm die Bedeutung eines Zeichens oder eines geheimen Rufs, auf die sich sein Wissensdurst richten konnte, seine Sehnsucht nach etwas, das er nicht kannte. Für diese Sehnsucht erahnte er nicht einmal ein Ziel. Aber sie brannte in ihm; sie brannte in ihm, und er konnte ihr Feuer nicht löschen. »Wir sind ein kleines Königreich, ein Reich, von dem dort, wo der Große König herrscht, kaum jemand etwas weiß. Aus dem Nichts sind wir entstanden, und niemand aus dem Westen erinnert sich an uns. Aber ich, ich ...« Gudús Stimme ertrank wie ein Schiffbrüchiger in stürzender See. Er dachte: Ich bin der König von Olar, in bin aus dem Holz der Waldkönige geschnitzt, die noch lebten, nachdem man sie längst gefällt ... Etwas anderes fiel ihm nicht ein, aber auf diese Worte richtete er seine ganze Kraft. Die großen dunklen Stämme, die nur von drei sich an den Händen haltenden Männern umfaßt werden konnten, setzten sich jetzt in seinem Gedächtnis fest. Diese Bäume waren so alt, daß es kaum einen Menschen gab, der wußte oder sich daran erinnerte, wann sie jung gewesen waren. Sie ragten in den Himmel, mächtig und urwüchsig, ständig beanspruchend, ständig fordernd. Nicht nur Wandergruppen von Jungen und Mädchen lockten sie an, nicht nur Männer, Frauen und Kinder und alles, was im Grase kreucht und fleucht. In ihrem Schatten versammelten sich ganze Völker: Stämme, Häuptlinge und

Kriegsherren von ungewisser, beunruhigender Herkunft, keineswegs dem zugehörig – obwohl sie so taten –, was der Abt, seine Mutter und auch der Magier ihm als Christentum beschrieben hatten. Er wußte auch, daß unter ihren ausladenden Kronen Opfer dargebracht und Rituale abgehalten wurden, die bis in finstere Zeiten zurückreichten. Und jetzt verstand er in seinem tiefsten Innern auch die Stimme; eine Stimme, die aus weiter Ferne zu ihm sprach, aus dem Moment des Grauens, als Sykrosius den Drachen erblickte: »Die Waldkönige ...«, sprach sie. Auch er war ein König. Er war der König, und seine Mutter hatte schon vor der Geburt gewußt, daß er der König war, so wie die Wurzeln der Heiligen Eiche alles über die höchsten Zweige wußten, die selbst im tiefsten Winter noch grüne Blätter trugen. Er erinnerte sich nun auch wieder an das verhaltene Zittern, das ihn manchmal in der Stimme des alten Magiers überrascht hatte, wenn dieser ihn in solchen und anderen Dingen unterrichtete. Ihm verdankte er seine Kenntnisse der lateinischen Sprache; ihm verdankte er es, daß er lesen, schreiben und sich erinnern konnte. Wer am Hofe, selbst vom höchsten Adel, konnte sich dergleichen rühmen? Doch jenes Zittern in der Stimme seines alten Lehrers klang in seinem Gedächtnis nach und beunruhigte ihn zutiefst. Es war ein Beben, das er in den Stimmen der Menschen aus seiner nächsten Umgebung nicht kannte. Es war ein anderes, ungewöhnliches Zittern, das nichts mit Tapferkeit, Mut oder Feigheit zu tun hatte.

Gudú schüttelte den Kopf, und die schwarzen Locken peitschten ihm die Stirn; ein stiller Hauch, wie ein unaussprechliches Wort, entwich seinen Lippen. Die große schreckliche Welt, die seinem Vater und seinem Großvater so zugesetzt hatte, kam zu ihm zurück. Er aber war vor allem ein Mann; und diese Feststellung warf plötzlich eine andere, noch nicht beantwortete Frage auf: War ein Mann auch wirklich ein König? Er hatte seine Mutter einmal sagen hören, die Frauen von Olar brächten Männer zur Welt, sie aber hätte einen König geboren. Doch die schwarze Nacht beantwortete auch diese Frage nicht. Vor ihm und über ihm dehnte sich nur das unendliche Geheimnis des Lebens und der Welt.

Er schloß die Augen in der undeutlichen Hoffnung, die Nacht seiner Lider könne ihm etwas mehr enthüllen als die Stille, die seine geöffneten Augen umgab. Er sah jedoch nichts. Nichts.

Stufe für Stufe schritt er langsam die Treppen hinunter, bis zu seiner Kammer. Dort setzte er sich wieder hin, er allein, er ein Mann, vor allem aber ein König, so wie seine Mutter es gewollt und wahrscheinlich auch erreicht hatte. Und in der Erinnerung eines Königs ruhten – wie Steinchen auf dem Grund des Wassers, ins Gedächtnis gespießte Dornen – Fragen ohne Antworten, weit zurückliegende Schmach, schmerzhafter als Pfeile oder Speere, die ins Fleisch eindringen oder vielleicht in einen anderen, unbekannten Körperteil, jenen, den die Leute Herz nennen. Sein eigenes Herz war vor langer Zeit in eine Urne eingeschlossen worden. Niemand jedoch hatte seine Erinnerung eingesperrt, und sie erfüllte ihn stets aufs neue mit jener Wißbegier, die ihn schon als Kind über die Grenzen des Erlaubten hinaus durch dunkle, feuchte Gänge getrieben hatte, bis in einen Bereich hinein, wo der Feind auf der Lauer lag. Und der Feind, der das fünfjährige Kind belauerte, verbarg sich immer noch und lauerte immer noch, und das Kind von damals war inzwischen der König.

Er sah sich wieder auf dem Schemel vor seiner Mutter sitzen. Sie zeigte ihm, wie man Bauern, Könige und Königinnen wie winzige Heere auf einem Spielbrett bewegte. Es waren Spiele für wache Geister, bei denen seine Mutter früher einen wacheren Geist bewies als er. Doch als er seine Mutter zum ersten Mal besiegte, schien Ardid die glücklichste Frau der Welt. Sie rief sogar den Magier hinzu, und alle drei feierten fröhlich Gudús Sieg. Als er sich jetzt diese Szene vor Augen rief, erkannte er, daß er sich, ohne daß es ihm bewußt war, jene Tage oft in Erinnerung rief, an denen er mit dem Spielbrett auf den Knien seiner Mutter gegenübersaß. Und er glaubte auch wieder das Pochen des Regens auf dem Fensterbrett zu hören; klopfende Knöchel an einer geheimen Tür seiner Vergangenheit. Alles war in seinem Gedächtnis aufbewahrt, alles geschah in seiner Vorstellung, und er wußte es. Er war nicht unbedacht in seinen Planungen, nicht leichtfertig in seinen Entscheidungen; er war nicht prophetisch oder leidenschaftlich wie sein Vater oder Großvater: Seine Leidenschaften waren von ganz anderer Art. Als hätte er sie vor Augen, sah er den Verlauf von Schlachten und Eroberungen voraus; Siege konnte er schmecken, und an seiner Macht zweifelte er keinen Augenblick lang.

Doch diesmal handelte es sich um einen unbekannten Feind; nicht um die quirligen kleinen Steppenstämme, denen sein Vater und er selbst schon oft Niederlagen zugefügt hatten. Diesmal stand der wahre Feind bevor: die Steppe, Sykrosius' Grauen, Volodius' unmöglicher Traum; der Osten, der einzige und wahrhaftige Feind, der sich vor ihm auftat wie eine Falle. Ihn konnte er sich nicht vorstellen, er kannte ihn nicht. Er konnte sich nur das unermeßliche Nichts vorstellen, in dem die Welt ihr Ende nahm – seine Welt – und vielleicht von da an eine ganz andere, neue entstand.

In der Einsamkeit seiner Kammer versenkte sich Gudú in seine Erinnerungen und las noch einmal von den Taten anderer Männer, dem Denken anderer Zeiten, dem Ruhm und den Niederlagen anderer Welten. Der Morgen überraschte ihn mit den alten Büchern im Schoß vorm Feuer, ohne daß er ein Auge zugetan hatte: Aeneas, Alexander, Scipio, Vegetius, Julius Caesar ... bei ihnen fand er den Schlüssel zu all den entschwundenen und doch so sehnlich begehrten Erfahrungen. Innerlich verwünschte er die Nebel, welche, für ihn unerklärlich, die bekannte Welt umflorten. Dunkelheit wohin man schaut, dachte er. In der Dunkelheit einer langen Nacht sind wir geboren. Aber es gab einmal ein Licht, nach dem man sich immer noch sehnt. Meine Mutter sagt, daß sie es kennt, daß es aus dem Süden kommt ... und doch glaubt sie nicht daran. Die Königin ist eine tüchtige Frau, und ich freue mich, sie zur Mutter zu haben; aber ich erkenne nicht, welches Geheimnis sie hütet und mir nicht enthüllt. Sie weiß etwas, das sie mir nicht verrät ... Andere Männer, andere Zeiten, anderes Licht ... Und Gudú, König Gudú, ich, ich werde aus den Nebeln hervortreten und die Welt in Brand setzen. Er phantasierte, träumte, glaubte. Der Tag brach an wie der Frühling mit den ersten Vögeln, die im neuen Grün zwischen dem schmelzenden Schnee schüchtern mit den Flügeln schlugen. Lange zurück lag die Zeit, da er allein von seiner Eingebung geleitet, nur mit Kühnheit und Mut und mit Hilfe des Magiers den König des Schluchtenlandes unterworfen hatte. Wie unbeholfen erschienen ihm jetzt seine ersten Siege! Die Erregung bemächtigte sich seiner; er öffnete die Läden vor seinem Fenster und wartete auf die Sonne: nicht, um sich an den ersten Veilchen oder dem frischen Grün des Mooses zu berauschen, sondern um zu sehen, ob die Steppe vom Schnee befreit und der Winter auf dem Rückzug war. »Magier, du alter Lehrer, ich grüße dich«, lachte er, und sein Lachen klang gedämpft, als wolle es seine Kehle nicht verlassen. Er fühlte sich stark, er hatte die Thronfolge gesichert: drei Kinder, nicht nur eines, folgten ihm nach. Und wenn die kleine Raiga dieselben Tugenden an den Tag legte wie ihre berühmte Großmutter, könnte man über ein Gesetz nachdenken, das auch ihr, falls nötig, den Weg zum Thron ebnete.

Von solchen Gedanken ließ Gudú sich treiben, und dann kam sein großer Tag. Als er aufbrach, lag noch Schnee auf den Wegen. Er führte einen Teil der zwangsrekrutierten Soldaten sowie Ritter aus Olar mit sich. Unterwegs stießen Abteilungen aus den kleinen Garnisonen des Nordens hinzu, wo Randal vergangener Größe nachtrauerte. Als persönliche Leibgarde hatte Gudú sieben seiner besten Wölfe ausgewählt, unter ihnen Rakjel, der die Luft zu trinken schien. Gudú beobachtete ihn genau: sein dunkles Gesicht, die geblähten Flügel seiner kurzen flachen Nase, den weichen Flaum am Kinn. Seine Kameraden aus Olar lachten ihn aus und nannten ihn Milchbart. Aber so waren alle seiner Rasse, und über ihren stark gewölbten Wangenknochen glühte das Feuer schmaler, schräg stehender Augen. Das schwarze Haar fiel ihnen in dicht geflochtenen Zöpfen über die Ohren, und es gab unter den Wölflingen solche, die machten es ihnen nach, weil sie erkannten, daß es einen Schwerthieb abzumildern vermochte. Und plötzlich durchzuckte Gudú ein Gedanke; ein unsinniger Einfall, eine dumme Erinnerung: Die zerbrechliche, kindliche, unkörperliche Naivia hatte ihr Haar auf dieselbe Weise getragen. Er schüttelte den Gedanken ab, und doch, die verborgene Stimme, die aus ihm wie der harzige Saft der Waldkönige aus ihren Zweigen quoll, flüsterte ihm ins Ohr: »Was verbirgt sich im dunklen Leib der Welt?«

2

Sie erreichten die Steppe schneller als bei anderen Heerzügen. Diesmal waren Arbeitstrupps von Gefangenen vorausgeschickt worden, die ihnen den Weg nach Osten zu ebnen hatten.

»Kein Arm, der eine Waffe hält, soll sich unnötig verausgaben«, hatte der König befohlen; und während einige dies als großzügige Geste auslegten, bewunderten andere, die ihn besser kannten, seine weise Voraussicht.

Atre, der ehemalige Hirte und jetzige Waffenmeister, war zur Beaufsichtigung der in Olar verbliebenen Wölflinge abgestellt worden, und Oci, sein Bruder – oder Sohn, oder was immer er war, so genau war dies nie geklärt worden –, kümmerte sich um dessen Herden und um die Pferde. Gudú ließ die beiden in der beruhigenden Gewißheit zurück, das alle seine Anweisungen zuverlässig befolgt würden. Für die Zeit seiner Abwesenheit hatte er Baron Silu zum Befehlshaber im Schwarzen Turm ernannt, womit dieser den Gipfel seines eitlen Strebens erreicht sah, und der König einen ergebenen Statthalter gewonnen hatte, während die wirklich entscheidenden Dinge von den ihn begleitenden Kriegern erwartet wurden. Da Gudú nun bei allem

Vorbehalt davon ausgehen konnte, daß die Dinge sich so entwickelten, wie er sie geplant hatte, betrachtete er mit uneingeschränkter Freude den Aufgang der Sonne über der endlosen Einsamkeit der vor ihm liegenden Steppe.

Aus der alten Garnison war mit den Jahren eine Stadt geworden, in der die Frauen der Krieger und Soldaten sowie die Kinder lebten, die noch zu klein waren, um bei den Wölflingen aufgenommen zu werden. Überall weidete Vieh, aus den Schmieden erscholl ein Hämmern und Amboßschlagen, zahlreiche Läden und Marktstände waren zu sehen. Es gibt einen besonderen Menschenschlag, der unauffällig seine nie versiegende Arbeit tut ... Menschen, die von irgendwoher auftauchen, um zu verkaufen, Preise festzulegen, zu liefern, zu geben und zu nehmen, wo und unter welchen Umständen auch immer, dachte Gudú beim Anblick dieses bescheidenen Wohlergehens.

»Wir werden dieser Stadt einen Namen geben«, sagte er am Abend zu seinem getreuen Yahek. »Wegen der unschätzbaren Dienste, die du hier geleistet hast, soll die Stadt Yahekia heißen.«

Der alte Krieger blieb stumm, als er diese Worte vernahm. Nur die dunklere Färbung seiner Wangen und seines kahlen Schädels verrieten, wie gerührt er war. Er wußte aber nicht, daß solche unmerklichen Kleinigkeiten seinem Herrn und König keineswegs entgingen. Und vielleicht wurden sie auch nicht so aufgenommen, wie er es sich gewünscht hätte.

Nach dem Abendmahl setzte Gudú sich mit seinen Hauptleuten, dem edlen Jovelius und dem tapferen Rakjel zusammen, und dann wurde getrunken wie in alten Zeiten.

»Wir werden bald in die Steppe vordringen«, sagte Gudú. »Ich habe den Feldzug in allen Einzelheiten durchdacht, und ihr werdet genaue Befehle über eure jeweiligen Aufgaben und Zuständigkeiten erhalten. Und bedenkt eines: Bisher haben uns nur Scharmützel und unbedeutende Gefechte kampftauglich gehalten. Jetzt beginnt unser Ruhm.«

Und langsam, damit die Worte auch in das abgestumpfteste Hirn eindringen konnten, fügte er hinzu: »Ich sagte *unser* Ruhm, nicht *mein* Ruhm; denn der Ruhm von König Gudú wird immer auf jene zurückfallen, die ihm zur Seite gestanden und diesen Ruhm erst ermöglicht haben. Der größte Ruhm und die größte Macht werden jedoch dem zuteil, der in der großen Schlacht am meisten gibt und am meisten erreicht.«

Er hob seinen Becher und trank feierlich mit seinen Männern, die stumm vor Freude – jeder auf seine Weise – mit ihrem König tranken, der sie zu einem solch außergewöhnlichen Unternehmen führte.

Im Morgengrauen brachen sie zum Großen Fluß auf, wo die Grenzgarnison auf sie wartete. Dort sagte Gudú zu seinen Leuten: »Nehmt Abschied von euren Frauen, denn viel Zeit wird vergehen, bis ihr sie wiederseht.«

Und so taten sie.

Yahek trat in Indras Zelt, die zusammen mit der neuen Augenschmaus und den Kindern das Essen bereitete. Mit finsterer Miene setzte er sich ans Feuer. Die beiden Jungen spielten auf dem Boden; beide waren hübsch anzusehen, braun gebrannt und kräftig wie junge Zicklein.

»Wo ist diese Hexe?« fragte Yahek schroff.

»Sie ist keine Hexe, Yahek«, entgegnete Indra. »Ich bitte dich, vergiß sie. Sie ist eine arme alte Frau, die keinem etwas zuleide tut. Außerdem hat sie für deinen Sohn nur liebevolle Blicke.«

»Das darfst du nicht zulassen!« brüllte Yahek und sprang auf. Er zog sein Schwert aus der Scheide und starrte mit aufgerissenen Augen auf die Klinge. »Sie ist mit frischem Blut beschmiert! Ich habe dir gesagt, du sollst damit keine Ziegen köpfen, verdammtes Weib!«

»Ich habe das Schwert nicht angerührt, Yahek«, erklärte Indra mit müder Stimme. Wie oft hatte sie diesen Vorwurf schon gehört, und wie oft hatte sie das Schwert genommen und so getan, als würde sie das nicht vorhandene Blut abwischen, so, wie sie es eben wieder tun wollte, als Yahek es ihr entriß und in die Scheide zurückstieß.

Dann nahm er den Kleinen auf den Arm, schaute ihm in die Augen und sagte: »Seine Augen atmen Haß … Was bringt Kinder dazu, mich zu hassen?«

»Kein Mensch haßt dich«, sagte Indra sanft.

»Doch, diese verdammte Hexe macht, daß mein Sohn mich haßt. Ich verbiete dir, sie in seine Nähe zu lassen. Wenn du es doch tust und ich erfahre davon, haue ich dich in Stücke. Und jetzt komm; ich reite mit dem König und weiß nicht, wann ich zurückkomme. Ich will mich von dir verabschieden …«

Er verbrachte die Nacht mit ihr, wälzte sich jedoch unruhig hin und her, und seine Träume waren offenbar entsetzlich. Er sprach im Schlaf und sagte, er sehe sich in Blut gebadet, und schließlich murmelte er: »Ich habe einen Mann getötet.« Als hätte er nicht mehr Männer getötet, als er sich jemals würde erinnern können.

Am Morgen ritt er davon. Er ließ zwei Frauen voller Mitleid und Kummer zurück, denn beide hatten sie Zuneigung zu ihm gefaßt: die eine als Gemahlin, die andere fast wie eine leibliche Tochter. Zur selben Zeit erwachte des Königs verschmähte Tochter und steckte ihr Köpfchen durchs Zelt. In der Ferne sah sie das Heer sich formieren und im Licht der aufgehenden Sonne Gudús Rüstung glänzen, woraufhin sie einen Freudenschrei ausstieß und dorthin lief. Augenschmaus eilte bestürzt hinter ihr her. Eben noch rechtzeitig konnte sie die Kleine ergreifen, damit sie nicht unter die Hufe der Pferde geriet.

»Du darfst nie zu diesen Männern gehen, Gudrilkja«, sagte sie. »Niemals, hörst du?«

»Wer ist das?« fragte die Kleine in ihrer brabbelnden Kindersprache. Und Augenschmaus sah dasselbe zornige Licht in ihren Augen aufblitzen, welches sie auch in Gudús Augen erblickt hatte.

»Der König«, sagte sie. »Nun komm; der König ist immer weit fort, und niemand kann zu ihm.«

»Ich auch König sein«, sagte das Mädchen.

Als ihre Mutter das hörte, durchlief sie ein Frösteln, und sie legte der Kleinen die Hand auf den Mund.

»Frauen sind keine Könige«, sagte sie. »Und ich glaube, das ist ein großes Glück für uns.«

Das Mädchen aber erzählte noch tagelang allen Freundinnen und Spielkameraden und jedem, der es hören wollte, wenn sie groß sei, werde sie auf einem schwarzen Pferd reiten, ihr Haupt werde strahlen wie die Sonne, und sie sei König.

Das Heer von Olar überquerte den Großen Fluß, und wie schon früher empfing sie nur Einsamkeit und grenzenlose Stille.

»Seid auf der Hut, Majestät«, sagte Rakjel am dritten Tag, nachdem sie mehrere fruchtlose Streifzüge unternommen hatten. »Wenn man es am wenigsten erwartet, fallen die Teufel plötzlich über einen her.«

»Ich weiß«, entgegnete Gudú. »Du selbst warst einer dieser Teufel und hast Yahek so in die Hand gebissen, daß man die Narbe von deinen Zähnen immer noch sehen kann. Aber wie du siehst, kann König Gudú jeden Teufel besiegen und, wenn er es für richtig hält, mit Ehren überschütten.«

In Rakjels dunklem Gesicht blitzte ein merkwürdiges Lächeln auf. Er hatte Reißzähne wie ein Schakal, und sein Lächeln vergnügte Gudú, ohne daß er den Grund dafür hätte sagen können. Aus einer spontanen Eingebung heraus sagte er: »Rakjel, von diesem Augenblick an ernenne ich dich zum Hauptmann.«

Rakjels Lächeln erlosch. Seine schmalen Augen, schwarz und glänzend wie der Rückenpanzer eines Käfers, leuchteten auf. Er deutete eine Verbeugung an und murmelte: »Ihr werdet es nicht bereuen, mein König.«

Gudú ließ die Beförderung des Jungen unter seinen Männern bekanntmachen, und obwohl er den Unwillen des edlen Jovelius bemerkte, zog er es vor, nicht darauf einzugehen.

Als wären Rakjels Worte auf unsichtbaren Wegen zu den Leuten seiner Rasse vorgedrungen, tauchten noch am selben Tag die Steppenteufel auf. Die Kriegstaktik der Horden war stets dieselbe, und Gudú kannte sie. Es war auch kein Heer, das sich ihnen entgegenstellte; nur eine Horde, jedoch schnell und verwegen.

Sie wurden rasch besiegt, und obwohl ein paar Gefangene gemacht wurden, geschah weiter nichts von Belang. Im Gegenteil, die Steppe lag weiterhin unveränderlich vor ihnen: grenzenlos und rätselhaft.

Viermal noch schlugen sie derartige Angriffe nieder und errangen unbedeutende Siege über versprengte Trupps. Danach wechselten einander wieder Endlosigkeit, Stille und Einsamkeit ab. Sie bekamen keine Dörfer zu sehen, keine Siedlungen, nicht einmal ein Zeltlager, wie früher ab und zu.

Eines Tages bat Rakjel um Erlaubnis, allein mit dem König sprechen zu dürfen. Gudú empfing ihn in seinem Zelt.

»Majestät«, sagte Rakjel, »ich muß Euch etwas berichten, über das ich aber nichts Genaues weiß. Wenn ich mein Gedächtnis erforsche, stoße ich immer wieder auf die Erinnerung einer Geschichte, die sich, als ich klein war, die Krieger meines Stammes erzählten, und ich frage mich, ob sie vielleicht wahr ist.«

»Berichte mir«, verlangte Gudú. »Ich werde dann entscheiden, ob sie glaubhaft ist oder nicht.«

Da er selbst trank, bot er auch Rakjel einen Becher an, und dieser trank langsam, in kleinen Schlucken. Dann wischte er sich mit dem Unterarm über die Lippen, schaute zum ersten Mal Gudú offen ins Gesicht und sagte: »Wenn die Geschichte stimmt, König, haben wir den falschen Weg eingeschlagen. Denn anstatt weiter in die Steppe vorzudringen, müßten wir umkehren und flußaufwärts reiten, bis wir zum Großen Nebenarm kommen, so nennen sie hier einen Zufluß des Großen Flusses, der nach Osten fließt. An seiner breitesten Stelle kann man das gegenüberliegende Ufer nicht mehr sehen, so daß der Fluß wie ein großer See aussieht. Und in der Mitte dieses Sees liegt eine Insel.«

Als er bis hierher gekommen war, schwieg Rakjel, als traue er seiner eigenen Geschichte nicht mehr.

»Nur weiter«, befahl Gudú, lebhaft interessiert. »Warum hältst du inne?«

»Majestät, es ist so, daß diese Geschichte eine große Gefahr in sich birgt. Die Legende besagt, wer dem Angehörigen eines anderen Stammes oder – noch schlimmer – einer anderen Rasse etwas über diese Insel verrät, wird von so vielen Lanzen durchbohrt werden, wie er in seinem Leben Wörter gesprochen hat.«

»Du wirst nicht durch diese Lanzen sterben«, erklärte Gudú. »Solche Schauermärchen sind nicht wahr, und du bist auch kein Teufel. Für mich bist du ein Mann aus Fleisch und Blut, den ich auf keinen Fall erübrigen kann.«

»Ich weiß«, sagte Rakjel; doch als er seine Geschichte zu Ende erzählte, ging sein Atem keuchend, und seine Lippen bebten. »Außer zu Euch habe ich noch mit keinem Menschen darüber gesprochen; aber es heißt, auf dieser Insel stehe die außergewöhnlichste Stadt der ganzen Welt. Sie ist so reich, daß jede andere dagegen verblaßt. Die Stadt ist ganz und gar von einer hohen Mauer umgeben, und regiert wird sie von einer Königin. Diese Königin ist grausamer, blutrünstiger und verwegener als der kühnste Krieger. Und dazu noch so tückisch und listenreich, wie nur eine Frau sein kann. Sie reitet einen Rappen, heißt es, der so schnell ist wie der Wind, und mit Lanze und Schwert soll sie geschickter umgehen als der fähigste Soldat. Sie selbst führt ihr Heer an, ist von allen gefürchtet und geachtet, und niemand wagt es, ihr entgegenzutreten.«

Gudú schwieg eine Weile nachdenklich. Zwischen ihnen beiden knisterte das Feuer, und eine Zeitlang hörte man nichts als das Knacken des feuchten Holzes. Beide leerten ihre Becher. Dann sagte Gudú: »Was willst du mir in Wirklichkeit sagen? Welchen Vorteil brächte es König Gudú, diese Königin zu besiegen ... falls es sie gibt.«

»Sie besiegen, Hoheit?« Rakjels Augen loderten wie das Feuer. »Sie zu besiegen wäre ein Traum ... Falls Ihr eine solche Unternehmung wagen würdet, könntet Ihr sicher sein, daß sich wichtige Stämme auf Eure Seite schlügen. Die Königin ist so gefürchtet und verhaßt, wie der Reichtum ihrer Stadt Begierde weckt. Aber glaubt mir, es würde ein mühevolles Unterfangen. Euer Ruf eilt Euch durch die Steppe voraus ... vielleicht könnte es gelingen. Mit dem Anreiz Eurer bisherigen Siege würden viele Männer zu Euch stoßen, und ihre Kenntnisse des Landes und der Gegebenheiten könnten Euch auch später von großem Nutzen sein.«

»Vielleicht aber«, fügte Gudú bedächtig hinzu, »ist diese Königin für alle Stämme die wichtigste Unterstützung … und noch einmal: Vielleicht ist diese Königin sogar deine eigene Mutter. Womit König Gudú alle Stämme auf einmal gegen sich hätte. Denkbar wäre auch, daß du selbst gegen König Gudú kämpfen willst und König Gudú besiegen willst.«

In Rakjels Gesicht bewegte sich kein Muskel.

»Sie ist nicht meine Mutter, Majestät. Ich habe sie nie zu Gesicht bekommen«, sagte er schließlich ruhig. »Wäre sie meine Mutter, würde ich aber nicht zögern, ihr die Stadt zu entreißen, wenn sie mich als Sohn im Stich gelassen hätte. Aber glaubt mir, diese Königin ist mindestens so rachsüchtig wie mächtig und ließe nie zu, daß ein Mensch aus ihrem eigenen Fleisch und Blut zum Feind überläuft.«

»Es sei denn, um mit der Geduld deiner Rasse einen Racheplan auszuführen, du verfluchter Teufel«, sagte Gudú mit seinem heiseren Lachen. Obwohl er sich einen heiteren und leutseligen Anschein gab, beobachtete er doch jede Bewegung Rakjels auf das genaueste.

»Ihr mögt denken, was Ihr wollt, König«, antwortete der Junge. »Aber wenn es dazu kommt, könnt Ihr mich auf ein Pferd binden und mich unbewaffnet vor Euren Kriegern herreiten lassen. Und wenn mich dann so viele Lanzen durchbohrt haben werden, wie ich Wörter in meinem Leben gesprochen habe, dann werdet Ihr vielleicht glauben, daß die Geschichte wahr ist, und dann könnt Ihr Königin Urdska möglicherweise besiegen.«

»Vielleicht tue ich das«, sagte Gudú. »Du brauchst die Hoffnung auf so einen ungewöhnlichen Tod noch nicht aufzugeben, Rakjel. Du kannst jetzt gehen.«

»Danke, Herr, daß Ihr mich angehört habt«, sagte der Junge und tat, wie ihm der König geheißen.

Mehrere Tage vergingen, ohne daß sich bemerkenswert Neues tat. Ab und zu ließen sich kleine Trupps von Steppenreitern sehen, kamen jedoch nicht einmal so nahe, daß Gefangene gemacht werden konnten. Auf ihren kleinen schnellen Pferden verschwanden sie so blitzartig, wie sie auftauchten, und zeigten keine Neigung zu einem Kampf.

Gudú dachte darüber nach, was Rakjel ihm erzählt hatte. Am fünften Tag rief er schließlich Yahek zu sich, um unter vier Augen mit ihm zu sprechen: »Yahek, du weißt viel über die Steppe, weil sie die Heimat deiner Mutter ist. Dir verdankte ich viel von meinem Wissen über die Menschen, die hier leben, und über dich selbst. Aber du hast mir nie von einer Insel erzählt, die im Nebenarm des Großen Flusses liegen soll.«

Bei diesen Worten erbleichte Yahek und neigte den Kopf, bis er fast den Boden berührte. Ein Schauer durchlief seinen Körper, und Gudú sah dicke Schweißperlen auf dem kahlen Schädel glänzen.

»Mein Herrscher«, stieß er schließlich mit kaum vernehmbarer Stimme hervor, »welcher Hund hat dies ebenso alte wie tödliche Gift in Euer Ohr geträufelt?«

»Du hast also davon gehört?«

»Majestät, Majestät! Ihr dürft kein Wort davon glauben! Hört gar nicht hin! Dort hausen die Teufel vom Ende der Welt; und wer einem Fremden davon berichtet, wird von so vielen ...«

»... Lanzen durchbohrt, wie er Worte in seinem bisherigen Leben gesprochen hat. Keine Sorge, Yahek, nicht du bist der, welcher den Fluch auf sich gezogen hat«, unterbrach ihn Gudú.

»Majestät, hört nicht auf den bösen Wind, der über die Steppe weht. Es ist der Wind des Feuers und des Blutes, der grausamste Wind aller Winter.«

»Schau mich an, Yahek«, befahl Gudú mit ernster Stimme.

Der frühere Freischärler gehorchte, und in seinen Augen sah Gudú ein solches Entsetzen, daß es ihn wirklich erstaunte.

»Nun hör mir gut zu, Dummkopf«, sagte er und zog sein Schwert. »Es gibt auf der ganzen Welt keine andere Hölle und keinen anderen Teufel als dieses Schwert. Und es gibt keinen Tod und keine Lanzen außer den Tod und die Lanzen Gudús. Also verhalte dich wie ein Soldat und hör mir zu.«

Die Worte des Königs schienen Yahek aufzurichten, doch dann murmelte er: »Sicher, Herr, an Eurer Seite ist jeder Mann zu den gefürchtetsten und gefährlichsten Taten bereit ... aber wehe den Männern, wehe uns allen, wenn uns bei einem derartigen Unternehmen Eure Hilfe einmal fehlen wird; das wäre das Ende von allem.«

»Sie wird euch nicht fehlen«, entgegnete Gudú verärgert. »Warum sprichst du solche unsinnigen Dinge?«

Yahek gab keine Antwort, und der König bekam auch nichts mehr aus ihm heraus, weshalb er ihn schließlich entließ. Allein im Zelt, öffnete er die Truhe, in der er seine Bücher und Pergamente aufbewahrte, und begann auf den Karten des Magiers Linien zu ziehen und Zeichen einzutragen.

Zwei Tage lang, ohne Unterbrechung, ließ Gudú sich die Gefangenen der Steppe vorführen. Von Yahek in ihrer Sprache belehrt, daß sie alles über die mythische Geschichte der Insel und der Stadt erzählen sollten, weigerten sich anfangs alle. Erst als einige von ihnen zu Tode geprügelt wurden, bestätigte einer nach dem andern, was Rakjel berichtet hatte.

Gudú befahl, dreien von ihnen die Freiheit zurückzugeben. Er schickte sie in die Steppe zurück, damit sie ihre Stammesbrüder aufsuchen und ihnen von seinen ungefähren Plänen berichten konnten. Sie sollten sie dann auffordern, sich seinem Heer anzuschließen und an der Schlacht teilzunehmen, und im Falle eines Sieges würden sie gleichberechtigt an der Beute beteiligt. Gudú versprach, die Anführer und ihre Stämme als Verbündete anzuerkennen. Wo heute ihre elenden Behausungen standen, würde er Städte errichten, und während sein Königreich gedieh und immer größer wurde, sollten sie an der wachsenden Sicherheit und am zunehmenden Wohlstand teilhaben. Er versprach, sein weiteres Vordringen in die Steppe nach dieser Schlacht einzustellen, was ihre Lebensbedingungen spürbar verbessern würde.

»Ihr wagt viel damit«, sagte Jovelius beunruhigt. »Vergeßt nicht, Majestät, wie rachsüchtig und heimtückisch die Steppenvölker sind, und wie sehr sie Euch hassen; noch mehr als Euren Vater ...«

»König Gudú ist nicht König Volodius«, entgegnete Gudú hochmütig. »Es gibt keinen Haß, der nicht durch Habgier und die Aussicht auf ein sorgloses Leben aus der Welt geschafft werden kann.«

Wie Yahek und Rakjel vorgeschlagen hatten, steckten sie am vorgeschobensten Punkt der Steppe fünf Lanzen in Form eines V in die Erde; dies war das Zeichen für Waffenstillstand und den Wunsch nach Verhandlungen in jenem Land.

Danach wurden die halbverhungerten und -verbluteten Gefangenen wieder in die Steppe hinausgeschickt – hinausgeworfen, besser gesagt, während die Soldaten ihre eigenen Reihen fest schlossen und auf die Rückkehr, den Angriff oder Nachrichten von ihnen warteten.

Wenig später wurden sie von einem Stamm angegriffen, der sie aber offenbar aus reiner Kopflosigkeit oder Verängstigung überfiel, so daß Gudús Krieger schon nach kurzem Kampf ihren ungeordneten Rückzug abschneiden und mehr Gefangene machen konnten als je zuvor. Sie wurden ausgepeitscht und gestanden, die in Umlauf gebrachte Geschichte habe sie so sehr entsetzt, daß sie es vorzögen, durch Gudús Hand zu sterben, als sich der Königin Urdska entgegenzustellen. Da nur ein Mann der Steppe diese Dinge hatte verraten können, werde es für keinen von ihnen Gnade geben können, ob sie nun unmittelbar dafür verantwortlich waren oder nicht.

So standen die Dinge, als am nächsten Tag eine gewaltige Staubwolke am Horizont Gudú und seinen Männern das Nahen großer feindlicher Reiterhorden verkündete. Sie kamen jedoch nicht in kriegerischer Absicht. Als sie so nah herangekommen waren, daß man schon ihre Gesichter erkennen konnte, hielten sie mit gesenkten Lanzen inne. Gudú schickte zwei seiner Männer als Unterhändler zu ihnen.

Kurz darauf kehrten sie mit der Lanze des Großen Häuptlings Largklai zurück, an deren Schaft ein geflochtener schwarzer Skalp baumelte. Er hatte seinem Widersacher gehört, einem gefürchteten Krieger aus der inneren Steppe, dem jüngeren Bruder von Urdska. Die Königin hatte geschworen, seinen Mörder zu vernichten, und seit jenem Tag war der Häuptling mit seinem Stamm gezwungen, rastlos durch die Steppe zu ziehen, ohne sich länger als einen Tag lang am gleichen Ort aufhalten zu können. Sie waren ein gehetztes Volk, von Haß und von Schrecken verzehrt, und hatten nun beschlossen, im Kampf gegen den König von Olar unterzugehen oder sich mit ihm gegen Königin Urdska zu verbünden.

»Letzteres ist vernünftiger«, erklärte Gudú. »Aber sie müssen sich vorher einigen Prüfungen unterwerfen.«

Und sie unterwarfen sich. Die Prüfungen waren jedoch so erbarmungslos, daß mehr als einer sich fragte, ob er nicht besser in die Klauen von Urdska gefallen oder sich in sein eigenes Schwert gestürzt hätte, um sein elendes Dasein zu beenden. Als erstes einmal – mit Ausnahme von Largklai, den Gudú mit Ehrerbietung behandelte und in einem Zelt unterbrachte – wurden die Steppenreiter entwaffnet und in Ketten gelegt. Nachdem man alles aus ihnen herausgeholt hatte, was sie über die verwunschene Geschichte von Urdska und ihrer Stadt zu berichten wußten, gab man ihnen hölzerne Lanzen, und dann wurden sie unter Anleitung von Yahek und Rakjel so ausgebildet, daß am Ende ein guter Teil von ihnen praktisch unbrauchbar war und nicht mehr weitermachen konnte. Aus den übrigen aber waren so gute Kämpfer geworden, und so grausam, kühn und verzweifelt waren sie, dazu noch so gut bewacht – denn wenn sie nicht gerade im Gebrauch der Waffen unterrichtet wurden, waren sie weiterhin Gefangene –, daß sie sich am Tag des Aufbruchs zum Nebenarm des Großen Flusses beinahe als glückliche Menschen fühlten.

Ein wahrhaft heißer Sommer kündigte sich an, als Gudú der Meinung war, eine bessere Zeit für seine Männer als diese Jahreszeit und dieses Klima könne es nicht geben.

Die anderen, kleineren Stämme der Gegend hielten Ruhe, ließen sich nicht blicken und zeigten so ihre Achtung. Gudús Vormarsch kam daher ohne nennenswerte Zwischenfälle sehr zügig voran.

Einen Teil seiner Männer ließ er in der letzten Garnison zurück, und mit dem Großteil seines Heeres zog Gudú am Ufer entlang flußaufwärts. Unterwegs trafen sie nur auf die noch rauchenden Trümmer verlassener Dörfer, da die Einwohner sich offenbar weder von seinem Angebot noch von seiner Gegenwart bessere Dinge versprachen. Daher erfüllte es den König mit Stolz und tiefer Zufriedenheit, als sie am dreizehnten Tag ihres Heerzuges in ein Dorf kamen, das noch einen Rest von Leben aufwies. Anstelle der üblichen Stille, des Gestanks und der Trostlosigkeit kamen diesmal drei Jungen von zehn oder zwölf Jahren zwischen den Trümmern hervor und baten mit erhobenen Armen um Gnade. Yahek und Rakjel verhörten die Burschen und berichteten dem König, sie fühlten sich von seinem Ruhm und dem ihm vorauseilenden Ruf angespornt und wünschten nichts sehnlicher, als in die Reihen der Wölflinge aufgenommen zu werden.

»Ich nehme euch auf«, sagte Gudú. »Und ich hoffe, euer Beispiel wird Schule machen.«

Und so war es: Nicht nur Kinder, sondern sogar der eine oder andere Krieger stieß zu ihnen, und alle wurden aufgenommen und dem Brauch gemäß ausgebildet.

Sich auf die Berichte von Yahek, Rakjel, Largklai und die Gefangenen stützend, hatte Gudú seinen Weg zum Großen Nebenarm geplant und sagte sich nun, daß dieser, seinen Berechnungen nach, bald auftauchen müsse. Doch Tag um Tag ritten sie weiter und fanden auf ihrem Weg nichts anderes als Einsamkeit, Elend und endlose Leere. Der Sommer hatte seinen Höhepunkt fast erreicht, und von dem Gesuchten war weit und breit nichts zu sehen. Die Männer zeigten erste Anzeichen von Erschöpfung und Zweifel.

Und es kam der Tag, da der stolze Jovelius Rakjel zu einem Zweikampf auf Leben und Tod forderte, da er glaubte, sie seien Opfer eines heimtückischen Verrats geworden. Bevor es soweit kommen konnte, gelang es Gudú jedoch, sie zu besänftigen. In seinen Worten lagen eine solche Unnachgiebigkeit und Zuversicht und ein so blindes Vertrauen in das Gelingen ihres Abenteuers, daß sie ihren Marsch flußaufwärts schließlich wiederaufnehmen konnten.

Und dann, als Gudú selbst schon fürchtete, der Zweifel könne sich seiner bemächtigen, sahen sie den Großen Nebenarm am Horizont erglänzen. In der Morgenluft hörte man gleichsam die Herzen der Männer klopfen; das Herz des Königs ebenso wie die Herzen der Steppenreiter, die sich mit ihm verbündet hatten. Gudú, befahl anzuhalten und ein Lager zu errichten, um die vielfältigen Pläne zu veranschaulichen, über die sie unterwegs nachgedacht hatten. Er versammelte die Anführer in seinem Zelt und breitete dort die kleinen Zeichnungen aus, die bei diesen Männern ebensoviel Mißtrauen wie Bewunderung hervorzurufen pflegten.

Gudú und seine Hauptleute besprachen die Strategie und die Einteilung ihrer Leute, um den ersten Schritt durchzuführen, der darin bestand, den Großen Nebenarm oberhalb und unterhalb der Insel in solchem Abstand zu überqueren, daß sie nicht gesehen werden konnten. Auf der anderen Seite wollten sie sich so formieren, daß es auf der Rückseite der Insel keinen anderen Ausweg als nur noch Wasser gab. Zuerst jedoch mußten sie feststellen, was sich überhaupt auf der anderen Seite des Flusses befand. Sie konnten dort ebensogut auf weitere Städte wie auf gut bewaffnete kriegerische Stämme oder auch wieder auf endlose Weiten treffen. Oder auf Wälder, auf den Großen Abgrund des Endes der Welt sogar, aus dem die wilden Teufel kamen, angeführt von der großen Teufelin, der sagenumwobenen, geheimnisvollen, schrecklichen Königin Urdska.

Gudú jedoch hatte seine Entscheidung getroffen, und niemand fand den Mut, ihm zu widersprechen. Den Männern war inzwischen alles recht, wenn nur endlich das lange, unsichere Warten aufhörte.

ZWEITER TEIL

VII

URDSKA

I

Der Sommer zog sich langsam und mit ungebrochener Kraft hin, wie eines jener großartigen wilden Tiere, von denen ihm vor langer Zeit einmal der alte Magier berichtet hatte. Gudú hatte sie nie gesehen und zweifelte sogar an ihrer Echtheit, wie er stets alles bezweifelte, was er nicht mit eigenen Augen gesehen und mit eigenen Ohren gehört hatte, was von der Wirklichkeit nicht bestätigt wurde. Trotzdem kamen sie ihm jetzt wieder in den Sinn: Löwen, wachsame Löwen, gefräßig, gefürchtet, sich ihrer königlichen Würde wohl bewußt. Der Sommer war ein alter Löwe, lauernd und vernichtend. Glühend heiß, mit angespannten Sinnen machte er sich die Steppe untertan. Ein altes, furchterregendes Tier, das Rauchsäulen aus ausgedörrten Wasserlöchern aufsteigen und roten Klatschmohn sprießen läßt, der für kurze Zeit wunderschön im Kornfeld steht. Der Sommer; der listige Sommer, der die lauernde Gewalt im Herzen der Menschen entfacht und Erinnerungen an einen schönen Winter weckt, der längst entschlafen schien. Ein herrlicher Sommer, strafend und gefürchtet.

Immer noch in weiter Ferne lag die Wasserfläche des Großen Nebenarms glitzernd vor Gudú. Dieses ferne Licht, das auch zwischen seinen zusammengekniffen Augenlidern leuchtete, enthüllte ihm – so glaubte er – den tiefsten Beweggrund seines Vaters. Jenes Verlangen, das er jetzt mit den Händen zu fühlen glaubte. Jenes uralte Verlangen, das im tiefsten Ursprung seiner Herkunft wurzelte, dort lag es vor ihm wie die Teile eines unvollendeten Satzes, der ihn auf den verschlungenen Wegen der Zeit nun endlich erreicht hatte. Er wußte jetzt, daß er im Begriff stand, eine Tür aufzustoßen, zu der bisher noch niemand vorgedrungen war. Ein verschütteter Schrei – wer weiß, warum und von wem bislang unterdrückt – trieb ihn gleichsam, die Erdkrume aufzubrechen, den Boden unter seinen Füßen aufzuhacken und das so lange Ersehnte endlich ans Tageslicht zu befördern. Und es war wie ein Schrei, ein Glanz aus alter Zeit, für den ihm aber weder der weise Magier noch seine kluge Mutter je eine Erklärung gegeben hatten. Er aber kannte ihn, weil er in ihm wohnte, und das vielleicht schon lange vor seiner Geburt: eine Art von Entrücktheit, licht und allein ihm zuteil geworden. Und ihm schien, als werde König Löwe unter dem König der Gestirne soeben Zeuge dieses Lichts; eines Lichts, das noch mächtiger und strahlender war als alles Licht des Sommers, welches aus den kümmerlichsten Pflänzchen zu seinen Füßen hervorleuchtete und das ganze Land um ihn her in ein einziges Hervorsprießen von geheimnisvollen, nie gesehenen Geschöpfen mit unbekannten Sprachen und Gebräuchen verwandelte, die ganz unerwartete Länder zum Vorschein brachten. Zurück blieben die Nebel der Kindheit, die zarten Knospen des Frühlings, das Blöken der Lämmer. Vor allem aber, noch vor der eigenen Erinnerung, erkannte er sich als den ersten Menschen der Welt. So etwas wie jenen Adam, von dem seine Mutter und der Abt von Abundios ihm erzählt hatten, als er noch ein Kind war, als er sich in seiner Einsamkeit gefragt hatte, welches wohl sein Name sei, welches sein Rang. Heute wußte er es. Doch ebenda brach seine Erinnerung ab.

Verwirrt redete er sich ein, der Träger einer Fackel zu sein, so wie die Athleten des Altertums eine Fackel zu tragen pflegten. Genauso war es jetzt an ihm, sie an jene weiterzureichen, die ihm nachfolgten oder an seine Stelle traten. Aber wer waren diese? Er wußte nicht viel von seinen Kindern, kannte sie kaum und wußte nicht einmal, wie sie aussahen. Außerdem schloß sie eine andere, weit größere und mächtigere Welt ein, in der sie vergessen worden waren, die ihnen aber auch zu wachsen erlaubt hatte. Vielleicht, sagte er sich, haben sich die Männer, welche jene Welt bewohnen oder regieren, mit denselben Zweifeln geplagt, die mich jetzt befallen. Und er stellte sich wieder die Frage, was in seinem Leben wirklich ihm gehörte, was tatsächlich sein eigen war. Hatte es nicht vor ihm schon Männer gegeben – Könige oder Vagabunden –, die in sich und ihrer Umgebung die Last der Unwissenheit, den Kummer über soviel Unverstand gespürt hatten? Derselbe Zweifel, derselbe Schrecken: der Drache, der tausendjährige, bestialische Drache erhob wieder sein Haupt, und der unermeßliche Raum, der die Heimstatt einer fernen Sehnsucht war, tat sich vor ihm auf. Er sah sich selbst als Kind, das sich im Wasser eines Quells oder Sees spiegelte. Und er sah einen jungen Mann mit blitzenden Augen, groß und stark, der sein Schwert gegen einen unbekannten Widersacher erhob. Das Bild verschwamm, und an seiner Stelle erschien der kleine, der sehr kleine Junge im Kampf mit dem Drachen, der beharrlich in seinen kindlichen Alpträumen erschien, sobald die Nacht ihn zudeckte, und er nicht einmal wußte, daß er der Sohn des Königs war. Wie eine Eidechse glitt er durch die finsteren Gänge im Schloß von Olar, ein eigensinniges Kind auf der Flucht oder auf der Suche. Vielleicht gehorcht es auch einem düsteren Befehl, der es ans Bett eines sterbenden Königs führt, dessen Name Vater ist. Je mehr ich nachdenke, um so weniger verstehe ich, sagte er sich. Der Sommer konnte ein Versprechen sein oder eine Falle: Die Entscheidung lag bei ihm. Eine Herausforderung, der sich Gudú, König von Olar, nicht entziehen konnte.

Der Abend zog sanft über die Steppe bis ins Heerlager der Männer. Gudú mochte den Abend nicht, er bevorzugte den Morgen, die Nacht oder den Tagesanbruch, weil der Abend eine unentschlossene Tageszeit war, die ihm Unbehagen bereitete. Er zog sich in sein Zelt zurück und gab Befehl, niemanden vorzulassen. Er ließ sich nur einen Spiegel bringen, eine jener polierten Bronzescheiben, für die seine Mutter eine solche Vorliebe hatte. Er betrachtete sich lange Zeit, sah jedoch in der glänzenden Oberfläche nur das Gesicht eines Mannes gespiegelt; nicht das eines Königs, eines Aristokraten oder Arbeiters. Eines Mannes, weiter nichts. Und nichts Geringeres. Dann sagte er ein ums andere Mal zu sich selbst, wie um es sich ins Gedächtnis einzuprägen, daß Königin Urdska auch nur eine Frau war, eine Frau und weiter nichts.

Mit diesem Gedanken legte er sich zur Ruhe, als falle es ihm so leichter, die Mauern der Angst einzureißen, die Tunnel seiner Unwissenheit zu durchqueren und die Grenzen eines Landes – oder einer Schimäre – zu finden, zu dem er sich mehr als alles andere hingezogen fühlte. Kurz vor dem Einschlafen überkam ihn ein Zweifel: Vielleicht bestand das wirklich Unbekannte gar nicht aus Ländern, Sprachen, Bräuchen, sondern aus der menschlichen Natur selbst; aus Männern und Frauen sogar in seiner nächsten Umgebung. Aber ich muß sie nicht verstehen, ich muß sie beherrschen, war sein letzter Gedanke, bevor der Schlaf ihn übermannte.

Ein weißer Falter taumelte über seinen Träumen – eines jener zarten, wesenlosen Geschöpfe, die im Morgengrauen sterben.

Während der strahlend hellen Tage, die jener Nacht folgten, wurden seine mehr schlecht als recht verscheuchten Ängste und Zweifel nur noch größer. Gudú kannte die Taktik der Steppenkrieger – oder glaubte sie zu kennen: geballter Angriff, Wolken von Pfeilen, gellendes Kriegsgeschrei. Nach dem ersten Zusammenprall zogen sie sich auf ihren flinken Pferden zurück und stoben in alle Richtungen auseinander. An Verfolgung war gar nicht zu denken, da griffen sie aufs neue an, als wären sie dem Erdboden entstiegen. Ein Angriff folgte so auf den nächsten und dieser auf den übernächsten, bis sie den Sieg errungen hatten oder wie durch Zauberei ein weiteres Mal verschwanden. Dies alles wußte er und hielt es für eine wertvolle Lehre. Dennoch blieb in einem Winkel seines Verstandes eine Unruhe, eine geheimnisvolle Stimme, die seinem Urgefühl entsprang und ihm gerade jetzt, da er im Begriff stand, all das zu erreichen, was seine Vorfahren vergeblich erhofft und versucht hatten, ziemlich deutlich zu verstehen gab, daß ihm alle Lehren und Erfahrungen kaum etwas oder gar nichts nützen würden. Auf ihn wartete etwas, das mit nichts bisher Bekanntem, Gehörtem oder Gelerntem zu vergleichen war.

Eines Morgens, noch bevor er sich mit seinen Hauptleuten traf, verweilte Gudú noch etwas in der Einsamkeit seines Zeltes und lauschte dem Erwachen der Steppe. Im Wind, der die Kammlinien der Dünen verwischte, glaubte er das sanfte Rascheln einzelner Tiere zu hören, die so einsam waren wie er selbst. Im Dikkicht machte sich etwas bemerkbar: ein fernes Dröhnen, als schlage eine Hand auf das Fell einer Trommel. Und dann überfiel ihn eine jähe Gewißheit, die er noch nie zu denken gewagt hatte: Du bist der ungewollte Sohn eines Mannes, der seinen Vater haßte. Doch ob gewollt oder nicht, er war der Erstgeborene eines legitimen Herrschergeschlechts und König eines Volkes; und er wußte, daß er – entgegen jeder Voraussage – durch einen mächtigen, geheimen Befehl dahin gekommen war.

Furcht und Sorgen und noch die beunruhigendsten Ahnungen entflohen seinen Gedanken mit den letzten Zuckungen der versinkenden Nacht. So trat er dem neuen Tag entgegen. Die Sonne, der Löwe, erhob sich ein weiteres Mal, wild, umgeben von einem Glorienschein. Die Steppe schien von einem stoppligen grünen Teppich bedeckt, der frisch und glitzernd war und imstande, dem morgendlichen Wind Klänge zu entlocken. Beim ersten Tageslicht blühte es im Binsengehölz, und der Tau glitzerte feucht rosa und lila. Für Gudú und seine Männer war diese grüne Aue nach der langen Trockenheit und endlosen Ödnis wie ein plötzlich gestillter Durst nicht nur für den Gaumen, sondern für die Seele selbst. Die Seele? Seltsamer Vogel ohne Namen. Früher hatte man ihm viel von dieser Substanz erzählt. Er verstand zwar nicht genau, worum es sich dabei handelte, aber, dachte er, für den Fall der Fälle sollte man ihr Dasein nicht rundheraus leugnen. Jedenfalls hatte er solche Dinge in einem unbestimmten Nebenraum seines Kindheitsgedächtnisses abgelegt. Er verbannte sie jetzt aus seinen Gedanken, um einem lebhaften Bild aus längst vergangenen Tagen Platz zu machen, als seine Mutter ihn an die Hand genommen und ihm die Blumen und die Vögel gezeigt hatte, die in ihrem Garten blühten und nisteten. Sie hatte ihm genau die Eigenarten einer jeden Blume und Pflanze erklärt, die Flugrouten und Angewohnheiten jedes Vogels, und sie schien von allen diesen Dingen ein großes Wissen zu besitzen. Plötzlich war sie stehengeblieben, vor ihm auf die Knie gesunken, hatte ihre Hände auf seine Schultern gelegt und ihn ernst angeschaut. An die Augen seiner Mutter, die groß und dunkel waren und von einem ganz besonderen inneren Licht erfüllt, das kein anderes Menschenwesen besaß, erinnerte er sich lebhaft; mehr sogar noch, als an ihre Worte. »Ich muß dir etwas sagen, Gudú; etwas, das nur der alte Lehrer weiß und das ich von ihm gelernt habe. Es gab eine Zeit im Altertum, da befehdeten sich Götter und Menschen, Macht und Sklaverei, Grausamkeit und Verstand, Habsucht und Klugheit … und die Liebe stellte sich gegen das Leben. Es gab, gibt und wird auch in Zukunft harte Kämpfe, Siege und Niederlagen geben, um Macht, Haß und Liebe … Letzteres jedoch ist ein unheilvolles, verwerfliches Gefühl, dem du nie anheimfallen wirst, weil kein Mensch – und schon gar kein König – zum Gegenstand und Spielball eines solchen Empfindens werden darf.

So hör mir also gut zu, mein Sohn: Du bist der König, und niemand darf sich dir in den Weg stellen. Im letzten Moment seines Lebens hat dir dein Vater die Hand aufs Haupt gelegt und dich über deine Brüder erhoben. Vergiß das nie. Du bist der König von Olar, und nichts und niemand darf dir dies streitig machen.« Dann erzählte seine Mutter ihm von Olar und vom Vergessen; eine konfuse Geschichte, in der sie ihm erklärte, warum ausgerechnet in diesem Vergessen ihr Wohl und Wehe lag. Aber davon verstand er nichts mehr. Jetzt kamen die wirren Worte jenes Tages wieder zurück, und auch an die strahlenden schwarzen Augen seiner Mutter erinnerte er sich, als wären sie eine Art Auftrag oder ein Erbe. Er empfand es als seine Pflicht, Olar vor dem Vergessen zu bewahren, aber es war auch seine Zuflucht. Er ahnte, daß es weit mehr Dinge gab, als er wissen durfte, und daß sie ihm aus irgendeinem Grund verborgen waren. Er schüttelte den Kopf, wie er es zu tun pflegte, wenn ein Gedanke ihn quälte. Erinnerungen an die Kindheit, dachte er, sind immer trügerisch und verwirrend ... Sie haben in meinem Leben keinen Platz.

Plötzlich kam Wind auf, und Gudú glaubte, zum ersten Mal die Sprache herauszuhören, von der seine Mutter und der Magier gesprochen hatten: »Lausche dem Wind, mein Sohn, lausche dem Wind und dem Ruf des Milans.« Vielleicht war der Wind ein Bote, und was er von ihm erlauschen oder verstehen könnte, wäre unschätzbare Weisheit.

Doch der Wind schien ihm nichts mitteilen zu wollen; jedenfalls nichts von dem, was er zu erfahren hoffte. Worte, herrliche Worte waren es, die jetzt verflogen, kaum daß er sich an sie erinnerte. Ich brauche diese Stimmen nicht zu verstehen, sagte er sich. Ich verstehe nur den Geruch, die Farbe, den Geschmack von dem, was ich berühren und sehen kann. Ich bin der König. König zu sein war für ihn ein Zustand, der ihn befähigte, den Gesang der Amsel, den Anbruch des Tages im Gezweig des Kirschbaums oder den sanften Klang des Windes in den Gräsern zu lenken. Und auch die Großartigkeit seines Volkes. Ja, wahrscheinlich hatten die Milane einen König. Er selbst hatte sie als Kind beobachtet, wie sie in vollkommener Formation zu den warmen Ländern flogen, angeführt von einem einzigen. Und noch eine weitere Erinnerung kam ihm, leicht und zerbrechlich, scheinbar so willkürlich in der drückenden Last seines Wartens, daß er zusammenzuckte: Ein kleiner Spatz flog plötzlich an seiner Seite auf und erschreckte ihn, wie ihn noch nie zuvor etwas erschreckt hatte.

Urdska, Fürstin oder Königin, wer immer du bist: Wo warst du, als ich dich suchte? fragte er sich. War nicht mein ganzes Erbe, waren nicht alle meine Kämpfe und Siege in Wirklichkeit eine geheime Suche nach dir? Ich weiß nicht, ob ich dich hasse; aber ich weiß, daß ich dich begehre, daß ich mich deiner bemächtigen will ... Du trägst Unruhe in mein Herz, und ich weiß nicht, ob ich dich demütigen oder zu mir aufheben will ... Er wußte nicht, ob Urdska jung oder alt, schön oder häßlich war, denn seine Begierde war jetzt größer als seine Neugier. Sie behinderte alles, wie ein Speer oder ein Pfeil, der irgendwo stak und nur von ihm allein herausgezogen werden konnte.

Und dann erschien, unvergeßlich, im Sonnenglast kaum zu erkennen, doch ohne Zweifel wirklich, das Bild der Insel vor seinen Augen, und sämtliche Generationen seiner Vorfahren erhoben sich in ihm, und Stolz erfüllte ihn bei dem Gedanken, daß er der erste und einzige war, der sich einem Ruf stellte, der noch älter war als Olar.

Das Grauen jedoch ist ein schreckliches Kraut. Wenn man es für verdorrt hält, hebt es um so mächtiger sein Haupt, genau wie ein unsichtbarer Saft, der bis in die höchsten Spitzen eines Baumes steigt. Und so zeigte es sich auch an jenem Morgen. Die Männer waren plötzlich wie gelähmt, als stünden sie unter einem Bann. Ein undeutliches Grauen, wie schwerer kalter Nebel, kroch am Boden entlang durch die Steppe geradewegs auf sie zu. Und die Sonne, hoch oben am Himmel, schien einen lichterloh brennenden Schleier auszubreiten, durchscheinend und zugleich verbergend, was ihre Augen noch nie geschaut, ihre Sinne nie wahrgenommen hatten: Nebel und Sonne waren offenbar übereingekommen, Geist und Gemüt der Männer zu trüben. Zum ersten Mal auf ihrem Feldzug wurden die Männer schwach. Und noch bevor sich diese Schwäche zeigte, erkannte Gudú sie, denn es gibt einen unsichtbaren Herold, der die Furcht und den Tod ankündigt, bevor sie für alle sichtbar werden – was vielleicht auch für die Liebe gilt.

Das Grauen bäumte sich jetzt in den Gemütern der Krieger auf und hinderte sie daran, zu fliehen, zurückzuweichen oder nur einen Schrei auszustoßen. Allein eine greifbare, dichte Stille legte sich über die Männer: Es war der Atem des Drachen, der übers Wasser kam.

Gudú sollte nie begreifen, was an jenem Morgen geschah. Das unhörbare Etwas näherte sich in trommelwirbelnder Stille und bemächtigte sich seiner Männer, ergriff einen nach dem anderen, von den Hauptleuten bis hin zum einfachsten Krieger. Die Stille war anders als jede bekannte Stille; samtweich und unheilvoll schwebte sie in der Luft, die alle atmeten. Gudú erkannte, daß auch die Stille eine hörbare Materie war, fühlbar und dicht, wie eine unsichtbare Gegenwart oder eine unglaubliche Abwesenheit von Tönen und Geräuschen. Keine Stimmen, keine Schritte, kein Aufeinanderprallen von Gegenständen, kein Knistern von Flammen, nicht einmal das alltägliche, allgegenwärtige Hundegebell aus der Ferne. Obwohl alles in Bewegung war, hörte man nichts. Es war ein Omen; und am Beginn jenes Morgens, der, wie Gudú wußte, für sein Leben entscheidend sein sollte, nahm er all diese Dinge wahr, als hätten sie sich früher schon einmal ereignet, als wären sie Echos eines früheren Geschehens. Niemand hatte es ihm erklärt, nichts davon hatte er sich vorgestellt, nichts darüber gelesen. Er wußte es einfach.

Ein Rauschen drang an sein Ohr, anfangs leise wie das kaum hörbare Plätschern eines Quells. Dann schwoll es an zu einem brausenden Wasserfall, einem ohrenbetäubenden Tosen. Es war wie ein vielstimmiges Gebrüll, das von der Insel kam und von den Vögeln zu ihm gebracht wurde. In weiter Ferne, jenseits des Flusses, stieg noch immer der dichte weiße Sommernebel auf, und dann verschwand das Bild der Insel so schnell, wie es aufgetaucht war, als hätte es sie nie gegeben.

2

Dann entbrannte die erste Schlacht gegen Urdskas Insel. Es war eine erbarmungslose Schlacht, und Gudús Männer hatten nicht die Sicherheit früherer Male; denn obwohl sie schon oft genug gegen die Steppenreiter gekämpft hatten, kamen diese immerzu im letzten Augenblick mit einer neuen Taktik, einem unerwarteten Angriff, einer scheinbaren Flucht, welche die Krieger von Olar in Ungewißheit stürzte.

Gudú blieb besonnen. In jedem Moment, bei jedem Schritt kalkulierte er die Möglichkeit eines überraschenden gegnerischen Manövers ein. Trotzdem konnte er seinen Angriff vorbereiten und seine Reserve in Stellung bringen. Er teilte seine Truppen auf: Von rechts stieß Yahek mit einem Teil der Männer vor, auf der linken Seite tat Baron Jovelius dasselbe, so daß sie die Stadt in die Zange nehmen konnten. Rakjel behielt er bei sich, da er ihm trotz seiner Loyalitätsbeweise nicht unumschränkt traute. Seine Herkunft lag immer noch im dunkeln, doch letzten Endes war und blieb er ein Sohn der Steppe.

Wie ihnen gesagt worden war, zog sich eine Mauer um die ganze Stadt, was in der Steppe tatsächlich ungewöhnlich war. Darüber hinaus waren die Ufer des Großen Nebenarms grün, und Urdskas Insel glich trotz aller Trockenheit ringsum einem blühenden Garten. Gudú erkannte bald, daß seine Gegner wenig Hoffnung hegen konnten, unbeschadet davonzukommen. Er ließ alle Brücken zerstören, womit die Inselstadt von der Außenwelt so gut wie abgeschnitten war.

Ein gnadenloser, blutiger Kampf entbrannte, als vom Unterlauf des Flusses unerwartet Verstärkung für Urdska auftauchte und sie in ihrem Angriff innehalten mußten. Doch dann griff Gudú seinerseits noch einmal an; noch unnachgiebiger, so dies möglich war. Bei diesem Angriff wurde Yahek von einem Pfeil getroffen und tödlich verwundet. Gudú sah ihn leblos vor sich liegen. Obgleich er schon viele Tote gesehen hatte, Hauptleute, Anführer, Krieger, sterbend oder tot, war ihm die Wirklichkeit des Todes noch nie so eindringlich vor Augen getreten wie angesichts des Leichnams jenes alten Freischärlers.

Er kniete vor ihm nieder und betrachtete sein Gesicht. Das war nicht mehr Yahek. Es war eine Puppe, eine große leblose Puppe. Er dachte an die Treue, den Mut und die Lebenslust dieses Mannes, der ihm plötzlich wie ein fremder Mensch vorkam. Der Mann, der da vor ihm lag, lag gar nicht mehr dort, lag nirgends mehr. »Yahek, Yahek ...«, flüsterte er, und seine Lippen bewegten sich kaum. Mit dem Namen entfloh alles, was zu ihm gehörte: die Tapferkeit, der alte Glanz einer Hoffnung, eine nicht enden wollende Schlacht, deren Ausgang nicht abzusehen war.

Er erhob sich und gab Befehl, Yaheks Leiche mit größter Umsicht aufzuheben und fortzutragen und mit allen Ehren zu begraben, die bei seinem Volk üblich waren. Als die Männer zur letzten Wache dessen angetreten waren, der ihnen lange Jahre Führer und unermüdliche Hilfe gewesen war, erscholl ein gellender Schrei, ein langgezogenes Geheul, das über die weite Ebene zu ihnen drang. Die Alte Steppenhexe kam, als folge sie einem finsteren Ruf, den nur sie allein vernahm. Als sie bei ihm war, nahm sie den leblosen Körper in ihre Arme und weinte, wie nur Steppenwölfe weinen können. Sie hielt ihn fest an sich gedrückt, bis sie ihn im Morgengrauen seinen Kriegern übergab, damit sie ihn mit den notwendigen Zeremonien begruben. Dann entschwand sie in einer wirbelnden Staubwolke hin in die große Einsamkeit.

In blutigen Kämpfen, einmal angreifend, dann wieder zurückweichend, verlor Gudú viele Männer. Unaufhaltsam verging die Zeit. So manches Mal wurden sie noch auf ihren Rückzügen von versprengten Horden angegriffen. Doch dann kam der Tag, da er den Belagerungsring schließen konnte. Rund um die Mauer schlugen sie ihre Zelte auf, entschlossen, zu warten, bis der Feind sich ergab.

Einmal sah er Urdska auf den Mauern. Eine schwarze Gestalt hoch zu Roß, ein majestätischer Anblick. Der Tag ging zu Ende, der Himmel stand gleichsam in Flammen, und sie bot genau das Bild, das Gudú sich von der Königin der hohen, leuchtenden Steppe stets gemacht hatte.

Aber die Stadt ergab sich nicht. Der Herbst verging, und der grausame Steppenwinter überfiel die Belagerer, der Schnee deckte alles zu. Der Fluß gefror über weite Strecken. In der Zeit des Wartens, zu der der endlose Winter sie zwang, ließ Gudú sämtliche Wasserzugänge zur Stadt verstopfen, Palisadenwälle aus gespitzten Stämmen errichten, der Rest war Warten ... Abwarten ist die einzige Aufgabe von Belagerern, die schließlich ebenso Gefangene sind wie die Belagerten.

Im Verlauf des letzten Scharmützels wurde Gudú auf unerwartete Weise verwundet, erhielt einen Hieb, der ihm die Wange aufriß und sein Gesicht auf finstere Weise verunstaltete. Er maß diesem Zwischenfall jedoch keine große Bedeutung bei. Nachts lag er in seinem Zelt und träumte. Wie einer, der einen langgehegten Traum Gestalt annehmen sieht, konnte er nicht mehr aufhören zu träumen, seit sie Urdskas ferne Insel zum ersten Mal erblickt hatten.

Der Winter zog sich hin. Gudú wurde einundzwanzig Jahre alt und nahm es nicht einmal wahr. Er dachte auch nicht an jene, die er zurückgelassen hatte. Weder an seine Gemahlin noch an seinen Sohn Gudulín, der jetzt an die vier Jahre alt sein mußte, noch an die Zwillinge, die jetzt ein Jahr alt geworden sein durften und die er noch nie gesehen hatte. Weder der Winter noch die Stadt gaben auf; nur manchmal kündete ein lodernder Widerschein vom Feuer des Lebens, das immer noch in ihren Mauern sprühte.

»Wenn der Frühling kommt, greifen wir an«, sagte Gudú. »Gewiß sind sie schon so reif, daß sie keinen Widerstand mehr leisten werden.«

Aber er irrte. Im Frühling kamen neue Horden, wie Teufel, die geradewegs durch die Erdkruste brachen – dieselben Teufel, die der Legende nach dem Abgrund am Ende der Welt entsprangen. Sie durchbrachen den Belagerungsring, wurden zurückgeschlagen und traten schließlich den Rückzug an. Die Belagerer konnten ihre Reihen nur mit Mühe wieder schließen, einen Angriff führen und schließlich den Sieg davontragen.

Bereits nach der ersten Schlacht hatte Gudú um Verstärkung aus Olar geschickt, so daß das ganze Reich, von Nord bis Süd, letztlich ohne Männer war.

Bei einer neuen Offensive im Sommer wurde er ein zweites Mal verwundet. In dieser Schlacht sah er Urdska zum ersten Mal leibhaftig vor sich und kämpfte sogar gegen sie. In der Hitze des Gefechts stand sie plötzlich vor ihm, die schwarze Gestalt, die er auf den Zinnen erblickt hatte, und er war wie geblendet. Zum ersten Mal hatte er das Gefühl, seinem Ebenbild gegenüberzustehen. Dies war wohl der Kampf, den er in seinem Leben am heftigsten herbeigesehnt hatte, doch das Gesicht der Widersacherin bekam er nicht zu sehen. Es war hinter einem schwarzen Helm verborgen, die ganze Gestalt von einer schwarzen Rüstung bedeckt. Er sah nur ihr blitzendes Schwert über sich, das auf seine Schulter krachte und ihm beinah das Ohr gekostet hätte. Gleich darauf war die Königin verschwunden. Ebenso unerwartet, wie sie aufgetaucht war, war sie wieder entwichen, genau wie ihre Reiter es zu tun pflegten, kaum daß man Zeit hatte, sie überhaupt wahrzunehmen. Doch die Wunde, die ihn gezeichnet hatte, verheilte nur schlecht.

Rakjel, der nach Yaheks Tod zu seiner rechten Hand geworden war, nähte die Wunde des Königs auf die in der Steppe übliche Art. Gudú entdeckte immer wieder neue Fähigkeiten an dem Mann, der jetzt seine zuverlässigste Stütze war.

Danach griffen sie in mehreren Wellen an, und diesmal eroberten sie die Mauern der Stadt. Ein unbarmherziger Kampf entbrannte, führte aber nur dazu, daß der Belagerungsring enger wurde. Gudú schickte einen Unterhändler zu Königin Urdska, um sie zur Kapitulation aufzufordern. Als Antwort erhielt er den auf eine Lanze gespießten Kopf des Unglücklichen. Daraufhin bereitete er den Sturmangriff vor.

Da Urdskas Horden – die schon sehr geschwächt sein mußten, wenn nicht gar nahezu aufgerieben – sich nicht ergaben, traten wieder Aberglauben und alte, von Mund zu Mund und Ohr zu Ohr weitergegebene Legenden zutage, und unter Gudús Kriegern breitete sich Panik aus. Einige desertierten, darunter viele Männer von Häuptling Largklai. Diejenigen, die weiterkämpften, sprachen empört: »Gudú wird es rächen.« Was der König auch tat. Jeder gefangene Deserteur – unter ihnen Häuptling Largklai selbst – wurde vor den Augen der Soldaten hingerichtet.

Eine dichte, fühlbare Hitze legte sich über die Steppe. Die Leichen derer, die nicht begraben werden konnten, begannen zu stinken, und die Krankheiten und Seuchen, die damit einhergingen, verringerten die Zahl der Männer draußen vor der Stadt wie auch in der Stadt.

Während dieser Epidemie starb der edle Jovelius, und von seinen früheren Kameraden war nur noch der junge Rakjel übrig. Gudú forderte noch einmal Verstärkung aus Olar.

Am Ende des Sommers boten die Stadt und ihre Umgebung ein Bild des Grauens. Flußabwärts trieben die aufgedunsenen Leiber toter Männer, Frauen, Kinder und Tiere, und wer die Aasgeier sah, die den Himmel über der Stadt verdunkelten, konnte sich leicht ausmalen, wie es innerhalb der Mauern aussah.

Die Königin ergab sich erst, als der Winter einsetzte, am selben Tag, an dem Gudú zweiundzwanzig Jahre alt wurde. Es war eine schmerzliche Kapitulation. Plündernd und mordend drangen Gudús Truppen in die Stadt ein.

Als Gudú grausam und siegreich in die erträumte, über alles begehrte Stadt einritt, war diese nur noch ein Trümmerfeld. Doch selbst unter verbrannten Balken und eingestürzten Häusern konnte man noch dem Echo eines Glanzes lauschen, der unbeugsamen Erinnerung an frühere Größe. Da kam ihm ein Gedanke: Vielleicht heißt Triumph, über dich selbst hinauszuwachsen; über alles, was du kennst. Vielleicht ist es das, was in den alten Büchern als Ruhm bezeichnet wird. Aber Ruhm war in seinen Augen nur noch ein blasses Bild, so wie die verblichenen Seiten in den alten Büchern.

Mit Rakjel und den Hauptleuten an seiner Seite ritt er zu den Trümmern, die einmal Königin Urdskas Palast gewesen waren. Und dort fand er etwas, das er auch nicht erwartet hatte. Der Palast war in nichts mit all den anderen zu vergleichen, die ihm bisher unter die Augen gekommen waren. Da waren nicht nur Trümmer – mit denen hatte er nach den erbarmungslosen Kämpfen gerechnet, die ihnen den Weg dorthin geebnet hatten –, sondern über den rauchenden Trümmern flatterten wie Flügel von unbekannten Riesenvögeln zahllose Stoffetzen im Wind, die zu jenen Zelten aus roter und goldener Seide gehört hatten, welche ihm als Kind oft von seiner Mutter beschrieben worden waren. Durchsichtige Zelte gleichsam, die er seit Kindertagen in seiner Erinnerung trug.

Inmitten verkohlter Balken und roter Seidenfetzen standen zwei Frauen wie steinerne Säulen: Königin Urdska und ihre jüngere Schwester Ravja. Zwei Frauen aus Fleisch und Blut, majestätisch wie zwei Adler, umgeben von geheimnisvoll flimmerndem Goldstaub, wie man ihn manchmal in einem Sonnenstrahl beobachten kann. Es ist kein Gold, es ist kein Sonnenstaub, es ist nicht der feurige Nebel, den ich über dem Großen Nebenarm habe aufsteigen sehen ... Es ist jener falsche Goldstaub, der die Flügel mancher Schmetterlinge färbt, sagte sich Gudú, und ein Frösteln lief ihm über den Rücken. Mit diesen Gedanken verscheuchte er seine Furcht und alles Rätselhafte, wie er es gewöhnlich mit Dingen tat, die ihn daran hinderten, einen klaren Gedanken zu fassen.

Zum ersten Mal sah er die Königin in ihrer wahren Gestalt. Sie war weit jünger, als er geglaubt hatte, zumindest legte der Anschein dies nahe. Urdska war schlank und hoch gewachsen, dabei stark wie ein Mann. Als sie ihren Helm abnahm, fielen ihr zwei lange schwarze Zöpfe bis auf die Schultern herab. Sie hatte schmalgeschnittene Augen, glühend wie Kohlen, über hochstehenden Wangenknochen. Ihr ovales Antlitz war fein geschnitten, ihr Kinn energisch, wenngleich sanft gerundet. Auf ihren vollen Lippen lag ein stolzes, freudloses Lächeln. Trotz allem jedoch war die große Steppenkönigin nunmehr seiner Gnade ausgeliefert, besiegt, gedemütigt, die Krieger-Königin, Hoffnung und Schrecken aller befreundeten oder befeindeten Steppenvölker.

Die Gestalt neben ihr war ein schönes junges Mädchen, gewiß nicht älter als zwölf Jahre. Ein fast unmerkliches Zittern, das weniger scharfe Augen als Gudús nicht bemerkt hätten, durchlief ihren Körper. Auch die zarte Schönheit dieses Geschöpfs – es erinnerte ihn an ein junges Reh, das in eine Falle geraten war – sowie die ungeheure, blanke Neugier, welche, alle anderen Gefühle überlagernd, in ihren großen Augen stand, blieben dem König nicht verborgen. Eine Neugier, die selbst die Angst überwand und sogar das große Staunen, welches ihr zweifellos das Schauspiel der Welt und ihrer Menschen bereitete.

Die Königin jedoch … Welche Königin? Mit einem Mal erschien sie ihm weder als Königin noch als Frau, sondern allein als der Inbegriff einer Gattung, die er aus tiefster Seele verfolgte und begehrte. Es stimmte, was Rakjel zu ihm gesagt hatte: Sie besaß kein Alter, sie war jenseits der Zeit, der Vergangenheit und der Zukunft.

Der König befahl, sowohl Urdska als auch ihre Schwester in einem Zelt unterzubringen und mit der Achtung zu behandeln, die ihrem Stand angemessen war. Ein König demütigt keinen anderen König; auch dann nicht, wenn er ihn besiegt hat, sagte er sich. Doch Urdska brachte ihm nichts als Verachtung entgegen. Selbst als Gefangene blieb sie stolz und herablassend, und ihre kleine Schwester, Prinzessin Ravja, tat es ihr nach.

Nachdem er zugesehen hatte, wie sie von den Soldaten unter Rakjels Befehl fortgebracht wurden, ließ Gudú seine Blicke über die Ruinen jener Stadt schweifen, der das dringlichste Unternehmen seines Lebens gegolten hatte. Merkwürdig, dachte er, während er unter einem Himmel, der ihn mit immensen Augen zu beobachten schien, über die Trümmer stieg, merkwürdig, daß die Erfüllung eines Traums eine so große Leere hinterläßt … Und es stimmte: Statt der Begeisterung, die sich unter seinen Männern ausbreitete, tat sich vor ihm eine immer größer werdende Leere auf.

Rakjel bekam den Auftrag, sich um die königlichen Gefangenen zu kümmern. Eines Tages befahl ihm Gudú, Prinzessin Ravja in sein Zelt zu bringen. Ravja jedoch weigerte sich, wahrscheinlich auf Anraten ihrer Schwester.

»Wie kann sie es wagen, den Befehl ihres Königs und Gebieters zu mißachten?«

»Majestät«, sagte Rakjel, und seine Stimme zitterte auf ungewohnte Weise, »für sie ... seid Ihr nicht der König.«

Für einen kurzen Moment war Gudú vom Zorn, aber auch von Überraschung und einem Anklang von Furcht wie gelähmt. Er fing sich jedoch sofort und schrie: »Und wer ist ihr König? Welches ist ihr Königreich?«

»Ich weiß es nicht, mein König«, sagte Rakjel. »Jedenfalls keines von hier.«

In seiner Stimme strömte eine verborgene Leidenschaft, einem unterirdischen Quell nicht unähnlich, der, zwar noch schwach, eines Tages aber zu einem reißenden Wasserfall anschwellen konnte.

»Was ist mit dir?« fragte Gudú. Da es jedoch wichtigere Dinge gab als die Befindlichkeit seines bevorzugten Wölflings, nahm er sich vor, später darüber nachzudenken. Nach kurzem Überlegen sagte er dann: »Sag der kleinen Ravja, der König werde in dieser Nacht zu ihr kommen, er wolle nur mit ihr sprechen und ihr seine Bewunderung bezeugen und ... seine Zuneigung.«

So trat Gudú nach Einbruch der Nacht in das Zelt seiner königlichen Gefangenen. Ravja erwartete ihn zitternd. Ihre Schwester, die Königin, hielt sich im rückwärtigen Teil des Zeltes auf, hinter Vorhängen, und nicht einmal ihr Schatten zeigte sich auf dem Boden.

»Mein liebes Kind«, sagte Gudú und streckte der Kleinen beide Hände entgegen. Als das Mädchen die dargebotenen Hände erblickte, streckte sie ihre aus, und aus dieser freundschaftlichen Geste wurde eine Umarmung, aus der Umarmung ein Kuß, und der Kuß endete erst im frühen Morgenlicht des nächsten Tages.

Am nächsten Tag zog Ravja in das Zelt des Königs, und die folgenden schlaflosen Nächte waren vielleicht das Schönste und Strahlendste in ihrem kurzen, ahnungslosen und unglücklichen Leben.

Trotz aller Bemühungen seiner Männer war der berühmte Schatz der Stadt nirgends zu finden. Nur Trümmer, Trostlosigkeit und Tod. Gudú drohte Urdska – durch Rakjel als Dolmetscher – mit dem Tod, falls sie nicht verriet, wo der Schatz vergraben lag. Als Urdska diese Worte vernahm, antwortete sie verächtlich: »Nicht einmal unter der Folter wird man mir dieses Geheimnis entreißen.«

Inzwischen war die junge Ravja in Liebe zu Gudú entbrannt. Dieser Mann, der so anders war als alle, die sie bisher gekannt hatte, der so stolz und majestätisch in ihr Zelt gekommen war, hatte vom ersten Augenblick an einen tiefen Eindruck auf sie gemacht. Sie fühlte sich in den Bann seiner eisigen blauen Augen gezogen, die so strahlten, wie sie es bei keinem Mann ihrer eigenen Rasse je gesehen hatte. Schon als kleines Kind hatte sie von seinen Heldentaten gehört, war sein Ruf bis zu ihr gedrungen. Er wurde von den Steppenvölkern zwar als grausamer Feind betrachtet, doch seinen Mut und seine Macht hatten sie stets bewundert.

Gudú wußte, was die Kleine für ihn empfand; und wenn auch das Wissen des armen Mädchens nicht von sonderlichem Nutzen zu sein schien, so verriet es ihm doch den Weg, der zu der geheimen Stelle führte. Also drangen sie nach den Anweisungen der Prinzessin immer tiefer in die Steppe vor, und dennoch dauerte es insgesamt noch eineinhalb Jahre, bis sie sie fanden.

Aber so, wie es aussah, konnte das die ersehnte Stelle kaum sein. Es handelte sich um eine kleine Befestigung inmitten von Sanddünen, denen der Wind jeden Tag eine neue Gestalt gab. Was heute wie ein Hügel aussah, ähnelte morgen einem Zelt, und die Umrisse nahmen die unvorstellbarsten Formen an.

Nur ein kleiner Hinweis, so winzig wie unmißverständlich für jenen, der ihn zu deuten wußte, zeigte ihnen die genaue Stelle an, wo sie graben mußten. Es war ein zwergenhaftes, in der Wüste ungewöhnliches Gewächs; ein graues Gestrüpp, golden, rot und blau gesprenkelt, gleichsam ein Abbild des weiten, schweren Himmels über der Steppe. Die kleine Ravja hielt inne.

»Hier ist es«, sagte sie. »Solange ich denken kann, habe ich immer wieder von dieser Stelle geträumt.«

Und tatsächlich fanden sie eine solche Menge an Edelsteinen, Bechern und Gefäßen aus unbekanntem Metall und nie gesehene Juwelen, daß Gudú wie geblendet war. Sie fanden auch etwas, das ihm noch wertvoller erschien und schier niederschmetterte, und das war eine Unzahl von Pergamenten und Schriftrollen, auf denen die Geschichte von Urdska und ihrem ganzen Geschlecht aufgezeichnet war.

Sie gehörte einer uralten, zum Aussterben verurteilten Kultur an. Und es hieß dort, Gudú werde Urdskas Gemahl und bekomme von ihr zwei Söhne, herrlich anzuschauen, grausam und mutig, die er zu seinen Nachfolgern bestimme. An der Stelle jedoch nahm die Weissagung eine dunkle Wendung voller kleiner Klauseln – derselben kleinen, vertrackten Klauseln, über die schon Ardid, der Magier und selbst der Kobold im *Buch der Ahnen* gestolpert waren –, von denen Gudú ebensowenig Notiz nahm wie seine Mutter in früheren Tagen. Aber seine Phantasie wurde dadurch angefeuert.

Unterdessen blieb Urdska als Gefangene in ihrem Zelt. Rakjel kümmerte sich selbst um das geringste ihrer Bedürfnisse, wie es der König befohlen hatte. Nach und nach entstand zwischen ihnen eine eigene Welt; eine Welt, in der einst die Wiege des jungen Rakjel gestanden hatte. Seine ganze Geschichte sowie die Geschichte der Männer und Frauen seines Volkes entstand – von Urdska erzählt – vor seinen Ohren.

Anfangs verhielt Rakjel sich abweisend, doch Urdska drang in ihn, weckte seit langem unterdrückte Stimmen.

»Rakjel, Rakjel, du bist der Enkel des Großen Rakjel, der die Stämme des Nordostens vereinigte. Und ausgerechnet du, der einzige Nachkomme dieses großen Häuptlings, hast dein Blut verraten, deine Rasse, dein Volk.«

»Ich habe nichts und niemanden verraten. Ich war ein hungriges, verlassenes Kind, als König Gudú mich bei sich aufgenommen, mich in der Kriegskunst unterrichtet und aus mir einen Krieger und einen Mann gemacht hat.«

»Wie sprichst du? Du bist die einzige Hoffnung deines Volkes. Du bist der Enkel des Großen Rakjel, des *Unbezwingbaren*, der die Stämme vereinigt und ein einziges großes Volk geschaffen hat. Wie kannst du das alles verraten?«

Armer Rakjel. Der Mut verließ ihn, und ein alter Stolz, ein uraltes, machtvolles Gefühl, durchströmte ihn. Er war der einzige Erbe einer Welt, die Gudú zu zerstören trachtete. Sein Kinderherz jedoch weigerte sich, Gudú zu verraten, denn als Wölfling bewahrte er sich noch eine unschuldige Treue und Bewunderung für den, der ihm all das entrissen hatte, was ihm eigentlich gehörte. Aber er hatte ihm Hoffnung und einen neuen Lebenssinn gegeben.

»Rakjel, Rakjel, Enkel des Großen Rakjel, du kannst nicht dein Blut, nicht dein Volk verraten.«

Und in der Einsamkeit seines Zeltes fragte sich Rakjel: Welches Volk? Welche Rasse? Wen verrate ich denn? Und langsam, so, wie das Wasser eines Sees das Ufer erreicht, stieg ein Gefühl von Liebe, Groll und Haß in ihm auf. Warum kann ich nicht zu meinem Leben zurückkehren? Warum hat man seinen Lauf verändert, wie man den Lauf eines Flusses verändert? fragte er sich mit der Unschuld eines Kindes, das sich die Frage stellt, warum jeden Abend die Sonne versinkt, warum die Bäume sich im Winter entblättern und warum die Menschen sich nicht an den letzten Tag ihrer Kindheit erinnern.

Die gefangene Königin war für ihn plötzlich sein Volk, sein Vaterland, seine Erinnerung und Hoffnung. Sie war nicht länger die furchterregende Frau, die verfluchte Hexe, der Inbegriff des Schreckens. Sie war schön, faszinierend, unvergleichlich; die Schönheit der Welt hatte in ihr ihren Sitz.

So kam der Tag, an dem Rakjel begriff, daß er hoffnungslos in Urdska verliebt war und daß diese Liebe jedes Gefühl von Treue und Zuneigung übertraf, das er für Olar und für seinen König empfand. In seiner Erinnerung lebten die Menschen,

Legenden, Heldensagen und sogar die Lieder seiner Steppenheimat wieder auf, und die Steppe weitete sich vor ihm und durchströmte ihn wie das Blut, zu dem er sich nun wieder bekannte. Er war der junge Rakjel, Enkel des Großen Rakjel. Er war die Hoffnung seines mißhandelten und gedemütigten Volkes.

Urdska gab vor, seine Liebe zu erwidern. Eines Nachts, die beiden lagen engumschlungen auf ihrem Lager, trat Ravja ins Zelt, vor Angst und Scham zitternd. Gudú hatte sie zu ihrer Schwester zurückgeschickt, und nun kannten Zorn und Haß der Steppenkönigin keine Grenzen mehr. Gudú hatte einen großen Fehler begangen: Da er nicht lieben konnte, wußte er auch nicht, was die Zurückweisung von Liebe bewirken konnte.

»Du wirst uns rächen«, sagte Urdska zu ihrer Schwester. »Führ Rakjel zu den versprengten Stämmen und stell ihn als den Häuptling vor, auf den sie so lange warten. Dann bewaffnet ihr euch und bekämpft König Gudú, bis er getötet wird.«

Später, in einer langen, heißen, endlosen Nacht, wie die Steppennächte sind, floh Rakjel mit der jungen Prinzessin Ravja und verriet König Gudú. Ein neues Feuer, wahrhaftiger und tiefer als das Gelübde, dem König von Olar zu dienen, trieb ihn an. Er würde seine Stämme bewaffnen, würde ihnen alles zu Nutzen bringen, was er im Schwarzen Turm gelernt hatte, alle Taktiken, Finten und Kriegslisten, und aus den tiefsten Tiefen nicht nur seines Volkes, sondern auch seiner selbst würde er endlich den neuen Sinn seines Lebens schöpfen.

Als Gudú von diesem unerwarteten Verrat erfuhr, empfing Urdska ihn mit einem höhnischen Lachen, das sich wie das Gelächter der Hyänen anhörte. Dieses Lachen jedoch entfachte nicht nur Gudús Zorn, sondern steigerte auch seine Begierde. Schon seit langem träumte er davon, sie zu nehmen, um sie zu erniedrigen, um sie zu erheben. Und in jener Nacht trat er in ihr Zelt und in ihr Leben, ohne zu ahnen, daß in Wirklichkeit sie es war, die in sein Leben trat. Nach jener Nacht war der König wie gebannt von der unwiderstehlichen Anziehungskraft dieser Frau.

Der alte Traum erstrahlte in neuem Glanz, und wenn er eines solchen Gefühls fähig gewesen wäre, hätte er es Liebe nennen können. Doch es war nur eine weitere Äußerung seiner einzigen Leidenschaft, der Steppe.

Es folgten die längsten Nächte seines Lebens. Endlose Nächte ohne lindernden Morgen; als gäbe es nichts außer diesen Nächten, unterbrochen nur von wenigen Tagen, kurz wie Seufzer. In diesen unendlichen Steppennächten, unter einem von Sternennebel zerfurchten Himmel, an dem dann und wann der ferne Knall eines Blitzes das Echo ferner Gewitter herbeilockte, galoppierte Gudú über die weiten Ebenen, die so grenzenlos waren wie seine Wißbegier und seine beginnende Verzweiflung. Wie ein Dieb oder Bettler strolchte er dann um jenes Zelt, in dem der Inbegriff seines Begehrens gefangen lag.

Wieder den Wind zu riechen, das leise Rascheln der Gräser und der Blätter zu hören, entfachte seine Leidenschaft. Noch war er jung, noch konnte er begehren, konnte er träumen. An einem jener großartigen Morgen hatte er ein Erlebnis, von dem er nur seine ältesten Krieger hatte erzählen hören. Eine gespenstische Geschichte, die er stets als Ausgeburt vergreister Hirne oder ausufernder Vorstellungskraft abgetan und nie ernst genommen hatte. Es war der Anblick der toten Krieger, die über das Firmament zogen, die Wolken bewegten und sogar den Glanz der Sonne. Schon als Kind hatte er gehört, daß die großen, die wahren Krieger niemals starben. Deren Geister schlugen am Himmel auf ewig ihre ruhmreichste Schlacht; jene, in der sie getötet worden waren – in blindem Glauben und rasendem Eifer. Und während er sich fragte, welcher Art Glauben dies bedurfte, sah er sie. Er sah sie am unermeßlichen Himmel, der auf der Steppe lastete, als wäre er selbst eine Steppe, so anmutig und hell oder so finster wie jene unter seinen Füßen. Er sah sie so deutlich, wie er seine Hand oder die Mähne seines Pferdes sah: Legionen von durchsichtigen, doch deutlich erkennbaren Reitern, die auf nachtschwarzen Wolken einem rätselhaften Ort entgegengaloppierten, und ihr Galopp war ein langgezogenes Heulen, welches das Echo der Hufe in den Dünen übertönte.

Vor ihm, und vielleicht auch noch lange nach ihm hatten andere sie gesehen oder würden sie noch sehen. Bisher mochte er solchen – ebenso überflüssigen wie schmerzlichen – Geschichten keinen Glauben geschenkt haben; doch jetzt erkannte er sie an. Als wären sie aus einem uralten Traum erwacht, streckten sie ihre verstaubten Glieder und rührten sich in seinem tiefsten Innern. Er sah mit eigenen Augen, wie jene Heerscharen auf den himmlischen Horizont zuritten. Und er hörte mit eigenen Ohren den heulenden Ton ihres letzten Kriegsrufs, der am Himmel verhallte. Nur noch das Echo sich entfernender Hufe dröhnte in seinen Ohren, ein Echo der Zeit, verschwundenen Ruhms, vergessener Niederlage auch. Beides aber bedeutete nichts, denn beides war dasselbe: Staub und Vergessen.

Dann brach der Tag hervor. Die Spuren aber blieben, unverwüstliche Spuren in der Erinnerung: der wilde Galopp einer Flucht, Fährten von Männern und toten Tieren, von Treue und Verrat, von Feigheit und Mut, Freude und Haß. Ein lebendiges Pochen noch unter der Einöde des Vergessens, fortgetragen vom Wind, von der Zeit. Als der Himmel sich geklärt hatte, lag dennoch etwas in der Luft, und das war die reine, absolute Stille.

So begann ein neuer Abschnitt im Leben des Königs. Er griff nicht mehr an, keine Feinde zeigten sich mehr am Horizont, wo er noch einmal seine Fahne aufpflanzte. In Gudú war ein neues Gefühl herangewachsen. Nicht Liebe war es, die ihn fesselte – wenngleich er es nicht als Fessel sah. Haß vielleicht, ein dunkler Groll, dessen Ursprung er nicht zu ergründen vermochte; jedenfalls konnte er ohne den Gegenstand seiner neuen Gedankenwelt nicht mehr sein. Das Leben schien ihm völlig sinnlos ohne diese Leidenschaft. Urdska war der Inbegriff all seines Sehnens und Begehrens, und er würde sie um jeden Preis an seiner Seite festhalten, so wie manch anderer versucht, die Liebe festzuhalten.

Die Zeit verging zwischen der Leidenschaft, welche die Königin in ihm entfachte, und der immer heißer glühenden Liebe, die sie für Gudú empfand, obwohl sie sich weiterhin verächtlich zeigte und ein letztes Lächeln für wer weiß welchen Tag und welchen Augenblick aufzuheben schien.

Als sie ihn schließlich bat, sie mit nach Olar zu nehmen, kamen ihm unwillkürlich Szenen in Erinnerung, die ihn als Kind in ihren Bann geschlagen hatten; Geschichten, die er von dem alten Magier gehört oder in einem Buch gelesen hatte, in denen mächtige Herrscher siegreich in ihr Land zurückkehrten und einen besiegten König oder eine unterworfene Königin in Ketten mit sich führten. Daher antwortete er Urdska, er müsse sie in Ketten hinter sich herschleifen, wenn er triumphierend in Olar einreite – wogegen sie nichts einzuwenden hatte. Gudú sicherte seine neuen Grenzen mit Soldaten und befestigten Garnisonen. Seine Fahne wehte im Abendwind, als er den Heimweg nach Olar antrat, siegreich und ruhmbeladen, wenngleich gealtert und mit zwei langen Narben im Gesicht. Er war jetzt vierundzwanzig Jahre alt.

Unterdessen war die Zeit in Olar für Gudulina ebenso vergangen. Sie zählte dreiundzwanzig Jahre, Gudulín war sieben, und das Zwillingspaar Raigo und Raiga fast fünf.

VIII

DIE KINDER DES KÖNIGS

I

Seit Gudús Aufbruch zum großen Feldzug in die Steppe war Olar in die finstere Zeit der Entbehrungen zurückgefallen, die Ardid mit List, dann wieder mit Lust dennoch erträglich zu gestalten verstand. Insgesamt herrschte jedoch eine düstere Stimmung, die an jene Zeiten erinnerte, da Volodius seine unsinnigen Kriege geführt hatte. Wieder wurden die Männer aus ihren Häusern geholt, auf dem Land herrschte nackte Verzweiflung. Selbst der Adel blieb von den Ereignissen nicht verschont. Die von Ehrgeiz, Habsucht und Abenteuerlust getriebenen Söhne glaubten mit Gudú ihren Lebenstraum verwirklichen zu können; die Väter – wenngleich ängstlich oder gar widerwillig – unterstützten sie, da sie nur auf diese Weise bewahren konnten, was Volodius ihnen genommen und Gudú ihnen zurückgegeben hatte.

Die Weiblichkeit in Olar verbitterte, weil sie ihre besten Jahre ohne Männer verbrachte; die Bäuerinnen welkten hinter den Pflügen, einzige Hilfe war ihnen die halbverhungerte Brut, noch zu jung, um sich im unseligen Schwarzen Turm zu melden, denn wem dies gelang, der lebte trotz harter Ausbildung besser als jemals zuvor. Die Folge war, daß die meisten der jungen Männer dort blieben, und nur wenige an den heimischen Herd zurückkehrten.

Da Gudú wußte, daß ein gesunder junger Mann seine Kräfte nicht ungenutzt lassen sollte, befahl er, jeden halbwegs gesunden Mann aus den Kerkern in die Steppe zu entsenden. Mochte dies manchem als großherzige Geste erscheinen, bedeutete es für die Betroffenen dieselbe oder eine schlimmere Strafe als Kerker oder sogar Tod.

Da auch Steuerlasten und andere Abgaben unablässig erhöht

wurden, kam es schließlich soweit, daß Kälte, Hunger und Entbehrungen sogar bei den wohlhabenden Bürgern und beim niederen Adel spürbar wurden. Die Kaufleute horteten wieder Waren und verlangten dann solche Preise dafür, daß viele Erzeugnisse für die meisten Bewohner unerschwinglich wurden. Dies alles führte zu einem finsteren, freudlosen Dasein in Olar, und selbst Ardids guter Wille und kluges Handeln waren der Not nicht mehr gewachsen. Die Unzufriedenheit des Adels – vor allem auch im Rat der Edlen – wuchs von Tag zu Tag, genau wie die Besorgnis der Königin.

In jedem Winter versprach sie ihrem Volk die Rückkehr des Königs, des Friedens und des Wohlergehens. Doch ein Winter folgte auf den anderen, und kein König und kein Friede kamen in Sicht. Im Gegenteil: Die Härten und Entbehrungen sowie die Forderungen des in der Steppe kämpfenden Königs nahmen täglich zu.

»Ich verspreche euch ein Land, in dem Milch und Honig fließen werden«, sagte Ardid auf den Versammlungen des erzürnten Rates. »Habt Geduld.«

Doch auch die Geduld hat ihre Grenzen.

In dieser Zeit wuchsen die Kinder des Königs heran. Gudulín wurde von Tag zu Tag aufsässiger, unverschämter und bösartiger. Er gab sich nicht mehr damit zufrieden, seinen Spielkameraden zu quälen, den unglücklichen Ungestalt, sondern wen immer seine Launenhaftigkeit traf, der wurde mißhandelt und schikaniert. Gudulina hatte sich ganz zurückgezogen und verließ ihre Gemächer kaum noch. Unter Ardids behutsamer Beobachtung verzehrte sie sich gramvoll unter Schluchzen oder warf sich in unerklärlichen Anfällen von haltloser Liebe auf Gudulín, der sich nach langen Strecken der Gleichgültigkeit und Vernachlässigung plötzlich ungewöhnlichen Zärtlichkeiten und Liebesbeweisen ausgesetzt sah – nicht eben das, was einer erbaulichen Erziehung förderlich war.

Die Zwillinge Raigo und Raiga hingegen wuchsen eigentlich wie Waisen auf und schienen für ihre Mutter Luft zu sein. Ardid war die einzige, die sich um sie kümmerte. Ihre ganze Hoffnung und Zuneigung waren jedoch auf Gudulín gerichtet, den sie als Nachfolger ihres Sohnes und künftigen König betrachtete; dennoch entgingen ihr nicht die Mutwilligkeit und die katastrophale Erziehung des jungen Prinzen. Gudulina zeigte sich uneinsichtig, und manchmal geriet sie lautstark mit Ardid aneinander, weil nur sie als Mutter sich für die Erziehung des Kindes zuständig fühlte. Ardid verlor immer mehr die Hoffnung, den Jungen anleiten zu können, wie sie es – sehr listig und unauffällig allerdings – mit seinem Vater getan hatte.

Raigo und Raiga waren das genaue Gegenteil ihres Bruders. Sie besaßen einen wachen Geist, waren umgänglich und hatten das blonde Haar ihrer Großmutter. Ardid erkannte sich in ihnen wieder, als sähe sie ein doppeltes Spiegelbild von sich selbst in früher Kindheit. Vielleicht lag es daran und an dem unerbittlichen Lauf der Zeit, daß sie sich von Tag zu Tag erschöpfter fühlte und gelegentlich sogar von dunklen, trüben Zweifeln heimgesucht wurde. Manchmal, wenn sie allein war, fragte sich Ardid, ob all das Kämpfen und Siegen für etwas, das so wenig Befriedigung schenkte, sich eigentlich gelohnt hatten. Doch sie überwand diese Krisen meistens schnell und ging vielleicht sogar gestärkt daraus hervor. Und wäre Ardid nicht gewesen, wäre es um Olar wohl auch schlechter bestellt gewesen, als es tatsächlich war. Nicht zu Unrecht hatte Gudú die Gewißheit, daß die Geschicke des Reiches bei seiner Mutter in guten Händen lagen, wenn er nicht im Lande war.

Als Gudulín fünf Jahre alt wurde, hielt Ardid den Augenblick für gekommen, ernsthaft an seine Erziehung zu denken, wie sie es seinerzeit auch bei ihrem Sohn getan hatte. Sie wollte nicht, daß aus ihm ein grausamer, unwissender König wurde, der nur tapfer war – wenn überhaupt, denn bislang hatte er sich nur als faul und feige erwiesen. Boshaftigkeit und Gerissenheit schienen ihm zwar nicht fremd zu sein, aber auch Grausamkeit nicht. Er war ein sonderbares Kind, das kaum mit anderen Menschen sprach, und wenn, dann nur einsilbig. Niemand hatte ihn je lächeln sehen, und von seinem ganzen Wesen her war er eher traurig und finster. Am Hof nannte man ihn insgeheim Prinz Finster oder Fürst der Finsternis. Tatsächlich floh er Licht und Sonne und flüchtete sich in dunkle Winkel, an denen es in den labyrinthischen Gängen des Schlosses nicht mangelte und in denen sich sein Vater im selben Alter auch schon getummelt hatte.

All dies sah Ardid mit großem Kummer; völlig verborgen jedoch blieben sie dem Rat der Edlen, der in Gudulín allein den Thronerben sah. Eines Tages berief sie die Edlen daher ein, um das Thema des Thronfolgers im Rat zu besprechen. Ardid hatte sich angewöhnt, ihnen mit der Einberufung des Rates zu schmeicheln, selbst wenn das Ergebnis der Beratungen für sie von vornherein unwiderruflich feststand. Aber sie wußte, wie schwankend und rätselhaft die menschliche Natur war und wie umgänglich eben noch unbeugsame Menschen werden konnten, wenn man ihnen das Gefühl gab, bedeutend zu sein.

Der Rat der Edlen wußte nichts über den wahren Charakter des Prinzen, und seine Mutter, Königin Gudulina, pflegte während ihrer launischen Schübe von Affenliebe jedem zu sagen, Gudulín sei das lebende Abbild seines Vaters. Das war nicht nur nicht richtig, sondern ein ungeheuerlicher Irrtum, denn weder die mutmaßlichen Tugenden noch die sichtlichen Mängel waren seinem Erzeuger zuzuschreiben. Sie waren der ausschließliche Besitz des jungen Prinzen.

Sah Gudulina in ihrem Sohn nur ein Bündel wunderbarster Eigenschaften, so gab es einen, der ihn noch höher schätzte. Dies war der Kobold, der ihn in einem unvorstellbaren Maß bewunderte. Er war sein einziger wahrer Freund und Gefährte geworden. Wie schon vor vielen Jahren die Großmutter, so nahm er auch den kleinen Gudulín heimlich mit auf seine unterirdischen Wanderungen, wenn er sich auf die Suche nach den verborgenen Lagerstätten des begehrten Rebensafts begab. Gudulíns größtes Vergnügen bestand nach wie vor darin, den Kobold zu jagen und mit allem zu mißhandeln, was er fand – mit Weinstockwurzeln, blanken Kieseln, dunklen Tieren mit unheimlichen Augen – und wo er es fand, denn von Alter und Statur und seiner ererbten Macht her konnte er dies tun. Zwar vermochten die Schläge dem Kobold keine Schmerzen zuzufügen, da sie an seiner körperlichen Erscheinung wirkungslos abprallten, dennoch schmerzte es ihn zutiefst, daß jenes Wesen, welches – wie er bei Ardid hatte verlauten lassen – sein Augenstern, sein Herzblatt und ähnliche Dinge mehr war, ihm gegenüber solch bösartige Absichten hegte. Seiner Liebe tat dies jedoch keinen Abbruch. Sie wuchs mit der Zeit sogar noch, und Ardid mußte ihn vor den übrigen Schloßbewohnern verstecken, so daß er sich nur noch zeigte, wenn er mit der Königin, Prinz Ungestalt und Gudulín allein war.

Letzterer hatte sich dergestalt an den Wein gewöhnt, daß er kaum noch an etwas anderes denken konnte. Mit dem Kobold betrank er sich oft genug auf übelste Weise. Da dies jedoch immer nur Nachts vonstatten ging, wenn alle dachten, der Prinz liege in seiner Kammer und schlafe, fiel niemandem etwas auf. Man sah nur, daß das Kind sich zunehmend merkwürdig verhielt, je älter es wurde. Sein Äußeres wirkte angenehm, er hatte große dunkle Augen und seidige Wimpern, das Haar einen samtenen Glanz. Seine Haut aber wurde bleich, und er bekam dunkle Ringen unter den Augen, die blasse Nase trat scharf aus dem Gesicht hervor. Gudulina ließ die schönsten Gewänder für ihn schneidern, doch immer wieder sah man ihn mit verschmutzter und zerrissener Kleidung herumlaufen, und kein Mensch – mit Ausnahme von Ardid, die im stillen seufzte – konnte sich derlei erklären. Gudulín ging rücksichtslos seinen Weg, und wie seine Onkel, die Vulgaros, liebte er es, sich bei den Lakaien und der Dienerschaft herumzutreiben. Er zwang den Kobold, ihn in die Küchen und die unteren Gemächer zu begleiten, wo die Dienstboten wohnten. Manchmal lauschten sie, hinter Butterfässern verborgen, den Unterhaltungen und den Spielen der Küchenjungen, die sich beim Würfeln vergnügten.

Eines Tages stieß Gudulín den Kobold in den Kreis der

Würfelspieler hinein, und sein Stadium der Unreinheit war so weit fortgeschritten, daß einer der Küchenjungen ihn erblickte. Er sah ihn zwar nicht in seiner wirklichen Gestalt, sondern wie einen Lichtreflex zwischen Schatten, der mit einer Eule oder sonst einem Vogel verwechselt werden konnte. Dort unten schlich auch ein gefräßiger roter Kater umher, den der Küchenjunge nicht ausstehen konnte, und als er nun den roten Widerschein des Feuers auf dem Fell des Kobolds sah, ergriff er einen Besen mit dicken Borsten und stieß ihn so oft und so heftig gegen den Kobold, daß der, wenn er die Schläge hätte spüren können, gewiß tot zusammengebrochen wäre.

Gudulín jedoch hatten solchen Spaß an dem bösen Spiel, daß er den Kobold noch öfter in diese Lage brachte und ihn damit in solchen Schrecken versetzte, daß eines Tages die erste Traube von der Rebe in seiner Brust sich löste und zu Boden rollte. Gudulín starrte ungläubig darauf und hob sie auf.

»Was ist das?« fragte er in seiner nuscheligen Kindersprache, die nur der Kobold verstand.

»Ach, mein über alles geliebter Prinz, das ist der Schmerz, den du mir zufügst.«

»Nun, dann wollen wir sehen, ob dich dieses noch mehr schmerzt«, antwortete Gudulín und biß auf die Weintraube. Dieser Schmerz grub sich so tief in die Brust des Kobolds, daß er einen spitzen Schrei ausstieß und ganz grau wurde. Heulend fuhr er in den Kaminschacht hinauf und hielt nicht eher inne, als bis er ganz oben im Dachkämmerchen jenes seltsamen Turms mit dem blauen Ziegeldach angekommen war, das Volodius sich ausgedacht hatte. Sterbenselend ließ er seinen Blick in die Runde schweifen. Alles war voller Staub und Spinnweben, und aus den Truhen, die einst Naivia gehört hatten, schauten die Köpfe ihrer geliebten Puppen, die jetzt mit den bunten Glasperlen zusammen dem Vergessen anheimgefallen waren.

»Kobold, Kobold, welcher Kummer nagt an dir!« fragten die Puppen und weinten so sehr, daß es aussah, als schmölzen ihre blauen und gelben Glasaugen.

»Fort mit euch, verschwindet!« rief der Kobold und stieß einen so tiefen Seufzer aus, daß sie die Köpfe einzogen. Nur eine Eidechsenfamilie, die ebenfalls dort wohnte, betrachtete ihn nachdenklich und betrübt.

Ardid ging unterdessen ganz in der Pflege ihres Gartens auf, der zum dritten Mal erblühte. Raigo und Raiga waren so weit herangewachsen, daß sie an der Hand des kleine Prinzen Ungestalt ihre ersten Schritte um den Baum der Spiele herum taten. Dieser wuchs daraufhin sichtbar in die Höhe und trieb neue Blüten, und seine Krone füllte sich mit goldenen Blättern.

»Schau nur, Gudulina, wie üppig der Baum in meinem Garten erblüht!«

»Welcher Baum?« antwortete sie. »Ich sehe keinen Baum.«

Und Gudulina sah ihn unter anderem deshalb nicht, weil sie gar nicht hinschaute. Aber selbst wenn sie ihn angeschaut hätte, wäre ihr kein Unterschied zu anderen Bäumen aufgefallen, da nichts ihre Aufmerksamkeit zu fesseln vermochte.

2

Der Rat der Edlen hatte sich den angeblichen Ratsentscheid, den Ardid von den Herren forderte, angehört und darüber nachgedacht. Die Königin hatte aber längst im voraus beschlossen, daß sie einen Lehrer suchen wollte, der, wenngleich er es an Weisheit und Erleuchtung mit ihrem geliebten alten Meister nie würde aufnehmen können, doch der beste sein sollte, der sich finden ließ. Aus diesem Grund – entschied Ardid, obgleich es aussah, als hätte Baron Tersius es entschieden – suchte sie unter den Unglücklichen, die wegen Hexerei oder Teufelspakt in den Kerkern schmachteten.

Sogar mehrere Besuche stattete sie den grauenvollen, stinkenden Verliesen ab, in denen jene Unglücklichen – von denen viele in ihrem ganzen Leben nicht einmal einen Fluch ausgestoßen hatten – bis ans Ende ihrer Tage vor sich hin faulten. Schließlich fand sie einen alten Mann, in dessen Augen sie sofort die echten Kräfte erkannte – zumindest einige von ihnen. Diese Augen waren darin geübt, Sterne und nächtliche Lichter zu erforschen und in der versengten Rinde der Birke zu lesen. Mit zehn weiteren Verurteilten lag er in Ketten geschlagen und war so elend, daß nur ein eigenartiger Schimmer in seinen grünen Augen noch Leben verriet.

»Wie ist dein Name?« fragte Ardid.

Der alte Mann hatte aber nicht einmal mehr die Kraft zu sprechen. Ardid befahl daraufhin, ihn loszuketten und in ihre Gemächer zu bringen. Dort ließ sie ihn auf einem weichen Kissen Platz nehmen, woraufhin der Alte völlig zusammenzubrechen schien, diesmal allerdings vor Wonne. Sie ließ ihm Speisen und Getränke bringen und befahl ihren Kammerzofen, ihn zu baden, nach Flöhen abzusuchen und sein Haar zu schneiden, ebenso wie seinen verfilzten grauen Bart, der ihm bis zum Gürtel reichte. Sie zeigte sich so aufmerksam und hilfsbereit, daß der Alte glaubte, er befinde sich schon halb im Paradies. Obwohl er dies kaum glauben konnte, da er drei Morde auf dem Gewissen hatte sowie zahllose Hexereien und alle möglichen sonstigen Übeltaten. Vielleicht, dachte er, hatten die Götter angesichts seiner langen Leidenszeit auf Erden im letzten Moment Mitleid mit ihm gehabt. Als er wieder halbwegs wie ein Mensch aussah, ließ die Königin ihn in ein sauberes Gewand kleiden. Und als sie ihn so vor sich sah, empfand sie einen großen inneren Aufruhr; denn mit seinem schwarzen Umhang, dem gleitenden Gang sowie dem vergeistigten, vom weißen Haar umrahmten Antlitz war er zwar nicht das genaue Abbild des geliebten Meisters, der ihr mehr als der eigene Vater bedeutet hatte, aber sie sah in ihm doch einen Greis, der ihr sehr vertraut vorkam.

»Alter Mann«, sagte sie und mußte ein Zittern ihrer Stimme unterdrücken, »setz dich und hör mir zu.«

Der Alte gehorchte, und die Königin fuhr fort: »Ich habe einen Blick für Menschen, deren Weisheit für mich so wertvoll ist, wie Jugend, Mut und Kraft es für einen Königssohn sein können. Da mir sogleich der Glanz deiner Augen aufgefallen ist, nehme ich an, daß du viele verborgene Dinge kennst, die den meisten Menschen nicht zugänglich sind.«

Als der Greis diese Worte vernahm, stieß er einen kläglichen Schrei aus; seine Träume vom Paradies verflüchtigten sich augenblicklich, und er sah sich schon wieder mit beiden Beinen auf der erbärmlichen Erde, diesmal vor der Königin, von der ihm aufs übelste mitgespielt wurde. Nach ihren Worten sah er sich erneut in der Folterkammer oder vielleicht sogar zu Tode gebracht wegen neuer Verdächtigungen bezüglich Hexerei und Teufelswerk.

»Habt Mitleid mit mir, o Königin und Herrin, ich flehe Euch an! Ich schwöre, noch nie etwas mit solchen Dingen zu tun gehabt zu haben; ich kann nicht einmal lesen oder schreiben! Wie soll ich dann derartige Kenntnis besitzen ... Oh, Hoheit, habt Erbarmen mit einem alten Mann, der keinem Menschen etwas zuleide getan hat.«

»Schweig, Dummkopf!« fuhr Ardid ihn an. »Allein deines Wissens wegen, dessen ich mir absolut sicher bin – wie ich mir auch sicher bin, daß alles gelogen war, was du soeben von dir gegeben habt – bist du dem sicheren Tod entronnen. Und nicht nur das; denn dank dieses Wissens, das keiner mehr bewundert als ich, wirst du ab jetzt das angenehmste Leben führen, von dem du je hast träumen können.«

Diese Worte verblüfften den Alten dermaßen, daß es ihm die Sprache verschlug und er die Königin mit offenem Mund anstarrte, wobei er einen noch jämmerlicheren Anblick bot als in Ketten – falls so etwas denn überhaupt möglich war.

»Komm wieder zu dir«, sagte Ardid, der allmählich der Geduldsfaden riß. »Was ich dir gesagt habe, ist so ungewöhnlich nicht. Ich habe dich ausgewählt, meinen Enkelsohn, Prinz Gudulín, zu unterrichten. Und ich hoffe, du bist so gewissenhaft darin, wie es mein alter Lehrer war, der Magier.«

Nach diesen Worten herrschte erst einmal Stille im Gemach

der Königin, bis plötzlich ein wahres Geheul – diesmal vor Wonne – den armen Alten erschütterte, der besinnungslos vor Glück der Herrscherin zu Füßen sank. Er war gar nicht so leicht wieder zu Bewußtsein zu bringen, denn wer sich so harten Prüfungen ausgesetzt sah, fiel bei der ersten Ankündigung von Glück und Wohlergehen leicht in Ohnmacht. Ardid mußte ihm erst ein paar Klapse auf die eingefallenen Wangen geben, bis er sie wieder hören und ihre Frage verstehen konnte: »Sprich, wie ist dein Name?«

»Astrágalos«, stammelte der alte Zauberer.

Die Königin schaute rasch im *Buch der Ahnen* unter dem Kapitel ›Brüder im Wissen‹ nach und fand ihn dort tatsächlich verzeichnet. Was sie über ihn las, versetzte sie nicht eben in Entzücken: In seiner Jugend war er Pferdedieb, dann Wegelagerer, und später flüchtete er sich in ein Kloster, um den Häschern des Königs zu entgehen. Dort nahm sich der Abt seiner an, dem die ungewöhnliche Klugheit und Wißbegier des Neuen auffielen. Der weise Mann führte ihn in das Wissen vieler verborgener und geheimer Dinge ein, und Astrágalos verschlang alles, was die modrige, doch wohlbestückte Klosterbibliothek in dieser Hinsicht zu bieten hatte. Er lernte einen alten Mönch kennen, der meistens draußen im Garten lebte und sich der Erforschung des Firmaments, der Sternbilder und des Einflusses der Gestirne auf die Menschen verschrieben hatte, und so wurde seine Leidenschaft für die Astronomie geweckt. Dann brach ein Krieg aus – das war zur Zeit von Volodius, und Astrágalos stammte aus dem Land Magunzius, das im Südosten des Schluchtenlandes lag, wo man häufig mit Zauberern und Schamanen der Steppe in Berührung kam –, und das Kloster wurde ein Raub der Flammen. Er entkam als Bettler verkleidet und trieb sich danach in den verschiedensten Ländern und Gegenden herum, wo er gegen Entlohnung Magie in ihrer schnödesten Form betrieb, indem er die Leute vom bösen Blick befreite, ihnen Mittel gegen Kröpfe oder Tumore verschrieb und den Kühen die Milch zurückgab, die ihnen durch Hexerei genommen worden war. Er bekam dafür Brot und Käse und ab und zu ein Huhn, letzteres jedoch meistens ohne Wissen und Erlaubnis der Besitzer. Es waren turbulente und gesetzlose Zeiten, in denen Astrágalos Leichen plünderte, Gehenkte ausraubte und Kranke bestahl. So kam er eines Tages nach Olar. Dort hörte er von der jüngsten Königin, die im Alter von nur sieben Jahren mit dem grausamen, doch bewunderten König Volodius vermählt worden war. Die Geschichte erweckte seine Aufmerksamkeit über alle Maßen, und so blieb er in der Stadt, wo er in einem Verschlag in der Nähe der Hurenhäuser und Tavernen hauste, in denen Soldaten und Bauern, die gerade eine Kuh verkauft hatten, ihr Geld verpraßten. Auch dort übte er seine Künste auf eine Weise aus, daß er die Frauen von bösen Einwirkungen befreite, ihnen Liebestränke verabreichte sowie alle Arten von mehr oder weniger wirksamen Arzneien. Ab und zu gelang ihm eine Heilung, oder er brachte sogar eine Beschwörung zum glücklichen Abschluß. Das Leben wurde jedoch immer härter, und da er auch nur ein Mensch war, dessen Hunger gestillt und dessen Körper bekleidet sein wollte, mußte er zusehen, wie er auf den – schon nicht mehr ganz sicheren – Beinen blieb. Am Ende hatte er ein paar Ersparnisse beisammen, die es ihm erlaubten, ein kleines Forschungslabor einzurichten und sich der Entwicklung eines Instruments zur Sternenbeobachtung zu widmen, als er gänzlich unerwartet und ohne Nachsicht der Hexerei verdächtigt und in den Kerker geworfen wurde, in dem er dann lange Jahre geschmachtet hatte.

Mein Gott, dachte Ardid, als sie das Buch zuklappte, »welch ein Kontrast zu meinem geliebten alten Magier! Sie kannte sehr genau den Unterschied zwischen einem Magier – der sich auf ehrenvolle Weise dem Wissen um die großen Geheimnisse der Welt verschrieben hat – und einem Hexenmeister. Auch unter ihnen fand man zwar den einen oder anderen Ehrenmann, in der Regel jedoch war ihr Wissen höchst unzulänglich, und sie erlagen oft genug den niederen Versuchungen, die fatale Folgen haben und größtes Unheil anrichten konnten.

Aber was sollte sie tun? Jener da war von all den üblen Gestalten die am wenigsten üble.

»Tatsächlich«, sagte Ardid mit einem Blick auf seine gelblichen Taschendiebsklauen, »hast du mehr von einem Wegelagerer als von einem Weisen. Aber da, ebenso wie in meinem Leben, auch in deinem Fall die Wissenschaft der wesentliche Antrieb für deine Taten war, will ich dir verzeihen. Schließlich bist du ein nur in Armut und Elend aufgewachsener Mensch und mußtest das wenige, das du besaßest, mit Krallen und Zähnen verteidigen. Aber eines laß dir gesagt sein: Wenn du deine Aufgabe nicht zufriedenstellend erfüllst, wird die Bestrafung so schrecklich sein, daß dir der Kerker und alles andere Ungemach im nachhinein wie ein süßer Traum erscheinen werden. Wenn du dich jedoch mit kenntnisreicher und liebevoller Hingabe der Erziehung des Prinzen widmest, werde ich nicht nur dafür sorgen, daß du ein angenehmes Leben führen und prächtige Gewänder tragen kannst, sondern auch Mittel für deine Forschungen zur Verfügung stellen. Ja, ich würde mich sogar mit Vergnügen daran beteiligen. Denn glaub mir, ich bin keine Anfängerin und weiß von Dingen, die du vielleicht niemals kennenlernen wirst. Ich habe mein ganzes Leben dem Studium gewidmet, und was für manchen, selbst für dich, im dunkeln liegt, ist für mich wie ein strahlender Sternenhimmel.«

»Ich schwöre Euch, Majestät, daß Ihr Eure Großzügigkeit nicht bereuen werdet!« rief Astrágalos und war so gerührt, daß er den Saum von Ardids Kleid zu küssen versuchte, den diese jedoch zur Seite schlug.

Nachdem all diese Dinge im königlichen Gemach beschlossene Sache waren, murmelte der Kobold, der alles ungerührt mitgehört hatte: »Ein tölpelhafter Anfänger, der den Wissenschaftler mimt; das soll mir was werden!«

Kurz darauf berief Ardid noch einmal den Rat der Edlen ein, um zu entscheiden, wer Gudulíns Lehrmeister und Erzieher werden sollte. So sanft und so geschickt leitete sie die Beratungen, daß sogar der Baron davon überzeugt war, Astrágalos – der nach Ardids Aussagen aus den südlichen Provinzen geholt worden war – sei der einzig richtige Erzieher für den ungebärdigen Prinzen.

Natürlich bedauerte der alte Astrágalos schon bald, einen solchen Schüler unter seine Fittiche genommen zu haben, doch da er weit Schlimmeres gewohnt war, fand er sich nicht nur damit ab, sondern nahm die unerfreuliche Nähe des Prinzen wohlgemut in Kauf und machte sich mit Begeisterung und den besten Vorsätzen an die Erziehung des jungen Mannes.

Da Gudulín oft ganze Nächte mit dem Kobold unterwegs war und zu Beginn seines Unterrichts schon damit angefangen hatte, sich zu betrinken, schien er die meiste Zeit mehr zu schlafen als wach zu sein. Der alte Lehrer kam gehörig ins Schwitzen bei seinen Versuchen, den jungen Prinzen wach zu halten und seine Aufmerksamkeit zu wecken, was bei Gudulín jedoch so gut wie keine Wirkung zeigte.

Dennoch konnte man sagen, daß sich die Dinge im Verlauf der nächsten Jahre ein wenig besserten.

Gudulín wurde sechs Jahre alte, dann sieben. Als dieser Geburtstag gefeiert wurde, wußte man in Olar noch nicht, daß der König sich auf dem Heimweg befand. Mit schier übermenschlicher Anstrengung hatte Meister Astrágalos es bis dahin geschafft, daß Gudulín lesen und einigermaßen seinen Namen schreiben konnte und auch eine vage Vorstellung von den Wissenschaften besaß, die seine Großmutter so liebte und die sein alter Lehrer ihm so verzweifelt einzutrichtern versuchte. Dafür bewies er in anderen Dingen großes Geschick und widmete ihnen seine ganze Aufmerksamkeit.

Der alte Mann war schon bald hoffnungslos enttäuscht von der Lustlosigkeit des Jungen und wunderte sich über die Art von Fragen und Neugier, die dieser an den Tag legte. Sie brachten ihm seine eigene trübe Vergangenheit als Spitzbube in Erinnerung, und es kam der Tag, da saßen sie beisammen und würfelten, tranken, was sie ergattern konnten, und der Alte entwickelte eine wahrhafte Zuneigung zu dem Jungen, wenngleich auf recht eigenartige Weise. Die neu erlernten Fähigkeiten des Prinzen zeigten schon bald Auswirkungen, als die Kammerzofen seiner Großmutter sowie die Bewohner des Schlosses allgemein immer häufiger den Verlust kleinerer Gegenstände und sogar von Schmuckstücken beklagten. Diese Dinge bildeten den stetig sich vergrößernden Schatz, den Gudulín im Kamin seiner Schlafkammer versteckte, welcher inzwischen zum festen Wohnsitz des Kobolds geworden war. »Tu das nicht, mein lieber Junge«, sagte der stest süß betrunkene Kobold manchmal, »du verstopfst damit den Abzug und kannst ersticken.«

»Laß du die Finger davon«, war alles, was Gudulín darauf erwiderte, ohne die Tränen des Kobolds zu beachten. Je älter der Junge wurde, um so grausamer behandelte er den Kobold und bestrafte ihn manchmal in der für ihn schlimmsten Weise: Er tat ein oder zwei Nächte so, als sehe und höre er ihn nicht, und er ließ sich auch nicht vom unverwechselbaren Ruf des Diamanthämmerchens erweichen, das immerhin in früheren Zeiten Ardid hatte schwach werden lassen. Bis der arme Kobold schließlich, vollkommen betrunken, verzweifelte Luftsprünge um ihn herum vollführte, die – das war die bittere Wahrheit – auch immer unbeholfener wurden.

Eines Nachts geschah dann das, was der Kobold vorausgesagt hatte: der Abzug des Kamins verstopfte, Qualm erfüllte das Schlafgemach, und der Prinz wäre erstickt, wenn der Kobold ihn nicht unter die Arme gefaßt und auf die Zinnen des Ostturms geschleift hätte. Das Zimmer aber geriet in Brand, die Diener kamen herbeigestürzt, sahen das brennende Bett und keinen Prinzen darin, woraufhin sie unter Jammern und Wehklagen seine Mutter und die Königin weckten. Gudulina kam unter gellendem Wehgeschrei, die Königin bleich vor Schmerz, glaubten sie doch beide, der Kronprinz sei in den Flammen umgekommen. Dem war jedoch nicht so: Auf dem Höhepunkt des traurigen Schauspiels, als auch die wichtigsten Mitglieder des Rates, nur notdürftig bekleidet, eingetroffen waren, um die herzzerreißende Neuigkeit mit eigenen Augen bestätigt zu sehen, vernahmen sie hinter dem Fensterladen des königlichen Gemachs das gackernde Gelächter des Prinzen. Er zeigte sich ihnen sogar und verhöhnte sie mit so vulgären Worten – die er sowohl unter dem Gesinde als auch von seinem Lehrer gelernt hatte, welcher sie noch aus seiner eigenen Zeit auf der Straße lebhaft im Gedächtnis hatte und sie gern an seinen Schüler weitergab –, daß es dem versammelten Hof die Sprache verschlug.

Der Vorfall wurde später als Kinderstreich abgetan, doch nicht so von Ardid. Sie ließ den Jungen fortan nicht mehr aus den Augen und entdeckte bald, womit er den Unterricht und den größten Teil seiner Nächte verbrachte. Sie ließ den alten Lehrer zu sich kommen und fauchte ihn zornig an: »Du hast mich hintergangen und den Prinzen verantwortungslos und auf verbrecherische Weise behandelt. Du weißt, was ich zu dir gesagt habe, und nichts wird dich nun vor dem Scheiterhaufen bewahren.«

Da fiel der Alte schluchzend auf die Knie und flehte die Königin an, ihm solch schreckliches Ende zu ersparen. Wie sie den Greis zu ihren Füßen liegen sah, spürte Ardid wieder den Stich eines alten Dorns in ihrem Herzen. Ihr Zorn legte sich, und nach einigem Nachdenken sagte sie sich, daß es vielleicht keinen anderen Schuldigen gab als ihren eigenen Enkel und kein anderes Opfer als den alten Lehrer. Den Beweis dafür erbrachte Astrágalos selbst, indem er der Königin die Spuren jener Grausamkeiten zeigte, die der Prinz ihm zugefügt hatte. Wenn der Lehrer manchmal bereute – aus Furcht oder wegen eines wirklich schlechten Gewissens –, wozu er sich in seinem Unterricht hatte hinreißen lassen, drohte ihm der junge Prinz, ihn bei der Königin oder dem Rat der Edlen als abartigen alten Zauberer oder dergleichen anzuschwärzen. Damit nicht genug, fügte er ihm auch noch Dolch- und Nadelstiche und andere Nettigkeiten zu, so daß Arme und Beine des Alten wie ein blutunterlaufenes Nadelkissen aussahen.

»Gut«, sagte Ardid, ebenso überzeugt wie mitleidig, »von nun an kümmere ich mich selbst um die Erziehung meines Enkels.

Was dich angeht, so bist du deines Amtes enthoben und wirst aus Olar verbannt. Da du aber zum Scheiterhaufen verurteilt bist, will ich Gnade vor Recht ergehen lassen, und werde an deiner Statt einen anderen zum Tode Verurteilten, der deine Kleider tragen wird, brennen lassen. Du aber läßt dich nicht mehr im Königreich blicken, denn wenn das geschieht, wird es für dich keine Gnade mehr geben.«

Und so geschah es. Als Bettler verkleidet, wurde der alte Astrágalos aus dem Schloß geworfen, und an seiner Stelle stieg – in seinen Kleidern und mit einer schwarzen Kapuze auf dem Kopf – ein anderer, ähnlicher Verbrechen angeklagter alter Mann auf den Scheiterhaufen. Es war ein hartes Schicksal, das den alten Astrágalos traf. Die Verweichlichung, der Wein, das gute Essen – er hatte in jenen drei Jahren mehr gegessen als in seinem ganzen vorherigen Leben – hatten in seinem alten Körper mehr Verwüstungen angerichtet, als die Härten und Entbehrungen vergangener Zeiten. Um so schlimmer traf ihn nun die neue Armut. Da er alt und fett geworden war und alle Beweglichkeit eingebüßt hatte, konnte er sich nicht mehr wie früher als Wegelagerer betätigen oder sich darauf verlegen, Bauerntölpel auszunehmen. Von Kindern verfolgt und mit Steinen beworfen, von Frauen aus den Dörfern verjagt – der Hunger zwang sie, jeden Unbekannten, der sich auf den schlammigen Wegen des einsetzenden Frühlings näherte, zu verscheuchen –, bereute er fast, den Scheiterhaufen diesem erbarmungswürdigen Dahinsiechen nicht vorgezogen zu haben. Und so irrte er über die Wege, bis er sich schließlich verlor und man nie wieder etwas von ihm hörte.

An den sonnigen Sommertagen hüpfte Gudulín mit seinem kleinen Köcher über der Schulter durch das Fenster seiner Kammer und kletterte im dichten Rankenwerk nach unten, bis er die Krone der großen weißen Birke erreichte. An den Ästen kletterte er weiter nach unten, bis er auf der Erde stand. Dann rannte er hinter den Turm zur Stadtmauer, wo er ein gewisses rostiges Eisentürchen fand, durch das Jahre zuvor – lange vor seiner

Geburt – die damals vom Glück verlassene Königin Ardid die Prinzessin der Steppe entkommen ließ, welche ihr die Liebe des Königs genommen hatte. Gudulín wußte nichts von dieser Geschichte, als er das Türchen im Efeu entdeckte. Jetzt hob er den schweren Riegel hoch und lief aufs Land hinaus oder in die Wälder, immer auf der Suche nach Tieren, die er mit seinen kleinen spitzen Pfeilen durchbohren konnte.

Eines Tages kam er zu einer Grotte, in der Fledermäuse nisteten. Als er hineinging, flatterte der ganze Schwarm auf, und die eine oder andere streifte sogar sein Gesicht. Am Ende hatte er eine gefangen, hielt ihre Flügel gespreizt und betrachtete ihr Vampirgesicht. Er trug sie hinaus zu einer Birke und nagelte sie an den Flügeln daran fest, wozu er Dornen von den Hecken brach und einen Stein als Hammer benutzte. Dann quälte er sie genüßlich mit seiner spitzen Knochenahle, die er stets bei sich trug, und kehrte erst spät am Abend ins Schloß zurück, mit blassen Wangen, die Lippen bleich vor Wonne und Lust. Heimlich, wie er gegangen war, kehrte er in seine Kammer zurück, wo ihm der Kobold wehleidige Vorwürfe machte; aber nicht für die Untaten, die er begangen hatte – wovon der Kobold ja nichts wußte –, sondern weil er so lange fortgeblieben war.

An einem bösen heißen Mittag im Juli ließ Gudulín sich am Efeu hinab und landete so unglücklich auf der Erde, daß er mit bleichem Gesicht und blutendem Kopf liegenblieb. Erst viel später fanden ihn zwei Dienstboten, und diesmal war es nicht so leicht, ihn wieder zum Leben zu bringen. Er hatte viel Blut verloren, und anfangs hielten sie ihn für tot. Die Nachricht hatte sich wie ein Lauffeuer in der ganzen Stadt verbreitet, und es meldete sich ein junger Mann mit dem Ansinnen, den Prinzen zu heilen. Er tat dies trotz des Argwohns und der möglichen Gefahr, die ihm bei der Enthüllung seiner Wissenschaft von den finsteren Geistern im Rat der Edlen drohten. Es war nicht einfach für ihn, sich Gehör zu verschaffen, doch ein Mädchen, das in der Schloßküche arbeitete, war seine ihm anverlobte Braut. Sie leitete sein Angebot an den Königlichen Koch weiter, dieser ließ es in der Dienerschaft verlauten, und von dort gelangte es zum Zeremonienmeister, der es wiederum über verschlungenste Wege in die Kammer der Königin zu lenken verstand.

Der Kobold saß still, beinahe regungslos – vielleicht zum ersten Mal in seinem Leben – am Kopfende des Bettes und rührte sich nicht mehr von der Stelle. Vergebens jonglierte er mit glänzenden Flußkieseln, doppeldeutigen Worten und Krampfnußschalen. Er ging sogar so weit, liebliche goldene Senfkörner auf Gudulíns Stirn zu streuen, die in Olar vollkommen unbekannt waren – außer bei den Kobolden, versteht sich. Der Prinz lag jedoch weiterhin bleich und leblos in den Kissen, die dunklen Ringe unter seinen Augen hoben sich deutlich hervor, die Lider waren geschlossen. Er war ein hübscher Junge, wenn er schlief oder bewußtlos war und man den düsteren Glanz seines finsteren Blicks nicht sah. Wie er da so lag mit seinen schweißverklebten schwarzen Locken, den bleichen Lippen, den reglosen – und jetzt ungefährlichen – Händen auf der Bettdecke, konnte er sogar jene rühren, die ihn nicht mochten oder gar haßten, wie dies bei den meisten Pagen und Dienern der Fall war. Die Tränen des Kobolds perlten mit solch außergewöhnlichem Glanz auf seine Stirn, daß die Umstehenden glaubten, einen Schwarm Schmetterlinge mit schillernden Flügeln zu sehen, die vom Thronfolger Abschied nehmen wollten. Mehr als einer fühlte sich so bewegt und in seiner Trauer bestärkt, daß er sie zu verscheuchen suchte. In dem warmen Wind, der von Süden kam, winkte die weiße Birke mit ihren Zweigen. Ein ungewöhnliches Most-Aroma, so alt wie die Welt, erfüllte die Kammer. In jenen Tagen war es auch, da ein anderer Rebenzweig, rot wie der Herbst zur besten Zeit, eine nach der anderen fünf herrliche Trauben verlor, prall und glänzend wie dicke Regentropfen aus Blut, die zwischen die Falten der Pelze kullerten, unter denen der junge Prinz auf seiner Bettstatt lag.

Gudulina hockte still am Fuß des Krankenlagers. Sie schaute ihren Sohn unverwandt an, und eine solche Ernsthaftigkeit lag in diesem Blick, daß ihre Augen für Ardid gleichsam eine Erleuchtung waren: Dies war derselbe tiefe, staunende Ernst, der auch in Naivias Blick gelegen hatte. Ardid stellte fest, daß in den Augen aller Kinder dieser Welt – ob von Adel oder von gemeiner Herkunft – jener Ausdruck eines ernsten, ungläubigen, allumfassenden Vorwurfs stets auf der Lauer lag. Und sie erkannte, daß weder sie noch sonst ein Mensch die Tiefe dieses Weltblicks, des unendlichen Staunens der Welt vor menschlichem Geschehen auszuloten vermochte. Da trat sie zu Gudulina und sprach zu ihr wie zu einem Kind:

»Es gibt einen Menschen, der sagt, er könne Gudulín retten. Wenn du es wünschst, lassen wir ihn kommen.«

Gudulina schien aus tiefer Schreckensstarre zu erwachen, nahm wieder die Züge einer – allerdings vollkommen irren – Frau an und erging sich in haltlosen Flüchen über alle Männer und alle Länder und alles, was sich außerhalb ihres Schmerzes noch zu zeigen wagte. Wenn, stieß sie keuchend hervor, ein Kind vor den Augen seiner Mutter sterben müsse, sei die Welt es nicht wert, erschaffen worden zu sein.

»Er wird nicht sterben, er wird nicht sterben«, sagte Ardid zu Tode erschrocken ob dieser Worte, vor allem jedoch wegen des unterdrückten Aufschreis, eines heiseren Lauts, der eher leise war, aber die Mauern der Zeit zu durchdringen schien. »Er wird nicht sterben ...«

Sie ließ den jungen Mann zu sich rufen, und als sie seiner ansichtig wurde, war sie über sein Auftreten mehr als erstaunt. Trotz ihres Schmerzes – zwar kannte sie die abartigen Neigungen ihres Enkels, dennoch war er der Sohn von Gudú, dessen Blut in seinen Adern floß – wurde sie von einer Empfindung heimgesucht, die sie ganz überraschend traf; so als erkenne sie plötzlich etwas wieder, das lange in Vergessenheit geraten war.

Der junge Mann war schlank und hoch gewachsen und so blond, daß sich nur Naivia mit ihm hätte vergleichen lassen können. Seine Augen waren so blau und so gleichmäßig seine Züge, daß Ardid die bescheidene Herkunft, die man ihm nachsagte, gar nicht glauben wollte – für sie war jeder Mensch von niederem

Stand häßlich, roh und ungebildet. Er trat zu dem Kind ans Bett, hauchte ihm auf Augen und Lippen und verharrte dann gleichsam in tiefer Meditation. Der Hofmedicus – nach Ardids Meinung ein aufgeblasener Dummkopf, der nicht einmal lesen konnte und dessen einzige Heiltätigkeit im Anlegen von Blutegeln und im Auflegen von Brennesseln bestand – betrachtete ihn mit haßerfüllten Augen. Ardid las in diesem Haß den deutlichen Vorsatz, den jungen Mann, sollte es ihm wider Erwarten gelingen, den Königssohn zu heilen, der Hexerei zu beschuldigen. Aber nicht, solange ich lebe, dachte Ardid und war selbst überrascht, mit welcher Leidenschaft sich dieser Gedanke in ihr Bahn brach.

Im selben Moment sprang ihr der Kobold auf die Schulter, schlang ihr die Arme um den Hals und sagte unter Schluchzen:

»Liebe Herrin, liebe Herrin … dieser junge Mann ist einer der wenigen menschlichen Geschöpfe, derentwegen wir Eurer Gattung überhaupt noch Achtung entgegenbringen können.«

»Was sagst du da, mein Lieber, ich verstehe kein Wort.«

»Er steht am Rande der Geschichte Aller Kinder, wollte aber nie die Grenze überschreiten; nicht einmal als er alt genug war, um dies tun zu können. Er wird es auch nie tun, will es nicht einmal. Aber glaubt mir, er würde herzlich aufgenommen, obwohl er nie ein Kind gewesen ist …«

»Ich weiß wirklich nicht, was du meinst«, sagte Ardid. Plötzlich jedoch wurde die Trübsal, die an diesem Sommertag dem See entstieg, so übermächtig in ihr, daß sie keine Kraft mehr fand, ihm zu sagen, er möge bitte dem Menschen zuliebe, der seinem Herzen am nächsten stand – und das war zweifellos Gudulín –, nicht in der Sprache der Kobolde zu ihr sprechen. Jener Sprache Niemands, die sie als Kind verstanden hatte, die ihr jetzt jedoch immer unverständlicher wurde.

Der junge Mann befahl nun seinem alten Diener oder Gehilfen, ihm einen geheimnisvoll aussehenden Koffer zu bringen. Zum allgemeinen Erstaunen und unter den verhaltenen Protesten des Hofmedicus sowie des empörten Adels stach er sich in eine Armader und führte mit Hilfe einer feinen Nadel, die einem dünnen Röhrchen nicht unähnlich war und mit der er eine Vene im rechten Arm des Thronfolgers angestochen hatte, sein eigenes Blut in den Körper des Prinzen. Ardid unterdrückte jedes Aufbegehren mit der Macht ihrer königlichen Autorität und sagte: »Laßt ihn. Er ist der einzige, der den Prinzen retten kann. Ohne diese Hilfe wird Gudulín auf jeden Fall sterben. Dieser junge Arzt« – wie unter einer mystischen Erleuchtung gab sie ihm diesen Titel – »ist die einzige Hoffnung.«

Und Gudulín starb nicht. Das Blut floß wieder in seine Wangen und Lippen, er fiel in einen tiefen Schlaf und blieb drei Tage und drei Nächte in diesem Zustand. Während der ganzen Zeit blieb der junge Arzt ununterbrochen bei ihm, beobachtete jede seiner Bewegungen, rieb ihm behutsam Hände und Stirn mit seinen langen, starken und doch so sanften Fingern. Als die Sonne am vierten Tag aufging, öffnete Gudulín die Augen. Eine Zeitlang war er noch schwach, doch eines Nachmittags dann vermochte er sich im Bett aufzurichten. Erst dann packte der junge Mann seine seltsamen medizinischen Gerätschaften in den Koffer und bat um Erlaubnis, in sein Dorf zurückkehren zu dürfen. Ardid, die ihm mit Gudulina, dem Kobold und der ersten ihrer Kammerzofen zuschaute, schickte alle bis auf den Kobold hinaus und sagte: »Wir kennen nicht einmal deinen Namen. Sag uns, was du begehrst, und dein Wunsch soll sorglich erfüllt werden.«

»Majestät, seit vielen Jahren schon seid Ihr mir als kluge Frau nicht unbekannt. Als solche könnt nur Ihr es verstehen, wenn ich sage, meine größte Belohnung ist, bestätigt zu sehen, was ich in den dreißig Jahren meines Lebens so eifrig gelernt habe.«

»Dreißig?« wundert sich Ardid, die glaubte, einen Jungen von höchstens zwanzig vor sich zu haben.

»Dreißig eigene und zwei ererbte«, sagte der Junge. »Hoheit, ich flehe Euch an, mich gehenzulassen, denn wenn Ihr es nicht tut, sind wir beide einer großen Gefahr ausgesetzt.«

»Ich verstehe das nicht«, entgegnete Ardid. Eine unbekannte

Empfindung, die sie mit einer leuchtenden und zugleich düsteren Ahnung erfüllte, ließ sie erzittern.

Da der Junge schwieg, fühlte sie sich plötzlich von dem Blick seiner durchdringenden hellen Augen eingeschüchtert. Deswegen sagte sie: »Geh mit den besten Wünschen. Aber sag mir wenigstens deinen Namen.«

»Ich habe keinen Namen, Hoheit«, antwortete er.

Dann schied er mit einem kalten und rätselhaften Lächeln, das Ardid in große Verwirrung stürzte. Gudulina küßte und herzte unterdessen den widerspenstigen Gudulín, der als erstes nach Pfeilen und Bogen und seinem Degen verlangte.

»Geliebter Kobold«, sagte Ardid, indem sie ihn mit Nachdruck von Gudulín fortzog, »verrate mir, wer dieser junge Mann war.«

»Ach, liebe Herrin, die Jahre legen sich wie eine Last auf Euren Geist«, sagte der Kobold zerstreut. »Ich kann nicht glauben, daß Ihr mich etwas so Simples und Offensichtliches fragt.«

Der Kobold hatte nur noch Augen für seine große Liebe, doch da er sich zurückgewiesen sah, machte er sich über seine Weinvorräte her und fiel schon nach kurzer Zeit völlig betrunken in die Glut des Kamins. Ardid starrte ungläubig und voller Kummer auf ihn hinunter.

Gudulín kehrte ins Leben zurück. Vergebens suchte Ardid den unterbrochenen Unterricht fortzusetzen, was ihr unter anderem deswegen nicht gelang, weil die verärgerte Gudulina sich dem widersetzte und sagte, ihr Sohn brauche diesen Unsinn nicht, da er auf so wundersame Weise von der Natur beschenkt worden sei. Unter dieser Art von Schmeichelei und zärtlicher Zuwendung genas Gudulín.

Der Sommer ging bereits dem Ende zu, als der Kobold eines Nachts zu dem Jungen ins Zimmer kam und ihn zu den Weinbergen des Südens mitnehmen wollte. Gudulín erhob sich verschlafen von seinem Lager und sagte irgendwann: »Ich kann nicht, Kobold. Ich bin zu groß geworden. In deine Tunnel passe ich nicht mehr hinein.« Und wie er darüber lachte, ähnelte dieses Lachen dem kurzen trockenen Gelächter von Gudú. Immer noch lachend, streckte er die Hand aus, riß eine weitere Traube von des Kobolds Brust und biß hinein. Ein derartiger Schmerz durchfuhr diesen, daß die ganze Stadt sein Wehgeschrei vernahm und glaubte, das Heulen eines Wolfs zu hören, was ungewöhnlich war, denn zu der Jahreszeit pflegte es keine Wölfe zu geben. Eine ganze Weile blieb der Kobold verschwunden, hielt sich im tiefsten Dickicht des Waldes versteckt und weinte so untröstlich, daß unter den weißen Birken ein aus seinen Tränen gemachter Quell entsprang.

3

Unterdessen kümmerte sich die Königin mehr um die kleinen Zwillinge Raigo und Raiga, wobei sie jedoch nie den Prinzen Ungestalt vergaß. Dieser war so klein und kümmerlich, daß keiner ihn für mehr als acht Jahre gehalten hätte. Vom gequälten Hanswurst Gudulíns – der ihn zum Glück vergessen hatte – war er unterdessen zum Spielkameraden von Raigo und Raiga geworden.

Die kleinen Zwillinge waren hübsche Kinder. Das Haar so golden wie die Sonne und von einem so vornehmen Betragen, daß es allein mit den bitteren Zeiten in Olar zu erklären war, daß kein Mensch mehr an diese bezaubernden Geschöpfe dachte. Sie wurden bald fünf Jahre alt, und Ardid sagte sich, daß es an der Zeit sei, ihnen das Lesen beizubringen. Zwar waren sie nicht dazu bestimmt, den Thron zu besteigen, doch bei Gudulíns nutzlosem Draufgängertum konnte man sich durchaus vorstellen, daß Raigo eines Tages der einzige Anwärter sein würde. Aus diesem Grunde setzte die Königin ihre Idee so schnell wie möglich in die Tat um und stellte mit unerwarteter Freude fest, daß sie es mit einem aufgeweckten Jungen zu tun hatte.

Äußerlich sahen sich die Geschwister zwar überaus ähnlich, doch vom Temperament her konnten sie unterschiedlicher kaum sein. Raigo war leidenschaftlich und voller Wißbegier, genau wie seine Großmutter in dem Alter. Raiga hingegen war wohl sanftmütig und von bezauberndem Wesen, schien jedoch keine andere Neigung zu verspüren, als an der Hand von Ungestalt um den Baum der Spiele herumzutollen. Und Ardid merkte in ihrer Begeisterung, Raigo zu unterrichten, nichts davon, wie Raiga und der einstige Possenreißer bis in die obersten Baumspitzen kletterten, Blätter von den Zweigen rissen und beide – die nie lesen gelernt hatten – darauf unzählige Lieder entschlüsselten und eine Unzahl von Spielen lernten, die sie sogleich ausprobierten.

Nach dem Unterricht bei der Großmutter gesellte sich Raigo meistens zu ihnen, baute mit ihnen hoch im Geäst ein kleines Baumhaus, und dort verborgen verbrachten sie dann den größten Teil ihrer Zeit.

Eines Tages erschien Raigo nicht zum Unterricht. Ardid suchte ihn überall vergebens. Plötzlich überkam sie eine Ahnung, und sie begab sich zu jenem Turm, den sie so gut kannte und der so viele Erinnerungen in ihr wachrief. Er war schon längst verlassen und befand sich in einem Zustand des Verfalls; aus der Mauer waren Steine herausgebrochen, und sie war über und über mit Efeu und dornigem Gewächs bedeckt. Ardid stieg über bemooste Stufen nach oben, und ihr Herz pochte, ohne daß sie nach dem Grund fragen mochte. Schließlich erreichte sie das Mansardenkämmerchen unter dem blauen Spitzdach. Sie drückte die halbvermoderte Bodenluke hoch, und ein goldener Wirbel wie Sonnenstaub nahm ihr die Sicht. Sie klopfte sich Haar und Schultern ab und betrat hustend die Kammer.

Durch die Ritzen der vom Wind, Schnee und Regen versengten Fensterläden drang das einzige Licht herein. Allmählich erkannte Ardid eine nach der anderen die Truhen, die ehemals Naivia gehört hatten, als sie plötzlich leise Stimmen und unterdrücktes Kinderlachen vernahm. Sie ging auf Zehenspitzen weiter und entdeckte im Halbdunkel schließlich ihre beiden Enkel und den kleinen Ungestalt, die mit den alten Schätzen der toten

Prinzessin spielten. Sie hatte das Gefühl, ihr Herzschlag setze aus, und mußte sich auf eine der verstaubten Truhen setzen.

»Was tut ihr hier? Wer hat euch gesagt ...«, begann sie; doch als sie sah, mit welcher Unbefangenheit die Kinder sie anschauten, lächelten und weiterspielten, verzichtete sie lieber auf weitere Fragen.

Sie blieb einfach sitzen und beobachtete die Kinder bei ihrem Spiel. Sie dachte daran, daß sie selbst nie gespielt hatte, niemals richtig Kind gewesen war. Da nahm sie eine der Puppen in die Hand, forschte in ihren gläsernen Augen nach etwas, das ihr immer wieder zu entgleiten schien, und so verging der Tag, ohne daß sie es bemerkte.

Als es schon fast dunkel wurde, gingen die Kinder – das Haar voller Goldstaub und welker Blüten, die Wangen gerötet – zur Bodenluke und stiegen die Treppe hinunter, um ihr Abendessen zu suchen und danach den Schlaf. Nachdem Ardid die herumliegenden Schätze eingeräumt und behutsam den Riegel vorgeschoben hatte, rief sie die Kinder und sagte zu ihnen: »Hört gut zu: Ihr dürft niemandem davon erzählen, daß ihr hier gewesen seid, und ihr dürft auch keinem dieses Versteck verraten. Nur wir vier kommen hierher, und kein Mensch soll mit seiner Anwesenheit unsere Spiele stören.«

Die Kinder nickten mit ernsten Mienen. Und während sie in den Südturm zurückkehrten, wo sie wohnten, zeigte sich der Himmel schon voller Sterne, und Königin Ardid begann lautlos zu weinen.

Seit jenem Tag versammelten sich, sobald Raigos Unterricht beendet war, alle vier im geheimen Refugium. Auf diese Weise fand ein doppelter Unterricht statt, denn die Königin lernte von den Kindern das Spielen.

Gudulín wuchs zu einem robusten jungen Mann mit großen und meist schmutzigen Händen heran. Eines Tages bat er seine Mutter, ihm ein Pferd zu schenken, und Gudulina hatte nichts Eiligeres zu tun, als seinem Wunsch zu entsprechen.

»Er ist noch sehr jung«, wandte Baron Silu ein. »Er sollte zuerst beim Waffenmeister Reitstunden nehmen.«

Also wurde er zum alten Randal geschickt, welcher vom Schwarzen Turm zurück ins Königsschloß geschickt worden war, wo er sich nun voller Eifer wieder seinem ursprünglichen Beruf widmete. Er zeigte ihm Finten und Figuren mit Schwert und Degen, doch Gudulín lachte ihn nur aus. Er zog ihn am Bart, spottete über die krummen Beine des alten Reiters und sagte: »Dummer alter Mann, ich verstehe mich auf andere Waffen, die viel wirksamer sind.«

Und er führte ihm die Kunstgriffe und Listen vor, die er von dem unseligen Astrágalos gelernt hatte.

»Solche Spiele und diese Art des Kampfes sind ehrlos«, erboste sich der Alte, seinen Zorn nur mit Mühe unterdrückend. Die einzige Antwort jedoch war ein sirrender Pfeil aus dem Hinterhalt, dem auszuweichen ihm nur mit knapper Not gelang.

Gudulina fand für ihren Sohn ein junges Pferd, schwarz, mit weißer Mähne und honiggelben Augen. Als Gudulín es sah, erbleichte er. Sein Herz krampfte sich zusammen, Liebe überflutete ihn, und fast wären Tränen in die großen Augen dieses kindlichen Piraten und Trunkenbolds getreten; Tränen so rein wie frühmorgendlicher Tau. Er lief zu dem Tier, schlang ihm die Arme um den Hals und verharrte so, ohne den Schrecken des Pferdes, das seine Gefühle nicht erwiderte, überhaupt zu beachten. Die rosafarbenen Nüstern bebten, und in den Augen von der Farbe eines klösterlichen Likörs lag blankes Entsetzen. Vielleicht standen alte Bilder von verstümmelten Kröten, Fröschen, Fledermäusen und Käfern vor diesen Augen, und als es die großen schmutzigen Hände des Prinzen an seinem Hals fühlte, durchfuhr den Pferdeleib ein solches Zittern, daß Gudulín glaubte, ein Meer auf schaumigen Wellenkämmen zu durchfahren, voll des Schreckens unschuldigen Blutes. Und da er die Gabe seiner Großmutter geerbt hatte, die da in der tiefsten Mitte seiner Pupillen ruhte – wilde Augen funkeln in der Nacht wie flüssiges Metall, versengen jeden, der ihrem Blick begegnet, lassen

Leben verdorren, das ohnehin dazu verdammt ist, sich kümmerlich über die Erde zu schleppen –, wußte er um die Furcht seines Pferdes. Und ebenso zitternd flüsterte er ihm ins samtene Ohr: »Pferdchen, mein liebes Pferdchen.«

Das Pferd aber verstand ihn nicht und zitterte nur. Gudulín fühlte den Nebel vom See aufsteigen, und die alte Undine bemächtigte sich seines einsamen, grausamen Herzens. Und erst dann, aufgeweicht wie unter feuchtem Moos, brach Gudulín in tränenloses Schluchzen aus und rief: »Mein Pferd, mein lieber, lieber Freund.«

Doch niemand war Gudulíns Freund, und niemand würde sein Freund je sein. Mit Ausnahme eines armen Kobolds, den er jedoch verachtete.

Er sprang in den Sattel und schmiegte sich an den Pferdehals, doch das Tier stieg auf die Hinterbeine und galoppierte davon, sprang über Hürden und Hecken bis ins Herz des finsteren Waldes. Dort, an der Quelle des Kobolds, blieb es stehen.

Der Sommer war heiß, und das Gras verdorrte auf den Weiden. Nicht jedoch an dieser Quelle, wo es fast schwarz aussah, so üppig und feucht war es dort. Gudulín spürte das Herz seines Pferdes unter den Knien pochen und sagte: »Mein Freund, mein Freund, ich werde dich lieben, solange ich lebe.«

Dann weinte er und kehrte um, und in jener Nacht lag er in seinem Bett und weinte wieder. Als der Kobold aus seinem Kaminloch hervorschaute und Gudulín so von Trübsal überwältigt sah, strich er ihm über das seidige schwarze Haar, küßte ihn auf Augen, Mund und Ohren, versuchte ihn zu trösten, so gut er es vermochte. Gudulín aber hörte ihm gar nicht zu und spürte auch seine nutzlosen Küsse nicht. Von jener Nacht an weinte er nun jede Nacht seines – in Wahrheit kurzen – Daseins, im Schlaf oder im Halbschlaf an der Grenze zwischen dem Leben und dem Tod, welcher hungrig und geduldig unter seiner Bettstatt harrte und kaum herauslugte.

Der heiße Sommer, in dem die Kinder nächtens weinten, ging seinem Ende zu. Gudulín war nicht der einzige, der unter seiner Bettdecke Tränen vergoß. Es gab noch ein kleines, bildhübsches Mädchen, das in der Düsternis und dem Vergessen des riesigen Schlosses von Olar bitterlich weinte. Es war Raiga, die erste, goldigste und reizendste Prinzessin jenes Reiches. Sie war in einem Gemach – der ehemaligen Schlafkammer Dolindas – ganz in der Nähe ihrer Großmutter untergebracht. Und in dem Bett neben ihr schlief Raigo, ihr Zwillingsbruder. Sie waren noch so klein, daß man sie stets zusammenließ und nicht nach Geschlecht oder Wesen unterschied, so ähnlich waren sie sich. Raigas Haar reichte bis zu ihren Schultern, und kein Mensch kam auf den Gedanken, Raigo das Haar kürzer zu schneiden. Wenn sie schliefen, konnte man die Gesichtchen kaum unterscheiden oder mit Bestimmtheit sagen, wer der Junge und wer das Mädchen war. So lieblich waren sie anzuschauen, so tief und unschuldig wirkte ihr Schlaf. Ungestalt war der einzige, der sie auseinanderhalten konnte. Wenn alle schliefen, kam er aus seinem Kämmerlein, das vormals die Behausung des geliebten und vielbeweinten Magiers gewesen war. Er wurde wach und stand auf, weil Myriaden von Luftgeistern an seinen Ohrläppchen knabberten und ihm in Ohr flüsterten: »Raiga weint.« Dann schlich er in seinem langen Nachthemd – von den beschämenden goldenen Glöckchen endlich befreit – auf Zehenspitzen ans Bett der Kinder, setzte sich zu Raigas Füßen und weinte selbst ohne Tränen. Nur Kobolde und die alten Gnome unter der Erde, die Vögel, welche Gudulín getötet hatte, und die unschuldigen Wasserschlangen, die, obwohl ohne Gift, unter dem Fluch der giftigen Schlangen litten, konnten diese Tränen sehen. Und zu den schlafenden Kindern sprach der arme Ungestalt: »Liebe Raiga, lieber Raigo, auf der ganzen Welt liebe ich keinen anderen Menschen als nur euch beide. Da ich jedoch nicht mit euch vermählt werden kann, wird mein Leben, wenn ich einmal ein Mann bin, finster und traurig sein.«

Und der Nebel stieg allmählich vom See empor, stieg höher, immer höher.

Olar war in der Tat eine Stadt der Trübsal und das Königsschloß ein finsterer Ort aus moosigem Gestein, in dem die Kinder nächtens weinten. Und nur die alte Eule – die schon Naivia und Nobel sowie die Eichhörnchen jenes entschwundenen Gefolges unschuldiger Geschöpfe gekannt hatte, das von der Güte und der Freiheit der Unschuld träumend durch die Welt zieht und Olar meidet –, diese alte Eule wußte, daß Raiga weinte, weil Ungestalt so häßlich, närrisch, bucklig und süß wie eine Honigwabe war.

Dann kam der Herbst, so rot und duftend, daß der Kobold in allen Winkeln des Schlosses nur noch Wein zu riechen glaubte. Er ging zu Gudulín und sagte: »Mein lieber Junge, komm mit mir, ich nehme dich mit in den Süden, in einer einzigen Nacht sind wir wieder zurück.«

»Ich reite auf meinem Pferd«, sagte Gudulín, sich im Bett aufsetzend und die Augen reibend.

»Auf deinem Pferd, mein Lieber, und auf dem Wind«, sagte der Kobold. »Ein bißchen Liebe ist alles, was ich von dir erbitte, obwohl sie mich die letzten Trauben meines grausamen Rebstocks kosten wird.«

So gelangten sie in die Weinberge, wo sie die Leute bei der Kelter antrafen und die Freude und den Wein mit ihnen teilten.

Gudulín gab sich als Findelkind aus, und so schmutzig und abgerissen, wie er aussah, bezweifelte dies kein Mensch. Das edle Roß hatten sie im tiefen Wald versteckt.

Im Morgengrauen kehrten sie heim, betrunken und fröhlich singend, und Gudulíns Pferd flog wie der Wind, angetrieben von des Kobolds unbändiger Lust.

Am anderen Tag fragte Ardid den im Kamin selig schlafenden Kobold:

»Mein lieber Kobold, kannst du mir sagen, wie der Name des Mannes ist, der Gudulín so kunstreich das Leben gerettet hat und wo er wohnt?«

Der Kobold streckte die Glieder. Seine Nase war jetzt so leuchtend rot wie das Laub an den Bäumen und wie seine eigene krause Mähne.

»Heilerisch ist die Liebe, scharfsichtig der Mensch«, antwortete er, von Ardids Fragen bedrückt. »Liebste Herrin, Ihr seid so alt geworden, daß sich mein Mitleid regt.«

»Aber was ist aus ihm geworden? Ich habe heimlich Boten ausgeschickt; Männer, die nach ihm suchten, aber niemand weiß etwas über den Aufenthalt dieser außergewöhnlichen Person zu berichten.«

»Ich weiß nicht, wo er wohnt; irgendwo vielleicht. Und ich frage mich, ob nicht nur Elf etwas davon weiß. Aber auch wo Elf sich jetzt aufhält, weiß ich nicht ...«

»Es hieß doch, er sei mit einem der Küchenmädchen verlobt. Aber dieses Mädchen beweint nur Tag und Nacht sein Verschwinden. Mein lieber Kobold, bitte sag mir: Wo ist der Mann, der meinem Enkelsohn das Leben gerettet hat?«

»Gut, in Erinnerung an die alten Zeiten, als wir zusammen durch meine unterirdischen Gänge streunten, werde ich es herauszufinden suchen ... Aber sagt mir eins: Wo seid Ihr geblieben? Wo seid Ihr jetzt? Ich suche Euch immerzu in den Tunneln und finde Euch nie ...«

»Kinder, die nicht sterben, sind so rätselhaft wie die Trübsal selbst«, sagte Ardid mit nachdenklichem Blick. »Ich weiß nicht, wo ich geblieben bin, mein lieber Kobold. Ich weiß nicht, wo das Kind von damals heute sein könnte ...«

»Ihr seid nicht in die Geschichte Aller Kinder eingetreten; dazu hattet Ihr gar keinen Zugang.«

»Das weiß ich sehr wohl.«

Seit sie jeden Nachmittag in das Dachstübchen des alten Turms hinaufstieg, wo sie lange Zeit mit ihren Enkeln und mit Ungestalt verbrachte, hatte Ardid zu einer gewissen Weisheit zurückgefunden, die sie längst verlorengegeben hatte.

»Eines verspreche ich dir, geliebter Kobold: Sobald ich dieses Kind gefunden habe, sage ich es dir ... Bis dahin jedoch such mir den Heiler, denn ich brauche sein Wissen wie die Luft zum

Atmen. Ich bin eine belesene Frau, mein Lieber, und mein Wissensdurst ist ebenso groß wie der meines Sohnes, wenn auch auf andere Art.«

»Ich weiß«, sagte der Kobold und streckte die Beine, die zunehmend knotigen Weinstöcken glichen. »Ich weiß. Ihr braucht mir nichts über etwas zu erzählen, das ich besser weiß als Ihr selbst, liebe Herrin.«

Er begab sich auf die Suche nach dem Heiler, und schließlich fand er ihn auch. Der Junge wohnte am anderen Ufer des Sees, in eben jener Fischerhütte, in der damals die kleine Ardid, der Magier und er selbst Unterschlupf gefunden hatten. Zusammen mit seinem Großvater – dem alten Mann, der seinen Koffer getragen hatte – tat der junge Heiler nichts anderes als studieren und forschen. In der Hütte roch es weder nach den Weinstöcken des Südens noch nach Senfkörnern, noch nach unterirdisch oder in die Luft gebohrten Tunneln. Es roch dort nur nach ausnehmend besonnenem, vernünftigem, umsichtigem und ... unschuldigem Heiler. Trotz der sehr weit fortgeschrittenen Unreinheit des Kobolds konnte ihn der junge Mann vermutlich nicht sehen. Denn dem Heiler mangelte es an jeder Art übernatürlichen Vorstellungsvermögens – schloß der Kobold –, weil seine Forschungen sich allein auf die menschliche Natur bezogen. »Oh, von Unreinheit befreiter Bruder«, schluchzte der Kobold, dem sein elender Zustand zu vollem Bewußtsein kam, »rein und vollkommen in deiner Art ... Warum sind wir so selten – ob nun Menschen oder welche anderen Gattungen auch immer? Ist es nicht die Reinheit, welche die Welt regiert, in der wir leben?« Er hob das Antlitz zum Himmel und dachte, dort oben, dort hinten, wo die Sterne die Grenze zwischen Licht und Dunkel berührten, sei vielleicht ein vollkommeneres, glücklicheres Leben denkbar. Nun, das waren jedoch Dinge, die – wenn überhaupt – nur die Dame des Sees wissen konnte, und sein Verhältnis zu ihr war ja nicht eben ungetrübt.

Im Dunkel seines Traums sah er schließlich des Heilers Augen, schaute so tief hinein, daß er wunderliche goldene Teilchen darin umhertanzen sah, und plötzlich verstand er. Zumindest glaubte er zu verstehen.

Er kehrte zum Schloß zurück und weckte die Königin.

»Liebe Herrin«, sprach er, »der Heiler wohnt dort, wo Ihr selbst mit dem Magier und mir einmal Unterschlupf gefunden habt. Und ich darf Euch verraten, daß er Tag und Nacht an Euch denkt.«

Ardid spürte, wie ihre Wangen erglühten.

»Das kann doch nicht sein«, murmelte sie.

»Es ist so, und Ihr wißt sehr wohl, daß es so ist. Es ist auch nicht ungewöhnlich, verbindet Euch und ihn doch der Drang nach Wissen. Genau wie Gudú. Und auch wie viele andere noch, obwohl er in unterschiedlichstem Gewand daherkommt.«

»Er ist noch so jung ... und ich bin so alt.«

»Von Eurem Alter verstehe ich nichts«, sagte der Kobold und gähnte. »Ich weiß nicht, was Ihr mir damit sagen wollt. Doch sein Alter verbindet sich dann und wann mit Eurem Alter, wenn das letzte Gestirn sich mit der Sonne vereint.«

»Bitte sprich, wie wir Menschen sprechen!« bat Ardid mit flehender Stimme.

Ardid versuchte ihn an Beinen und Haaren festzuhalten, doch da sie ihn nicht fühlen konnte, entglitt er ihr und kehrte in die Dunkelheit der unterirdischen Gänge zurück – auf der Suche nach Gudulín.

»Gudulín, ich nehme Euch mit in den Süden«, flüsterte er ihm lockend ins Ohr.

Doch diesmal konnten sie das Pferd nicht nehmen, und ohne Pferd gab es keine Reise in den Süden und war der Traum unmöglich. Trotzdem versuchten sie, in die unterirdischen Gänge einzudringen, doch Gudulín paßte nicht hinein. Feuchte rote Erde drang ihm in Mund und Augen, die Wurzeln der Welt bohrten sich in seine Ohren. Er war gewachsen, gewachsen, war unwiderruflich erwachsen. Diese Erkenntnis trieb ihm Tränen in die Augen, und im Schutz der Dunkelheit weinte Gudulín, doch so, daß niemand ihn hörte.

»Ich werde niemals mehr den Süden sehen«, flüsterte er. »Ich werde niemals Freunde haben.«

Die Tränen und die Küsse des Kobolds spürte er nicht. Er kehrte ins Bett zurück und schlief schluchzend ein. Am nächsten Morgen bestieg er sein Pferd, stieß ihm hart die Fersen in die Weichen und ritt in den Wald. Er drang in die Fledermaushöhle ein, ergriff so viele, wie er fassen konnte, und veranstaltete mit ihnen ein denkwürdiges Blutgericht.

Als er ins Schloß zurückgeritten kam, herrschte große Aufregung. Ein Bote verkündete die siegreiche Heimkehr seines Vaters. Er erfuhr auch, daß dieser die grausame Urdska, die Königin der Steppe, als Gefangene mit sich führte. Überall hieß es, der Schrecken der Wilden Horden sei nun endlich gebrochen und diese selbst für lange Zeit, wenn nicht für immer, hinter die neuen Grenzen des Reiches zurückgedrängt.

Gudulín aber empfand keine Liebe für Gudú. Ein heftiges Zucken, das sich auf das Fell seines Rosses übertrug, kündete ihm von einer seltsamen Lust, die er jetzt schon genoß: Gudú war sein Feind; als Feind würde er ihn anschauen und ihn besiegen.

4 Die ganze Stadt bereitete sich auf den Empfang des Königs vor. Und in jedem Winkel der Stadt war zu hören, was der König geschickt in Umlauf hatte bringen lassen: Keine Geheimnisse gibt es auf Erden, die Gudú nicht durchdringt. Es hieß auch, er habe die gefürchtete Urdska in Ketten gelegt, und bei ihrem Anblick schwand das alte Mysterium der Steppen dahin, der Schrecken der Bewohner von Olar vor jenen unbekannten, endlosen Weiten. Oft genug auch hatte Gudú seine Wölflinge einberufen und ihnen gefangene Kinder der Wilden Horden vorgeführt: »Sind dies die Teufel vom Ende der Welt? Nein, es sind keine Teufel; und den letzten Abgrund der Erde haben meine Krieger noch nicht erblickt.«

Endlich hatte die lange Periode der Entbehrungen und Knappheit für die einen, des Hungers und Elends für die anderen ein Ende. Endlich würde es wieder Frieden und Wohlstand für die einen, und ein etwas erträglicheres Dasein für die anderen geben. Niemand jedoch fühlte so sein Herz vor Freude hüpfen wie Königin Gudulina: In ihr erwachte neue Hoffnung.

Sie begutachtete ihre Kleider und Gewänder und trat so oft vor den Spiegel, daß sie sich irgendwann selbst nicht mehr sehen konnte. Und wie zuvor, als sie den Gemahl so glorreich empfangen und geliebt hatte, glaubte sie auch diesmal zurückgewinnen zu können, was kein Mensch je zurückgewonnen hat: Licht und Wärme einer entflohenen Zeit; den Platz im Herzen, wo die Liebe einst lebendig und fühlbar gewesen und nicht nur ein trüber, von Nebeln umwölkter Traum war, heimgesucht von nächtlich kriechendem Getier. In ihrer Erinnerung lebten Legenden auf, die ihr die alte Arandana erzählte hatte, eine runzelige schwarze Piratensklavin, von Leonia zur Hüterin ihrer Kindheit bestimmt. Wenn sie beisammensaßen und die alte Negerin Gudulinas widerspenstige Kindermähne bürstete, pflegte sie zu sagen: »Mein liebes Kind, Männer sind abartig, aber unvermeidlich; und wie alles Unvermeidliche auf der Welt, muß man lernen, sie zu beherrschen.« Den Lippen jener Sklavin lauschte sie auch die Geschichte einer Prinzessin ab, die in Gefangenschaft geraten und von dem König der Nordmänner vor dem Tod gerettet worden war. Nach ihrer Befreiung fiel sie in eine so unwahrscheinliche und unglückliche Liebe zu ihrem Retter – der sie selbst aber nie geliebt hatte –, daß sie in der Blüte ihrer Jugend starb und in der Stunde ihres Todes den Tag ihrer Befreiung verwünschte. »Trotzdem, mein liebes Kind«, sagte Arandana und band die Zöpfe der kleinen Gudulina mit einem goldenen Band zusammen, das sie mit ihren messerscharfen Zähnen sauber durchzubeißen verstand, »im letzten Moment ihres Lebens, wenn die ganze Menschheitsgeschichte sich im Geist des Sterbenden spiegelt, wie die Bäume im Wasser, dachte die arme Prinzessin, daß all ihr Leid kein zu hoher Preis dafür war, ein einziges Mal vom König geküßt worden zu sein.« Und diese Geschichte, die ihr Kinderherz mit Neugier und köstlichem Schrecken erfüllt hatte, fuhr ihr jetzt noch einmal wie Feuer durchs welkende Herz.

Sie war schon dreiundzwanzig Jahre alt und hatte weder ihren Körper noch ihren Geist so pfleglich behandelt wie Königin Ardid. Die Hoffnung auf das Wiedererwachen der Liebe, dachte sie jetzt, ist die einzige Insel, auf der die Schiffbrüchigen solch befremdlichen Empfindens ein Refugium finden. Sie dachte an die Strände ihrer Kinderzeit zurück, an ihre Mutter, an die rauhen Seefahrer und Riffpiraten, und die warme Sonne der Insel schien in ihr Herz, und sie bemerkte nicht, was die Jahre, was Krankheit und Wahnsinn an Verwüstungen auf ihrer einst glatten Mädchenhaut und an ihrer Figur und Erscheinung insgesamt angerichtet hatten.

Sie rief Gudulín zu sich und ließ ihm tausend neue Kleider anpassen und tausendmal wieder ausziehen, um ihn in noch prächtigere zu stecken. Doch die von der immer weiter entfernten Insel Leonia übersandten Gewänder paßten ihm längst nicht mehr. Finster blickend und viel zu groß für sein Alter, war Prinz Gudulín stets unsauber und schwermütig von Natur aus, und der einzige Glanz in seinem blassen Gesicht mit den dunklen Augenrändern des frühen Trinkers erstrahlte aus der beunruhigenden Glut seiner großen Piratenaugen. Gudulina aber sah in ihm nur die Frucht einer grenzenlosen Liebe, und keine Schönheit war in ihren Augen vergleichbar mit jenem ebenmäßigen Antlitz, dessen Ausdruck jedoch immer grimmig und grüblerisch war. Sein schimmerndes schwarzes Haar streichelnd, sagte sie: »Gudulín, endlich kehrt der König von Olar zurück ...«

Und Gudulín dachte: Endlich kehrt der Feind zurück, den ich vernichten werde. Der König bin ich. Er wußte nicht, daß an einem weit entfernten Ort ein Mädchen, nur wenig älter als er selbst, schlank und sehnig wie ein Junge, auf zähem Pferdchen über das weite Land galoppierte, die nackten Beine vom Steppenwind umweht, mit einem Rohrstock vom Fluß die Flanken des Tieres geißelnd, und mit der Kraft ihrer Lungen hinausschrie: »Ich bin der König.«

Doch Gudulín hatte nicht das Zeug zum König, und Ardid, die still Gudulinas Bemühungen um das Einschnüren einer nicht mehr schlanken Taille und zugleich die finstere Miene ihres Enkels betrachtete, wußte dies. Sie wußte, daß er niemals herrschen würde, wie sie auch ahnte, daß Gudulín allein der König finsterer Gänge und Gründe war, wo gequältes Getier verendet; verstümmelte Kröten und Fledermäuse, einzige Zeugen der Einsamkeit eines Kindes, das keine Freunde haben will oder kann, sich einsam fühlt, Feind vielleicht sich selbst.

Nun, da sie viele Tage lang, Nachmittag für Nachmittag, an der Hand von Raigo, Raiga und Ungestalt die ausgetretenen, mit Moos bedeckten Treppenstufen des Ostturms hinaufgestiegen war, gelang es Ardid allmählich, ein Buch zu entziffern, das nirgends geschrieben stand; außer vielleicht im Gedächtnis der Gnome, im raschen Verfall der Mohnblumen, im flackernden Licht, das die Flügel der Nachtfalter versengt. Ja, im reifen Alter erst – sie hatte ihr vierzigstes Lebensjahr vollendet – begann Ardid die alte, stets verachtete Weisheit der Dachböden zu begreifen; jener Orte, wo das verblichene, vergessene und zerbrochene Spielzeug der Kinder landet, die herangewachsen und nirgends mehr zu finden sind. Die Stadt mit dem Namen Geschichte Aller Kinder war ihr im Lauf der Jahre in Vergessenheit geraten. Und als sie Raigo einmal fragte: »Wer hat euch diese Kammer eigentlich gezeigt? Wer hat euch gesagt, daß ihr mit diesen Sachen voller Staub und Zeit spielen dürft?«

Da schauten Raigo und Raiga sie vorwurfsvoll an, als dächten sie, Ardid mache sich über sie lustig. Schließlich antwortete der kleine Ungestalt: »Oh, Majestät, Ihr wißt doch, daß wir hier nur spielen können, weil das verstorbene Mädchen uns den Weg hierher gezeigt hat.«

»Welches Mädchen?« fragte Ardid beunruhigt.

»Das Mädchen Naivia.«

»Oh, ja«, sagte Ardid bedauernd. »Sie hatte einen schrecklichen Tod. Aber ihr dürft nicht auf sie hören, weil der König sie als Hexe verbrennen ließ.«

»Großmutter, was redet Ihr für einen Unsinn«, ereiferte sich Raiga nun. »Sie starb doch an ihrem ersten Liebeskuß.«

Ardid war über die Antwort so verblüfft, daß sie kein Wort mehr über die Lippen brachte; erst als die Sonne hinter der verstaubten Flanke des Baumes Abschied nahm und noch kurz auf einem goldenen Blatt verweilte, sagte sie: »Liebe Kinder, ich möchte jetzt doch einmal wissen, ob auch Prinz Nobel in dieser Geschichte vorkommt.«

»Ja«, antwortete Raigo, »mit Prinz Nobel hat das alles ja erst angefangen. Aber was bedeutet das schon! Elf konnte uns daraufhin jedenfalls glücklicherweise die Truhen zurückgeben, die wir verloren hatten.«

»Wann genau, meine lieben Kinder, habt ihr diese Truhen verloren, die es schon gab, als ihr noch gar nicht geboren ward?«

»Oh, Großmutter, was redet Ihr nur für dummes Zeug! Ihr wißt doch zur Genüge, daß diese Truhen uns gehörten, lange bevor wir hier heraufgekommen sind.«

Ardid gab es auf, noch weitere Fragen zu stellen, denn die Sprache der Kinder, die noch nicht ihren Verstand benutzen – und die alle anderen im Schloß für unverständliches Gebrabbel hielten –, ähnelte sehr der Sprache Niemands. Und sie war noch nicht weit genug fortgeschritten, sie gänzlich zu verstehen. So äußerte sich die ganze Tiefe ihrer Wehmut in einem Lächeln, das sie deutlich verjüngte; und das Feuer der ehrgeizigen Königin, der temperamentvollen, blitzgescheiten Ardid, flammte wieder in ihr auf, so daß sie zu sich sprach: »Ich werde den neuen König von Olar auf den Thron bringen. Raigo wird es sein, der die Nachfolge seines Vaters antritt, meines geliebten Sohnes Gudú.« Gedämpft wurde ihre Begeisterung von dem Gedanken an jene weit zurückliegende, unvernünftige Ausmerzung, derer Gudú gar nicht bedurft hätte. Sie gelangte immer mehr zu der Überzeugung, daß er schon von Geburt an und von Natur aus zur Liebe unfähig war. Und so schwor sie sich, allein Raigo solle den

Thron des Königreichs Olar besteigen, ganz gleich, ob Gudulín dann noch lebte oder nicht. Sie hoffte nur, lange genug auf der Welt zu sein, um seiner Krönung beizuwohnen und ihn als König sehen zu können. Dabei vergaß sie ganz, daß dies alles erst geschehen konnte, wenn Gudú gestorben war; Gudú, der der größte Wunsch, die Hoffnung und der Stolz ihres Herzens war – bis zum Augenblick jedenfalls.

Erst als die Boten mit der Nachricht kamen, der königliche Heerzug sei auf der anderen Seite des Sees gesichtet worden, bemächtigte sich ihrer eine seltsame Furcht, die ihr die Brust einzuschnüren drohte. Sie legte die Hand auf den Hals und fühlte das Pochen des Herzens. Vielleicht lag der große Irrtum meines Lebens nicht nur darin, dachte sie, Gudú der Liebe beraubt zu haben – sogar der Mutterliebe –, sondern darin, daß ich im tiefsten Innern meiner eigenen Gefühle eine ebenso furchtbare Verkümmerung zugelassen habe, welche dazu führte, Gudú mehr als König denn als Sohn zu betrachten.

Doch als sie nun leichtfüßig und majestätisch zugleich die Freitreppe des Schlosses von Olar hinunterschritt, wußte sie auch – so wie sie wußte, daß der goldene Sand nicht aufhörte, durch das blaue Glas auf dem Kaminsims zu rieseln –, daß es in Olar immer nur eine einzige Königin gegeben hatte; und zwar jene, die jetzt langsam und feierlich die Treppenstufen hinabschritt: die einzige, die wahre und ganz und gar unvergleichliche Königin Ardid.

5

Als unvergeßliches Beispiel für seine Leute hatte Gudú auf dem Marktplatz ein Schaugerüst errichten lassen, wie es auch für öffentliche Bestrafungen aufgebaut wurde. Diesmal war es jedoch nicht für eine Hinrichtung bestimmt – zumindest nicht in deren körperlichen Form –, sondern für etwas viel Ausgeklügelteres und Bewegenderes: Hier sollte – endgültig, wie er hoffte – jener Schrecken ausgetrieben werden, den die grausamen Steppenvölker seit je in Olar verbreiteten. Als der Augenblick gekommen war, zeigte sich Gudú seinem Volk ohne jeden Prunk, ohne Königsmantel und Krone, nur in seiner staubigen Soldatenmontur. Er zog sein Schwert – von dessen Klinge schwarze Blitze zuckten –, zeigte seine Narben und hieß seine Soldaten dasselbe tun. Dann ließ er jene fünf Lanzen in die Erde rammen, auf denen immer noch – wenngleich stinkend und in denkbar schlechtestem Zustand – die Häupter der fünf Steppenhäuptlinge staken, die er mit Kraft, Kühnheit und Unbeugsamkeit vernichtet hatte. Er zeigte sie dem Volk, und mit seiner kraftvollen Stimme, die in der Stille des Septembernachmittags von Stein zu Stein, von Hirn zu Hirn widerhallte wie ein dunkler, dröhnender Orkan, rief er:

»Dies, mein furchtsames Volk, sind jene, die ihr als die Teufel vom Ende der Welt bezeichnet. Sie faulen und stinken genauso wie die Köpfe von Dieben und Mördern, denn sie sind alle aus dem selben Stoff gemacht. Nicht anders als eure … und auch mein Kopf.«

Dann schnitt er mit seinem Schwert die Zöpfe der unglücklichen Krieger ab – die dem Schauspiel natürlich vollkommen teilnahmslos beiwohnten – und warf sie in die Menge, die zuerst erschrocken zurückwich. Doch gleich darauf entflammte sie. Und der Platz, die Steine und die Mauern von Olar erglühten wie unter einer Feuersbrunst. Ein heißer Wind fegte über sie hinweg, der nach Blut roch und die Blicke zum Auflodern brachte, in Ohren und Münder drang und den Lippen gewalttätiges Geschrei entriß; die ganze alte verschüttete Grausamkeit, die im Herzen der Menschen stets auf der Lauer liegt. Bis der Geruch sogar in Augen und Ohren drang.

Da wandte sich der König an seine Soldaten und befahl: »Bringt mir meinen erstgeborenen Sohn, Prinz Gudulín.«

Daraufhin führten sie einen unruhig tänzelnden Rappen mit weißer Mähne und honigfarbenen Augen vor, der heftig zitterte, ob vor Aufregung oder Furcht, war nicht zu sagen. Auf seinem

Rücken saß ein blaßgesichtiger Junge mit wirrer Mähne und großen Augen. Er hatte seinen Degen gezückt, und auf dem Rücken trug er einen Köcher mit Pfeilen und Bogen. Sein Anblick entlockte Gudú ein zufriedenes Lächeln, und an die heulende Menge gewandt – die in einen Blutrausch geraten zu sein schien und so aufgepeitscht war, daß einige die toten Zöpfe aufgenommen hatten und damit aufeinander eindroschen – rief er: »Seht, was der Kronprinz, euer künftiger Herrscher, mit dem großen Geheimnis der Steppe macht!«

Dann erteilte er einen Befehl, und seine Männer führten aus einer mit rotem Samt verhängten Sänfte eine in Ketten geschlagene Frau zu dem Gerüst. Bei ihrem Anblick verstummte das erhitzte Geschrei der fiebernden Menge schlagartig, denn kein Krieger war jemals hochmütiger und mit einem verächtlicheren Lächeln auf den Lippen die Stufen zu einem Schafott hinaufgestiegen, als diese Frau es jetzt tat. Ihre scharfen, blendendweißen Eckzähne blitzten ebenso wie ihre schwarzen, vor Haß zusammengekniffenen Augen. Ihr zu Zöpfen geflochtenes und fast bis auf die Fersen fallendes Haar glänzte, wie das Haar einer Frau von Olar niemals würde glänzen können, selbst wenn man es in Öl tauchte. Gudú trat einen Schritt auf sie zu, ergriff ihre beiden Zöpfe und sagte in einer unerklärlichen Aufwallung rasender Wut: »Prinz Gudulín, schneide dies Haar ab und wirf es meinem Volk zu Füßen, damit es sieht, woraus die Rätselhaftigkeit der Steppe gemacht und wie verwundbar sie ist.«

Gudulín ließ sich das nicht zweimal sagen und schien es sogar zu genießen. Er sprang vom Pferd, erklomm das Gerüst, und mit seinem Degen kappte er die beiden Zöpfe der Königin Urdska und schleuderte sie in die Menge. Zuvor jedoch riß er ihr mit einem jubilierenden Leuchten, das zum ersten Mal seinen samtenen Blick erhellte, eine Haarsträhne aus und biß mit seinen spitzen Seehundzähnen darauf herum.

Das Volk bejubelte diese Tat mit einem solchen Geheul, daß alle im Schloß erzitterten – vom würdigen Baron, der dem Rat der Edlen vorstand, bis zum letzten Küchenjungen. Allein

Gudulina schien der Tumult unberührt zu lassen. Etwas wie eine liebliche Musik, einem alten, gefährlichen Likör nicht unähnlich, erfüllte und durchdrang sie. Nur Liebe sah sie in der hereinbrechenden Nacht von Olar, in der als einzige Sterne Haß, Rachsucht und Hoffart standen.

Gudulina hielt die Hände fest gefaltet, doch das Zittern ihrer Lippen blieb niemandem verborgen. Darum war Königin Ardid diejenige, welche die Zwillinge an der Hand hielt, Raigo an ihrer rechten und Raiga an ihrer linken. Die beiden Kinder betrachteten das Geschehen um sich herum mit ernstem Staunen, und ihren leicht geöffneten Lippen entwichen Fragen, die von erwartungsvoller Bewunderung des menschlichen Tuns ringsum bis zum vergnügten Spott reichten, den das groteske Schauspiel einer versammelten Menge erwachsener Menschen hervorruft, die feierlich ihre allzu menschliche Natur zu zelebrieren gedenkt. Alle standen in gespannter Aufmerksamkeit, nur der Kobold nicht, der, in den Falten von Ardids schon recht fadenscheinigem Gewand verborgen – denn seit den Steppenkriegen hatte die Königin ihre Kleider nicht mehr erneuert –, auf nichts anderes wartete, als endlich wieder seinen geliebten Gudulín zu sehen.

Der König ließ Urdska nicht enthaupten, wie alle erwartet hatten, und als er sie vom Podest zu steigen zwang, traf ihn ein Blick von ihr, wie kein anderer zuvor ihn jemals getroffen hatte. Unter jenem Blick glaubte er die ganze Kälte des Winters zu spüren. Er befahl, sie in den Schwarzen Turm zu bringen und sie so lange in Ketten zu lassen, bis er entschieden hätte, was mit der hochmütigen und erniedrigten Herrscherin der Steppe weiter geschehen sollte.

Später, auf dem Weg zum Schloß, beobachtete er zum ersten Mal seinen Sohn Gudulín. Obwohl er keinen Grund benennen konnte, mußte er sich eingestehen, daß der Junge ihm nicht sonderlich gefiel. Seine Hände waren zwar groß und stark, und er war von schlanker Gestalt, dennoch wirkte er auf ihn wie ein verweichlichtes und etwas verkommenes Kind. Ein Blick in seine Augen erinnerte ihn an eine alte grausige Nacht, an schleimiges Kriechen von feuchtkaltem Getier in den finsteren Fluren der eigenen Kindheit. Denn Gudú konnte den Durst nicht sehen, so jener Durst der Sehnsucht nach Liebe entsprang. Doch diese Sehnsucht – wenn auch noch ohne Licht, wenngleich noch im Dunkeln – war in Gudulín vorhanden, lauerte im Schatten seines Blicks, in der bedauernswerten, hilflosen Untätigkeit seiner Kinderhände; denn obzwar größer als andere Kinder seines Alters – worin die Abkunft von Volodius zum Vorschein kam –, war Gudulin doch noch keine acht Jahre alt. Und zum ersten Mal dachte Gudú etwas, das ihn erschütterte. Während er seinen Sohn, dieses Kind, mit einer unerklärlichen Feindseligkeit betrachtete, dachte er zur gleichen Zeit – und auch dafür wußte er keinen Grund –, Altwerden müsse etwas unerträglich Trauriges sein. Doch wie jeden anderen Gedanken, der ihm nicht behagte, schob er auch diesen von sich, wie man mit einer Handbewegung ein lästiges Insekt verscheucht.

Die erste Begegnung mit Gudulina nach fast fünf Jahren war nicht so großartig wie jene andere, bei der die beiden blondgelockten Zwillinge gezeugt worden waren, die ihn jetzt mit aufgerissenen Augen anstarrten, in denen Angst, Bewunderung oder wer weiß was standen, was Gudú aber vollkommen gleichgültig war.

Vor ihm stand Ardid, und sein Stolz kannte keine Grenzen, als er sah, daß die Jahre an der Königinmutter zwar nicht spurlos vorübergingen, sie aber dennoch voller Reiz und Schönheit war. Ihr goldenes Haar war von Silberfäden durchwirkt, und ihre vornehme Gestalt wirkte nun zarter und zerbrechlicher. Die dunklen Eichhörnchenaugen blitzten aber immer noch, zwischen den vollen Lippen schimmerten die Zähne eines in der freien Natur aufgewachsenen Mädchens beneidenswert weiß. Die schönste Amazone, die beste Königin und Mutter, meine Mutter, dachte Gudú selbstgefällig.

Und dieses Paar merkwürdiger Kreaturen, die seine Kinder

waren, hatte auch eine gewisse Ähnlichkeit mit zwei aufgeregten Eichhörnchen. Einen Moment lang fragte er sich verwundert: Wer ist der Junge? Wer das Mädchen? Und bevor er es herausfand, wandte er seine Aufmerksamkeit der Mutter dieser unscheinbaren Geschöpfe zu. Als er sie anschaute, verdüsterte Mißfallen seinen Blick. Gudulina sah schwammig aus, ihre Wangen waren aufgedunsen, und die Augen, die bei ihrer letzten Begegnung das ganze Licht über dem See in sich zu vereinen schienen, hatten jetzt eine unangenehme Ähnlichkeit mit denen Gudulíns. Er ist genauso schwammig wie sie; mein Sohn ist wie seine Mutter: ohne Saft und Kraft, als hätte er schon in der Wiege jedes Rückgrat verloren, dachte er angewidert.

Als Gudulina ihn umarmte, überkam ihn ein seltsames Schwindelgefühl. Ihr Haar war immer noch voll des herben Dufts von Heidekraut und Schlafkräutern, sie fühlte sich weich und willig an, und ihre Lippen verströmten – dieser sonderbare Gedanke kam ihm ganz plötzlich – die trostlose Trunkenheit der Enttäuschung nach gloriosem Sieg. Denn die Glorie des Siegs – und er küßte Gudulina noch, als er dies dachte – war auch der Geschmack des Triumphs. Seine Kehle wurde trocken, und ihn dürstete nach der Steppe, nach endlosen Horizonten, nach Blut und Staub. Deutlich waren ihm alle Narben seines Körpers bewußt, und mehr noch; alle Narben, alle Wunden und alle Tode seiner Männer wußte er am eigenen Leib. Er preßte Gudulina so heftig an sich, daß sie einen wimmernden Laut ausstieß; und er dachte bei sich: Ich habe gar nichts erreicht. Noch hat nichts begonnen, noch ist soviel, soviel ...

Doch der Hof wartete, bejubelte den König, der die Wilden Horden der Steppe endgültig besiegt hatte. Über Jahre hin würden sie es nicht mehr wagen, ihre blutigen Raubzüge in das Land des unbesiegbaren Königs Gudú zu tragen.

Einige Tage vergingen, und Gudulina glaubte, ihre alte Liebe zurückgewinnen zu können. Doch diese Dinge sind, wie man weiß, der menschlichen Natur nicht leicht gegeben. Das Liebesgefäß war zerbrochen, sein Inhalt über das Erdenrund verstreut, und die arme Gudulina schürfte auf Knien flehend in der Furche jenes verlorenen Flusses zwischen unfruchtbaren Weiden. In den ersten Tagen fand Gudú lustvollen Geschmack an der weichen, wohlgerundeten Gudulina, an ihrem duftenden Haar, dem gepflegten, sauberen Körper. Im Vergleich zur kantigen Sehnigkeit der Steppenweiber war sie eine angenehme Abwechslung. Auf der Insel Leonia hatte Gudulina Raffinessen der Körperpflege gelernt, von denen die Frauen in Olar noch nicht einmal gehört hatten, und sie benutzte nun ihre ganze Kunst, um Gudú vom Geruch nach Ziege und Staub, von Blut und Leder zu befreien. Dann kam der Tag, an dem ihr Parfüm seinen Geruchssinn und seine ganze Sinnlichkeit betäubten, an dem er sich mit schrecklicher, unwiderstehlicher Gewalt zu Königin Urdska hingezogen fühlte, deren Hände gefesselt bleiben mußten, wenn er die Nacht mit ihr verbringen wollte. Und da er noch nie von ihr geküßt worden war, sondern sich nur wilde Bisse eingehandelt hatte, in denen er nach und nach ein dunkles Lustempfinden zu erkennen glaubte – das ihm ganz neu zu sein schien, während es in Wirklichkeit so alt wie die Welt war –, sprang er noch vor Tagesanbruch aus dem Ehebett, warf sich nackt in seine Rüstung aus Leder und Metall, stürzte hinaus, – Gudulina schlief noch –, stieß das Schwert in die Scheide, warf sich auf sein Pferd und sprengte in die Wälder hinaus zum Schwarzen Turm.

Der Herbst war schon fortgeschritten, doch die Luft war tagsüber noch warm und des Nachts frisch und erfüllt vom Aroma wilder Kräuter. Hinter den Mauern sah er den Schein der Feuer, hörte die Rufe der Wächter und fühlte, wie sein Blut sich erhitzte. Und dann ritt er im gestreckten Galopp hinein in den Turm, schrie den Befehl hinaus, die Brücke hinter ihm hochzuziehen, und dann war der Schwarze König wieder in seinem ureigensten Reich, in dem er sich heimisch fühlte wie in keinem anderen Reich auf der Erde.

Am nächsten Tag befahl er, Gudulín in den Turm zu holen. »Er hat jetzt das Alter, um bei den Wölflingen aufgenommen zu werden«, hieß es in seiner Botschaft. »Wir wollen keine Zeit mit ihm verlieren.« Und an dem Tag nach Eintreffen der Nachricht trat Gudulín den Ritt zum Schwarzen Turm an.

6

Nach der Nacht, in der Gudú sie ebenso unvermutet wie rücksichtslos verlassen hatte, fiel Gudulina in einen Zustand der Verwahrlosung, den selbst Königin Ardid nicht zögerte, als vollkommenen Wahnsinn einzustufen. Nur mit ihrem langen weißen Nachthemd bekleidet, wandelte sie durch die Gänge und erschreckte die Wachen, die sich einem Geist gegenüber glaubten. Sie ging barfuß in den Schloßhof und schaute, tieftraurig wimmernd, in alle Gemächer. Bei Tagesanbruch kehrte sie in ihre Kammer zurück, legte sich aufs Bett und hielt die Augen geschlossen, und selbst die Fürsorge ihrer Kammerjungfern und Zofen – die ihr herzlich zugetan waren und Mitleid mit ihr hatten – vermochte es nicht, ihr wieder Mut zu machen. Gudulinas Irrsinn nahm solche Formen an, daß Ardid sie endgültig in ihre Kammer einzusperren befahl, da sie fürchtete, der Unwillen der Edlen könne wieder dazu führen, sie als Hexe anzuklagen. So erfuhr Gudulina auch nicht, daß Gudú seinen Ältesten zum Schwarzen Turm beorderte, was – so dachte Ardid – das Beste war, das passieren konnte, da sonst ein wahrer Sturm von Wehgeschrei und Tränen über sie alle hereingebrochen wäre, der auf diese Weise vermieden wurde.

Sie selbst kleidete Gudulín für die Abreise ein und half ihm packen. Dabei stellte sie fest – obwohl sie sich sagte, daß er nicht ihr Lieblingsenkel war und sie wahrscheinlich nicht einmal Zuneigung für ihn empfand –, daß ihre sonst stets ruhigen Hände plötzlich zitterten. Und Gudulín gebärdete sich erstaunlicherweise nicht hochmütig und unverschämt, sondern war schweigsam und traurig. Als Ardid ihm den Degen übergab, bemerkte sie, daß seine großen bleichen Hände, welche Vögel, Fledermäuse und andere Tiere getötet hatten, ebenfalls zitterten. Da schauten sie einander wortlos an, starr, Auge in Auge.

»Was sehe ich in deinem Blick, mein Kind?« rief Ardid, die plötzlich nicht mehr an sich halten konnte. In aufwallender Zärtlichkeit wollte sie Gudulín umarmen, doch der wich ihr aus und rannte so schnell er konnte zum Troß und den Soldaten, sprang auf sein Pferd, stieß ihm die Fersen in die Weichen und galoppierte, bleich und verschwitzt, zum Schwarzen Turm. Und alle wunderten sich und staunten, daß er einen Weg so gut kannte, den er noch nie geritten war.

Gudú kannte schon bald alle Schwächen und Tugenden, die der Prinz in sich vereinigte: Er war hartnäckig und stark, und es mangelte ihm auch nicht an Unerschrockenheit; doch im Grunde seines Wesens war er so feige und faul wie kein anderer Wölfling. Zwei Tage reichten Gudú, um es herauszufinden: Sein Erstgeborener war des Namens, den er trug, nicht würdig, und er erinnerte ihn mit unabweisbarer Gewalt an die Vulgaro-Brüder. Eines Tages dann forderte er ihn selbst zum Duell.

»Du zu Pferd mit Lanze, ich zu Fuß mit kurzem Schwert«, sagte der König, um ihm Mut zu machen. Und sein kurzes hartes Lachen drang Gudulín so durch Mark und Bein, daß er das Gefühl hatte, taub zu werden, und nur noch ein rotes Sausen seine Ohren erfüllte.

Es war ein Morgen, an dem eine kalte Sonne schien, und obwohl sie allein waren – der König wollte seinen Sohn nicht vor den anderen Jungen der Schande der Niederlage aussetzen, die er für ausgemacht hielt –, fühlte Gudulín sich von tausend Augen durchbohrt, und mit überwältigendem Entsetzen sah er, daß es die Augen all der Kröten, Eidechsen, Fledermäuse, Schlangen, Insekten und aller Tiere waren, die er getötet hatte. Suchend schaute er sich um und entdeckte schließlich in der Mähne seines Pferdes festgekrallt – welches plötzlich von jubelnder Unbändigkeit erfüllt auf seinen Hufen tänzelte – den Kobold.

»Kobold, Kobold …«, murmelte er. »Bist du wirklich mein Freund?«

»Natürlich, mein kleiner Trunkenbold«, entgegnete der Kobold und kippte einen alten Wein, den er in einer kleinen Flasche mit sich führte. Im selben Moment ging das Pferd durch. Aber in Richtung Mauer. Ohne innezuhalten, prallte es dagegen und stürzte zu Boden. Auch Gudulín prallte gegen die Mauer, und mit einem schrecklichen Geräusch – als würde eine Kokosnuß zwischen zwei Steinen zerschmettert – brach sein Schädel.

Der König schrie auf, und seine Männer eilten zu Hilfe. Gudulín aber lag still auf der Erde, mit klaffendem Schädel, inmitten seines Blutes. Keiner der Umstehenden wagte einen Laut von sich zu geben, und nur das Flattern zweier Ringeltauben über den Zinnen sowie das Plätschern des Bachs waren noch zu vernehmen.

Gudulín klammerte sich mit beiden Händen am Kobold fest, starrte ihn mit seinen großen Augen an und flüsterte mit schwacher Stimme, die alle außer seinem verzweifelten und einzigen Freund als das Gurgeln des Todes verstanden: »Kobold, Kobold … Warum hast du mich auf die Welt kommen lassen? Ich hätte nicht geboren werden sollen … Nein, Kobold, du weißt es, weil es in deinem Gedächtnis eingeprägt ist: Im feuchten Untergrund war ich zu Hause, machte Schlangen und Echsen den Schatten streitig, denn ich war die Finsternis … Kobold, Kobold … Warum hast du zugelassen, daß ich auf die Welt gekommen bin? Weißt du, was ich wollte, Kobold? Ich wollte ein Schiff. Einen Zugang zum Meer habe ich gesucht. Ich wollte aufs Meer, wollte fort, fort …«

»Weine nicht, liebes Kind«, schluchzte der Kobold, »weine nicht! Folge mir noch einmal zu den Nichtgeborenen, begleite mich zu den Unterirdischen, die nie geboren werden … dort findest du dein Schiff. Es wartet auf dich.«

Doch es war zu spät, und er wußte es. Er wußte es, wie er längst das naßkalte Wurzelwerk des Todes gerochen hatte, welches durch Gudulíns Augen und Adern kroch, bis dieser schließlich vollkommen bleich, regungslos und leblos vor ihm lag, als wäre er nicht einmal ein Nichtgeborener. Und alle Schnecken, Eidechsen und Fledermäuse brachen in lauten Jubel aus, die Leuchtkäfer erglühten, und ein furchtbarer Wirbelsturm fuhr durch die Wälder und brüllte: »Die Finsternis wird nicht länger von Gudulín beherrscht. Die Finsternis gehört wieder uns!« Nur ein schwarzer, noch ganz junger Schmetterling setzte sich in aller Unschuld auf des Prinzen Stirn und fragte grausam und treuherzig den Kobold, warum das hübsche Kind habe sterben müssen.

Dem Kobold waren bereits fünf reife Trauben an dem dürren, blattlosen, halb vertrockneten Weinstock seines Skeletts gewachsen, ohne daß er sich dieses besorgniserregenden Zustands bewußt geworden wäre. Er weinte, als hätte er fünfhundert Jahre geweint oder den halben Weg eines Sandkorns, das durch Königin Ardids Kristallkelch rann. Aber auch alle Neugeborenen weinten – weinten schon, bevor Gudulín geboren oder gestorben war – und beweinen immer noch die Geburt und den Tod des Fledermausprinzen. Seit jenem Tag weinten und weinen unzählige Kinder auf der Welt im Dunkel der Nacht. Nur der Teufel – im alten Schulkatechismus hat ihm jemand eine Gestalt gegeben – brach damals in Gelächter aus. Und heute lacht er immer noch.

Wie man weiß, konnte König Gudú nicht lieben – weder seinen Sohn noch irgendwen sonst – und nicht weinen. Darum schmerzte ihn jener Tod auch nicht, und er vergoß keine Tränen. Er fühlte nur wachsende Verärgerung und Unbehagen und befahl daher, ihm den Leichnam des Kindes aus den Augen zu schaffen und ihn der Mutter und Großmutter zu übergeben.

Seine Soldaten führten diesen Befehl aus, und obwohl das vergeudete Leben wie der vorzeitige Tod des Jungen sie betrübte, unterdrückten sie ihre Gefühle. Auf dem Weg nach Olar drang ein unheimliches Sirren an ihre Ohren, das sie dem Winterwind zuschrieben, welches in Wirklichkeit jedoch das haltlose Wimmern des Kobolds war, der, für sie unsichtbar, immer noch den Körper Gudulíns umschlungen hielt.

Der ganze Hof schien bestürzt über die Nachricht. Nur Königin Gudulina bekam – paradoxerweise, da sie neben dem Kobold die einzige war, die Gudulín geliebt hatte – von allem nichts mit. Sie blieb in ihrem Wahnsinn verfangen und murmelte, mit einem einfältigen Lächeln auf den Lippen, ununterbrochen den Namen ihres geliebten Gudú.

Ardid ordnete an, Gudulín neben seinem Großvater und Almandin auf dem Königlichen Friedhof zu bestatten. Es war ein trauriger Grabgang: Ein bedeckter Himmel kündete vom Winter, die verschlammten Wege, der Wind, der die Zweige der weißen Birken bewegte ... Der Kobold kauerte auf Ardids Schulter und wisperte ihr etwas ins Ohr, das sie nicht verstand. So übermächtig war sein Weinen, daß es ihn niemals mehr verließ: Eine endlose Litanei von Beschwörungen, sämtlich wirkungslos, begleitete ihn für alle Zeit.

Das Denkmal des Volodius schien noch tiefer im Schlamm des Friedhofs eingesunken. Die Vögel hockten immer noch auf seinem Helm, und Ardid verstand, daß sie sich über Gudulín unterhielten, obwohl sie ihn nicht kannten: »Vermutlich ein Verwandter des Königs«, mochten sie sagen, während sie den kleinen schwarzen Sarg beäugten, in dem der Prinz seine letzte Ruhe gefunden hatte.

Die letzte Schaufel Erde fiel auf den Sarg, als die Königin das Verschwinden des Kobolds bemerkte. Eine große Kälte umfing ihr Herz und zugleich eine schreckliche Vorahnung. Sie rief ihn immer wieder, doch er blieb verschwunden und kam nicht mehr zurück, auch später nicht. Ardid sollte lange warten müssen, bis sie ihn wiedersah.

Der Kobold aber hatte sich bis in Gudulíns Sarg vorgearbeitet, nahm seinen Freund in die Arme und streifte mit ihm durch die unterirdische Welt: Er wollte ihn zur Dame des Sees bringen, damit sie ihm ein Schiff beschaffe, mit dem man Gudulín aufs

Meer hinausschicken konnte. Aber er wußte, daß die Dame dem niemals zustimmen würde. Er hörte gleichsam ihre Stimme: »Er ist keiner von uns, du dummer Kobold, er ist nur ein kleines Piratenbalg.« Also kehrte er lieber in den heimatlichen Süden zurück. Gudulín in seinen Armen tragend, erzählte er ihm Geschichten aus der Welt der Erdgeister und versprach im sein Schiff. Schließlich fand er den alten Weinstock, bei dem er vor langer Zeit die kleine Ardid kennengelernt hatte. Dies ist eine gute Stelle, dachte er. Am selben Tag begann er ein Schiff zu bauen; aus den blanken Rippen von gefressenen Tieren, aus dunklem, im Wald verborgenem Geäst, aus Lehm, Regen, Baumwurzeln und unterirdischen Efeugewächsen setzte er es Stück für Stück zusammen. Er bettete Gudulín auf das Wurzelwerk der Weinstöcke und schützte ihn vor Raubgetier und Moder, und er sprach ohne Unterbrechung mit ihm. Das Schiff schien niemals fertig zu werden, größer zu werden, noch überhaupt Gestalt anzunehmen. Und der alte Kobold trank ab und zu, um dem Wein von seiner hoffnungslosen Liebe zu erzählen. Dann ging er wieder an die Arbeit und baute weiter an dem Schiff. Im Geist sah er schon seine Masten und Segel, sah den schnittigen Rumpf durch die Meere pflügen. Und dazu sprach er: »Warte noch ein wenig; nur ein kleines bißchen noch, dann ist es fertig. Und dann, mein liebes Kind, werde ich mit dir aufs Meer hinausfahren, und niemand wird dir den Gesang der Wellen mehr nehmen können und das tiefe Blau, welches dir so sehr gefehlt hat.«

Gudulín jedoch war stumm für immer, und nur die Stille hallte durch die dunklen, feuchten Labyrinthe, in die der Diamanthammer – recht kraftlos schon – ein illusorisches Schiff aus nie zum Leben erwachten Schatten und Träumen schlug. Und eines Tages zeigte sich das Meer; denn das Meer ist so unermeßlich und großzügig, wie es furchtbar ist. Es nahm den Toten mit sich und machte ihn zu einer Insel; einer Insel jedoch ohne Wurzeln, einer schwimmenden Insel, welche durch die Weltmeere treibt und niemals mehr zur Ruhe kommt. Es machte ihn zu Gudulín, der Insel, die so einsam auf dem Wasser schwimmt, wie sein Leben als Kind gewesen war. Manchmal nähert sie sich jenen Küsten, an denen Trübsal – oder Augenschmaus – ihr Wesen treibt. Dann erkennen sich die beiden und trennen sich wieder, und jeder zieht seiner Wege.

7

Bei diesem Stand der Dinge stieg Raigo augenblicklich in den Rang des Thronfolgers auf. Und die dunkle Vorahnung, die Ardid gehabt hatte, gab ihr wieder einmal recht. Der grausame Tod seines älteren Bruders war zwar ein trauriges Erlebnis für den kleinen Prinzen mit dem goldenen Haar und den schwarzen Eichhörnchenaugen, dennoch strahlte er auch weiterhin eine frühe Verständigkeit aus, genau wie seine Großmutter im selben Alter.

Wieder trat der Rat der Edlen zusammen. Das von Gudú erlassene Thronfolgegesetz ließ zwar keinen Zweifel aufkommen, doch hatte sich der König zur Bedeutung des Jungen bisher noch mit keinem Wort geäußert, und das stürzte die Edlen – und sogar Ardid – in tiefe Ratlosigkeit. Bei seiner Rückkehr hatte er kaum einen Blick für die Zwillinge übrig gehabt und schien sich im Moment auch nicht daran zu erinnern, daß Gudulín keineswegs sein einziges legitimes Kind war, welches er mit seiner jetzt so bedauernswerten Gemahlin hatte.

Im Rat der Edlen machte man sich also Gedanken, und durch den Mund des Barons wurde der Wunsch geäußert, den Willen des Königs in bezug auf die Erziehung des kleinen Raigo zu erfahren. Da noch ein ganzes Jahr fehlte, bevor er in jenem sagenhaften Schwarzen Turm leben konnte – den am Hof von Olar insgeheim alle haßten –, hoffte man, dem Kind bis dahin noch eine friedliche Erziehung angedeihen lassen zu können.

»Tatsächlich«, sagte Ardid, welche sich die gleichgültige Haltung ihres Sohns, dem die Thronfolge einst so wichtig gewesen war, nicht erklären konnte, »hat der König über diese Dinge nichts gesagt. Aber ich werde ihn unverzüglich benachrichtigen, daß wir auf entsprechende Vorschläge von ihm warten, damit wir diese möglichst bald verwirklichen können.«

So tat sie, doch die Antwort ließ auf sich warten. Sie ließ so lange auf sich warten, daß der Winter schon weit fortgeschritten und beißend kalt geworden war, als der König sich im Angesicht des ungeduldigen Rates endlich zu einer Nachricht bequemte. Er zeigte sich so kurz angebunden, wie es seine Art war, denn seine Botschaft lautete nur: »Raigo ist ein Kind, und ich kann mich um seine Erziehung noch nicht kümmern. Sobald er sein siebentes Lebensjahr vollendet hat, soll er als Thronerbe im Kriegshandwerk ausgebildet werden. Bis dahin, Mutter, erzieht ihn so, wie Ihr es für richtig haltet. Ich zweifle nicht, daß Ihr dies gewissenhaft erledigen werdet.«

So teilte Ardid es der Ratsversammlung mit. Doch bevor sie dies tat, hatte sie bereits einen neuen Lehrer für Raigo und Raiga ausersehen, und dieser war natürlich kein anderer als der sogenannte Heiler. Da sie die Denkweise des Barons und der übrigen Adligen jedoch kannte, und auch angesichts des für alle offensichtlichen Zustands der bedauernswerten Gudulina, der am Hof schon unverhohlen auf Hexenwerk zurückgeführt wurde, blieb ihnen nichts anderes übrig, als die Ärmste in ihrem eigenen Gemach gefangenzuhalten. Aus all diesen Gründen schien es Ardid wenig zweckmäßig, jenen ins Spiel zu bringen, der bereits den lautesten Protest und heftigsten Argwohn beim Adel erregt hatte, ganz besonders beim eifersüchtigen Hofmedicus und dessen Gehilfen.

Da sie diesmal ganz allein vor den Rat der Edlen trat und kein Vertrauter ihr mehr zur Seite stand – welche Trübsal überkam sie jedesmal, wenn sie den leeren Armsessel des alten Magiers betrachtete und den Kamin, auf dem der stets gefüllte Weinkrug niemanden mehr herbeilockte –, die geliebte Dolinda verstorben und sie nur von Frauen umgeben war, die ihr vielleicht zugetan waren, aber weniger Hirn als ein Spatz auf dem Dach besaßen, hatte Ardid dafür Sorge getragen, alle Trümpfe dieses Spiels in der Hand zu halten. So bat sie eines Nachts ihre Erste Kammerzofe – die einzige, der sie trotz mäßiger Geistesgaben voll und ganz vertrauen konnte, da sie ihr bedingungslos ergeben war – und den alten Hauptmann ihrer Leibgarde – der ihr seit Jahren zuverlässig gedient hatte und dem sie gleichfalls vertrauen konnte; als Hüter eines Geheimnisses zumindest, wenngleich nicht als klugen Komplizen – sich bereit zu machen und sie zu begleiten. In einen weiten Umhang gehüllt, schwang sie sich auf ihr Pferd und schlug, gefolgt von ihren beiden Begleitern, den Weg zum See ein.

Die Winternacht war klirrend kalt, die Hügel schimmerten weiß, unter den Hufen der Pferde knirschte der Rauhreif. Bald standen sie vor der alten Hütte, in der Ardid und ihre Freunde vor langer Zeit Unterschlupf gefunden hatten. Sie sah verlassen aus, doch Ardid wußte, daß dieser Eindruck trog. Sie klopfte an die Tür, und da ihnen nur Stille antwortete, befahl sie dem Hauptmann, die Tür einzutreten. Im Dunkel der Hütte entdeckte sie dann den verängstigten Alten und seinen Enkel, die sich beide vergebens vor ihren Blicken zu verbergen suchten. Sie ließ das Licht ihrer Fackel auf die beiden fallen, und als sie den jungen Heiler betrachtete, überkam sie wieder jenes sonderbare Gefühl, das sie sich nicht erklären konnte: Es kam ihr zwar bekannt vor, lag jedoch irgendwo begraben, oder sie hatte es vergessen; ihrem Verstand blieb es jedenfalls verborgen. Sie befahl ihren Begleitern, sie allein zu lassen, und sprach dann zu dem Jungen: »Fürchte dich nicht, Junge, ich habe nichts Böses im Sinn; ganz im Gegenteil.«

Ihre Stimme klang so sanft, daß sie sich in eine Zeit zurückversetzt glaubte, in der sie sich noch jung fühlte und es auch war; als sie im Spiegel nach den Wegmarken der Zeit Ausschau hielt und die ersten Silbersträhnen im Haar mit Goldstaub färbte, von den exotischen Schönheitsmitteln der prächtigen Frauen des Altertums träumte. Sie wünschte sich plötzlich, die Freude an der eigenen Schönheit nicht verloren zu haben, und bedauerte die Schlichtheit ihres Gewandes, denn zum ersten Mal fühlte sich seltsam beschämt – und diese Empfindung war tatsächlich neu für sie. Überstürzt, als gebe sie einer seit Jahren unterdrückten Eile nach, versuchte sie dem Blick dieser blauen Augen zu entkommen und unterbreitete dem jungen Heiler hastig ihren Vorschlag, ihn als Mentor für den jungen Thronfolger Raigo einzusetzen. Dennoch warnte sie ihn: »Deine Vorgeschichte macht dich nicht eben zum Lieblingskind des Hofes und des Adels, was du selbst aber wohl schon erraten hast, wie mir die Art und Weise verrät, in der du im verborgenen lebst. Aber fürchte dich nicht, niemand weiß von deinem Versteck. Du solltest also verkleidet am Hof erscheinen, damit dich niemand erkennt. Tu so, als wärst du ein Weiser von der Insel Leonia, den die Großmutter des Kindes als Erzieher bestellt hat.«

»Ich danke Euch sehr für Eure Großherzigkeit«, antwortete der junge Mann, »aber ich fürchte, meine Studien nehmen so viel Platz in meinem Leben ein, daß ich kaum ein guter Mentor für den Prinzen wäre … Hoheit, ich bitte Euch, vergeßt meine bescheidene Behausung und denkt über einen Würdigeren nach, der das Vorrecht, von der größten aller Königinnen erwählt zu sein, wirklich verdient …« Bei diesen letzten Worten war seine Stimme seltsam lebhaft geworden, und beide schwiegen verwirrt.

»Ich bitte dich«, fuhr Ardid schließlich fort, und ihre Stimme schmeichelte in sanften Schwingungen wie zu ihren besten Zeiten. »Ich befehle es nicht, ich bitte dich; und ich verspreche dir, daß dir soviel Zeit und Mittel für deine Studien, die ich achte und bewundere, zur Verfügung stehen werden, wie sie dir hier gewiß nicht gegeben sind.«

Nach und nach gelang es ihr, den jungen Mann zu überzeugen. Sein Großvater widersetzte sich zwar, doch am Ende mußte er sich der Entscheidung des Jungen wohl oder übel fügen.

»Und nun sag mir deinen Namen«, forderte Ardid schließlich mit einer Neugier und Erwartung, die mit der Erziehung des Kronprinzen nichts zu tun hatten.

»Ach, Majestät, mein Name ist so albern«, antwortete der Junge und errötete bis an die Ohren, »daß ich fürchten muß, Ihr lacht mich aus, wenn ich ihn nenne ...«

»Aber nein, es gibt keine albernen Namen«, entgegnete Ardid, wobei alte Namen, alte Geschehnisse vage vor ihrem geistigen Auge entstanden. »Je nachdem, in welchem Land oder in welcher Sprache ein Name gesprochen wird, kann er unterschiedlichster Bedeutung sein.«

»Ich stamme nicht aus diesem Land«, antwortete der junge Mann daraufhin, als habe ihn Ardids Ton ermutigt. »Allein der Ruf einer so großen, klugen Königin wie Ihr es seid, hat mich hergeführt. In meiner Einfalt habe ich geglaubt, junge Leute wie ich würden von ihr beschützt ... Ich weiß zwar, daß es nicht Eure Schuld ist, aber Ihr seht ja, wie anders alles gekommen ist. Dieses Land ist in erster Linie ein Land von Kriegern, in dem allein rohe Gewalt gedeiht.«

Nachdem er diese Worte ausgesprochen hatte, schwieg er voller Furcht vor seiner dreisten Rede; und so, wie er zuvor errötet war, wurde er nun kreidebleich und stammelte hastig: »Oh, Majestät, bitte, vergeßt meine vorlauten Worte. Ich bin ein Niemand, und mir steht es nicht an, in Frage zu stellen, was Euer Sohn, der König, für das Reich von Nutzen hält.«

Die Königin war so aufgewühlt, daß ihr die Worte fehlten. Doch Zorn empfand sie nicht über das, was der Heiler so offen gesagt hatte.

»Ich fürchte, viele Dinge unseres Landes kannst du nicht verstehen«, antwortete sie schließlich. »Nicht alle Menschen sind aus demselben Holz geschnitzt, und nicht alle Menschen haben dieselben Bedürfnisse. Ein König, der sich den Wissenschaften widmete, wäre für Olar wahrscheinlich ein schlechter König. Solche Dinge erweisen sich erst mit der Zeit. Und wir sind nicht hier, um derartige Fragen jetzt zu klären.«

»So ist es, Majestät, und ich bitte Euch noch einmal, meine unüberlegten Worte zu verzeihen.«

Die Königin lächelte und befahl ihrer Kammerzofe, dem Jungen ein neues Gewand zu geben. Dann fügte sie hinzu: »Du solltest dir Bart und Haare färben, denn ich möchte, daß du wie ein alter Mann aussiehst. Ich lasse dir eine Salbe da, mit deren Hilfe du dir Falten ins Antlitz schminken kannst. Aber keine Sorge ... du wirst nur selten jenen begegnen, die dir übel wollen; die meiste Zeit wirst du dich in meinen Privatgemächern aufhalten und meinem persönlichen Schutz unterstellt sein, genau wie die jungen Prinzen, die du unterrichten sollst.«

Nach diesen Worten wandte sie sich zum Gehen, bemüht, ihr Antlitz zu verbergen, das eine seltsame Erregung spiegelte. Bevor sie jedoch hinausging, sagte sie: »Nun nenn mir noch deinen Namen, den du für so albern hältst.«

Der Junge schien zutiefst beschämt, und schließlich ergriff der alte Mann das Wort.

»Hoheit, er kann nichts dafür, so ist er getauft worden ... und seitdem heißt er eben Amor.«

Die Königin verstummte. Doch nicht Staunen oder Befremden verschlug ihr die Sprache, sondern eine jähe und nicht sehr beruhigende Vorahnung. Brüsk drehte sie sich um und trat nach draußen, schwang sich auf ihr Pferd und sagte den beiden, sie sollten sich noch eine Weile gedulden, sie werde sie, sobald sie den geeigneten Moment für gekommen halte, unauffällig ins Schloß bringen lassen.

Zurück im Schloß und in ihrer Kammer, betrachtete sich Ardid eingehend im Spiegel. Eine große Traurigkeit bemächtigte sich ihrer, und ein verborgenes Feuer glomm in ihren Augen, als sie sah, wie diese immer noch strahlten, wie blühend ihre Lippen wirkten, wie schlank ihre Taille war, biegsam wie die eines zwanzigjährigen Mädchens. Und obwohl sie die Vierzig überschritten hatte, mußte sie zugeben, daß sie keineswegs wie eine ältere Frau aussah. Im Gegenteil: Viele jüngere Frauen in der Blüte ihrer Jahre konnten es an Schönheit, Behendigkeit und Anmut längst nicht mit ihr aufnehmen. Mit solch widerstreitenden Gefühlen legte sie sich zur Ruhe; doch ihre Träume führten sie durch die merkwürdigsten Gegenden, in denen manchmal das strahlende Antlitz der Königin Leonia auftauchte, welche die Luft mit ihrem polternden Gelächter zum Erdröhnen brachte.

Wie von Ardid beschlossen, zog der junge Amor ins Schloß, nachdem sie den Rat der Edlen von seinen Tugenden und Verdiensten überzeugt hatte, was ihr nicht weiter schwergefallen war. Er wurde im verlassenen Turm mit dem blauen Dach untergebracht, und sie ordnete an, die Gemächer seinen Bedürfnissen entsprechend einzurichten und ihm alles zur Verfügung zu stellen, was er brauchte und begehrte. Sie selbst allerdings mied seine Nähe in so auffälliger Weise, daß sie sich selber Vorwürfe machte. Warum fürchte ich mich, ihm zu begegnen? fragte sie sich. Er ist ein junger Bursche, kaum älter als Gudú, und ich bin eine sorgengeplagte Königingroßmutter. Ich weiß wirklich nicht, was ich von ihm zu befürchten habe. Aber sie wußte es; sie wußte es ebensogut, wie sie die Art von Glanz erkannte, den sie in den Augen des jungen Heilers entdeckte, wenn er sie ansah, und seine geheime Freude darüber war ihr ganz nahe. Ihr fielen auch die Worte des Kobolds wieder ein: »Sein Traum ist voll spöttischer Goldfunken, und Ihr seid in seinen Träumen.« »Ach was, er weiß, daß ich den Wissenschaften zugetan bin, und das ist bei einer Frau so ungewöhnlich, daß er davon zwangsläufig beeindruckt ist.« So versuchte sie zum Schweigen zu bringen, was ihr Verstand förmlich hinausschrie, und ein bißchen vielleicht auch ihr Herz raunte.

Die Blumen waren eingegangen oder hatten sich tief ins Innere der Erde zurückgezogen und warteten auf den Frühling. Ardid jedoch beobachtete ihren Garten und freute sich, daß der Baum der Spiele immer weiter wuchs und seine Blätter überhaupt nicht welkten. Auf ihnen lag sogar ein solcher Glanz, daß er des Nachts wie ein Lichterbaum funkelte und an jene fast vergessenen Zeiten denken ließ, als eine eigenartige Schar von Kindern, Puppen und kleinen Tieren lachend um ihn herumgesprungen war. Daher ging die Königin des Nachts oft barfuß in den Garten hinunter, starrte versonnen auf den Baum, betrachtete ihn gedankenverloren, wie man sich manchmal in der Betrachtung von Traumbildern verliert. Eines Nachts stand sie unter den goldenen Blättern, da glaubte sie wieder den Klang jenes sonderbaren Gesangs oder Geflüsters zu hören, der ihr schon damals so zu Herzen gegangen war, als Elf und Naivia noch unter den Zweigen des Baumes spielten. Es war, als würde das ganze Schloß von einem leuchtenden Wind durchweht, einer Melodie oder – so kam es ihr jetzt plötzlich vor – einem Wehklagen. Dennoch war dieser Klang so lieblich, daß nur ein einziges Wort dafür auf ihre Lippen drängte, und das war der alberne Name des neu ernannten Mentors von Prinz Raigo. Schnell huschte sie in ihre Kammer hinauf, um sich wieder ins Bett zu legen und alles zu vergessen, was sie gesehen, erinnert oder geträumt hatte.

»Längst vergangen sind die Zeiten der jüngsten Königin, die sich vergebens in ihren alten Gemahl verliebt ... Längst vergangen die Zeiten der klugen und schnurrenden Geliebten Almandins, im Nordturm gefangen ... Vergangen auch die Zeiten der gerissenen alten Leonia ... Ja, die Insel ist verloren, Ardid, und die schwimmenden Inseln kehren – genau wie die Jugend – nimmermehr zurück.«

Der Winter verging ohne auffällige Ereignisse. Auffällige wohlgemerkt, denn in den geheimen Labyrinthen so mancher Hirne brüteten dunkle Intrigen. Der Adel zeigte sich immer unzufriedener mit dem Verhalten des Königs und seiner Geringschätzung des Hofes von Olar. Dieser hatte sich in einem Maße verjüngt – viele der alten Ratsmitglieder waren gestorben und Jüngere hatten ihre Plätze eingenommen, die meisten jedoch hatten ihre Posten wieder aufgegeben und waren Gudú gefolgt –, daß Ardid irgendwann das Gefühl hatte, sich unter lauter Fremden zu befinden, was ihr das Verschwinden des Kobolds, des letzten ihrer alten Freunde, besonders schmerzlich zu Bewußtsein brachte.

Auch in den unteren Gefilden von Ardids Bewußtsein loderten hin und wieder Ängste und Befürchtungen auf. Die Einsamkeit des Winters und die Beunruhigung über einen drohenden Aufstand des Adels – der nach den Feldzügen des Königs auf Verbesserungen hoffte, statt dessen aber nur weitere Pflichten auferlegt bekam und sich obendrein der Blüte seiner männlichen Jugend beraubt sah – ließen die alten Gerüchte über die Umstände ihrer Thronbesteigung wieder aufleben. Für Ardid waren dies untrügliche Anzeichen der Intrige, die um sie her gesponnen wurde. Und doch beunruhigten diese Dinge sie weniger als die Angst, die sie anwandelte, sobald sie in die Nähe des alten Turms mit dem blauen Ziegeldach kam, den die Kinder mit ihrem Lehrer bewohnten. Schließlich hatte sie – um Amor nicht zu begegnen – ganz aufgehört, ihre Enkeln im geheimen Dachkämmerlein zu besuchen. Nur noch von Gesichtern umgeben, die die Erinnerungen ihres Herzens nicht mehr befruchteten, spürte sie den Ring der Einsamkeit immer enger werden. Manchmal überkam sie ein kindlicher Übermut, dann rannte sie in den Schnee hinaus, lief durch ihren Garten und hielt Ausschau nach den ersten Anzeichen des noch fernen Frühlings. Unvermittelt kehrte dann die Trübsal zurück, und wie eine umgeknickte Pflanze, das Haar von leichtem Schneefall bedeckt und die Augen voller Tränen, stieg sie wieder beklommen in ihre Gemächer hinauf.

Und noch etwas beunruhigte den Hof von Olar, und das war die haltlose, ja, besorgniserregende Zuneigung, die Gudú ganz offen für Königin Urdska an den Tag legte. Es hieß sogar, sie erwarte ein Kind. Ardid machte sich über diese Dinge zwar gleichfalls Sorgen, hielt es jedoch für ratsam, ihren Sohn vorerst nicht darauf anzusprechen. Sie kümmerte sich verstärkt um Raigo und besuchte ihn und die anderen wieder im Turm der Erinnerungen, wie sie und die Kinder ihn nannten. Zur selben Zeit wurde auch die scheinbare Einförmigkeit des kargen Alltags im Schwarzen Turm von unterschwelliger Gewalt durchzogen.

8 Gegen Ende des Sommers legte Urdska eine wahrhaft bemerkenswerte Veränderung in ihrem Verhalten zu Gudú an den Tag. Gleichsam über Nacht ließ die Gefangene ihren Hochmut und ihre Wildheit fahren, gab sich unterwürfig und schließlich sogar den Anschein, als sei sie die ergebene Geliebte ihres Königs. Dieses veränderte Verhalten kam für Gudú völlig überraschend, und er beobachtete es mit aufmerksamer Neugier, ohne sich dadurch jedoch in irgendeiner Art beeinflussen zu lassen. Neben Urdska hatte er noch andere Frauen – manchmal bis zu fünf –, aber er ließ keiner von ihnen besondere Vorzüge angedeihen. Urdska war in dem schmucklosen Schwarzen Turm zwar behaglich und recht großzügig untergebracht, andererseits jedoch stand sie weiterhin unter ständiger Bewachung und trug sogar noch ihre Handfesseln. Diese allerdings hatte Gudú in einer Laune aus der Goldkette schmieden lassen, die er zuvor um den Hals getragen hatte.

Einen Monat lang beobachtete der König voller Mißtrauen das veränderte Verhalten der Steppenkönigin. Eines Tages befahl er dann, sie solle sich innerhalb der Burgmauern frei bewegen können, hatte zugleich jedoch Anweisung gegeben, ihr unauffällig zu folgen und sie keinen Moment lang aus den Augen zu lassen. Und so sah Urdska nun ihre Handgelenke von Ketten befreit, welche zwar aus Gold, eben deswegen aber besonders demütigend für sie gewesen waren. Sie konnte nun das Zimmer, in dem sie eingesperrt war, verlassen und sich draußen bewegen, wo die Luft bereits wärmer wurde und sich am Ufer des Flusses bereits das erste zarte Grün zeigte. Insgeheim auf Schritt und Tritt bewacht, gab sie niemals Anlaß zum Verdacht, möglicherweise fliehen zu wollen oder ihre Leute aufzuwiegeln, die von Gudú und seinen Waffenmeistern auf ihre Zuverlässigkeit geprüft und dann in die wiederhergestellte und gestärkte Streitmacht des Schwarzen Turms aufgenommen worden waren.

Am liebsten schaute Urdska den Zweikämpfen der jungen Soldaten zu, die sie mit Rufen und klugen Ratschlägen anzufeuern wußte, ohne dabei die Krieger ihres eigenen Volkes zu bevorzugen. Gudú sah dies alles mit Wohlgefallen, und es führte dazu, daß er sich immer stärker zu ihr hingezogen fühlte. Von fern beobachtete er sie – oft heimlich –, wie sie sich in dem Turm bewegte. Sie war hoch gewachsen und sehnig, dabei jedoch schlank und schön. Die kurzen, schwarzglänzenden Haare fielen glatt bis auf die Schultern ihres Soldatenwamses, in dem sie wie ein junger Krieger aussah. Es hieß, niemand könne ihr Alter erraten, denn sie vereinigte in sich die besten Qualitäten einer Frau und eines jungen Mannes, war ein im besten Sinne geschlechtloser, faszinierender Gott, Sinnbild der ewigen, unmöglichen Jugend. Alle Steppenhexen zusammen nisten vielleicht in ihren Augen, und ihr Herz ist möglicherweise eine Schlangengrube, doch ebendies macht sie zur einzigen Frau, die meiner würdig und zur Königin berufen ist, sagte er sich eines Tages. Er liebte sie zwar nicht, doch was er für sie empfand, war viel mächtiger und größer und vielleicht tiefer und geheimnisvoller und dauerhafter als die gewöhnliche Liebe zwischen Mann und Frau. Denn in ihm ging – was er aber nicht wußte – der letzte Keim seines Vaters auf, der einst zu der zornigen jungen Ardid gesagt hatte, die Steppenprinzessin sei keine Frau, sondern ein uralter Traum der Männer, welcher mit dem Gift der Macht, des Triumphs und der Herrschaft über seinesgleichen Gestalt annehme.

Tatsächlich gebärdete sich Urdska auf dem Turnierplatz wild und unbändig, war listig und hart wie ein richtiger Krieger, jedoch sanft und entzückend in den Nächten mit Gudú. Dieser ging nun nicht mehr nur gelegentlich zu ihr, sondern suchte ihre Nähe, und als der Frühling schon weit ins Land gezogen war, mochte er auf ihre Gegenwart nicht mehr verzichten. Er gewährte ihr jeden Luxus, der ihm zur Verfügung stand. Eines frühen Morgens befiel ihn eine große Unruhe, so daß er aus dem Bett sprang und ans Fenster trat, von wo aus er das blasse Grün der sich auflösenden Nacht betrachtete, bis der Himmel sich langsam rosa färbte. Als er sich umdrehte, sah er Urdska wach im Bett liegen, und ihre schwarzen Augen waren so starr auf ihn gerichtet, daß es ihm die Kehle zuschnürte. Und er wußte nicht, ob ihn zum ersten Mal in seinem Leben der unmerkliche Hauch der Angst streifte oder ob ihn die verborgenste, zärtlichste und bezauberndste Lust anwehte, die er jemals kennengelernt hatte. Er ging zu ihr, ließ das schwarzschimmernde Haar, das ihr fast schon wieder bis auf die Schultern reichte, durch seine Hände gleiten und sagte: »Warum zeigst du dich so zutraulich, obwohl ich doch in Wahrheit dein Feind bin? Im Moment beglückt mich deine Gegenwart, aber du weißt, daß ich dich jederzeit lebend verbrennen lasse, sollte ich deiner überdrüssig werden.«

Während er diese Worte zu ihr sprach, fuhr er mit den Händen über ihre goldene Haut; ein Gold, das weder der Winter noch die Nacht zu trüben vermochten. Nun sah er sie zum ersten Mal so liebenswürdig lächeln, daß es ihm schier den Atem verschlug.

»Der Grund dafür ist, daß ich Euch liebe und bewundere, König Gudú. Ich beglückwünsche mich inzwischen, von einem König wie Euch bezwungen worden zu sein. Im Lauf der Zeit habe ich erkannt, daß diese Niederlage jedem Sieg über erbärmliche kleine Steppenhäuptlinge vorzuziehen ist. Ja, hätte ich den Sieg über Euch davongetragen und Euren Leichnam zu meinen Füßen gesehen, ich weiß nicht, ob ich eine solche Betrübnis überlebt hätte.«

»Deine Worte sind wie Honig, doch sie überzeugen mich nicht«, erwiderte Gudú schroff. Er spürte den seltsamen Hauch jetzt deutlich in seinem Nacken. »Ich sehe nur List und Täuschung in Eurer scheinbaren Unterwürfigkeit.«

»Herr«, antwortete Urdska darauf, und ihre Augen verdunkelten sich, daß es den Anschein hatte, als kehre die Nacht in sie zurück, »es gibt noch einen anderen Grund; doch für diese Dinge seid Ihr ebenso blind, wie sie Euch unbeteiligt lassen.«

»Ich weiß nicht, was Ihr damit sagen wollt. Aber ich warne Euch, ich bin kein Freund von Rätseln und Verschleierungen. Wenn Ihr also nicht wollt, daß ich Euch gleich bei Sonnenaufgang den Kopf abschlagen lasse, sagt mir ohne Umschweife, was das ganze Gerede soll.«

»Ich erwarte ein Kind von Euch«, sagte Urdska und seufzte dabei auf eine so liebreizende und anmutige Art, daß weder der Wald im Glanz des Frühtaus noch der Quell unter dem ersten Hauch der Morgenröte mit soviel Reinheit und Sanftmut wetteifern konnten.

»Ist das wahr?« rief Gudú in einem so tief empfundenen Gefühl des Jubels, daß es ihm wie hundert Dolche ins Fleisch zu fahren schien. Er warf sich auf die Knie und legte sein Ohr an ihren Bauch. Und der Bauch wölbte sich zum ersten Mal so sanft, daß es in diesem Augenblick keinen Zweifel mehr geben konnte: Königin Urdska war kein junger Krieger, sondern eine Frau, eine strahlende junge Frau.

9

Fünfzehn der Wölflinge aus beiden Völkern waren zu wohlausgebildeten Kämpfern herangewachsen, und dreißig neue Kinder aus Olar hatten die Reihen der Wölflinge aufgefüllt, als eine Schreckensmeldung nicht nur den Schwarzen Turm, sondern den ganzen Königshof von Olar erschüttern sollte.

Der Sommer war schon weit ins Land gezogen – es war ein fruchtbarer Sommer mit Regen und Stürmen, der die Wälder und Hügel in blühenden Frühling verwandelte –, als die Nachricht von einem ernstzunehmenden Aufstand in den südlichen Provinzen eintraf. Dort hatte man sich mit den Weringern verbündet, um sich eine fälschlich vermutete Phase der Schwäche im Königreich Gudús zunutze zu machen. Zur selben Zeit, als diese Nachricht am Schwarzen Hof begeisterte Kampfeslust und Blutdürstigkeit entfachte, brachte Urdska Zwillinge zur Welt.

An dem Tag, da Gudú gen Süden aufbrechen wollte, erreichte ihn die Neuigkeit von der Doppelgeburt, und sogleich eilte er an Urdskas Bett, vor dem immer noch ein Teil der königlichen Leibgarde Wache hielt. Voller Staunen und mit großer Freude stellte er fest, daß Urdska im Gegensatz zur Königin Gudulina nicht nur nicht kraftlos und jammernd im Bett lag, sondern ganz allein, ohne jede fremde Hilfe und ohne das geringste Aufsehen oder Geschrei ihre Zwillinge zur Welt gebracht hatte. Als er eintrat, kniete sie gerade vor den beiden winzigen Geschöpfen, die der Sitte ihres Volkes gemäß auf einem Fell auf dem Fußboden lagen, und zerriß mit ihren scharfen Zähnen ein Leintuch, um die nackten, doch ausgesprochen kräftigen Körperchen damit zu bedecken. Die kleinen Zwillinge schrien aus Leibeskräften und ruderten mit Ärmchen und Beinchen, und zum ersten Mal fühlte Gudú sich zu solchen winzigen Wesen hingezogen. Er beugte sich über sie, und sein ganzer Körper wurde von einem Lachen geschüttelt, das den Turm zu erzittern schien. Er küßte Urdska auf den Mund und sprach: »Du bist die Frau, die mein Königreich ersehnt. Gedulde dich noch ein wenig, und wir zwei zusammen werden die Erde verschlingen.«

Urdska antwortete nur mit einem rätselhaften Lächeln, und als der König gegangen war, schaute sie ihre beiden Kinder an und flüsterte: »Wir drei, Kiro und Arno, werden unser Volk rächen. Ab heute sollt ihr beide die Namen meines ermordeten Vaters und Bruders tragen.«

Bevor sie endgültig nach dem Süden aufbrachen, stattete Gudú der Stadt einen kurzen Besuch ab, bei dem er alle verfügbaren Männer um sich sammelte und die wichtigen Posten so besetzte, wie er es für ratsam hielt. Seine Mutter besuchte er nur, um ihr etwas aufzutragen:

»Beruft den Rat der Edlen ein und gebt ihm bekannt, daß ich Königin Gudulina verstoße. Schickt sie und ihre Kinder zur Insel Leonia zurück. Wenn ich aus diesem unsinnigen Krieg heimkehre, werde ich Urdska zur Gemahlin nehmen, und die Kinder, die sie mir geschenkt hat, werden meine Nachfolger sein.«

»Was sagt Ihr da, mein Sohn?« rief Ardid entsetzt. »Seid Ihr noch bei Sinnen?«

»Mehr als je zuvor, Mutter. Unser Volk braucht neues Blut und kämpferische Menschen. Nachdem Gudulín tot ist, bleiben nur noch diese beiden zerbrechlichen, hirnlosen Eichhörnchen. Tut, was ich Euch sage, und kein weiteres Wort mehr.«

»Ich hätte Euch wirklich für klüger gehalten. Aus einer unseligen Laune heraus wollt Ihr eine alte Königin wehrlos dem täglich aufsässiger werdenden Adel überlassen und jetzt auch noch dem mutmaßlichen Zorn Leonias ...? Ich kann nicht glauben, daß Ihr derart den Verstand verloren habt. Leonia wird sämtliche Piraten der südlichen Meere auf uns hetzen, wenn ich ihr Tochter und Enkelkinder zurückschicke.«

»Mutter, Ihr haltet mich für dümmer, als ich annahm. Weder mir noch sonst einem Menschen wird es möglich sein, in Euch die wehrlose alte Frau zu sehen, die zu sein Ihr Euch vor mir den Anschein gebt. Und glaubt Ihr wirklich, ich hätte die möglichen Gefahren nicht kalkuliert? Im Schloß habe ich als Dienstboten verkleidete, bestens ausgebildete Krieger zurückgelassen, die Eure Befehle erwarten, um die Horde nutzloser alter Männer, aus der unser Adel nur noch besteht, da seine Söhne an meiner Seite kämpfen, anzugreifen oder Euch davor zu beschützen, falls dies notwendig werden sollte. Darüber hinaus steht im Schwarzen Turm noch einmal dieselbe Anzahl Krieger bereit, genausogut ausgebildet und auf den Kampf gedrillt, zum selben Zweck in geheimer Reserve. Solltet Ihr wirklich in Bedrängnis geraten, so laßt diese beiden Brieftauben frei« – er zeigte ihr einen Käfig mit zwei blaugrauen Tauben, welche die Königin gar kämpferisch anstarrten – »von denen eine die Mannschaft im Schwarzen Turm und die andere auf dem schnellsten Wege mich benachrichtigen wird.«

»Ich werde Eure Worte befolgen«, sagte Ardid.

Gudú ließ sie traurig und voller Unruhe zurück, als er mit seinen Männern in jenen Süden aufbrach, dem ihre tiefste Sehnsucht galt und der nur noch als hoffnungsloser Traum in ihrer Erinnerung lebte.

Zum ersten Mal fürchtete sich Ardid, der Ratsversammlung gegenüberzutreten und ihr diese aberwitzige Neuigkeit mitzuteilen. Es war jedoch nicht so schmerzlich, wie sie geglaubt hatte, zumindest dem Anschein nach nicht. Der Adel nahm die Befehle – die in das Kleid von Mitteilungen gehüllt waren – zwar mit größtem Unmut entgegen (beim Gedanken an eine Königin und zwei Prinzen aus dem Steppenvolk standen ihnen die Haare zu Berge), andererseits befand sich das Land in großer Gefahr: Orwain, der neue Kriegsherr der Weringer, sollte ebenso furchtbar wie die Steppenhorden sein, hieß es, noch grausamer sogar, während der Anführer der ausgebeuteten und gedemütigten Völker des Südens ein ehemaliger Hirte war, der den Edlen sehr zu denken gab, zumal er sich jetzt mit den Weringern verbündet hatte. Was da auf sie zukam, war keine Revolte; das war ein lange geplanter Krieg, genährt von Jahren still erduldeter Unterwerfung und Sklaverei. Für den in Olar verbliebenen Adel war es wenig ratsam, sich in solchen Zeiten gegen Gudú zu erheben. In einer geheimen Sitzung, von der Ardid zum ersten Mal ausgeschlossen blieb, kam der Rat der Edlen unter dem Vorsitz des Barons zu der Überzeugung, daß es statt dessen angebracht sei, eine eigene Geheimarmee aufzustellen.

Die Königin war überrascht und gekränkt, aber auch erleichtert, als man ihr kundtat, was sie für eine haarsträubende Entscheidung hielt.

Betrübten Herzens suchte sie ihre Schwiegertochter auf. Wie die Kammerzofen ihr mitteilten, war Gudulina dem Wahn verfallen, in ihren Gemächern mit Gudú zusammenzuleben. Mit ihm sprach sie, und alles, was sie tat, war an ihn gerichtet. In seiner imaginären Anwesenheit probierte sie unablässig Puder, Perücken und Kleider, von denen einige schon so zerschlissen waren, daß sie an vielen Stellen durchschienen und sogar Risse aufwiesen, denn manchmal bekam Gudulina immer noch ihre Wutanfälle, und dann zerfetzte sie mit erstaunlicher Kraft alles, was ihr in die Hände fiel.

»Piratenblut«, murmelte Ardid. Dann setzte sie sich zu ihr, ergriff beruhigend ihre Hände, schaute in das dümmlich lächelnde Gesicht und sagte: »Meine liebe Gudulina, wir werden eine wunderschöne Reise antreten. Am Ziel erwartet dich dein geliebter Gudú, und du wirst unendlich glücklich sein.«

»Ja, ja!« rief Gudulina freudig aus und befahl sogleich, ihre schönsten Kleider, Schminken und Pomaden einzupacken – und was sie sonst noch alles besaß oder zu besitzen glaubte –, armselige Überreste einstigen Glanzes.

Königin Ardid war jedoch keine Frau, die sich schnell geschlagen gab. Vordergründig schien sie mit der Rückführung Gudulinas zu ihrer Mutter einverstanden zu sein, doch allein beim Gedanken daran erschauerte sie. Sie wußte, daß Leonia imstande war, sämtliche Piraten gegen sie aufzubieten, doch das war nicht ihre Hauptsorge. Was ihre Kräfte versagen ließ, die Kraft ihres Herzens und ihres Stolzes, war der mögliche Entzug der Sorge um Raigo und Raiga. Sie war nicht bereit, einen weiteren Schicksalsschlag dieser Art hinzunehmen, denn in ihrer gegenwärtigen Lage waren die beiden Kinder die einzige Zuflucht ihrer Wünsche und Hoffnungen und vielleicht auch ihres einsamen Herzens.

Als die bestens ausgestattete, aber dennoch traurige Reisegesellschaft zum Aufbruch bereit stand, übergab sie dem Hauptmann der Eskorte eine Botschaft für Königin Leonia, in der sie dieser das betrübliche Los ihrer Tochter schilderte, die Zwillinge Raigo und Raigo jedoch wohlweislich verschwieg.

Beim Abschied zerriß es Ardid schier das Herz, als sie Gudulina fröhlich singen hörte und sich das Haar mit den ersten Frühlingsblumen schmücken sah – so daß sie tatsächlich wieder hübsch anzusehen war. Zofen und Kammerfräulein weinten, als sie einstieg, und sogar Ardid kostete es einige Mühe, ihr Mitgefühl nicht öffentlich zu zeigen. Im letzten Moment umarmte sie Gudulina und sagte zu ihr: »Denk daran, Gudulina, es wird eine sehr lange und sehr schöne Reise werden, die voller Überraschungen ist ...«

»O ja, ja«, antwortete Gudulina freudig, »so schön, daß man es kaum glauben kann.«

Ardid blickte ihnen lange nach, und als sie sie aus den Augen verlor, drehte sie sich betrübt um und suchte Zuflucht im Blauen Turm.

Die Dämmerung war längst hereingebrochen, als sie die Stufen hinaufstieg und kurz das Gekicher und Getrappel der beiden Kinder vernahm. Die Tür zur Kammer des jungen Amor war zwar verschlossen, doch durch die Ritzen fiel ein Lichtschein, der vermuten ließ, daß er in seine Studien vertieft war. Um ihn nicht zu stören und die anderen nicht zu warnen, schlich Ardid die letzten Stufen der Treppe hinauf und dann die Leiter, die ins Dachkämmerchen führte. Als sie die Bodenluke öffnete, hielt sie verwundert inne: Es war bereits fast Nacht, aber trotzdem schien sich die Sonne hier noch ein Weilchen vergnügt zu haben, denn alles glänzte in einem goldenen Licht. Geräuschlos schob sie einen alten Vorhang beiseite, den sie selbst bei ihren Spielen mit den Kindern dort aufgehängt hatte, und schaute voller Staunen zu, wie ihre beiden Enkeln mit gezückten Schwertern, die sie aus den Blättern wilder Lilien gefertigt hatten, durch das Dachkämmerchen tobten. Sie verstand nicht, was sie sprachen, hörte nur den Klang ihrer Stimmen, und die waren der strahlende Wind, die leuchtende Musik einer anderen Zeit. Sie wagte nicht, den Blick zum Fenster zu erheben, aber dennoch schaute sie auf und erblickte durch ihre Tränen hindurch zwei baumelnde Kinderbeine, deren Schatten über den Fußboden tanzten.

»Elf, mein lieber Elf«, flüsterte sie, trat zu ihm, nahm ihn in die Arme und drückte ihn ans Herz.

»Nie kamst du so gelegen, lieber Prinz«, sagte sie und fühlte ihre Tränen auf seine goldenen Locken tropfen.

»Ich weiß, ich weiß, Majestät«, antwortete der Knabe und versuchte sich aus der Umarmung zu lösen, die ihn zu ersticken drohte. Als sie erschöpft auf die Knie sank, kamen die drei Kinder und umringten sie. Sie warfen ihre Schwerter zu Boden, und dort waren sie wieder einfache, von einem rätselhaften Platzregen abgerissene Lilienblätter. Prinz Elf wischte ihr die Tränen ab, rieb mit seinen Handflächen ihre Wangen trocken und sagte: »Weint nicht, Königin, dafür gibt es keinen Grund.«

»Doch, es gibt einen Grund, meine lieben Kinder. Raigo und Raiga befinden sich in Lebensgefahr, und darum müssen sie sich hier oben so gut verstecken, daß niemand auf den Gedanken kommt, hier könnte jemand sein. Wie stellen wir das an?«

»Ganz einfach«, sagte Elf. »Die beiden bleiben so lange hier oben bei mir, wie es die Not gebietet. Ich verstehe mich darauf, nicht gehört und nicht gesehen zu werden; ich weiß auch, was es heißt, in Vergessenheit zu geraten.«

»Ach, mein Lieber!« rief Ardid und nahm ihn wieder in die Arme, ohne zu bemerken, daß ihre Smaragdbrosche hart gegen Elfs Nase drückte. »Beschütz mir meine kleinen Enkel, ich bitte dich so sehr.«

»Das werde ich tun, denn das ist meine Pflicht«, antwortete Elf. »Und bitte weint nicht mehr und drückt mich nicht mehr an Eure Brust.«

Unter Tränen lächelnd, wandte sich die Königin an Raigo.

»Komm zu mir, mein Lieber, und hör mir gut zu. Du bist der Thronerbe, und dein Leben ist wertvoll. Du mußt dein Leben hüten wie nichts anderes auf der Welt.«

»Ja, ja«, antwortete das Kind nicht wenig erstaunt.

Da bemerkte Ardid den kleinen Ungestalt, der bisher im Schatten gesessen hatte.

»Was sitzt du denn dort, mein Lieber«, fragte sie. »Komm her, du bist doch auch ein Teil dieser betrüblichen Geschichte.«

Ungestalt ging zu ihr, und da sah sie, daß auch in seinen Augen Tränen schimmerten. Zum ersten Mal empfand sie eine seltsame Verbundenheit mit dem kleinen Kerl. Sie ergriff seine Hand und sagte zu ihm: »Ungestalt, mein liebes Kind, kümmere dich um meine Enkel, und ich verspreche dir, immer, immer, immer für dich dazusein.«

»Immer, immer, immer«, plapperte Elf vergnügt. »Das heißt soviel wie nimmer, nimmer, nimmer.«

Ardid war jedoch so erfüllt von ihrem Kummer, daß sie seinen Worten keine Beachtung schenkte.

»Hört mir zu«, fuhr sie fort, »ich werde täglich hier heraufkommen und euch Essen und Kleidung bringen, und dann spielen wir alle vier. Denkt aber immer daran, daß dies alles heimlich geschehen muß, bis ich etwas anderes sage.«

»Oh, ja«, sagten die Kinder wie aus einem Mund.

Dann wandte sich Ardid wieder an Elf: »Elf, mein Lieber, kannst du mir nicht sagen, wo der Kobold ist? Seit langem schon kommt er nicht mehr und hört mich auch nicht. Seit Gudulíns Tod habe ich ihn nicht mehr gesehen.«

»Ja, der Kobold«, sagte Elf nachdenklich. »Seine Unreinheit ist so weit fortgeschritten, Majestät ... Er lebt jetzt im Süden und wacht über Gudulín. Wißt Ihr, daß er ein Schiff für ihn baut?«

»Ein Schiff?« wunderte sich Ardid.

»Ja, denn bevor Gudulín auf die Welt kam, war er auf der Suche nach dem Meer. Er hätte nicht in dieses Land geboren werden dürfen. Aber ... ich weiß nicht, Hoheit, wie das bei den erwachsenen Menschen zugeht. Die Zeit erklärt mir nur ihre Einschübe, und die habe ich vor- und rückwärts gelesen. Daher kann ich nur sagen, Gudulín war die Finsternis, und das Meer erwartete ihn. Aber er wird das Meer nie sehen, und das Meer wird seine Gestade lecken, ohne ihn jemals zu erreichen. Denn wißt Ihr, Majestät? Gudulín ist kein Kind. Gudulín ist eine Insel, die Insel der Finsternis. Das Meer wird immer versuchen, sie zu verschlingen, doch die Inseln sind so widerspenstig in ihrer Einsamkeit, daß diese Dinge niemals gelingen können.«

»Ach Elf, Elf«, entgegnete Ardid betrübt, »und ich habe für diese Dinge keinen Sinn mehr; ich meine, ich habe diese Sprache endgültig verloren und werde sie, so wie es aussieht, wohl auch nie mehr wiederfinden. Doch eines verspreche ich dir: Wenn du dafür Sorge trägst, daß meinen Enkeln Raigo und Raiga nichts zustößt, soll meine Dankbarkeit keine Grenzen mehr kennen.«

Da begannen alle vier Kinder lauthals zu lachen, so daß Ardid jedes von ihnen beschämt auf die Stirn küßte und sich dann so still zurückzog, wie sie gekommen war.

Vor der Tür des jungen Amor blieb sie stehen. Schüchtern wie ein kleines Mädchen und nicht wie eine mit allen Wassern gewaschene Königin, klopfte sie an.

»Mach auf, ich bin die Königin, ich brauche deine Hilfe.«

Die Tür öffnete sich, und Ardid sah sich Amor gegenüber, der nicht verkleidet war und dessen Gestalt den ganzen Raum auszufüllen schien. Im Kamin brannte ein kleines Feuer, doch es gab keine anderen Flammen als sein Haar, kein anderes Feuer als seine Augen, in deren Glut sich das Wissen der Welt verbarg.

»Ach, junger Meister«, sagte Ardid, »du weißt nicht, welchen Schmerz mir bereitet, was ich dir mitzuteilen habe.« Kraftlos sank sie auf den Schemel.

Sie schaute sich um und sah weder Reagenzgläser noch Mörser und auch keine von jahrhundertealtem Geheimnis umwölkten Schmelztiegel; nur Schriftbündel, Bücher, reine Wissenschaft mithin. Und noch etwas war sonderbar: Aus jedem Winkel der Kammer schlug ihr betörender Frühlingsduft entgegen.

»Hoheit«, murmelte Amor mit kaum hörbarer Stimme, »ich fürchte Euch sagen zu hören, daß mein Auftrag hier beendet ist.«

»So ist es nicht«, erwiderte Ardid mit sichtlicher Anstrengung. »Ich sorge mich nur um deine Sicherheit ebenso, wie ich mich um die meiner Enkel sorge.«

Mit knappen Worten setzte sie ihn sodann über die heikle Lage in Kenntnis.

»Ich kann nicht verlangen, daß du bleibst«, schloß Ardid, »wenn ich weiß, daß dein Leben ebenso gefährdet ist wie das von Raigo und Raiga.«

»Majestät, liegt Euch wirklich soviel an meinem unbedeutenden Leben?« fragte er kühn.

»Ja«, sagte Ardid schließlich. »Dein Leben bedeutet mir etwas, und ich möchte nicht, daß dir Böses geschieht, wie ich dies auch nicht für Raigo und Raiga möchte.«

Da verneigte sich Amor, ergriff ihre Hände, küßte sie und sprach: »Hoheit, Ihr allein seid das Licht meines Lebens, meines Herzens, meiner Augen … Euretwegen studiere ich, Euretwegen bin ich hier. Aber ich weiß, daß ein schlichter Mensch wie ich nichts erwarten kann, und daher möchte ich Euch nur versichern, daß Ihr über mich verfügen könnt, wie immer es Euch beliebt.«

Wäre Ardid ihrer ersten – beinahe übermächtigen – Regung gefolgt, dann hätte sie seinen Kopf in ihre Hände genommen, seine Lippen geküßt und ihm gesagt, in den bitteren Stunden ihres jetzigen Daseins gebe es kein anderes Licht für sie als das seiner blauen Augen. Doch sie gewann ihre Fassung zurück und sagte, plötzlich von unerklärlichem Schrecken erfüllt: »Amor … ich flehe dich an, flieh dieses Schloß, flieh dieses Land, wenn du nicht willst, daß uns allen großes Unheil widerfährt.«

Der junge Mann hielt immer noch ihre Hände, und obwohl seine schüchternen Lippen sich von ihnen gelöst hatten, spürte Ardid sie immer noch auf ihrer Haut. Aber sie war nicht die einzige, der es so erging, denn Amor sagte soeben: »Ich gehe, wohin Ihr es befehlt; doch damit befreit Ihr Euch nicht von meiner Gegenwart.«

Und mit einer Kühnheit, die man dem scheuen Jungen niemals zugetraut hätte, schlang Amor seine Arme um die Königin und küßte sie so oft, daß er es schon gar nicht mehr zählen konnte, und auch sicher nicht mehr zu harmlosen Handküssen zurückkehren würde.

Als der Morgen dämmerte, fand er die beiden wie Adam und Eva im Garten Eden vor – so hatte Ardid es einmal im *Buch von Abundios* gelesen –, und beim ersten Sonnenstrahl sprach Eva zu Adam: »Steh auf und flieh, setz nie mehr einen Fuß in dieses für dich fluchbeladene Land … «

Und wie ein gewisser Engel aus dem vorgenannten Buch verbannte sie ihn zwar nicht mit dem Flammenschwert, aber doch in aufflammender Verzweiflung nicht nur für immer aus dem Schloß, aus der Stadt und dem Land, sondern aus ihrem ganzen unglücklichen Leben.

Nur wenige Tage darauf erfuhr sie von einer Hinrichtung, die auf Befehl des Barons mitten auf dem Marktplatz vollzogen worden war. Ihre Kammerzofe berichtete:

»Der zum Scheiterhaufen Verurteilte war dieser hübsche junge Hexer, der damals Gudulín geheilt hat.«

Die Königin erbleichte. Später schickte sie einen jungen Pagen, der noch so klein war, daß er nicht wußte, womit man ihn da beauftragte, damit er die Asche des Verurteilten in einer silbernen Urne sammle und zu ihr bringe. Neben der Sanduhr – blaues Glas, Tropfen aus Gold, unbeugsamer Beschützer Prinz Elfs – bewahrte Königin Ardid bis zu ihrem Ende die Asche dessen, den sie nicht nur ihrem Sohn, sondern, ohne es zu wissen, auch sich selbst ihr Leben lang vorenthalten hatte.

Der Sommer verging, dann der Herbst, und schließlich – ohne ihren Vater und ohne den alten Magier, ohne ihren getreuen Almandin, ohne den unzertrennlichen Kobold und ohne Amor – vollendete Königin Ardid ihr vierundvierzigstes Lebensjahr.

Jener Herbst war der finsterste ihres Lebens, denn die Gesandten, die Gudulina in den Süden begleitet hatten, brachten unheilvolle Kunde heim. Als die Prinzessin sich eingeschifft hatte, war etwas höchst Ungewöhnliches geschehen. Das Meer färbte sich rot wie Wein, und die Sonne verbarg sich voller Entsetzen. Rot und schwarz war die Nacht, als sie sahen, wie die Insel Leonia sich aus ihrer unterirdischen Verankerung riß und die Möwen den Tod der Königin verkündeten. Die führungslose Insel trieb unaufhaltsam aufs offene Meer hinaus, bis sie sich im Großen Abgrund des Lebens und des Endes der Welt verlor. In seinen stürmischen Gewässern sank das Schiff der unglücklichen Gudulina, deren Gesang noch lange Zeit danach von allen Küsten widerklang und Panik unter Seeleuten und Piraten heraufbeschwor. Eine Blume aus ihrem Haar – so frisch wie am ersten Tag – war alles, was von dieser ungewöhnlichen und unglücklichen Prinzessin gerettet werden konnte. Ardid verwahrte sie zusammen mit dem Zeitglas, der Asche und ihrer eigenen Untröstlichkeit, für die kein Platz zu finden war, an dem sie friedlich ruhen oder sogar vergessen werden konnte.

Zur selben Zeit spielte ein blonder Knabe heimlich und verborgen in den verfallenden Mauern des Blauen Turms, und ein Mädchen galoppierte wie eine kriegerische Furie über die endlose Steppe. In den Wind der Spiele und in den Wind der Weite schrien der Knabe und das Mädchen – die nichts voneinander wußten – zur gleichen Zeit begeistert dieselben Worte: »Ich bin der König!«

Der wirkliche König aber, welcher den Aufstand im Süden bekämpfte, der sich zu einem blutigen Krieg ausgeweitet hatte und beinahe acht Jahre lang dauerte, wußte nichts vom Leben der einen und glaubte an den Tod des anderen. Nur Augenschmaus hielt ängstlichen Blick auf ihre Tochter; Raiga und Ungestalt auf Raigo, und weder die eine noch die anderen verstanden die Welt.

IX

HERBST IM GARTEN DER KÖNIGIN

I Kiro und Arno wuchsen heran und wurden in der strengen Schule der Wölflinge erzogen; strenger noch, womöglich, als die übrigen Jungen. Denn wenn deren Unterricht und Übungen endeten und sie ausruhen konnten, erwarteten Kiro und Arno unter Urdskas Aufsicht noch härtere Prüfungen als jene, die sie in der berühmten Kriegsschule bereits durchgestanden hatten. Vier Jahre waren sie jetzt alt, und vier Jahre waren vergangen, seit ihr Vater in den Krieg gezogen war, doch wegen ihrer robusten und streitsüchtigen Natur wurden die Jungen schon seit ihrem dritten Lebensjahr in der Kriegsschule unterrichtet. Zuerst von ihrer kämpferischen Mutter selbst, später von dem alten Hirten Atre, der Urdska insgeheim mindestens ebenso verehrte wie seinen Herrn Gudú. Seine unterdrückte Leidenschaft für sie war im Schwarzen Turm gleichsam ein offenes Geheimnis, welches auch Urdskas wachen Blicken nicht verborgen blieb. Schließlich benutzte sie ihn so geschickt für ihre Zwecke, daß selbst Königin Ardid in Sachen Durchtriebenheit und Schläue noch von ihr hätte lernen können.

Die Jungen versprachen an Draufgängertum, Kraft und Mut, im Umgang mit dem Schwert ebenso wie an Klugheit und Gerissenheit ihrem Vater und ihrem Großvater nicht nur nachzueifern, sondern sie sogar zu übertreffen.

Beide waren so prächtig anzusehen, daß die Soldaten und überhaupt jeder am Schwarzen Hof, vom ersten Waffenmeister bis zum letzten Küchenjungen, ihnen verzückt nachschaute. Urdska wurde immer noch streng bewacht, doch so, wie sie sich – zumindest außerhalb ihrer Gemächer – verhielt, gab es keinen Grund, mißtrauisch zu werden. Andererseits lag Rakjels Verrat noch immer wie ein unseliger Schatten auf den Gedanken der Krieger und schmälerte die Genugtuung darüber, daß das Steppenvolk doch nicht so geheimnisvoll und unbesiegbar war, wie man so viele Jahre lang geglaubt hatte.

Kiro und Arno waren mit ihren vier Jahren kräftige Jungen, die jeder für sechs gehalten hätte. Sie hatten die straffe goldene Haut ihrer Mutter und die blauen Augen des Königs. Ihr Haar war schwarz und struppig. Sobald es lang genug gewachsen war, ließ Urdska es an den Schläfen zu gedrehten Zöpfen flechten, was den Kriegern in der Schwarzen Burg ein leichtes, nicht erklärbares Unbehagen bereitete, welches aber darauf zurückzuführen war, daß dieser Anblick für die Menschen von Olar seit Jahrhunderten ein Symbol bedrohlichen Unheils war. So etwas wie der Anblick des Leibhaftigen.

Die beiden Jungen wetteiferten miteinander in Kraft und kriegerischem Geschick, doch niemand hätte sagen können, welcher der Listigere, Stärkere oder Mutigere war. Als Zwillingsbrüder mit gleicher Erziehung und Ausbildung erhob sich zwischen ihnen eine Mauer, die mit den Jahren ganz offensichtlich dicker und höher wurde. Selbst den schlichtesten Gemütern am Schwarzen Hof konnte dies nicht verborgen bleiben, wohl jedoch einer einzigen Person: der keineswegs begriffsstutzigen oder gar einfältigen Mutter. Aber sie war eben die Mutter; und zwar eine ehrgeizige Mutter, welche auf ihre Söhne die größte Hoffnung und Zukunft setzte, die für sie und ihr Volk vorstellbar war, und dies war die unbedingte Herrschaft über das – ihrem Verständnis nach – erbärmliche Land, in dem sie leben mußten.

Eines Tages stritten die Brüder um die nicht sehr ehrenvolle Beute ihrer Jagd: einen jungen Falken, der noch nicht flügge war. Sie konnten sich nicht einigen, wer ihn getötet hatte, und ihre blauen Augen schleuderten wilde Blitze wie die Augen Gudús in der Schlacht. Am Ende zerrissen sie das junge Tier, bevor einer es ganz dem anderen überließ.

Da schon gemunkelt wurde, daß der König die Absicht hatte, Kiro und Arno zu seinen Thronerben und Urdska zur Königin zu machen, begannen die Soldaten untereinander Wetten abzuschließen, welcher von den beiden am Ende den Thron besteigen würde. Denn wenn sie schon derart hitzig um einen unglücklichen Falken stritten, wie erbarmungslos würde dann erst der Kampf um einen so begehrten und mächtigen Thron ausfallen.

Unterdessen trafen ständig neue Nachrichten von Gudú ein. Die Gebiete im Süden hatte er mehrfach zurückerobert, doch die Gegner im Südosten waren ihren Nachbarn immer wieder zu Hilfe geeilt, so daß sich der Krieg in die Länge zog und ein endgültiger Sieg nicht abzusehen war. Obwohl Gudús Truppen überlegen waren und unaufhaltsam vorrückten, waren die Aufständischen offenbar nicht bereit, so einfach aufzugeben. An das unselige Schicksal von Leonias Tochter und der totgeglaubten Königskinder erinnernd, hatten sie auch die Piraten um Hilfe gebeten, die jedoch nur halbherzig in die Kämpfe eingriffen. Trotzdem bereiteten sie der Streitmacht des Königs große Sorgen, und der Frieden rückte in noch weitere Ferne.

An dem Tag, als die Zwillinge Raigo und Raiga ihr elftes Lebensjahr vollendeten, traf ein Bote des Königs mit neuen Nachrichten und Befehlen in Olar ein. Die aufständischen Provinzen würden bald unterworfen sein, der Friede war absehbar. Bei seiner Heimkehr sollte die Vermählung mit Urdska stattfinden, so wie damals mit Prinzessin Naivia. Ihre Söhne, Kiro und Arno, sollten daher als seine leiblichen Kinder anerkannt werden. Mit der Zeit würde man sehen, welcher von beiden die besten Fähigkeiten in sich vereinigte und als Anwärter für den Thron in Frage kam.

Dies war möglicherweise das furchtbarste Ereignis und der gefährlichste Augenblick im Leben von Königin Ardid, vielleicht sogar noch bedrohlicher als für Urdska. Der Unmut des Adels war genauso offensichtlich, wie offensichtlich war, daß die Jahre nicht spurlos an der Mutter des Königs vorbeigegangen waren. In ihrem Haar war längst mehr Silber als Gold, ihre

Augen strahlten nur noch tiefe Niedergeschlagenheit aus, von ihren Lippen war das früher allgegenwärtige, so überaus ansteckende Lächeln verschwunden. So majestätisch und aufrecht sie sich noch gab – und ihr Verstand war deutlich besser erhalten als ihr Körper –, traten ihre Überzeugungen, auf die sie sich bislang hatte stützen können, nun unwiderstehlich ins Reich der Zweifel ein. Ardid schwankte in ihren Entscheidungen, und eine innere Stimme, die vielleicht aber auch von jenem Kaminsims kam, auf dem die Abwesenheit sich eingerichtet hatte, Gefäße von mitleidlos verrinnender Zeit oder voll der Asche von Gefühlen, flüsterte ihr zu: »Ardid, Ardid ... Was hast du aus deiner Jugend gemacht?«

Die Anwesenheit bei der Ratsversammlung war diesmal quälend, und Ardid ging nicht als Siegerin daraus hervor. Zwar hatte der alte Baron mit den Jahren an Körperkraft um einiges nachgelassen, an Bosheit und Verbissenheit jedoch deutlich zugelegt. Er sagte: »Majestät, wir haben lange nachgedacht über die jüngsten Ereignisse, die für das Reich weniger Ruhm denn Geißel sind. Ich darf Euch versichern, daß der Rat der Edlen die Tapferkeit und das kriegerische Können unseres Herrn, des Königs, sehr zu schätzen weiß. Wir sind andererseits jedoch der Meinung, daß seine Leidenschaft für die Eroberung anderer Länder, deren faßbaren Nutzen für Olar wir zudem immer weniger erkennen, uns der besten unserer jungen Männer beraubt hat, denen der Sinn jetzt nur noch nach plündern und brandschatzen steht, so daß das Königreich Olar in eine unerträgliche, tödliche Starre verfallen ist. Wir haben Kunde von anderen Ländern, die nicht so mächtig und vielleicht nicht so reich sind wie Olar, in denen aber die Künste und die Wissenschaften blühen und Frieden und Wohlergehen herrschen; so wie in Olar – das haben wir nicht vergessen – während Eurer Regentschaft, als Euer Sohn noch ein Kind war. Auch haben wir nicht vergessen, mit welcher Weitsicht und Entschlossenheit Ihr das Land gelenkt, aber auch dessen Geistesleben gefördert habt. Dafür lieben und bewundern wir Euch. Was nun die fremde Königin betrifft, die in Euch die selben Befürchtungen hervorruft wie in uns, scheinen uns die Absichten des Königs, vor allem in bezug auf die Ernennung der Thronfolger, wenig ratsam zu sein. Wenn wir uns recht entsinnen, entstammte unserem König doch ein Sohn aus der vernünftigsten seiner Vermählungen. So sagt uns also: Was wurde aus Prinz Raigo? Viele versichern, die beiden Kinder seien mit ihrer Mutter im stürmischen Meer vor der Insel Leonia ertrunken; doch es gibt auch Küstenbewohner und Seeleute, welche verläßlich behaupten, keines der Kinder habe die unglückliche, von uns allen betrauerte Königin Gudulina an ihrem Todestag begleitet.«

Ardid zeigte sich niedergeschlagen und schwieg mit finsterer Miene. In Wirklichkeit rasten ihre Gedanken auf der Suche nach der besten Antwort – oder wenigstens einer, die in der gegenwärtigen Situation halbwegs überzeugen konnte. Schließlich antwortete sie: »Ich wundere mich, daß gescheite Männer, auf die ich mich verlasse und auf denen meine ganze Hoffnung ruht, sich argwöhnischer geben als gemeine Händler oder Geldverleiher, leichtgläubiger als Waschweiber dem Seemannsgarn von Küstenbewohnern Glauben schenken ... Prinz Raigo und Prinzessin Raiga – und ich erlaube mir, auf die allgemeine Gleichgültigkeit hinzuweisen, die mir in jenen leidvollen Tagen als Großmutter der beiden entgegengeschlagen ist – sind auf Beschluß ebendieses Rates hin mit ihrer unglücklichen Mutter Gudulina zur Königin Leonia zurückgeschickt worden. Ehrenwerter Baron, hohe Herren, aus der bitteren Geschichte meiner Enttäuschungen könnte ich Ihnen noch viele weitere Kapitel zu Gehör bringen ...«

Auf diese Weise ging es mit scheinheiligen Argumenten und falschen Höflichkeiten noch eine ganze Weile weiter, während die unnachgiebige, verschlossene Haltung der meisten Adligen an deren wahrer Absicht keinen Zweifel ließ. Es waren wortkarge, hartschädelige, von Habgier zerfressene und nur auf den eigenen Vorteil bedachte Leute. Die wenigen gutmütigen oder wohlmeinenden Männer, die an den Ratsversammlungen teilnahmen, schwiegen in der Regel, oder man ließ sie nicht zu Worte kommen.

Dreimal vertagte der Rat seine Entscheidung, und im Verlauf dieser drei Versammlungen kam es zu Vorfällen, die den Gang der Dinge in neue Bahnen lenkten.

Ebenso simpel wie unabänderlich folgte das Aufschieben der Entscheidung dem Zyklus von Frühling, Sommer, Herbst und Winter. Und dieser vollzog sich so rasch und selbstverständlich, daß – da die adligen Herren keine ausreichend starke Streitmacht um sich versammeln konnten, um offen gegen Gudú zu rebellieren – vier weitere Jahre ins Land gingen; das heißt, acht Jahre waren vergangen, seit Gudú in den Krieg gezogen war. Nach dieser Zeit hatte er die Aufständischen nun endgültig bezwungen und seine Rückkehr angekündigt.

Wenn sich diese Entwicklung von außen betrachtet auch langsam, zögernd und höchst glanzlos vollzog, so galt dies keineswegs für die Ereignisse, die sich im Bereich der Familiengeheimnisse Ardids und mancher anderer zutrugen.

Die Königin ließ keinen Tag vergehen, ohne heimlich die Kinder im Blauen Turm zu besuchen. Dort führte sie lange Gespräche mit Elf, dem ewigen Besucher, dem die Zeit das Erwachsenwerden versagte, und mit ihren Enkeln. Ihr blieb jedoch verborgen, daß die Zeit auch an den Kindern nicht spurlos vorübergegangen war. Ungestalt nahm schon seit einer geraumen Weile nicht mehr an ihren Spielen teil und hatte Ardid gebeten, ihn als Pagen oder Spaßmacher in Diensten zu nehmen. Die Untröstlichkeit des Jungen, als ihm seine Bitte abgeschlagen wurde, war nur noch mit der Untröstlichkeit Raigas zu vergleichen, als diese ihn anflehte, sie nicht zu verlassen, ihnen weiterhin Gesellschaft zu leisten. Anfangs überhörte die Königin seine Bitten. Doch Ungestalt wurde darüber so traurig, daß sie ihn – da er unter den herrschenden Umständen immerhin der einzige war, der sich nicht in Lebensgefahr befand, weil man ihn am Königshof seit langem vergessen hatte – des öfteren in ihren

Garten mitnahm, den sie mit Hingabe pflegte. Dort standen sie dann beide und betrachteten den Baum der Spiele, der sich hochgewachsen und in seiner ganzen laubreichen Pracht ihren Blicken darbot.

Im letzten Herbst vor der Rückkehr des Königs bemerkte Ardid, daß der Baum in ihrem Garten, der so voller Erinnerungen und Bedeutungen für sie war, vertrocknet und mit hängenden Zweigen dastand.

»Was ist nur mit dem Baum der Spiele geschehen, Ungestalt?« fragte die Königin betrübt. Mit beiden Händen riß sie die letzten Blätter ab, die ihr wie Goldstaub zwischen den fingern zerrannen. Dann hörte sie zu ihrer großen Verwunderung und auch mit großem Schmerz den Jungen dieselben Worte sprechen, wie einst Gudulina: »Welcher Baum, Majestät? Ich weiß nicht, was Ihr meint; ich sehe nirgends einen Baum.«

Die Königin sah ihn mit ganz neuen Augen an und stellte nun erst fest, daß er kein Kind mehr war, sondern ein junger Mann mit traurigen Augen und von noch traurigerer Gestalt.

»Ach, nichts«, antwortete sie mit Kummer in der Stimme, »nichts, mein lieber Ungestalt; manchmal weht ein Wind aus vergangenen Zeiten Dinge an das Ohr einer alten Frau ...«

Jener Herbst enthüllte Ardid jedoch weitere Dinge, die ihr aus Gewohnheit und der Gleichförmigkeit des Alltags bisher nicht aufgefallen waren. Wenn sie nun zum Dachkämmerchen hinaufstieg, hörte sie kein Lachen und Rennen mehr, keine glitzernden Musikgespinste oder flüsternden Wind in goldenem Laub. Jetzt stellte sie fest, daß düstere Trübsal sich von einer Ecke des Kämmerchens zur andern spann, daß Naivias Truhen und Kisten verschlossen, vermodert und zugestaubt waren. Bedrückt kehrte sie ein anderes Mal zurück, doch die Kinder erwarteten sie nicht. In einer weiteren Nacht empfing sie vollkommene Stille. Sie entdeckte Raiga, die schlafend in einer Ecke lag, ein Stück entfernt fand sie Ungestalt in grüblerischen Gedanken versunken. Sonst niemand. Als der Lichtschein der Fackel auf sie fiel, sprang

Raiga erschrocken auf, genau wie Ungestalt, der zwischen den alten Koffern und Vorhängen an der Tür gehockt hatte.

»Was ist hier los? Wo ist Raigo, und wo ist Elf?« fragte Ardid.

»Was ist das für eine Frage?« murmelte Raiga verschlafen. »Raigo ist fortgegangen, wie jede Nacht. Und glaubt mir, wenn Ihr es mir nicht so streng verboten hättet und wenn ich nicht solche Angst davor hätte, vom Fenster aus auf den Birkenbaum zu springen, täte ich es ihm gleich ... Ach, Majestät, Ihr glaubt gar nicht, wie langweilig es hier ist, in dieser schmutzigen Kammer, und immerzu eingesperrt ...«

»Wie kann Raigo sich meinen Anweisungen widersetzen? Und wie kommt es, daß Elf ihn nicht daran gehindert hat?«

»Elf?« fragte Raiga verwundert. »Wer soll das sein?«

»Ungestalt«, rief Ardid voll banger Ahnung, »wo ist Elf?«

Vor den erstaunten Blicken der beiden hielt sie inne. Raigo und Raiga, überschlug sie rasch, waren mittlerweile fünfzehn Jahre alt, und Ungestalt schon dreiundzwanzig. Betrübt ließ sie sich auf eine der staubigen Truhen sinken. Ihr wurde klamm und kalt ums Herz.

»Ihr habt recht, meine Lieben«, sagte sie schließlich. »Alltägliche Gewohnheit, Sorgen und Selbstsucht haben mich für andere Dinge blind gemacht ... Ich glaube wirklich nicht mehr, daß ihr noch Kinder seid.«

»Und Prinz Raigo verzehrt sich in dem Wunsch, seinen Vater, den König, zu sehen«, sagte Ungestalt daraufhin. »Versteht doch, Majestät, daß dies auch sein gutes Recht ist. Ein junger Prinz und künftiger König kann sich doch nicht wie ein unbrauchbarer alter Koffer zwischen nutzlosem Gerümpel verstecken.«

Die letzten Worte trafen Ardid mit stechendem Schmerz. Unbrauchbarer alter Koffer und nutzloses Gerümpel ..., dachte sie. Genau wie ich, wenn ich nichts dagegen unternehme. Bei dem Gedanken an die Gefahr, welcher der unvorsichtige Raigo sich aussetzte, fühlte sie sich vor Angst wie gelähmt. Im selben Moment jedoch zog jemand an einem seltsamen Strick, den sie bisher nicht bemerkt hatte. Aus den Laken ihrer Betten hatten die jungen Leute ein Seil geknotet, an dem man sich vom Fenster abseilen konnte. Ungestalt und Raiga ruckten von oben an dem Seil und hielten es mit aller Kraft, so daß von unten jemand heraufklettern und wieder ins Zimmer gelangen konnte.

Beim Anblick seiner Großmutter war der junge Raigo verwirrt und verängstigt und starrte mit gesenktem Kopf zu Boden. In seinem finster nach unten gerichteten Blick und den verkniffenen Augenbrauen erkannte Ardid jedoch den unbezähmbaren Willen ihres eigenen Blutes. Sie gab jede Hoffnung auf, den Jungen von seinen Taten zurückhalten zu können.

»Lieber Raigo«, sagte sie schließlich, »ich weiß, wie du dich fühlst. Aber du mußt verstehen, daß ich euch nicht aus reiner Willkür hier oben eingeschlossen habe. Hätte ich das nicht getan, wärt ihr beide seit langem tot.«

Dann berichtete sie den beiden bis ins kleinste, wie es zu dieser Situation gekommen war.

Alle vier setzten sich, saßen dicht beisammen, ihre Knie berührten sich, und da die drei jungen Menschen ihre Hände im Schoß der Königin verloren, spürte diese, wie sanft die Kälte aus ihrem Herzen schwand. Bald schon war sie wieder voller Lebensmut und sprach: »Ich bin wohl schon eine alte Frau, die nicht gemerkt hat, wie viele Jahre seit jenem Tag vergangen sind … Inzwischen seid ihr zu jungen Leuten herangewachsen, und niemand wird euch erkennen, wenn ich euch als Pagen und Zofe in meine Dienste nehme. Wir warten die Entscheidung der Ratsversammlung ab, und vielleicht finden wir alle zusammen einen Ausweg aus dieser schwierigen Lage.«

Die drei küßten die Hände der Königin. Und voller Hoffnung auf das neue Licht der Freiheit der eine und neuer Möglichkeiten der andere, schliefen Raigo und Ungestalt in jener Nacht zum letzten Mal im Dachkämmerlein. Am nächsten Tag nahm die Königin sie als Diener verkleidet mit in ihre Gemächer und schloß den Turm mit der komischen blauen Zipfelmütze für immer hinter sich ab.

Äußerlich gelassen, doch innerlich von Unruhe getrieben, verbrachte Ardid den Herbst mit ihren neuen Pagen und ihrer neuen Zofe, die angewiesen waren, die königlichen Gemächer keinesfalls zu verlassen. Am schwierigsten war es, Raigo zu bändigen, der immer aufsässiger wurde und nichts sehnlicher wünschte, als aus seinem Leben im verborgenen auszureißen.

»Ich reite meinem Vater entgegen, Hoheit«, sagte er, »und sage ihm, wer ich bin, damit er mich als seinen Nachfolger anerkennt und nicht diese außerehelichen Steppenwölfe.«

»Geduld, Raigo, vergiß nicht, daß dein Vater stets auf meinen Rat gehört hat! Warte, bis er zurückgekehrt ist, dann werden sich die Dinge schon ändern.«

Raigo jedoch – genauso eigenwillig wie seine Großmutter, wie sein Vater und wie so viele andere Jungen seines Alters in jedem Zeitalter der Erde – schlich sich aus dem Schloß, nahm sich ein Pferd, das ein alter Stallmeister und ergebener Diener seiner Königin für ihn bereithielt, wie auch einen Umhang mit Kapuze, damit ihn keiner erkannte, und dann ritt er in die Wälder und noch weiter, umkreiste die Schwarze Burg, die er mit der ganzen Kraft seines stürmischen Wesens haßte und deren Zauber er sich nicht entziehen konnte.

Raiga hingegen war lieb und brav, wenngleich nicht die Hellste, und für Ungestalt empfand sie genau soviel Zuneigung wie dieser für sie. Sie waren unzertrennlich, und bald schon erkannte Ardid, daß die beiden ineinander verliebt waren. Zur Gewißheit wurde ihr dies eines Nachts, als sie zu dritt am Kaminfeuer saßen (Raigo hielt sich immer mehr von ihnen fern, streifte wie ein Vagabund durch die Wälder oder saß finsteren Blicks in einer Ecke) und sich märchenhafte Geschichten aus dem alten, schon arg zerfledderten *Buch der Ahnen* erzählten. Ardid las ihnen die Geschichte vom Weißen Prinzen vor, der in ein schreckliches Biest verwandelt wurde, sich dann in die schöne Prinzessin verliebte und schließlich durch einen Kuß von ihr seine menschliche Gestalt zurückgewann. Da Ardids Augen nicht mehr die besten waren, konnte sie die verschlungenen Buchstaben des Buches nicht mehr gut lesen. Hinzu kam noch, daß die Buchseiten von Ratten angenagt und im Lauf der Jahre löchrig geworden waren, weswegen sie beim Lesen öfter innehielt. Zu ihrem Erstaunen hörte sie dann die beiden jungen Menschen, die Hand in Hand an ihrer Seite saßen, jene Stellen aufsagen, die sie selbst nicht mehr erkennen konnte. Als sie darob verwundert aufblickte, sah sie die Gesichter der beiden in einem so goldenen Licht erstrahlen, daß sie sich nach dessen Quelle umschaute und diese auf dem Kaminsims fand. Dort hatte sich die goldene Asche in glühendes Gold verwandelt, so leuchtend, daß ihre Strahlen durch die silberne Wand der Urne drangen, als wäre sie aus geschliffenem Glas. Die Zeit im Glas schien indessen stillzustehen, als schaue sie gebannt zu. Da legte Ardid ihnen die Hände auf die Schulter und sagte zärtlich: »Ich habe den Verdacht, daß ihr gar keine Geschichten über die Wunder der Liebe mehr hören wollt, denn ihr kennt sie wahrscheinlich alle viel besser als ich.«

Die beiden waren jedoch so trunken voneinander, daß sie die Worte der Königin gar nicht vernahmen.

Später am Abend, als sie mit Raiga allein war, sagte Ardid: »Raiga, ich bin sicher, daß du dich in Ungestalt verliebt hast.«

»O ja«, entgegnete das Mädchen, »ich liebe ihn, aber ... er ist ein Diener, und Raigo würde mir das nie verzeihen.«

»Mein liebes Kind, ich will dir etwas sagen: Vielleicht ist er ein Diener, vielleicht aber auch nicht. Was kümmert es dich? Ich habe vieles im Leben gelernt, und vieles habe ich bereut, am bittersten aber meinen Schrecken vor einem Gefühl wie deinem. Wirf es nicht fort, meine Liebe, denn nur mit ihm wirst du etwas von dem kleinen bißchen Glück erfahren, das es auf dieser Welt gibt.«

»Majestät«, sagte Raiga zögernd und schien so zerrissen, daß die Königin sich davon anstecken ließ, »ich weiß nur, daß Raigo rasend würde ... und ich liebe Raigo, und er liebt mich. Außerdem ist Ungestalt so ... häßlich!«

Die Königin schwieg, sagte sich jedoch erleichtert und auch ein wenig traurig, daß eine Liebe, die nicht imstande war, solche Barrieren zu überwinden, keine große Liebe sein konnte. Ein Frösteln überlief sie, als umwehe sie ein eisiger Wind. »Wenn sich«, murmelte sie mit zitternden Lippen, »der Kobold des Südens wenigstens noch einmal sehen ließe!«

Später im Herbst stand sie eines Tages in ihrem Garten und goß den immer dürrer werdenden Baum der Spiele, als Raiga mit glühenden Wangen und zerzaustem Haar zu ihr gerannt kam. So blühend jung und strahlend schön sah sie aus, daß Ardid sich selbst in einer Zeit zu sehen glaubte, als sie an ebenjener Stelle zu König Volodius gegangen war und ihr Recht als Frau und Königin gefordert hatte. Erstaunt hörte sie ihre Enkelin sagen: »Gnädige Königin, ein Wunder ist geschehen. Ich bin so glücklich. Schade nur, daß Raigo nicht da ist« – seit drei Tagen war Raigo verschwunden, und seine Großmutter war äußerst beunruhigt –, »denn er hätte sich genau wie ich darüber gefreut, was ich Euch erzählen will. Ihr seid nach den beiden die einzige, die ich so gern habe, daß ich Euch von diesem Wunder erzählen muß.«

»Nun sprich schon, Kind!« rief Ardid ungeduldig.

»Ich habe Ungestalt geküßt. Er saß und weinte still vor sich hin, und da ich den Grund für seine Betrübnis kannte, die ja meine eigene war, konnte ich nicht anders, als ihn in die Arme zu nehmen, und dann habe ich ihn auf den Mund geküßt ... Und, Majestät, Ihr werdet es nicht glauben, bis Ihr es nicht selber seht! Danach war er plötzlich so wunderschön und stattlich anzusehen, daß der hübscheste Prinz nicht mit ihm mithalten kann ... nicht einmal mein Bruder Raigo.«

Ardid war so überwältigt, daß sie ihre Enkelin in die Arme schloß und still in ihre blonden Haare weinte.

»Dann«, sagte sie schließlich, »willst du ihn also als deinen Ehegemahl?«

»Aber ja«, antwortete Raiga. »Und ich werde so glücklich mit ihm sein, daß es mir gleichgültig ist, den Rest unseres Lebens als Dienstmagd verbringen zu müssen.«

»So verspreche ich ihn dir denn«, sagte Ardid. »Sprich mit deinem Geliebten und sag ihm, er solle sich in meinen Gemächern einfinden, denn dorthin werde ich einen Pater von Abundios beordern, damit er euch vermähle. Ich verspreche euch beiden, daß ich euch lieben und beschützen werde, solange ich lebe. Und ihn liebe ich genauso wie dich; ihr beiden seid wie die Kinder, die ich selbst nie gehabt habe.«

Das Mädchen eilte jubelnd davon, und Ardid schickte sich an, die versprochenen Vorbereitungen zu treffen. Alles sollte still und ohne Aufwand vonstatten gehen, ganz so, als würden zwei unbedeutende Pagen der Königin vermählt.

Als jedoch die Brautleute Hand in Hand bei ihr erschienen – sie hatten sich goldene Blätter ins Haar geflochten, und Ardid fragte sich, woher sie die haben mochten –, stockte ihr vor Kummer das Herz. Denn wenngleich Raiga nur verliebte Blicke für den in ihren Augen schönsten und wohlgestaltetsten aller Sterblichen hatte, war dieser doch nur der unglückliche häßliche junge Mann, dessen Freude mit anzusehen noch schmerzlicher war als seine Häßlichkeit.

Ardid fehlte der Mut, etwas zu sagen; so wurden Raiga und Ungestalt Gemahlin und Gemahl, und die Königin brachte sie in einer Kammer neben der ihren unter. Als sie allein war, kniete sie neben dem Kamin nieder und weinte, weinte die ganze Nacht und wußte nicht, ob um Ungestalt, um Raiga und Raigo, um Gudú, um sich selbst, um Naivia und Präferenzius oder um den verdorrten Baum der Spiele. Alles, was sie unter Schluchzen und Selbstvorwürfen über die Lippen brachte, war der Name des Kobolds. Doch sie bekam keine Antwort, und so überraschte sie der neue Tag.

2

Weit weniger gefühlvoll war das, was sich zwischen Urdska und ihren Söhnen Kiro und Arno abspielte. Während am ermatteten Königshof in Olar Groll und Verdrossenheit und in Ardids Gemächern Wehmut und Trübsal vorherrschten, brodelten im Schwarzen Turm ehrgeizige Machtphantasien, und der Haß schlug in Urdskas Kammer die höchsten Wellen.

Raigo durchstreifte die Gegend wie unter einem Zwang, und mehr als einmal sah er seine Brüder – die, obwohl erst acht Jahre alt, schon wie wahre Steppenreiter zu Pferde saßen –, gefolgt von ihrer Mutter und einer kleinen Eskorte. Er kletterte die Äste einer großen Birke hinauf, und sein Herz pochte unter widerstreitenden Gefühlen. Vor zehn Tagen hatte er das Schloß verlassen, hatte sein Pferd mit Lebensmitteln, Decken und einem alten Schwert bepackt, welches er einem schlafenden Soldaten stahl – eine Geschicklichkeit, die das Erbe alter Familienbräuche bewies –, und führte seitdem ein freies Leben in den Wäldern. Mit einer Behendigkeit, die er sich bei seinen Fluchten aus dem Blauen Turm angeeignet hatte, verweilte er einem Vogel gleich auf diesem, dann auf jenem Baum und schlief im Schutz einer Grotte, ganz in der Nähe jenes Quells, der einst durch die Tränen des Kobolds entstanden war. Wenn er von seinem Wasser trank, schmeckte er ein fernes Aroma von Wein oder reifen Trauben, das ihn verblüffte. Sah er Königin Urdska und seine Brüder Kiro und Arno draußen vor der Burg über die Wiesen galoppieren, fühlte er ein Gemisch aus Bewunderung und zügellosem Haß in sich aufsteigen, und mit diesen Gefühlen legte er sich schlafen und lag nächtelang wach. Für seinen Vater jedoch empfand er eine starke Faszination: Obgleich er wußte, mit welch grausamer Gleichgültigkeit der König sich ihrer beider hatte entledigen wollen, konnte er ihn nicht hassen. »Eines Tages«, sprach er bei sich, »werde ich vor den König treten und zu ihm sagen: Ich bin dein Sohn, dein einziger legitimer Nachfolger, der nächste König von Olar. Und er wird mich anerkennen.«

Im Dunkeln und in aller Heimlichkeit unterrichtete Urdska unterdessen ihre Jungen in der Rache gegen Gudú. Ihre Gemüter entzündeten sich an den Geschichten, die sie ihnen von der zerstörten Heimat erzählte, und bald wünschten sie nichts sehnlicher, als jenen Mann zu vernichten, der ihnen das wahre Vaterland genommen und sie daraus vertrieben hatte. Und Urdska, die sehr wohl wußte, welche Wirkung ihre Worte hatten, erzählte unentwegt von der Rückkehr zur Insel im Großen

Nebenfluß und wie sie danach die ruhmreichsten Könige des Steppenlandes wären. »Dann wird Gudús Reich zu unserem gehören, und unser Volk wird nicht mehr nur die Kargheit der Steppe kennen und nicht nur ein Reich der Schatten sein«, sagte sie zu den Kindern. Und wenn Kiro und Arno sie fragten: »Mutter, wann kommt dieser Tag? Was müssen wir tun?« Dann antwortete sie – genau wie Ardid, als sie Raigo zu beschwichtigen suchte: »Nur Geduld. Wenn es soweit ist, vertraut auf mich. Ich höre nie auf, an diesen Tag zu denken; in meinem Gedächtnis und in meinem Herzen habe ich alles aufgeschrieben.«

Und so war es. Zwar konnte Raigo sich nicht erklären, was vorging, wenn er Urdska von seiner Birke aus heimlich mit jungen Kriegern ihres Volkes flüstern sah, sobald sie sich unbeobachtet fühlte. Rätselhafterweise jedoch machte sich bald darauf einer von ihnen immer in Richtung Osten davon.

Er war noch zu jung und unbescholten, um sich ausmalen zu können, was in einem Königreich an Ränken geschmiedet wird und was die ebenso faszinierende wie furchterregende Königin der Steppe tatsächlich im Schilde führte.

Zwei Wochen war Raigo jetzt fort, und Ardids Besorgnis wuchs. Da sie ihre Enkel aber nach wie vor versteckt hielt, wagte sie nicht, die Wälder von einem Suchaufgebot durchkämmen zu lassen, da dies selbst den gedankenlosesten Soldaten oder Diener mißtrauisch gemacht hätte, handelte es sich doch nur um einen unbedeutenden Pagen. Ihre Anspannung wollte nicht weichen, obwohl Raiga und Ungestalt – die sich in selbstvergessener Liebe um niemanden als um sich selbst kümmerten – ihr wiederholt versicherten, Raigo könne unmöglich etwas zugestoßen sein, so mutig und gewitzt, wie er war. Zu der Jahreszeit kamen auch keine Wölfe mehr in die Nähe von menschlichen Ansiedlungen, so daß sie ihn wohl auch kaum gefressen hatten.

Eines Tages hielt sie es dann nicht mehr aus. Sie ließ ihr Pferd satteln und ritt ohne Eskorte aus der Stadt wie ein junges Mädchen, das von zu Hause ausreißt. Kopf und Gesicht unter der Kapuze ihres Umhangs verborgen, die Beine zwar nicht mehr so gelenkig wie früher, ritt sie dennoch die Ufer des Sees ab und fragte unermüdlich Fischer, netzeflickende Frauen und brombeerenpflückende Kinder, ob ihnen ein junger Mann mit Haaren so hell wie die Sonne begegnet sei, der auf einem dunkelbraunen Pferd ritt. Doch alle verneinten, keiner hatte ihn gesehen. Da beschloß sie, in den Wald hineinzureiten, der die Grenze zum Schwarzen Land mit seinem unseligen Schwarzen Turm bildete.

Es dämmerte bereits, als sie – unbekümmert ob der nahenden Dunkelheit und der Erschöpfung, die ihr schon zu schaffen machte, vorwärts getrieben allein von dem Wunsch, Raigo zu finden, den sie ihre letzte Hoffnung wähnte – sich plötzlich von tiefer Finsternis umgeben sah und im tiefsten Dickicht des Waldes vielleicht zum ersten Mal einen Hauch von Furcht verspürte. Sie saß ab, und das Pferd am Zügel führend, folgte sie einem perlenden Geräusch, welches ihr die Nähe einer Quelle verriet. Als sie näher kam, erkannte sie den schwachen Schein eines Feuers. Vorsichtig schlang sie den Zügel des Pferdes um einen Ast, und sich alte Erlebnisse früherer Abenteuer ins Gedächtnis rufend, schlich sie vorwärts bis zum Eingang einer Höhle. Drinnen flackerte das Feuer, und dahinter hatte sich Raigo sorglos und unbekümmert zum Schlafen niedergelegt.

Ardid war so gerührt und so erleichtert, daß sie zu ihm lief, ihn aufweckte, an sich drückte und vor Freude weinte. Raigo aber riß sich aus ihren Armen los und starrte sie so wütend an, daß ihr eisig kalt ums Herz wurde.

»Was habt Ihr hier zu suchen? Gedankenloses altes Weib! Wollt Ihr meine Pläne zunichte machen?«

Jedes Wort traf Ardid wie ein Pfeil. Aber die Worte brachten ihr auch wieder die Lebensgeister zurück; was zur Folge hatte, daß sich der Junge eine schallende Ohrfeige einfing und benommen den Kopf hängen ließ. Dann richtete Ardid sich würdevoll auf und herrschte ihn an: »Du wagst es, so mit deiner Königin und Herrin zu sprechen, kleiner Lakai? Wenn ich wollte, könnte ich dich auf der Stelle an den nächsten Baum knüpfen lassen; und zwar nicht für Unverschämtheit, sondern für Dummheit.«

Bevor der verwirrte Raigo aus dem Staunen herauskam, entriß sie ihm das – in der Tat schon arg vom Rost zerfressene – Schwert, nahm es in beide Hände und hielt ihm die Spitze an die Brust.

»Erhebe dich vor deiner Königin, du ungehobelter Tor. Merk dir meine Worte und vergiß sie nie mehr.«

Mit zerknirschter Miene tat Raigo wie geheißen und gab dabei ein solches Bild des Jammers ab, daß der Zorn der Königin sich legte. Doch mit scheinbar noch ernsterer Stimme als zuvor fuhr sie fort: »Ich habe nichts dagegen, daß du dir nehmen willst, was dein ist, nur dein allein. Freilich wundert mich, daß du der einzigen Person nicht mehr traust, die dir helfen und den richtigen Weg weisen kann. In Anbetracht deiner Jugend und Unwissenheit jedoch und da ich dein mutiges Wesen wirklich zu schätzen weiß, selbst wenn es, wie in diesem Fall, mit der natürlichen Unvernunft deines Alters einhergeht, will ich dir sagen, was du von jetzt an zu tun hast: Zuerst einmal lösche unverzüglich dieses Feuer.«

Raigo folgte der Aufforderung mit solchem Eifer, daß er Gefahr lief, sich zu versengen, während er mit Füßen und Händen das Feuer austrat und noch das letzte Fünkchen erstickte, das sie hätte verraten können.

Als sie sich in völliger Finsternis gegenüberstanden und einander nur noch an undeutlichen Körperumrissen und keuchenden Lauten aus ihren Kehlen erahnen konnten, sagte Ardid:

»Jetzt setz dich hin und hör gut zu.«

Beide setzten sich auf die Erde, und die alte, jetzt jedoch wieder ganz muntere Großmutter sprach mit leiser Stimme: »Ich wundere mich nicht und kann sehr gut verstehen, daß es dich einengt und zur Verzweiflung treibt, dich wie ein gemeiner Diener in den Gemächern einer alten Königin verstecken zu müssen. Aber ich verstehe deine Leichtsinnigkeit nicht. Nur mit einem rostigen Schwert und einem Kinderdolch bewaffnet, mit dem du nicht einmal einem Lamm die Kehle durchschneiden könntest, willst du die Bestien des Schwarzen Turms besiegen, die gegen dich und gegen mich und sogar gegen deinen auf beiden Augen blinden Vater ihre teuflischen Pläne schmieden? O nein, Prinz Raigo, so erobert man sich keinen Königsthron. In deinem Alter war ich ebenso rebellisch wie du, wenn nicht noch unbändiger. Dennoch habe ich es verstanden, mit Geduld und Verstand in Gefangenschaft abzuwarten; und in Gefangenschaft habe ich für deinen Vater Schritt für Schritt den Weg zum Thron geebnet. Wenn du also König werden willst und nicht von Wölfen gefressen oder von nach Ziegen stinkenden Steppenbewohnern auf Lanzen gespießt, dann mußt du klug und geduldig sein. Wenn schon ich mich dem Rat anderer gebeugt habe, die weiser waren als ich – und glaub mir, alles Wissen, welches du angesammelt haben magst, macht gerade eine Schuhsohlenhöhe jener Wissenschaften aus, die ich in deinem Alter beherrschte –, um wieviel mehr müßtest du, mein einfältiger kleiner Löwe, dich dem Rat jener anvertrauen, die dich mehr als alles andere liebt. Du allein bist mein ganzer Stolz, nur auf dich richtet sich mein Streben. Dich als den nächsten König von Olar zu sehen ist das Ziel meines Lebens.«

Sie hörte, wie Prinz Raigo leise schluchzte, und erkannte darin nicht nur Schmerz, sondern auch unterdrückten Zorn. Als sie jedoch spürte, daß dieser Zorn nicht gegen sie gerichtet war, vielmehr gegen jene, die ihm zu nehmen drohten, was er als sein rechtmäßiges Erbe betrachtete, beruhigte sie sich und fuhr mit sanfterer Stimme fort: »Ich werde dich nicht daran hindern, dein nützliches Versteck zu verlassen. Aber wenn du ab jetzt meine Anweisungen befolgst, kannst du versichert sein, daß diese dich deinem Ziel näher bringen als die Eingebungen deines unerfahrenen Herzens. Hör auf mich, Raigo, steig auf dein Pferd und folge mir. Dringender denn je bedarfst du eines sicheren Ortes, wo dich niemand findet, du aber Verbindung zu mir aufnehmen kannst, sooft du willst.«

Der Junge gehorchte, und Ardid ritt mit ihm zum See zurück, vergaß darüber ihre Erschöpfung und die Müdigkeit der Beine, die auf dem Rücken des Pferdes wieder zu ungewohnten Kräften kamen. In der alten, halb verfallenen Hütte am See, die schon ihr selbst und dem unglücklichen Amor als Versteck gedient hatte, brachte sie Raigo unter und verabschiedete sich mit den Worten: »Morgen lasse ich eine abgerichtete Taube zu dir bringen, sie soll unser Mittler sein. Es soll dir an nichts mangeln, aber hüte dich, wie ein Vagabund herumzulaufen, und halte dein Schwert verborgen – nicht dieses, sondern eines, das ich dir zusammen mit Bogen und Pfeilen schicken werde. Und so wartest du auf den passenden Augenblick, dich deinem Vater vorzustellen und zu erlangen, was dir zusteht.«

Diese Worte brachten ein Bild in Raigos Erinnerung zurück aus der Zeit, als er noch ein kleiner Junge war und nur die Sprache der Blumen verstand und ein wenig noch die der Vögel. Er sah seine Großmutter – die Königin Ardid – wie unter einem Goldstaubschleier einer grauen Taube etwas zuflüstern, die sie in der erhobenen Faust hielt wie einen Falken.

Raigo küßte die Hand seiner Großmutter und versprach, ihr zu gehorchen. Sobald sie die Hütte hinter sich gelassen hatte, schien alle Last der Müdigkeit, der Erinnerung der Zeit, des Herbstes und sogar des Frühlings sie niederzudrücken, und der Nebel über dem See drang ihr in die Augen, so daß sie schließlich in einem jämmerlichen Zustand im Schloß eintraf. Weder das Feuer im Kamin noch das Elixier des Lebens vermochten ihren geschundenen Knochen und ihrem erschöpften Fleisch Linderung zu sein. Ihre Augen sahen kaum noch etwas, und doch war der größte Schmerz inzwischen jener, der sich – jetzt unwiderruflich – in ihrem Herzen eingenistet hatte.

3 Knapp drei Tage später kündigte sich die ruhmreiche Heimkehr Gudús an: wieder als Sieger, als Herrscher allmächtig und gefürchtet. Der Baron hatte die Intrige inzwischen so weit getrieben, daß er nicht mehr wußte, wie er ihr Einhalt gebieten sollte. Die Sorge stand ihm ins Gesicht

geschrieben, obgleich er große Freude angesichts der Ereignisse vorzutäuschen suchte; aber weder Ardid noch allen anderen blieb die Angst in seiner Stimme vor der nahenden Ankunft des Königs verborgen.

Noch bevor dieser die Stadt überhaupt betreten hatte, war der Baron bettlägerig geworden und wenige Stunden darauf gestorben; an Altersschwäche, wie einige behaupteten, doch andere – die mit ihm in den Aufstand verwickelt waren und jetzt in Panik gerieten oder einfach nur ihren Unmut äußerten – wollten wissen, daß die nackte Angst ihn umgebracht hatte.

Kaum war der König in der Stadt, verlangten die adligen Ratsherren eine Audienz. Sie brauchten nicht nur einen neuen Vorsitzenden, sondern hatten noch eine Menge anderer Sachen auf dem Herzen, die sie ihm nun endlich einmal zu Gehör bringen wollten. Gudú gewährte die Audienz ohne Zögern, und voller Verblüffung stellten die Edlen Herren fest, daß die Jahre zwar ihre Spuren am König hinterlassen hatten, doch immer noch nicht das geringste Zeichen von Verfall an ihm zu sehen war. Nie war er ihnen mächtiger, kraftvoller und wilder vorgekommen. Und zwischen den beiden Narben in seinem Gesicht hatten sie die graublauen Augen noch nie so kalt und bösartig glitzern sehen. Jeder Ansatz von Aufmüpfigkeit erstarb in ihnen; denn mochten die Ratsherren von Natur aus dazu neigen, am Hofe Unfrieden und Intrigen zu schüren, so hoben sie sich andererseits nicht eben durch jugendlichen Tatendrang hervor.

Herzog Terko, der zweite Sohn des verstorbenen Barons – der Erstgeborene war hoffnungslos vertrottelt und pflegte auf den Wehrgängen der Stadtmauer zu wandeln und zu verkünden, er sei ein Sperber oder ein Schmetterling –, wußte, daß seine eigenen beiden Söhne und sogar sein vierzehnjähriger Enkel zu Gudús Soldaten gehörten und für ihren König durchs Feuer gingen. Nicht anders erging es auch den übrigen Adelsfamilien; jede hatte einen Sohn, einen Enkel oder sonst einen Verwandten – immer die Hoffnung der Familie, wenn nicht, weil der Klügste, so wenigstens der Jugend und Tatkraft wegen – in den Reihen der dem König ergebenen Krieger. Kein Wunder also, daß die edlen Herren sogleich verzagten, sich dem König in demütiger Haltung näherten und damit begnügten, ihm ihre kleinen persönlichen Kümmernisse vorzutragen.

Der König hörte sie schweigend an und sprach am Ende: »Nachdem ich mir alle eure Klagen angehört habe, bleibt eine einzige übrig, die in meinen Augen gerechtfertigt ist: die Freudlosigkeit eures Daseins als nutzlose, von Neid zerfressene alte Männer, die es nicht mehr schaffen, es ihren Söhnen oder Enkeln an Macht- und Raffgier gleichzutun. Ich kann dies verstehen, aber ich kann es nicht ändern. Alt werden wir mit etwas Glück alle, und als hilflose Greise werden wir eines Tages enden. Laßt also jenen den Vortritt, die besser geeignet sind, beim Aufbau und bei der Festigung eines Reiches zu helfen, das euch bisher mehr Vorteile als Nachteile gebracht hat. Erinnert sich noch einer von euch an die Zeiten meines Vaters, des Königs Volodius? Langsam, aber mit unausweichlicher Grausamkeit hat er euch erst eurer Macht und dann eurer Habe beraubt; mit Tyrannei und Schrecken hat er euch unterworfen. Ich habe euch dies alles und noch mehr zurückgegeben. Ich habe euch reich gemacht und zu einem bequemen Leben verholfen, wie man es sich im Alter nicht besser wünschen kann; und euren Söhnen und Enkeln habe ich die Möglichkeit geboten, an meiner Seite aus eigener Kraft zu wachsen und sich zu vervollkommnen. Gefordert habe ich dafür nichts. Jetzt kehre ich zurück, nachdem ich jahrelang Krieg geführt und eure Landgüter verteidigt habe, und finde eine Horde von lüsternen Greisen vor, die darüber jammern, daß sie ihr Haar nicht mehr locken und sich nicht so ausgesucht kleiden können wie zu den Zeiten, als mein Onkel Almandin noch Handel mit Leonia trieb ... Ist das vernünftiges Verhalten? Mir kommt es eher wie ein Narrentreiben vor. Die vergangenen acht Jahre haben uns allen viel abverlangt. Zum Zeichen meiner Großzügigkeit – nicht der Schwäche – habe ich verfügt, daß die nächste Zeit dem Frieden und dem Wohlstand gewidmet werden soll. Damit hoffe ich, von eurem Gewinsel über Belanglosigkeiten in Zukunft tunlichst verschont zu bleiben.«

»Oh, Hoheit«, rief Baron Lelino, der Jüngste im Rat der Edlen, »genau wie alle anderen hier bin ich beglückt über Eure Worte. Doch eine Sache wäre da noch ...«

»Welche Sache?«

Beim Tonfall des Königs schrumpfte die Verwegenheit Baron Lelinos in sich zusammen, doch jetzt konnte er schon nicht mehr zurück.

»Nun, man hört Gerüchte ... es heißt, Ihr wolltet Euch neu vermählen. Dies ist uns eine große Freude ... nur, die Gerüchte besagen auch, daß die neue Königin ... also, daß sie die größte Feindin dieses Landes ist. Beruht dieses Gerücht auf Wahrheit, oder ist es nur eine grobe, bösartige Verleumdung?«

»Es ist die Wahrheit«, sagte Gudú. »Aber bedenkt, daß einstige Feinde auf verschlungenen und ganz unerwarteten Wegen zu treuen Verbündeten werden können. Denkt nur an euch selbst, dann versteht ihr meine Worte vielleicht. Ich versichere euch, diese Allianz ist der Preis, den wir für den Frieden und das Wohlergehen zahlen, nach dem ihr euch so sehnt.«

Die Edlen schwiegen verblüfft, bis Herzog Foreste endlich die Sprache wiederfand: »In der Tat, Hoheit, Eure Weisheit ist so grenzenlos wie Euer Mut.«

Woraufhin alle in begeisterte Hochrufe ausbrachen, zu begeistert vielleicht, und den König, das Königreich und alles hochleben ließen, was ihnen in den Sinn kam und womit sie dem Monarchen schmeicheln zu können glaubten.

Der Beifall war noch nicht verebbt, da hatte sich der König – jedes Protokoll vermissen lassend – schon entfernt. Als den Edlen Herren gerade einfiel, daß sie noch immer keinen neuen Ratsvorsitzenden gewählt hatten, kam ein Bevollmächtigter des Königs und erklärte ihnen ohne Umschweife, daß der Edelste aller Edlen der König selbst sei und es daher keinen Besseren für den Vorsitz als ihn gebe. Bei diesen Worten verstummten sie alle und kehrten in ihre Burgen und Schlösser zurück. Der Keim der

Unzufriedenheit, Mißgunst und Verbohrtheit war in den meisten Herzen jedoch noch nicht ganz verdorrt.

Der König hielt sein Versprechen, und zumindest äußerlich folgte eine Zeit des Wohlstands und Friedens. Anstatt im verhaßten Schwarzen Turm regierte Gudú im Königsschloß von Olar. Er berief die Ratsversammlungen ein und leitete sie, hatte ein offenes Ohr für alles und jeden. Nach einer Weile ließ er zu, daß sie ihm auch in Privataudienzen ihre Herzen öffneten, und zeigte sich willens – oder tat so –, ihren mittelmäßigen Ehrgeiz zu befriedigen. Die Stimmung am Hof konnte gar nicht besser sein, und sie erreichte ihren Höhepunkt, als Gudú darum bat, zur Königin vorgelassen zu werden. Als Kind hatte er sich stets wie ein demütiger Untertan an sie gewandt, denn sie war der einzige Mensch auf Erden, der seine Achtung genoß. Als sie jetzt allein waren, sprach er folgendermaßen zu ihr: »Majestät, wie Ihr wißt, habe ich beschlossen, die nächste Zeit in Olar zu verbringen und meine Aufmerksamkeit den kleinlichen Dingen des Volkes und des Adels zuzuwenden. Ich bin zu dem Schluß gekommen, daß die Leute mehr Feste feiern und Kurzweil haben wollen. Da Ihr derlei menschliche Schwächen klug zu handhaben versteht, bitte ich Euch jetzt, das höfische Leben etwas fröhlicher und unbekümmerter zu gestalten, wie auch dem Volk zu seinen Festen zu verhelfen. Einige der jungen Adligen haben lange Zeit fern von Frauen ihres Volkes und Standes verbracht; sie sollen die Möglichkeit bekommen, mit jungen Frauen von Olar Umgang zu pflegen. Ich glaube, damit beschwichtigen wir manche Geister und verschaffen uns eine Atempause, um die wirklich wichtigen Tätigkeiten wiederaufnehmen zu können.«

»Ich werde tun, was Ihr mir auftragt, mein Sohn«, antwortete Ardid. Dem König entging jedoch nicht der etwas kraftlose Ton, der die frühere Begeisterung der Königin für diese Dinge vermissen ließ.

Da ihr noch eine Frage auf den Lippen brannte, stellte sie sie gleich: »Ist es wahr, mein Sohn, daß Ihr Euch mit Urdska zu vermählen und einen ihrer Söhne als Thronfolger einzusetzen gedenkt?«

»Ich habe meine Meinung in dieser Sache nicht geändert.«

»Aber … habt Ihr Eure anderen Kinder vergessen, die Eure angetraute Gemahlin Euch geboren hat?

»Was sagt Ihr da? Soviel ich weiß, sind sie mit ihrer Mutter ertrunken, als ihr Schiff vor der Insel Leonia sank. Wenn man mich aber belogen und hereingelegt hat, wird der Verräter, ganz gleich, um wen es sich handelt, seine hinterlistige Tat mit dem Tod büßen.«

Die Königin bekam bei diesen Worten einen trockenen Mund, doch sie ließ sich in ihrem Vorhaben nicht beirren.

»Vielleicht ist so etwas ohne Lügen und Hereinlegen geschehen. Mir ist zwar nichts dergleichen zu Ohren gekommen, aber manchmal tauchen Ertrunkene wieder auf. Nur für den Fall, daß diese Möglichkeit eintritt und um über Eure Absichten, die Ihr mir bisher nie vorenthalten habt, richtig unterrichtet zu sein, möchte ich Euch fragen: Würdet Ihr dann Raigo zu Eurem Thronerben ernennen?«

»Nein«, erwiderte Gudú mit so eisiger Stimme, daß der Königin die Knie zitterten. »Ich erinnere mich an ihn nur als einen schwächlichen Wicht, den ich kaum eines Blickes gewürdigt habe. Kiro und Arno haben mein Blut und das der außergewöhnlichsten Frau der Welt in ihren Adern. Das wird unserem Stammbaum gut bekommen, und es sichert uns einen dauerhaften Frieden mit den Horden aus der Steppe. Kiro oder Arno wird mein Nachfolger sein; wer von beiden ist mir gleichgültig. Ich werde jenen erwählen, der mir am geeignetsten erscheint. Und ich schwöre Euch bei meinem Leben, kein anderer wird diesen Platz einnehmen.«

Damit war Gudús Unterredung mit der Königin beendet. Und so erfuhr man in Olar – ohne daß auch nur einer einen Einwand dagegen wagte – von der bevorstehenden Hochzeit des Königs mit Urdska, der einstigen Steppenkönigin.

Die Stadt lebte auf wie in alten Tagen. Steuern wurden gesenkt und Abgaben erlassen, der Handel mit den Hafenstädten des Südens wurde wieder aufgenommen, und Herzog Rangote – ein extravaganter Mann von ebenso kuriosem Äußeren wie ungewöhnlichem Verhalten – mit dem Amt für Gutnachbarschaftliche Beziehungen betraut, welches für ähnliche Aufgaben zuständig war wie weiland der gute Almandin. Und war die Insel Leonia auch aufs offene Meer hinausgetrieben worden, und wußte auch kein Mensch, wo sie geblieben war, ließ sich der Handel mit den kleinen Potentaten der Küste – ehemalige Piraten die meisten – doch aufs gedeihlichste an.

Der Marktplatz pulste vor Leben und festlicher Stimmung. Am Vorabend der königlichen Hochzeit gewährte Gudú zu aller Erstaunen Sonderaudienzen für Abgesandte des Volkes, Händler oder einfache Bauern und hörte sich an, was sie zu sagen hatten. Er führte auch eine Reform des Strafrechts durch, berief Richter ab und setzte neue ein, veränderte die Gesetze so, daß schwere Verbrechen hart und unnachgiebig bestraft wurden, der kleine Dieb, der aus Not stahl, jedoch mit Milde rechnen konnte. Wenn die neue Ordnung der Gesetze und Strafen auch nicht vollkommen war, so stellte sie doch für manchen eine Verbesserung dar; und ebenso gewiß, wie sie dem einen oder anderen Unglücklichen das Elendsdasein erleichterte, profitierten Gauner und Glücksritter davon und füllten sich die Taschen. Von außen gesehen erlebte das Königreich Olar eine Zeit des Wohlstands und Fortschritts. Das wußte Gudú, und das wußte die Königin, die ihm in allen Dingen selbstlos zur Hand ging, im stillen jedoch unbeirrt ihren Vorsatz verfolgte, die Thronräuber früher oder später zu vernichten und ihrem geliebten Enkel Raigo zur Königskrone zu verhelfen.

Adlige Damen und Herren, Ladenbesitzer, Händler, Barbiere, Kräuterweiber, Schneider, Bauern und Töpfer, Winzer und Bierbrauer und die Einwohner von Olar insgesamt verschönerten ihre Häuser, kauften neue Kleider und machten sich fein. Herzog Rangote brachte die neueste Mode aus dem Süden mit, und es hieß, er selbst kleide sich noch farbiger und extravaganter als schon zuvor. Die jungen Adligen in Olar probierten unermüdlich neue Spitzen und Rüschen, und alle erwarteten voller Ungeduld das große Ereignis: die Hochzeit des Königs.

Mit einem zehn Tage lang dauernden Fest, auf dem das Volk in den kostenlosen Genuß von Wein, Fleisch und Mehl kam, wurde die Vermählung von König Gudú mit Königin Urdska gefeiert. Diese hielt ihren Einzug in Olar in einer festlich geschmückten Karosse, umgeben von einer stattlichen Leibgarde, die, wie jeder sehen konnte, ausschließlich aus Männern ihres Volkes bestand. Das nach langen verzichtvollen Jahren von Wein und Freude berauschte Volk jubelte der Königin frenetisch zu; doch ganz und gar entzückt waren die Leute von dem prachtvollen Anblick der jungen Prinzen Kiro und Arno auf ihren herrlichen Steppenpferden. Sie hatten beide die hervorstehenden Wangenknochen und die kurze, etwas eingedrückte Nase der Steppenvölker, die graublauen Augen des Königs, und ihre Gesichtszüge insgesamt waren ganz die des Vaters. Obwohl noch Kinder, verspürte mancher – ob Edelmann oder einfacher Bürger – ein leichtes Frösteln, wenn ihr Blick ihn traf; und jeder, der in diese Augen geschaut hatte, wußte, daß er es nicht mit friedlichen Tauben, sondern mit listigen, raubgierigen Falken zu tun hatte.

Die erste Begegnung zwischen Urdska und Ardid war unbeschreiblich. Königin Urdska hatte ihre strahlendsten Gewänder angelegt, bei deren Anblick Ardid in früheren Zeiten die Augen übergegangen wären. Sie trug ein erlesenes Kleid aus feinster Seide in allen Farben des Regenbogens, ihr Umhang war aus den Pelzen zahlloser kleiner Tiere zusammengenäht, silbrig glänzend und schwarz wie die Nacht, in ihr Haar hatte sie goldene Bänder geflochten.

»Ach, Almandin, mein Geliebter«, hörte Ardid die Stimme ihres Herzens, »du hast die erste Seide nach Olar gebracht, um mich damit zu schmücken. Wie konnte ich nur so dumm und selbstsüchtig sein ...« Und ihre Gedanken wanderten in die Vergangenheit zurück, vergebens, vergebens ...

Die beiden Frauen starrten einander stumm in die Augen. Beide stolz und aufrecht, kühl und majestätisch. Auge in Auge lächelten sich beide in scheinbarer Verbundenheit an, doch der stählerne Glanz in ihren Augen verriet eine erbarmungslose Feindschaft, wie nur zwei Frauen – Königinnen und Mütter, beide rachsüchtig und listenreich, beide unbezähmbar – sie füreinander empfinden können.

Für ihre neuen Enkel jedoch empfand Königin Ardid zu ihrem eigenen Leidwesen eine gewisse Zuneigung. In ihren Augen entdeckte sie den Blick Gudús, und diese Feststellung milderte ihren Haß ein wenig. Nachdem sie jedoch Zeit gefunden hatte, die beiden Jungen in ihrer rohen Wildheit, ihrem rücksichtslosen Benehmen und der grausamen Niedertracht zu beobachten, mit der sie alle am Hof, einschließlich ihren Vater, behandelten, verflog jede zärtliche Regung, und ihr Herz verhärtete sich wieder. Um so besser, sagte sie sich, dann fällt es mir leichter, sie zu vernichten.

Ein Jahr verbrachte Gudú in scheinbarem Gleichmut, Wohlstand und sogar Glück am Hof von Olar. Manchmal allerdings stahl er sich davon und suchte seinen Lieblingsort auf, um die Tauglichkeit seiner Krieger auf die Probe zu stellen und dafür zu sorgen, daß sich ihre Reihen wieder füllten.

Während dieses Jahres zog sich Königin Ardid nach und nach aus dem öffentlichen Leben zurück und überließ ihre Ämter der neuen Königin Urdska. Am Ende zeigte sie sich kaum noch in der Öffentlichkeit, und bei Festen und feierlichen Anlässen führte die neue Herrscherin den Vorsitz. Zum Erstaunen selbst der argwöhnischsten Höflinge zeigte sich Urdska zurückhaltend, liebenswürdig und höflich und mischte sich nicht – wie Ardid früher – in die inneren Belange des Königreichs ein. Da sie zudem schön und sogar faszinierend war sowie prunksüchtig von Natur aus, kam dies dem Hof von Olar sehr entgegen, der sich schnell an Wohlstand und süßes Nichtstun gewöhnt hatte; und bald hatte man vergessen, daß sie – wie man von den Alten immer gehört hatte – einem ebenso gefürchteten wie verräterischen Volk entstammte.

Hinter dem Rücken des Hofes und ihres eigenen Sohnes jedoch spann Ardid die Fäden ihres eigensinnigen, nimmer ruhenden Vorhabens weiter. »Eines Tages gehst du mir in die Falle, Füchsin der Steppe«, sprach sie grübelnd in der Einsamkeit ihrer Kammer. Und wenn Ardid so etwas sagte, irrte sie selten.

4 Kein Mensch beachtete sie, wie auch keiner die anderen Bediensteten der Königinmutter beachtete. Auf dem Dachboden des Blauen Turms in Vergessenheit geratene Kinder. Aber sie waren Prinzen, die Kinder des Königs. Nachdem Ardid keine Zweifel mehr an den Absichten ihres Sohnes in bezug auf Raigo haben konnte und auch sah, wie der Hof und das ganze Volk damit beschäftigt waren, das neue Wohlergehen zu genießen, sorgte sie dafür, sich selbst langsam in Vergessenheit geraten zu lassen, und mit sich den auf so geheimnisvolle Weise verschwundenen Raigo. Als sich ihrer Überzeugung nach niemand mehr – auch nicht der eigene Vater – an ihn erinnerte, hielt sie die Stunde für gekommen, ihn aus seinem Versteck zu entlassen und ihn von heute auf morgen zu einem Soldaten ihrer persönlichen Leibgarde zu machen.

Das war gar nicht so leicht. Raigo, der sich in Ungeduld verzehrte, bekam einen Wutanfall, als er von seines Vaters Entscheidung erfuhr. Ardid brachte ihn aber wieder zur Vernunft, und dann zog er Kettenhemd und Harnisch an und band sich das Schwert der Soldaten um. Die Königin hatte Gudú den Jungen vorgestellt und gesagt, daß sie ihn wegen seiner treuen Dienste und seines stattlichen Äußeren – sie nannte ihn Risko – in ihre Leibgarde aufnehmen wolle. Der König wollte den Jungen kennenlernen, und so kam es, daß sich Vater und Sohn zum ersten Mal Auge in Auge gegenüberstanden. Der König wurde einen Moment lang nachdenklich und sagte dann: »Ehrlich gesagt, Mutter, wenn ich mir den Burschen so ansehe, glaube ich, er wäre unter meinen Kriegern besser aufgehoben als am königlichen Hof. Aber da Ihr es so wollt, überlasse ich ihn Euch für einige Zeit. Vorher würde ich mir jedoch gern selbst ein Bild von seinen Fähigkeiten machen und sehen, wie er mit dem Schwert umzugehen weiß.«

»Ach, Sohn«, sagte Ardid bebenden Herzens, »noch ist er nicht ausgebildet; aber ich zweifle nicht, daß Ihr ihn zur rechten Zeit in gute Hände geben werdet.«

»So soll es geschehen«, antwortete der König. Und bevor er sich wichtigeren Dingen zuwandte, befahl er, Raigo eine Kurzausbildung zukommen zu lassen, bevor er in die Leibgarde der Königin eintrat. Als dies schließlich geschah, hatte der König ihn längst vergessen.

Ardid rief den Hauptmann ihrer Leibwache, den treuen Randal, zu sich und teilte ihm mit, daß der König befohlen hatte, den jungen Soldaten aus dem Süden in ihre Leibgarde aufzunehmen. Randal, schon halb erblindet, stellte angesichts solcher Referenz natürlich keine Fragen, und mit großer Erleichterung sah Ardid, daß ihr Schützling im abgelegensten Teil des Schlosses untergebracht wurde. Es war nicht nur schwer, sich in dem kräftigen jungen Burschen das schwächliche Kind von sieben Jahren vorzustellen, das man zuletzt am Hof gesehen hatte. Man würde ihn auch gar nicht zu Gesicht bekommen.

Raigo lernte unterdessen, was ihm beigebracht wurde, ohne die Lehren zu vergessen, die er aus der bitteren Zeit seines Wartens gezogen hatte. Und er vertraute auf Ardid, die seine einzige Hoffnung war. Er übte sich unermüdlich im Umgang mit Schwert und Lanze und bewies darin schon bald ein Talent, wie es seinem verschwundenen älteren Bruder Gudulín nie gegeben war.

Das Jahr ging zu Ende. Das neue Jahr hatte gerade begonnen, da trug sich ein Ereignis zu, das das Leben am Hof und im ganzen Königreich von Grund auf verändern sollte. Und auch das Leben der Königin, des Königs sowie Ardids und ihrer Enkel.

Der Winter hatte sich soeben ins neue Jahr hinübergerettet, da trafen Boten aus der Steppe ein und brachten Kunde von neuen Horden, welche die ehemalige Hauptstadt im Großen Nebenarm zurückerobern wollten. Angeführt wurden sie von keinem Geringeren als dem früheren Vertrauten Gudús, dem auf so rätselhafte Weise verschwundenen Rakjel. Und als sei es sein vordringlichstes Anliegen, Königin Urdska von jedem Verdacht reinzuwaschen, ließ er mitteilen, vor allem gegen sie und nicht so sehr gegen Gudú richte er seinen Haß und seine Krieger. Er wollte diesen vom Antlitz der Erde tilgen, weil er sich mit jener verbündet hatte. Seinen Worten nach betrachtete er sie als Verräterin an seinem Volk, seinem Land und der ganzen Steppe. Gudú war sein natürlicher und geachteter Gegner, die Verräterin Urdska hingegen erwartete nichts anderes als seine vernichtende Rache.

Die Nachricht stürzte alle in größte Besorgnis. Alle außer den König. Seit langem schon rechnete er damit, daß jener junge Krieger wieder auftauchte, den er bewundert hatte und dem er nie ganz vertrauen konnte. Von ihm selbst ausgebildet, war er ein schlimmerer Feind als alle früheren.

Da plötzlich schien es, als wolle Urdska sühnen. Und aus diesem Grund bot sich Olar ein Schauspiel, wie man noch keines zuvor gesehen hatte. Urdska bat, vor der Volksversammlung sprechen zu dürfen, das hieß, nicht nur vor den Damen und Herren des Adels, sondern auch vor Richtern und sogar einigen Vertretern des Volkes, die den neuen Gesetzen zufolge ebenfalls teilnehmen durften. Vor allen diesen Versammelten erschien Urdska in einer Art Büßergewand – einem schlichten Oberkleid aus grober Wolle, das ihre herrliche Gestalt verhüllte –, an jeder Hand einen ihrer Söhne, ebenso einfach gekleidet und unbewaffnet; sogar ihre kleinen Wölflingsdegen – sie waren ja erst zehn Jahre alt – hatten sie ablegen müssen. So kniete sie vor den Anwesenden nieder, hieß ihre Söhne das gleiche tun und bot der Versammlung ergeben ihren bloßen Hals dar, als solle sie enthauptet werden.

Dann sprach sie mit feierlicher Stimme: »Volk von Olar, König und Herrscher Gudú, Edelleute und Bürger. Wie ich erfahren habe, bedroht der Verräter Rakjel dieses Land, das mich mit weitem Herzen aufgenommen hat und so großzügig zu mir gewesen ist. Damit künftig niemandem mehr Argwohn entgegenschlage, der meinem und meiner Kinder Volk entstammt, bitte ich darum, uns zu enthaupten. Mit der Vernichtung unserer Leben soll jeder Verdacht eines Verrats an jenen Menschen ausgelöscht werden, die wir achten und lieben.«

Der Rat blieb stumm, und die Gründe dafür reichten von Rührung zu Erregung, Staunen, Entsetzen und sogar Lust, welche die Anwesenden bei diesen Worten empfanden. Gudú erhob als erster die Stimme und entschied: »Ich halte eine so ungewöhnliche und grausame Maßnahme nicht für nötig. Doch glaube ich andererseits, daß meine persönlichen Gefühle und Meinungen keinen Einfluß auf die Meinung der Vertreter meines Reiches haben dürfen. Also überlasse ich ihnen allein die Entscheidung.«

Beifälliges Gemurmel erhob sich im Saal. Dann sprach der König: »Der Rat sollte in einer so ernsten Angelegenheit nicht überstürzt entscheiden. Ich meine, er sollte sich zur Beratung zurückziehen. Dennoch möchte ich Eile anmahnen, denn meine Anwesenheit wird in der Steppe verlangt; und ich möchte nicht reiten, ohne die Entscheidung zu kennen.«

Diese Worte ließen Urdska erzittern. Sie haßte Gudú, aber sie war der sicheren Meinung gewesen, daß er sie liebte; vor allem seine Söhne liebte. Daß dies ein Irrglaube gewesen war, erkannte sie nun daran, mit welcher Gefühllosigkeit er ihr Leben und das der Kinder dem Rat und dem Volk von Olar überließ, ohne sich offenbar dessen Entscheidung widersetzen zu wollen, so schrecklich sie auch ausfiel. Sie konnte nicht wissen, daß Gudú weder sie noch ihre Kinder oder sonst einen Menschen liebte, nicht einmal seine Mutter.

So bestürzt waren alle; daß in der kurzen Zeit und bei Anwesenheit des Königs – der ihnen eine Entscheidung über Leben oder Tod in die Hand gab – keiner es wagte, dem selbstzerstörerischen Vorschlag der Königin zuzustimmen. Man schritt zu einer langen Abstimmung, an deren Ende mehrheitlich beschlossen wurde, Urdska und ihre Söhne am Leben zu lassen. Wie nacheinander die Vertreter jeder Gruppe darlegten, sah man in Urdska eine mutige, treu ergebene Frau und tadellose Königin. Und was die Kinder betraf, so waren sie immerhin die Söhne von König Gudú und sahen ihm so ähnlich, daß kein Einwohner Olars je gewagt hätte, Hand an sie zu legen. Damit war der große Auftritt Urdskas geglückt. Und der König zog zum ersten Mal in den Krieg, ohne ein schluchzendes Weib hinter sich zu lassen, vielmehr eine Frau mit einem geschmeidigen Lächeln. Unter dem Jubel des Volkes setzte er sich an die Spitze seines Heeres und brach in die Steppe auf.

Nur Königin Ardid war enttäuscht und schürte innerlich ihren Rachedurst. Ausnahmsweise hatte sie an der Volksversammlung teilgenommen und bekümmert feststellen müssen, wieviel Arbeit noch vor ihr lag, um den jungen Soldaten, den noch niemand kannte, wieder in seine Rechte als einzig legitimer Nachfolger des Königs von Olar einzusetzen. »Aber die Königin ist noch nicht besiegt. Oh, nein, Königin Ardid mag äußerlich altern, aber wie bei den Bäumen des Waldes liegt ihre wahre Kraft in den Wurzeln verborgen. Ich schwöre euch, daß ihr meinen Tod nicht erleben werdet, räudige Hunde der Steppe …«

Erneut die endlosen Weiten der Steppe vor sich, fühlte Gudú sich von einem Haß überwältigt wie niemals zuvor. Dieses Gefühl brachte ihn aus der Fassung – denn Liebe und Haß liegen nahe beieinander. Und er haßte Rakjel, weil Rakjel einer seiner Wölflinge gewesen war. Freundschaft mochte Gudú fremd sein, aber das Zusammenleben mit seinen Soldaten – und besonders die Ausbildung seiner Wölflinge – war vielleicht ein Ersatz für andere Gefühle. Daher traf ihn dieser Verrat härter als alles zuvor. Sein Zorn wuchs, und in diesem Zorn und diesem Haß verschlissen sich seine Klugheit, sein Listenreichtum und sogar seine Vernunft.

Kaum war der König abgezogen und Urdska allein an einem Hof, an dem ihre alte Feindin Ardid immer noch verehrt wurde und Hochachtung genoß, witterte sie die Gefahr, die für sie und ihre Söhne von dieser Frau ausging. In demütigem Ton teilte sie der Königinmutter mit, daß die Abwesenheit des Königs sie in tiefe Trauer stürze, und da sie wisse, was der Schwarze Turm ihrem Gemahl bedeute, wünsche sie sich dorthin zurückziehen zu dürfen.

Dieser Entschluß behagte Ardid anfangs wenig. Doch dann erkannte sie, daß sich dort wahrscheinlich viel besser jede Bewegung ihrer Feindin verfolgen ließ. Also gab sie, mit dem Rat der Edlen zusammen, ihre Zustimmung. Und Urdska kehrte mit ihren Söhnen in den Schwarzen Turm zurück (wo sie, wäre es nach Ardid gegangen, für alle Zeit hätte bleiben können). Ardid jedenfalls hatte nun an Handlungsfreiheit gewonnen, vor allem in bezug auf Raigo.

5

Betrunken stolperte der Kobold unter den Küsten des Meeres oder den Uferlinien der Flüsse entlang, ohne seinen Kopf je ein einziges Mal nach draußen zu strecken. Er hörte das Klatschen der Wellen und die wirren Warnungen, welche die Unterwassergeschöpfe ihm zuriefen, doch er verstand sie nicht. Seine Tränen wollten nicht versiegen, und er fand seine eigenen Tunnel nicht mehr, weil er sie in den Sand grub und der Sand sie sich zurückholte. Schließlich hatte er allen Wein getrunken, den er bei sich führte, und irrte eine Weile durch ausgetrocknete goldene Flüsse, bis er wieder nüchtern war. Da kehrte er auf unterirdischen Wegen zu jenem Weinberg zurück, wo Gudulín reglos, taub und stumm wie am ersten Tage lag, als habe er nie gelebt. Doch dann geriet der Kobold in Panik: eine Schar ehrwürdiger, unberührter Gnome war von den Bergen herabgestiegen und hatte begonnen, mit schwarzen Pickeln wahllos die Erde aufzuhacken, und sie hatten Gudulín mitgenommen. Erschüttert über die Entdeckung, sein geliebtes Kind von zahllosen anderen Kindern, die auch nicht hören, sprechen und sehen konnten, verloren zu haben, rief er aus:

»Oh, Eindringlinge, Gnome! Wie konntet ihr meinen Schatz mit euren Kronjuwelen verwechseln!«

Doch der Älteste der Gnome bahnte sich einen Weg zu ihm, als er die betrunkene Stimme des Unreinen vernahm, und schaute diesen mit einem so vernichtenden Blick an, daß der Kobold tief zerknirscht zu schluchzen begann: »Ehrwürdiger Gnom, weißt du nicht, daß ich hier meinen Jungen aufbewahrte?«

»Hinweg damit!« rief darauf der Gnom, und sein ausgetreckter Finger, der alle unterirdischen Gänge erleuchtete, wies strahlend auf Gudulíns Körper. »Er stört.«

»Aber, Gnom, dies ist das Land der Kobolde; der Süden. Ich kann hier bleiben, solange es mir gefällt.«

»Schweig still, Unreiner!« brüllte der Gnom, und in seiner Stimme schwangen solche Wut und Verachtung, daß Eichen und Mandelbäume und sogar die Wurzeln unter der Erde erzitterten; und aus den Tiefen des Waldes hörte man die Musik einer ungeheuren Orgel, einer aus Zeit gemachten Orgel, die ihr Sturmesbrausen im Innern der Welt entfesselt hatte.

»Wer seid ihr Unreinen, daß ihr den Unberührten befehlen wollt? Weißt du nicht, daß es im Schoß des Berges und Tales noch viele andere Kinder gibt wie deines? Sie sind gestorben, ohne die Welt zu sehen, ohne die Welt zu verstehen. Gudú kam mit seinen Männern, um dieses Land zu befrieden, und als erste fielen die Kinder der finsteren Region.«

»Oh, mein Junge, mein Junge«, heulte der Kobold. »Mein Junge war die Finsternis der Welt ... Tu mir einen Gefallen, und laß ihn mich in diesem Weinberg aufbewahren.«

»Warum willst du das, wenn du dich nicht einmal an ihn erinnerst?« fragte der Gnom Weniger Streng.

Der Kobold durchforschte sein Gedächtnis und sah plötzlich das lebhafte Gesicht, die goldenen Wangen und die Eichhörnchenaugen eines Mädchens vor sich, welchem er an dieser Stelle zum ersten Mal begegnet war.

»Mein Mädchen, mein Mädchen«, schrie der Kobold jetzt völlig außer sich, »wo bist du nur, mein Kind?«

Da bekam der Gnom Weniger Streng Mitleid mit ihm. Er legte seine Hand auf das rote Fell des Kobolds und sprach mit Blick auf alle unter Wurzelwerk und irdischen Flüssen begrabenen Kinder: »Finstere, finstere Kinder der Welt ... Bis wann wollt ihr auf so schreckliche Art vergessen werden? Bis wann soll es unsere Aufgabe sein, euch einzusammeln und vor der furchtbaren Gefräßigkeit, der dummen Gleichgültigkeit zu bewahren? Höre, Kobold, ich habe gesehen, wie sich ein Quell, der genauso riecht wie du, seinen Weg bis hierher bahnt. Es ist dein Quell, und wenn du seinen Lauf zurückverfolgst, kommst du zu deinem geliebten Weinberg. Weißt du, wie man im Wasser rückwärts geht?«

»Ja, indem ich meine Augen rückwärts wende«, antwortete der Kobold. »Aber bewahrst du mir unterdessen auch gut meinen Jungen auf?«

»Ja, zusammen mit den anderen, das verspreche ich dir. Du mußt ihn bei deiner Rückkehr nur wiedererkennen.«

»Ich werde zurückkehren. Dies ist mein Land, und es birgt das Licht meines Lebens.«

»Armer Unreiner!« riefen die Gnome aus dem tiefsten Erdinnern von den Wurzeln des Tals bis zu den fernen Bergen.

»Bist du denn sicher, daß mein Junge sich nicht dort unter den deinigen befindet?« versuchte es der Kobold noch einmal mit flehender Stimme.

»Das glaube ich nicht. Vielleicht findest du ihn am Ende des Wassers, an deiner Quelle.«

»Laß mich wenigstens einen Blick auf ihn werfen.«

»Du kannst ihn suchen, wenn du möchtest«, sagte daraufhin der Oberste Gnom, Herr der Unterirdischen Welt. Dann gab er allen Gnomen den Befehl, die Spitzhacken zu erheben und selbst die verborgensten Winkel unter der Welt zu beleuchten.

Der Kobold betrachtete jedes einzelne der dort verborgenen Kinder und hob ihre Augenlider an. Aber er fand sie nicht mehr, die geliebten Eichhörnchenaugen; keine Augen mit Mondtau schauten ihn aus der Kälte des Todes an.

»Ach, mein Junge, du bist nicht da. Also kehre ich zur Quelle zurück«, sagte der Kobold, versenkte seine Finger in die Augen des letzten Kindes und drehte sie wieder nach vorn. Da wurde er von einem Strom erfaßt, der ihn gegen die Strömung des Wassers zu jener Stelle trug, an der sein Quell entsprang.

»Dunkle, dunkle Kinder der Welt«, dröhnten sein Worte wie eine dumpfe Pauke oder Erschütterung unter der Erde, »wie lange noch?«

Doch das Dunkel war jetzt vollkommen, und sie alle wußten, daß dies für Jahrhunderte und Jahrtausende so bleiben mußte.

Untröstlich machte sich der Kobold schließlich auf den Weg nach Olar. Er schlug den Weg nach Norden ein und erkannte dort sogleich den Quell, den Wald und den Weg, der ihn geradewegs in die königlichen Gemächer führte. Und so geschah es, daß die Königin, die einsam in Gedanken versunken und traurig am Kamin saß – ihren Freund rief sie schon seit langem nicht mehr, da sie jede Hoffnung aufgegeben hatte, ihn wiederzufinden –, das Feuer schürte, als jäh die Glut aufflammte, zwei Flammen sich bläulich verfärbten und Myriaden von Rußgeisterchen entsetzt aufstoben und sich in die höchsten Höhen des Kaminabzugs verflüchtigten.

»Liebste Herrin, warum habt Ihr mich verlassen?« jammerte der Kobold sogleich los und warf sich mit ausgebreiteten Armen Ardid an den Hals. Er drückte sie so fest, daß nicht nur sie heftig erzitterte, sondern das ganze Gemach; so als wäre ein kräftiger Windstoß durch einen Türspalt hereingefahren. Die Vorhänge bauschten sich, Wandteppiche flatterten, und der Betthimmel tanzte, bis seine Borten klimperten, als wären sie aus Glas und nicht aus angelaufenem, schmutzig aussehendem Gold.

»Kobold, Kobold!« rief Ardid, während stille Tränen über ihre Wangen liefen. »Lieber Kobold, bitte verlaß mich nicht, verlaß mich nie mehr.«

»Ich habe Euch nicht verlassen«, sagte der Kobold und drückte sein Gesicht in das silberne Haar der Königin. Beunruhigt nahm er eine Strähne nach der anderen in die Hand und ließ sie durch die Finger gleiten. »Ah, Verräterin! Warum habt Ihr dieses Aussehen angenommen?« heulte er voller Schmerz. »Warum seid Ihr nicht mehr mein Mädchen?«

»Es ist nicht meine Schuld, das versichere ich dir. Der Beschützer von Elf hat das getan ...«

»Lügt mich nicht an; Ihr wißt, daß man mir nichts vormachen kann. Ihr könnt nicht leugnen, daß nur Ihr selbst etwas so Entsetzliches mit Euch anstellen konntet. Elfs Beschützer beobachtet und beurteilt diese Dinge nur ... Er tut sie nicht, wir tun sie, teure Herrin. Wie konntest Ihr Euch dergestalt verraten ... wenn Ihr wußtet, daß Ihr mich damit verratet? Ach, nicht einmal dieses einst so außergewöhnliche Geschöpf war in der Lage, sich zu retten ...«

Da Ardid nicht recht wußte, was sie ihm antworten sollte oder konnte, begnügte sie sich damit, ihn in den Armen zu wiegen, und bald darauf waren beide selig entschlummert.

Weit entfernt im Süden hatten sich die Herren der Unterirdischen Welt bis zum Meer durchgegraben, so daß dieses eindringen und unter den dummen Kindern seine Wahl treffen konnte. Die meisten nahm es mit sich, brachte einen Teil von ihnen unter die Inseln, andere ließ es unter den Steilküsten sich tummeln, als wären sie Delphine. Als das Meer zu Gudulín kam, sah es sich einer Horde von Maulwürfen und Fledermäusen gegenüber, die ihm zuriefen: »Diesen nicht, diesen nicht! Der ist der Fürst der Finsternis.«

Das Meer sprach: »Beiseite. Der ist wie alle anderen.«

»Er ist anders. Er kann nicht zum Meer, weil er jeden Zugang zur Liebe verloren hat.«

»Also«, erhob das Meer noch einmal seine Stimme, »geht beiseite; ich verspreche, ihn nicht anzurühren.«

Doch dann legte es einen dichten Gürtel von hallenden Echos um ihn und verwandelte ihn in eine Insel, so wie es immer war. Das Meer ist nicht rachsüchtig, und darum kam und ging es und leckte seine Ufer, und alle Muscheln seiner kindlichen Küsten begannen zu tönen. Eine rosafarbene Muschel jedoch erkannte Gudulín und sagte: »Gudulín will keine Insel mehr sein, ein Schiff will er sein.«

Da erblickte auch das Meer jenes triste Schiff, welches der Kobold zu bauen begonnen und nie fertiggestellt hatte: das glänzende Gerippe der Spanten, die schief und krumm eingeschlagenen Diamantnägel. Also löste es die Konstruktion behutsam von ihren Wurzeln und nahm sie zu sich: dunkle Insel, dummes Kind, einsamer Junge, rings umgeben von einem so tiefen Blau, wie er nie zuvor erblickt.

Als die Sonne aufging, glaubte der Kobold noch, daß die Gnome ihr Wort hielten und seinen Jungen behüteten. Seufzend streichelte er immer noch über Ardids Haar und flüsterte ihr ins Ohr: »Ich glaube, liebste Herrin, ich habe ein Recht, Euch diesen Vorwurf zu machen. Auch Ihr seid von einer Art Unreinheit befallen, glaubt Ihr nicht?«

»Ja«, antwortete Ardid mit kaum hörbarer Stimme.

»Und ich«, fuhr der Kobold fort, »wer bin ich, den Menschen oder sonstwem Unreinheit vorzuwerfen? Nur um eines möchte ich Euch bitten: Kehrt mit mir zu unserem Weinberg zurück. Dort werden wir drei wieder glücklich und zufrieden sein.«

Er hatte eine verschwommene Erinnerung daran, daß sie drei gewesen waren, wußte jedoch nicht mehr, wer der Dritte gewesen sein könnte.

»Das verspreche ich dir«, sagte Ardid mit neu geschärften Sinnen, »wenn du mir dafür noch einmal bei einer wichtigen Aufgabe hilfst.«

»Täuscht mich nicht, täuscht mich nicht«, antwortete der Kobold; und um seinen Worten Nachdruck zu verleihen, öffnete er seine Brust und zeigte ihr seine Herz-Rebe. Voller Schrecken betrachtete Ardid, was einst ein prächtiger Weinstock gewesen und jetzt zu einem verkrümmten Strunk verkommen war, an dem noch drei Trauben baumelten, die jederzeit abzufallen drohten.

»Wer hat dir das angetan?« fragte sie mit bebender Stimme.

»Wer? Das fragt Ihr mich? Ihr wart es doch; all die Kinder, die ich geliebt habe, haben mich so zugerichtet. Seid Ihr nicht so grausam zu mir wie jener, der meine Trauben zerbissen und mir so unendliche Schmerzen zugefügt hat, daß ich sterben zu müssen glaubte.«

»Das werde ich nicht tun«, antwortete Ardid beschämt, obwohl sie nicht wußte weshalb.

Ihr Wunsch, Raigo auf dem Königsthron von Olar zu sehen, war jedoch stärker als alles andere, darum fuhr sie fort: »Kobold, könntest du noch einmal einen Tunnel bohren und Königin Urdska im Schwarzen Turm beobachten, um mir zu berichten, was sie gegen Gudú im Schilde führt?«

»Gegen meinen über alles geliebten Jungen?« entrüstete sich der Kobold. »Oh, Ardid, warum habt Ihr mich nicht früher darum gebeten? Ich werde die Erde von einem Ende zum anderen durchbohren, um herauszufinden, wer meinem armen kleinen Trunkenbold etwas antun will.«

Ardid streichelte ihn traurig und nickte bekümmert: Er verwechselte immer noch Gudulín mit Gudú. Doch kaum war der Kobold verschwunden, wie in seinen besten Zeiten mit dem Diamanthammer in der Faust, da sank sie, untröstlich über ein altes Leid oder eigenes Versagen, schluchzend zu Boden. Unter Tränen murmelte sie: »Kobold, mein Lieber, du hast so recht. Was habe ich aus mir gemacht!«

Sie betrachtete die Silberflechten ihres Haars, als schaute sie auf das weiße Band eines fernen Flusses, der ihr nicht mehr gehörte und in dem sich ihr Ebenbild niemals mehr würde spiegeln können.

Raigo unterdessen verzehrte sich vor Ungeduld. Nur seine Großmutter kannte sein Geheimnis, und sie war die einzige, mit der er ohne Vorbehalte sprechen konnte. Er hielt sein Gesicht so gut wie möglich unter dem Helm verborgen, und auf seinen Wangen sproß ein seidiger blonder Bart. Oft fragte er sich, was aus Raiga, der geliebten Schwester, geworden sein mochte. Doch sooft er die Königin danach gefragt hatte, die Antwort war Schweigen gewesen. An dem Tag, als der Kobold zurückkehrte, stand er vor der Tür und hörte Ardid schluchzen. Doch genau wie er hörte es noch jemand, denn Raiga schlief unmittelbar nebenan.

Sie weckte Ungestalt und sagte: »Hörst du nicht? Die Königin weint.«

»Stimmt«, antwortete ihr Gemahl. »Geh und schau nach. Wenn es nichts Schlimmes ist, tröste sie, und falls doch, ruf mich, dann eilen wir ihr zu Hilfe.«

Raiga ging auf Zehenspitzen hinaus, und als sie die Tür zum Schlafgemach der Königin erreichte, wohin sie ohne Erlaubnis ihrer Großmutter bisher nie gegangen war, traf sie auf die Leibwache, unter der ihr ein junger blonder Soldat auffiel, den sie noch nie gesehen hatte.

»Laß mich bitte eintreten«, sagte sie. »Ich habe die Königin weinen gehört, und ich bin ihre Erste Zofe.«

Raigo, der an diesem Abend die Wache befehligte, erkannte sie daraufhin. Genauso hübsch und anmutig kam sie ihm vor wie in den Tagen, als sie in der Dachkammer des Blauen Turms gespielt hatten. Und so übermächtig war seine Freude, daß er brummte: »Du kannst eintreten, Zofe, aber ich muß dich zu dieser Stunde begleiten.«

Als sie beide in den Gemächern der Königin standen, nahm Raigo seinen Helm ab und sagte: »Raiga, Schwesterlein, erkennst du mich nicht?«

Da warf sie sich ihm an den Hals und weinte vor Freude. Lange hielt sie ihn so umschlungen, bis Raigo ihre Tränen trocknete, sie küßte und sprach: »Warum hat Großmutter uns einander nicht sehen lassen? Ich glaubte dich tot.«

»Ich habe dasselbe von dir gedacht.«

»Was mag der Grund gewesen sein? Was ist geschehen?«

»Soll ich dir etwas Schönes sagen, Raigo? Ein Wunder hat sich ereignet. Ich habe mich heimlich vermählt.«

Raigo fühlte bei diesen Worten eine eisige Kälte zu seinem Herzen aufsteigen. Seine Lippen zitterten, als er fragte: »Wie konntest du dich ohne meine Zustimmung vermählen? Hast du denn vergessen, was wir uns im Blauen Turm geschworen haben?«

»Oh, Raigo ... Wir waren damals Kinder und wußten nicht, was wir sagten. Bestimmt wirst du dich freuen, wenn du erfährst, wer mein Gemahl ist.«

»Niemals werde ich mich darüber freuen«, sagte Raigo. Plötzlich spürte er, wie ihm Tränen in die Augen stiegen und er sie nur mit großer Anstrengung zurückhalten konnte. Er ging aus dem Zimmer und ließ Raiga allein.

Die Königin hörte Raigas Schritte, und als diese den Vorhang zur Seite schob, erblickte sie sie in sich zusammengesunken auf der Erde und erschrak.

»Liebe Großmutter«, sagte sie, »vor der Tür habe ich Raigo getroffen; er ist jetzt Hauptmann deiner Leibgarde, ein hübscher Soldat ... Warum habt Ihr mir nichts davon gesagt?«

»Schweig, schweig!« rief Ardid und legte ihr eine Hand auf die Lippen. Sie war viel zu besorgt, um Raiga wegen ihres Ungehorsams zu schelten. »Du hättest das nicht tun dürfen, Raiga. Du solltest wissen, daß ich meine Gründe habe, dich zu verstecken. Diese Gründe entspringen dem Wunsch, uns vor der bösartigen Urdska zu schützen.«

Raiga war unterwürfig genug, keine weitere Frage mehr zu stellen und demütig zu schweigen. Nicht so Raigo, der, sobald er wieder auf seinem Posten war, einen Soldaten fragte:

»Wißt Ihr, wer der Gemahl dieser hübschen Zofe ist?«

»Oh, das ist ein großer Jammer«, antwortete der Soldat. »Die Frauen sind schon sonderbar, und diese besonders, denn sie hat sich mit dem häßlichsten Diener der Königin vermählt, einem gewissen Ungestalt.«

Als Raigo dies hörte, verwandelte sich seine Verblüffung unmittelbar in einen rasenden Zorn, und fast hätte er sich den Helm vom Kopf gerissen und wäre in die Gemächer der Königin gestürmt. Er fühlte heiße Tränen durch seine Kehle rinnen und seine Brust versengen wie ein glühendes Eisen. Oh, Niedertracht, oh, bodenlose Schmach, dachte er. Schamlose Schwester ... wie konntest du mir eine solche Schmach antun? Meine Liebe zu dir soll sich in blanken Haß verwandeln, und ich schwöre, euch beide zu töten. Allein dieser Gedanke schien ihm seinen Haß und seine Enttäuschung ertragen zu helfen.

Zur selben Zeit wies die Königin Raiga an, zu ihrem Gemahl zurückzukehren und sich keinem anderen Menschen zu zeigen, bevor sie ihr nicht etwas anderes befahl. Eine finstere Vorahnung hatte sie überfallen, denn ihre Erfahrung hatte sie gelehrt, viele verborgene Dinge in den Augen der Männer zu lesen, besonders der jungen. Nicht allein die Furcht vor Urdska hatte sie bewogen, jenes Geheimnis zu hüten.

Raiga gehorchte, und als sie an ihrem Bruder vorüberging, der scheinbar regungslos vor der Tür Wache hielt, schien ihr sein heißer Atem den Nacken zu versengen. Ein unerklärliches Gefühl von Schuld und Bedauern breitete sich in ihr aus. Zitternd flüchtete sie in Ungestalts Arme und berichtete ihm alles, was vorgefallen war. Als Ungestalt dies hörte, wurde er sehr nachdenklich und machte sich große Sorgen, denn er wußte, daß Raigo ihre Vermählung niemals gutheißen würde; und das nicht nur deshalb, weil er, Ungestalt, ein einfacher Diener und Raiga eine Prinzessin war – wenngleich so unerkannt und mißachtet wie eine Dienstmagd. Er war sich dieser Dinge schon seit längerem bewußt, denn manchmal macht das Unglück jene, die es auserwählt, zu Weisen. Schon in den Nächten des Blauen Turms hatte er geweint, wenn seine Spielkameraden, die er als seine besten

Freunde, ja gleichsam als Geschwister betrachtete, noch umhertollten. Denn ein glückliches Kind war Ungestalt nie gewesen, und in seiner Erinnerung gab es ferne Zärtlichkeiten einer Frau, seiner Mutter vielleicht, die ihn der vollkommenen Verlassenheit überantwortet hatte. Und weder die Zuneigung der Königin noch die Liebe seiner kleinen Freunde konnten ihn diese Dinge vergessen lassen.

Drei Tage und drei Nächte dauerte es, bis der Kobold zurückkam. Als Ardid jedoch im Morgengrauen des vierten Tages das Klopfen seines Diamanthammers vernahm, sprang sie aufgeregt aus dem Bett und erblickte sein rotes Fell, das die Asche im Kamin zum Erglühen brachte. Er war so erregt wie an jenem lange zurückliegenden Tag, als er, am Schwanz von Anzius' Pferd festgekrallt, zum Schluchtenland aufgebrochen war.

»Große, große Neuigkeiten«, sagte der Kobold händereibend.

Er war wie verjüngt und schlug sogar drei Purzelbäume, bevor er fortfuhr: »Liebe Herrin, ich habe solchen Durst, daß ich kein Wort herausbringe, bevor ich nicht von diesem leckeren Wein gekostet habe, den Ihr vor mir versteckt.«

Die Königin füllte geschwind ein Glas und reichte es ihm.

»Tatsache ist«, sagte der Kobold, nachdem er genußvoll an dem Glas genippt hatte, »daß diese Urdska brandgefährlich ist. Sie hat sämtliche Krieger ihres Volkes aufgewiegelt und plant einen großen Verrat. Wenn mein Gudú gegen einen gewissen Rakjel in die Schlacht zieht, der in Wirklichkeit Urdskas Verbündeter ist, dann wollen diese Hunde ihn von hinten angreifen. Und nicht nur das: Sie wollen ihn vernichten und hinterrücks töten ... Aber das wird nicht geschehen, solange der Kobold des Südens es verhindern kann. Und verhindern wird.«

»Wir werden es verhindern«, fiel Ardid begeistert ein. »Dessen sei versichert, mein Lieber. Trink nur, trink, soviel du willst, während ich dieser Schlange eine andere Überraschung bereite. Wann wollen sie aufbrechen?«

»Ich hörte sie sagen, heute in zwei Tagen würden Urdskas

Krieger zu einem Übungsmarsch aufbrechen. Doch sobald sie außer Sichtweite der Schwarzen Burg sind, wollen sie nicht mehr zurückkehren, sondern sich an Gudús Fersen heften und zu geeigneter Stunde über ihn herfallen.«

Ardid befahl unverzüglich Raigo zu sich. Dieser hatte seit jenem Zwischenfall nicht mehr mit der Königin gesprochen. Sein hilfloser Zorn hatte sich noch gesteigert, falls so etwas überhaupt möglich war, denn er hatte sich niedergeschlagen und in seinem Herzen zu gären begonnen. Bevor sie noch das Wort an ihn richten konnte, platzte er heraus: »Oh, Majestät ... Königin ..., wie konntet Ihr nur so eine Gemeinheit zulassen! Wie konntet Ihr darin einwilligen, daß sich meine Schwester mit dem erbärmlichen Ungestalt vermählt!«

»Ich dachte, er sei dein Freund seit Kindertagen, Raigo«, antwortete die Königin mit strenger Stimme.

»Mein Freund! Wie kann ein gewöhnlicher Diener mein Freund sein? O nein, was geschehen ist, ist so schrecklich, daß ich es nicht verzeihen kann ...«

»Dann sollst du wissen, daß Ungestalt kein Diener ist«, erklärte Ardid, wütend über die Vermessenheit ihres Enkels, mit dessen Dummheit sie wertvolle Zeit verschwendete, derweil sich gefährliche Dinge über ihnen zusammenbrauten. »Ich habe es dir und deiner Schwester nie gesagt, aber er ist ein Prinz genau wie ihr; verborgen vor der Bosheit der Welt, genau wie ihr. Ich habe ihn gerettet und versteckt, als wäre er ein Diener, damit er nicht meuchlings ermordet werde ... so wie ihr drei ermordet werdet, wenn du nicht gleich lernst, deine Zunge zu hüten und mir zuzuhören.«

Zuviel Schmerz und Haß hatten sich in Raigo angesammelt, als daß diese Worte, die er nicht hören wollte, seine Haltung geändert hätten.

»Mir ist es einerlei, ob er ein Prinz ist oder nicht ... Er ist häßlich, häßlich und abscheulich, während meine Schwester das lieblichste Geschöpf auf Erden ist.«

»Nein, er ist nicht häßlich. Und deiner Schwester ist das Wunder zuteil geworden, dessen Vorhandensein du nicht einmal ahnst: die Liebe. Ihr allein ist es zu verdanken, daß Ungestalt in Raigas Augen schön geworden ist.«

Raigo vermochte seine Tränen nicht mehr zurückzuhalten, und seine Lippen zitterten, als er antwortete: »Was wißt Ihr von mir, ob ich die Liebe kenne oder nicht? Wäre es nach Euch gegangen, hätte ich nie Gelegenheit gefunden, sie kennenzulernen. Aber dennoch habe ich eine klare Vorstellung von diesem Empfinden. Und ich schwöre Euch, Hoheit, ich werde die beiden töten, weil sie einen Schwur gebrochen haben, den wir uns als Kinder gaben, als niemand uns liebte und wir im Turm vergessen waren ...«

»Ich habe euch nicht vergessen, Undankbarer! Wenn das stimmt, was ich höre, will ich diese entsetzlichen Worte nicht verstehen. Jetzt, da wir endlich erreichen können, wonach wir seit Jahren streben, kommst du zu mir und jammerst und lamentierst über Kinderschwüre und benimmst dich, wie es weder einem Prinzen noch einem König geziemt.«

Plötzlich schien Raigo zu erschrecken, als habe er die geheime Triebkraft seines Hasses erkannt, und murmelte:

»Es ist nicht so, wie Ihr denkt ... Aber es hat wohl nie zwei Menschen gegeben, die sich so unverwechselbar in dem anderen widergespiegelt haben wie Raiga und ich. In dieser Einsamkeit, in der wir lebten! Ich wußte nie, ob ich mein Gesicht oder ihres sah, wenn wir uns in die Augen schauten und unsere Hände und unsere Spiele sich ineinander verwoben. Ihr erging es genauso, das weiß ich; sie dachte wie ich, und ich dachte wie sie. Wenn ihr ein Splitter in die Hand fuhr, verspürte ich denselben Schmerz ...« Er sank vor Ardid auf die Knie und schluchzte: »Majestät, in Eurer ganzen Weisheit sagt mir, sind solche Gefühle verwerflich? Für mich sind sie nur Ausdruck der Liebe. Und nur die Liebe, Majestät, war alles, was wir besaßen in der Einsamkeit unserer Gefangenschaft ...«

»Ich weiß wirklich nicht, wovon du sprichst«, unterbrach ihn Ardid, um in milderem Ton fortzufahren: »Doch merke dir dies,

Raigo: Die Zeit vergeht, die Welt dreht sich weiter, und alle, alle Stimmen von Kindern oder Erwachsenen verhallen, verlieren sich mit den Spielen, den zerbrochenen Puppen, den Glasperlenschätzen … und die Rachsucht oder Machtbesessenheit …« Sie verstummte, denn in Raigos begieriger Miene sah sie das unschuldige Antlitz von Naivia und ihr eigenes, als sie ein Kind war und barfuß am Strand durch ein Loch in einem flachen blauen Stein aufs Meer hinausschaute. »Ein König muß jede Schwäche von sich fernhalten, sogar die Erinnerungen … und alles, was ihn vom wahren Ziel seines Lebens ablenkt.«

»Ich weiß nicht, was das Ziel des Lebens ist … weder das eines Königs noch das eines einfachen Mannes«, entgegnete Raigo so unschuldig und voller Trauer, daß Ardid nicht anders konnte, als ihre Arme um ihn zu schlingen und ihn fest an sich zu drücken So verharrten sie eine Weile, bis Raigo sich wieder beruhigt hatte und sprach: »Majestät, ich verspreche Euch, alles Geschehene zu vergessen und auch alles zu vergessen, was meinen Weg als König oder als Mann überschatten kann … Majestät, ich verspreche Euch, künftig keinen Menschen mehr zu lieben als Euch allein.«

Die Königin erstarrte bei diesen Worten, welche die selben waren, die sie vor vielen Jahren ebenfalls gesprochen hatte.

»Raigo«, sagte sie schließlich und verscheuchte diese Erinnerung aus ihren Gedanken, »jetzt ist der Augenblick gekommen, den Weg zum Thron zu beschreiten und dir zu holen, was man dir bisher vorenthalten hat.«

Dann erzählte sie ihrem Enkel alles, was der Kobold ihr berichtet hatte. Die Quelle ihres Wissens gab sie allerdings nicht preis, da weder Raigo noch Raiga den alten Freund je gesehen und von seinen Umtrieben nicht die geringste Ahnung hatten. Sie riet ihm, ebenso geschickt, wie Urdskas Krieger dem König folgten, diesen zuvorzukommen.

»Wir kriegen nicht genügend Männer zusammen, um uns ihnen entgegenstellen zu können«, sagte sie. »Daher mußt du ihnen zuvorkommen und den König warnen, damit er sie seinerseits überraschen kann.«

»Wann soll ich aufbrechen?«

»Noch heute«, sagte die Königin. »Dann hast du zwei Tage Vorsprung.«

Alle Liebesqualen Raigos schienen zu entweichen, und ein solch neuer Glanz trat in seine Augen, daß die Königin unwillkürlich dachte: Wieder einer, der die Kindheit endgültig hinter sich gelassen hat ... Ich werde wohl nie erfahren, ob sich diese Dinge zum Wohl oder zum Schaden unseres menschlichen Wesens vollziehen. Doch dann verscheuchte sie diese Gedanken ganz schnell wieder. Wir sind Menschen, und wir müssen uns nehmen, wie wir sind. Mit Rührseligkeit und Wärme gewinnt man nichts. Das sind, soviel ich weiß, keine Waffen, mit denen man etwas gewinnen kann in dieser Welt. Etwas anderes sind die übernatürlichen Wesen, die Engel, Feen, Kobolde ..., selbst die unleidlichen Herren der Unterirdischen Welt. Unser Fleisch ist schwach, und hundertmal schwächer noch ist der Geist ... Mittelmäßig sind wir, eitel, selbstsüchtig und grausam. Und da wir nun einmal so sind, kämpfen wir mit den Waffen, die wir kennen, und übergehen erst einmal, was zu begreifen und vernünftig zu handhaben wir noch nicht gelernt haben.

Dann übergab sie Raigo die beiden vom Kobold abgerichteten Tauben und trug ihm auf, die schwarze zurückzuschicken, falls seine Mission scheiterte, und die blaue, wenn sie glückte. Sie gab Raigo noch ein paar letzte Ratschläge – weniger als Königin denn als Großmutter –, derweil der Kobold in der Glut des Kaminfeuers hockte und sich fragte, wer dieser junge Soldat wohl sein mochte, den er noch nie gesehen hatte. Da Ardid dem Jungen aber offensichtlich vertraute, ja, sogar große Zuneigung für ihn zu hegen schien, konnte er als Kobold keine Einwände haben.

Die Sonne hatte ihren höchsten Stand noch nicht erreicht, und leichter Schneefall hatte eingesetzt, als Raigo in die Steppe aufbrach. Und so erwies sich der Weg, den viele Gefangene unter großen Opfern durch das Land gezogen hatten, jetzt auch als hilfreich für den ersten Ausflug des ebenso beherzten wie unerfahrenen Jungen.

Seit dem Tag, da sie Raigo auf die Suche nach seinen Vater geschickt hatte, wartete Ardid auf die Rückkehr einer der beiden Brieftauben. Bange zählte sie jeden Tag, der ohne Nachricht verging, und wurde immer verzagter. Sie hatte sich niemandem anvertraut, weder in dem, was sie wußte, noch was sie an Maßnahmen ergriffen hatte, denn die Jahre hatten sie gelehrt, vorsichtig und mißtrauisch zu sein. In den Augen des ihr treu ergebenen Hauptmanns der Leibgarde konnte sie zwar die Sorge um ihr Schicksal lesen, doch die Zahl ihrer zuverlässigen Getreuen war deutlich geschrumpft, und der täglich wachsende Unmut unter den Ratsmitgliedern, von denen einige für Gudú, andere erklärtermaßen gegen ihn waren, blieb ihr nicht verborgen. Aus der Steppe trafen auch keine ermutigenden Nachrichten ein, denn die Boten von dort berichteten nur, daß der Kampf gegen Rakjel und die Verteidigung von Urdskas Insel alle Kräfte beanspruchte, ein Ende aber nicht abzusehen war.

Ebenso umsichtig und zurückhaltend wie Ardid verhielt sich Urdska in der Schwarzen Burg; auch ihre Krieger waren noch nicht wieder heimgekehrt, und sie hatte keinerlei Nachricht von ihnen. Indes diese Stille sie fast zur Verzweiflung trieb – mehr als einmal wäre sie am liebsten selbst zur Steppe aufgebrochen, um mit eigenen Augen zu sehen, was sich dort abspielte –, ließ allein der Anblick ihrer Söhne und das Vertrauen, welches ihr daraus erwuchs, sie nach außen hin ruhig und gefaßt ertragen, was sie innerlich schier rasend machte. Im Schwarzen Turm konnte sie keinem mehr trauen; vor allem nicht, seit ihre Steppenkrieger abgezogen waren und ihr Fernbleiben unter den verbliebenen Soldaten Gudús Argwohn und tausend widersprüchliche Gefühle geweckt hatte.

Und so ging ein weiterer langer Winter ins Land. Dann kam der Frühling, und ihm folgte ein Sommer, der große Hitze mit sich brachte. Eine Hitze, wie sie in jenen Gegenden selten war. Ungewohnt schwüle, feuchte Nächte legten sich über Olar, und dem See entstieg ein drückender Dunst, als Verlängerung gleichsam der glühenden Hitze Tausender und Abertausender phosphoreszierender Teilchen, winzigen Geschöpfen oder unbekannten Sternen gleich, die im Dunkel der Stadt, des Schlosses, der Wälder und Wiesen entstanden.

Die Hitze brachte die Gemüter zum Kochen, und alte Rivalitäten unter den Adligen brachen wieder auf. Herzog Zore beispielsweise verspürte das dringende Bedürfnis, sich mit Baron Gerde anzulegen. Längst vergangene Zeiten unter König Volodius wurden bemüht, als alle noch jung waren und sich fruchtlos bekämpft hatten. Der alte Zore war ein Gegner des tyrannischen Monarchen gewesen und hatte sich dem Vater des derzeitigen Baron Gerde anvertraut, der eine adlige Revolte angezettelt und im letzten Moment verraten hatte, so daß der Vater von Herzog Zore enthauptet worden und sein Kopf zur Abschreckung – von wer wußte schon noch wem! – auf eine Lanze gesteckt worden war. Zore war damals noch ein Kind und nur als solches mit dem Leben davongekommen, hatte jedoch viele Demütigungen hinnehmen müssen, bis Königin Ardid ihm Würde und Macht zurückgab. Daher war er ihr – und damit dem König – treu ergeben. Angesichts der wachsenden Feindseligkeit Baron Gerdes, fühlte sich der Herzog eines Tages bemüßigt, diesen in aller Öffentlichkeit zum Duell zu fordern. Es wurde ein erbarmungsloser Zweikampf, in dessen Verlauf Baron Gerde, von des Herzogs Lanze durchbohrt, tödlich getroffen zu Boden sank.

Beide waren angesehene Mitglieder im Rat der Edlen, und die blutige Fehde bedeutete einen harten Schlag für den gesamten Adel, da es als ungeschriebenes Gesetz galt, zumindest nach außen hin unverbrüchliche Einheit und Zusammenhalt zu zeigen. Die Ratsversammlung zerbrach daraufhin in zwei feindliche Lager, die es insgeheim aber immer schon gegeben hatte. Die zahlenmäßig kleinere Gruppe um den Baron stellte sich nun blindwütig gegen den Herzog. Der Königin blieben diese Machenschaften nicht verborgen, und auch Urdska hatte Zuträger, die ihr von den Vorkommnissen berichteten. So fanden dann in der glühenden Hitze jenes Sommers heimliche Versammlungen auf beiden Seiten statt, und als die Zeit der Weinlese gekommen war, zeigten sich die schwerwiegenden Folgen für beide Königinnen. Die Gefolgsleute Gudús scharten sich um Ardid, während seine Feinde – da der König fern und festgebissen war in seinen endlosen Kriegen – einem Sieg allmählich mißtrauten und Pläne schmiedeten, wie man sich die augenscheinlich friedliebende Urdska gewogen machen konnte.

Unter den Adligen auf seiten des Barons gab es einen noch recht jungen Edelmann, Ringlair mit Namen, der erkannt hatte, wie empfänglich Frauen – und vor allem Königinnen, wie das Beispiel Ardids ihm zeigte – für den Köder einer glorreichen Zukunft ihrer Söhne waren.

Mit aller ihm zur Verfügung stehenden List und Verschlagenheit machte er sich daran, Urdska auszuspionieren, und wenn er auch nicht ihre Gedanken, Wünsche und heimlichen Hoffnungen lesen konnte, so sah er doch, wie eifersüchtig sie über jeden Schritt ihrer beiden Söhne wachte, mit welchem Nachdruck sie deren Vervollkommnung im Kriegshandwerk betrieb und regelmäßig lange Gespräche mit ihnen führte, die allerdings in strenger Abgeschiedenheit stattfanden. Er erfuhr, daß Kiro und Arno sich fast nur in der mütterlichen Sprache unterhielten, eine andere kaum verstanden und sich auch von keinem etwas sagen ließen, der sich nicht in ihrer Sprache verständlich zu machen wußte. Er fand auch heraus, daß die beiden Jungen Urdska viel mehr bedeuteten als der abwesende Gemahl. Da verfiel man in seinem Lager auf den Gedanken, Königin Urdska in die Verschwörungspläne einzubeziehen und sie mit dem Versprechen zu locken, einen ihrer Söhne auf den Thron zu bringen und sie selbst als Regentin einzusetzen, bis die Prinzen das vorgeschriebene fünfzehnte Lebensjahr erreicht hätten. Doch alle diese Dinge brauchten Zeit und Geduld.

Ringlair lebte in einem düsteren Turm am Südlichen Hügel, der unter dem Namen Arielica bekannt war; er besaß kleine Ländereien und hatte einige Bauern und Knechte in Diensten, die im größten Elend dahinvegetierten. Er war ehrgeizig, gerissen und gerade vierzig Jahre alt, womit man ihn in dem Greisenkabinett der Ratsversammlung als jungen Hüpfer bezeichnen konnte. Er hatte es verstanden, sich den Forderungen des Königs zu entziehen, war auch nicht mit seinen Truppen in den Krieg gezogen, weil er schwächelte und kränklich war; es hieß, er könne mit beiden Händen nicht einmal ein Schwert anständig halten. Aber seine Waffen waren ja auch die List, die Tücke und die Dunkelheit.

Auch Urdska verlor keine Zeit. Wenn Gudú bei der Ausbildung seiner Männer Disziplin forderte und rauh mit ihnen umsprang, konnte man diese Behandlung als wohlwollend bezeichnen im Vergleich zu dem strengen Unterricht, den Urdska ihren Söhnen Kiro und Arno angedeihen ließ. Niemals berührten ihre Lippen die Stirn eines ihrer Söhne, und keiner der beiden bekam von ihr – und daher auch von keinem anderen – je die geringste Zuwendung.

Sie waren schon zehn Jahre alt und dabei so wild und grimmig wie zwei junge Wölfe. Der ihnen von der Mutter erteilte Unterricht verzichtete – ganz im Gegensatz zu dem von Ardid – völlig auf Lesen und Schreiben und auf Kultur insgesamt; Kraft, List und Haß waren die Säulen, auf denen die Schule des Lebens ruhte, durch welche die beiden jungen Prinzen gingen. In den heißen Nächten jenes Sommers nahm Urdska sie mit in den Wald, und nachdem sie sich vergewissert hatte, daß niemand sie beobachtete – ihr Gehör war so fein wie das des Fuchses und ihr Blick so scharf wie der des Luchses –, erzählte sie ihnen vom Land ihrer Väter, von den Reichtümern ihrer Insel, der Schönheit der großen Steppe, und selbst wenn sie ihre dortigen Widersacher erwähnte, sprach sie von ihnen als in Ungnade gefallene Brüder. Der Vater war für die beiden Prinzen der ärgste Feind, der ihr Land überfallen und es ausgeplündert hatte. Urdska erzählte ihren Söhnen, daß all das geraubte Gold – und damit hatte sie nicht einmal unrecht – in den Schatzkammern Königin Ardids gelandet war, die das Königreich des räuberischen Gudú verwaltete. Die geheimnisvolle Einsamkeit und grausame Schönheit der Steppe wurden in der Vorstellung der jungen Prinzen zu einem wundervollen und lieblichen verlorenen Garten Eden.

In ihrem haltlosen Rachedurst übersah Urdska jedoch, daß keiner ihrer Söhne – obwohl sie sich in allen Dingen glichen, im Kampf ebenso wie in ihrer Art zu fühlen oder zu denken – die Bevorzugung des anderen ertrug. Sie konnten gerecht miteinander teilen, was beide gemeinsam erworben hatten, doch kaum hatte einer allein etwas bekommen, erwachten Habgier und Haß des anderen, selbst wenn es sich nur um eine Nichtigkeit handelte. So konnte man sich leicht vorstellen, wie schwierig es werden würde, einen von beiden zum Thronerben zu machen. Urdska hatte anfangs Kiro als den Ältesten ins Auge gefaßt, da er als erster zur Welt gekommen war. Doch für die beiden Jungen war der Fall gar nicht so klar, wie auch für viele andere nicht, die die Meinung vertraten, der Älteste sei der, welcher als erster empfangen worden war. Da ihr Vater nicht festgelegt hatte, wer von beiden ihm nachfolgen sollte, und auch Urdska sich nie in diesem Sinne geäußert hatte, entbrannte zwischen den Jungen oft ein erbarmungsloser Kampf hinter dem Rücken der Mutter. Allein die Bäume des Waldes, die Quellen, das Moos und die Tiere im dschungelartigen Dickicht wußten von den erbitterten, unnachgiebigen Zweikämpfen. Manchmal kehrten sie blutend zur Burg zurück und schauten so finster drein, daß ihre Augen wie schwarze Löcher wirkten. In solchen Momenten hatten sie jede Ähnlichkeit mit Gudú verloren und sahen mehr denn je wie ihre Mutter aus. Aber auch Urdska wußte nichts von diesen Zweikämpfen und betrachtete die Rivalität ihrer Söhne als eine Folge der harten Ausbildung an den Waffen, die sie ja befürwortete. Doch wenn die Brüder – im häuslichen Bereich oder bei den Wölflingsturnieren – zum Kampf gegeneinander antraten, ging Kiro mit Lanze oder Schwert auf Arno los und dachte dabei: Stirb, Rivale! Und Arno, der mit seiner brudermordenden Klinge zum Gegenschlag ausholte, murmelte: »Jetzt töte ich dich, mein Feind.« War der Kampf auch vorbei und beide saßen traulich beisammen und schmiedeten ihre Rachepläne gegen Gudú, so bestanden Rivalität und Haß zwischen ihnen dennoch weiter, ohne daß die Knaben eine klare Vorstellung davon hatten, was in ihren jungen Herzen vorging. Wenn sie allein waren, schauten sie sich manchmal an, und dann sagte einer von ihnen: »Wer nimmt die Insel als erster in Besitz?« Und schon begannen sie ohne jedes weitere Wort mit solcher Erbitterung aufeinander einzuprügeln, daß man glauben konnte, Gudú selbst in der Hitze eines Gefechts vor sich zu sehen.

Aber weder Ardids Tauben noch Urdskas ausgesandte Boten kamen zurück. Der Sommer verging, und der Herbst zog langsam die Hügel hinauf und nahm die Wälder von Olar und das Schwarze Land in Besitz.

Der Kobold war inzwischen ein Dauergast bei Ardid geworden, der es sich in den Falten ihres verblichenen grünen Samtgewands oder in der Kaminglut ihrer Kammer gemütlich machte. Als der Herbst seine rotgoldene Farbenpracht über Felder, Wiesen und Wälder ergoß, sein unverwechselbarer Duft wieder einmal die Abendluft erfüllte und die Sonne wie eine reife Frucht am Himmel stand, schien der Kobold aus dem schläfrigen Rausch seiner anhaltenden Trunkenheit endlich einmal zu erwachen.

»Ardid, liebe Herrin«, murmelte er und schaute über den See. »Wo ist der Prinz? Wagt bloß nicht, ihn vor mir zu verstecken, wie Ihr es schon einmal getan habt! Diesmal würde ich Euch nicht verzeihen.«

»Oh, nein«, versicherte Ardid, die nicht wagte, ihn noch einmal zur Steppe auszusenden, weil sie sicher war, ihn für immer zu verlieren, wenn er dort anstelle seines geliebten Kindes einen ausgewachsenen König mit von Narben entstelltem Gesicht vorfand. »Ich warte, genau wie du, auf ein Lebenszeichen von ihm.«

»Nein, nein«, protestierte der Kobold verärgert. »Ich warte nicht auf Lebenszeichen, ich mache mich auf die Suche danach. Was ist übrigens aus meinen Tauben geworden?«

»Sie sind noch nicht zurückgekommen«, mußte Ardid kummervoll eingestehen.

»Ah, unzuverlässige Rasse«, brummelte der Kobold vorwurfsvoll. »Warum habt Ihr mir das nicht früher gesagt. Wartet, ich rufe sie sogleich.«

Er erhob sich auf die Zehenspitzen seiner schwerelosen Füße und stieß einen hallenden Schrei aus, der jedoch jählings abbrach. Der Kobold erbleichte, bis er beinahe durchsichtig wurde und vor Ardids Augen verschwand.

»Liebe Herrin, erinnert Ihr Euch noch an die Formel?«

»Nein, Kobold, ich habe sie nie gekannt, und du hast sie mir nie genannt.«

»Wartet, gleich fällt sie mir wieder ein«, sagte der Kobold. Doch sosehr er auch sein Gedächtnis durchforstete, die Formel fiel ihm nicht ein. Auf seinen Ruf hin kamen nur ein paar nachziehende Schwalben auf dem Weg nach Süden und ein Schwarm fröstelnder Spatzen. Doch von den Brieftauben und deren Auftrag wußten sie nichts.

Da versank der Kobold in tiefe Niedergeschlagenheit, so daß Ardid um das Verschwinden seiner letzten Herztrauben fürchtete und den Weinvorrat vor ihm versteckte, obwohl sie nicht daran zweifelte, daß er ihn finden würde.

Der Herbst überflutete Ardids Garten mit seinem goldenen Licht, und sie ging mit Raiga und Ungestalt darin spazieren, wann immer sich Gelegenheit dazu bot. Ungestalt hatte den Kobold schon lange nicht mehr gesehen, was unter anderem daran lag, daß er nur Augen für Raiga hatte. Obwohl die beiden ihr halfen, blieben Ardids Bemühungen um ein Ergrünen des einst so blühenden Blumengartens erfolglos. Nichts gedieh im Frühling, nichts im Sommer und nichts im Herbst. Doch die beiden jungen Leute bearbeiteten die Erde mit einer solchen Hingabe, daß der Garten, wenngleich kein blühendes Paradies, so doch auch kein von Unkraut überwuchertes Stück Brachland mehr war.

»Da habt ihr jetzt einen schönen Beruf gelernt«, sagte die Königin. »Er könnte euch eines Tages von Nutzen sein.«

Eine böse Vorahnung war ihr gekommen, und obwohl sie sich nach außen hin heiter gab, hatte sie Raigos Worte nicht vergessen. Ihr Blick ruhte voller Wehmut auf dem abgestorbenen Baum der Spiele, als sie fragte:

»Raiga, meine Liebe, fühlst du nicht vielleicht ein Kind in dir heranwachsen?«

»Nein, Großmutter«, antwortete das Mädchen lachend. Sie und Ungestalt schauten sich an und lachten wie zwei unschuldige Kinder. »Kein Kind … es gibt keine Kinder mehr, sie sind alle fort.«

Doch ihr Blick und ihr Lächeln verrieten der Königin, daß sie zwar kein Kind erwarteten, aber selbst noch solche Kinder waren, daß die Wurzeln jenes Baumes nicht ganz verdorrt sein konnten; und plötzlich verspürte Ardid den brennenden Wunsch, ihn um jeden Preis zu retten.

Sie schritt über die Wege ihres einst blühenden Gartens und betrachtete die abgeschnittenen Zweige, das reife Gras und die dunkelroten Blätter, als wären sie das letzte Gut, das ihr auf dieser Welt geblieben war. Ein Gut, das zum ersten Mal rein und ausschließlich ihr gehörte.

So verging der Herbst, und winterliche Kälte kündigte sich bereits an, als Königin Urdska beschloß, den Schwarzen Turm zu verlassen und mit ihren Söhnen in das Schloß von Olar zurückzukehren. Diese Nachricht wirkte wie ein Alarmschrei auf Ardid, die auf der melancholischen Suche nach ihrem verlorenen Garten vergessen hatte, in welcher Gefahr sie schwebte. Sie fand zu ihrer früheren Lebendigkeit zurück, was ihr einerseits Ansporn war, sie andererseits aber auch bedrückte, weil es sie daran erinnerte, daß sie nun die älteste Königin des Reiches war.

Urdskas Verhalten änderte sich von Stund an. Aus der zurückhaltenden, unterwürfigen Gemahlin wurde über Nacht die auftrumpfende Königin, so hart und unnachsichtig wie Gudú selbst und so listenreich wie Ardid, was diese zu widerwilliger Bewunderung zwang. Unverzüglich ging sie nun selbst daran, ihre Macht wiederherzustellen und sie auch auszuüben. Sie berief den Rat der Edlen ein, da, wie sie sagte, Gudú in weiter Ferne und unerreichbar sei und damit auch zeige, wie wenig er den Adel und das Volk noch achtete, da er sich nur hin und wieder dazu herablasse, durch schwitzende Boten einen flüchtigen Bericht vom Verlauf dieses schon wieder so lange dauernden nutzlosen Krieges (diese letzten Worte betonte sie besonders) zu übermitteln. Aus diesem Grund habe sie den Vorsitz der Ratsversammlung übernommen, um das Königreich wieder zu Wohlstand und Zufriedenheit zu führen. Es sei nun an der Zeit, jede abwartende Haltung aufzugeben und sich den Tatsachen zu stellen.

»Viele Jahre«, fuhr sie in der ungläubigen Stille, die ihren Worten gefolgt war, mit jener nur ihr geläufigen eigentümlichen Mischung aus Kaltblütigkeit und Wärme fort, »habe ich mit dem Volk darauf gewartet, daß der König ein Einsehen sowohl mit seinen Kindern als auch mit uns hier Versammelten habe. Der König jedoch, den ich verehre und liebe, scheint begierig zu sein, Länder zu erobern, die für Olar nichts an Verbesserung bringen.« Gott allein wußte, welchen Schmerz es ihr bereitete, so von ihrem Sohn zu sprechen. Doch gerade für ihren Sohn sprach sie jedes dieser Worte, wie sie glaubte, und jedes dieser Worte drang wie ein Nagel in ihr Herz. »Obwohl ich die Haltung meines Sohnes achte, da ich überzeugt bin, daß er triftige Gründe dafür zu haben glaubt, frage ich mich, warum er noch nicht entschieden hat, welcher seiner Söhne der Thronfolger werden soll, da dieser doch auf die große Aufgabe vorbereitet werden muß. Beide werden bald elf Jahre alt, und ich glaube, die Zeit ist gekommen, da ich meine Duldsamkeit für beendet erkläre und den hilfreichen Rat der weisen Edlen dieser Versammlung einhole.«

Immer unverhohlener zeigte sich die Verunsicherung unter den greisen Ratsmitgliedern. Vorsichtshalber hatte man zu dieser Sitzung weder die Vertreter des Volkes noch die Richter, Handwerker oder Bauern eingeladen.

»Ich erwarte selbstverständlich keine überstürzte Entscheidung«, fuhr Ardid fort. »Ich bitte euch nur, ein Auge auf meine Enkel zu haben; und was der Rat beschließt, werde ich unterstützen, da ich der Meinung bin, daß die mehrheitliche Entscheidung wichtiger ist als meine eigene.«

Da trat die unterschwellige Feindschaft der beiden Lager offen zu Tage. Unnachgiebig und erbittert standen sie einander gegenüber, die meisten auf Urdskas Seite, so daß ihr Anführer, Baron Ringlair, offen dazu aufrief, Kiro oder Arno zum Thronfolger auszurufen – wen von beiden, würde sich zu gegebener Zeit schon zeigen. Bis die beiden das erforderliche Alter erreichten, sollte Olar von Königin Urdska und natürlich ihm, dem Baron, regiert werden. Während Ardid sich mit ihren Enkeln um den einstigen Garten gekümmert hatte, war nämlich einiges geschehen. Die so zurückhaltende und unterwürfige Urdska hatte dem ebenso schmächtigen wie wunderlichen Edelmann offenkundig schöne Augen gemacht, und dieser schien darauf anzusprechen. Beide meinten es aufrichtig, obwohl die Liebe ihren Herzen fernlag – Urdska stießen die krummen Beinchen, der bleiche Blick wie von einem toten Fisch und die olivenfarbene Haut des Barons ab, während dieser sich von Urdska kein bißchen angezogen fühlte – und nur die Pagen des Barons von dessen wahren amourösen Neigungen wußten. Aber sie beide verband eine Leidenschaft, die stärker war als die Liebe, und das war der Wunsch nach Rache, Reichtum, Macht und vielen anderen Dingen, die aufzuzählen ebenso langwierig wie überflüssig wäre.

Nach jener denkwürdigen Ratsversammlung nun häuften sich die Besprechungen zwischen dem Vertreter des rebellischen Teils der Adligen und der – scheinbar – in ihrer Würde verletzten Urdska. Nach außen hin gaben sich diese Begegnungen als wohlmeinende, selbstlose Unterredungen, bis ein Zustand eintrat, in dem beide glaubten, einander verliebt in die Arme sinken zu müssen. Zwangsläufig bewegt von dem, was jeder der beiden sich als des anderen glühende Liebe vorstellte, empfanden sie in Wirklichkeit nur Abscheu voreinander. Doch der Zweck heiligt die Mittel, sagten sich beide, solange jeder nur erreicht, was er sich vorgenommen hat.

Ardid beobachtete das Geschehen offenbar widerspruchslos;

insgeheim jedoch versuchte sie sich über die wahren Empfindungen jener klarzuwerden, die treu zu ihr standen. Angeführt von Herzog Zore, versicherten diese ihr, dem König bedingungslos ergeben zu sein, Urdska und ihre ruppigen Rangen – so nannten sie sie – jedoch nicht anzuerkennen. Und Ardid spürte, daß sie dieser kleinen, aber für sie so wichtigen Gruppe vertrauen konnte.

Als sie den richtigen Augenblick für gekommen hielt – und es war der richtige Augenblick –, tat sie ihren Getreuen einen Teil der Wahrheit kund: Urdskas Verrat verschwieg sie zwar, nicht aber die Existenz von Gudús ehelichem Sohn, Prinz Raigo.

»Schwer ist es mir gefallen, meine teuren alten Freunde«, begann Ardid, die sich anderer Ausdrucks- und Verhaltensweisen bediente als Urdska, »mein Geheimnis vor euch verborgen zu halten, welches darin bestand, Leonia den Enkel vorzuenthalten, der von Rechts wegen eines Tages die Krone unseres leidgeprüften Königreichs tragen soll. Zur Entschuldigung meines Verhaltens darf ich jedoch anführen, daß ich ihn insgeheim unterrichtet und in den Dingen des Lebens unterwiesen habe, daß er ein edles Gemüt besitzt und so viele Vorzüge, die nicht einmal mein Sohn zu übertreffen vermöchte. Zu dieser Stunde kämpft er an der Seite seines Vaters, der ihn allerdings nicht kennt, gegen die ewigen Feinde unseres Landes. Ja, meine geliebten Edlen, verzeiht einer alten Frau; aber die Wahrheit ist: Prinz Raigo lebt.«

Bei diesen Worten führte sie ein Taschentuch an die Augen, spähte jedoch zwischen den Fingern hindurch, um zu sehen, wie das aufrechte Häuflein die Nachricht aufnahm. Wie erwartet, waren alle von ihren Gefühlen überwältigt, und Herzog Zore zog – ohne jeden Grund, wie Ardid fand – sein Schwert und brach in Hochrufe auf die einzige und wahrhaftige Königin von Olar aus. Und das – dachte sie – war ja keineswegs gelogen.

Ardid war jedoch keine Frau, die ihre Zeit vergeudete, schon gar nicht unter den gegebenen Umständen. Sie gab ihrer Meinung Ausdruck, daß auf schnellstem Weg nützlichere Maßnahmen zu ergreifen seien als gezogene Schwerter, und rief: »Edle Herren, über wie viele Männer verfügen wir?«

Die Berechnungen fielen so verheerend aus, daß alle ihre Schwerter bekümmert wieder einsteckten. Ardid war zu alt und erfahren, um sich von Dingen einschüchtern zu lassen, die sie schon vorhergesehen hatte. Also sprach sie: »Wenn wir dem Beispiel meines Sohnes Gudú folgen, können wir über Kräfte verfügen, die gemeinhin nicht sehr angesehen sind. Das heißt: Begnadigung für alle, die in den Kerkern schmachten, und ein besseres Auskommen für all jene, die in Armut und Elend leben. Aber wir wollen auch jene nicht vergessen, die reich geworden sind und denen wir noch mehr Gewinn versprechen. Unter all diesen Menschen rekrutieren wir unsere Krieger. Ich weiß aus eigener Anschauung, daß in den Verliesen des Schlosses auch zahllose Kriegsgefangene aus dem Süden und dem Land der Weringer modern. Könnte man bei diesen nicht behutsam vorfühlen ...? Und die Händler! Meine lieben Edelleute, vergessen wir die Händler nicht. Was wäre die Welt ohne sie! Ich kenne die Geschichte der Menschheit gut genug, um euch das sagen zu können. Ja, ich habe sie als Frau und Mutter am eigenen Leib durchlitten.«

Trotz ihres Alters verstand Ardid es immer noch, ihre Reden auf eine gewandte Art zu beschließen, die jeden Widerspruch unmöglich machte.

Und wenn Urdska die Habgier ihrer Gefolgsleute anzustacheln verstand, so wußte Ardid, eingebettet in hehre Gefühle, heroische Gesten und beispiellose Erhabenheit, mindestens ebensolche Habgier unter ihren Getreuen zu wecken. Immerhin war sie im Süden aufgewachsen, hatte an Königin Leonias Tafel gesessen und Erfahrungen gesammelt, die tiefer als nur unter die Haut gingen. Wie wenige nur ahnten, wußte sie, daß der nebulöse Dunst hohler Worte mindestens ebenso, wenn nicht gar weiter, in das Gehirn der Menschen eindrang als jede Hoffnung auf Verbesserung, reiche Beute oder ein Versprechen, das ewige Gültigkeit hatte und sogar beim König eingefordert werden konnte.

Es lief gar nicht so schlecht. Hauptmann Randal – jener, der seine Blindheit verleugnete und sich jedesmal in die Brust warf, wenn er Schritte auf den Korridoren oder in der Nähe hörte, um zu einem Häuflein Elend zusammenzusinken, sobald sie wieder verklangen – war tief gerührt, als die Königin ihn lautlos und ganz sanft – und dies alles, heiliger Himmel, ohne ein Tüpfelchen ihrer majestätischen Würde einzubüßen – zu einem Wandteppich führte, damit der tapfere alte Getreue mit eigenen Augen beobachten konnte, was gegen sie ausgeheckt wurde und in welcher Gefahr sie schwebte. Nicht für sich selbst forderte sie Gerechtigkeit, sondern für jenen, der immer noch in kluger Voraussicht die Geschicke des Reiches lenkte, inmitten von Unverständnis, Verrat und erbärmlicher Mittelmäßigkeit. Sie erfuhr nie, ob der alte Soldat herausgefunden hatte, um welche Verschwörung es sich handelte; jedenfalls kam er wie erleuchtet hinter dem Vorhang hervor, entschlossen, seine Männer – traurige Überreste von Volodius' Heerhaufen, die den Gespenstern einer fliehenden Zeit nachsannen – zu mobilisieren, um mit ihrem Leben für die edle, die große, die schöne, die majestätische, die leidgeprüfte Königin einzustehen. Und so schritt er davon und verlor sich – mit lauter Stimme Gerechtigkeit und Liebe für die Königin und den König fordernd – im Dunkel der finsteren Gänge, in die Hunde und Soldaten urinierten und wo die Feuchtigkeit in grünschwarzen Pilzen bizarre Blüten trieb.

Dann kam der letzte Herbsttag: nicht jener, den die Menschen mit Zeichen und Symbolen bestimmen, sondern der tatsächliche draußen in der Natur, auf dem Land.

6

Jener letzte Herbsttag beschloß auch den letzten Herbst der Königin Ardid. Ihren eigenen Planungen nur zwei Tage zuvorkommend, überraschten Urdskas im Schwarzen Turm geschulte Krieger Ardids getreues Fähnlein. Alle nicht dem Steppenvolk entstammenden Wölflinge wurden getötet, dann griffen sie den Hof von Olar an. Die Königin stand in ihrem Garten am toten Stamm des Baums der Spiele, als der Kampflärm über sie hereinbrach. Sie fand kaum Zeit, die neue Lage zu begreifen, als sie sich und ihre beiden jungen Gärtner jäh umstellt sah. Dann sah sie Urdska auf sich zukommen – was ihr die Erinnerung an eine andere junge Frau ins Gedächtnis rief, der sie das rostige Törchen in der Stadtmauer geöffnet hatte – und hörte sie sagen: »Ah, Ardid; meine alte Widersacherin Ardid ... Bevor meine Mutter erschöpft vor den Toren der Goldenen Stadt im Fluß zusammenbrach, konnte sie noch zu mir sagen: ›Liebe den Wolf nicht, töte ihn!‹«

Sie stieß ein häßliches Gelächter aus und übergab die Gefangenen ihren furchterregend aussehenden Kriegern, die – das Haar wieder zu straffen Zöpfen geflochten und in schwarze Felle gekleidet – ein gellendes Geheul anstimmten wie leibhaftige, dem Abgrund der Welt entstiegene Teufel. Als Gefängnis wählten sie ausgerechnet den alten Turm mit der blauen Kapuze.

Die Getreuen des Königs wurden zwar überrumpelt, wehrten sich jedoch tapfer, und es kam zu einem erbitterten Kampf. Von ihrem Gefängnis aus hörte Ardid das Klirren der Waffen, und zum ersten Mal war ihr das eigene Schicksal vollkommen gleichgültig. Denn plötzlich, in ihrem reifen Alter, fand sie ein vergessenes Lächeln wieder und entdeckte noch einmal für sich all die vielen Puppen der in die Endlosigkeit entschwundenen Naivia. Sie hockte sich zu ihnen, streichelte sie und setzte sie wieder zusammen, unempfänglich schon für den Schrecken und die Liebesbeweise ihrer kleinen Gärtner, die ihr – als Diener – in die Gefangenschaft gefolgt waren. Die beiden beklagten den Verlust irgendeines Gartens oder verzehrten sich in der Sehnsucht nach einem lieblichen Hain – so wie jeder von einem verlorenen oder vielleicht auch niemals gesehenen Paradies träumen kann.

Der Baum der Spiele jedoch war unwiderruflich zu Asche geworden.

X

VERGESSENE KINDER, VERKLEIDET AUF DACHBÖDEN

Krhin, der Sohn von Yahek, war nicht zum Soldaten geboren. Wie alle anderen seiner Familie hatte er rote Haare, grüne Augen und war ganz und gar mit Sommersprossen übersät. Vielleicht war es dem väterlichen Erbgut zu danken, in Verbindung mit einem Leben an der frischen Luft, daß er nicht wie sie häßlich und unansehnlich, sondern kräftig und anmutig war; ein Eindruck, der durch sein gefälliges Wesen noch verstärkt wurde. Er hing sehr an seiner Mutter und seinem Zuhause, und er hegte eine große Leidenschaft, die darin bestand, den Lauf der Gestirne und der Sonne zu erforschen, welchen sie vom und zum Großen Abgrund der Welt zurücklegten.

Seine Freundschaft zur Steppenhexe hatte Krhin nicht ungenutzt gelassen, und seine Urgroßmutter hatte ihn, anfangs halb unwillig vielleicht, unter ihren Schutz genommen und in diesen Fähigkeiten unterwiesen.

In der etwas eigenartigen Stadt Yahekia war Indra inzwischen so etwas wie eine Prinzessin. Sie besaß sehr viel vornehmere Umgangsformen als die übrigen Frauen; doch nicht deshalb allein war ihr Ansehen gestiegen, sondern wegen des Andenkens an ihren verstorbenen Gemahl. Sie war jetzt gewissermaßen die anerkannte Herrscherin in der Stadt. Die Trauer und Verbitterung über den Verlust ihrer großen Liebe Yahek hatten zu keiner Verhärtung ihres Charakters geführt, wie man hätte erwarten können, sondern das Gegenteil war der Fall, was vielleicht daran lag, daß der weibliche Zweig der Familie – wie an der gutmütigen Mutter der Vulgaros zu sehen – sehr viel friedlicher war als der männliche. Indra hatte zwar nicht die klassische Schönheit ihrer Tante geerbt, wohl aber ihr Sohn Krhin, bei dem sie darüber hinaus mit allen Vorzügen veredelt worden war, deren sich das Steppenvolk rühmen konnte: Sehnigkeit, Kraft und Schneid. Sein sanftes Wesen, mehr der Wissenschaft als dem Krieg zugeneigt – den Krhin verabscheute –, führte dazu, daß besonders nach Yaheks Tod Indra alles daransetzte, der einzigen Frucht ihrer Liebe zu Glück und nicht zu Ruhm zu verhelfen, wie es in jenen Gegenden üblicher war, und ihn vor den Wölflingen zu bewahren. Die turbulenten Zeiten, in denen sie lebten, machten dies möglich; einmal hatte sie sogar durchsickern lassen, ihr Sohn sei in einer Schlacht gefallen. Da sie von allen geachtet und sogar geliebt wurde und fast alle Frauen zu ihr kamen, um die Alltagssorgen bei ihr abzuladen – trotz eines scheinbar glücklichen Lebens fühlten sie sich einsam –, war niemandem daran gelegen, sie zu verraten.

Mit ihr zusammen wohnte die einstige Augenschmaus, Mutter von Gudrilkja, der unhehelichen Tochter Gudús, der längst vergessen hatte, daß das Mädchen überhaupt auf der Welt war. Die beiden Frauen hatten die Kinder wie Geschwister großgezogen, und diese liebten sich auch wie Bruder und Schwester. Aber sowohl vom Äußeren als auch von ihrem Temperament her waren beide grundverschieden. War Krhin hübsch, liebenswert, stark und gedankenvoll, so war Gudrilkja weder hübsch noch stark, dafür aber wild und unerbittlich wie ihr Vater. Darüber hinaus hatte sie die Listigkeit, Klugheit und Hartnäckigkeit ihrer Großmutter geerbt. Hager und unansehnlich, wie sie war, und von der Sonne gebräunt, hatte sie eine angeborene Schwäche fürs Reiten und ließ keine Gelegenheit aus, mit im Wind flatternder Mähne, ohne Sattel und Zaumzeug auf den ungebärdigsten Hengsten und Ponys kreuz und quer über die Steppe zu galoppieren, oft unter Gefahr für ihr Leben. Denn außer diesen ganz und gar nicht ratsamen Ausritten in ein Land, das wieder Feindesland war, verloren und zurückgewonnen in hoffnungslosem Hin und Her, verkündete sie zum Entsetzen ihrer Mutter und aller, die sie hörten, sie sei der König.

Die Zeit verwandelte ihr Aussehen, nicht jedoch ihr Wesen. Als Rakjels Aufstand losbrach, war aus ihr eine schlanke, kräftige junge Frau geworden, biegsam wie ein Schilfrohr und einem schneidigen Jungen ähnlicher als einer Frau. Augenschmaus hatte ihr langes schwarzes Haar von Anfang an nach Art der Steppenkrieger geflochten, und wann immer es Gudrilkja möglich war, trug sie Soldatenkleidung, welche sie von Kriegern beider Seiten stibitzte. So gewandet, schlank und kraftvoll, glich sie tatsächlich einem jungen Kämpfer zu Pferd. Ihre Augen waren so blau und abgründig wie die von Gudú, von dessen Vaterschaft sie nichts ahnte. Wenn sie ihn jedoch von ferne sah, bewunderte sie ihn so grenzenlos, daß bald eine krankhafte Leidenschaft in ihr keimte. Sie hatte nämlich beobachtet, daß der König allein kriegerische Tugenden zu schätzen wußte und Frauen kaum eine Wichtigkeit für ihn hatten – vielleicht so wie Essen oder Wein. Wenn sie ihn auf seinem schwarzen Streitroß über die Steppe galoppieren sah, wünschte sie nichts sehnlicher, als in seinem Heer kämpfen zu dürfen. In der endlosen Einsamkeit der Steppe träumte sie oft davon, eines Tagen vor den Mann hinzutreten, dessen Krone – und vielleicht auch Liebe – sie begehrte. Ihrem ganzen Äußeren nach hatte sie eine ungewöhnliche Ähnlichkeit mit den Geschwistern Kiro und Arno; und diese Tatsache sollte sie in nicht mehr ferner Zukunft fast das Leben kosten. Zu ihrem Glück war sie viel älter als die Zwillinge, und dieser Umstand ließ das Schwert innehalten, das sie zu durchbohren drohte.

Raigo verließ Olar an jenem kalten Morgen, und sein Rachedurst war ebenso groß wie sein Schmerz. Er hatte sich bemüht, den Zorn und die Enttäuschung über Raigas und Ungestalts angeblichen Verrat zu vergessen. Seine Gefühle waren viel zu verworren, und er wußte nicht, wen von den beiden er als den größeren Verräter betrachten sollte. Oft genug hatte er über Ungestalt hinweggesehen und ihn sogar gemieden, doch im Grunde seines Herzens hegte er eine große Zuneigung zu dem einzigen Spielgefährten seiner trostlosen Kindheit in Gefangenschaft und Vergessen.

»Es stimmt wohl, Königin, daß Ihr jeden Tag in den Turm gekommen seid und mit uns gespielt habt, wie Ihr sagt«, murmelte er auf den Rücken seines Pferdes. »Aber es war nur Besuch, an Eurem Leben haben wir nicht teilgehabt. Wärme, Nähe und Verständnis habe ich nur von Raiga und Ungestalt bekommen ... Warum sagt Ihr, daß man dafür mit dem Scheiterhaufen bestraft wird? Diese Empfindungen waren das einzig Gute in meinem Leben. Aber wenn es so ist, wie Ihr sagt, nun gut, dann halte ich sie von mir fern, als wären sie die Pest.«

Leichter Schneefall überraschte ihn, als er den See gerade hinter sich gelassen und den Weg nach Osten eingeschlagen hatte, welcher von den Sträflingen gebaut worden war. Raigo ritt, so schnell sein Pferd und der Schneefall es zuließen. Er mußte den Vorsprung vor jenen halten, die nach dem Leben seines Vaters trachteten. Je näher er dem Ort kam, an dem dieser sich aufhielt, um so mehr zeigte er sich seines Blutes würdig, da er die ihm anvertraute Mission mit Zähigkeit und Opfermut bewältigte. Er schonte weder sich selbst noch sein armes Reittier, und je mehr das Bild des Vaters sein Denken und seinen ganzen Horizont einnahm, verließen ihn die Erinnerungen an liebgewonnene Spielgefährten und eine Kindheit und Jugend fern von menschlicher Berührung.

In der ersten Nacht, die er unter freiem Himmel verbrachte, im Dickicht verborgen, um nicht gesehen zu werden, fühlte er sich zum ersten Mal frei. Zum ersten Mal hatte er das Gefühl, die Mauern des Zwangs und vor allem die starren Gebote der Großmutter hinter sich gelassen zu haben. Wenn er für sie auch die natürliche Zuneigung eines Kindes empfand, das Liebe und Geborgenheit sucht und findet, so spürte er dennoch eine unmerkliche Erleichterung, die wie der beginnende Tag heraufzog, während er seinen Weg fortsetzte, bis ihm aufging, was sie bedeutete: die Freiheit. Endlich war er Herr seines Denkens und Handelns. Jetzt konnte er den Befehlen der Königin gehorchen oder nicht, ganz wie es ihm beliebte. Wer sollte ihn daran hindern? Nach einigem Nachdenken erkannte er jedoch – trotz seines Grolls darüber, gewissermaßen an ihrer Leine zu gehen –, daß ihre Weisungen eigentlich mit seinen innigsten Wünschen übereinstimmten. Zum einen wollte er sich seinem Vater zu erkennen geben, für den er so wirre und widerstreitende Gefühle wie Liebe und Zorn hegte; zum anderen war dies für ihn der einzige Weg, wenn er eines Tages König sein wollte. »Ich, der König«, murmelte er, während der eisige Wind seine Haut geißelte und seine Glieder taub machte. »Ich bin der König ...«

An einem der nächsten Tage brach ein solcher Schneesturm über ihn herein, daß er gezwungen war, in einer Höhle Schutz zu suchen. Er ließ deshalb aber weder seine Vorsicht außer acht, noch dachte er ans Aufgeben. Aufgrund der ausführlichen Beschreibung, welche ihm die Königin anhand der merkwürdigen Zeichnungen oder Karten gegeben hatte, die seinem Vater so nützlich gewesen waren, wie sie sagte, wußte Raigo, daß auch seine Verfolger diesen Weg nähmen, zumal sie sich, wie er annahm, vor jedem Hinterhalt sicher wähnten.

Vier Tage mußte er in der Höhle zubringen und war am Ende so verzweifelt, daß er glaubte, in seinem Auftrag versagt zu haben. Dann tröstete er sich jedoch damit, daß er von Urdskas Kriegern weder Spuren sah noch irgendwo etwas hörte. Ihn beruhigte auch die Erkenntnis, daß das Wetter wohl für alle gleich war und seine Feinde ihren Vormarsch daher gewiß ebenfalls hatten unterbrechen müssen.

Am fünften Tag klarte der Himmel auf, und in der tiefen Stille ringsum, die ab und zu von einem geheimnisvollen Hallen und Schnalzen unterbrochen wurde, machte er sich wieder auf den Weg, der unter der dicken Schneedecke allerdings schwer auszumachen war. Als er losritt, waren sein Pferd und auch er selbst völlig entkräftet. Er hatte zu wenig Verpflegung mitgenommen, und Kälte und Durst – den er bei zugefrorenen Quellen und Bächen nur mit Schnee löschen konnte – machten ihm so zu schaffen, daß er schon bald fühlte, wie das Fieber in ihm hochstieg.

Nach einer Weile trottete sein Pferd immer tiefer in den Wald hinein, ohne daß Raigo die Kraft besaß, es zurückzulenken. Im Delirium des Fiebers hörte er böses Gelächter und sah die verzerrten Gesichter Raigas und Ungestalts, der Königin und seines eigenen Vaters, furchterregende Fratzen mit langen Zähnen, die ihn zu verschlingen drohten wie in den alten Geschichten, die ihnen die Großmutter aus dem *Buch der Ahnen* vorzulesen pflegte.

Ohne Kraft, sein Pferd anzuhalten, und nahezu bewußtlos, erreichte er eine abgelegene Gegend, die er für den Weg nach Norden hielt, obwohl er nicht glauben konnte, vom Weg nach Osten abgekommen zu sein. Dort fiel er vom Pferd und verlor jedes Gefühl für seine Umgebung. Als er wieder zu sich kam und seine Umgebung wahrnehmen konnte, überfielen ihn Verwirrung und Entsetzen. Nur ein Gedanke beherrschte ihn: Er war in die Hände der Steppenhorden gefallen, die ihn eingeholt hatten und nun das Leben seines Vaters bedrohten. Und er irrte sich nicht, was den zweiten Teil seines Gedankens betraf; wohl aber in der Weise, wie dies geschehen war, und vor allem, in wessen Hände er gefallen war.

Urdskas Krieger waren ihm schon vor seiner Bewußtlosigkeit voraus gewesen. Weit erfahrener als Raigo, hatten sie nicht den Weg der Sträflinge genommen, sondern einen kürzeren über die Berge gewählt, wo sie in kleinen Gruppen marschieren und ungesehen vorankommen konnten. All dies hatte Ardid geahnt und gefürchtet, als sie Raigo auf den Weg schickte, aber sie wußte auch, daß nur er allein seine letzte Karte spielen konnte. Und so spielte er sie nun gegen das sichere Scheitern, das ihn erwartete.

Die grausame Erkenntnis hatte er gewonnen, noch bevor er sich darüber klargeworden war, wer ihn eigentlich vor dem sicheren Tod gerettet hatte. Es war ja nicht nur die winterliche Kälte: Hungrige Wolfsrudel streunten durch die Wälder. Die Gewißheit, versagt zu haben, stürzte ihn in solche Verzweiflung, daß er erst spät den leeren Taubenkäfig an seiner Seite wahrnahm und erkennen mußte, daß die Brieftauben der Königin tot oder davongeflogen waren. Und mit ihnen jede Hoffnung, seinen Vater zu retten.

Als Raigo endlich seine Umgebung deutlicher wahrzunehmen vermochte und erkennen konnte, wer ihn gerettet hatte, war er ebenso verwirrt wie verängstigt, denn solche Wesen hatte er noch nie gesehen. Er glaubte sich in einer Art Höhle oder Hütte zu befinden, die zwar ziemlich geräumig, aber so niedrig war, daß ihre Bewohner nur kriechen und sitzen konnten. Sie war rund, und in der Mitte brannte ein großes Feuer. Der Kamin, Herd und Küche, bildete den Kern jenes seltsamen Heims. Wände und Decke waren aus Stämmen und geflochtenen Zweigen gemacht und mit Lehm verschmiert worden. Schließlich hob er, immer noch geschwächt, ein wenig den Kopf und erkannte verschwommene Gestalten ringsum, die sich bewegten und unverständliche Laute ausstießen; falls es Worte waren, wurden sie jedenfalls in einer ihm unverständlichen Sprache gesprochen. Er zuckte zusammen, als sich plötzlich ein Gesicht über ihn beugte, das einen besorgten, zumindest aber erwartungsvollen Ausdruck zeigte. Es war ein ganz ungewöhnlicher Kopf, über und über mit pelzigem, feuerrotem Haar bedeckt, so daß er im Widerschein der Flammen gleichsam ein zweites Kaminfeuer abgab. Ein verfilzter langer Bart gehörte dazu, und zwei Augen starrten so gelb und rund daraus hervor, daß sie kaum menschlich zu nennen waren.

Raigo wollte etwas sagen, brachte jedoch kein Wort heraus; entweder war er noch zu schwach oder noch vor Schreck wie gelähmt angesichts dieser Kreatur, die der menschlichen Gattung zuzuordnen ihm nicht so ohne weiteres gelingen wollte. Eine rauhe, schwielige Hand schob sich unendlich behutsam unter seinen Nacken und hob seinen Kopf an. Raigo dachte bei dieser Berührung an die Zärtlichkeit, mit der – wie er während seines heimlichen Aufenthalts in der Hütte am See hatte beobachten können – selbst die ruppigsten Landleute ihre Tiere behandelten.

Der Berührung folgten leise knurrende Laute, die dennoch eine liebevolle Anteilnahme an seiner Person bekundeten. Vier weitere Köpfe gesellten sich zum ersten, und daraus, wie es aus den pelzigen Gesichtern – einige fahlgelb, andere kirschrot – hervorblitzte, schloß er, daß sie ihn mit gebleckten Reißzähnen anlächelten. Doch falls es sich wirklich um Wölfe handelte, schienen sie es gut mit ihm zu meinen.

Schließlich gelang es Raigo, die Hand auszustrecken und nach seinem Schwert zu tasten, das zu seiner großen Erleichterung noch an seinem Gürtel hing. Er umklammerte den Griff, als sei er sein einziger Halt auf der Welt. Da sah er, wie die Augen des ersten Wesens traurig wurden, und er hörte es stockend, doch in verständlicher Sprache sagen:

»Nicht töten, nicht töten … Hirtenmänner lieben blondes Kind, blondes Kind.«

Er war ungehalten, als er hörte, daß sie ihn für ein Kind hielten, ahnte aber zugleich, daß es besser war, dies nicht zu zeigen. Er begriff, daß sein bartloses Gesicht, dessen Wangen der erste goldige Flaum bedeckte, und sein Körper ihnen wie der eines Kindes vorkommen mußten – angesichts ihrer eigenen kompakten Figuren, die eher an Wölfe oder Wildschweine erinnerten. Also rief er sich zur Vernunft, wie seine Großmutter es ihm angeraten hatte, sagte nichts und harrte der Dinge, die da noch kommen sollten.

Die erste der ihn umringenden Gestalten streichelte ihn noch einmal täppisch, aber ganz behutsam, und sagte:

»Oh, Goldkind, Goldkind …«

Daraufhin brachen alle anderen in die merkwürdigsten Formen von Freude und Zärtlichkeit aus, drängelten sich heran und streichelten sein Haar und seine Schultern und schauten dabei so unschuldig und leutselig drein, daß er ganz verwirrt war. Er hatte noch immer keine Ahnung, ob er sich unter Freunden befand oder unter ebenso dummdreisten wie blutgierigen Menschenfressern, die ihn nach diesen Bezeugungen mit Haut und Haaren verschlingen würden, wie sein Lehrer Amor ihm von geheimnisvollen Volksstämmen des Nordens berichtet hatte. Und ihm fielen wieder die Abende am Kaminfeuer ein, als Großmutter Ardid ihnen Geschichten von seltsamen Wesen vorlas, die sie in einer weit zurückliegenden wunderbaren Zeit anscheinend selbst einmal gekannt hatte. So nahm er dann seinen ganzen Mut zusammen und sagte leise: »Edle Herren … ich danke euch sehr für alles, was ihr bisher für mich getan habt. Aber wißt, daß ihr keinen undankbaren Bettelmann gesund gepflegt habt; und wenn ihr mir helft, meine schwierige Lage ganz zu überwinden, will ich euch für den Rest meines Lebens als meine Freunde betrachten. Laßt euch versichern, daß ich der Erbe eines mächtigen Königreiches bin, und wenn ihr mir helft, es zurückzugewinnen, soll es auch euer Königreich sein, meine Freunde werden eure Freunde sein und meine Siege eure Siege.«

Solcherlei Reden hatte er von seiner lebensklugen Großmutter gelernt, wenn er bislang auch nicht geglaubt hatte, sich dafür beglückwünschen zu müssen.

Die Wirkung seiner Worte auf die befremdlichen Wesen war niederschmetternd. Ihre Bewegtheit nahm so furchterregende Formen an, daß Raigo seine Ansprache schon bereute. Ihre zärtliche Zuneigung verwandelte sich in groben Überschwang und endete mit einem wilden Geheul und großer Erregung, in dessen Verlauf sie ihn so heftig auf ihre kräftigen Arme hoben, daß er um seine Knochen fürchtete. Sie trugen ihn ans Feuer, und der größte von ihnen zog unter seinen Fellen einen spitzen Dolch hervor, der im Schein der Flammen unheilvoll funkelte. Raigo hielt sein letztes Stündchen für gekommen und kniff die Augen zusammen. Statt dessen schoben sie ihm den Ärmel bis zum Ellbogen hoch und ritzten ihm den Unterarm, bis sogleich ein Tropfen Blut hervortrat, so makellos wie ein Rubin. Dann taten sie reihum dasselbe mit ihren eigenen Armen, und Raigo erinnerte sich – immerhin vor Furcht und Entsetzen wie gelähmt – verschwommen an gewisse Bruderschaftsrituale, von denen Amor ebenfalls berichtet hatte. Ferne Völker sollten ihnen huldigen …

Er fiel in Ohnmacht, und als er nach wer weiß wie langer Zeit wieder zu sich kam, hielt ihm jemand eine Holzschale heiß schäumender Milch an die Lippen. Das brachte ihn soweit zu sich, daß er die Augen aufreißen und seine ungewöhnlichen Retter anstarren konnte. Als sie glaubten, daß er wieder ausreichend bei Sinnen war, sagten sie in ihrer Stammelsprache: »Blondes Kind, stimmt das, was du in deinen Träumen gesagt hast?«

»Was habe ich denn gesagt?«

»Du hast gesagt, du seist der Sohn von König Gudú. Böse Verräter wollen ihm und dir ans Leben. Aber wir sind Brüder vom blonden Kind und deswegen auch Kinder von Gudú, dem König. Wir werden unseren Vater und unseren kleinen Bruder vor Bestien und bösen Menschen beschützen!«

Und diese Worte waren der erste Hoffnungschimmer, dessen Licht in Raigos verzagtes Herz fiel.

Die Waldbrüder waren ein Hirtenvolk hoch aus dem finstersten Norden, wo einzig Volodius einmal hingekommen war, um einen Aufstand niederzuschlagen und dessen Anführer hinzurichten. Danach hatte er die Fahne von Olar aufgezogen und entlang der Grenze einsame Garnisonen errichten lassen, in denen abgestumpfte Soldaten ihren Dienst taten. Von dort kamen Atre und Oci, welche die Neugier auf ihren neuen Herrn hinausgetrieben hatte, wie viele Jahre vorher die Angst. Die übrigen Stammesmitglieder folgten ihren Brüdern von ferne, und von den bewaldeten Bergen aus verfolgten sie mit aufgerissenen Augen die Abenteuer der beiden.

Manchmal kamen Atre und Oci sie in den Bergwäldern besuchen und erzählten ihnen dann voller Bewunderung und Achtung von Gudú. Und auch von Yahek, der sich mit Atre verbrüdert hatte. Sie drängten sie oft, sich ihnen mit ihren Herden anzuschließen; doch die Hirten waren alle sehr jung und furchtsam und hatten an so etwas noch nie gedacht. Sie lebten im Dickicht des Waldes verborgen, und nur im Winter, wenn kein oder fast kein Mensch unterwegs war, wagten sie sich bis zu jener Straße hinunter, die von Sträflingen in mühseliger Arbeit bis zur Steppe gebaut worden war. Sie besaßen riesige Ziegenherden, mächtige Tiere, angeführt von geheimnisvollen Häuptlingsböcken, mit denen sich die Hirten in einer Art Grunzen verständigten. Sie hatten die Wälder nie verlassen, hatten von dort aus Gudús Kriegshaufen beobachtet und Furcht und Bewunderung für diese seltsame, halb weibliche, halb kindliche Menschenrasse ohne Fell empfunden. Sie selbst waren ungewöhnlich robust gebaut, hatten aber häufig krumme Beine oder Buckel und standen in keinem Vergleich zu den Menschen, die Raigo kannte. Sie waren derart behaart, daß man nur ihre Augen und Zähne im Gesicht erkennen konnte. Und wenn sie in der stickigen Hitze der Erdhütten ihre Wolfs- oder Ziegenfelle ablegten, war es, als trügen sie darunter immer noch andere Felle von goldgelber oder roter Farbe wie die Flammen des Feuers.

Sie waren ein Waldvolk, das seine Hütten halb unterirdisch in das Wurzelwerk der Mammutbäume baute. Erkennen konnte man sie nur am Rauch ihrer Feuer, der aus der Erde aufstieg wie der Nebel von den Bächen und Flüssen. Doch kaum ein Mensch verirrte sich in diese Gegend, und wenn, war man eher geneigt, an wehende Gespenster, Erdgeister oder schattenhafte Waldfeen zu glauben. Die Bauern, hieß es, trauten sich seit langem nicht mehr in diese Wälder, da sie ihrer Meinung nach verhext waren. Und wurden sie – selbst wenn nur von ferne – der riesenwüchsigen Ziegen ansichtig, nahmen sie entsetzt Reißaus. Kam es wirklich einmal vor, daß ein nichtsahnender Bauer einem der gigantischen Tiere mit den gewundenen Hörnern über den Weg lief, rannte er schreiend davon und schwor hinterher, den Leibhaftigen gesehen zu haben.

Raigo erfuhr nach und nach von diesen Dingen, und er erzählte seinen Gastgebern, welchen Auftrag er zu erfüllen hatte. Eines Tages sprach Lar, der Anführer des Stammes, der Raigo gerettet hatte: »Alle Brüder folgen dem Weg unseres Vaters. Überfallen böse Bestienmenschen und retten unseren Vater und kleinen Bruder.«

Danach mußte Raigo schmatzende Küsse über sich ergehen lassen, und ein neues Ritual begann. Ein großes Ziegenfell wurde straff aufgespannt und im Takt geschlagen. Kurz darauf vernahm er ein ähnlich dumpfes Pochen, das aus der Erde zu kommen schien und sich durch den ganzen Wald fortpflanzte. Zuerst glaubte Raigo an Donner und ein nahendes Gewitter. Es war aber nichts anderes als der dröhnende Widerhall einer geheimen Trommelsprache. Schließlich sagte Lar: »Gehen wir nach oben, kleiner Bruder. Die Hirtenbrüder machen sich auf den Weg zu Vater Gudú.«

Raigo fürchtete sich ein wenig, zugleich jedoch erfüllte ihn ein machtvolles Gefühl der Hoffnung.

Als sie an die Erdoberfläche kamen, lag der Schnee im gleißenden Sonnenlicht, und Raigo konnte ein Schauspiel beobachten, das ihm die Sprache verschlug. Nach und nach kamen hinter den Baumstämmen immer mehr Hirtenbrüder hervor, alle furchteinflößend anzusehen und harmlos zugleich. Sie ritten auf riesigen Ziegenböcken oder fetten Ziegen, und alle belauerten ihn mit so starren Augen, daß er glaubte, ihre Blicke auf der Haut brennen zu fühlen. Sie schwangen Dolche, deren Klingen wie kleine Blitze zwischen den Bäumen aufzuckten. Dann stießen sie ein so markerschütterndes Geheul aus, daß Raigo sich unwillkürlich fragte, ob er es nicht mit den gefürchteten Horden der Steppe zu tun hatte, von deren furchterregendem Kriegsgeschrei in Olar ständig die Rede ging.

Er erkannte, daß dies der Augenblick war, die Ratschläge der Königin in die Tat umzusetzen, und so zog er sein Schwert und rief mit lauter Stimme: »Meine Brüder! Söhne Gudús, des großen Königs! Von diesem Moment an ist jeder von euch genauso bedroht und in Gefahr wie euer aller Vater. Waldbrüder, Hirtenbrüder, meine Brüder, schwören wir uns, nicht zu weichen, bis alle Bestienmenschen getötet sind!«

Unbändiges Geheul, das in der weißen Stille des verschneiten Waldes dumpf und unheimlich klang, brachte die Bäume zum Erzittern. Raigos Pferd, das die Waldmänner mit viel Liebe gepflegt hatten, stieg erschrocken auf die Hinterbeine, und als Raigo sich auf seinen Rücken schwang, hörte er, wie Lar zu ihm sagte: »Bruder Raigo, vor fünf Nächten und fünf Tagen haben

Hirtenbrüder beobachtet, wie Bestienmenschen vorbeigezogen. Unsere Ziegenschwestern sind geschwinder und behender als dein Pferd, das du bei Frauen und Kindern zurücklassen kannst. Die gute Caprina hier wird dich schnell und sicher und ungesehen ans Ziel bringen.«

Gesagt, getan, wurde er wie im Flug auf den Rücken einer gewaltigen rothaarigen Ziege gesetzt. Caprina stieß daraufhin ein so lautes Schnauben aus, daß ihm die Haare zu Berge standen. Sie besaß gewundene lange Hörner und so starke sehnige Beine, das sein eigenes Pferd ihn gewiß nicht besser getragen hätte.

»Halte dich an den Hörnern fest, kleiner Bruder«, sagte Lar, »und laß dich von den Brüdern führen. Die Brüder werden Gudú, unseren Vater, retten, und du wirst ihr Königssohn.«

Mit dieser kuriosen Erklärung wurde Raigo auf den Weg geschickt, der ihn durch Landschaften und schaurige Abgründe führte, wie er sich nicht hatte vorstellen können. Über tiefe Schluchten hinweg glaubte er gleichsam durch den Nebel zu fliegen, als wäre die ganze Reise ein einziger verrückter, entsetzlicher Traum, in dem er nichts anderes tun konnte, als sich an Caprinas Hörner oder ihrem rauhen Fell festzuklammern, das im Sonnenlicht wie eine Flamme aufloderte. Dann wieder glaubte er über den Wipfeln von Tannen und Birken und an bodenlosen Klüften vorbeizugaloppieren.

Manchmal drang langes heiseres Gelächter an sein Ohr. Am Ende sagte er sich, daß es wahrscheinlich von Caprina kam, die in das Lachen aller Ziegenschwestern und Hirtenbrüder einstimmte. Und es war wahrhaftig kein Wohlklang, zu dem sich auf dieser ebenso ausgefallenen wie unvergeßlichen Reise das langgezogene Geheul der Wölfe gesellte. Wenn die Nebel sich lichteten, erkannten sie in den Schluchten und Abgründen – nichts anderes gab es für Raigo unter den Hufen seines Reittiers – ganze Herden, die mit aufgerissenen Mäulern und glänzenden Augen erwartungsvoll die Köpfe hoben.

So gewann Raigo die verlorene Zeit zurück, denn am dritten Tag witterte und erlauschte Lar die Nähe von Urdskas Kriegern.

Er brachte sein Herdenheer zum Stehen, indem er seinen langen Hirtenstab in die Höhe reckte und einen Schrei ausstieß, den jeder – mit Ausnahme der Brüder – für den Ruf eines Waldtiers gehalten hätte. Die ganze Herde kam zum Stehen und sammelte sich im Wald.

»Bestienmenschen sind ganz in der Nähe. Vorsichtig und leise!« raunte Lar und zog seinen Dolch, der furchterregender war als ein Schwert. Alle Brüder taten es ihm gleich, und Hunderte von Messern blitzten und funkelten im Dickicht. Lar rief Raigo zu sich und sagte zu ihm: »Du, goldener Bruder, bleibst bei Häuptling Lar und weichst nicht von seiner Seite. Denn jetzt retten wir unseren Vater, den guten König Gudú.«

Und obwohl Raigo der Ansicht zuneigte, daß dies nicht unbedingt der treffendste Beiname für seinen Vater war, hütete er sich, ein Wort zu sagen. Er stieg zu Lar auf die Ziege, hielt sich gut an dessen Gürtel fest, und dann fielen sie in einen leichtfüßigen Galopp, bei dem sie kaum den Boden zu berühren schienen. Nicht lange, da sahen sie, vorsichtig wie Wölfe und lautlos wie die Birken, mehrere der Bestienmenschen. Sie schienen nicht über Stein, Schnee oder Laub zu gehen, sondern durch den Nebel zu schweben. Lar stieß einen schrillen Pfiff aus, und Urdskas Männer erstarrten. Alle wandten die Köpfe, doch seltsamerweise in die entgegengesetzte Richtung von der, aus der die Hirtenbrüder kamen. Und in genau diesem Moment fielen sie über die Steppenreiter her, schnell und ohne ein einziges Geräusch.

Die Feuertaufe des Kriegers war für Raigo nicht so, wie er sie sich immer vorgestellt hatte. Fast freundlich zu nennende heisere Kehllaute ausstoßend, fielen die Hirtenbrüder schnell und geschickt wie Schlachter über die entsetzten Steppenreiter her, die ungläubig zusahen, wie die teufelsroten Reiter aus dem Nebel auftauchten. Auf Ziegen mit gelbglühenden Augen kamen sie über sie und schnitten einem nach dem anderen die Hälse durch. Der Geruch des Blutes kam wie ein Rausch über Raigo, und er schlug mit seinem Schwert Köpfe ab und durchbohrte Kehlen, bevor ein Laut aus ihnen hervordringen konnte.

Etwas Merkwürdige geschah mit ihm; sowohl von innen als auch von außen: Unter den schmalen Ziegenhufen stob der Schnee auf, und unter der weißen Wolke quoll das Blut wie aus einem glühenden Brunnen hervor, spritzte auf den Schnee, auf die Gesichter und auf die Klingen der Dolche und seines Schwerts. Und eine finstere Wonne, eine rasende, pochende, berauschende Lust stieg ihm in die Augen, auf die Zunge, umdüsterte ihn. Das Dröhnen jenes teuflischen, heiseren Caprina-Lachens drang wieder an sein Ohr; dann merkte er, daß er selbst es ausstieß, und es war für ihn der ergötzlichste, lieblichste Klang, den er je gehört hatte.

Der letzte war Usklaidoj, der Anführer von Urdskas Männern. Sie hatten ihn umzingelt, und einer der Brüder wollte ihn soeben langsam und genüßlich abstechen, als Raigo rief:

»Laßt ihn leben! Er soll der Beweis für unseren Vater, den König, sein, damit er uns glaubt und so die Wahrheit erfährt.«

Sie fesselten ihn mit unzerreißbaren Ziegensehnen und warfen ihn wie einen Sack auf den Rücken des riesigsten Ziegenbocks. Seine langen Zöpfe hingen bis zur Erde, Blut aus einer tiefen Kinnwunde rann daran hinab.

Sie waren der Steppe schon so nahe gekommen, daß sie Gerüche von Essen und Holzfeuern aus der Stadt Yahekia schnuppern konnten. Raigo hatte seine Verbündeten regelrechte Aufstellung nehmen lassen, um so mit ihnen in die Stadt einzuziehen und von seinem Vater, dem König, empfangen zu werden. Aufgespießt auf die langen Hirtenstäbe, ragten die schwarzbezopften Köpfe von Urdskas Kriegern über dem weißen Schnee auf. Die Hirtenbrüder schwenkten ihre erbeuteten Lanzen und Schwerter mit einer jubelnden Lust, die man – den fürchterlichen Hintergrund außer acht lassend – für die unbekümmerte Fröhlichkeit unschuldiger Kinder hätte halten können. So zartfühlend und so grausam waren Raigos neuen Freunde. Und zuverlässig, wie er bei vielerlei Gelegenheiten feststellen konnte. So treu und zuverlässig waren sie, wie sie gnadenlos und grausam sein konnten, wenn ein ihnen heiliges Versprechen nicht gehalten oder ihr Vertrauen mißbraucht wurde.

Trotz ihres ersten Sieges übersah Raigo nicht die Gefahr, in die er sich begab, wenn er mit seiner merkwürdigen Truppe in die Stadt Yahekia einzureiten versuchte. Sehr wahrscheinlich würden sie dann von überlegenen und besser ausgebildeten Soldaten angegriffen. Er wußte, daß diese Dinge Häuptling Lar und den Brüdern nicht leicht beizubringen wären, aber noch aussichtsloser war es, in deren Begleitung unbeschadet bis zum König vorzudringen.

Schließlich bat er seine Verbündeten um Gehör und sprach:

»Ich halte es für vernünftiger und ratsamer, wenn wir aus einem guten Versteck heraus erst einmal beobachten, was in der Steppe vor sich geht, bevor wir uns zeigen. Nur ich, in Begleitung von Lar und dem Kleinen Bruder Uro, werde vorausreiten. Ihr übrigen haltet euch unterdessen verborgen und wartet auf ein verabredetes Zeichen. Usklaidoj nehmen wir mit als Beweis für Urdskas Verrat.«

Usklaidoj schien zu verbluten, und so befahl Raigo, seine Wunde zu verbinden. Die Brüder beeilten sich, seinem Befehl nachzukommen, und legten dem Gefangenen geheimnisvolle Pflaster auf, die sie aus ihren Ziegenfellbeuteln hervorkramten, während sie zugleich einen eintönigen Gesang anstimmten, der sich glücklicherweise nicht sehr vom Wind der Steppe unterschied. Sobald Usklaidoj wieder halbwegs auf den Beinen war, wurde er gefesselt und über den Rücken des Großen Caprino geworfen, und dann brachen Raigo, Lar und der Kleine Bruder – der zehn Jahre alt war, aber aussah wie zwanzig – in Richtung der Stadt Yahekia auf.

Der winterliche Morgen war kalt, und in Yahekia machten schlimme Nachrichten die Runde: Vor Indras Haus hatten sich mehrere jammernde Frauen eingefunden, die zu berichten wußten, daß Rakjel den Truppen von Gudú zum vierten Mal eine Niederlage beigebracht hatte. Diese zogen sich kämpfend am

Ufer des Großen Flusses zurück; den verwundeten König auf einer Trage bei sich.

Die Wehklage der Frauen – deren Männer im Heer des Königs kämpften – strich wie der Wind durch die Häuser, den Soldaten der Garnison sank der Mut, und die ganze Stadt wurde zu einem einzigen angsterfüllten Wehgeschrei. Indra – mit einem Gedächtnis und einem Ruf ausgestattet, den sie längst für angemessen hielt – wußte die Gemüter mit vernünftigen Argumenten zu besänftigen. Sie stellte sich auf den Marktplatz, rief die Leute herbei und empfahl ihnen Vorsicht und Geduld. Der König sei unbesiegbar, erklärte sie, und eine verlorene Schlacht besage noch gar nichts. Urdskas Stadt war dreimal erobert und wieder zurückgewonnen worden; und viel öfter noch würde dies geschehen, bis Gudú und seinen Männern der endgültige Sieg zuteil werde. Wenn Indra sprach, wurden die Menschen rasch friedlich.

Ihr Sohn hockte finster grübelnd in seiner Ecke, hörte ihr zu und schwieg. Ein einziges Herz nur begehrte auf, und dies war das Herz von Gudrilkja. In ihrer Kriegerkluft ritt sie keuchend vor Haß aus der Stadt, ritt in die Wälder und immer tiefer hinein. »Wäre ich ein Mann«, knurrte sie, »schlüge ich mich zum König durch und würde mit ihm zusammen diese Steppenhunde vernichten.« Womit sie eine würdige Enkelin Ardids zu sein bewies; zumindest was Starrsinn, Hitzigkeit und Sprache betraf. In solch düsteren Gedanken versunken, hielt sie ihr Pferd an und schritt zu einer eiskalten Quelle, in der sie bei schönerem Wetter oft badete und trank. Sie schaute gerade in das eisige Wasser, als unerwartet ein Körper auf sie fiel, ihr jede Bewegung unmöglich machte und ihr ein blitzendes Schwert an die Kehle setzte.

Sie war so überrumpelt, daß ihre gewöhnliche Stärke und Geschicklichkeit außer Kraft gesetzt schienen. Und dann schaute sie in ein Paar goldbrauner Augen. Raigo seinerseits hielt das erhobene Schwert in der Schwebe, weil die Ähnlichkeit des jungen Kriegers mit Kiro und Arno so verblüffend war. Als er den Körper unter seinen Knien spürte, fiel ihm allmählich auf, daß der Junge allein vom Alter her keiner seiner Brüder sein konnte; und erst als er das Gesicht aus der Nähe betrachtete, erkannte er seinen Irrtum.

Während er sie noch fester auf die Erde drückte, fragte er mit drohender Stimme: »Wer bist du, junger Soldat, der du anderen so ähnlich siehst, die weit entfernt leben?«

Gudrilkja bewahrte störrisches Schweigen, doch in dem Schnee ringsum, in dem allein ab und zu das blitzende Knacken vereister Zweige zu hören war, vernahm Raigo das Knirschen ihrer kleinen Zähne.

»Sag, wer du bist, oder du stirbst!«

»Ich bin der König«, sagte Gudrilkja schließlich voller Stolz.

»Der König? Welche Anmaßung ist denn das? Ich kenne den König sehr gut, und du bist es nicht. Der König ist mein Vater, und ich komme aus Olar, um sein Leben zu retten.«

Da entspannten sich Gudrilkjas Gesichtszüge, sie betrachtete Raigo mit einer Mischung aus Neid und Verblüffung und murmelte: »Ja, der König ist in Gefahr. Er kehrt heute nach Yahekia zurück. Zurückgeschlagen und verwundet von dem verfluchten Rakjel.«

Als er diese Worte vernahm, war Raigo wie betäubt. Lar und Uro kamen herbei und betrachteten mit großen gelben Augen erstaunt die Szene. Den übel zugerichteten Usklaidoj schleiften sie hinter sich her.

»Wer sind diese schrecklichen Bestien ...?« brach es beinahe wie ein Schrei aus Gudrilkja hervor, denn selbst ihr tapferes kleines Herz erschrak bei dem Anblick jener Geschöpfe.

»Es sind Freunde. Ihnen ist es zu danken, daß die Stadt kein Raub der Flammen geworden und der König noch am Leben ist. Die Männer der verfluchten Urdska wollten ihn flußaufwärts in einen Hinterhalt locken, und der hier ist ihr Anführer.«

Gudrilkja schaute nun freundlicher und wollte begierig alles wissen, was geschehen war. Raigo befreite sie daraufhin vom Druck seiner Knie und zeigte ihr Usklaidoj, der mit Lars Messer am Hals gezwungen wurde, seinen Verrat zu gestehen.

»Kommt mit mir«, sagte Gudrilkja, nachdem sie sich alles angehört hatte. »Ich bringe euch zu meiner Mutter, die bei Indra wohnt, der angesehensten Frau von Yahekia. Sie kann euch zum König bringen. Aber Gnade dir, wenn du die Unwahrheit gesprochen hast! In diesen Dingen kennt der König wahrhaftig keine Nachsicht.«

»Das hoffe ich«, antwortete Raigo mit stolzer Miene. »Denn auch ich, sein Sohn und künftiger König, werde für Lügner und Verräter keine Gnade kennen.«

Diese Worte brannten sich wie Feuer in Gudrilkjas Herz. Sie war noch zerrissen zwischen Haß und Bewunderung für den jungen Raigo, als sie leise entgegnete: »Ich weiß nicht, ob du eines Tages König sein wirst ... Ich weiß nur, daß ich meinen König Gudú liebe und für ihn sterben werde, wenn es nötig ist. Also komm mit und vertrau mir.«

Dann führte sie alle in die Stadt und zu Indras Haus.

2 Nur ein König weiß, was einem König die Niederlage bedeutet. Gudú war schon zweimal vorher verwundet worden, und in seinem ernsten Zustand war er den Angriffen des gehaßten Rakjel hilflos ausgesetzt. Jetzt wurde er auf einer Trage nach Yahekia befördert – seinen Männern hatte er geraten, sich dort zu verbarrikadieren und den Frühling abzuwarten – und dachte zum ersten Mal daran, daß sein größter Fehler gewesen war, so leichtsinnig sein Leben aufs Spiel zu setzen. Eigentlich, überlegte er, auf den Schultern seiner Männer flußabwärts schaukelnd, war soviel Verwegenheit nicht nötig. Sein Platz war bei denen, die ein Heer oder ein Volk lenken; nicht bei denen, die dafür sterben. Plötzlich erkannte er den Grund für seine letzten Niederlagen oder hart erkämpften Siege, und das war der Haß. Diese Empfindung verursachte ihm dasselbe Unbehagen und gar Entsetzen wie seiner Mutter die Liebe. Ich werde den

Haß in mir ausmerzen, sagte er sich. Dann wird König Gudú wieder siegen. Seine Männer betteten ihn auf ein Floß, so daß jetzt die Wellen des Flusses ihn wiegten, und gegen Abend zog er in Yahekia ein.

Viele Stunden lag er in bewußtlosem Schlaf. Schließlich erwachte er: Etwas Ungewöhnliches ging in seinem Zelt vor. Stimmengemurmel drang an sein Ohr, und er hörte ihm bekannt vorkommendes Wehgeschrei. Zwischen halbgeöffneten Lidern hindurch sah er dann wie durch einen Dunstschleier eine Abfolge von Ereignissen oder Träumen: Ein kleiner Junge rannte durch dunkle, feuchte Gänge, ein älterer Bruder mit glänzenden Haaren und strahlenden Augen hob sein Schwert, um ihn zu verteidigen, eine junge Frau sagte, sie erwarte ein Kind von ihm; eine Krone und wilde Freischärler zogen vorbei, eine starke und kluge Königin ... Schweißnaß erwachte er, das Fieber hatte seine Lippen ausgedörrt. Er warf die Felle von sich, die sein Lager bedeckten, und rief nach der Wache. Der treue Runglo trat zu ihm.

»Wer schreit da draußen? Wer begehrt auf diese Weise den König zu sprechen?«

Er wußte es nicht, aber es war eine dunkle Stimme, die jene Worte in seinem Kopf hören ließ, und er sah auch wieder die erste junge Augenschmaus, die er Nobel übergeben hatte. Sie zeigte ihm lächelnd einen kleinen blauen Stein mit einem runden Loch in der Mitte. Runglos Stimme verscheuchte die Vision: »Majestät, ein junger Krieger behauptet, wichtige Nachrichten für Euch zu haben. Ein merkwürdiger Fremder begleitet ihn, und er versichert mir glaubhaft, unter dem Schutz der früheren Frau unseres Hauptmanns Yahek zu stehen.«

»Laß sie eintreten«, sagte der König, als er Yaheks Namen hörte, obwohl ihm die Kraft zu schwinden drohte.

Er ließ sein Haupt schwer aufs Lager zurückfallen, drehte den Kopf zu der geöffneten Truhe an seiner Seite und erblickte die Königskrone. Er führte sie jetzt mit sich – wie alle Könige in entscheidenden Augenblicken. Gewöhnlich trug er sie nur zu besonders feierlichen Anlässen. Doch diesmal blieb sie als Symbol einer geheimnisvollen Kraft und Sicherheit an seiner Seite, bewacht von treuen Kriegern, die bereit waren, ihr Leben dafür hinzugeben.

Da vernahm er eine Stimme, die zu ihm sprach: »Majestät, Hoheit ... um der über jeden Zweifel erhabenen Treue und der Liebe willen, mit der mein geliebter Yahek Euch zu Diensten stand, flehe ich Euch an, schenkt uns Gehör, denn schlimme Nachrichten werden uns gebracht.«

Er wandte den Kopf, um zu sehen, wer zu ihm sprach, und erblickte ein faltiges Frauengesicht, von roten Zöpfen umrahmt, durch die sich dicke graue Strähnen zogen. Es war, als ließe ein altes Gespenst eine Erinnerung für ihn aufblühen.

»Sprich«, flüsterte er. Dann schien das alte Wissen des Südens sich noch einmal Bahn zu brechen, und er fügte hinzu:

»Sprecht ohne Furcht, Fürstin Indra.«

Diese Worte zeigten eine unerwartete Wirkung: Das Antlitz der alten Frau leuchtete auf, als würde die ganze Gestalt im Glanz ihrer frühen Jugend erstrahlen. Mit einer tiefen Verneigung sprach sie: »König Gudú, Herr über unser Volk und unser Leben, schlimme Ereignisse haben Euren legitimen Sohn und Thronerben hierhergeführt. Er bringt Euch Nachrichten und Beweise für Königin Urdskas Verrat. Ohne seine Tapferkeit und die ergebene Hilfe derer, die Ihr noch kennenlernen werdet, hätte er es niemals bis hierher geschafft. Das Königreich, Ihr selbst, Eure Mutter, die Königin, wir alle wären Opfer finsterster Machenschaften geworden.«

»Faß dich kurz«, murmelte der König mit schwacher Stimme. »Von welchem Sohn sprichst du? Ich habe einige gehabt und wieder vergessen. Ich bin verwundet und habe Fieber, erspar mir die Mühe, über Nichtigkeiten nachdenken zu müssen ...«

Da trat ein stattlicher junger Mann ins Zelt, mit blondem Haar und einen Blick aus unvergeßlichen Augen, in denen der König seine Mutter erkannte.

»Hoheit, ich bin Prinz Raigo, Euer Sohn. Ich bitte Euch, hört mir zu, was ich Euch zu sagen habe.«

»Sprich«, entgegnete der König, als werde er von einer geheimnisvollen Kraft gedrängt, aber auch gleichermaßen von seiner Erschöpfung.

Dann lauschte er Raigos knappem Bericht. Der Junge hatte die präzise, deutliche Rede von seiner Großmutter geerbt – oder gut gelernt –, ebenso wie ihre blumige Geläufigkeit, wenn die Gelegenheit es erforderte.

»Laßt uns allein«, sprach der König nach kurzer Zeit.

Unerwartet trat noch jemand vor, ohne daß Indra es verhindern konnte. Es handelte sich um einen jungen Krieger mit bartlosem Antlitz und feinen, scharf geschnitten Zügen. Seine Augen funkelten in dem sonnengebräunten, von schwarzen Zöpfen umrahmten Gesicht.

»Hoheit«, sprach er, ein Knie auf der Erde, »ich habe Euren Sohn hierhergebracht; und seid versichert, ohne mich hätte er Euch nie erreicht. Und noch eine Bitte hätte ich: Seit langem wünsche ich mir, in Euer Heer einzutreten und zu kämpfen, doch alle verbieten es mir.«

»Wie ist das möglich?« erwiderte der König. »Ein junger Krieger wie du, kraftvoll und mutig, wie ich sehe, wird in Gudús Heer niemals zurückgewiesen.«

»Oh, Hoheit, achtet nicht auf derlei unvernünftige Worte«, wandte Indra sich erschrocken an Gudú. »Ihr habt es mit keinem Krieger, sondern mit einer jungen Frau zu tun. Und als Frau kann sie nicht in Euer Heer eintreten.«

Raigo schaute sie überrascht an. Auch der König blieb nicht unberührt ob dieser Enthüllung, und zum ersten Mal seit langer Zeit spielte ein feines Lächeln um seine Lippen, als er antwortete: »Wenn das so ist, werde ich über den Fall nachdenken. Warte draußen, Mädchen, und sei versichert, daß deine Argumente Beachtung finden.«

Die beiden Frauen gingen hinaus, und der König musterte Raigo lange Zeit wortlos.

Es war das zweite Mal, daß der Prinz seinen Vater sah, und er war zutiefst berührt von der Veränderung, die sich am König vollzogen hatte. Sein Antlitz war ungewöhnlich hart geworden. Zwei lange Narben liefen über die wettergegerbte Haut: eine vom Ohr bis zum Hals, und die andere von der Schläfe zur Wange. Das schwarze Haar wies an Schläfen und Bart weiße Stellen auf.

»Raigo«, sagte er, als müsse er den Namen durch einen Nebel des Vergessens wieder zurückgewinnen. »Raigo, wer ist nur deine Mutter?«

»Meine Mutter war Königin Gudulina«, antwortete der Prinz, jetzt ebenso bewegt wie verblüfft. »Und meine Großmutter ist Königin Ardid, Eure Mutter, die mich zu Euch geschickt hat.«

Er zog eine Pergamentrolle aus seinem Wams und übergab sie dem König, der sie mit Mühe las, da ein feiner Nebelschleier ihm die Sicht behinderte. Nachdem er alles gelesen hatte, schien seine alte Lebenskraft mit Macht zurückzukehren, so daß er sich auf seinem Lager aufrichtete, einen Arm zu Raigo ausstreckte und ihn an seiner Seite Platz zu nehmen befahl. Er legte dem Jungen die Hand auf die Schulter und sprach wie zu sich selbst: »Ein Sohn wie du ... Wahrhaftig, Raigo, das hätte ich nicht gedacht. Wie kann es sein, daß ich einen so großen Sohn habe? Ich kann nicht glauben, daß die Zeit so schnell vergangen ist.« Er betrachtete die glanzvollen Augen und die edle Haltung Raigos. Dann fuhr er fort: »Und nun berichte mir in allen Einzelheiten und in aller Offenheit, was in Olar geschehen ist, seit ich in den Krieg gezogen bin.«

Raigo erzählte seinem Vater, was er wußte, und sagte, daß er um das Leben der Königin fürchte, die sich vielleicht schon in der Gewalt der verräterischen Urdska befand. Diese hatte allem Anschein nach sogar ein paar ebenso charakter- wie geistlose Mitglieder des Adels aufgewiegelt.

»Hoheit«, beschloß er seine Rede, »wenn Ihr entschieden habt, mit einem neuen Angriff bis zum Frühjahr zu warten, bitte ich Euch, bis dahin mit mir nach Olar zu reiten, um Eure Feindin zu überrumpeln und vielleicht noch zu retten, was zu retten ist.«

»Gut gesprochen«, sagte Gudú. »Wie ich sehe, bist du ebenso

klug wie verwegen; das gefällt mir ... Doch zunächst berichte mir ausführlicher von den Hirtenbrüdern und wie der Kampf stattgefunden hat.«

In allen Einzelheiten und nicht ohne Lust erzählte Raigo von dem Gemetzel, welches Gudú als Kampf bezeichnet hatte. Dessen Aufmerksamkeit blieb nicht verborgen, mit welchem Vergnügen ihm der Sohn zu Gefallen war. Als Raigo seinen Bericht beendet hatte, schwieg der König für einen Moment.

»Bringt mir den gefangenen Anführer«, war alles, was Gudú dann sagte, wobei sein Haupt schwer auf das Lager sank. Die blauen Augen brannten wie glühende Kohlen in seinem Gesicht. In diesen Augen sah Raigo plötzlich Kiro, Arno ... und Gudrilkja. Eine furchtbare Ahnung ließ ihn erschauern, dann hörte er den König sagen: »Bringt auch Häuptling Lar zu mir.«

Kurz darauf traten beide in Gudús Zelt. Allein die Tatsache, Auge in Auge dem König gegenüberzustehen, schien Usklaidoj die Sinne zu rauben, wenngleich er aufgrund seiner Verwundung und der ruppigen Behandlung durch die Hirtenbrüder ohnehin mehr tot als lebendig war. Da man ihn aber nicht sterben lassen wollte, ohne daß er sein Geständnis wiederholt hatte, mußte man ihn stützten, damit er nicht umfiel. Lar hingegen schmolz dahin und war voll kindlicher Hochachtung, was ganz im Gegensatz zu seinem furchterregenden Äußeren stand, welches wiederum Gudú zutiefst anzusprechen schien.

»Usklaidoj«, sagte der König mit eisigem Blick auf seinen früheren Wölfling. »Du hast mich verraten, und du weißt, was mit Verrätern geschieht.«

Er befahl, ihn an vier Pferden festzubinden und vierteilen zu lassen. Doch schon auf dem Weg dahin verstarb der Gefangene.

Nachdem er Lar eine ganze Weile gemustert hatte, sprach er zu diesem: »Wie Raigo mir berichtet hat, bist du sein Bruder, und daher mein Sohn. Als meine Kinder sollst du und soll dein ganzes Volk fortan unter meiner Obhut stehen. Ich gliedere euch in die Reihen meiner Kämpfer ein und verspreche euch Ruhm und Ehre bis ans Ende eurer Tage.«

Dann befahl er, allein gelassen zu werden. Erschöpft sank er auf sein Lager, die Augen noch geöffnet. Sie funkelten wie jene Steine aus dem Schluchtenland, denen Gnome, Kobolde, Waldgeister und Geschöpfe aller Art ein inneres Feuer zuzuschreiben wußten, welches nicht so leicht zu löschen war.

Von jenem Tage an erholte sich der König schnell. Seine Wunde – von Delko, dem Leibarzt, als tödlich bezeichnet – heilte unter den Händen der Hirtenbrüder. Und so bekamen die Soldaten Gelegenheit, voller Staunen – und zusammen mit dem mißgünstigen Delko – einem ungewöhnlichen Ritual aus den Wäldern des Nordens beizuwohnen. Zuerst tranken die Hirten einen Schluck Ziegenblut, mit dem Rest wuschen sie Antlitz und Leib des Königs, ihrer selbst und Raigos und sprachen dabei geheimnisvolle Worte. Unter Trommelschlägen salbten, säuberten und drückten sie Gudús Wunde, bis sie blutete und eine gelbgrüne Flüssigkeit austrat gleich einem bösen Geist. Danach hielten sie ihre Dolche ins Feuer, bis sie glühten, drückten sie dann auf die Wunde und riefen den Gott des Blutes und des Nebels an. Dabei gestanden sie, daß sie weiterhin lieber diesen Gott verehrten als den christlichen von Olar, was ihnen weder übelgenommen noch verwehrt wurde. In der Morgendämmerung schmierten sie Lehm und gestampfte Wurzeln auf die Wunde, drei zu Pulver zerriebene Goldfalter, die weichgeklopfte Haut von zwei Eidechsen sowie die Asche eines Ziegenhorns. Auf dieses Pflaster ließen sie den Obersten Ziegenbock urinieren. Dann bedeckten sie die Auflage in liebevoller Behutsamkeit mit ihren roten Fellen, schlugen wieder die Trommeln und tranken Blut; so sah es aber wohl nur aus, denn die Wirkung des Getränks schien den Anwesenden dieselbe zu sein, die guter alter Wein hervorzurufen pflegt.

Die Hirtenbrüder vollführten Luftsprünge über die lodernden Lagerfeuer hinweg, als ob sie fliegen könnten. Und der junge Goldbruder tat es ihnen gleich, als wäre er einer der Ihren. Er trank das Blut – oder was immer es war –, und sein Herz weitete sich, dehnte sich aus, alle seine Sinne berauschten sich und führten ihn wieder auf eine wundersame Reise über nebelverhangene Abgründe, in denen ganze Wolfsrudel mit triefenden Mäulern und gefährlich funkelnden Augen auf ihn lauerten.

Die junge Gudrilkja saß vor Zorn bebend abseits und beobachtete das Treiben, die Faust um den Schwertgriff geklammert, mit den Zähnen knirschend wie ein knurrender Hund oder wildes Getier. Aber sie war eine Frau, alle kannten nun ihr Geheimnis, und nur Verachtung, Spott oder fleischliche Gelüste der Männer erwarteten sie. Während der Morgen dämmerte und die Sonne – blutrot auch sie – sich über den Steppenhorizont erhob, wurden die Stimmen leiser, der König gewann seine verlorene Kraft zurück, und Gudrilkja schwor, nie das Leben einer Frau zu führen, solange sie nicht jenem gleichgestellt war, den sie liebte und haßte.

Der König erholte sich in ungewöhnlicher Weise, weshalb er die Hirtenbrüder noch einmal zusammenrief und zu ihnen sprach: »Wahrhaft edelmütig und tapfer war euer Verhalten zu meinem Sohn und mir selbst gegenüber. Ihr habt nicht nur Mut und Treue bewiesen, sondern auch erstaunliche Weisheit, als ihr meine Wunde geheilt habt, wie kein anderer sie zu heilen vermocht hätte. Wie versprochen will ich euch alle als meine Söhne betrachten, und ihr könnt euch mit den Frauen meines Volkes vermählen, so dies euer Wunsch ist. Ihr und eure Söhne sollt in meinem Heer ein eigenes Regiment bilden, das unter dem Namen Söhne des Königs unvergeßlich werden wird. Und ich werde ein Gesetz erlassen, daß euch die heute erteilten Sonderrechte für alle Zeit erhalten bleiben. Ihr sollt dem Adel gleichgestellt werden, und ihr werdet ein neues Adelsgeschlecht von Kriegern und Heilern begründen. Dies alles wird sein, solange Gudús Reich besteht.« Und bevor sie aus ihrer Bewegtheit und Verblüffung erwachen und wieder mit schrillem Geschrei und Bluttrinken anfangen konnten, setzte er feierlich hinzu: »Und Gudús Reich wird niemals untergehen.«

Noch etwas fiel ihm ein, als er an das Ansehen dachte, welches Indra in Yahekia genoß. Da die Kampfmoral seiner Truppen durch die letzten Ereignisse stark geschwächt war, mußte er sie mit weiblicher Hilfe wieder aufrichten. Also gab er trotz aller Not und Tränen, welche die letzte verlorene Schlacht vor den Mauern von Urdskas Stadt mit sich gebracht hatte, den Befehl, in Yahekia ein großes Fest auszurichten, bei dem der Wein in Strömen fließen und reichlich Mehl und Fleisch ausgegeben werden sollte. Anschließend sollte Indra, die ja von adligem Geblüt war, in feierlichem Zeremoniell in den Stand einer Fürstin erhoben werden. Damit und für die Liebe und Verehrung, welche diese Frau für seinen besten Krieger Yahek empfunden hatte, legte er das Wohl seiner geliebten Stadt Yahekia in ihre Hände. Bei diesen Worten ließ er sein – von der Mutter erlerntes – Lächeln für besondere Fälle aufblitzen und damit durchblicken, daß Yahekia mit der Zeit vielleicht einmal Hauptstadt und Sitz des Königlichen Hofes werden und damit die Stelle des verräterischen Olar einnehmen könne.

Auf diese Weise ehrte er nicht nur Indra – die vor Stolz und Rührung ganz außer sich geriet –, sondern insgesamt alle Frauen, die Indra vertraut und ihr freundschaftliche, schwesterliche und mütterliche Gefühle entgegengebracht hatten. Denn Indra war – genau wie ihr Sohn und ihre Tante – das sanfteste Herz ihres ganzen rothaarigen und vom Unglück geradezu verfolgten Geschlechts.

Das schlichte, aber fröhliche und von großer Herzlichkeit geprägte Fest endete mit einem Bankett, bei dem der König feststellte, daß sein Sohn Raigo ein merkwürdiger Geselle war. Hatte er Tugenden wie Mut, Entschlossenheit, Klugheit und Großherzigkeit sowohl von seinem Vater als auch von seiner Großmutter Ardid geerbt, so mußte ein seeräubernder Vorfahre oder Leonia höchstselbst in ihrem Blut irgendein sonderbares Gift weitergegeben haben, das dem Wesen Gudú völlig fremd war. Ihm blieb nicht verborgen, daß sein Sohn sich anläßlich des Festes mit Schmuck behängt hatte, wie es in der Gegend vollkommen ungewöhnlich war. Raigo trug Halsketten aus den

Reißzähnen von Wölfen oder Schakalen, aus Steinen und bunten Federn, wie sie früher die Hälse von Steppenhäuptlingen geschmückt hatten.

Eine dunkle Befürchtung stieg in ihm auf, doch als er jäh und ohne Übergang den bewundernden Blick auffing, welchen Raigo ihm, dem Vater, zuwarf und der dem Ardids so ähnlich war, beruhigte er sich wieder. Gudú wußte nicht, daß vergessene Kinder sich auf Dachböden verkleiden und derartige Verkleidungen unter einem blauen Turmdach ebenso gefertigt werden können wie unter dem grünen Dach der Wälder oder dem unbarmherzigen Himmel der Steppe. Und dabei fielen ihm zwei andere Kinder ein. Er wandte sich an die glückliche Indra und fragte: »Sag, wo ist eigentlich dein Sohn ... der Sohn meines unvergessenen Yahek?«

Eine lähmende Stille folgte diesen Worten. Alle schienen jäh verstummt. Indra erbleichte, und da sie sich außerstande fühlte, den König, der so großzügig zu ihr gewesen war, zu belügen, fiel sie auf die Knie und antwortete unter Tränen:

»Hoheit, ich muß Euch ein Geständnis machen ... mein Sohn, der sanftmütige Krhin, ist kein Krieger. Er ist ein Mann der Wissenschaften. Und darum flehe ich Euch an, ihn vom Kriegsdienst zu verschonen und in seinen Studien fortfahren zu lassen. Eure Mutter weiß, wie edel und nutzbringend dies ist ...«

»Heute ist kein Tag der Tränen, sondern der Hoffnung«, sagte Gudú, seinen aufwallenden Zorn unterdrückend, der jedoch nicht so gallig war wie erwartet. Seit seiner letzten Niederlage verspürte er eine gewisse Müdigkeit oder eine Gleichgültigkeit Dingen gegenüber, die früher erstrangig für ihn gewesen waren. »Bring ihn nachher in mein Zelt, denn bevor ich losreite, will ich ihn sehen und mit ihm sprechen. Und keine Angst: Wenn er ein Mann der Wissenschaft ist und kein gewöhnlicher Drückeberger, kannst du sicher sein, daß ich seine geistigen Vorzüge besser zu nutzen wissen werde als seine nicht vorhandenen Kriegskünste. Stellt er sich aber als Feigling und Jammerlappen heraus, was ich in Anbetracht der klugen Voraussicht seiner Mutter und der

Kühnheit seines Vaters jedoch für unwahrscheinlich halte, so werde ich ihn bestrafen: weniger als andere allerdings, wegen seines Namens, den er trägt.«

Dann fügte er noch hinzu: »Und noch eins: Wer ist das junge Mädchen, das so kriegerisch aussieht und mit dem dich offensichtlich tiefe Freundschaft verbindet? Ich habe ihre ungewöhnliche Bitte nicht vergessen.«

Hier erbleichte nun nicht Indra, sondern die arme Augenschmaus, die sich als Indras Zofe im Hintergrund verbarg. In ihr hätte inzwischen niemand mehr – schon gar nicht Gudú, der sich nicht einmal mehr an den Namen erinnerte – das junge Mädchen aus dem Fluß wiedererkannt, welches Gudú an einem Frühlingsmorgen mit zum Schwarzen Turm genommen hatte.

»Oh, Hoheit«, antwortete Indra endlich, »sie heißt Gudrilkja, und ihr Vater starb als tapferer Soldat in Euren Diensten.«

»Bring sie in mein Zelt«, sagte der König, »dann werde ich sehen, wie ich sie zufriedenstellen oder sie von ihrem Vorhaben abbringen kann. Denn der heutige Tag soll trotz unserer Niederlage, die nur eine vorübergehende war, als ein glücklicher Tag in die Geschichte unseres Landes und unseres Lebens eingehen.«

Krhin und Gudrilkja folgten dem Ruf des Königs, jeder mit widerstreitenden Gefühlen. Unwillig nahmen sie zur Kenntnis, daß auch Prinz Raigo anwesend war, der ihnen feindselige Blicke zuwarf und dessen hochmütige Haltung ihnen wenig Hoffnung gab, mit dem König allein zu bleiben, der nun sprach:

»Krhin, sag mir, welches dein Streben ist, und ich will sehen, was ich für dich tun kann.«

Doch Krhin war so verwirrt, daß er kein Wort über die Lippen brachte. Gudrilkja, die ihn wie einen Bruder liebte, fürchtete schon um sein Leben und antwortete an seiner Statt. Sie erklärte dem König, womit der Junge sich beschäftigte und welches seine Träume waren. Nicht umsonst hatten sie lange Steppennächte gemeinsam unter freiem Himmel verbracht – ihre warme Stimme trug dem König einen vergessenen Duft in Erinnerung –, und der Junge hatte ihr alle Sterne gezeigt, wenn sie im Sommer besonders nahe und besonders geheimnisvoll waren. Sie forderte Krhin auf, dem König seine Manuskripte und Zeichnungen vorzulegen, die der Angesprochene jedoch nicht einmal zu entrollen wagte. Daraufhin erklärte Gudrilkja, wie es ihr Halbbruder besser nicht hätte tun können, auf welche Weise ihn die Gestirne in ihren Bann geschlagen hatten. Sie überreichte dem König die Zeichnung einer Apparatur, welche Krhin bauen wollte, um damit die Augen des Himmels zu betrachten.

An dieser Stelle unterbrach der König sie brüsk und befahl ihr, die Sachen wieder einzupacken. Dann sagte er:

»Krhin, du wirst mit mir reiten, aber nicht als Krieger. In Olar ist jemand, der dich mit großem Vergnügen in Dienst und Obhut nehmen wird. Ich spreche von meiner Mutter, der Königin. Für sie und für mich wirst du in Zukunft von großem Nutzen sein.«

Ihm entging Raigos verächtlicher Blick; eine jähe Mißgunst hatte den Jungen erfaßt und erfüllte sein Herz mit Haß auf den sanftmütigen Krhin, der ihm freilich nicht das geringste Leid zugefügt hatte.

Gudú betrachtete Gudrilkja, deren unbändige blauen Augen seinen Blicken nicht auswichen, und fragte sie:

»Und du, weißt du, was es heißt, einen Mann in deinem Bett zu haben?«

Gudrilkja errötete, bis ihr gebräuntes Gesicht eine kupferne Färbung annahm, und sie antwortete leise, aber entschieden: »Nein, Hoheit, ich will es auch nicht wissen.«

»Nun, da irrst du dich«, entgegnete der König. »Diese Nacht kommst du in mein Zelt. Wenn du morgen dann immer noch auf deinem Wunsch beharrst, werde ich dich zum Soldaten machen. Aber solltest du mich mit irgendwelchen weiblichen Schwächen enttäuschen, verlierst du deinen Kopf; und das im wörtlichen Sinn.«

Gudrilkja war wie betäubt. An so etwas hatte sie nie gedacht. Als sie das Zelt verließ, wußte sie nicht, ob sie den Befehl des Königs fürchten oder begrüßen sollte. Sie hatte kaum ein paar

Schritte getan, als sie ihre Hand genommen fühlte und eine bebende Stimme sagen hörte: »Nein, Gudrilkja, bitte ... Ich flehe dich an, Gudrilkja, Schwester, tu das nicht.«

Krhin schaute sie so entsetzt an, daß eine eisige Kälte ihr Herz berührte.

»Falls du das nur sagst, weil du hoffst, daß ich dir eines Tages gewähre, was der König wünscht, hoffst du vergebens. Ich liebe dich wie meinen Bruder, und so wird es immer bleiben.«

»Aber nein, Gudrilkja, nein ...«, erwiderte Krhin, dessen Worte einen ganz anderen Grund gehabt hatten. Als Kind hatte er einmal ein Gespräch zwischen seiner Mutter und Gudrilkjas Mutter gehört, dem er entnehmen konnte, wer der Vater des Mädchens war. Doch so erschrocken und bekümmert war er jetzt, da er Gudrilkja auch wirklich liebte, daß er sein Geheimnis nicht preiszugeben wagte.

Er rannte nach Hause und fand Augenschmaus bei Indra vor. Mit zitternder Stimme berichtete er den beiden, was der König befohlen hatte und wie seltsam Gudrilkja sich danach verhalten hatte. Nach ihrem Gespräch hatte sie sich nämlich aufs Pferd geschwungen und war wer weiß wohin geritten, und er hatte auch keine Ahnung davon, wie sie sich letzten Endes entscheiden würde.

Augenschmaus erblaßte.

»Oh, Indra«, schluchzte sie, »ich habe nicht den Mut, dem König die Wahrheit zu sagen ... Er hat mich damals gewarnt; sollte mein Kind ein Mädchen und kein Junge werden, wollte er keine von uns beiden je wiedersehen, und drohte mit der Todesstrafe. Um mich habe ich keine Angst, wohl aber um Gudrilkja.«

Keiner der drei wußte, wohin das aufsässige Mädchen zu reiten pflegte, wenn es seine menschenscheuen Anwandlungen bekam und sich in eine rätselhafte Gedankenwelt zurückzog.

Auch Raigo war verwirrt über das Ansinnen seines Vaters. Zerstritten in seinen Gefühlen zum Vater und zu Gudrilkja, wußte sein Herz keinen Ausweg. Alles, was er im Zelt des Königs gehört hatte, weckte in ihm ein ganzes Wechselspiel von Gefühlen, in dem sich Zuneigung und Feindschaft für das Mädchen fanden sowie Bewunderung und Schrecken für den Vater, verbunden mit einem unbestimmten Groll. Er wußte nicht, ob dieser darauf zurückzuführen war, daß der König ihn all die Jahre über vergessen hatte oder – dieser Gedanke nahm nur langsam Gestalt an – daß er ihn bisher noch mit keinem Wort als legitimen Nachfolger und Thronerben anerkannt hatte. Indra und sogar die Hirtenbrüder waren großzügig bedacht worden, ihn jedoch duldete er nur an seiner Seite und in seinem Zelt, wie er das auch bei anderen tat. Er sprach zu ihm wie zu einem Krieger – vielleicht auch wie zu einem Sohn –, aber die Entscheidung, welche Raigo so brennend erwartete, hatte er noch nicht getroffen.

Er bat seinen Vater, sich zurückziehen zu dürfen, und nachdem der König ihm die Erlaubnis erteilt hatte, trat er aus dem Zelt, um Gudrilkja zu folgen. Er kam gerade noch rechtzeitig, sie sich auf ihr Pferd schwingen und davonreiten zu sehen. Und da er ahnte, wohin sie reiten würde – denn dort war er ihr zum ersten Mal begegnet –, sattelte er sein eigenes Pferd, saß auf und folgte ihr.

Der Tag war kalt, Wind wirbelte den Schnee von der Erde auf, und lange Tränen aus glitzerndem Eis fielen von den gefrorenen Ästen der Bäume. Schließlich entdeckte er sie an der Quelle, und wieder war sie so in ihren Gedanken versunken wie an dem Tag, als er sie für Kiro oder Arno gehalten hatte. Hinter einem Baumstamm verborgen betrachtete er sie und konnte kaum glauben, keine Tochter des Königs vor sich zu haben, so ähnlich sah sie Gudú. Er spürte, wie sein zwiespältiges Gefühl für sie noch stärker wurde; einerseits drängte es ihn, über sie herzufallen und sie zu töten, auf der anderen Seite aber fühlte er sich auf beunruhigende Weise zu ihr hingezogen. Plötzlich jedoch standen die Gesichter von Raiga und Ungestalt bleichen Gespenstern gleich vor seinen Augen; rasender Zorn, Eifersucht und eine unsägliche Traurigkeit überwältigten ihn. Getrieben von einem unwiderstehlichen Drang, stürzte er hinter dem Baum hervor, riß sein

Schwert vom Gürtel und warf sich auf die überraschte Gudrilkja. Diesmal jedoch wehrte sich das Mädchen wie eine Wölfin, und in ihrem Blick lag ein Ausdruck, den er zum ersten Mal in ihren Augen sah.

Ein erbitterter Zweikampf fand zwischen ihnen statt; noch nie hatte Raigo einen Menschen so wütend angegriffen, wie auch Gudrilkja nur ein einziges Mal, als sie von einem Soldaten in ihrer Ehre gekränkt worden war. Sie war nicht so geschickt wie der Junge, glitt mehrmals im Schnee aus und wäre ein paarmal fast getroffen worden. Raigo war jedoch ebenso blind vor Wut, wie sie um ihr Leben kämpfte, und so waren sie etwa vergleichbar in diesem grausamen, absurden Kampf. Das Klirren ihrer Schwerter zerschlug die Stille des Waldes, und die bleiche Wintersonne blickte haßfunkelnd durchs Geäst. Gudrilkjas Zähne knirschten, und Raigo keuchte mehr vor Leidenschaft als vor Erschöpfung. Schließlich entwaffnete er sie mit einem gezielten Hieb, warf sie zu Boden und richtete die Spitze seines Schwerts auf ihren Hals wie bei ihrer ersten Begegnung.

Plötzlich drang eine tiefe Kälte in ihre Leiber, der ganze Winter schien beider Herz auszufüllen. Die gegensätzlichen Gefühle und noch mehr die beunruhigenden Gedanken, die sie erfüllten, lähmten Körper und Geist. Das Antlitz des einen über dem anderen schauten sie sich an, und ihre Augen flackerten in einer unendlichen dunklen Leere, in unermeßlicher eisiger Stille.

»Gudrilkja«, keuchte Raigo heiser, »betritt niemals das Zelt des Königs.«

»Ich werde es nicht betreten«, flüsterte sie. Und so leise waren ihre Stimmen jetzt, daß sie die Worte mehr errieten als hörten. Und die Kälte bemächtigte sich ihrer. Raigo merkte, wie seine Hand am Schwertknauf abstarb, seine Finger waren ohne Gefühl. Auch Gudrilkja spürte die Klinge an ihrem Hals nicht mehr, nicht die Knie, welche sie grausam an die Erde preßten. Raigo nahm das Schwert zur Seite und ließ den Arm sinken, sanft befreite das Mädchen sich von seinem Druck. Wieder auf den Beinen, standen sie einander gegenüber und schauten sich schweigend an. Der Wind wirbelte eine Schneefahne auf und zauste in ihren Haaren, und in dem Schnee und dem Wind und den tausend Lichtfunken, die zwischen den Tränen der Bäume aufblitzten, versuchten sie, einander etwas zu sagen, doch sie hörten es nicht. Als schließlich der Wind sich legte und der Wald seine Schweigsamkeit zurückgewann, sagte Raigo: »Kehr zu den Frauen zurück, aber nie mehr zum König. Und versuche nie mehr, Soldat zu sein, Gudrilkja.«

Er sprach die Worte so traurig, daß Gudrilkja glaubte, den ganzen Wald aufstöhnen zu hören; und dies verbunden mit dem Echo eines rätselhaften Mark und Bein durchdringenden Rufes, den sie auch in ihrem eigenen Innern vernahm.

Schroff kehrten sie einander den Rücken zu, jeder stieg auf sein Pferd und ritt in einer anderen Richtung davon. Während Raigo ins Lager zurückkehrte, ritt Gudrilkja in die Stadt, wo Augenschmaus, Indra und Krhin sie voller Sorge erwarteten.

Bei ihrem Anblick gerieten die Frauen schier außer sich, versuchten sie zu umarmen und ihr unter Tränen und Gestammel etwas zu sagen, das sie in Wahrheit niemals aussprechen würden. Krhin schaute sie wortlos mit so schmerzlichem Vorwurf an, daß Gudrilkja schließlich nicht mehr an sich halten konnte. Sie schleuderte ihr Schwert zu Boden und schrie: »Ich werde nicht das Zelt des Königs betreten und ich werde nie ein Krieger sein. Aber eines sollt ihr wissen« – bei diesen Worten schaute sie die drei so herzzerreißend an, daß sie erschrocken zurückwichen – »ich werde für immer verschwinden, und kein Mensch wird mehr etwas von mir hören. Nie mehr!«

Ohne ein weiteres Wort an die jammernden Frauen und ohne auf Krhins flehenden Blick zu achten, verließ sie das Haus. Danach ward sie nie mehr gesehen.

Wieder auf dem Rücken ihres Pferdes, mit flatternden Zöpfen das leibhaftige Abbild der Verzweiflung, galoppierte sie durch die Stadt wie ein Schrei im Wind und entschwand den Blicken in Richtung der Wälder. Verfolgt wurde sie von Sturmesbrausen und dem Echo eines dumpfen, fernen Schreis, der in ihren

Ohren dröhnte: »Ich bin der König!« Und tatsächlich war sie dort König, wo Einsamkeit und große Kälte herrschten, wo die Wälder sich gen Norden streckten, bis wohin, soviel man wußte, noch nie ein Mensch seinen Fuß gesetzt hatte. Als der wahre König des Winters, einsam, weiß und kalt, verlor sie sich zwischen den hohen Bäumen, von denen es hieß, daß niemand je die Spitzen ihrer Kronen erblickt, als König der Verlassenheit und Ungewißheit. Und auch als verlorenes Menschenkind in der großen traurigen Weltennacht. Nicht einmal ihr Schwert hatte sie mitgenommen, und auch ihre Waisenkindverkleidung legte sie nicht ab. Aber Raigo und jeder andere kannte sie schlecht, wenn er ihr zugetraut hatte, sich selbst aufzugeben. Als Prinz Raigo, König Gudú und seine Männer nach Olar aufbrachen, verfolgte sie – in Steppenfelle gehüllt wie die Hirtenbrüder – einem Schatten oder einem einsamen Wolf gleich die beiden Menschen, die sie haßte und liebte, die sie vor allem aber von ganzem Herzen beneidete.

3 An den Grenzen zur Steppe und um die Stadt Yahekia dauerten die Kämpfe gegen Rakjel bis zum Herbst. Man stellte sich auf den Einbruch des Winters ein, und alle glaubten fest daran – was ihnen die Kraft zum Durchhalten gab –, daß sie vorher noch einen dauerhaften Sieg würden erkämpfen können.

Doch es sollte anders kommen, und zum ersten Mal ließ der König sein Heer allein. Wie Raigo ihn gebeten und sein gesunder Menschenverstand ihm geraten hatte, machte er sich auf den Weg nach Olar. Vorher scharte er jedoch die Hirtenbrüder um sich und befahl seinen Hauptleuten, sie in den von ihm entwickelten Kriegskünsten zu unterweisen, obwohl dafür nicht soviel Zeit blieb, wie er für nötig befunden hätte. Trotzdem entdeckte er ihre besonderen Fähigkeiten und ein solches Maß an Tapferkeit, daß alle zu der Überzeugung gelangten, bessere Streiter für ihre Sache als diese Geschöpfe kaum finden zu können. Der König nahm hundert Männer mit, außerdem zweihundert der Brüder, und mit diesem Heerhaufen begaben er und Raigo sich auf den Ritt nach Olar.

Der Weg wurde hart für Gudú und seine Krieger, doch in einiger Entfernung voraus ritten zum Glück die Hirtenbrüder auf ihren furchterregenden Ziegenböcken. Über den Berghängen ragten felsige Gipfel auf, und manchmal glaubten sie dort oben den flüchtigen Glanz von rötlichen Fellen aufblitzen zu sehen oder das Echo gellender Rufe zu vernehmen, welches vielleicht aber auch lediglich das Pfeifen des Windes oder Wolfsgeheul war.

Wenngleich beschwerlich, ging die Reise rascher vonstatten als bei Raigo in umgekehrter Richtung. Je näher sie Olar kamen, um so besser wurde das Wetter, und sie hatten kaum noch mit Stürmen und Schneefall zu kämpfen.

Eines frühen Morgens schließlich holten sie die Hirtenbrüder ein. Sie sahen sie lautlos von den Baumwipfeln herabklettern, von denen aus sie die Zinnen des Schwarzen Turms erspäht hatten und dies dem König berichteten. Bevor sie sich der Burg näherten, beobachteten Gudú und seine Männer sie aus der Deckung des Waldes. Eine befremdliche Stille lag über allem. Man vernahm weder die Rufe der ihre Kampftüchtigkeit erprobenden Jungen noch die fernen, aber immer hörbaren Stimmen aus dem Anwesen der Frauen. Auch sah man kein Feuer, keinen Rauch; nichts, was auf Leben hingedeutet hätte. Gudú beschloß, einen Erkundungstrupp loszuschicken, der ihnen mitteilen sollte, was im Schwarzen Turm vor sich ging.

Raigo bat, mit diesem Trupp reiten zu dürfen, und bevor der König ihm eine Antwort gab, betrachtete er ihn nachdenklich, abschätzend. Der Prinz hatte sich für Gudús Geschmack ein merkwürdiges Äußeres zugelegt. Sein schwarzer Fellumhang war mit bunten Perlen bestickt, und an einem Ohrläppchen baumelte ein goldener Ring. Gudú war sich nicht sicher, ob ihn das abstieß oder ob er laut darüber lachen sollte. Aber er sah in den

Augen seines Sohnes auch einen bekannten Glanz: den Glanz seines eigenen Zorns und den von Ardids Klugheit. Also schob er den ersten Eindruck beiseite und sagte sich, daß es dumm wäre, diese Tugenden nicht zu nutzen.

»Es stimmt, Raigo«, antwortete er seinem Sohn, »ich habe dich noch nicht auf die Probe gestellt. Hier nun sollst du Gelegenheit bekommen, mir zu beweisen, daß du meines Thrones würdig bist. Als Anführer des Aufklärungstrupps erwarte ich zweierlei von dir: Wer immer in der Burg sich aufhalten mag, keiner darf euch sehen und von eurer Anwesenheit erfahren; und dann sollst du bis Sonnenuntergang ohne einen einzigen Verlust zurück sein und mir genau berichten, was dort vorgeht oder geschehen ist.«

Ein schroffes kurzes Lachen, das Gudú wie ein Echo des eigenen in den Ohren klang, war die ganze Antwort. Dann riß Raigo sein Pferd herum und verschwand an der Spitze von sechs Männern – kein einziger seiner treuen Brüder war ihm mitgegeben worden – in Richtung des Schwarzen Turms.

Gudrilkja war dem König und seinen Männern gefolgt, ohne sich je eine Ruhepause zu gönnen. Im Wald fiel sie zu Tode erschöpft vom Pferd. Sie hatte während des ganzen Ritts nur Beeren und Wildfrüchte gegessen, und jetzt rutschte sie kraftlos einen Abhang hinunter und landete vor den Füßen eines Soldaten. Überrascht hob der Mann sie von der Erde auf, und als er sie erkannte, überkam ihn Mitleid, zumal Gudrilkja unter den Soldaten immer wohlgelitten war. Er legte ihr eine Hand auf die Lippen und sagte: »Wenn du unbedingt Soldat werden willst, junges Mädchen, werde ich dich bei uns verstecken. Setz dir diesen Helm auf und nimm diese Lanze. Und kein Wort zu irgendeinem Menschen! Solange du nicht auffällst, kannst du bei uns bleiben. Wenn nicht, kann das geschwind deinen und meinen Tod bedeuten.«

Gesagt, getan, schnitt er ihr mit seinem Schwert die Zöpfe ab, und während sie sich mit Wein und Käse aus der Ration des Soldaten stärkte, versprach sie, seine Anweisungen strikt zu befolgen. Und so kam sie unter die Soldaten, von denen keiner – ausgenommen ihr neuer Freund Jarjko – wußte, wer sie wirklich war.

Manchmal beobachtete sie von ferne das Zelt des Königs. Sie hoffte, ihn zu sehen, obwohl sie wußte, daß sie unmöglich mit ihm sprechen konnte. Doch Gudú blieb ihren Blicken die ganze Zeit über verborgen, bis sie ihn eines Abends, kurz vor Sonnenuntergang, auf sein Pferd steigen und an der Spitze seiner Krieger auf Raigos Rückkehr warten sah. Und tatsächlich kehrte Raigo, bevor die Sonne unterging, nach ausgeführtem Befehl mit allen seinen Männern zurück.

»Hoheit«, sagte er, auf eine klobige Trage deutend, auf der sie den treuen Rudinko transportiert hatten, »wir bringen schlimme Nachricht: Königin Urdska hat die Männer aufgewiegelt, so daß die Hälfte der Krieger des Schwarzen Turms zu ihr übergelaufen ist. Der Rest wurde im Schlaf überrascht und niedergemacht. Dann sind die Verräter über Olar hergefallen und haben meine Großmutter, Eure Mutter, Königin Ardid, gefangengesetzt ... Keiner weiß, ob sie noch lebt. Jene, die Euch noch treu ergeben sind, kämpfen derzeit gegen Urdskas Leute. Ich glaube, wir sind vom Schicksal hergeschickt worden, denn Olar ist in großer Gefahr; dort wird erbittert gekämpft ... Der Schwarze Turm ist nur noch eine Ruine, selbst Frauen und Kinder sind dem Gemetzel nicht entgangen. Unter all den Toten haben wir nur Rudinko lebend angetroffen, der uns berichtete, was Ihr soeben gehört.«

Der König erbleichte vor Zorn. Doch sogleich fing er sich wieder und sprach: »Raigo, ich hoffe, du beweist mir beim Sturm auf Olar die Unerschrockenheit eines künftigen Königs.«

Als sie den See erblickten und dahinter die Mauern von Olar, sahen sie den rötlichen Schein von Feuersbrünsten; und der schwarze Flug der Aasgeier, der Lärm des Kampfgetümmels, der Gestank und die Schreie, die der Wind herübertrug, kündeten ihnen von der verzweifelten Lage der ehemals mächtigen Hauptstadt des Königreichs Olar.

Fünf Tage dauerte der Kampf. Doch am Abend des fünften Tages stieß der König einen Triumphschrei aus, den die Edlen, die Bauern und Bürger niemals vergessen sollten. Denn der Schrei des Königs, der den Sieg einer Schlacht verkündet, ist nur vergleichbar mit dem Schrei des Orkans oder dem Aufschrei der Wurzeln, die die Welt zusammenhalten; dann, wenn der Schoß der Erde sich aufbäumt, sich zornig erhebt und alles verwüstet, was auf Erden atmet.

Die Hufe seines schwarzen Hengstes gruben sich tief in die Asche, und die Ruinen glichen einer gewaltigen Glut im Feuerschein der Brände. Endlich trat Gudú über die Schwelle des Schlosses. Noch immer kämpfte man an verschiedenen Stellen gegen die letzten Häuflein der Feinde. Für den König im Kreis seiner Getreuen war jene Abenddämmerung ein neues Erstrahlen der Sonne hinter Hügeln und Wäldern, und für seine Männer – jene, die bei ihm waren, und jene, die noch kämpften – war es die reine Wiedergeburt, die Rückkehr ins Leben.

XI

DAS SPIEL WENDET SICH

I

Als Königin Ardid sich mit ihren beiden Gärtnern Raiga und Ungestalt in Gefangenschaft sah, glaubte sie, das Reich sei verloren. Eine große Niedergeschlagenheit, zusammen mit einem seltsamen Gefühl von Gleichgültigkeit, erfüllte sie. Und so sahen die jungen Leute mit Entsetzen, wie sie nur in der Kammer umherirrte, verstaubte Kleiderfetzen und uraltes Spielzeug ausgrub, welches ihr fast unter den Händen zerbröselte. Für das schreckliche Kampfgetümmel um sie herum schien sie taub zu sein. Geschrei und Waffengeklirr und das Geräusch galoppierender Hufe drangen zu ihnen herauf, und später der Widerschein des Feuers, ohne daß die Königin davon im geringsten betroffen schien.

Lange Zeit verbrachten sie eingesperrt in dem Turm, so daß ihnen jedes Zeitgefühl abhanden kam; und die einzige, die ihnen hätte weiterhelfen können, schien ganz an andere Dinge verloren. Dann nahte der Tag, da die Gefangenenwärter ihnen kein Essen mehr brachten, und nicht einmal eine Wache stand mehr vor der Tür. Jeder verfügbare Mann wurde in den Kampf geworfen. Herzog Zore und seine Getreuen hatten auf den unerwarteten Angriff hin Ardids Rat beherzigt und jenen Teil der Bevölkerung mobilisiert, der dank Gudús neuer Gesetzgebung zum ersten Mal ein Mitspracherecht in der Ratsversammlung bekommen hatte. Es handelte sich hierbei nicht um das einfache Volk, welches weiterhin ausgeschlossen blieb und vom Bestehen einer Ratsversammlung oft nicht einmal wußte, sondern um jenen Teil der Bevölkerung, der um Besitz und Vermögen bangte. Eine nicht zu unterschätzende Zahl von Männern schloß sich so dem Herzog an, denn Geld setzt ebensolche Kräfte frei wie Macht und Haß und vielleicht auch die Liebe. Auf diese Weise konnte Herzog Zore, der den Aufständischen nun zahlenmäßig überlegen war, Urdskas Männer im Schloßbereich einkesseln, woraufhin ein Kampf auf Leben und Tod entbrannte, bei dem jeder Mann und jedes Mittel recht waren.

Eines Tages stellte Ungestalt fest, daß ihr Turm nicht mehr bewacht wurde, und er sagte zur Königin:

»Majestät, ich glaube, man hat uns aufgegeben. Wenn wir in diesem Turm bleiben, werden wir entweder verhungern oder verbrennen oder unter seinen Trümmern begraben. Ich weiß, wie Raigo früher nach draußen gekommen ist, und wir könnten es doch genauso machen.«

Als erwache sie aus einem Traum, schien Ardid erstmals wieder die Wirklichkeit um sich herum wahrzunehmen und sprach:

»Flieht, meine Kinder, flieht ihr zwei und beherzigt meinen Rat: Versucht zu entkommen und kehrt nie mehr zurück; denn mein Herz sagt mir, daß dies hier das Ende ist, das Ende unserer Welt. Flieht an den Fluß und sucht dort ein Boot, das an zwei Weidenbäumen befestigt am Ufer liegt. Mit ihm fahrt nach Süden und haltet nicht eher ein, bis ihr das Meer erreicht habt. Dort fragt nach den Jungen Inseln, denn auf ihnen werdet ihr ein herrliches Leben haben.«

»Majestät«, wandte Ungestalt zaghaft ein, »begleitet uns auf dieser Reise. Wir werden uns immer um Euch kümmern, wir haben doch einen Beruf ...«

»Ja, einen schönen Beruf«, murmelte die Königin und streichelte zärtlich seinen häßlichen roten Kopf, wobei ihr ein anderer Rotschopf in Erinnerung kam, dessen allzu langes Fortsein – unwiderruflich jetzt, dessen war sie sich plötzlich gewiß – sie mit tiefer Trostlosigkeit erfüllte. »Geht jetzt, meine Lieben, denn dort, wohin ihr nun geht, findet ihr den schönsten und würdigsten Teil meines eigenen Lebens.«

Dann küßte sie die beiden und kehrte ihnen in einem dunklen Winkel der Kammer den Rücken zu; entschlossen, sich nicht eher umzudrehen, bis sie ganz sicher war, sie für immer verloren zu haben.

Und so holten die beiden Gärtnerkinder alles an Stoffen aus den Truhen, was sie finden konnten; einige sogar noch verknotet, wie Raigo sie zurückgelassen hatte – in der Zeit aller Spiele, der Zeit aller Verkleidungen und aller Kinder, die sich auf Dachböden verstecken, um der grenzenlosen Dummheit der Welt zu entgehen. Manche waren schon fadenscheinig geworden, doch Ungestalt verknotete sie alle miteinander, verstärkte sie mit Stücken von anderen Stoffen und sogar mit Streifen von Raigas Kleid. Dann ließen sie sich, wie in Kindertagen, aus dem Turmfenster hinab. Unten angekommen, blickten sie erschrocken um sich. Die Zistrosen wuchsen wild und ohne Ordnung, überall Unkraut dazwischen, das Efeu hing zottelig von der Mauer, alles sah aus wie erfroren unter einem dunklen winterlichen Himmel. Sie liefen zu dem rostigen Eisentürchen in der Stadtmauer, huschten nach draußen und schlossen sich einem Zug fliehender Bauern an. Mit ihnen gelangten sie zum Fluß, doch in das Boot, von dem Ardid gesprochen hatte, paßten nur sie beide und noch zwei kleine Kinder, die deren Großvater hineinreichte, zusammen mit einem Bündel, in dem sich ihre ganze Habe befand. Als der alte Mann die vier Kinder davonfahren sah, füllten sich seine Augen mit Tränen, und während das Boot im Nebel verschwand, froren sie zu einer Eiskruste in seinen Wimpern. Als er die Kinder nicht mehr sah und nie mehr wiedersehen würde – genau wie eine alte Frau, die allein in einem Turm ausharrte –, lehnte er sich im Dunkeln und mit dem Rücken zur Welt an einen Eichenstamm und erwartete das Ende seines langen schmerzreichen Lebens. Doch bevor der Tod ihn holte, träumte der alte Mann, daß seine Enkel und die beiden fremden Kinder in ein Land kamen, wo keiner sie als Fremde oder Feinde betrachtete, wo die Sonne schien, wo es Früchte und Pflanzen im Überfluß gab und wo niemand einem Bruder nahm, was allen Brüdern gehörte. Und mit dieser ebenso schönen wie unmöglichen Hoffnung nahm das Leiden des alten Mannes für immer ein Ende.

2

Über die verbrannten Mauern und die letzten verzweifelt kämpfenden Steppenkrieger hinweg war der Triumphschrei des Königs bis zu Urdska vorgedrungen. Er brachte in ihrer Brust eine Flamme zum Lodern, und ein anderer, lange unterdrückter Schrei antwortete Gudú.

Bei ihr waren immer noch Kiro und Arno. Also rief sie den treuen Kork, zeigte ihnen den Geheimgang und sagte: »Ihr müßt fliehen, denn diese Schlacht hat König Gudú gewonnen. Versteckt euch im Wald, bis ich euch einen Boten sende. Dann versucht ihr, von den Wäldern aus die Steppe zu erreichen und Verbindung mit Rakjel aufzunehmen. Ich befehle euch, lebend bei ihm einzutreffen, sonst wird euch mein Fluch bis in den Tod hinein folgen. Und sagt ihm, er soll für euch sorgen und auf den geeigneten Augenblick warten, euch den Thron von Olar zurückzuerobern, denn er gehört euch wie auch meine Insel, die eure wahre Heimat ist.«

Im dunklen Geheimgang, wo Kork ihnen mit der Fackel voranging, blieben die beiden Prinzen zurück.

»Wohin führt er uns?« flüsterte Kiro.

»Ich weiß es nicht. Es heißt, der König sei in Olar und verschone keinen.«

»Ich bin der Sohn des Königs«, zischte Kiro.

»Ich genauso«, antwortete Arno drohend.

Beide starrten sich in der Dunkelheit an, und ohne ein Wort der Verständigung zogen sie ihre Schwerter, stürzten sich auf Kork und durchbohrten ihn von hinten. Einen Moment lang betrachteten sie den toten Körper zu ihren Füßen, dann nahm Arno die Fackel, und die beiden gingen weiter, bis sie den Ausgang erreichten.

Draußen unter freiem Himmel, in der kalten Luft des Winterabends, im nördlichen Teil des Schlosses, wo die Kämpfe bereits aufgehört hatten, waren sie zum ersten Mal sich selbst überlassen. Unmittelbar vor ihnen zeichnete sich ein baufälliger Turm mit einem kuriosen blauen Dach vor dem rot erglühten Abendhimmel ab.

»Schnell«, sagte Arno, »der König kommt.«

»Der König ist mein Vater«, erwiderte Kiro herausfordernd. Sie standen sich mit immer noch gezogenen Schwertern gegenüber, an denen das Blut des treuen alten Kork klebte.

»Bringen wir es ein für allemal hinter uns!« riefen sie beinahe gleichzeitig. Am Fuß des Turms mit der blauen Kapuze standen sie sich keuchend gegenüber, starrten einander in die Augen, bis sie wie auf ein geheimes Kommando einen langen, unterdrückten Schrei ausstießen – viel zu lange schon unterdrückt und nun hervorbrechend wie ein unterirdischer Strom –, der sogar die kahlen Winterbäume bis in ihre Wipfel zum Erzittern brachte.

Zur selben Zeit legte Urdska zum letzten Mal ihre Rüstung an, die der alte Kork fürsorglich gehütet hatte. So gewandet, trat sie nach draußen, ohne Eskorte und ohne andere Begleitung als ihren langen Schatten, rot leuchtend im Licht der letzten Sonnenstrahlen und dem Widerschein der Feuer. Sie schwang sich auf ihr Pferd und ritt über Leichen und Verwundete, stieß die letzten kämpfenden Soldaten kaltblütig und rücksichtslos aus dem Weg. Nur einen Namen im Kopf und auf den Lippen ritt sie jenem Schrei entgegen, der sie zu rufen schien.

Während die Hufe ihres prächtigen Rosses über abgeschlagene Gliedmaßen und glühende Balken hinwegtrampelten, folgte sie durch Schutt und Asche jenem Schrei, den sie gehört hatte und dessen Antwort sie war. Doch dann flammte inmitten brennender Rachsucht ein neues Licht in ihr auf, und im Rauchschweif der brennenden Pfeile ihrer Bogenschützen glaubte sie einen Blitz aufleuchten zu sehen, der heller war als tausend Sonnen. Ein Blitz, der tief in ihrem Innern die dunkelste Wahrheit erhellte, die ein Licht überhaupt durchdringen kann. Und Urdska strebte dem Schrei entgegen, als wäre dieser die gleichzeitige Offenbarung ihres Todes und ihres Lebens. Dann sah sie ihn vor sich, von Rauch umwölkt. Wie ein Wunsch oder ein Traum sich aus Nebeln erhebt, so ragte vor ihr die schwarze, unverwechselbare Silhouette auf: König Gudú erwartete sie.

Eine alte Melodie, welche die Steppenhexe an ihrer Wiege gesummt, mit den langen Schatten des Untergangs und des Todes kehrte sie zu ihr zurück: »Kind, nach der Schlacht wartet der Krieger auf dich; Kind, geh und such deinen Krieger. Das Licht seines Triumphs sollst du sein, oder seines Scheiterns Vergessen.« Doch zwischen ihnen beiden gab es nur noch einen Krieger; der andere war tot, zerrieben zwischen altem Groll und dem Gespenst einer Insel. Jetzt ritt nur ein einsames Mädchen – wie ein anderes einsames Mädchen, welches auch König sein wollte – dem mitleidlosen, dem gehaßten Krieger entgegen. Und jäh durchzuckte sie die Erkenntnis, daß ein Mädchen über Rache und Haß triumphiert hatte, über die Träume von Macht, über die alte, zerstörte Urdska, die legendäre, die falsche Königin der Steppe. Denn die Steppe – das wußte sie wohl – wird nie ein Königreich sein, sondern immer nur ein endloser Ort, der Frauen und Männern die schwere Last ihrer Freiheit und ihres Schmerzes aufbürdet, wo Frauen und Männer nur im letzten Augenblick sich küssen, weil sie viel zu lange Gefährten des Hasses gewesen sind.

Urdska jedoch war bereits Erinnerung, zur Ruhe gelegt im jüngsten Gedächtnis der Steppenkönigin, und mit einem Schrei, der nur noch das verspätete Echo des Niedergangs war, der Spiegel eines Sieges aus früherer Zeit, preschte sie der Silhouette des Königs entgegen. König und Königin, zwei Schatten im Feuer, spornten ihre Pferde, und mit eingelegten Lanzen rissen sie einander zu Boden, stürzten in die brandige Asche jenes rätselhaften Reiches, das keiner dem anderen zugestand; ein Ort, ein Raum, eine Landschaft, deren Grenzen sie nicht überschreiten konnten: die glühendste und unterdrückteste Liebe vielleicht, die es zwischen einem Mann und einer Frau je geben konnte. Gudús Liebe aber war eingeschlossen in einem klaren Gefäß aus unzerbrechlichem Zauber und die wahre Urdska schon vor langer Zeit gestorben.

So erreichte ihre Lanze den König, und des Königs Lanze traf sie. Diese Lanze durchbohrte ihr Herz, so daß ihr Haupt an die

Brust des Königs sank und dort noch einen kurzen Augenblick verweilte, bevor sie für immer entfloh, ohne einen Laut, den Blick durch ihr Blut hindurch auf ihn gerichtet; denn niemand auf der Welt und nach der Welt und nach der erloschenen Asche der Welt könnte die Augen schließen vor dem unendlichen Staunen über die Entdeckung der Liebe. Urdskas Lanze jedoch war zwar in Gudús Brust eingedrungen, doch an seinem Herzen war sie abgeprallt wie an einem unsichtbaren, undurchdringlichen Panzer und gleich einem Schilfrohr zersplittert. Schwerverwundet lag Gudú am Boden, unfähig, sich zu bewegen, im selben ungläubigen Staunen gefangen wie die Königin. Bei ihm aber war dies die Frucht des Nichtbegreifens einer Empfindung, die ihm für immer vorenthalten war. Und in diesem maßlosen Erstaunen besiegelte sich sein neuer Triumph.

Raigo stürzte herbei und hob ihn hoch, löste den Körper des Königs von Urdskas Körper, die sich in einer seltsamen Umarmung vereint hatten, und seine Hände färbten sich vom Blut des Königs von Olar und der Königin der Steppe.

»Vater«, murmelte Raigo mit zitternder Stimme, denn dieses Wort war ihm so fremd wie Gudú. »Vater ... steht auf, denn Ihr habt gesiegt!«

Der König aber war zu Tode verwundet, denn wenngleich die Lanze sein Herz auch verfehlt hatte, war seine Brust doch von einer schweren Wunde aufgerissen. Rasch ließen die Hirtenbrüder ihre blutgierigen Dolche sinken und kümmerten sich um die schreckliche Wunde, wie sie sie in diesem Ausmaß noch nie gesehen hatten.

Sie brachten den König ins Zelt, und sobald er auf seinem Lager ruhte, wurden die Klingen über dem Feuer zum Glühen gebracht, und dann nähten sie den Lanzenstich mit Nadeln aus dünnen Knöchelchen, in die feine Fasern aus Ziegensehnen gefädelt wurden. Irgendwann murmelte Gudú ein paar Worte, die nur Raigo verstand: »So schlimm bin ich nie getroffen worden.«

Das stimmte, doch nicht nur in dem Sinn, in dem der junge Prinz es verstand. In jenem Augenblick aber war Raigo ein Opfer sehr widersprüchlicher Gefühle: Im Rausch der ersten Schlacht und des Sieges an der Seite seines Vaters erlebte er die größte Kriegslektion seines unerfahrenen kurzen Lebens. Das zerstörte Olar und der verwundete König waren deshalb ein um so härterer Schlag für ihn, der seinem sehnlichsten Wunsch, zum König gekrönt zu werden, ebenso zuwiderlief wie seiner Erinnerung als auf dem Dachboden vergessenes Waisenkind. Immer wieder sagte er sich: Der König hat mich noch nicht öffentlich zu seinem Nachfolger ernannt. Er hat nur für sich ein Vorhaben geäußert. Doch dann fiel ihm schmerzhaft das Wichtigste und Dringendste überhaupt ein.

»Vater ... Vater, die Königin ist noch im Blauen Turm gefangen. Die Soldaten sagen, daß schon die Flammen an den Mauern hochschlagen ...«

Als der König diese Worte vernahm, stützte er sich unter Mühen auf. Gewiß, er war von robuster Natur, aber seine Wunde – was eigentlich nur die neugierigen Luftgeister wußten, die, im Wind schaukelnd, ins Zelt hineinlugten – war einfach zu tief und zu groß. Sie blutete zwar nicht mehr, doch da sie noch zu frisch war, befahl er: »Raigo, reite du rasch zum Turm und hilf der Königin. Ich will nachkommen, sobald ich mich auf den Beinen halten kann, denn ich muß ihr wohl wieder einmal gratulieren.«

Und dann fügte er einen Satz hinzu, der alle tief bewegte, alle Gesichter zum Erblassen brachte und alle Herzen erschütterte, die des Adels wie des gemeinen Volkes, beide zum ersten Mal vereint in gemeinsamem Kampf und gemeinsamem Sieg.

»Denn Königin Ardid war und ist für alle Zeit die einzige, die wahre Königin von Olar.«

Raigo ließ sich den Befehl nicht zweimal geben. Er nahm ein paar Männer mit und galoppierte zum Turm mit der blauen Kuppel, an dem bereits die Flammen leckten. Nicht nur seine geliebte Großmutter befand sich in dem Turm, sondern seine ganze Kindheitsgeschichte als verkleideter Träumer unter dem

Dach, all die Nächte, in denen Raiga, Ungestalt und er selbst sich an den Händen gefaßt und geschworen hatten: »Wir bleiben, wie wir sind, auch wenn wir einmal groß sind, werden wir immer König und Königin und Ungestalt bleiben, und niemand, niemand wird uns je auseinanderbringen ...« Obwohl erfahrener inzwischen, blühte sein siebzehnjähriges Herz dennoch auf wie ein in der Zeit vergessener sprießender Garten, der den Tau seiner Tränen brauchte für jene längst vergangenen Worte, für jene Kinder und jenen Verrat, den kein anderer als sie selbst begingen. Tief über den Hals seines Pferdes gebeugt, jagte er dem Turm entgegen, und nicht geringer war sein Wunsch, die Königin zu retten, als ein für allemal – sein Schwert war noch rot von Steppenblut – Raiga und Ungestalt mit seiner Klinge zu durchbohren und so die letzten Erinnerungen an seine Kindheit zu vernichten.

3

Ardid blieb mit dem Gesicht zur Wand in einer dunklen Ecke ihrer Kammer stehen. Sie dachte an die Zeit im Schloß ihres Vaters zurück, als ihre Brüder noch Kinder waren und auf Ponys über die Hügel und die Wege am Rande der Felder und Weinberge galoppierten. Wie lange war das her! Länger noch als die Geschichten der Ahnen, länger als alle Geschichten von allen Toten dieser Erde. Ardid fühlte die Winterfeuchtigkeit vom Mauergestein nach unten rinnen und sich in den Fugen sammeln: schwarzgrüne, übers Moos perlende Tränen.

Lange verweilte sie so. Die Nacht legte sich über das Land und verwischte ihren Schatten, alle Schatten. Erst jetzt, in der Dunkelheit, ließ Königin Ardid die Hände langsam über das Relief der nackten Mauern gleiten wie eine Blinde, die tastend ein Gesicht zu erkennen sucht. Nach einer Weile glaubte sie auf der feuchten Wand schimmernde Lichter zu sehen, Echos zu hören, Geräusche und Schritte. Sehr blaß und verschwommen anfangs, dann immer deutlicher, erkannte sie sie: Bruchstücke einer oder tausend entschwundener Geschichten.

Langsam erwachte Königin Ardid aus dem einen tiefen Traum, der ihr ganzes Leben vielleicht gewesen war. Erleuchtet jetzt wie in früheren Zeiten, als sie bei ihrem geliebten Lehrer das Lesen erlernt und das Wissen der Welt erforscht hatte, vermochte sie nun auch diese Geschichten zu entziffern. Zum ersten Mal in ihrem Leben konnte sie, von Dunkelheit umgeben, die Sprache der Mauern hören und verstehen. Die Geschichten aller Kinder ihres Geschlechts: der Kinder, die König sein wollten, jener, die nie einen Gedanken darauf gerichtet hatten, und jener, die es immer schon waren. Hier und dort ging sie in die Hocke oder erhob sich auf Zehenspitzen, drückte das Ohr an die feuchte, moosige Wand und lauschte. Und nach und nach hörte und sah sie alles, während die alten Spuren auf den Bodenfliesen sichtbar wurden, ganz so, als wären diese nicht aus Stein, sondern aus Sand. Geisterabdrücke von kindlichen Füßen und Fußgetrappel, welches im Turm, ja, vielleicht sogar in der ganzen Welt widerhallte. Längst vergangene Nächte sah sie, weit jenseits des Turms über den Himmel ihres Lebens dahinziehen. Die Nächte auf dem Dachboden unter der blauen Kuppel; die Nächte, die der Hexenkönigin gehörten – dem Mädchen Ardid womöglich mit den Eichhörnchenaugen. Und schon kam die kleine Ardid zwischen den Trümmern des Schlosses dahergesprungen, das geflochtene Haar hüpfend im Wind, aufgeregt rufend und in der rechten Hand einen blauen Stein mit einem runden Loch, durch das betrachtet die Welt ganz anders aussah. »Ardid, kleine Ardid!« rief sie schüchtern. »Was ist aus deinen Freunden geworden, dem Kobold und dem Magier?« Doch darauf bekam sie keine Antwort, weder von ihr noch von den anderen Kindern. Denn die Königin konnte sie zwar sehen, doch diese die Königin nicht; und so spielten und sprachen sie miteinander, für immer unerreichbar, grausam und unschuldig, während ihr, der Königin, der Zugang zu jener Welt einer anderen Zeit und eines anderen Raums versagt blieb. Später schälte sich die Gestalt eines Jungen mit zerzausten schwarzen Haaren heraus, mit Augen wie blaues Eis – Augen, die niemals in Tränen oder in Liebe erglänzen würden –, deren mitleidloser Gletscherblick härter war als jeder Fels. In seiner geöffneten Hand hielt er ein winziges Herz, rot und pochend wie ein verletztes Vögelchen, eingeschlossen in einem Kristall, der so hart war wie seine Augen. Es war ein Sanduhrenglas, durch welches unaufhaltsam goldene Körnchen auf das bebende Herz tropften, eindrangen und es durchbohrten, wie das Wasser den blauen Stein der kleinen Ardid ausgehöhlt hatte.

Da füllte sich ihr eigenes Herz mit Trübsal an, und sie rief ihn immer und immer wieder: »Gudú, zerbrich das Glas der Zeit, zerbrich das Glas der Lieblosigkeit; streu den Sand über die Erde und weine, weine, Gudú, mein Sohn!« Aber Gudú hörte sie nicht. Er starrte sie nur mit seinen schrecklichen eisblauen Augen an, so still und unbewegt wie die Augen von Naivias Puppen, die in den Truhen allmählich zu Staub zerfielen. Plötzlich jedoch warf das Abbild des Kindes Gudú die Zeitglocke von sich, in der das pochende Herz gefangen war, entglitt in die finsternis und verlor sich in einem Labyrinth schmutziger, modriger Gänge, wo Dienstboten und Küchenjungen ihren Spott mit ihm trieben. Der kleine Gudú ließ sich jedoch nicht beirren und strebte in seltsam anmutendem Trott von hier nach dort, ohne daß die Königin zu erkennen vermochte, was ihn antrieb und wohin es ihn trieb. Er sprang zwischen dem Echo bösen Gelächters und gefährlich klingenden Schwertergeklirrs dahin, bis er schließlich in dem finstersten und längsten Korridor verschwand, dessen Ende die Königin nicht ermessen konnte. Ardid fühlte ihr Herz zerbrechen. Sie hatte nie geglaubt, daß es schmerzen könne wie eine ganz gewöhnliche Wunde, doch nun wußte sie, daß ein brechendes Herz genauso schmerzt wie ein abgetrenntes Glied.

Dann vernahm sie den Galopp von Gudulíns Pferd. Aber sie hörte ihn nur, sie sah ihn nicht, obwohl der Galopp näher kam und sich wieder entfernte, rasend und unbändig, als solle der

Reiter über die Ohren des Pferdes hinweg aus dem Sattel geschleudert werden. Und in der dichtesten Dunkelheit der Nacht hörte sie das einsame Weinen des Prinzen Gudulín: ein Weinen – das merkte sie jetzt –, welches sie gefühlt, jedoch nicht gehört hatte. Aber jetzt war es in ihren Ohren, war in den Ohren einer jeden Frau, die des Nachts den Schlaf ihres fernen oder verstorbenen Kindes bewacht. Und sie rief auch ihn: »Komm, Gudulín, komm, ich gebe dir, worum du gebeten hast, was niemand jedoch verstanden hat.« Aber das war nicht die Wahrheit; auch sie wußte es nicht, auch sie hatte es nicht verstanden. Sie ahnte nur undeutlich eine Kielspur im Meer, ein steuerlos dahintreibendes, verblichenes, ausgefranstes Segel. Das Segel eines noch nicht geborenen Schiffes, eines Geisterschiffs auf dem Weg nach Nirgendwo.

Sie merkte, wie ihr Gehör und ihr Blick immer schärfer wurden in jener nächtlichen Einsamkeit. Einen Augenblick lang hörte sie sogar nicht nur das Schluchzen des kleinen Gudulín und tausend weiterer Kinder in der Nacht, sondern vernahm von ferne, zwischendrein, auch das Lachen anderer. »Das ist die Musik, der lichte Klang, die Melodie des Lichts von Naivia und ihrem Gefolge«, murmelte sie ungläubig. Und so war es: Denn hinter den Nebeln und hallenden Echos vernahm sie das Flattern von Naivias Vögeln, sah die glänzenden Äuglein der Eichhörnchen und Glühwürmchen, der Rebhühner und Wachteln. Und die Kinder lachten, weinten oder sangen, sagten stockend Gedichte auf oder spielten unsinnige Spiele, die lustiger waren als irgend etwas sonst. »Naivia, komm, bitte komm zu mir!« Aber Naivia kam nicht. Sie sah nur ihr Spiegelbild im Wasser, die Arme um Prinz Nobel geschlungen, ein flüchtiger Widerschein an der Oberfläche des Sees, der gleich darauf zerbrach und unterging, langsam hinabsank bis auf den Grund. »Kommt alle zu mir, ich bitte euch, kommt! Noch habe ich gar nichts gelernt!« rief Ardid flehentlich und vor Eifer zitternd wie zu ihren besten Zeiten, als sie mit dem Magier zusammen das Herz der Erde studierte. »Kommt, so vieles muß ich noch lernen …

Ich, die Königin, bin geboren, um zu lernen, zu verstehen ...« Mit der ihr eigenen unbändigen Beharrlichkeit klammerte sie sich an dieses neue, jetzt erst entdeckte Wissen, das endlich in ihr und für sie allein heranwuchs. Und dann vernahm sie die sanfte, dunkle Stimme von Prinzessin Naivia, welche da sprach: »Die Welt ist schön.«

Aber das stimmte nicht, die Welt war nicht schön, und sie wußte es. Wie durch Zauberhand war der Baum der Spiele im Dachkämmerlein emporgewachsen. Kahl und dunkel jedoch, ohne ein einziges Blatt. Er stand da wie ein düsterer Vorwurf, eine dunkle Bedrohung, ein undeutliches Schuldempfinden; etwas, das Ardid nicht gänzlich zu entziffern vermochte. »Ich habe euch doch alle geliebt, ich habe euch alle geliebt«, sagte sie. Doch zur Antwort bekam sie nur ein tiefes Schweigen beziehungsweise jene unsägliche Stimme, die eigentlich in die Spielzeugtruhe gehörte, jedoch um sie herumsprang wie ein Kinderball und dabei plapperte: »Die Welt ist schön, die Welt ist schön.« Da sah sie Naivias sämtliche Puppen an den kahlen Ästen des Baums der Spiele hängen und mußte die Hände vor die Augen schlagen bei dem furchtbaren Anblick jener kleinen Gehenkten, die dort zwischen dem Dunkel und dem Abglanz der Musik baumelten.

Sie kehrte in den finstersten Winkel der Kammer zurück, der ihre letzte Zuflucht war, legte wieder Hände und Ohr an die Wand und fuhr mit den Fingerkuppen die Fugenlinien der Steine ab, in denen das Moos grünte. Jetzt hörte sie alles so deutlich, als läse sie es. Und sie begriff, daß dies die Quelle war, der das *Buch der Ahnen* ihres geliebten Meisters entsprang, und es gelang ihr sogar – wenngleich nur aus weiter Ferne –, die Umrisse jener gewaltigen Mauer zu erkennen, die sich vor dem unreinen Betreten der Stadt namens Geschichte Aller Kinder erhebt. Und zu Füßen dieser Mauer lungerten mit rätselhaftem Lächeln – das je nach Sonnenlicht oder Schatteneinfall unschuldig oder boshaft war – Almandin, Raigo, Raiga und Prinz Ungestalt wie eine bunte Schar von Vagabunden, die Hände ausgestreckt, als bettelten sie um eine milde Gabe von unbekannter Art. Raigo verschwand, und nur Raiga und Ungestalt blieben zurück. Raigo ging weinend davon, die Hände beschmiert mit Lehm aus Ardids blühendem Garten, und Raiga betrachtete ihn – gleichsam als die Wiederholung eines längst verwelkten Traums – durch das runde Loch eines blauen Steins und sagte dazu mit Naivias Stimme: »Sie ist schön, sie ist schön.«

Unter der Last der Einsamkeit sank Ardid auf die Knie, die Handflächen an die Wände gepreßt, die Fingernägel in jeden ertastbaren Mauerspalt geschlagen, bis die Finger bluteten. Sie fühlte die Tränen aus allen Geschichten von der Mauer herabrinnen und sich mit dem Blut ihrer Finger vermischen, und sie rief: »Komm zurück, komm zurück, Prinz Elf, wenigstens du, gewiß hast du hier etwas vergessen ... « Doch Prinz Elf kehrte nicht wieder. Und Ardid fand nicht den Mut, den Kobold zu rufen; denn der hatte ihren letzten Verrat schon bemerkt, der darin bestand, daß nicht Gudú es war, den er im Weinberg begraben, und sie selbst eine böse alte Frau war, die sich Königin nannte, jedoch nichts gemein hatte mit jener kleinen Ardid, die mit ihm durch unterirdische Tunnel gestreift war, ihm die Hand gegeben und ihn sanft in ihren Armen gewiegt hatte. »Warum nur ist die Welt so blind, so rätselhaft? Wer hat sie uns zugeteilt, diese stumme, grausame, trostlose Welt?«

Aus Einsamkeit und nichts als Einsamkeit bestand jetzt das Reich der Jüngsten, der einzigen und letzten – wie Gudú gesagt hatte – Königin von Olar. Einsamkeit und finstere Unvernunft. Dumpfe, unvollständige Geschichten von Mauern geweint, tropfen ihre Tränen auf finsteres Efeu, nähren sein ewiges Leben, was ein Unrecht ist im Angesicht kurzlebiger Blütenkelche, dorniger Rosen und wilder Margeriten. Ardid erkannte, daß ihre ganze Wissenschaft nur ein vergeblicher Versuch war, am Vorhang der Welt zu zerren, wie auch Volodius' und Gudús Bemühen vergeblich war, die Grenzen des Unbekannten zu überschreiten und das letzte Bollwerk der Sehnsucht zu erobern. »Betrüblich ist die Welt, und betrüblich sind ihre Geschöpfe«, murmelte sie und hielt sich die Ohren zu, um nichts von jenen hören und sehen zu müssen, die von Schönheit sprachen, wo sie nur Häßlichkeit, Elend und weite Steppe sah – staubige Steppe ohne Ende.

All das war in Ardids letzter Nacht nicht mehr von Bedeutung; weder Urdska noch Olar oder sonst ein Königreich. Nichts war mehr von Bedeutung, außer der vagen Hoffnung, wiederzufinden, was sie verloren zu haben glaubte und niemals besessen hatte. »Aus so zerbrechlichen Dingen ist das Leben gemacht: aus unmöglichem Wiederfinden, unmöglicher Rückkehr und unmöglichen Anfängen«, schluchzte sie. Und durch ihre Tränen hindurch sah sie den Prinzen mit den eisblauen Augen auf sie zuschreiten, sich einen Weg bahnend durch Gruppen lachender Diener und Soldaten und mit prachtvollen Lumpen verkleideter Kinder und erhängter Puppen, die am Baum eines unwiderruflichen Winters hingen.

Dann drang wilder, stiebender Galopp an ihr Ohr, vermischte sich mit dem Hufschlag des Rosses von Gudulín, und sobald sie ihn vernahm, hob Ardid den Kopf und spitzte die Ohren. »Das ist eine Geschichte, die ich noch nicht kenne«, flüsterte sie hoffnungsfroh. Eine Geschichte, die nicht nur deshalb geisterhaft für sie war, weil sie noch nicht einmal von ihrem Vorhandensein gehört hatte; aus Stein geboren, brach sie sich Bahn zwischen den engen Zeilen im *Buch der Ahnen*. Sie erkannte ein Pferd, es nahm den Turm in Besitz und füllte die Dachkammer aus, so daß alles übrige verschwand: der Baum, die Kinder, das Lachen und die Tränen von Gudulín. Ein Schwert blitzte auf, und ein Mädchen mit blauen Augen und schwarzem Haar schaute sie still und stumm an. »Wer bist du?« fragte sie. Das Mädchen gab keine Antwort. Das Pferd trottete still im Kreis, tausendundeinmal um sie herum, immer auf dem Dachboden herum, gleich dem Begräbnisritual eines Kriegers. Und dann erhellte ein roter Widerschein das Fenster, als versänke die Sonne dahinter. Vor Erwartung zitternd lief Ardid hin und schaute – wie sie schon lange nicht mehr getan – hinaus in die Welt nach draußen.

Doch welch trostlose Landschaft bot sich ihrem Blick! Die Stadt in Flammen; und unten, in ihrem zerstörten, mit Unrat und Geröll übersäten Garten, erblickte sie zwei prächtige schlanke Jungen – wie sie nur meinem eigenen Geschlecht entsprießen können, dachte sie –, die sich gegenüberstanden. Ihre blauen Augen jedoch – die gleichen wie die des geheimnisvollen Mädchens – hatten sich ineinander verbissen, noch ehe sie ihre kurzen Schwerter hoben, die im letzten Sonnenlicht glänzten, als wären sie in Blut getaucht.

»Haltet inne, haltet inne!« rief Ardid mit ganzer Kraft.

Die Jungen hoben die Köpfe zu ihr hin und starrten sie verständnislos an.

»Kiro, Arno, Kinder!« rief Ardid mit dem Aufbäumen ihrer letzten Kräfte. »Haltet inne, meine Kinder! Versagt euch dieses Verbrechen, denn wenn ihr es begeht, wird die Welt in sich zusammenstürzen.«

Noch immer hatte Ardid nicht gelernt, daß die Welt nicht ihre Welt war und daß ihre Welt nicht die Welt ihres Sohnes oder die ihrer Enkel war.

»Wer bist du, alte Hexe?« rief Kiro wütend und voller Verachtung nach oben.

»Ich bin die Königin, Prinz Kiro«, antwortete Ardid in dem majestätischen Tonfall ihrer besten Tage. »Darum gehorch mir. Töte nicht deinen Bruder, denn aus einem von euch erwächst eines Tages der König von Olar.«

Da ließen die beiden einen gleichzeitigen Schrei ertönen, und mit ihnen das Mädchen der Unbekannten Geschichte, das hinter ihnen stand, dort, wo sich früher der kahle Baum der Spiele in die Höhe gereckt hatte. Alle drei stießen einen einzigen Schrei aus, und dieser Schrei verschmolz mit dem Heulen der Wölfe, die, vom Festmahl des Todes angelockt, bereits in Rudeln über die zerstörten Mauern in die Stadt eindrangen, mit dem Geschrei der Nachtvögel und dem fernen Tosen des Meers. Und Ardid vernahm, was aus allen drei Kehlen zur selben Zeit hervorbrach: »Ich bin der König!«

Da riß das Pferd des Mädchens sich los und preschte wild schnaubend nach vorn, alles niederwalzend, was sich ihm entgegenstellte, und stürzte in die Tiefe, während die Prinzen Kiro und Arno aufeinander losgingen und alsbald, jeder vom Schwert des anderen durchbohrt, in grausamer Umarmung zu Boden sanken. Verzweifelt klammerte sich Ardid am Fensterbrett fest, doch kein Ton kam ihr über die Lippen. Sie sah die Wölfe herankommen und das Blut ihrer Enkel wittern, welches wie ein zarter, lebendiger Quell den Schnee rot färbte.

Im selben Moment fing der Turm Feuer. »Kehr um, Prinz Elf, kehr um«, flüsterte Ardid und fühlte, wie die Kräfte sie verließen. »Komm wenigstens du zurück. Ich will nicht ganz allein sein.« Doch offenbar hörte Elf ihre Worte nicht, denn er kam nicht zu ihr zurück. Statt dessen streckte sich aus der tiefsten Finsternis, in die nicht einmal das Licht der Flammen drang, ein Gewimmel von schmutzigen Händen in zerlumpten Ärmeln hervor, glänzende Augen und verhärmte kleine Gesichter kamen zum Vorschein. Und aus der Horde halbverhungerter Kinder löste sich eines, das zu ihr hintrat und sie mit gesenktem Kopf anschaute.

»Wer bist du, mein Kind?« fragte Ardid.

»Lisius«, antwortete der Junge und streckte noch einmal flehend die Hand nach ihr aus. Doch sie besaß nichts, was sie ihm geben konnte, sie kannte ihn nicht und hatte seinen Namen noch nie gehört.

Als Raigo den Turm erreichte, verschlangen die Wölfe soeben die Überreste seiner Brüder Kiro und Arno. Er jedoch beachtete sie nicht: Es gab andere abgelegene Stellen, wo herumliegende Leichen von Rudeln hungriger Bestien zerrissen wurden, ermutigt von der Gleichgültigkeit der Menschen, die viel zu sehr damit beschäftigt waren, sich gegenseitig umzubringen.

Die blaue Kuppel, zu der Raigo um jeden Preis hinaufwollte, war bislang von Flammen noch verschont geblieben. Er und seine Männer machten sich nun daran, das Feuer zu löschen. Zum Glück floß ganz in der Nähe des Turms jener kleine Bach vorüber, an dem sie als Kinder oft gespielt hatten. Sie zerschlugen das Eis und schafften das Wasser in ihren Helmen herbei, die sie als Eimer benutzten, und vermochten die Flammen so weit zu löschen, daß Raigo den Turm betreten konnte. Über brennende Treppen und Leitern gelangte er schließlich in die Dachkammer, wo der Qualm wie dicker Nebel alles einhüllte und mehr verdunkelte als die hereinbrechende Nacht. Er bahnte sich einen Weg zwischen herabstürzenden, funkensprühenden Balken, die ihn zu zermalmen drohten, und entdeckte schließlich hinter geschwärzten Trümmern eine blutige Hand von Ardid, immer noch verzweifelt ans Fenstersims geklammert, und er glaubte sogar, ihre Stimme zu hören.

Er riß gesplittertes Holz und verrußte Fetzen zur Seite, die zu Asche zerfielen. Tränen liefen ihm über die Wangen, doch die Männer, die ihm gefolgt waren, hielten sie für eine Folge des dichten Qualms. Raigo drückte die leblose, zerkratzte, schmutzige Hand, die vor Zeiten die einzige war, die sich ihm entgegengestreckt und an die er sich – genau wie jetzt – voller Liebe und Hoffnung geklammert hatte. Doch jetzt war alles zu spät. Nur Qualm und Tränen, feuchtes Moos und verkohltes Holz, Echos von Schlachten, die vielleicht nur Ardid noch vernahm, umgaben den Tod der letzten Königin von Olar.

4

Als Gudrilkja den schwerverwundeten König sah, bahnte sie sich einen Weg zwischen den Soldaten hindurch und trat an sein Lager. Der Hunger, der sie seit langem vorantrieb, legte sich in diesem Moment, und die Lebensgefahr des Königs teilte sich ihr paradoxerweise als ein Gefühl von Gelassenheit mit, so wie nächtliche Kühle sich über glühende Steppen legt. Denn so sehr sie seinen Tod wünschte, genoß sie nun die Vorstellung von seinem Leiden.

Ihr Freund, der Soldat, hielt sie am Eingang des Zeltes zurück:

»Geh nicht hinein, Gudrilkja … am Ende erkennt dich vielleicht der König.«

Sie aber schlug seinen Rat in den Wind. Überall herrschte großes Durcheinander, und niemand hielt sie auf. So trat sie in das Zelt, und als sie schließlich vor dem König stand, fühlte sie sich so überwältigt und erschüttert, daß all ihre Hoffnung zu zerbrechen drohte. An der Seite des Königs hatte man, mit den Ehren eines Helden versehen, jenen aufgebahrt, der kein Krieger sein wollte, der im letzten Moment jedoch seinen Status als Berater aufgegeben und sich in der Schlacht als der tapferste von allen erwiesen hatte: ihren Halbbruder Krhin. Des Königs Blick ruhte mit der Hochachtung auf ihm, welche er nur den ganz großen Kriegern erwies.

Krhin war so bleich und so schön, wie sie ihn noch nie gesehen hatte, und sein Antlitz war so sanft, daß Gudrilkja alle Kraft aufbieten mußte, um nicht zu ihm zu eilen und ihn weinend in die Arme zu schließen. Er war die Erinnerung ihrer ersten Schritte, Vertraulichkeiten und Wünsche; und jetzt lag er dort neben dem König, für immer enteilt, von einer Steppenlanze durchbohrt.

Gudú wandte den Blick von ihm ab und schaute sie an.

»Was willst du, Soldat?« fragte er kalt, doch ohne Grobheit in der Stimme.

Gudrilkja fühlte aus dem tiefen Schmerz neue Kraft erwachsen und antwortete: »Hoheit, ich möchte Euch nur um eines bitten: Laßt mich an Eurer Seite wachen und Euch vor jedem beschützen, der Euch ein Leid antun will.«

König Gudú lächelte ungläubig, und dieses Lächeln entfachte ihren Zorn.

»Glaubt mir, Hoheit, ich habe mich so tapfer geschlagen wie nur einer, und ich habe Beweise dafür. Meine Treue und Bewunderung für Euch sind grenzenlos, und wenn Ihr mich in Eure Garde aufnehmt, wird es keinen König geben, der besser bewacht und beschützt ist als Ihr.«

Der König betrachtete sie voller Aufmerksamkeit, und

schließlich sagte er: »Deine Worte, mein Junge, erinneren mich an einen anderen Jungen, nicht älter als du, der vor langer, langer Zeit über mein Leben wachte und mich beschützte wie keiner mehr nach seinem Tod. Vielleicht stimmt es, daß im jungen Menschen die geballte Kraft der Treue liegt, die uns mit den Jahren immer mehr abhanden kommt ... So bleibe dann an meiner Seite. Befehle ich dir aber eines Tages zu verschwinden, dann solltest du ohne Murren gehorchen, sonst lernst du König Gudús Strenge kennen.«

»Dessen bin ich mir wohl bewußt, Herr«, entgegnete sie, und in ihrer Stimme lag eine wilde Entschlossenheit, die sogar den König überraschte. »Daher weiß ich auch, was Ihr von mir erwartet und was ich imstande bin, Euch zu geben.«

In diesem Augenblick wurde dem König mitgeteilt, daß Raigo endlich die Königin gefunden hatte. Gudú versuchte sich zu erheben, um ihr entgegenzugehen, doch die Kräfte versagten ihm. Da eilte Gudrilkja an seine Seite und half ihm auf. Und nachdem der König Befehl gegeben hatte, beide in sein Zelt zu bringen, fragte sie: »Hoheit, im Grenzgebiet der Steppe, wo ich aufgewachsen bin, habe ich viel von Königin Ardid gehört. Ist sie wirklich so weise, so groß?«

»Das ist sie«, antwortete der König. »Ich glaube nicht, daß es je eine geben wird, die ihr ebenbürtig wäre.«

»Wenn ihr eine Tochter gehabt hättet«, sagte Gudrilkja leise, »wäre sie vielleicht wie sie.«

»Vielleicht hatte ich eine Tochter, aber ich glaube, sie ist gestorben ... in einem Alter schon, da ich keine Zeit mehr hatte, ihre Fähigkeiten kennenzulernen.«

Der König schloß die Augen, denn seine Wunde bereitete ihm Schmerzen, die viel tiefer als nur durch Fleisch und Knochen zu dringen schienen.

Dann wurde der Vorhang gehoben, und Raigo trat ein. Auf seinen Armen ruhte Ardids lebloser Körper; ihre langen, lose geflochtenen Zöpfe, so weiß, wie Gudú sie nie zuvor gesehen, reichten bis auf den Boden. Ihre Augen waren geschlossen, die

Hände zerkratzt und mit kleinen Tropfen frischen, hellen, makellos schönen Blutes bedeckt. Wie ein Mädchen sah sie aus; ein Mädchen, das in den Leib einer Frau zurückgekehrt ist.

Raigo legte sie behutsam auf die Felle, welche den Boden bedeckten, und kniete an ihrer Seite nieder. Und als er sprach, bemerkte der König das Zittern in seiner Stimme: »Hoheit, erlaubt mir, trotz der Zerstörung ringsum die Königin zu bestatten, wie es ihr gebührt. Ohne sie wäret weder Ihr noch ich auf dieser Welt und an diesem Ort.«

Der König betrachtete still das Antlitz seiner Mutter, und eine große Kälte drang in ihn ein. Eine Kälte, wie er sie in den rauhesten Wintertagen der Steppe nicht empfunden hatte; eine Kälte, die – genau wie der Schmerz – in bisher unbekannte Bereiche seiner selbst vordrang. In der Betrachtung des vertrauten Antlitzes versunken, fühlte er sich immer stärker von einem großen, grausamen Erstaunen heimgesucht: War es möglich, daß er nie mehr ihre weisen, in sanfte Worte gekleideten Ratschläge hören sollte? Und sollte er niemals mehr in stiller Bewunderung das kluge Aufblitzen dieser Augen erleben dürfen, die – für ihn – über alle Intrigen und alle Bosheit dieser Welt wachten? Gudú hatte das Gefühl, vor einem weit größeren und viel schwieriger zu lösenden Rätsel zu stehen, als selbst die Steppe es war.

»Sie war eine Königin wie wenige andere«, sprach er langsam, wie für sich. »Vielleicht sogar wie keine sonst. Wenn ich die Kraft finde, mich auf den Beinen zu halten, will ich dich zu ihrem letzten Unterschlupf begleiten. Ja, sie liebte es, in Unterschlüpfen zu leben, und aus einem Unterschlupf kam sie hervor ... Weißt du, Raigo? Vielleicht hat es in Olar nie eine andere Königin gegeben als Königin Ardid.«

Zwar verstand niemand so recht die Bedeutung dieser Worte – die er nur aus der tiefen, dunklen Eingebung heraus gesprochen hatte, daß sie das Königreich war und daß ohne sie das Königreich niemals zu seiner Kraft und Größe erstanden wäre –, doch alle waren der Meinung, daß Gudú die reine Wahrheit sprach.

Soldaten, Edelleute und einfaches Volk, die zum ersten Mal

gemeinsam gekämpft hatten und sie nun zu Grabe auf den trostlosen und vernachlässigten Königlichen Friedhof trugen – wo Volodius auf seinem Sockel bis zum Gürtel in das morastige Erdreich eingesunken war, den Arm mit dem steinernen Schwert immer noch drohend gen Himmel gerichtet –, beweinten still den Verlust ihrer Königin als den größten Schmerz, den das Königreich Olar je hatte treffen können.

Ein Herz allerdings fühlte bei dieser Totenfeier ganz anders: das Herz eines Kriegers im Körper eines Mädchens, welches das Gesicht vor den Augen der anderen verbarg – besonders vor den Augen des Prinzen, der jedoch einen so unbedeutenden Soldaten keines Blickes würdigte – und für sich sprach: »Sie ist nicht die letzte Königin. Olar wird eine neue Königin haben.« In dieser Überzeugung sah sie die Erde auf Ardids Leichnam niederfallen. Und sie verließ den Friedhof in dem Wissen, daß die Königin für immer begraben war, versenkt in das taube, stumme und blinde Königreich der Nimmerwiederkehr. Nur sie und der König weinten nicht in jener Nacht.

5

Die Zeit zog sich schleppend dahin, denn langsam nur scheinen die Tage zu vergehen, in denen Wunden heilen und ein Stein wieder auf den anderen gesetzt wird. Der Winter floh, und mit ihm die Wölfe, die nun wieder gejagt wurden; denn Frieden unter den Menschen ist ihr größter Feind. Die Asche wurde aufgefegt, der Wind blies den Ruß der Brände davon, und die Stadt, die Felder und Äcker und das Schloß von Olar erwachten und zeigten neue Konturen – wenngleich langsam nur und unter großen menschlichen Entbehrungen – unter dem teilnahmslos herabschauenden Himmel.

Als der Südflügel des Schlosses zur Hälfte wieder aufgebaut war, kamen die Regenfälle des Frühlings; der am heftigsten umkämpfte Nordflügel lag noch immer in Trümmern. Doch unter der wärmenden Sonne erwachte das Königreich, und der König – von seiner merkwürdigen Wunde noch immer nicht ganz genesen – bewies einmal mehr, daß er so leicht nicht unterzukriegen war.

»Hoheit«, fragte Raigo ungeduldig, »wann reiten wir zur Steppe zurück?«

»Warte auf den Sommer«, erwiderte der König. Er verwandte seine ganze Energie auf den Wiederaufbau der Stadt und vor allem auf die Wiederherstellung seiner geschwächten Armee.

Auf den Türmen flatterten wieder seine Fahnen, und nach und nach ließen sich auf dem Marktplatz die ersten Gemüsehändler sehen. Die Felder blühten wieder, und hier und da sproß eine vor den Kämpfen bewahrte Ernte heran.

Unentwegt ritt der König über Land, stets in Begleitung seines treuen Schildknappen, immer auf der Suche nach Männern, jeden Fortschritt und jedes Versäumnis im Blick, so weit sein Auge reichte.

»Olar wird in alter Größe erstehen«, sagte er. »Noch vor dem Sommer wird Olar wieder das sein, was es einmal war.«

Daran glaubte er; doch viele von denen, die ihn hörten, dachten, ohne Königin Ardid könne Olar niemals mehr dasselbe sein.

Als der Sommer kam, boten sowohl die Stadt als auch das Schloß von Olar einen hoffnungsvollen Anblick. Nur die Wunde des Königs wollte nicht heilen. Obzwar er nichts sagte, sah jeder, daß er immer magerer und hinfälliger wurde. Vergebens kamen die Hirtenbrüder und legten ihre geheimnisvollen Pflaster auf die Wunde oder führten ihre Beschwörungen durch. Schließlich sagte Lar zum König: »Dies ist keine Wunde wie die anderen; ich habe nicht die Kraft, sie zu heilen.«

Der König legte seine Hand auf Lars Schulter, schaute seinem niedergeschlagenen Sohn der Wälder tief in die Augen und sprach: »Bewahr deine Worte für dich und für mich, kein Mensch sonst soll sie hören.«

»Niemals werde ich meinen Vater verraten«, antwortete Lar.

»Gut, dann sag mir nur eines: Warum ist diese Wunde anders?«

»Die Wunde ist aus Zeit gemacht, die Kräfte einer Liebe und einer Rache haben sie für dich ersonnen.«

»Und was bedeutet das?«

»Das weiß ich nicht«, sagte Lar bekümmert. »Ich kann das Blut lesen, aber ich verstehe es nicht.«

Nachdem er gegangen war, bestieg der König sein Pferd und ritt ganz allein über das Land. Als er zum See kam, spürte er eine große Schwäche in sich aufsteigen, und wieder durchdrang ihn diese eigentümliche Kälte. Und obwohl der Sommer ringsum sonnig und warm war, zitterte er. Er ritt zum Schloß zurück und befahl Gudrilkja, keinen Menschen zu ihm zu lassen.

Er hatte sich in den ehemaligen Gemächern seiner Mutter eingerichtet, die er noch immer für die abgeschiedensten des ganzen Schlosses hielt. Auf dem Kaminsims hatte er einen Gegenstand vorgefunden, der merkwürdigerweise völlig unversehrt geblieben war: die Sanduhr. Und während er die goldenen Körner hindurchrinnen sah, stieg rasender Zorn in ihm auf. »Warum bin ich nicht mehr so stark wie früher?« fragte er sich. »Warum bringt mich eine einzige Wunde, nach so vielen anderen Verwundungen, in einen solch erbärmlichen Zustand?«

Dem Kamin schien eine Kälte zu entströmen, die ihm trotz seiner wärmenden Felldecke bis in die Knochen drang.

So verbrachte er drei Tage. Im Morgengrauen des vierten Tages wurde er von alarmierenden Nachrichten aus seiner Zitterstarre gerissen. Raigo bestand darauf, zum König vorgelassen zu werden, und als er vor ihm stand, sagte er: »Hoheit, Rakjel greift wieder an.« Und ein fast verzweifeltes Feuer brannte in seinen Augen. »Diesmal mit einer solchen Heftigkeit, daß Yahekia in seine Hände zu fallen droht, und damit auch die eroberten Steppengebiete, wenn wir nicht sofort zum Entsatz aufbrechen.«

Der König dachte lange über die Worte nach. Dann sprach er: »Raigo, ich muß mir sehr gut überlegen, was zu tun ist. In solchen Fällen ist überstürzte Eile der schlechteste Ratgeber.«

Die Mitglieder der wieder eingerichteten und erweiterten Ratsversammlung waren erstaunt, mit welchem Groll Prinz Raigo ihnen diese Worte mitteilte. Keinem von ihnen war auch die Neigung des jungen Prinzen zu aufwendiger Kleidung – selbst in den vorherrschenden Zeiten der Kargheit – verborgen geblieben. Und obgleich sie seine Leistungen als Krieger, seine Tapferkeit und Treue sowie seine harte Hand durchaus anzuerkennen wußten, empfanden sie jene Eigenart seines Wesen ein wenig verstörend. Seit unvordenklichen Zeiten waren sie an die Bedürfnislosigkeit ihres Königs gewöhnt, und das auffällige Äußere seines Sohnes erfüllte sie mit Unbehagen.

»Prinz Raigo, Euer Vater, König Gudú, hat stets mit großer Umsicht und Klugheit gehandelt. Warten wir seine Entscheidung ab«, sagten sie.

Doch die Entscheidung des Königs dauerte so lange, wie seine Wunde brauchte, sich zu schließen.

Der Sommer war schon weit vorangeschritten, als Gudú durch reinen Zufall in Ardids Kammer das alte Schachspiel des getreuen Almandin entdeckte. Er rief Gudrilkja – die er nach wie vor für einen jungen Soldaten hielt – und fragte:

»Junge, kennst du dieses Spiel?«

»Prinzessin Indra und ihr Sohn Krhin, mit denen ich gut befreundet war, haben mir einmal die Regeln erklärt. Aber ich weiß nicht, ob ich mich noch daran erinnere.«

»Versuch es«, verlangte der König.

Eigentlich undenkbar für einen Mann der Tat wie ihn, verbrachte er fortan Stunde um Stunde vor dem Schachbrett, das Haupt über die Figuren gesenkt, grübelnd, Strategien entwerfend und Pläne schmiedend, wie er dies einst über den zerlesenen Karten des alten Magiers getan hatte.

Gudú schien genesen, und alle glaubten daran, nur der Hirtenbruder Lar nicht. Trotz seiner Verwundung hatte der König dafür gesorgt, daß die Stadt und ihre nähere Umgebung wieder ähnlich aussahen wie früher. Und tatsächlich erwachte Olar zu neuem Leben. Aus dem Süden und dem Norden, von allen Enden der Welt kamen die Leute herbei und ließen sich in der Stadt nieder: Geschwätzige Händler schlugen ihre Stände auf dem Marktplatz auf, fleißige Schneider eröffneten Geschäfte, und bald vernahm man auch wieder das fröhliche Klingen der Ambosse.

Im Schwarzen Land wurden einmal mehr junge Männer ausgehoben; diesmal jedoch solche, die für den Krieg untauglich waren und statt dessen in die Bergwerke geschickt wurden, um dringend benötigtes Eisen zu schlagen. Ein Königlicher Schmied wurde ernannt und der Schmiede von Olar vorgestellt. Gudú baute sein zerschundenes Heer wieder auf und verstärkte es durch ein weiteres Heer von Handwerkern: Sattler, Gießer, Zimmerleute und jeden, der ihm nützlich sein konnte. Den Wiederaufbau seines Schwarzen Turms jedoch verschob er auf später, wenn er den verhaßten Rakjel besiegt hätte.

Dann zog er ein weiteres Mal gegen die Steppe.

Raigo war zutiefst enttäuscht, als Gudú – anstatt ihn mit nach Yahekia zu nehmen – ihm für die Zeit seiner Abwesenheit die Regentschaft in Olar übertrug. Zu einer anderen Zeit hätte ihm diese Ernennung zu übergroßer Freude gereicht, bewies sie doch, daß er als offizieller Thronfolger anerkannt war. Aber so war es nicht; und es war nicht so, weil Raigos Herz seit längerer Zeit schon vom unerträglichen Gift der Eifersucht zersetzt wurde.

Niemandem konnte verborgen bleiben, daß der König den jungen Schildknappen Gudri bevorzugt behandelte, den er so gut wie nie von seiner Seite ließ. Raigo haßte ihn, haßte ihn mit aller Kraft, mit all der Leidenschaft seines südlichen Ursprungs. Er war zwar klug und stolz, doch diese Eigenschaften schmolzen dahin vor der spürbaren oder nur geargwöhnten Gefahr, im Ansehen oder gar der Liebe dessen heruntergesetzt oder ersetzt zu werden, den er selbst achtete und vielleicht auch liebte. Nach Ardids Tod konnte er nur seinen Vater achten, bewundern, hassen und vor allem ersetzen.

Manchmal, wenn er sich im stillen Wasser eines Baches betrachtete, sah er sich nicht so, wie er war, sondern mit gekröntem Haupt. Aber nicht so, wie sein Haupt als Kind gekrönt worden war, wenn Raiga und Ungestalt für ihn Kronen aus Lorbeer und Efeublättern und einmal sogar aus Kiefernzweigen flochten, sondern mit einer richtigen Krone, der Krone von Olar, die schon der ruhmreiche Volodius getragen und die Gudú zur Krone des mächtigsten Reiches aller Reiche gemacht hatte. Doch so groß Raigos Ehrgeiz auch war, er wurde von giftiger Mißgunst unterwandert; und diese Mißgunst, dieser Groll oder wer weiß welch finsteres Gefühl von Verlassenheit waren der eigentliche Beweggrund von Gudús legitimem Nachfolger.

Diese Gefühle waren ihm so sehr eigen, waren älter als er selbst und noch mit jenen des jungen Volodius verwoben, als dieser voller Entsetzen den Tod seiner Mutter mit ansehen mußte, die unter den Händen des grausamen Vaters starb. Und weiter ging die Linie bis zu der Einsamkeit eines anderen Kindes, eines Kindes, von dem der Vater nichts wissen wollte. Eines Kindes namens Gudú, das heimlich entwischte, um an Türritzen zu lauschen, um Echos, Worte oder Sonnenstrahlen zu erhaschen, die Welt oder das, was er für die Welt oder das Leben hielt. Als Gefangener seiner unerfüllten Sehnsucht haßte Raigo mit aller Kraft seines jungen Herzen den jungen Krieger Gudri, den der König mit in die Steppe nahm. Daß Gudú ihn offiziell als Thronfolger betrachtete, bedeutete ihm weniger, als sich vom großen Sieg Olars über die Steppenhorden ausgeschlossen zu wissen.

Als Gudú und seine Truppen die Stadt Yahekia erreichten, fanden sie nur Trümmer vor und den Geruch es Todes; den Geruch von Haß, Leere, Grausamkeit und blutiger Rache.

Er sammelte ein, was von seinen Männern übrig war, und führte sie seinen neuen Truppen zu. Es waren nicht viele, und sie hatten jeden Mut verloren. Aber Gudú wußte, daß seine Gegenwart und sein Wort ihre Lebensgeister wieder zu wecken vermochten. Doch wenngleich es ihm auch diesmal gelang, tief in seinem Innern war etwas zerbrochen. Zum ersten Mal lernte er am eigenen Leib Schwäche kennen; nicht an seinen Kriegern, sondern an sich selbst. Vielleicht war es auch ein unbestimmtes Gefühl von fehlender Begeisterung für das, was er tat – und das war früher unvorstellbar gewesen. Das Unbekannte lockte nicht mehr wie früher, es besaß nicht mehr die Kraft oder den Glanz des Ruhms. Doch mit derartigen Nebensächlichkeiten konnte er sich nicht aufhalten; unter den gegebenen Umständen konnte er es sich nicht leisten, die Daseinsgründe seines Lebens plötzlich aufzugeben: Wißbegier, Macht und die Enthüllung des Jenseitigen. Den Antrieb, etwas zu erreichen, was man nicht sieht, was niemand kennt, von dem man selbst vielleicht nicht weiß, ob man es überhaupt erreichen will. Da kam ihm ein Gedanke: Ist nicht vielleicht die Erfüllung eines Wunsches, die Lösung einer für unlösbar gehaltenen Aufgabe dazu angetan, die wichtigste Antriebskraft unseres Lebens zu zerstören? Und er fragte sich, ob alles, was er in seinem Leben erreicht hatte, was sein Vater und sein Großvater erreicht hatten, letztlich nutzlos war. Denn wüst und leer lag die Welt doch vor ihm; das Geheimnis des Lebens und mit ihm die Enthüllung oder Erfüllung alles dessen, was er angestrebt hatte, waren von ihr verschwunden. Und nicht nur von ihr, sondern auch aus seinem eigenen Leben. Darin war er wie seine Mutter: Wo er war, war das Reich, und das Reich war die Welt. Nichts anderes zählte.

Die Nachricht von Urdskas Tod hatte sich schnell über die ganze Steppe verbreitet. Als Gudú und seine Männer die berühmte Insel betraten, fanden sie sie zu ihrem Erstaunen verlassen vor. Diese Entdeckung – anstatt ihn mit Freude zu erfüllen, wie sie seine Männer mit Freude erfüllt – ließ Gudú jeden Mut verlieren. Plötzlich war ihm der Feind, die Würze jedes Sehnens nach Unbekanntem, abhanden gekommen. Und als sie ohne Schwierigkeiten weiter vordrangen, trafen sie nur auf Ruinen, Einsamkeit und Stille.

Wo sich Widerstand regte, wurde er ohne Mühe niedergeschlagen, oder der Feind ergab sich oder floh schon bei ihrem Anblick. Gudús Männer verfolgten ihre Feinde ohne Erbarmen, wurden manchmal jedoch von kleineren Steppenhorden oder Resten von ihnen angegriffen, die sich mit den nicht weniger blutrünstigen blonden Weringern verbündet hatten. Hätte ihn der Haß nicht vorwärtsgetrieben, wäre Gudú ihnen vielleicht gar nicht begegnet, da eine plötzlich aufgetretene Gleichgültigkeit, ein geheimnisvolles Ablassen von seinen eigenen Idealen und Zielen ihn gleichsam zurückhielt. Aber er wollte Rakjel finden. Und er fand ihn.

Seine Männer hatten ihn verlassen, weil ein feiger oder kranker oder verwundeter Mann bei den Steppenvölkern nicht mehr wert war als eine verlauste Beutelratte.

Er lag in einem zerfetzten Zelt auf einem Lager aus Filzlappen, kalkweiß, denn viel Blut entwich aus seinen Wunden, und mit ihm das Leben.

Doch Rakjel hatte noch die Kraft, dem Blick des Königs standzuhalten. So schauten sich zwei Männer an, die beide wußten, daß sie vor Zeiten einen unverbrüchlichen Pakt von Ehre und Treue besiegelt hatten. Und dieser Pakt war unter den Hufen der Rache, des Hasses und der Liebe zertrampelt worden. Jedenfalls von seiten Rakjels. Er hatte ein Versprechen – das unzerstörbar schien – gebrochen, wie man mit zwei Fingern einen dürren Zweig zerbricht. Einiges von diesen Dingen las Gudú – wenngleich er nicht jede Einzelheit wahrnahm – in den Augen seines Feindes, der einst sein bevorzugter Wölfling, vielleicht sogar sein einziger Freund gewesen war. Er ließ ihn nicht töten, sondern einfach als Gefangenen abführen, schickte sogar nach einem Medikus, seine Wunden zu versorgen. Er wußte, daß Rakjel dies weit mehr schmerzte, als wenn er ihn ohne Umstände geradewegs zu Tode befördert hätte.

Zur allgemeinen Verblüffung gab er danach den Befehl, nicht weiter vorzurücken. Dabei bot sich die weite, verlassene Steppe jetzt geradezu an, erobert zu werden. Doch dort, wo er stand, stieß er seine Fahne in die Erde und bestimmte die neue Grenze des Reiches. Damit nicht genug, verfügte er für alle Männer und zukünftigen Garnisonen unmißverständlich, die neue Grenzlinie stets nur zu verteidigen und niemals mehr zum Zweck der Eroberung zu überschreiten.

Gudú kehrte in die verfallene Stadt Yahekia zurück. Nichts war geblieben von dem ehemals turbulenten Treiben der Soldaten und aus allen möglichen Völkern sich zusammensetzenden Bewohner, der Händler und Freischärler aus Olar und sogar aus der Steppe selbst. Kein Singen und Lachen der Frauen mehr in den Straßen, kein Trappeln und Geschrei mehr von Kindern.

Gudú verlangte Fürstin Indra zu sehen. Als sie vor ihm stand, erblickte er eine gebeugte, ausgebrannte Frau, die nur seinen Unwillen erregte, und wenn er sie in Amt und Würden beließ, tat er dies nur im ehrenden Angedenken an Yahek. Als er sie ansah, erblickte er nicht nur Erbärmlichkeit und Verfall, sondern im Geist auch die Phantome seiner besten Männer: Yahek, Randal ...

Er befahl, den gefangenen Rakjel zu ihm zu bringen. Dieser war zwar übel zugerichtet, aber Gudú hatte ihn weder foltern lassen noch ihm einen furchtbaren Tod zugedacht, wie es in solchen Fällen üblich war. Seine Männer erwarteten ein solches Urteil nicht nur, sondern sehnten es geradezu herbei. Als sie nun erkannten, daß nichts von alldem geschehen würde, regte sich Unmut unter ihnen.

Gudú aber befahl seinen Leuten, ihn mit Rakjel einfach allein zu lassen.

»Warum hast du das getan?« fragte er ihn nur.

Nicht Mitleid hatte ihn davon abgehalten, seinen ehemaligen Wölfling foltern und töten zu lassen, sondern eine grenzenlose Wißbegier. Die Gier nach Erkenntnis war zum wichtigsten Antrieb in seinem Leben geworden.

Rakjel, der sich kaum auf den Beinen halten konnte und wie sein eigenes Gespenst aussah, antwortete: »Ich kenne nur zwei Beweggründe, die stark genug sind, einen Mann sein Wort brechen zu lassen: Der eine ist Freiheitsdrang, der andere ist Haß.

Aber es gibt noch einen dritten, doppeldeutigen, rätselhaften, zwiespältigen Beweggrund; und du, Gudú, hast nicht einmal eine Vorstellung davon. Es ist die Liebe.«

Und als sei ein lange gärendes Geschwür aufgebrochen, brach es aus dem sonst so wortkargen Rakjel nun wie aus einem Besessenen heraus: »Dieser Schildknappe, den du stets an deiner Seite hältst, ist gar kein solcher, sondern ein Mädchen namens Gudrilkja, und sie ist dein eigen Fleisch und Blut.«

Danach erzählte er von der Steppenhexe, von seiner Schwester und seinen Brüdern, von all jenen, die Gudú niemals als menschenwürdige Wesen angesehen hatte.

Gudú war so verwirrt darüber, daß es ihm die Sprache verschlug. Erst als Rakjel, zu Tode erschöpft, kein Wort mehr über die Lippen brachte, fragte er ihn nochmals: »Aber warum hast du mich verraten? Warum? Ich habe dir alles gegeben. Mehr Ehre, Ruhm und Reichtum als bei mir wäre dir nirgends sonst zuteil geworden ...«

Rakjel gab nie eine Antwort auf diese Frage. Er lachte nur. Er stand da und lachte. Und so starb er wie ein Steppenwolf vor dem ohnmächtigen Zorn König Gudús.

Im selben Augenblick kam ein Bote mit der Nachricht von Raigos Verrat. In Abwesenheit seines Vaters hatte er – hochfahrend und gekränkt – die Macht an sich gerissen. Offenbar hatte er einen Großteil der Barone aufgewiegelt und ihnen große Versprechungen gemacht. Eine Minderzahl war Gudú treu geblieben und eilte ihm nun entgegen.

Die Hirtenbrüder waren weiterhin auf Raigos Seite. Sie waren verwirrt und verstanden die Menschen nicht, die sich in ihren Treueschwüren so wankelmütig zeigten. Es ging nur schwer in ihre Schädel. Verrieten sie ihren Vater? Durften sie das Goldkind, ihren Bruder, allein lassen?

Gudú war mit Gudrilkja allein und betrachtete sie mit neuer Aufmerksamkeit. Er wußte jetzt, daß sie kein Mann war, und er wußte noch mehr: Sie war seine Tochter. Er hatte noch nie eine

Tochter von sich gekannt; aber auch seinen Söhnen hatte er, solange sie klein waren, kaum Beachtung geschenkt. Gudulín war der einzige, und nur für kurze Zeit. Aber Gudulín war für ihn nicht mehr als der Trieb eines Baumes gewesen, den er wachsen sehen wollte. Doch der Trieb war verkümmert. Ein Mädchen hingegen? Eine Frau, dazu beherzt, mutig, mit den Fähigkeiten eines Kriegers ... Eine neue Verwirrung gesellte sich den anderen hinzu, die ihm in letzter Zeit das Leben schwer machten. Als er sie so vor sich stehen sah, hochgewachsen, schlank und sehnig, mit diesen großen Augen, die – erst jetzt fiel es ihm auf – ein Spiegel seiner eigenen waren, sagte er:

»Soldat, dein Schwindeln und Lügen ist entdeckt. Ich weiß nicht nur, daß du eine Frau bist, sondern auch meine Tochter.«

Gudrilkja war nun die Überraschte. Seine Tochter? Wie war das möglich? Kein Mensch hatte ihr je etwas davon gesagt!

»Ich bin nicht deine Tochter«, sagte sie zurückweichend, schrie es beinah. »Ich bin die Tochter eines Soldaten, der in deinen Diensten starb. Ich kann nicht deine Tochter sein; ich liebe dich.«

Der König lächelte.

»Was soll das heißen – du liebst mich? Die Liebe ist eine der großen Lügen auf dieser Welt. Nein, Gudrilkja, du bist meine Tochter; und da ich jetzt ohne Erben bin, weil dein Bruder Raigo die Macht an sich gerissen hat, setze ich mein ganzes Vertrauen und meine ganze Hoffnung in dich. Du bist eine junge Frau, und du sollst eines Tages Königin von Olar sein, Nachfolgerin jener Königin, welche die größte war und die einzige, die diesen Titel verdiente: die verstorbene Königin Ardid. Du allein bist ihrer Nachfolge würdig und sollst ihren guten Namen bewahren.«

Gudrilkja aber verstand die Worte nicht, die sie ihren Vater sagen hörte. Sie begehrte ihn als Mann, und als König begehrte sie seinen Thron. Jetzt wußte sie, was sie vorher nicht hatte wissen können. Sie wußte nun, warum als Kind, wenn sie seine Silhouette hoch zu Roß an der Spitze seiner Krieger vor dem roten Abendhimmel vorüberreiten sah, eine Stimme tief in ihrem Innern gerufen hatte: »Ich bin der König!«

Sie wandte sich ab, ohne dem König zu antworten, ohne Lächeln, ohne ihm die Hand zu reichen, ohne ein einziges Wort. Was hätte sie sagen sollen? Was hätte sie zu irgendeinem Menschen oder sich selbst sagen können? Was hätte sie ihr eigenes Leben fragen können, da nicht einmal jene, die es ihr geschenkt hatten, ihre Herkunft kannten oder kennen wollten? Plötzlich haßte sie ihre Mutter, weil sie ihr das Geheimnis all die Jahre über vorenthalten hatte; und sie haßte auch Indra, weil sie sich mit ihrer Mutter gemein gemacht hatte, ja, selbst den so geliebten Krhin haßte sie jetzt, weil auch er dieses schaurige Schweigen nicht zerrissen hatte, das ihr ganzes Leben umfing. Ihr Leben als Kind, als schutzloses, einsames Mädchen, dem nichts anderes mehr blieb, als sich auf den Rücken eines Pferdes zu werfen und davonzureiten.

Angetrieben von einer besinnungslosen Wut, die über ihr ohnehin sehr sprunghaftes Wesen weit hinausging und deren Wurzel sie längst nicht mehr sah, da alles mitgerissen wurde von der gewaltigen Flut ihres Hasses, ihrer Liebe und ihrer dürstenden Rache, ritt Gudrilkja alles nieder, was ihr vor die Hufe kam, und drang in das Schloß ein, in dem sie – vielleicht – eine zweite Königin Ardid hätte werden können. Wie durch ein Wunder kam sie an den Wachtposten vorbei. Ein solcher Glanz schien von ihr auszugehen, eine Aura der Unberührbarkeit, daß kein Schwert und keine Stimme sich erheben konnten. Es war ein Glanz, wie er den Mond oder die Sonne in rätselhaften Nächten oder Morgenstunden in der Steppe umgibt; ein Licht, eine Farbe, die ihre Gestalt zum Leuchten brachte, ungeachtet der dunklen Nächte und Schatten, durch die sie geritten war.

Einem tollen Steppenkrieger gleich drang sie hoch zu Roß in den Thronsaal ein. Nichts vermochte ihren wütenden Galopp aufzuhalten, und wie ein Wirbelsturm brach sie just in dem Augenblick über den versammelten Hofstaat herein, als Raigo zum König gekrönt und ihm Volodius' Schwert überreicht wurde. Zum Entsetzen aller riß Gudrilkja ihm das

Schwert aus den Händen und versetzte ihm damit einen tödlichen Hieb.

Raigo brach zusammen und rollte die Stufen des Throns hinunter bis unter den großen Tisch, der die Mitte des Throsaals beherrschte, und wußte plötzlich, daß nicht nur seine Halsketten, seine Blumen und seine Träume es waren, die ihn dort verließen. Er war es, der das Leben verließ. Doch zugleich fühlte er sich größer werden, über seinen Leib hinauswachsen, sich erheben; und er betrachtete sich selbst von einem Ort aus, den er sich nie hatte vorstellen können. Er wurde immer mehr zu einem Stern oder einer winzigen Insel. Tränen liefen ihm über die Wangen, doch er verspürte keinen Schmerz. Der Hofstaat war vor Schrecken wie gelähmt, die Edelleute hatten ihre Schwerter gezogen, heulend eilten die Hirtenbrüder zu dem Sterbenden. Als sie sahen, was Gudrilkja ihrem Goldjungen angetan hatten, stürzten sie sich auf sie. Das Mädchen jedoch, immer noch hoch auf ihrem feurigen Rappen, entkam mit einem verwegenen Sprung durchs Fenster nach draußen.

Unbarmherzig verfolgten sie sie, bis sie sie am Ufer des Sees endlich stellten. Sie kannte die Gegend nicht, ritt immer im Kreis, ohne Ausweg. Die Hirtenbrüder durchbohrten ihr Herz, rissen ihr Volodius' Schwert aus der Hand und kehrten in den verwaisten Thronsaal zurück.

In diesem Moment meldete der Ausguck das Nahen des Königs. Voller Entsetzen machten sich Raigos Gefolgsleute aus dem Staub. Allein die Hirtenbrüder aus den Wäldern blieben zurück. Sie hoben Raigo behutsam von der Erde auf und legten ihn auf ein Lager aus Kräutern, Moos und Blumen. Sterbend öffnete Raigo noch einmal die Augen und sprach zu ihnen:

»Bettet mich neben meine Schwester Gudrilkja und sagt meinem Vater, daß sie seine Tochter war. Und das Schwert unseres Großvaters legt zwischen uns. Übergebt uns beide König Gudú als Geschenk und sagt ihm, daß dies seine Nachkommenschaft ist, das Geschlecht seiner Nachfolge ...«

Mit diesen Worten starb er, und die Waldbrüder rührten die

Trommeln der Trauer. Bei ihrem Klang verfiel die ganze Stadt in große Bestürzung. Einige versuchten zu fliehen, doch die Ankunft des Königs verstellte ihnen den Weg; andere warfen sich ihm zu Füßen, die meisten blieben abwartend in ihren Häusern.

6 Eine klägliche, düstere Atmosphäre lag über Olar. Immerhin hatte die Stadt unter Raigos Regentschaft einen bemerkenswerten Aufschwung genommen. Es herrschte kein Reichtum wie zu Zeiten Ardids, aber die Leute waren guten Mutes. Handelsleute und fahrendes Volk aller Art kamen aus dem Süden; Moden und Gebräuche, die vormals undenkbar gewesen, setzten sich allgemein durch. Gemeinsam wurde Wohlstand geschaffen, wurden neue Lebenspläne entworfen. Auch die alten Besitztümer erstanden in neuer Blüte, wuchsen und gediehen im ganzen Land.

Allein durch seine Anwesenheit schien Gudú die Menschen in eine Art von Wahn versetzen zu können. Schließlich war er immer noch der beste König, den sie je gehabt hatten. Mit unbewegter Miene nahm er vor den Toren seines Schlosses das Geschenk entgegen, mit dessen Übergabe Raigo seine unschuldigen und grausamen Brüder beauftragt hatte.

Die Hirtenbrüder weinten, denn sie verstanden nicht die tiefere Wahrheit des Geschehens. Sie wußten nur, daß sie einen Blutspakt mit dem Goldkind und seinem Vater geschlossen hatten. Aus diesem Grunde flohen sie nicht, fürchteten sich nicht und empfanden keinen Haß. Das einzige Gefühl, welches ihr Handeln bestimmte, war eine ursprüngliche, tiefverwurzelte Treue zum einmal gegebenen Wort. Also brachten sie Raigo und Gudrilkja auf einer breiten Trage, das Schwert von Volodius zwischen ihnen, zum König, und sprachen die schrecklichen Worte, die Raigo ihnen aufgetragen hatte: »Dies ist das letzte Geschenk deines Sohnes. Dies ist deine Nachkommenschaft, die Zukunft von Olar …«

Gudú starrte schweigend auf die Leichname seiner Kinder. Dann befahl er mit dürren Worten, sie an der Seite ihrer Großmutter und seines Vaters zu begraben. Danach wandte er sich an die Hirtenbrüder.

»Ihr habt meine Tochter getötet. Das ist ein großes Vergehen, für das ich euch viele Jahre in die Wälder verbanne. Nehmt eure Frauen, und wenn die Kinder herangewachsen sind, die ihr in den Wäldern zeugt, schickt sie mir zum Schwarzen Turm, der bis dahin wieder aufgebaut sein wird. Nur euren Söhnen will ich vergeben. Euch will ich weder verfolgen, noch will ich euren Tod. Ich vergesse nicht, daß ich euer Vater bin.«

Betrübt verneigte sich die Bruderschaft der Wälder vor dem König; dann nahmen sie ihre Hirtenstöcke, ihre Herden und ihre Felle, kehrten in die Berge zurück und verloren sich in nebligen Höhen.

Die Wunde des Königs vernarbte nicht, verschlimmerte sich eher. Getreue Vasallen holten Ärzte aus fernen Ländern, in der Hoffnung, daß sie sie zu heilen vermöchten, doch vergebens.

Der Winter brach mit großer Kälte herein, der König zog sich zurück und hing seinen Gedanken nach. Manchmal befahl er den Adel zu sich und berief die Ratsversammlung ein, denn dem Wiederaufbau des Reiches und besonders der Stadt Olar widmete er seine ganze Aufmerksamkeit. Er erließ neue Gesetze und kümmerte sich mehr als früher um das Wohlergehen der Bürger. Manchmal sagte einer seiner Berater: »Ihr solltet eine neue Gemahlin nehmen, Hoheit. Ihr müßt Olar einen Nachfolger geben und die Thronfolge sichern.«

Gudú lachte nur darüber, aber das Lachen klang etwas bitter. »Dafür brauche ich mir keine Gemahlin zu nehmen«, sagte er. »Unter meinen Wölflingen werde ich den neuen König von Olar zu finden wissen; er muß nicht unbedingt von meinem Blute sein.«

Doch den Schwarzen Turm gab es nicht mehr, er war längst Geschichte; finstere Geschichte.

Der Winter verging, und der Frühling kehrte wieder. An einem sonnigen Tag, frühmorgens, als der Tau noch auf den Gräsern lag und nur eine einzige kleine Wolke über den blauen Himmel in andere Breiten entfloh, stieg Gudú wieder auf sein Pferd. Es hieß zwar, die Sonne habe ihr Winterquartier verlassen und sende ihre wärmenden Strahlen aus; Gudú aber spürte in sich eine Kälte, gegen die er nichts auszurichten vermochte. Der Frühling war noch jung, das Tauwetter gerade erst vorüber, und Gudú machte sich auf den Weg zum Schwarzen Turm.

Als er ihn erreichte, fand er nichts als Ruinen, trostlose Leere und Unkraut, wohin er schaute. Der Hufschlag seines Pferdes scheuchte Fledermäuse, riesige Ratten und zudringliche Raben auf. Er trabte über das Gelände, und das Echo der Hufe klang in seinen Ohren wie Trommeln, die zur Schlacht riefen. »Überall heißt es, das Leben sei neu erwacht«, murmelte Gudú für sich. »Das Leben beginnt immer neu.«

Feuer und Flamme plötzlich, stellte er sich neues Leben in einem neuen Schwarzen Turm vor, bereichert durch Erfahrung und Verrat. Doch immer noch war die Kälte so eisig, daß er zitterte und es ihm nicht gelang, das Zittern zu unterdrücken. Aber nicht nur das; er merkte auch, daß er Namen und Orte vergaß – Namen des Ruhms, Orte der Niederlage. Dafür kamen ihm die Bilder seines alten Meisters, des Magiers, seiner verhaßten Brüder Furzius und Anzius, seiner Getreuen Yahek und Randal in Erinnerung. Nicht jedoch das Bild Rakjels, dem er vertraut und der es ihm so übel gelohnt hatte. Denn die letzten Worte Rakjels, bevor er starb, seine Verachtung für alles, was nicht sein Volk oder sein Land war, hatten den König unberührt gelassen, waren nicht in sein Gedächtnis eingedrungen. Nein, dachte er, es ist nicht meine legitime Nachkommenschaft, die mir zur Ehre gereicht. Dies kann nur ein junges Mädchen. Ihr Leben hat sie für mich gelassen, doch ich habe sie schon verstoßen, noch bevor sie geboren ward.

Zwischen den Trümmern umherwandernd, blieb er schließlich in einem geschützten Winkel stehen, wo der Wind aus den Wörtern der Vergangenheit zu schöpfen schien.

Und dort, von allen vergessen, von seinen Artgenossen noch mehr als von allen anderen, hauste jetzt in Unkraut und Dornengestrüpp der Kobold des Südens. Die Dame des Sees hatte ihn verstoßen, ebenso wie die Familie der Kobolde, die Gnome der unterirdischen Reiche, die Leuchtkäfer und alles, was unter dem Mond zum Leben erwacht und unter der Sonne erstirbt. Die einzigen, die ihn ab und zu noch besuchten, waren die Luftgeister, denn sie sind aus Luft gemacht und tanzen im Wind, und in ihren Köpfen haben sie nur Luft.

Selbst für den benebelsten Winzer war er inzwischen sichtbar; aber Gudú, sein über alles geliebter Gudú, den er lange mit Gudulín verwechselte und für den er den Schutz der Königin aufs Spiel gesetzt hatte, konnte ihn immer noch nicht sehen. Da die Unreinheit des Menschen die schlimmste aller Unreinheiten ist, konnte Gudú zwar nicht den Kobold, wohl aber die einst pralle Weinrebe sehen, die der Ursprung allen Übels war. An dieser in Liebe gewachsenen Rebe, die der Menschen Herz ersetzte, hing nur noch eine einzige Traube. Und diese Weintraube erblickte Gudú; aber weder sah noch hörte er den Kobold, der schmerzerfüllt seine Brust öffnete, um ihm das Stadium seines Verderbens zu zeigen. Die letzte Weintraube funkelte, einem Topas gleich, überreif in der Sommersonne, und in diesem Moment erkannte der Kobold den König. Mit viel zu spätem Vorwurf rief er aus: »Seht, was Ihr mir angetan, was Ihr aus mir gemacht habt!« Gudú nahm die Weintraube zwischen seine finger, riß sie ab und verspeiste sie mit Genuß. Mit einem langen Wehlaut verschwand der Kobold für alle Ewigkeit, und was von ihm blieb, waren – wie die Dame des Sees ihm einst prophezeit hatte – herbstliches Laub, Rehfährten im Gras, ein Zirpen singender Schmetterlinge in der Nacht.

Die Sonne versank im See, und Gudú folgte ihr auf der Suche nach ihrer Wärme, doch zu finden vermochte er sie nicht.

Auf dem Weg zum Schloß begegnete er einer Schar beerensammelnder Kinder. Nachdem er ihrem Treiben eine Weile zugeschaut hatte, rief er sie zu sich. Die Kinder liefen erschrocken davon, als sie ihn sahen, doch einen, dessen Kleider sich in den Dornen verfangen hatten, konnte er ergreifen. Er zog ihn am Handgelenk zu sich heran und fragte ihn:

»Weißt du, wer ich bin?«

Der Junge zitterte vor Angst und gab keine Antwort. Da erzählte Gudú ihm von den ruhmreichen Tagen des Königreichs Olar, von Königin Ardid und dem Schwarzen Turm. Seine Erinnerung flammte wieder auf, und er erzählte von den Heldentaten seiner Wölflinge, die dort ausgebildet worden waren und in Zukunft wieder ausgebildet werden sollten.

»Du bist kräftig und machst einen aufgeweckten Eindruck«, sagte er. »Für solche Jungen ist im Schwarzen Turm immer Platz. Es stört mich nicht, daß du ein armer Bauernbengel bist; nur Treue zählt. Sag, mein Kleiner, willst du der erste sein, der die berühmte Kriegsschule wiederaufleben läßt? Woher kommst du überhaupt?«

Und der Junge antwortete: »Von Dahinten.«

»Ah ja«, sagte der König, der irgendwo oder irgendwann schon einmal von diesem Ort gehört hatte. »Dann komm her, und ich erzähle dir von den Ruhmestaten des großen Königs Gudú. Wenn du willst, kannst du einer seiner Krieger werden.«

Er setzte sich auf einen Stein, da er eine zunehmende Müdigkeit in sich aufsteigen spürte, und fuhr in seiner Erzählung fort. Der See war nicht weit, und zwischendrein wanderte sein Blick zum Wasser, wobei er immer wieder den Faden seiner Geschichte verlor oder Personen und Ereignisse durcheinanderwarf, manchmal nicht mehr weiterwußte und wieder von vorn beginnen mußte. Der Junge hatte kein Wort mehr gesprochen, und Gudú hielt seine stumme Erschrockenheit für kindliche Bewunderung. Bis der Kleine seine Hand fortzog, ihm offen in die Augen blickte und mit lauter und klarer Stimme sagte: »Blöder, häßlicher alter Mann.«

Sprach's, drehte sich um und rannte zwischen den Brombeersträuchern davon, hinter seinen Kameraden her. Die Kälte wurde Gudú in diesem Augenblick unerträglich, und in seinem Innern brach etwas auseinander, das ihn an Geschichten von Schiffsbrüchen in südlichen Meeren erinnerte, die seine Mutter zu Zeiten Königin Leonias erzählt hatte.

Er lief zum See und betrachtete sich im Spiegel des Wassers. Doch nicht der König von Olar schaute ihn an, sondern ein zerlumpter alter Mann. Arme Anfänger, die Ardid, der Kobold und der Magier damals gewesen waren! Sie hatten nicht bedacht, daß Gudú keinen Menschen lieben konnte, ausgenommen jedoch sich selbst. In diesem Augenblick entstieg dem Wasser ein Drache aus unvordenklicher Zeit; ein Drache, der aus der finstersten Erinnerung seines Blutes hervorkam, der noch älter war als Sykrosius' Grauen. Ein heiserer Schrei brach aus Gudús Brust hervor, und zum ersten Mal in seinem Leben vergoß der König Tränen. Er weinte um sich und seine verlorene Jugend, vor allem jedoch um seine große Unwissenheit über die Welt ringsum.

Ganz kurz glaubte er noch jenen seltsamen Jungen zu erblicken, der nie von Naivias Seite gewichen war. Dieser schlug nun den Umhang zurück, unter dem er stets seinen Arm verborgen gehalten, und Gudú sah, daß es eine Schwanenschwinge war. Aber Gudú erfuhr nicht mehr, wer er war, dafür reichte die Zeit nicht aus. Er erfuhr auch nicht, ob er den Drachen überflügelt hatte oder wie alle – wie alles – im unendlichen und unwiderruflichen Vergessen der Zeit und des Lebens untergegangen war.

Die Tränen des Königs fielen in den See, und der See schwoll an, bis er die Stadt und das Land überschwemmte, das gesamte Königreich bis weit über jede Grenze hinweg, die Gudú jemals überschritten hatte. Und so verschwanden Gudú und das Königreich von Olar und alle seine Bewohner im Abgrund des Vergessens.

PIPER FANTASY

Ana María Matute

Der vergessene König Gudú

Roman. Aus dem Spanischen von Willi Zurbrüggen.
591 Seiten. Gebunden

Dies ist die Geschichte des Königreiches Olar, eines Phantasielandes. Im Norden öffnen sich Fjorde in das eisige Nordmeer, im Osten erstreckt sich die unerforschte Steppe, bevölkert von wilden Horden, im Westen das Königreich des Vergessens, und im Süden liegt die reiche Insel Leonia, wo die Kultur blüht. Dies ist die Geschichte einer fluchbeladenen Dynastie, beginnend mit dem finsteren Grafen von Olar und seinem Sohn, der die Angst nicht kennt und eines Tages einen fürchterlichen Drachen auf dem Fluß heraufkommen sieht, bis zu Volodius und Gudú, jenem größten aller Könige, dem es gelingt, die wilden Horden zu besiegen. Doch dies ist auch die Geschichte der kleinen Ardid, die als Kind miterlebt, wie Volodius ihre Familie ermorden läßt. Sie schwört tödliche Rache und bestimmt ihren Sohn Gudú zum Instrument dieser Rache: Wohlüberlegt und mit Hilfe eines listenreichen Zauberers tilgt sie in ihm das lästige und für einen König verderbliche Gefühl der Liebe und macht ihn so zum unüberwindlichen Herrscher der bekannten Welt. Und sei es um den Preis seiner Seele...

06/1011/03/L

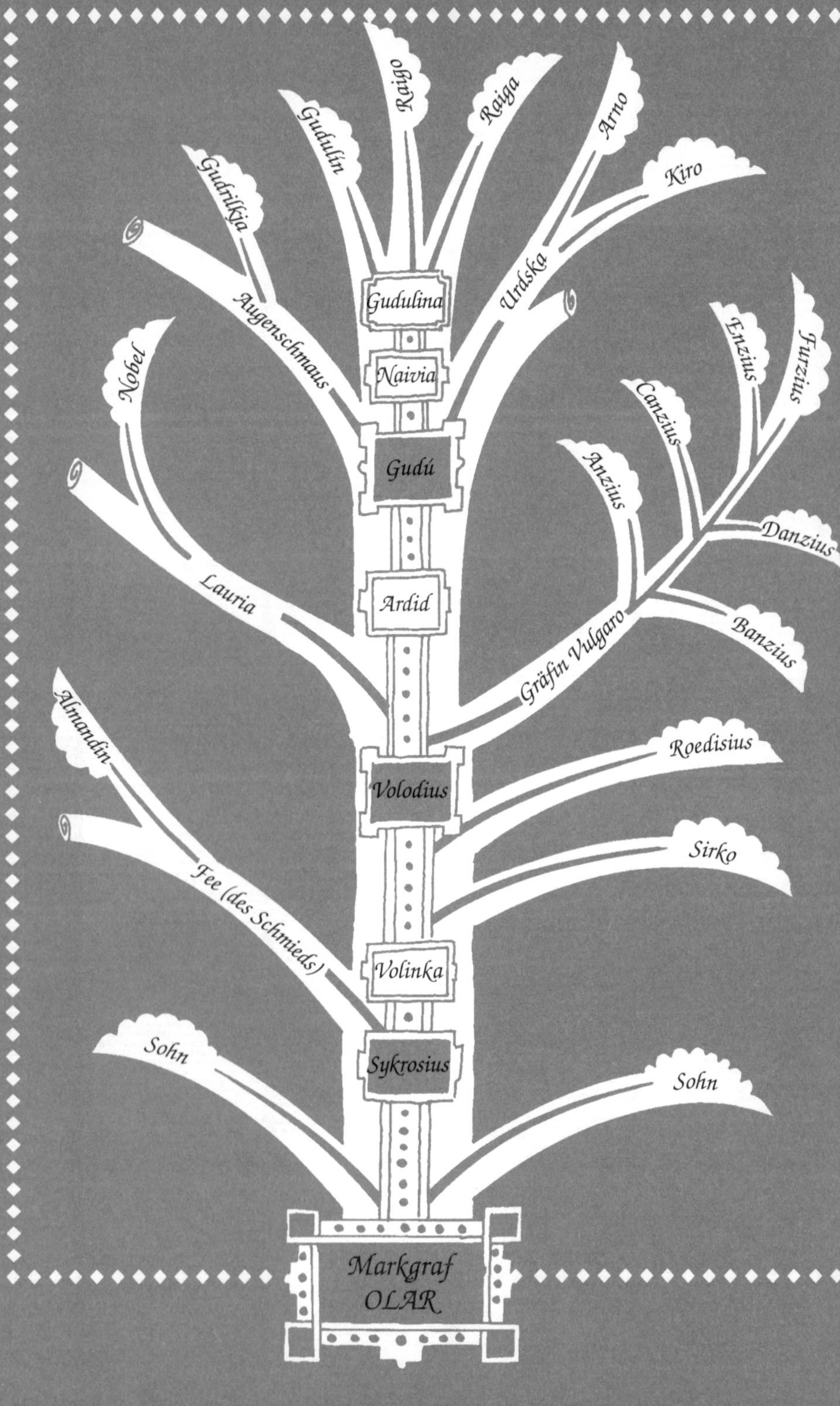
Raigo
Gudulin
Raiga
Arno
Kiro
Gudrilkja
Urdska
Gudulina
Augenschmaus
Naivia
Nobel
Enzius
Furzius
Canzius
Gudú
Anzius
Danzius
Lauria
Ardid
Banzius
Gräfin Vulgaro
Almandin
Roedisius
Volodius
Sirko
Fee (des Schmieds)
Volinka
Sohn
Sykrosius
Sohn
Markgraf
OLAR